From Tradition to Modernity:
Poetic Transition from
18th to Early 20th Century China

从传统到现代的中国诗学

林宗正　张伯伟　主编

上海古籍出版社

图书在版编目(CIP)数据

从传统到现代的中国诗学／林宗正,张伯伟主编.
—上海：上海古籍出版社,2017.10
ISBN 978-7-5325-8577-9

Ⅰ.①从… Ⅱ.①林…②张… Ⅲ.①诗学一研究一中国 Ⅳ.①I207.2

中国版本图书馆CIP数据核字(2017)第194021号

从传统到现代的中国诗学

林宗正　张伯伟　主编

上海古籍出版社　出版、发行

（上海瑞金二路272号　邮政编码200020）

(1) 网址：www.guji.com.cn
(2) E-mail：guji1@guji.com.cn
(3) 易文网网址：www.ewen.co

常熟新骅印刷有限公司印刷

开本635×965　1/16　印张40.5　插页5　字数583,000
2017年10月第1版　2017年10月第1次印刷
ISBN 978-7-5325-8577-9
Ⅰ·3205　定价：138.00元
如有质量问题，请与承印公司联系

目 录

前言 .... 林宗正　1

乾嘉诗话：历史诗学的繁盛及其完成 .... 张寅彭　1
蒋士铨剧作中的"戏"与"曲" .... 陈麟沅　30
书籍环流与东亚诗学
　　——以《清脾录》为例 .... 张伯伟　48
张问陶与清代中叶自我表现观念的极端化 .... 蒋　寅　79
有诗为证：十九世纪的诗与史 .... 田晓菲　104
金和与十九世纪诗歌的女侠书写 .... 林宗正　132
王闿运的诗歌与文学现代性 .... 寇致铭　151
金山三年苦：黄遵宪使美研究的新材料 .... 施吉瑞　177
"同文"背景下的《日本杂事诗》 .... 孙洛丹　206
絜漪园与崝庐
　　——陈三立诗歌中的现实与理想 .... 邬国平　227
The Collective Evocation of Art and Poetry: Xue Shaohui's
　　Poetic Inscriptions on Artistic Works (*Tihua shi*) ...... 钱南秀　248
傅增湘诗篇遗留日本考
　　——兼论《东华》与《雅言》之关联 .... 稻畑耕一郎　281
《申报》中的钱谦益 .... 严志雄　302
A Reevaluation of Wang Guowei's *Poetic Remarks in the*
　　Human World .... 芮兰娜　331
"铁花吟社"考 .... 朱则杰　383

Allusive Memories: Qing Loyalist Chen Zengshou's Allegorical
　　Ci Lyrics ………………………………………………… 林　立　409
谈陈寅恪与钱钟书二人对汪精卫之诗与人的评说 ………… 叶嘉莹　451
把沧海桑田作艳吟：吕碧城(1883 – 1943)海外词中的
　　情欲空间 ……………………………………………… 吴盛青　458
流沙上的绮楼：柳亚子与南社的文学民族主义 …………… 杨治宜　481
怀旧与抗争：独立、自由、性别书写与陈寅恪诗文 ………… 李惠仪　497
骸骨迷恋者的现代性：郁达夫的遗民情结和旧体诗 ……… 杨昊昇　529
施蛰存的诗体回忆：《浮生杂咏》八十首 …………………… 孙康宜　551
Discerning the Soil: Translation, Form, & Content
　　in the World Poetics of Bian Zhilin ………………… 柯夏智　571

前　言

　　这本论文集探讨从十八世纪到二十世纪上半叶（即民国时期）的旧体诗学的传统与演变，藉此来检视在中国文学从传统走向现代的过程中，诗人如何藉着诗歌来参与这重要的文学演变。这本论文集所探讨的时间范畴是十八世纪到民国时期，只要再加上清初的五十年（十七世纪的下半叶）就是整个清朝。之所以没有将清初五十年加入，并不是因为这时期的诗歌与现代性无关，其实反而是息息相关的，最主要的原因是十七世纪是另一个重要的诗歌演变时期，而且十七世纪的诗歌深远影响了后来清诗的发展，其中值得讨论的问题，绝非一本论文集所能涵盖的。

　　这本论文集希望从诗歌的角度来加入有关中国文学现代性的讨论。小说学者在这领域的研究有着厥功甚伟的贡献，也让我们对中国文学从古典走向现代的发展有了初步而重要的认识。然而不管是在当时众声喧哗的时代之中，或是在现代小说学者对中国文学现代性的讨论里，我们不禁好奇，那些曾经引领千年文坛风骚的诗人在哪里？他们在做什么？他们是如何面对当时文化社会政治的丕变？他们是像以前在朝代更替之时、干戈频仍之际的诗人面对故国沦亡、时代变迁而写下不堪回首的愁思而已？还是又做了什么？

　　谈到中国文学的现代性，五四时期曾经有好长一段时间一直是学者所认定的现代文学的重要起源。令人欣慰的是晚清在最近的研究中已经成为另一个受到关注的重要时代。然而我们不禁也会好奇：在《老残游记》出现之前的更早时期对中国文学现代性的发展重要吗？《老残游记》之前的时代，例如十八世纪到十九世纪上半叶或甚至更早，是否会在不久的将来也成为学者特别关注的重点？为什么在研究中国文学现代性起源的时间上会如此的徬徨踌躇？确实，中国文学现代性的缘起，非常难以确定，或甚至根本就是无法确定。徬徨踌躇是应该的。这本论文集不在支持、也不在反驳任何的学说与信念，只希望能朴实地呈现清代诗人在时代与文化剧变之时做了什么，让清代诗人自己来讲述他们的心情与看法。

在民初之前，在白话文尚未成为主要书写语言的现代之时，诗歌一直都是当时主要的文学书写形式。不管是写史传散文的史家，或是写爱情传奇小说的浪漫文人，或是在青楼填词给名伎演唱的词人，或是写离经叛道情色文学的笑笑生与凌濛初、还是眉飞色舞地评点文学的金圣叹，不管他们的文学特长是什么，他们都写旧体诗文；而且他们从小学习的、到长大用来言情记事，或是挑战传统思想的主要书写形式，也都是诗与文。但是当我们把时间拉回五四之后，不只是中国文学的传统改变了，就连对古典文学的了解也改变了，改变到好像诗歌在古代已经不是文人最主要的文学书写形式。这样的改变有违于事实。这也就是为什么有关中国文学从古典走向现代的研究一开始总被认为是从五四开始，后来发现这种假设背离事实，因此将时间往前追溯到晚清，并藉由晚清小说所反映的世纪末与世纪初的纷扰与不知所措，作为现代文学的可能起点。我们不禁好奇，在那个世纪末的时代，诗歌仍然是主要的文学书写形式，是基于什么学术的特殊考量，在探讨晚清文学的现象之时，遗忘了诗歌？遗忘了主要文学书写文类（诗与文）会对这类的研究造成什么样的影响？会在研究上产生多大程度的不足？

除此之外，另外一个值得探讨的问题是：晚清是否可以定义为中国文学的现代性的可能起源？从诗歌的角度，晚清并非文学现代性的最早起源，最大程度而言，只能定义为"最近"、"最直接"（immediate）的"前者影响后者"的关系。"没有晚清何来五四"这是一个事实；而"没有唐诗何来宋诗"这也是一个事实，但就古典文学传承而言，这不是太有建设性的事实，因为宋诗受到唐诗的影响，但同时也受到唐朝与宋朝其他文类、艺术与思潮的影响，因而产生与唐诗显著的差异。

有关中国文学现代性的源起与发展，哈佛大学王德威先生以小说的角度向前溯及晚清，对这个重要领域的研究有着相当的贡献，也启发了后续许多相关的研究。① 而加拿大英属哥伦比亚大学（University of British Columbia）的施吉瑞（Jerry Schmidt）与中国社科院的蒋寅二位先生则以诗学的角度将现代性的起源与中唐文学联系，并同时将此起源指向韩愈（768－824）。施先生更称韩愈作品为 proto-modernity，这与一般的看法认为晚清是现代性的起源有着相当的差异。二位学者的研究对古典文学现代性早期发展的研究不仅具有重要的启迪，更是在这领域研究上重要的契合。② 这二位学者的研究，让我们进一步了解古典文学的现代性，可能不是从五四开始，也不是晚清，而是出现在更早的"诗歌"里。③ 换言之，从诗学的角度，我们看到了五四与晚清之外的可能性。

虽然中国古典文学的现代性不是从晚清才开始，但这并不表示从晚清到民国时期的文学是不重要的，这段时间是风起云涌之际，是绝对值得讨论的。笔者所要强调的是：有关中国文学现代性的研究一直都太偏重小说，多少晚清文人是不写小说的，他们那时候还在写诗、填词，并藉由诗歌、古文写出他们对那个时代的所见所闻所思所感。怎么会在这么重要的研究里忽略了绝对不可忽略的研究课题，怎么可能忽略了诗歌。

---

① 请参考王德威先生的著作：David Der-wei Wang, *Fin-de-siècle Splendor, Repressed Modernities of Late Qing Fiction, 1848－1911* (Stanford: Stanford University Press, 1997)；《晚清小说新论：被压抑的现代性》（台北：麦田，2003）；《如何现代，怎样文学？——十九、二十世纪中文小说新论》（台北：麦田，1998）。

② 请参考 Jerry Schmidt, *The Poet Zheng Zhen (1806－1864) and the Rise of Chinese Modernity* (Leiden: Brill, 2013)，第 33－34 页，以及第六章；蒋寅《韩愈诗风变革的美学意义》，《政大中文学报》，2012 年第十八期，第 1－29 页，收入《百代之中》，北京：北京大学出版社，2013 年，第 164－190 页。

③ 除了韩愈之外，杜甫可能也是古典诗歌现代性早期发展上另外一位值得注意的重要诗人。杜甫的《羌村三首》就笔者的解读，是以第一人称的口吻，借由第三人称的视角来间接表达诗人对田园家居生活一种陌生而且需要一段时间调适的心理状态。这种陌生以及调适的过程不是像贺知章《回乡偶书二首》之一，"少小离家老大回，乡音无改鬓毛衰。儿童相见不相识，笑问客从何处来"所描写的。贺知章所要表达的是对家乡的亲切之感，尤其是那种久别回乡之后的喜悦之情。杜甫诗中这种对家居生活的陌生与调适，在袁枚的《归家即事》里再次出现。其实这种对家庭的陌生也是现代文学里重要的书写课题。可参考拙作：《古典诗歌的现代性——从十八世纪到民初的诗歌演变》，发表在南京大学 2015 年 8 月 21－25 日所举行的"第一届中国古典文学高端论坛"，以及笔者有关施吉瑞先生郑珍专著的英文书评，刊载于 *The Journal of Asian Studies*, Volume 74, Issue 04 (November 2015), pp.1016－1018.有关袁枚的《归家即事》在《前言》后半段会做进一步分析。

曹虹曾经提到晚清到民国时期的学术研究的现象,"在那个旧学培养与新知激荡都比较充分的时期,学问的风格也很多样化,学者有条件自出手眼"。④ 这一说法也适用于那个时期的文学创作。就以文学而言,除了既有的古典诗歌(包括诗词曲)的创作之外,白话小说、白话散文、现代诗歌、戏剧都有很大的进展。但不容否认的事实是文人仍然以旧体诗歌作为主要的书写形式。当时的文人不是只有刘鹗(1857-1909)、吴沃尧(1866-1910)、李宝嘉(1867-1906)、曾朴(1872-1935)、梁启超(1873-1929)、鲁迅(1881-1936)、胡适(1891-1962)这些人而已,⑤还有不胜枚举、专注旧体诗写作的文人,例如何绍基(1799-1873)、朱琦(1803-1861)、鲁一同(1805-1863)、郑珍(1806-1864)、姚燮(1805-1864)、莫友芝(1811-1871)、曾国藩(1811-1872)、江湜(1818-1866)、金和(1818-1885)、邓辅纶(1829-1893)、王闿运(1833-1916)、高心夔(1835-1883)、樊增祥(1846-1931)、黄遵宪(1848-1905)、陈三立(1853-1937)、易顺鼎(1858-1920)、王国维(1877-1927)、陈曾寿(1878-1949)、汪精卫(1883-1944)、吴梅(1884-1939)、黄侃(1886-1935)、钱基博(1887-1957)、陈寅恪(1890-1969)等重要文人。⑥ 就文学事实而言,当时多数的文人仍然是以文言写作,仍旧以诗歌的创作为主要创作。在面对政治、社会与文化巨变、新旧激荡的时局,当时的诗人,更广义而言,从十八世纪到民初的诗人,怎么可能会对那个时代的巨变无动于衷呢?他们是如何以旧体诗歌的形式来记录当时的时局、来反映他们面对文化冲击之时的心理状态?这是研究这时期的文学以及当时新文学演变所应该特别关注的。

---

④ 请参考吴承学、曹虹、蒋寅:《一个期待关注的学术领域:明清诗文研究三人谈》,《文学遗产》,1999 年第 4 期,第 1-16 页。

⑤ 其实这些著名的新文学作家也都有旧体诗传世。

⑥ 有关于近代诗人及其诗歌的分析,可以参阅马亚中的《中国近代诗歌史》(台北:学生书局,1992)。另外,陈衍《近代诗钞》收录咸丰至民初 369 位诗人。欧美有关中国近代诗人的研究,可以参考 Jon Eugene von Kowallis, *The Subtle Revolution: Poets of the "Old Schools" during Late Qing and Early Republican China* (Berkeley: University of California Press, 2006), 以及 Jerry Schmidt 的二本专著: 1) *Within the Human Realm: The Poetry of Huang Zunxian (1848-1905)* (Cambridge: Cambridge University Press, 1994), 2) *The Poet Zheng Zhen (1806-1864) and the Rise of Chinese Modernity* (Meiden: Brill 2013).

这时期的诗人与之前历朝历代的前辈诗人在诗歌中记录他们的时代是一脉相承的,但在视角、话语、意象、文意结构、内容的使用上,有所不同而且推陈出新。例如陈三立将既有的意象例如月亮、柳树、老鼠等加以转化,藉此来暗示诗人在面对那个他既投入又深感挫折甚至害怕的时代,他的焦虑（anxiety）与忧郁（depression）、边缘（marginalization）与孤立（isolation）、离群（detachment）与退缩（withdraw）等深层的精神状态。⑦ 例如郑珍在诗歌中记录了当时的农业与科技。之前宋朝的范成大（1126－1193）、清初的吴嘉纪（1618－1684）也写农业与耕作,但郑珍将农业与科技相结合写出了那个时代的农业问题。⑧ 农业与科技的关系并非晚清小说特别关注的主题,但却是当代"环境文学"的重要关注。郑珍所关注的不仅是农业与科技,还包括了经济与数学,更遑论晚清小说最主要的题材——政治、社会、新事物。

　　当代有关晚清小说的研究对晚清文学的了解确实有着很大的贡献,但同时也有不足之憾。晚清小说所特别突显的主题——官场现形、贪官污吏、社会腐败、旧时代崩溃前夕的种种怪现状等等——不只限于小说,在晚清当时与之前的诗歌中是熟悉而经常可见的写作题材。晚清诗人不仅在作品中继续书写当时的政治乱象、社会动乱、揭发时弊,并且更进一步藉着那些未曾被关注的层面、未曾深入探讨的题材、未曾使用的角度,来观察那个时代、书写那个时代,并藉由对时代的新书写来与前代诗人的时代书写相互对话,以此延续中国诗学有关时代书写的传统。就以晚清前夕的诗人金和的诗歌为例,除了这些耳熟能详的主题之外,讽刺、刻薄、嬉笑怒骂种种可以调侃当时社会怪现状的笔法应有尽有、琳

---

⑦ 请参考笔者二篇论文：1）"The Poetic Transition and Modernity in Chen Sanli's（1853－1937）Ancient-Style Verse",发表于2014年3月27－30日在美国费城所举行的AAS年度会议,以及同年7月4－5日在德国法兰克福大学的会议"Back into Modernity: Classical Poetry and Intellectual Transition in Modern China",2）《古典诗歌的现代性——从十八世纪到民初的诗歌演变》,发表在南京大学2015年8月21－25日所举行的"第一届中国古典文学高端论坛"。另外,杨剑锋《陈三立与旧体诗的现代转型》（收入黄坤尧编辑的《香港旧体文学论集》,香港：香港中国语文学会,2008年）以及邝国平《絜漪园与崢庐》（收入这本文集）非常值得参考。

⑧ 请参考 Jerry Schmidt, *The Poet Zheng Zhen（1806－1864）and the Rise of Chinese Modernity*, Chapter 8（第八章）。

琅满目地表现在金和的作品中。除此之外,十几个甚至二十几个字一行的诗句随处可见。套用现代时尚的术语,这叫做实验性创作。二十几个字的诗句对于诗歌而言,就如同在一篇散文中插入一段完全没有标点符号、只有纯文字的段落。这不仅在当时,在现代都可能是非常前卫的文学创作。

另外一个晚清文学特别喜欢书写,也被现代文学学者特别重视的是西方引进的新事物;除此之外,妓女的书写也是相关研究的焦点所在。在明清话本小说中,妓女早已是熟悉的题材,⑨而这些有关新事物与妓女的描写更在晚清的诗文中经常可见。就以《文集》没有纳入讨论的袁祖志(1827-1898,袁枚的孙子)为例,袁祖志不仅继承其祖父肆无忌惮、为所欲为的行径为上海妓女写诗歌颂。⑩ 除此之外,在其《重修沪游杂记四卷》(葛元煦、袁祖志)中,所记载的包罗了时下的新鲜事物,例如《电气叫人钟》、《灭火药水》、《照相》、《电报》、《蕃轮船》、《自来风扇》、《机器印书局》,以及当时的社会现象如《论纳嫂为妾》、《流氓》、《茶馆》、《烟馆》。特别值得注意的是袁祖志甚至还以妓院的专门术语作为诗歌的标题并写诗传诵,代表作品有《咸水妹》、《叫局》、《装干湿》、《本家》等等。⑪ 这类书写在之前的诗歌中确实少见,尤其是有关妓女、妓院这些主题竟然也堂而皇之进了当时的诗歌殿堂,而且还成为诗歌的标题。我们好奇的是,当这些题材写入旧体诗文之中,以旧体文学的传统、语言来审视,并没有被当时诗歌所压抑。其实,为妓女写诗、填词、作文早已是当时文人的雅好,写在作品中或甚至是发表在当时顺应潮流所创办的报纸上,比比皆是。这的确发人深思:为什么就只有在小说里有所谓的压抑现象?是文类的

---

⑨ 有关其他社会现象例如乱伦、奸情、同性恋等等在明清话本小说例如《二拍》中,也随处可见。

⑩ 例如袁祖志为当时名妓所写的《花榜诗》:"此帮风月冠江南,万紫千红任客探。行过章台三十里,无人不道李三三。/寻春心事十分酣,醉入花间比蝶憨。阅遍环肥兼燕瘦,风情都逊李三三。/容光四射暗香含,压倒群芳定不惭。愿把金铃营十万,深深重护李三三。"(1882年1月5日《申报》)

⑪ "咸水妹"(指当时寄居上海、专门接待洋人的妓女)、"叫局"(指嫖客叫唤妓女陪酒)、"装干湿"、"本家"(妓院老板)等这些妓院的专门术语,在当时的小说里,例如《负曝闲谈》、《文明小史》、《二十年目睹之怪现状》等,也是经常可见。

问题? 还是语言——文言与白话——的问题?

新事物、新异语一向被视为是晚清文学现代性的指标,然而除了这些之外,还有什么特质更能够定义现代性? 就以梁启超对陈三立诗歌的评论为例。梁启超曾评论陈三立的诗歌作品,是"不用新异之语,而境界自与时流异"。⑫ 当时许多诗歌都喜欢使用外来语或是俚语,甚至是西方新事物的书写,来使得旧体诗歌比较像新时代的文学、比较符合当时新文学的潮流,也让旧体诗歌变得通俗而普及。梁启超讲对了前半部,就整体而言,陈三立不喜欢使用外来语,但是陈三立也曾经年轻过,仍然在早期附庸时尚,使用新名词使其诗歌更具有新潮的效果。但是梁启超所讲的后半部就不是很正确。当时有许多诗人致力于使诗歌更加艰深难懂,藉此来对抗新文学的通俗化;⑬然而同时也有许多诗人不用艰深的词汇,也不用现代的新语词。使用新异语,虽然是最快、最直接、最方便的方式来表达现代性,但其所表达的现代性常显得只是形式而肤浅。笔者认为陈三立诗歌中所呈现的种种心理与精神状态,正是与现代人在面对社会不断变迁之时的感觉,最为相似的。如果要说陈三立的诗歌如何在旧体诗中呈现出现代性,对笔者来说,这些特质应该是最明显的现代性。

现代中国文学,特别是小说作家,从晚清尤其是五四开始经常借镜西方文学所描写的题材、叙述笔法以及文学形式,藉此来丰富中国文学的写作,让中国文学与西方文学接轨,也使得现代中国文学作家可以因此而自我感觉比较具有现代性。这不仅在中国,在整个亚洲的现代文学,都是相当普及而受欢迎的写作趋势,这对文学的创作确实有其贡献。然而这种现代小说展现现代性的方式,是否适用于古典诗歌现代性的分析,是有待商榷的。古典诗歌有其写作传统,而且这个传统的历史相当悠久。旧体诗人,不论是唐宋元明或是晚清,都熟悉古典诗歌的传统,也都讲究创新,不论是前所未有的独创,或是不经意而与前人近似的创新,还是因循传统

---

⑫ 梁启超:《饮冰室诗话》(北京:人民文学,1959),第 10 页。
⑬ 笔者藉此特别说明,使用典故或是语言艰深难懂未必就没有现代性,而通俗平易未必就是现代性。

却又开创新局,都是诗人毕生所致力的。是否需要借镜西方的文学来使其诗歌的创作更具有现代性,旧体诗人似乎不太在乎,也不太感兴趣,但是他们作品所反映的却是如此自然地与西方现代文学的现代性相契合。很显然的,旧体诗歌现代性的形成以及展现现代性的方法,有别于现代小说,也有别于晚清小说。如同之前所谈及的,晚清甚至是二十世纪初期,主要文学书写形式还是诗歌,文人所熟悉的是诗歌的传统,诗人在创作之时可能不太在乎《老残游记》写了什么,诗人所努力的仍然是在与诗人(当时与前代)以及当时的时代对话。研究中国文学如何从传统走向现代,旧体诗歌的现代性是不可忽视的。

然而研究晚清文学之时忽略诗歌而偏重小说,已是过去这近百年来有关晚清与五四文学研究的事实。这个事实不是当代学者所造成,而是起自于梁启超等五四学者对清诗的严苛批评。笔者对晚清文学研究偏重小说而忽略诗歌的质疑,并不是在批评现代学者的努力,而是要指出从五四之后,在新文学运动学者成为新时代文学,或甚至是整个中国文学的发言人之后,文学的研究、写作与教育也随之改变。五四学者鼓吹白话小说,批评唐宋以后的诗文,尤其是诋毁清朝诗文;当五四学者的思想成为学界与教育界的主流思想之后,不仅大量学者随之投入小说的研究,大学教育也随之推崇唐宋而忽略了唐宋之后的诗文。这个改变使得学者与学生在与古典之间的距离渐行渐远,远到了只能依从五四学者的观点去了解民初之前二千多年的文学,只能相信中国诗歌真的只到唐与宋。朱东润(1896－1988)曾指出40年代的大学文学史课程只讲到唐宋为止,而专书研究也看不到宋代以后的作品。⑭ 这影响不仅发生在40年代的学术研究,对五四之后近百年的汉学研究与教育的影响更是巨大而深远,即使是在80年代清诗的重要性已受到学者的重视与提倡之后,在明清文学的

---

⑭ 朱东润《中国文学批评史大纲》(上海:上海古籍出版社,2005)。曹虹曾经在《明清诗文研究三人谈》引述朱东润的说法指出五四之后例如40年代的学界与教育界如何深受五四学者的影响。笔者藉此特别说明,朱东润先生所指出的这一个现象背后的原因或许并非是认为唐或宋以后到民国时代的文学没有价值,而可能是认为缺乏难度,人人可以读懂,如果说有任何轻视的意味,那大多只是在学术研究层面,认为那些作品不配进入大学讲堂。笔者曾经就此请教于张伯伟教授,藉此特致感谢。

研究中,诗歌还是远不如小说的研究。⑮ 如此的现象在晚清文学的研究上更加明显。晚清是现代之前小说最为盛行的年代,⑯学者以小说作为理解晚清文学的依据,是可以理解的,但不可否认的,这也是一个遗憾。笔者想要借此指出,小说最盛行的年代并不代表那个年代的主流文学是小说。

如果以诗歌的角度研究晚清文学会导致出不同的理解吗? 施吉瑞先生曾就郑珍的诗歌与当时诗人的作品作比较,发现诗歌中所表达的现代性并没有所谓的"压抑",反而是不压抑。⑰ 提出晚清小说中的压抑性确实在了解那个时期的文学的现代性,有其独特的见解与贡献,然而如果以小说作为主要的诠释窗口,我们所看到的将会是一个与当时实际的文学景象相当不同的景致。或许晚清与五四小说之间在现代性真有"压抑"的现象,但我们应该好奇的是作为主要文学书写形式的诗歌怎么会没有压抑的现象? 我们应该也会好奇晚清的小说作者会不会受到诗歌现代性的影响而将诗歌的现代性移植到小说中? 因为当时文人所书写的主要还是诗与文,阅读最多的也是诗与文。当时的小说家自幼是学诗文起家的,他们最熟悉的仍然是旧体的诗与文。小说之间不相互影响或不相互借镜,并不表示小说就不会借镜诗歌的内容与笔法。如果表现在当时小说

---

⑮ 就吴承学先生的统计,明清诗歌研究的总数,还不到《红楼梦》研究的三分之一。请参考《明清诗文研究三人谈》。其实,五四学者在诗歌评价上尊唐宋而轻明清的这种观念,并非他们首创。从元朝虞集(1272-1348)一直到清朝焦循(1763-1820)与王国维(1877-1927),这种"文学一代有一代之胜"的观念是元到清的文人在诗学/文学批评之时惯有的观念。然而值得注意的是,这个观念并不影响他们的写作与阅读。吴梅村也有同样的观念。虽然吴梅村以杜甫、白居易作品作为学习甚至模仿的对象,但他同时也极力于另创新局。这是每个诗人都会遭遇的情况。换言之,在宋之后的文人心中虽然知道唐宋诗人的成就,虽然从元到清的文人/学者对于唐宋诗词的极力推崇,但这并没有影响明清诗人的诗歌创作。明朝诗人在创作之时的对话对象(或是创作之时的想象读者),可以是唐朝诗人或是宋朝诗人,但更有可能的是当时的诗人。清朝诗人创作之时的对话对象那就更加多样而丰富。他们并没有因为尊唐尊宋而放弃诗歌的写作,尊唐尊宋对明清诗人而言只是一个态度,继承前代诗人的成就而在创作上又力求突破才是诗人真正的理念。然而从五四之后,"文学一代有一代之胜"这个概念对诗歌/文学的创作与教育产生了与前代相当不同的影响。

⑯ 根据樽本照雄的研究,小说的创作与翻译合计有16011种。引自叶中强《上海社会与文人生活(1843-1945)》(上海:上海辞书出版社,2010),第121页。

⑰ 有关晚清诗歌的不压抑的现代性,请参考 Jerry Schmidt, *The Poet Zheng Zhen (1806-1864) and the Rise of Chinese Modernity*, pp.37-38.有关晚清小说的压抑的现代性,请参考王德威的二本专著: 1) *Fin-de-siècle Splendor, Repressed Modernities of Late Qing Fiction, 1848-1911*; 2)《晚清小说新论:被压抑的现代性》。

中的现代性在小说之间没有互动关系或是没有被延续,就定义为压抑,那么如果小说与诗歌以及散文之间在现代性上有着互动关系,那又如何解释这种文学的"不压抑"的现象?就整体晚清的文学而言,其中的现代性到底是压抑还是不压抑?这正是研究古典文学的传统与演变之时忽略了当时最主要的书写形式而偏重次要的文学形式所造成的在文学诠释上的困境。笔者并没有贬抑小说观点的古典文学诠释,笔者所要强调的是古代有其文学传统,古代文人虽然也听曲、填词、读小说,但他们的生活与诗、文、画是紧密相连的。他们自幼是从诗文的学习开始,也是以诗与文作为他们人生最后的悼词。⑱ 文人之间相互阅读评点甚至修改诗歌作品(白居易与元稹、陈三立与黄遵宪,郑珍与莫友芝都是最好的例子),是古代文学创作长久以来的"文学习惯"。在这个文学习惯的影响之下,文人对彼此的诗歌作品、对当时的诗歌书写是相当熟悉的。这个文学习惯不仅影响诗歌的创作,或许也影响了晚清小说在创作上对诗歌的借镜。如果忽略了古典文学的传统,或是简化了古代文人的文化,或是在选材上遗忘了当时重要的文类,可能会造成相当明显的局限性、甚至是误解。如果能对古代文人的生活形式,文学的创作、批评、阅读的传统有所了解,或许就可能比较可以了解晚清文学的现代性真否可以用"压抑"来解释。

除了"压抑的现代性"之外,晚清小说的研究也指出了几个值得讨论的观点。晚清小说中所呈现的不知所措、乱七八糟等"世纪末"的书写现象是近年来另外一个用来诠释晚清文学的流行视角。⑲ 确实,晚清小说时常显出内容太多、林林总总、而形式却又无法负荷,空间也无法容纳如此丰富的资料,因此显现出不知所措、乱七八糟的书写现象。就文学书写

---

⑱ 在古代诗人中,例子多而不胜枚举,就连民初时期的文人也是熟悉诗歌与文言的写作。就以现代散文家瞿秋白(1899-1935)为例。其一生致力于现代散文的写作,也是推动新文学的主要文人,然而在1935年6月18日临刑之前、人生最后的一个时刻,他选择以一首七绝《偶成》作为人生最后的记录:"夕阳明灭乱山中,落叶寒泉听不穷;已忍伶俜十年事,心持半偈万缘空。"请参考瞿秋白原著,周楠本编《多余的话:瞿秋白狱中反思录》(台北:独立作家,2015年),第192页。

⑲ 有关这类研究,可以参考李欧梵先生的《晚清文学和文化研究的新课题》,刊载于《清华中文学报》第八期(2012年12月)第3-38页。"乱七八糟"一词引自李教授的研究论文。"不知所措"是笔者对晚清小说在题材与笔法之间所呈现的书写现象的解释。

而言,晚清小说确实呈现出在题材安排上的不安,甚至捉襟见肘的窘境。但重点是:不知所措的不是题材太多的问题,而是如何以适当的小说形式来安排这些题材并适当传达出作者希望表达的意涵。晚清诗人也同时面对着同一个"世纪末"的时代(如果"世纪末"这个词汇可以正确解释晚清民初那个时代)。这些出现在晚清小说中的题材,有许多在当时的诗歌,甚至是更早的诗歌中早已书写。除此之外,就中国诗歌的形式而言,古诗、乐府或是近体诗之间的组合是可以依据诗人的需求而在篇幅上无限延长的,诗人可以随性而自由地藉着既有的诗歌形式以小说式的长篇幅来书写历史、详述细节、刻画人物。因此在长篇旧体诗歌中,众多题材、多样细节,甚至是细致的人物刻画,是经常可见的。但是晚清诗歌并没有所谓的不知所措、左支右绌的现象。问题是:为什么在晚清小说中会出现书写上的不安、急躁、捉襟见肘的困境?或许很有可能是因为熟悉诗歌写作的文人突然以不熟悉的小说形式在写作,因此在不熟悉的情况之下,一方面参酌他们比较熟悉的明清小说却又企图超越明清小说的形式,一方面又模仿当时的翻译小说却又不太了解所模仿的小说,因此一方面以追求超越的心态编裁旧有的小说形式、另一方面模拟那些不甚了解的外国作品,从而创出自以为是但又无法驾驭的新的小说形式。在此情况之下,就算是单纯的一个题材都很有可能在写作上出现不安的困境。简而言之,造成晚清小说中不知所措的书写现象,很可能的一个原因是来自文人对小说书写的不熟悉。他们可以驾轻就熟地在诗歌中以不同的形式书写同样的题材,但他们确实不熟悉如何使用诗文之外的形式书写。其实,许多晚清小说作家例如刘鹗、曾朴仍然还是以旧体诗文在写作。刘鹗除了旧体诗歌之外,许多重要的学术作品也都是以文言所写成,不论是诗歌或是古文的作品,不论内容有多么复杂,其中没有出现任何不知所措的现象。曾朴与陈三立是同时代的文人,曾朴留下大量的旧体诗歌,其早年作品《赴试院放歌》有金和之风。这些文人在诗歌中不论是批评国事、书写新事物、描述社会政治的怪现状,都可以从容地安步当车、驾轻就熟,并没有任何左支右绌而慌张不安的窘境,但在小说的书写上,虽然还是展现他们的文学才气,但很明显可以看出当他们企图将当时与之前的诗歌中所描写的那些主题借由当时正开始盛行的小说形式表现之时,总是不得其门而入,总是陷入凌乱而难以收拾的书写困境。这种因为使用不熟悉的小说书写形式所产生的不知所措、乱七八糟的书写现象,真的可以视为是世纪末文学的现代性的书写吗?

除此之外,晚清小说的叙事形式也引起学者的特别关注,尤其是叙事者身份的隐瞒、模糊与多种可能、文本中的文本、非直线型的叙事、二种时间的重叠、倒叙等等。这些叙事笔法确实对晚清之后的小说书写起了相当的影响。但是若就晚清或是更早期的文学而言,这些笔法似乎不是那些晚清小说的代表作者的创新所在。就以同是小说的《儒林外史》为例,上述许多的叙事笔法都可以轻易找到相关的例子。若与当时以及之前的诗歌相比较,承袭的痕迹更加明显。文本中的文本,这是诗歌叙事的基本形式,元稹(779-831)的《连昌宫词》以及韦庄(836-910)的《秦妇吟》正是典型之例。非直线型叙事结构、二种时间重叠以及倒叙,从古典诗歌的角度,这是具有悠久历史的惯用笔法。吴伟业的"花"摆渡在二种时间、多重情绪之间,既是现在又是过去,既是停留又是消逝,而消失之后又及时复现。杜甫则是将过去放在现在,又在过去中寻找现在,最后在这二种时间的对抗中失败、撤退,最终获得暂时的解脱与安适。最复杂的二种时间重叠以及倒叙结构出现在吴梅村的诗歌里,而有关叙事者身份的隐瞒与模糊是从汉魏到清朝的诗人在批评时政、影射当权官吏之时用来回避可能的政治迫害的基本形式。至于瞻之在前忽焉在后、既是现在又是过去、连诗人自己都困惑于时间之中等错综复杂的时间系列结构,吴梅村是代表诗人。没有结局的结局或是开放式结局的叙事笔法,在十九世纪诗人金和的《兰陵女儿行》中已经运用得相当成熟。金和与吴敬梓是亲戚关系,也曾经为《儒林外史》写过《跋》,可以合理推测金和应该是非常熟悉吴敬梓的作品。前者是否影响后者,又如何影响后者,是研究小说与诗歌在笔法与文体上的相互影响关系(interplay)的重要课题。同样的,晚清小说是否受到之前小说与诗歌的影响,也是应该受到关注的。

或许诚如李欧梵先生所指出的:"大部分晚清的小说,基本上的结构还承续了旧小说的结构,这些小说家似乎无法从传统中走出来。不可能马上走得出来,就好像一个传统不可能一夕之间就完全消失。……当时的那些文人,各个受的都是中国传统式的教育。他们看的小说,最熟的小说,也都是各种传统文类,除了小说戏曲之外,还包括诗词歌赋和八股文章。"[20]确实当时的文人主要阅读的还是古典诗文,主要书写的还是旧体诗文。至于晚清文人对于旧小说有多少了解,以及如何承袭旧小说的笔法,尚待进一步的研究才能确定。但可以确定的是,晚清小说的笔法深深烙印着诗歌的影子。当时文人是离不开旧体诗文的,在创作中受旧体诗文的影响是非常自然的,只有程度之别而已。旧体诗是研究晚清小说的重要参考,不论是否旧体诗也表现出世纪末的焦虑与不安、不论是否也有所谓的压抑,只有小说与旧体诗文的相互参照,才能适当而比较明确地解释当时的文学。

另外一个学者所关注的问题是有关晚清小说的结构。学者认为当时在小说杂志连载与编辑的影响下,产生了有些单一章节自成一体、故事戛然而止、情节连接不完整的结构现象。这是很有贡献的研究发现。笔者想要藉此进一步讨论,如果说这种小说结构的局限性是传统小说书写的解放,甚至是将传统小说的结构推向极限,可能有待商榷。晚清之前也有许多文人尝试写作话本小说以及笔记小说,在这些传统的话本与笔记小说里,可以轻易发现不善于小说写作的文人试图写作小说所引起的结构不完整、突然甚至突兀结束故事的例子。如果这种零散、不完整、突兀结局的小说书写形式,是把旧小说的结构推到极限,可以被视为是传统小说在结构上的解放,那么这种书写现象应该不是从晚清小说才开始,应该源起于更早的话本与笔记小说中。然而可以确定的是,明清话本小说中这种业余仿作小说所造成的突兀叙事,应该不能视为是当时小说形式的解放。不可否认的是晚清文人写作小说之时可以参考甚至模仿的异国小说作品,比起明清时期不熟悉小说写作又喜欢余兴仿作小说的文人可以依据的小说来得多许多。或许可以如此观察,晚清文人在小说书写上所呈现的不完整与突兀的现象,可能是因为不熟悉小说的写作形式,尤其是那些新引进而陌生的外国小说,另一方面又因为不了解杂志连载与编辑这

---

[20] 李欧梵《晚清文学和文化研究的新课题》,《清华中文学报》,2012年第八期,第13页。

些新的书写要求,致使在书写形式上产生比之前仿作小说的文人更加凌乱而不知所措的现象。

另外一个不在这本文集的范围之内但值得讨论的重要课题,是有关古文翻译西作与文言的问题。林纾(1852-1924)有关西方文学的文言翻译出现许多的问题,有学者称赞林琴南的翻译,但也有许多学者批评甚至称之为歪译。有学者甚至认为林琴南的问题突显了古文在现代的限制与困境。就笔者对古文以及林琴南翻译的了解,林琴南古文翻译所出现的问题,应该不是古文的问题,也不是林琴南的古文问题,或许只是林琴南的翻译问题。[21] 林琴南的古文造诣之深不用笔者在此赘述。写作与翻译是不相同的,文人在古文上的造诣未必可以完全反映在翻译上。就古文翻译外来语文而言,中国历史上,外国文化、宗教、艺术、文学进入中国,晚清不是第一次,并且古文翻译所涉及的语言非常众多,包括梵文[22]、意大利文、希伯来文、阿拉伯文、俄文、日文、波斯文等等。在晚清之前的古代中国,一直是使用古文来翻译外来作品,为什么晚清之时以古文翻译会是一个问题?为什么林琴南的翻译问题就被视为是古文的问题?当我们在阅读以古文所书写的故事的时候,包括以文言所描述的"对话",熟知文言的读者很容易透过古文的语言去理解、去欣赏、去想象那段使用古文的对话。[23] 古文所带给书写与阅读的是丰富的想象与解释空间。善于写作的文人未必善于翻译,以古文著名的文人也未必善于诗歌创作。这就如同有些诗人擅长短篇绝句而不精于古诗长篇的写作,而有的诗人则是二者都擅长。不能以那些专精于绝句的诗人在古诗长篇写作上的困难而说

---

[21] 林琴南的翻译共二百多种,所涉及的语言相当多,但是主要仍然以英文与法文为主,但不论是什么语言都是先经由他人翻译成中文之后再由林琴南以古文重新"翻译"。林琴南的翻译是否可以视为是翻译,还是应该视为是基于他人翻译作品的重新"创作",仍待进一步的讨论。

[22] 三国时期支谦(约三世纪)、鸠摩罗什(约334-413)、真谛(499-569)、唐朝的玄奘(602-664)及不空(705-774)都以古文翻译佛经。有关支谦生卒年的考据,可以参考郑攀:《支谦生平略考》,《南京晓庄学院学报》2008年第4期,第22-25页。按照郑攀先生的考证,支谦的生年应该介于194年至199年之间,而卒年则在253年至258年之间。

[23] 有关生动的文言对话,《左传》与《史记》是早期古文最好的例子。现就以晚清诗人樊增祥为例,樊增祥仿《红楼梦》作滑稽短篇文言小说《琴楼梦》(上海:广益书局,1913),其中的古文文雅又能传递出滑稽诙谐之趣。类似的例子在文言所撰写的史传散文、志怪、传奇小说中俯拾皆是。

古典诗歌是有所限制的、不足以叙事言情。

在古代,不论文化如何的冲击,不论朝代如何的更替,文言的使用与古文的书写从来不是问题,只有在语义与语法上有所变革,以此适应不同时代不同书写的需求,但都还是文言古文。㉔ 只有从五四到现代,文言不仅已是古代的别称,在学者眼里更变成白话文之所以成为主要书写语言的必要条件——换言之,因为古文有其无法克服的困境与限制,所以白话才取而代之。问题是,古文在现代以前从来不是一个问题,不论是写作还是翻译,不论是说明建筑工法、数学计算、农耕技术、气候时节、借当租约、地权屋契、骑马驾车、捕鱼垂钓、采药制茶、食谱与烹饪,或是简单的婚丧喜庆、巡捕公告、春联贺岁、挽联致哀,还是亟需机智的即兴应和之作,一直都是以文人与民间所熟悉的文言书写。在清朝之时,文言与白话同是文学书写的语言,二者之间相安无事而且都盛行于世,怎么会在现代成为一个问题,而且突然之间在书写上有着难以横越的困境与限制?是因为晚清这个世纪末是历史上前所未见的世纪末?还是晚清时期外来作品的翻译真的比起古代要来的困难许多,所以必须使用白话?还是因为晚清至今的政治与教育使得白话文变成具有政治正确性的语言所使然?

林琴南的古文造诣精湛,当时其他的古文家也非常优异,他们都能够明确、深入、生动地表述不同的问题,而且还能藉由不同的语言形式传达出不同的情境、丰富了语言的想象与沟通。当时以古文闻名于世的古文家不是只有林纾与严复,而善于古文写作的文人更是不乏其人,然而遗憾的是,当时这些古文家很少加入西作的翻译,只有林琴南与严复成为古文翻译的代表。即使林琴南有关西方作品的古文翻译真的有所不足,但这

㉔ 有学者曾经特别区别古文与文言的差别,指出古文是指由文言所写成的散文,而文言是指语言,文言小说不是古文。请参阅李欧梵《晚清文学和文化研究的新课题》,第 24 页。就基本的定义而言,散文与小说确实有所区别,但二者之间是否绝对的不相容,答案应是否定的,欧美文学里可以找到许多例证。如果将古文(唐宋八大家的古文)视为是散文,而文言是写作散文、小说的语言,当然古文"不只是"文言。然而在实际的使用上,文言(literary Chinese)与古文(classical Chinese)都可以同时指向古文所使用的语言。二者在许多用法与陈述之中是可以相通的,似乎没有如此的格格不入。另外,柳宗元的《永州八记》是唐宋八大家古文的代表之作,是散文的杰作,但是如果将这八篇作品当成是一体、视为是由八个章节所组成的游记式"小说",也未尝不可,也不会因此而影响柳宗元的古文地位。用唐宋"古文"八大家的"古文"来限定古代中国的"古文"在语言以及文学上的定义,这是有待商榷的。

绝非林琴南的古文问题,更不可视为是古文在现代的困境。将林琴南的翻译问题视为是古文在现代的不足与困境,这是有待商榷的。

任何一个时期的文学,如果以艺术的视角去衡量都有其价值,也都有研究的价值。若从某个特定的角度,或是某个非文学的特定目的,去衡量一个文体例如八股文,或是一个时期的文学例如清朝诗歌,任何有价值的文体与文学都有可能被认为是"臭腐"。㉕ 很难想象清朝二百多年,甚至明清二朝将近六百年时间里作为主要书写形式的诗与文,竟然被现代学者视如敝屣而严厉批评。然而庆幸的是这段鄙视明清诗文的时间在整个中国数千年的历史上没有延续得太久,就及时被有识的学者以研究成果指正错误,但令人遗憾的是这个鄙视的影响,尤其是在教育上的影响,却超乎想象的久而且太过巨大。虽然80年代之后越来越多的学者以研究来彰显清朝在中国诗歌史上的重要地位,但因为这个偏见积年累月的影响,各级学校对古文的教育与提倡已远不如白话文。教育的普及促成白话文阅读与书写的普及,因此白话文学也随之盛行。曾经没有古今之分而通行于各个朝代的书写体——文言,在现代白话盛行之下,已等同于"古代"的别称。因此与古代文人学者相比,有能力阅读旧体诗文的现代读者变得极为少数,有能力研究清诗的学者更是少之又少。然而这种现象并无法否定文言与诗歌在古代的地位,也不会改变诗歌是古代文学主要书写形式的事实。

从80年代以后的清诗研究,已经肯定了清诗在数量、内容、思想、流

㉕ 这是梁启超对清代江右三大家的批评用语:"前清一代……其文学:以言夫诗,真可谓衰落已极。吴伟业之靡曼,王士祯之脆薄,号为开国之匠。乾隆全盛时,所谓袁(枚)、蒋(士铨)、赵(执信)三大家者,臭腐殆不可向迩。"引自梁启超:《清代学术概论》,收录于林毅校点:《梁启超史学论著三种》(香港:三联,1984),第266页。梁启超显然将赵翼(1727-1814)误以为是赵执信(1662-1744)。我们没有证据可以确定梁启超的误解是由于印刷错误,或是他的笔误,还是他对清诗所知有限,但我们可以肯定的是他的误解是一种偏见。然而梁启超的误解却得到五四学者的附和与呼应。为了证明新文学的重要性,五四学者承继前代学者的说法,宣称中国诗歌的发展只到唐朝或北宋为止,企图藉由否定明清诗歌的价值来肯定新文学发展的必要性。

有关一代有一代的文学例如唐诗宋词等等,这种以时代论文学的概念发展甚早,可以追溯到元朝。有关这个文学思想的肇端与发展,请参考蒋寅《清代诗学史(第一卷)》(北京:中国社科院,2012),第1-2页。西方也有类似的概念,有关西方以时代论文学的概念以及如何影响近代中国学者,请参考 Jerry Schmidt, *The Poet Zheng Zhen (1806-1864) and the Rise of Chinese Modernity*, pp.9-12.

派以及艺术形式上都可与唐诗以及清朝之前的诗歌遥相呼应。就数量而言,清诗作家与作品的丰富远超过唐宋,[26]这有可能是因为与总人口的增加有关,但不可否认的是清代的写诗风气是相当盛行的。就艺术形式与水平而言,清朝诗人例如吴伟业、王士祯、袁枚、金和等人,都展现出相当高的成就。就以诗歌的叙事形式为例,清诗比起唐诗有过之而无不及,这或许可能是因为受到其他文类书写形式与笔法的影响,致使清诗的叙事形式更加多样而丰富。就思想与内容而言,清朝有着特定的历史与文化环境,这些特定的历史与文化为清诗注入了前所未有的思想内容。这些清朝初期与中期的诗学成就为清朝晚期在诗歌的创新上提供了丰富的基础,从晚清诗歌作品可以清楚发现诗人不仅承继前人的成就而且另创新局。有关中国文学传统与演变的研究,不仅清朝初期与中期的诗歌应受到肯定,晚清的诗歌也应该受到重视。尤其是晚清到民初这一阶段在文学随着政治、文化、外力的影响之下产生巨变之时,诗歌在这重要的文学演变中扮演着息息相关而举足轻重的角色。藉此必须再次指出的是,从十八世纪或是稍晚的晚清到民初的这段文学,仍然是以古典(旧体)诗文作为主要的书写形式,仍然是古典文学的时代。在这个新旧冲击、新旧并行的时代,诗文仍然是当时最重要的书写文类。研究古典文学的传统与演变,诗歌是不可忽略而必要的研究题材,对古典诗歌传统的了解也是研究晚清文学演变最基本的条件。笔者并没有否定以小说的角度来探索这段时期的文学演变的贡献,只是好奇,在研究这个仍然是以古典诗歌作为主要书写形式的时代文学,怎么会在过去这几十年里,不论是大陆、台湾还是欧美,学者几乎都是以小说的角度在研究这个重要的文学演变?令人欣慰的是,过去这十年有关这时期诗歌与文学演变之间关系的研究,已经开始受到学者的重视。[27]

---

[26] 根据徐世昌(1855－1939)《晚晴簃诗汇》(上海:三联书店,1989)(后改名为《清诗汇》)所收录的清朝诗人有六千余人,超过《全唐诗》收录的两千余家。

[27] 例如寇致铭(Jon Eugene von Kowallis)在2006年由加州伯克莱大学所出版的"微妙的革命:清末民初的'旧派'诗人"(*The Subtle Revolution: Poets of the "Old Schools" during Late Qing and Early Republican China*, Berkeley: Institute of East Asian Studies, University of California 2006)是英语汉学界在这领域的先驱之作,对这领域的研究贡献厥伟。此书主要分成三章,第一章讨论王闿运、邓辅纶以及拟古派的诗人,第二章是有关樊增祥、易顺鼎等诗人,第三章则　(转下页)

虽然过去这十年开始有学者注意到诗歌在这个文学运动中所扮演的角色,但是值得注意的是大部分的研究都关注在二十世纪初,[23]距离所谓的古典时代还是有一段距离。造成这个现象的一个可能原因是很少学者投入清诗的研究,使得学界对清诗这个领域相当陌生。这可能是因为五四学者贬抑清诗而提倡小说,使得有关清朝文学的研究也以小说作为主要对象。致使原本就生涩奥衍难懂的清诗,变得更加晦涩不明而乏人问津。过去四十年,在钱仲联先生提倡清诗研究之后,清诗开始受到学界的重视,许多重要学者如严迪昌、蒋寅、张寅彭、邬国平、朱则杰、王英志、裴世俊、马亚中、施吉瑞等学界先进将心力投注在清朝诗歌与诗学思想的研究上,并且成绩斐然。然而问题是,清朝是诗歌发展的重要时期,值得研究但未曾耕耘的领域不胜枚举,亟待诗歌学者重头收拾旧山河的又是不可悉数,例如明末清初可以研究的诗歌课题不下于之前任何一个改朝易帜的时代;清朝中叶的诗人之多,即使是现在的清诗学者人数倍增也研究不完,更遑论是清朝中叶以后、新时代黎明之前文化巨变下的诗歌作品。

(接上页)是讨论同光体诗人如陈衍、陈三立、郑孝胥等人。加拿大白润德(Daniel Bryant)教授在2011年亚洲学会(Association for Asian Studies,简称为AAS)的年度会议举办了题为"What Happened to *Shi* After Song"的研讨会。其中有奚如谷(Stephen H. West)、林理彰(Richard Lynn)、白润德(Daniel Bryant)、寇致铭(Jon Eugene Von Kowallis)以及笔者(Tsung-Cheng Lin),分别探讨元朝(奚如谷、林理彰)、明朝(白润德)、清朝(林宗正、寇致铭)的诗歌发展,其要旨就在揭示宋朝之后诗歌的发展绝非如同梁启超等学者所鄙视的,反而是源源不绝、推陈出新的发展情况。笔者以2011年的AAS会议作为基础,在2012年AAS会议召开了有关从十八世纪到民初诗歌发展的研讨会,其中四位学者分别就金和、陈三立、王闿运、陈曾寿提出论文,由耶鲁大学的孙康宜教授(Kang-I Sun Chang)以及UBC的施吉瑞教授(Jerry D. Schmidt)担任评论学者。同一年,吴盛青、高嘉谦二位学者合作编辑《抒情传统与维新时代:一个视域的形构》(上海文艺出版社,2012)讨论了十九世纪末、辛亥前后的文学写作,尤其是以古典诗词作为主要的讨论对象。之后是德国法兰克福大学(Goethe University Frankfurt)的杨治宜教授在2014年的AAS年度会议举办题为"Back into Modernity: Classical Poetry and Intellectual Transition in China through the mid-20th Century",由杨治宜、施吉瑞、杨昊昇以及笔者分别就汪精卫、黄遵宪、郭沫若以及金和的旧体诗歌提出论文,由乔治华盛顿大学(University of George Washington)的Jonathan Chaves以及寇致铭作为评论学者。杨治宜接后于七月四日与五日二天在法兰克福大学扩大召开了相关领域的会议"Back into Modernity: Classical Poetry and Intellectual Transition in Modern China"("抛入现代:古典诗歌与现代中国的思想嬗变),邀请了北美、新西兰、欧洲、大陆、台湾以及新加坡共十六位学者就此领域提出论文。

[23] 香港与海外有关民初时期旧体诗人的研究,重要的专著有Shengqing Wu(吴盛青), *Modern Archaics Continuity and Innovation in the Chinese Lyric Tradition, 1900-1937* (Cambridge: Harvard University Press, 2012);林立的著作《沧海遗音:民国时期清遗民词研究》(香港中文大学,2012);Haosheng Yang(杨昊昇), *A Modernity in Pre-Modern Tune: Classical-Style Poetry of Modern Chinese Writers* (Leiden: Brill, 2016)。

除了诗歌，还有诗学理论、诗集的流传与环流、诗社的诗人文化、地区性的诗人与文人的写作传统、女性诗人与词人等等都是研究清诗必须关注的重要课题。因此虽然投入清诗研究的学者已显著增加，但仍然无暇顾及这个重要的文学运动里诗歌所扮演的地位。因此演变成诗歌学者无暇旁顾这个重要的研究课题，而有关这个文学运动的研究长期以来只能一直仰赖现代文学学者的努力，因而始终徘徊于五四与晚清之间，一直难以超越这二个时期而往前追溯。这正是为什么清诗的研究会如此的重要、会是了解新文学运动以及古典文学现代性的关键。阅读清诗是研究清朝诗歌与文学的必备条件。也只有了解清朝诗歌才有可能了解诗歌在当时文学演变中所扮演的角色，才有可能理解那个时代的文学是如何从古典走向现代。了解清诗才有可能了解晚清，才有可能以更加丰富而可靠的凭藉去想象晚清的中国以及当时的文学发展。

不论是何种理论与角度都有其贡献也有其局限性，藉由小说以及现代文学的观点来解析这时期的文学演变确实有着相当的贡献，然而专就小说的研究不可避免会产生局限，一种具有贡献性的局限。只有小说与诗歌相互配合才能还原当时的文学情境，才能充分了解古典文学现代性的真正起源。我们最大的遗憾是清朝诗歌学者没能及时加入这个文学演变的讨论，而这本文集就是希望作为弥补这个遗憾的开始。

就文学的发展与演变，尤其是晚清或是十八世纪到民初这时期的文学书写而言，诚如王德威先生所言，可说是众声喧哗。就文学的研究而言，在小说之外将焦点投注在诗文上，则是踵事增华的盛事。众声喧哗是现象，而踵事增华则是好事，也唯有广泛而多面向地关注当时不同文类尤其是诗文的书写，才能踵事增华而更加周延地了解当时的文学发展是如何众声喧哗而多彩多姿。

中国文学现代性的发展非始自五四，这或许应已是定论，但缘起之始与如何发展，则有待更多研究参与讨论。这本论文集试图从诗学的角度，往前推溯至十八世纪，借此来探索在晚清之前的更早时期，文学的现代性是否已起端倪，或是已经蓬勃发展、昭然可视，只是我们长期忽略而已？之所以会将时间定从十八世纪开始，最主要的考量也是研究的事实，是诗歌传统在十八世纪与十九世纪上半叶之时已经出现相当显著的变化,其中的袁枚(1716-1797)、龚自珍(1792-1841)、魏源(1794-1857)等均是这时期的重要诗人。㉙ 袁枚诗歌中藉由陌生的当事人(诗人)的视角与散记的叙事形式来传达诗人对亲情、对家人既疏离又亲密的纠结与困惑,㉚ 龚自珍藉由不同于以往的意象使用来抒发自我面对时代改变之时的焦虑与不安(这与陈三立等近代诗人非常相似)。这些改变深深影响了后来在晚清文学与文化变化之际的诗歌书写。因此从十八世纪开始或许可以比较详实地呈现中国近代诗歌的演变。另外一个考量也是这本文集的主要目的,是笔者希望藉此来让学者思考在晚清之前的十八世纪的诗歌是如何参与这个重要的文学演变。换言之,以清朝诗学作为探讨的基点去审视那段时期的诗学内容、去想象诗人在写什么、怎么写、诗人的生活与遭遇、诗人如何与当时的社会与文化互动、诗人之间如何交流写作、诗歌如何接受、如何传承。藉此来向读者展示十八世纪到民初时期,诗人的生活与思想、诗歌的书写与发展,也藉此让我们一起重新思考中国文学从古典走向现代的演变,以及在这个演变里诗歌所扮演的角色。这本文集虽然溯及十八世纪,但并非意指中国文学的现代性是从十八世纪开始。就现有的有关古代诗文、思想、与社会的研究而言,此一发展在明清朝代更迭、西学东渐的十七世纪,甚至更早时期,已然出现。㉛

㉙ 有关龚自珍以及魏源对近代文化与文学的影响的研究,有许多专著。王德威先生也曾经就此领域写过研究专文,请参考 David Der-wei Wang, "How Modern was Early Modern Chinese Literature? On the Origins of 'Jindai wenxue'", *Chinese Literature: Essays, Articles, Reviews* (CLEAR) Vol. 30 (Dec., 2008), pp.145-165.

㉚ 有关袁枚叙事诗的分析,在欧美的研究作品有 Jerry Schmidt, *Harmony Garden: The Life, Literary Criticism, and Poetry of Yuan Mei* (1716-1798), pp.415-451;以及笔者的"Yuan Mei's (1716-1798) Narrative Verse." *Monumenta Serica* 53 (2005), pp.73-111.笔者的另外两篇中文论文也曾就袁枚叙事诗提出讨论:《十七到十八世纪的诗歌叙事——吴伟业(1609-1671)与袁枚(1716-1797)的叙事诗》,《中国诗学》第 20 辑,以及《古典诗歌的现代性——从十八世纪到民初的诗歌演变》。

㉛ 有关现代性与古代中国的研究,许多学者从不同的领域提出不同的看法。例如 A.C. Graham 将古代文学的现代性与晚唐相联系,认为晚唐的诗歌与西方现代文学批评在某些程度上相类似,而熟悉西方现代文学批评的读者有可能会喜欢晚唐的诗歌作品,请参考 A. C. Graham, *Poems of the Late T'ang* (Harmondsworth: Penguin Books, 1965), pp.19-20.著名的学者暨翻译家 Burton Watson 则认为宋代有现代的特点,请参考 Burton Watson, *Su Tung-p'o, Selections from a Sung Dynasty Poet* (New York: Columbia University Press, 1965), pp.3-4.专研明史的 (转下页)

这本文集共收录23篇论文,研究的对象包括诗歌(诗、词、曲)、诗学思想、诗学与书籍的流传、诗社、男诗(词)人与女诗(词)人、诗歌的接受、旧体诗人在海外,以及有关旧体诗人研究在海外的新材料等等;而所探讨的内容也涉及了许多重要的层面例如诗体回忆、诗与史、性别、女性主体与沧海桑田、文学民族主义、清朝诗学于东亚的接受与变迁、自我表现甚至是极端唯我的写作、女侠与诗歌、遗民书写等等。笔者希望藉着这些丰富的内容来强调从清朝到民国时期诗歌与诗学的发展不仅蓬勃而多元,更在中国文学从古典走向现代的演变中扮演着重要而不可忽视的角色。

之所以是《前言》,而不是《导论》,主要是因为诗歌对中国文学从古典到现代的转化的影响,不只是研究古典诗歌的学者,甚至只要是对中国"古典"文学有所了解的读者,都非常清楚诗歌在文学演变上的地位与贡献。因此舍去《导论》只用《前言》,藉此来表示这个有关文学转型的理解是早就存在于诗歌学者与读者心中,只是被太多的小说声音、太多的现代光影,所暂时掩盖而已。

在《前言》结束之前,笔者想简单讨论诗歌的叙事传统以作为这本文集的补述之用。长期以来学界除了藉由小说的观点来定义文学的现代性之外,近年也试图将古典诗歌的抒情主义来与现代性相连接。抒情是中国诗歌主要而且显著的特色,过去几十年来许多国内外重要学者都曾提

(接上页)Timothy Brook(卜正民)指出明代具有与现代社会相当类似的现代性,请参考 Timothy Brook, *The Confusions of Pleasure, Commerce and Culture in Ming China* (Berkeley: University of California Press, 1998).施吉瑞先生在其有关郑珍的专著中也引用了这些学者的研究。

就笔者所阅读过的有关中国文学现代性的定义与相关讨论,最为详尽、深入而清楚的是施吉瑞先生有关郑珍的英文专著,请参考 Jerry Schmidt, *The Poet Zheng Zhen (1806–1864) and the Rise of Chinese Modernity*, pp.29–40.施先生的相关讨论展现出他对当代西方相关理论的丰富知识,最重要的是施先生对中国古典文学传统有着深厚的学养,并且能以中国文学传统来审视现代性的定义,来与西方相关理论对话。

寇致铭的专著《微妙的革命》(*The Subtle Revolution*)对晚清诗歌现代性的定义与讨论,也有相当的参考价值。其中最重要的是指出易顺鼎(1858–1920)诗所表现出的"极度失落感",陈三立的"信念危机",以及整个晚清诗歌所笼罩的"永逝不归"、"存在危机"、"疏离"、"自我怀疑"、"对改变的不确定感"以及"人生厄运的宿命观"等。寇致铭所指出的这些特质,确实反映了清朝诗歌的现代性的代表特质。注:"永逝不归"此翻译引自陈国球先生对《微妙的革命》的书评,载于《汉学研究》2009年第27卷,第1期,第351–356页。

出精湛的论述来彰显抒情传统在中国文学中的地位与影响,对诗歌传统以及文学现代性的研究有着厥伟的贡献。然而笔者想藉此提出几个问题作为我们进一步的思考:除了抒情传统或是所谓的抒情主义之外,中国古典诗歌真的没有叙事传统吗?诗歌的叙事传统真的如此的薄弱而不显著,致使抒情传统成为诗歌的定义性特质?二千多年来数以万计的诗人真的如此不分朝代万众一心以抒情作为诗歌艺术的最高精神、作为书写的最终目的?抒情不可以藉由叙事表现吗?藉由叙事形式所表现的抒情也只能视为是抒情吗?没有抒情的叙事可能存在吗?

中国诗歌传统注重抒情,然而这并不意味着中国诗歌只有抒情传统。古代中国文人,不管是有志于创造或是有志于仕宦,都投入诗歌的写作,只有程度的不同。古代中国是世界文明中少有以诗歌作为主要文学书写形式的文明,没有任何一个文明曾经有过如此大量的文人投注在诗歌的创作上。很难令人相信,有这么多的文人投入诗歌的创作,但是诗歌的主要形式与传统只有抒情。将抒情当成是中国诗歌的定义性特质似乎过度扩张了"抒情"的定义,或许也忽略了诗人在抒情之外的书写兴趣与才气。在如此大量的诗歌创作中,能留名的诗人都是万人之选,各有其独到之处。诗人也是艺术家,而且是复杂而敏感的艺术家。他们是不容易满足于不变的价值,更不可能满足于单一的表达目的。他们的诗歌明显地传达出这些史上留名的诗人对于当时跟过去的诗歌传统是相当熟悉的,而他们所努力的是如何在既有的传统上创新。因此在抒情的表达方式上,不断地推陈出新,也因此在抒情之外,不断寻求不同的诗歌表达形式与传统。从中国诗歌的发展,确实呼应了以上的推论。我们也确实在中国诗歌里,看到了除了抒情传统,还有叙事传统,并且诗人,尤其是清朝诗人,对于叙事有着特别的喜好,有着敏锐的观察与创新。

这本文集是有关清朝诗歌,尤其是十八世纪的清朝到民初的诗歌在新文学演变中所扮演的角色。笔者选择二位重要但没有列入文集讨论的清朝诗人——吴伟业与袁枚——来论述诗歌的叙事传统,来展现清朝诗歌的叙事如何在题材与形式上不断地尝试与创新。

在清朝诗人中,有些诗人是进一步发展了众所周知的题材,换言之,在既有题材上,譬如故国沦亡、改朝换代、兵荒马乱、民不聊生等等,更加细节化;或是使用既有的题材来书写从未书写过的情绪与心理状况,换言之,在既有题材上看到前代诗人所没有看到的、写出前人所未曾写出的。有些诗人则是更进一步,其所注重的是如何展现题材的"形式",换言之,藉由创新的叙事形式来加以"解构"那些由既定、众所周知的题材所建构的意涵,并进而产生前所未有的阅读经验,表达出前所未有的意境。吴伟业即是最好的例子。吴伟业藉着错综复杂的时间交错结合多样的叙事声音来表达出在明清更替之际那种嘈杂、慌乱、令人无法面对因而混淆于时间之间的感觉。吴伟业所要表达的不只是今非昔比,也不只是故国沦亡的悲痛;吴伟业所要表达的是"他所看到的,或是他所记得他看到的,是他所混淆而无法确定的"。诗人藉着叙事形式产生混淆的阅读效果,来传递出他对自己所叙述的故事的混淆与困惑。换言之,诗人知道他所叙述的故事,但他不确定甚至怀疑他所叙述的是否为真。这是前所未有的诗歌书写,也是前所未有的阅读经验。

吴伟业作品所展现的复杂的叙事形式,是前所罕见的。或许可以更大胆地说,在前代的诗歌作品中,从未出现过如此错综复杂的叙事形式,更没有任何一位诗人能够如此成熟而灵巧地驾驭这么错综复杂的叙事形式来深刻地呈现历史、述说感受。我们会好奇吴伟业诗歌的叙事形式以及诗人对叙事的概念如何变得如此错综复杂?有许多的可能性。或许吴伟业所借镜的并不只是前代诗人的成就,[32]可能还受到他自己对历史书写形式(吴伟业也是专精史传书写的史官),[33]以及对小说戏曲(吴伟业还以传奇的写作闻名)的熟稔,也可能受到当时极为蓬勃发展的小说叙事的影响。或许,最有可能的,就是纯粹来自诗人自己的创作天赋及其对叙事文学的观念。不论是否受到其他文类的影响,叙事在吴伟业诗歌中扮演

---

[32] 吴伟业在诗史书写上确实深受杜甫与白居易的影响,有些作品甚至是模拟杜甫与白居易的作品所创作的,但在形式上吴伟业却能推陈出新,将诗史的写作推向新的境界。

[33] 吴伟业二十三岁中一甲二名进士,授官翰林院编修,之后充任史馆修撰《神宗实录》,因而称为吴太史。有关吴伟业的生平请参考王涛:《吴梅村诗选》(台北:远流,2000)的《前言》,第3-27页;裴世俊:《吴梅村诗歌创作探析》(银川:宁夏人民出版社,1994),第26页。有关其生平的详细情况请参考冯其庸与叶君远合著的《吴梅村年谱》(北京:文化艺术出版社,2007)。

着关键的书写角色,并与抒情搭配,传递出似曾相识却又前所未见的情感与阅读经验。这绝非单纯的"抒情形式"所能传递的。

就叙事形式而言,吴伟业最大的特色是多重而变化的叙事声音与观点(即,现代叙事学所谓的聚焦 focalization)以及错综复杂的时间结构(即,系列形式 sequencing)。这种结合多重聚焦以及复杂时间的叙事结构,是吴伟业对中国诗歌叙事形式最重要的贡献之一。这类复杂的叙事结构是用来记录那个时代动乱的历史,并表达诗人面对改朝换代之时不同身份之间的"复杂"情绪。古代诗人一方面是以诗歌来书写生平又力求创新传统的艺术家,另一方面是深受儒家精神影响、怀抱儒家道德传统、以实践儒家理想为志向的读书人,许多诗人更曾当朝为官。然而不论是出生于官宦世家或是清寒贫户,诗人同时也是一介凡夫俗子,尤其是在贫穷困厄或是战火频仍、民不聊生的时代,诗人时常在作品中寄语了诗人所必须面对的现实自我。举例而言,有的诗人(例如贫困的郑珍)可能为了将作品亲手交给恩师(程恩泽),长途跋涉近八十天从贵州千里迢迢赶赴京城,途中在湖北气温骤降,郑珍与莫友芝二人险被冻死,而回程在横渡泛滥汹涌的黄河之时几乎溺毙。㉞ 有的诗人(例如吴伟业)可能已经上了年纪但因故国沦亡而居家的前朝官员,在兵戈纷扰、匪盗四起之际,带着庞大的家族,包括年迈父亲的妻妾、年幼的稚子、诗人自己的妻妾、家丁、家当行囊,浩浩荡荡而又瞻前顾后、仓皇失措、狼狈不堪地千里逃难。在此情况之下(即,诗人的多重身份以及动荡而难以预料的时局),我们很难、也不需要总是只以一种身份、一种特定的角度、一种学者自以为是的价值观来诠释诗人、来定义诗人的书写形式、来限缩诗人作品中所流露的复杂的情怀与思虑。

许多研究似乎都只把诗人当成是诗人,当成是一个纯粹甚至不染尘埃而高高在上、令读者只能仰望的艺术家。甚至当诗人在描写生活困境之时,这些研究似乎也让我们觉得那种贫困都是一种无可冒犯的神圣,都将其美化成道德的至高境界。即使是诗人在兵荒马乱、四处逃难、历经生

㉞ Jerry Schmidt, *The Poet Zheng Zhen (1806–1864) and the Rise of Chinese Modernity*, p.84.

离死别之后的精神创伤,都像是具有文人气质、只有诗人才有资格拥有,而读者只能仰望而兴叹、只能羡慕这些诗人独有的、具有艺术气质的精神创伤。我们忘了诗人在很大程度上也是个凡人。㉟ 诗人的凡人特质,是诗人除了艺术天分之外,最重要的一个特质。诗人一方面在创作上是才华洋溢、敏锐观察、心思细密的艺术家,但另一方面在现实上也是滚滚红尘中的凡夫俗子。诗人也要过生活、也会为生活忧虑,他们在改朝换代、兵荒马乱之时,跟一般的平民百姓一样,不只是深受精神创伤而已,也会担心害怕,如果有机会或许他们也希望能苟且偷生。不是所有的诗人都有勇气为故国殉节,也不是所有的诗人都可以为故国殉节,也不需要所有的诗人都随着故国的沦亡而自尽。在中国诗歌史上,爱国诗人的作品确实有着很大的贡献,但更大的贡献来自那些在改朝换代之时选择存活下来、继续创作的诗人。这也就是明末清初之所以能够开启诗歌盛世的主因。吴伟业即是一例。吴伟业在其诗歌里,一方面描写诗人所目睹的兵戈扰攘、板荡不安的时局,以及在面对故国覆灭、清兵入关、河山易主、中兴失败、异族统治之时的忧伤与悲愤,以及身为明朝旧臣对明朝的思念与哀悼。然而另一方面,诗人却也同时表达了身为平民百姓对社会长治久安的渴望与期盼。身为平民百姓的这份渴望与期盼是没有朝代的区别的。

　　藉由"形式"来寄托特殊的情感,来让读者感受文字以外的特殊意涵,这是当代西方文学的重要特色。普鲁斯特(Marcel Proust, 1871 - 1922)的《追忆似水年华》(À la recherche du temps perdu, Remembrance of Things Past)是这类文学的代表。在中国叙事诗史上,吴伟业是能够透过

㉟ 现代学者的研究像是将读者定义为只能仰望诗人、只能以歌颂赞叹的方式来阅读诗人。然而有趣的是,这与古代的诗歌读者是有所差别的。古代诗歌的读者,尤其是第一位读者大多是诗人,至少是知道如何创作诗歌的读书人。换言之,在古代,诗歌的读者同时也是诗歌的作家,甚至是精于诗歌创作的诗人。诗人之间的唱和,诗人之间的阅读、评点与修改,是古代诗歌创作的文化与习惯。就以陈三立为例,陈三立早期诗歌的第一位读者之一是黄遵宪,黄遵宪评点甚至改写了许多陈三立的作品,而黄遵宪改写过的作品的第一位读者是陈三立,依此反复。这就像是梵高(Vincent Willem van Gogh, 1853 - 1890)、高更(Eugène Henri Paul Gauguin, 1848 - 1903)这些画家在绘画上的关系一般。在此情况之下,如果还将诗人心中的读者当成是现代所谓的一般读者,还将诗人美化成不食人间烟火、崇高无上而无法企及的艺术家,或许太过一厢情愿,也限缩了阅读的角度。

"形式"来传递"文字之外"的意涵的诗人。吴伟业藉着错综复杂的形式,来表达诗人对时间、对叙事声音、对叙事内容的困惑,而这些困惑,可能是用来更深一层地表达诗人对故国沦亡的哀恸,但或许也同时是寄托了诗人对改朝换代在认知上的困惑。明朝沦亡对诗人而言,是一种悲苦,但或许也是一种解脱。诗人深深困惑于这二种复杂而矛盾的情绪中,旧有的书写形式已经无法适当表达诗人的情绪,诗人需要新的叙事形式来突破过去有关故国沦亡的书写藩篱、来寄言他不知如何明言的困惑。

吴伟业藉由复杂的叙事形式来展现当时朝代更替以及历史的混乱,来间接表达诗人对历史的困惑,而袁枚则是将历史放在闹剧里,来展现出历史的虚构与荒谬,同时也表达出诗人对历史的质疑。袁枚最重要的叙事作品首推《虎口行》以及《归家即事》。题材一直都是文学研究的重点,然而,题材本身不会突显诗人的伟大,但是选材以及如何展现所选的题材确实是诗人天分与成就的表现。除了在既有的题材上以新的书写形式来表现前所未有的意义之外,发现新的题材也是诗人所努力的。这正是袁枚在叙事上的主要成就之一。就历史书写而言,吴伟业的历史书写是以令人混淆的叙事形式来暗示作者对于那段他曾经亲身经历的历史的困惑与混淆,而袁枚则以类似闹剧的形式来直接挑战历史书写的真实性,进而挑战了"诗史"的书写传统,挑战了"诗可以为史"的书写信念。袁枚以虚构的"真"来挑战他所质疑的可能为假但被误以为真的历史。进一步来说,袁枚是藉由挑战文学中的历史真实来探讨文学、记忆、历史三者之间的关系。书写是一种记忆呈现的形式,文学中的历史书写所呈现的是诗人对历史的记忆以及对记忆的表达模式。记忆跟表达都是一种重整的过程,而所有的历史事实也都只存在于书写中;因此,所谓的事实只是书写中的事实,与绝对的事实可能不完全相关,或甚至是大异其趣。袁枚对历史与叙事之间的反省,已经触及当代有关"史实性"(historicity)以及"虚构性"(fictionality)这类重要的文学研究议题。

除了质疑历史书写之外,袁枚也将他的视角投注在家人之间既亲密又疏远的关系。在亲情的描写上,袁枚采取新的书写形式,藉着事不关己的旁观者角度随兴记录家人的琐碎言谈,来让读者在阅读之时产生琐碎、不投入甚至困惑的感觉，藉由这些阅读效果让读者更进一层感受到诗人与家人之间的疏离。

或许有学者会认为袁枚诗歌中所表达的对家人的既亲密又疏远的感情正是抒情的表现。我们不需要否认这是一种抒情的表达，我们也无法否认任何语言都有可能在传达某种特殊的情感，但如果将这些情感的表达也全都当成是抒情主义，那么正如同之前所言，这种抒情的定义确实过度膨胀了。不需否认袁枚诗中所要表达的是之前文学中未曾表达但早已存在于人的感情之中的复杂情绪，这是袁枚的主要贡献，但不是唯一的成就。这篇作品特别引人注目的是袁枚用来表达这份复杂情感的书写形式。文学研究本就是各取所需，不可能周延、也不可能全面。中国古典文学中的抒情主义，是不需也无法否定的书写特色，但是强调抒情主义之时并不需要、也无法否定抒情主义之外的文学特色——叙事——的存在。多些角度去看待二千多年来由数以万计的文学天才投注毕生精力所创造出的古典文学；多些心情去了解那些天赋异禀、具有复杂心情或甚至深受精神创伤所苦、总是不以常人的眼光看世界的天才诗人的心情，或许藉此可以在古典文学中发现更多的奇花异卉，看到更多彩多姿的中国文学。

袁枚的《虎口行》这篇作品，是针对边大绶的回忆录《虎口余生记》所写的，是为了揭穿边大绶回忆录的虚伪与矫情。袁枚在作品的一开始就以"叙事者"也是"观众"的双重身份出现。当他是叙事者之时，他是所谓的另类英雄事迹的证人，他所要强调的是他"知道"英雄不是英雄。当他是观众时，他是另类声音的听众，他所"听到"的是跟一般梨园传说不同版本的英雄故事。袁枚正是藉着这两种身份来强调他"知道"也"听到"英雄不是英雄，而且他所记载的也是有凭有据的，绝非虚构的。袁枚在最后一段藉由"公书其事记辛苦，我歌为诗告千古。但凭天，莫畏虎"来更加突显历史的真伪难辨。

《虎口行》是以闹剧的书写形式来讨论史传文学的重要课题，而《归家即事》则是以第一人称的口吻搭配第三人称陌生的旁观者的视角、并藉着零散的随机记录，来暗示家人之间的疏离关系。袁枚的《归家即事》整首诗像是由一幕一幕的片段所组合而成，段落之间结构松散，像是由一幕一幕没有太大关联的片段所拼凑而成的故事,并且每一幕的叙事内容跟叙事语调又多不相同,唯一相同的是这些内容都是琐事。袁枚是主角也是叙事者,但却像是沉默不语的旁观者,一直要到最后尾声的时候,袁枚才出现,用感性的语调来为全篇叙事做总结。叙事者袁枚像是在陈述一件令人难以了解,而他也难以了解的故事与情怀,只有最后的离别感伤是唯一明显而容易了解的。袁枚藉着"沉默不语"的方式,来将自己从幕前隐藏到幕后,再以各自独立而没有明显因果关系的段落,加上令人费解而无聊难耐的种种琐碎的言语,表达他跟家人在感情上的疏离。但是在作品的最后,袁枚即将离开的时候,又以离情依依来作为结尾,藉此来表达他的不舍。全篇作品就在这种既疏离又亲密的复杂关系中结束。

十八世纪到民初的诗歌,不仅在抒情的表现,在叙事形式上,都有着相当的进展。如前所言,过去这几十年来有关中国古典诗歌的研究特别重视、也特别突显抒情主义,甚至将抒情主义与现代性结合。这种见解或许正是五四之后以小说为书写与研究的主体而忽视古典诗歌传统所产生的不得不然的一种看法。这种见解基本上是正确的,但我们也无法否认这是一种"局限性的正确"。无可否认也不需否认,抒情确实是古典诗歌的主要而基本的成分,然而,若不在抒情之外,关注所谓的非抒情成分,是很难发现、也很难去欣赏古代诗人如何努力在抒情之外另创书写的传统——叙事——并以抒情之外的文学形式来诉说、传达出不同于甚至超越于传统抒情形式所书写的情感。而这些外于抒情的书写形式,或许也现身于现代文学中,也与古典文学的现代性紧密相连,只是在抒情的浪潮之下,销声匿迹尚未被察觉而已。

致　　谢

在编辑这本文集的过程中,许多友人的协助、支持与鼓励促成了这本文集顺利编辑完成。藉着《前言》最后的尾声也是最重要的一部分来表达我最诚挚的谢意。首先感谢的是接受我邀请的所有撰稿学者。这本文集共收录了23位这个领域最具代表性的学者的作品。从邀稿,到引文校对、格式编辑,到论文段落编排,到翻译上的讨论,诸多的叨扰,诸位不仅理解与支持,甚至不厌其烦地与我讨论修改与编辑的细节,尤其是诸位对我缓慢编辑的忍受,是这本文集能够顺利完成付梓最重要的助力,而我自己从与诸位的讨论之中,更是受益良多。藉此向诸位致以最诚挚的感谢。

这本文集从编辑的初始到最后的完成,要特别感谢的是孙康宜老师、邬国平教授以及吴盛青教授。这本文集的形成,是孙康宜老师的鼓励。从2012年我筹组AAS研讨会,到编辑这本文集的开始,到邀稿的细节,到这本文集题目的构思等等重要决定与过程,孙老师的指导与建议对我起着最重要的影响。我之所以能有机会与大陆学者进行学术交流,是邬先生的引荐。邬先生不仅为我引荐大陆汉学界的学者,并促成了我与上海古籍出版社的结缘,邬先生的协助是这本文集能由大陆极负盛名的出版社出版的主因。盛青所扮演的是这本文集在编辑与出版等等细节上最重要的顾问角色,从撰稿格式的拟定,到与出版社的协调,到出版费的筹措,甚至是每当因为我自己对编辑的陌生而不知所措之时,盛青的建议总是让问题迎刃而解,让原本复杂的困扰瞬间烟消云散,更让编辑顺利往前推进。

在整个文稿编辑过程上给我最大协助的学界友人是山东大学孙学堂教授、东北师大孙洛丹教授、南京大学赵哈娜博士。学堂兄2013年接受我的邀请到我校客座访问一年,并参加了我与白润德先生在维多利亚所召开的2013年美国东方学会西区分部年度会议。学堂兄在我校的那一年,是我在维多利亚大学任教最快乐的一年,学堂兄的渊博学问与严谨的治学态度,不仅协助我的编辑更加精确,而学堂兄的友情,尤其是在我办公室与寒舍的畅叙,更是我至今仍怀念不已的记忆。孙洛丹是施吉瑞先生有关黄遵宪的研究大作的翻译学者,在中英日语上均有极高的造诣,尤其是对翻译的准确性更是令我佩服。洛丹对翻译文稿的编辑甚至重译,确保了这本文集在翻译上的水品。赵哈娜是南京大学张伯伟先生的高足,严谨的治学态度、广博的文史知识深得其师之风。哈娜在编辑上的协助,确保了这本文集在正文的校对,尤其是在引文、出处与格式上的准确,是我在编辑上最重要而仰赖的研究助理。

上海古籍出版社副总编辑奚彤云博士从一开始有关这本文集计划书（prospectus）的审核、出书合同到最后的编辑出版，全程给予了最重要的建议与协助。编辑马颢与杜东嫣细致地审稿、详细地修改注释、引文与格式，为这本文集的顺利出版做出很大的贡献。在此特致感谢。

这本文集能顺利出版，南京大学张伯伟教授的协助是最重要的关键。与伯伟兄认识是从这本文集的邀稿开始，友情持续的动力也是因为这本文集以及我们对汉学研究的共同理想。2013年秋天，伯伟兄远从大陆参加我与白润德先生在维多利亚大学主办的美国东方学会西区年度会议，伯伟兄有关域外汉籍研究与汉学研究新方法的演讲，引起全场欧美学者的热烈回应。会后，我陪同伯伟兄到 UBC 访问，虽然行程匆匆但满载而归，尤其是与伯伟兄深夜的畅谈，更是智识上的喜悦。2014年我初次造访大陆、与大陆汉学界结缘是伯伟兄所促成。2015年参加南京大学"中国古典文学高端论坛"的国际汉学会议，之后受邀参与《域外汉籍研究集刊》英文版的筹划、担任编辑委员，得以进一步为中国与国际汉学交流尽微薄之力，也是伯伟兄所引荐。

这本文集的编辑与出版，伯伟兄除了引介大陆重要学者参与文集的撰稿，让其高足哈娜协助文集的校对与编辑，更重要的是在我筹措出版经费而苦无对策之时，给了我许多宝贵的建议以及最重要的协助，并让这本文集得与南京大学结缘。而让我最为感激而深感荣幸的是他接受我的邀请担任此文集的共同编辑。这本文集的撰稿学者来自海内外最杰出的学者，而共同编辑又结合了北美与大陆，这谱成了国际汉学交流的佳话。中国文学从古典走向现代的演变，多年以来一直以小说观点作为唯一的诠释，这本文集的出版为这个重要的研究课题，注入了最重要却被遗忘多时的研究视角——诗学。如果这本文集能为这个领域做出贡献，伯伟兄厥功甚伟。藉此向伯伟兄致以最诚挚的感激。

在致谢的最后，我要感谢我的太太霭兰、女儿友兰。第一次萌发编辑这本文集之时，友兰才六岁。不论是我在桌案上写信给学界友人邀稿，或是草拟撰稿格式、查对引文，还是与学者讨论修改细节，友兰总是不时依偎在我身旁，时而给我轻吻、时而搂抱着我，或只是伫立在旁看着我工作。

我喜欢听她说话的声音,不论是在我书房或是从客厅传来,还是在后院依稀的轻声细语。现在回想,似乎每一书页上都能听见友兰当时愉悦的声音。霭兰是我永远的第一位读者,不论是她的笑容、点头,或只是蹙眉还是耸肩,都是我修改的决定因素。而她的支持更是我能在书房专心持续写作完成作品的关键。四年,从邀稿、编辑到出版,用文字写就简单这几个字,但你们给我的却远远在文字之外。谨将此书献给你们!谢谢你们!

林宗正

2016年10月30日于加拿大维多利亚大学

乾嘉诗话：历史诗学的繁盛及其完成

张寅彭

上海大学

一、引论：历史诗学

北宋熙宁四、五年间(1071－1072)，欧阳修在退休后逝世前的短短一年间，集旧稿撰成了一卷《诗话》。此卷看似成于不经意之中，所谓"居士退居汝阴而集以资闲谈也"(《诗话》自序)，但实际上是一种对后世影响十分巨大的推陈出新之作，此后诗话写作即十分兴盛，甚至蔚成诗学诸种体例中的大宗，这已是众所周知的常识了。

历代诗话写作虽盛，但对诗话这一种体例的性质，却众说纷纭，各依其理，至今也不能说已经得出了明确和比较一致的结论。比较多的意见是把它视作为一种后起的集诗学各种内容、体例之大成的综合性著述形式。比如，早在南北宋之际，许彦周就有"诗话者，辨句法，备古今，纪盛德，录异事，正讹误"①的表述；至清人又再加了几项，似乎讲得更全面："诗话者，记本事，寓评品，赏名篇，标隽句；耆宿说法，时度金针，名流排调，亦征善谑；或有参考故实，辨正缪误：皆攻诗者不废也。"②这是一种试图用罗列内容来说明诗话为何物的方法，其认识始终停留在物象的表层次。当然这也难怪，诗话的性质，如果光就现象言，也确实很难不被其驳杂的内容所迷惑和干扰的。即就《六一诗话》而言，短

---

① 许顗《彦周诗话序》，载何文焕《历代诗话》，北京：中华书局1981年版，第378页。
② 钟廷瑛《全宋诗话序》，浙江图书馆藏张宗祥钞本。

短二十八则,③有正误、记事、记言、存疑、评论、谐趣、录诗种种内容,令人不暇归类。北宋末年出现的一部诗话总集《唐宋分门名贤诗话》二十卷,分类甚至达到三十四种之多,④可谓包罗万象。诗话如果真是这样林林总总,不存在一个贯穿全体的基本性质的话,它就形不成一种独立的体例了。而如果对于诗话体例的认识也只是止于此种现象罗列的层面,那也就无所谓研究可言了。

乾隆间章学诚的说法就深入一层,他打通唐、宋,溢出集部,将诗话广通于经、史、子部,他是这样说的:

> 唐人诗话,初本论诗,自孟棨《本事诗》出,乃使人知国史叙诗之意;而好事者踵而广之,则诗话而通于史部之传记矣。间或诠释名物,则诗话而通于经部之小学矣。或泛述闻见,则诗话而通于子部之杂家矣。虽书旨不一其端,而大略不出论辞论事,推作者之志,期于诗教有益而已矣。⑤

这自然是一个极有见识的看法,不仅如上述的罗列表象而已,而一秉章氏"通"的学术立场。尤其是其结论,"论辞"乃诗话本所固有的"集部"的性质,"论事"则是诗话不同于其他诗学体例之特有的通于"史部"的性质,"诗话"正是这样一种立足集部而又主要通于史部的著述体例。

但是,章氏此种主"通"的立场却有一个方向性的失误。本来"论辞"与"论事"之提出,对于中国传统诗学著述是一个具有高度概括性的分类,但实斋的"分"却是统归在"诗话"名下进行的,作为分的结果之一的

---

③ 此据《历代诗话》本。别本有27、29则者,皆由分合之误所致。观日本天理大学藏南宋本《欧阳文忠公文集》卷一二八《诗话》版式,可明致误之原因。其他亦据《历代诗话》、《历代诗话续编》等通行本。
④ 三十四类名目如下:品藻、鉴诚、讥讽、嘲谑、记赠、知遇、不遇、激赏、聪悟、豪俊、轻狂、迁谪、闲适、登览、隐逸、咏古、感兴、题咏、离别、幽怨、伤悼、图画、谶兆、诗卜、纪梦、神仙、道释、伶伦、鬼魅、正讹、笺释、杂纪、乐府、四六。此书中土已不存,转引自赵钟业辑《韩国诗话丛编》(韩国太学社1996年版)。张伯伟已有整理本,收入其《稀见本宋人诗话四种》(南京:江苏古籍出版社2002年版)第234—400页,郭绍虞《宋诗话考》谓此书约成于北宋末年。
⑤ 《文史通义校注》内篇五《诗话》,北京:中华书局1985年版,第559页。

诗话，现在变成了分的出发点，这样一来反倒扞格难通了。并且又衍生出一系列具体之误，如"唐人诗话"的提法，即混淆"唐诗格"与"宋诗话"为一；《本事诗》所主是"诗本事"，与诗话的以"诗人本事"为主亦有区别；将通于史部与通于经部、子部并列，也不符诗话独重史趣的事实，诗话之通于经部小学和子部杂家的比重，是远不能与通于史部相提并论的，如此等等。

与章实斋同时的纪昀等四库馆臣，对此一问题却持一种完全不同的"分"的思路，《四库全书总目》集部诗文评类小序云：

  其勒为一书，传于今者，则断自刘勰、钟嵘。勰究文体之源流，而评其工拙；嵘第作者之甲乙，而溯厥师承，为例各殊。至皎然《诗式》，备陈法律；孟棨《本事诗》，旁采故实；刘攽《中山诗话》、欧阳修《六一诗话》，又体兼说部。后所论著，不出此五例中矣。⑥

五例中，如《文心雕龙》属于文评，可以不论；"本事诗"后世未获发展，所以《四库提要》所总结的中国传统诗学的著述体例，大要实可概括为"论评"、"诗法"与"诗话"等最为基本的三类。这里的"例"，即体例，按照传统义训，它并不只单含形式一方面的意思，它同时也结合着内涵的方面。也就是说，中国古人大量的题为"诗说（评）"、"诗法（格）"、"诗话"的著作，其实都与各自不同的旨趣内容相对应，承担着各不相同的任务："诗说（评）"一般以理论批评为旨，"诗法（格）"主要讲格律技法，"诗话"则重在记事录诗。此说完全克服了章说的含混之失，彰显了诗话这一体的"记录"之史的性质与功能，显然较章说为大优，也正合乎日趋"专门"的学术发展方向。

但令人大感不解的是，乾隆时期上述两种关于中国诗学体例的对立的思路，后世直至现代学者如郭绍虞先生等，大都取章实斋"合"之说而不及四库馆臣"分"的思路，把"论辞"的诗格、诗评等其他体例也视为诗

---

⑥ 《四库全书总目》，影印浙江杭州刻本，北京：中华书局1965年版，第1779页。

话,归为一类。⑦ 长期以来,研究界对于诗话的认识,占据主流的意见,大抵眩于诗话内容的复杂,或流于现象,或一归于论诗,似乎如此问题就算是解决了。

如果说,把中国诗学的所有体例都归之于诗话,在文献整理方面还能提供某种操作的便利,而具有一定程度的合理性的话,如何文焕编《历代诗话》将历代所有诗学体例汇为一编的做法,相沿成习,运用至今,⑧那么在诗学体例、诗学史的研究领域,如此混沌的状态就完全谈不上客观性和合理性了。

其实诗话甫问世,对其性质就已有了相应的认识,此即司马光在其《续诗话》小序中的"记事一也"之谓,历来或以其简单、不符诗话内容繁富的表象而不予重视,实在是大谬不然的。温公此论,删繁就简,一眼觑定:诗话这一种新出现的体例,其不同于此前的诗评、诗格、论诗诗、摘句图等已有体例的新特征,就在于"记事"一项。如此就在诗学范畴内,一下子确立了"诗话"这一种新体例的存在,而且同时也就顺带确立了其他诸种体例各不重复的独立性质的存在。这是何等卓越的大史家的眼识!换言之,肯定诗话的特点,也即是在肯定中国诗学体例的多样性,肯定中国诗学内部组合的丰富性。这较之笼而统之地或归诗话或归诗论的单一之说,显然可以将中国诗学的内在理路,疏理得更为细致、深入,从而也更为客观准确。

司马温公的"记事"一说,究其义,实与日后章实斋的"通于史部"说同,盖"事"即"史"也。诗话中那些评品、谈法的内容,其视角、写法往往与一般诗评、诗格之作不同,都是将之当作"事"来记述的,从而改变了性质。例如《六一诗话》中梅圣俞那句论诗的名言"状难写之景如在目前,含不尽之意见于言外",我们看到原来是在与欧阳修的一场讨论中发表

---

⑦ 如林昌彝《射鹰楼诗话》卷五:"凡涉论诗,即诗话体也。"(上海:上海古籍出版社 1988 年版,第 95 页)可谓简单归一的典型之论。又如郭绍虞《诗话丛话》:"由体制言,则韵散分途;由性质言,则无论何种体裁,固均有论诗及事及辞之处。"(载《照隅室杂著》,上海古籍出版社 1986 年版,第 226 页)

⑧ 当然前提是编辑者要有分辨体例的认识作为基础。详拙编《民国诗话丛编》(上海:上海书店出版社 2002 年版)凡例第一条。

的,诗话在记其言的同时,提供了场景、背景等"事"的因素。再如评论韩愈古诗的用韵特点,诗话也不忘记下那是一个众人讨论的场合,甚至连讨论的现场效果"坐客皆为之笑也",也一并予以还原了。又如评郑谷、周朴等晚唐诗人,每夹入"余儿时犹诵之"、"余少时犹见其集"等忆旧之语,加入了经历的时间因素。凡此皆可见"谈艺"变成了"记艺事"。至于其他如苏轼奉赠西南夷人绣有梅圣俞诗的蛮布弓衣、陈从易与友人议补杜集阙字而不中等,其"事"的性质自然就更为直接无疑了。除了少数一、二则外,《六一诗话》的几乎所有条目,都可以分析出"事"的成分来。所以"诗话"这一种体例,就其性质而言,便是以"记事"或曰"论诗及事"的史旨史趣区别于其他诗学体例的。如以现代学术的立场论之,或可名之曰"历史诗学"。

然则"诗"和"史"的关系,历来有视如水火不容的。例如杨用修即反对宋人称杜诗为"诗史",以为如此则不足以论诗。⑨ 无庸置疑,诗与史作为两门学科,其性质自然是不同的。从这个角度言,诗评、诗法等体例,实是诗学中的"正宗",而记事为旨的诗话则应是"旁门"。但"历史"作为记载人类一切活动现象的学科,其因子是要渗透到人类活动的所有门类中去的,有时渗透的程度还很高,所以又会有"历史哲学"、"历史语言学"等概念。"历史诗学"也不例外,它是应顺了记录诗人和诗创作活动现象的需求而产生的。而不同于欧西各国的是,中国古代自创了一种专门的体例,俾能用来方便地记录一代诗人们的艺事活动。"诗话"的性质,从根本上应作如是观。所以诗话之体创自一位诗人又兼史家的欧阳修手上,也属偶然中的必然。

立足集部的诗话,其通于史的性质,如果更进一步来看,主要是通于当代史,即记录当代诗坛,这也显然与诗评类著作"不录存者"的原则正相对。⑩ 盖具体一事当下可记,定评则须完人也。考之欧阳修《诗话》的

---

⑨ 《升庵诗话》卷十一《诗史》,载丁福保《历代诗话续编》,北京:中华书局1983年版,第868页。
⑩ 钟嵘《诗品》序:"其人既往,其文克定;今所寓言,不录存者。"上海:上海古籍出版社2011年曹旭集注本,第219页。

内容，主要就是由记述自身经历的涉诗之事构成的，故每有"余"的身影出没；他人之事，如赞宁捷对、陈从易补杜诗缺字、胡旦取笑吕蒙正、赵师民诗不类人、宋祁《采侯诗》等，虽非亲历，往往也是得之于当下之闻见。故诗话所记的当代人事，可信度是比较高的。⑪ 后世诗话基本上不脱此一记述格局，但规模则不断有所扩大。如《欧公诗话》28 则，《温公续诗话》31 则，《中山诗话》66 则，其他宋人诗话，除《韵语阳秋》外，多在百则上下。荆公、东坡、山谷为中心的一代诗人的许多诗事，便是在这一类记述中得以保存下来的。

元明两朝诗学，元人多以诗法存世，⑫明人所长，也在于诗法和诗评，诗话写作都不甚发达。⑬ 所以明人仍在质疑："诗话必具史笔，宋人之过论也。玄辞冷语，用以博见闻资谈笑而已，奚史哉？"⑭而清人对此的认识可谓针锋相对："诗与史，相为终始者也。记载为史，而词咏亦为史"；"诗，史也。诗话，亦史也"。⑮ 清代诗话，也正可谓是在此种认识的引领之下而再度兴盛起来的。康熙盛世一临，宋人此种记录当代诗坛的意识和趣味便正式复苏过来。康熙诗坛的领袖人物王士禛云：

> 古今来诗佳而名不著者多矣，非得有心人及操当代文柄者表而出之，与烟草同腐者何限？宋欧阳文忠谪夷陵，许州法曹谢伯初景山以诗送之云："长官衫色江波绿，学士才华蜀锦张。下国难留金马客，新诗传与竹枝娘。"（下略）使当时专门名家操觚腐毫，未必能道也。

---

⑪ 此就"有无"言，而非就"是非"言。如《六一诗话》所载河豚鱼汛期、夜半钟声等引起的争议，皆是是非之辩，其事则真。

⑫ 参张健《元代诗法校考》（北京：北京大学出版社 2001 年版）。

⑬ 明代诗学之著，据周维德辑《全明诗话》（济南：齐鲁书社 2005 年版）录入 91 种中，约二十余种题名诗话。然其中如《四溟诗话》原名《诗家直说》、《通雅诗话》原名《通雅诗说》；《归田诗话》、《南濠诗话》、《俆冬诗话》、《颐山诗话》、《升庵诗话》、《元朗诗话》、《藕居士诗话》泛论历代诗；《蓉塘诗话》类如笔记；《俨山诗话》、《夷白斋诗话》、《梦蕉诗话》、《小草斋诗话》也是评古多于谈今，皆非诗话正宗。至于《娱书堂诗话》、《敬君诗话》各仅 5 则，则不成著作矣。故真合诗话体例者，包括《豫章诗话》、《蜀中诗话》等地域诗话在内，不出 10 种而已。

⑭ 文璧《南濠居士诗话序》，周维德辑《全明诗话》，第 506 页。

⑮ 赵慎畛《静志居诗话序》，载黄君坦校《静志居诗话》，北京：人民文学出版社 1990 年版，第 1 页。

(《渔洋诗话》卷中)⑯

值得注意的是，渔洋这段话的根据，所援正是欧阳修《六一诗话》存人录诗的经典之例。但渔洋此时的口气以及意识的自觉程度，显然都较欧公当年所谓"其人不幸既可哀,其诗沦弃亦可惜"的动机和理由大为增强了。他并且对于选用"诗话"这一种体例来完成记录当代的任务，也有自觉的认识，他对此又说：

> 余生平所为诗话，杂见于《池北偶谈》、《居易录》、《皇华纪闻》、《陇蜀馀闻》、《香祖笔记》、《夫于亭杂录》诸书者，不下数百条；而《五代诗话》，又别为一书。今南中所刻《昭代丛书》（按应为《檀几丛书》），有《渔洋诗话》一卷，乃摘取五言诗、七言诗凡例，非诗话也。康熙乙酉，余既遂归田，武林吴宝厓陈琰书来，云欲撰本朝诗话，徵余所著。无暇刺取诸书，乃以余生平与兄弟友朋论诗，及一时诙谐之语可记忆者杂书之，得六十条。南邮行急，脱稿即以付之，不复窜改。戊子秋冬间，又增一百六十馀条。（《渔洋诗话序》）⑰

这段话厘清了"诗话"和"非诗话"的区别，尤其"本朝诗话"一辞，正十分准确地把握了诗话这一种体例特有的记录"当代诗坛"的史的功能，体现出渔洋诗学惯有的精微的特征。他在此意识下特为撰写的《渔洋诗话》三卷，对于规范清代此后诗话的写作，是有大意义的。

这是因为，清初沿前明之习，像《渔洋诗话》这样合乎体例的诗话之作尚不多见。此一时期各种体例的诗学之著，见存者约百馀种，其中十之五六为不名诗话的诗评、诗法类著作；而题名诗话者中，也多以评诗说诗为主，名、实并不相符。清初百馀年间，如渔洋大声疾呼的合于诗话体例的著作，不过寥寥一二十种而已。⑱ 其中也只有如《梅村诗话》、《西河诗

---

⑯ 《清诗话》，上海：上海古籍出版社1978年版，第194页。
⑰ 《清诗话》，上海：上海古籍出版社1978年版，第164页。
⑱ 详拙著《新订清人诗学书目》（上海：上海古籍出版社2003年版）。

话》以及不名诗话实为诗话的《谈龙录》等数种,或以记载之精,或以记载之广而稍优。

清诗话写作的高潮,要到乾隆时期才正式出现。渔洋上述辨正诗话体例以及撰写正宗的《渔洋诗话》的努力,对此发挥了犹如陈涉启汉高的引领作用。⑲

二、乾嘉时期诗话与诗说、诗法三类之作的分疏

乾隆时期诗话写作开始复兴,其前后主盟诗坛的几位人物,除沈德潜外,南方的袁枚和北方的法式善都写有规范的诗话,即《随园诗话》和《梧门诗话》;翁方纲的《石洲诗话》题虽不规范,但他在卷首特地声明:此书"申论诸家诸体,非诗话也",则也承渔洋之绪馀,间接表明了他对于诗话体例的明白意识。此外,西川诗坛的盟主李调元也著有"话今"的《雨村诗话》。这几位,翁方纲是渔洋的再传弟子,法式善服膺渔洋,⑳袁枚虽未俯首,但对渔洋也有"一代正宗"的认识,㉑所以他们的诗话之作在体例上(或意识上)与《渔洋诗话》才能如此一脉相承,并进而蔚成一代风气。

乾隆时期诗话,坚持"记录当代诗坛"这个诗话体例最为本质的特点,但在这一点上又较前贤有了很大的发展。《随园诗话》等虽然仍以"余"(我)为记述的中心,笔触却一例更为开放,不仅记本人,记闻见,往往还会主动征诗(附及事)入诗话,甚至还逆向地记有大量主动投诗求入诗话的人众,㉒这都是此前诗话不曾有过的新现象,突破了诗话写作主要

---

⑲ 昔王元美谓李东阳之于李、何,犹陈涉之启汉高,见其《艺苑卮言》。今借用其语。
⑳ 徐世昌《晚晴簃诗汇》括略诸家之说云:"时帆论诗主渔洋三昧之说,出入王孟韦柳,工为五言。"
㉑ 《随园诗话》卷二:"本朝古文之有方望溪,犹诗之有阮亭:俱为一代正宗,而才力自薄。""余学遗山,论诗一绝云:'清才未合长依傍,雅调如何可诋娸。我奉渔洋如貌执,不相菲薄不相师。'"(北京:人民文学出版社1982年顾学颉点校本,第48页)
㉒ 《随园诗话补遗》卷五:"自余作《诗话》,而四方以诗来求入者,如云而至。""以诗来者千人万人。"卷九:"崑圃外孙访戚于吴江之梨里镇,有闻其自随园来者,一时欣欣相告,争投以诗,属其带归,采入《诗话》。"分别见人民文学出版社1982年顾学颉点校本,第691、799页。

以本人为限的传统格局,所以这一时期出现了一批部帙在十数卷以上的长篇诗话。这反映了乾嘉时人十分充沛的记录当代生活的热情和自信。这样,诗话记录下的乾隆诗坛也变得前所未有的广大。《随园诗话》十六卷补遗十卷外,如李调元《雨村诗话》十六卷补遗四卷,正编撰成于乾隆六十年,补遗成于其去世前一年的嘉庆六年(1801);㉓吴文溥《南野堂笔记》十二卷,撰成于嘉庆元年至五年间(1796－1800);㉔法式善《梧门诗话》十六卷,书中记事可考者最晚为嘉庆八年(1803),书亦应成于此后不久;㉕周春《耄余诗话》十卷,撰成于嘉庆十四年至十七年(1809－1812),距去世前三年乃定;㉖聂铣敏《蓉峰诗话》十二卷,撰成于嘉庆间;㉗袁洁《蠹庄诗话》十卷,撰成于嘉庆二十年至二十五年间(1815－1820);㉘郭麐《灵芬馆诗话》十二卷续六卷,撰成于嘉庆二十一年至二十三年间(1816－1818),㉙如此等等。这些篇幅动辄十卷以上的诗话之作,可说都是在《随园诗话》的直接影响下产生的,汇而成为乾嘉时期诗话写作的一个显著特色,而与所处的盛世风貌也是极相般配的。

大型诗话之外,乾嘉时期一般篇幅的诗话之作尚有:叶之溶《小石林本朝诗话》二卷、陈梓《定泉诗话》五卷、查为仁《莲坡诗话》三卷、顾诒禄《缓堂诗话》二卷、杨际昌《国朝诗话》二卷、秦朝釪《消寒诗话》一卷、雷国楫《龙山诗话》四卷、徐涵《芙蓉港诗词话》一卷、朱文藻《碧溪诗话》一卷、方熏《山静居诗话》一卷附录一卷、屠绅《鹗亭诗话》一卷、郭兆麒《梅崖诗话》一卷、师范《荫椿书屋诗话》一卷、洪亮吉《北江诗话》六卷、俞文鳌《考田诗话》八卷、陆元鋐《青芙蓉阁诗话》二卷、张曰斑《尊西诗话》二卷、计发《鱼计轩诗话》一卷、任昌运《静读斋诗话》一卷、熊琏《澹仙诗话》四卷、

㉓ 见《雨村诗话》十六卷本自序及补遗四卷自序。
㉔ 见该书嘉庆元年自序及卷九之记事。此书名笔记,实为诗话。
㉕ 详张寅彭、强迪艺编校之《梧门诗话合校》(南京:凤凰出版社 2005 年版)。
㉖ 此书未刊,据上海图书馆藏清赵慰苍传钞本,封面及每页中缝题作"耄余诗话",然正文各卷则题作"耄余",岂兼寓才与年之二义乎?有嘉庆十四年自序,末附《皱云石记》一文署壬申,则又历三年矣。
㉗ 此据书中记事推断。
㉘ 此书自序及版刻俱署嘉庆二十年,然卷中有记二十四年事,又崔旭《念堂诗话》记道光元年闻知袁洁刻《蠹庄诗话》收入其诗,则应刊定于前一年。
㉙ 见《灵芬馆诗话》孙均序及续集自序。

丁繁滋《邻水庄诗话》二卷,徐经《雅歌堂髽坪诗话》二卷,许嗣云《芷江诗话》八卷补遗一卷,徐熊飞《春雪亭诗话》一卷,舒位《瓶水斋诗话》一卷,吴嵩梁《石溪舫诗话》二卷,凌霄《快园诗话》八卷,吕善报《六红诗话》四卷等,与上述大型诗话之作构成了一大类。另外如陶元藻《凫亭诗话》、蔡立甫《红蕉诗话》、史承谦《青梅轩诗话》、吴骞《拜经楼诗话》、汪玉珩《朱梅轩诗话》、王诚《香雪园诗话》等,内容介乎于诗话与诗评之间,姑且也归为一类。

  需要辨析的是如前已指出的翁方纲《石洲诗话》之类名为诗话而实际乃是诗评的著作。乾嘉时期这类著作尚有劳孝舆《春秋诗话》,黄立世《柱山诗话》,汪沆《槐堂诗话》,张宗柟辑《带经堂诗话》,恒仁《月山诗话》,廖景文《古檀诗话》、《盥花轩诗话》、《罨画楼诗话》,赵文哲《媕雅堂诗话》,卢衍仁《古今诗话选隽》,蒋鸣珂《古今诗话探奇》,谢鸣盛《范金诗话》,赵翼《瓯北诗话》,李怀民、李宪暠、李宪乔《高密三李诗话》,李调元《雨村诗话》(二卷本),颜崇槼《种李园诗话》,张诚《梅花诗话》,赵敬襄《竹冈诗话》,刘凤诰《杜工部诗话》,蔡家琬《陶门诗话》等,内容都以评论历代诗为主,实际上都不是诗话,而应与同一时期李重华《贞一斋诗说》、黄子云《野鸿诗的》、吴雷发《说诗菅蒯》、乔亿《剑溪说诗》等七十馀种直接题名诗说、诗评的著作归为一类,盖其旨趣与诗话是完全不同的。

  这一时期题名诗话的著作,还有承前朝而来的几种情况。一是地域诗话,如赵希知《泾川诗话》,郑方坤《全闽诗话》,陶元藻《全浙诗话》,檀萃《滇南草堂诗话》,徐祚永《闽游诗话》,戚学标《三台诗话》,曾廷枚《西江诗话》,吴文晖、吴东发《澉浦诗话》,戴璐《吴兴诗话》,徐传诗《星湄诗话》,梁章钜《长乐诗话》、《南浦诗话》等,较康熙时只有裘君宏《西江诗话》等个别之作大为发展。二是断代诗话,如孙涛《全唐诗话续编》、《全宋诗话》,郑方坤《五代诗话》,钟廷瑛《全宋诗话》,周春《辽诗话》,佚名《明季诗话》等,加上纪事体的大型断代之作《宋诗纪事》,发展也很可观。三是附于诗总集内的小传性质的诗话,如王昶《蒲褐山房诗话》(附于《湖海诗传》)、法式善《八旗诗话》(编辑《熙朝雅颂集》时所作),郑王臣《兰陔诗话》(附于《蒲风清籁集》),郑杰《注韩居诗话》(附于《国朝全闽诗录》)等,与卢见曾《渔洋感旧集小传》、郑方坤《本朝名家诗抄小传》等性质相近。这些或以一地,或以一代为旨裒辑遗事佚诗的著作,属于诗话的别体,反映了诗话一体在清中叶十分丰富的发展。但这些著作往往总揽古今,并不以本人和当代为焦点,体旨与诗话以本人为中心记录当代诗坛的本义还是有所区别的。

至于诗法类著作,则与诗话的区别较为明显。由于乾隆二十二年科举恢复试诗,这类著作更是大量应运而生。如蔡钧《诗法指南》、徐文弼《汇纂诗法度针》、陆祚《诗法丛览》、李锳、李兆元《诗法易简录》、朱燮、杨廷兹《千金谱》、叶葇《应试诗法浅说详解》等。另外康熙时即开始流行的古诗声调谱一类著作,介乎于诗法与诗评之间,此时也很盛行,如恽宗和《新订声调谱》、吴镇《声调谱八病说》、李汝襄《广声调谱》、翟翚《声调谱拾遗》等。合而计之,这一时期的诗法类著作也约有四十馀种之多。㉚

此外还有一些不名诗评、诗话、诗法的著作,但按其内容性质,大抵亦可三分之,如靳荣藩《吴诗谈薮》可归于诗评类,王楷苏《骚坛八略》可归于诗法类,贾季超《护花铃语》可归于诗话类等。

上述三分之举,即是《四库提要》分疏思路的具体落实。各类的数字、各类之间容或稍有出入,尚可作更为准确的进一步厘定,但类别应该是可以成立的。诗话一类不如此确然剥离出来,则将无以呈现其独有的旨趣与价值。这是《四库提要》分疏的取向优于章学诚"通义"说的原因所在,也是本文与现代以来学界混三者为一的主流趋向异趣的理由所在。

三、与盛世诗况相匹配的长篇形式

要认清乾嘉时期诗话善用体例特征、充分记录当代诗坛所获取的成功,应该首先从这一时期出现的那一批篇幅巨大的诗话之作谈起,这是宋

㉚ 此处的各类统计,均据拙著《新订清人诗学书目》。另有黄任《香草斋诗话》、姚培谦《松桂读书堂诗话》、张九钺《历代诗话》、冯一鹏《怀旧游诗话》、焦循《雕菰楼诗话》等未及见,故未能归类。又蒋寅《清诗话考》之《见存书目》排列未按时序,分类亦与本文不同;《经眼录》虽按时序,然又不全,未便统计。

以来诗话写作史上前所未有的现象。

在乾隆时期以前,冠以诗话之名的大篇幅之作,如顺康时期吴景旭的《历代诗话》八十卷、宋长白的《柳亭诗话》三十卷等,内容都以诠释名物、综评历代诗为主,都非真正意义上的诗话;而若要记录本人或当代诗坛,则连王渔洋那样居高位和极具热情的人,都仅只写到三卷而已。所以乾隆时期诗话的体量一下子成长为巨大,这一外在第一显眼的新特点,实是一个不容轻易放过的观察点。

但这一特点过去一般是被当作缺点来看待的,即所谓"冗"或"滥"。这可以《随园诗话》为代表来说明之。从当年《诗话》尚在写作过程中,一直到今日学界,这样的批评一直不绝于耳。甚至连对《随园诗话》持正面肯定态度的人士,亦都不讳言其"滥",例如当年的袁洁和今人钱钟书。㉛ 如果就诗论诗就话论话而言,这一批评自然是不错的。而作者本人为此所作的申辩,如"采诗如散赈也,宁滥毋遗"(《诗话》补遗卷八);"人有訾余诗话收取太滥者。余告之曰:余尝受教于方正学先生矣。尝见先生手书《赠俞子严溪喻》一篇云:学者之病,最忌自高与自狭。……然则诗话之作,集思广益,显微阐幽,宁滥毋遗,不亦可乎"云云(同上卷四),这个自我辩护也略嫌苍白。所以他有时候也不免底气不足,而把"滥收"的原因归结为情面难却。㉜ 所以主客双方似都未搔着痒处。

乾隆时期诗话录诗量的特别巨大,如以二十一世纪的学术视野来看,对应的实际上应该是乾嘉盛世诗坛空前繁盛的崭新情况。目前已知这一时期的诗人诗集数量,以现存最大的总集徐世昌《晚晴簃诗汇》统计,约有1 800家;㉝ 而更为全面的实际数量,按照柯愈春《清人诗文集总目提要》著录,乾隆朝诗文家达4 200余人,诗文集近5 000种;嘉庆朝诗文家

㉛ 袁洁《蠹庄诗话序》:"余嫌《随园诗话》太冗,曾为去其芜杂,存其精华,另成一帙。"钱钟书《谈艺录》五九:"自有谈艺以来,称引无如随园此书之滥者。然此书所以传诵,不由于诗,而由于话,往往直凑单微,隽谐可喜,不仅为当时之药石,亦足资后世之攻错。"

㉜ 《随园诗话》卷十四:"选家选近人之诗,有七病焉。……狗一己之交情,听他人之求请:七病也。末一条,余作诗话,亦不能免。"北京:人民文学出版社1982年,顾学颉点校本,第465、466页。

㉝ 徐世昌辑《晚晴簃诗汇》约从卷七十至卷一一二为乾隆时期,录诗人1 200余家,卷一一三至卷一二九为嘉庆时期,录诗人550余家。此据正文统计,原目人数标示有误。

1 380 馀人,诗文集近 1 500 种。这是目前较确切的统计了。㉞ 这个数量意味着,乾嘉时期诗人队伍,已是四唐诗人的一倍有馀(《全唐诗》2 200家),是两宋诗人的十之六七(《全宋诗》8 000 馀家),而较顺康雍三朝之 4 000 家,也陡然多出 1 500 馀家!

这个诗文创作空前繁盛的局面,其出现自然也在情理之中。清代自康熙二十年平定三藩之乱后进入治世,至乾隆中已近百年,社会承平日久。加之乾隆帝本人好诗,又刻意规摩历代圣制,科考于二十二年(1757)恢复试诗,这自然更加带动了士子乃至于全社会的作诗风潮。面对当时举朝上下空前的作诗盛况,除了总集之外(如王昶编《湖海诗传》等),我们看到诗话作家们也都兴奋不已,而力图反映之。这就是《随园诗话》以及随之而起的一批巨型诗话产生的根本动因。《随园诗话》录人近 2 000 家,㉟虽于乾隆以前也略有涉及,但止于嘉庆初,主要是乾隆一朝的记录。其中见于柯愈春《总目提要》著录的仅 500 馀家,更多的都是并无诗集留存、甚至根本不以诗人见称的一般人众,所以它的记录是更为细致、随意和普及的,已经溢出了诗坛本身而及于全社会。换言之,诗话汲汲于关注个人及社会生活中的诗意,这个特点此时由于恰逢盛世而以长篇的形式更为充分地表达出来了,也就不能再用一般意义上的诗人之诗滥或不滥的标准来评判了。可见诗话与总集两种体例的功效是不完全相同的。㊱

所以《随园诗话》的超大规模即是它最傲人的特点。随园曾不无自负地说:"近日十三省诗人佳句,余多采入诗话中。"(卷十六)此语壮伟,我以为最可当其著,亦最合其世,而道出了从来诗话之作所无者。稍后的有志者,也都瞄准此点来续写他们的诗话。如法式善写《梧门诗话》,即云:

㉞ 参见柯愈春《清人诗文集总目提要》,北京:北京古籍出版社 2001 年版。
㉟ 据王建生《随园诗话中清代人物索引》(台北:台湾文津出版社 2005 年版)统计为 1 991 人。
㊱ 清人亦已有见及此者,如刘兴樾《石楼诗话序》云:"诗话不同乎选诗。选诗之家,必取古今人诗,会萃而错综之,择其合乎己意者,而后入吾选。亦不同乎论诗。论诗之家,必取古今人诗,品评而次第之。要其各执成见者,不必皆定论。"

近日袁简斋太史著《随园诗话》，虽搜考极博，而地限南北，终亦未能赅备。余近年从北中故家大族寻求，于残觚破箧中者，率皆吉光片羽。故是编于边省人所录较宽，亦以见景运熙隆，人才之日盛有如此也。㊲

便欲以其"边省"之详来补随园的南方之详。㊳ 故《梧门诗话》于东北之长白、西北之新疆、西南之西藏、东南之台湾等四陲极地，都有诗与诗人的记录，不能不说他是极力搜寻、自觉为之的。㊴ 又如袁洁作《蠹庄诗话》，一方面强调"一切仍《随园》体例，不忘所自也"（《蠹庄诗话》自序），一方面《凡例》第一条又云：

诗话取其全备。蒙古、八旗、汉军、十八省之搢绅大夫、文人、闺秀，以及释道仙鬼之诗，无不采入。㊵

㊲ 《梧门诗话例言》。原载《存素堂文集》卷三，今见张寅彭、强迪艺辑《梧门诗话合校》（南京：凤凰出版社 2005 年版）第 27、28 页。

㊳ 其实《随园诗话》中亦录有边疆诗事，如卷九杜昌丁入藏，与澜沧估俫女情好事；卷十一惠椿亭《过哈密》等诗，录诗亦不止十三省。

㊴ 分别见《梧门诗话》：东北如"余佐冶亭辑《八旗诗集》，搜罗长白诗人不下数百种，时有佳句，必默记之。五言如佟仲感应'苍苔资水绿，碧草怨霜黄'、西在言库'烟浓疑树近，云重觉天低'、吴子瑞麟'寒流侵夜急，残月入城荒'、傅子元泽布'日落凉生树，秋深瘦到山'，七言如常德润裕'极浦霞蒸红柏树，空江秋冷白芦花'、诸道南穆泰'江山铁瓮犹今日，诗酒金陵已昔年'、罗西园泰'野泉凿壁归新瓮，古木支墙晒蒨衣'、僖用拙同格'二寸鱼游三尺水，独身树放并头花'、方沇山泰'绿杨影障嘶风马，红藕香薰啅雨鱼'，各有胜处。"（卷十三，第 373、374 页）新疆如"筠心先生⋯⋯《西域》诸作，真足当一代诗史。《伊犁》云：'盘鹏红寺朝鸣角，散马青原夜控弦。'《塔尔巴噶台》云：'塞月已寒三叶护，边风犹动五单于。'《额尔齐斯》云：'骖泽风高奔怒马，金山雪暗下饥鹰。'《吹地名》云：'千屯此日开榆塞，十箭当年阻玉关。'《辟展》云：'黄驱魅碛驼鸣月，白拥天山马立霜。'《哈喇沙尔》云：'弓挂轮台飞皎月，剑磨蒲海射晴畯。'《库车》云：'狐窥计水春流碧，鹊起田山野火红。'《阿克苏》云：'壕上射生城落雁，军前飨士帐鸣鼍。'《喀什噶尔》云：'饮马雪深寻旧井，睒鹰风劲上高城。'《叶尔羌》云：'月白夜营金甲冷，云寒秋垒绣旗高。'"（卷十，第 306 页）西藏如"乾隆辛亥廓尔喀之役，金匮杨荔裳方伯以中书从嘉勇公相福康安戎幕，遂遍经沙度绳行之地。足之所历，形之歌咏，前人从军诗所未有也。如《日月山》、《通天河》、《昆仑山》、《星宿海》诸长篇，难以悉录。录其近体数联，亦足见本朝武功之盛、人才之奋矣"；（卷十四，第 400 页）"徐玉崖观察长发在藏部，每事以七字诗一联括之"；（卷十）"仁和孙相国文靖公⋯⋯军中纪事诸诗，格律苍老，忠义奋发⋯⋯西藏诗尤佳"云云。（卷十四，第 398、399 页）台湾如"台湾士人自漳、泉数郡迁徙者居多，风化日盛，诗篇颇有可传"云云。（卷十，第 293 页）

㊵ 《蠹庄诗话》有嘉庆二十年刊巾箱本。今已收入拙辑《清诗话三编》，即将由上海古籍出版社出版。按《随园诗话》录诗，实不止十三省，计有江苏、浙江、安徽、江西、福建、山东、山西、广西、广东、河南、陕西、直隶、奉天、四川、湖南、湖北、云南、甘肃等十八省之多。

可见此"十八省"之谓，当亦从《随园诗话》的"十三省"而来。他后来在道光二年至六年间缘事谪戍乌鲁木齐，又写成《出戍诗话》四卷，仍不忘以"简斋先生游踪半天下，而塞外竟未一到，是以集中无出塞之作，亦是缺憾"一点，而直接与随园竞胜，所谓"蠡庄更傲随园处，赢得吟身出塞来"（王之屏《送行四绝》）。[41] 他们都以《随园诗话》录诗遍及全国的规模为标杆。此种争创规模的豪举，正与盛世社会无处不诗的实际相匹配，故而能够普遍地植入人心。

乾隆时期诗学著作动辄长篇巨帙的现象，当然不限于诗话一体。如诗法类的徐文弼《汇纂诗法度针》三十三卷首一卷，朱燮《千金谱》二十九卷、《三韵易知》十卷等，诗评类的张宗柟辑《带经堂诗话》三十卷首一卷、赵翼《瓯北诗话》十二卷等。但这两类著作的篇幅早在前明就已经十分可观了，如人所习知的胡应麟《诗薮》二十卷、许学夷《诗源辩体》三十八卷等，故不如诗话之作的大篇幅为奇。此外诗话大类中的别体如断代诗话、地域诗话等，其篇幅大者，此时也都从清初的个别之作而发展至较为普遍的现象，如厉鹗《宋诗纪事》一百卷、孙涛《全宋诗话》十二卷、钟廷瑛《全宋诗话》残十三卷、郑方坤《全闽诗话》十二卷、陶元藻《全浙诗话》五十四卷、戴璐《吴兴诗话》十七卷等，蔚成大观，也都是同一时代风气中的产物。诗话体例这种空前繁盛的局面，标志着所谓"历史诗学"的完成。

四、乾嘉诗话记录的当代"性灵"诗潮

诗话的长篇形式提供了记录的大容量，另外从观念上为诗话不拘一格广泛记录大开方便法门的，则也是得自于《随园诗话》的"性灵"说。

《随园诗话》这部书，二百多年来谈论者不乏其人，但一般多用来从理论上说明袁枚的"性灵"说。而事实上袁枚倡言的"性灵"说，与"神韵"、"格调"、"肌理"诸说主要由论评表述的方式并不相同。检视袁枚关

---

[41] 均引自《出戍诗话》。此书有道光刊本。今已收入拙辑《清诗话三编》，即将由上海古籍出版社出版。按《随园诗话》中实亦录有"边省"人诗，如吴镇即甘肃人。然终属偶然。

于"性灵"说的文字,可以发现,除了"性"与"灵"二字,前人诗学中的几乎所有的概念、规则,他都一概采取一种暧昧的既不肯定亦不否定、既可解又不可解、无可无不可的立场,既破一执,复立一执,就连"性灵"一词的出处,所谓"杨诚斋曰:'从来天分低拙之人,好谈格调,而不解风趣。何也?格调是空架子,有腔口易描;风趣专写性灵,非天才不办'"一语,也多半是他按照立说的需要随手杜撰的。㊷ 他对待理论、法则的基本态度,似以下面这段话最能得其仿佛:

> 孔子论诗,但云:"兴观群怨。"又云:"温柔敦厚。"足矣。孟子论诗,但云:"以意逆志。"又云:"言近而指远。"足矣。……不知少陵所谓:"老去渐于诗律细。"其何以谓之律?何以谓之细?少陵不言。元微之云:"欲得人人服,须教面面全。"其作何全法,微之亦不言。盖诗境甚宽,诗情甚活,总在乎好学深思,心知其意,以不失孔、孟论诗之旨而已。必欲繁其例,狭其径,苛其条规,桎梏其性灵,使无生人之乐,不已慎乎!(《随园诗话补遗》卷三)㊸

他的"性灵"说,主要即是如此这般依靠悟性而非学理建立起来的,却反而能够达成一种无所偏颇的结果,超越规则而规则复又无一不在,而为后世各家论说者誉为集大成。

所以《随园诗话》作为阐扬"性灵"说的最有影响的著作,不必在其中煞费苦心地寻绎理论之箴规,而应该着重关注此一诗观最为易见的包容广大的特点,所谓"自《随园诗话》出,诗人日渐日多"(钱泳《履园谈诗》),如此则可观赏到此书记录下的乾嘉时期诗坛乃至社会上下的诗况全景,岂容失之眉睫?㊹ 这一时期的其他诗话之作尤其是长篇之作,都不

㊷ 《随园诗话》卷一,第 2 页。按刘衍文、刘永翔《袁枚续诗品详注·前言》有云:"所谓杨诚斋看轻格调之说,查遍杨集,却是子虚乌有,不知其说从何处飞来。"简斋论诗实最爱杨诚斋,其名言"好诗如好色",据二刘先生考证,亦先由诚斋言之。见同书《知难》篇注。
㊸ 《随园诗话补遗》卷三,第 626、627 页。
㊹ 袁枚另有《续诗品》组诗,专"写苦心",实即诗法。惟用不便说理的韵语形式,则仍显示出其不耐理论的个性。今由刘衍文、刘永翔父子详为注释之(上海:上海书店出版社 1993 年版),可参。

约而同地体现并放大了"性灵"说所谓"诗境最宽"(《诗话》卷三)的特点,共同记录下完全可以置之此一诗观名下的浩大的盛世诗潮。换言之,"性灵"说主要地并不是一个理论型态的诗观,而是最广大地涵括了乾嘉盛世诗歌现象的一个代名词,它作为诗说的内涵或是虚无空洞的,其丰富性实在于具体充斥其中的诗与人及其时代。"性灵"者,袁枚引领的乾嘉盛世诗歌主潮之谓也。这乃是传统诗学"广大教化"现象距今最近因而也是最为清晰的一次表现。

随园一再说:"诗人者,不失其赤子之心者也。"(同上)"有学士大夫读破万卷、穷老尽气,而不能得其阃奥者;有妇人女子、村氓浅学,偶有一二句,虽李杜复生,必为低首者。此诗之所以为大也。"(同上)他强调这一点以至于矫枉过正:"凡诗之传,虽藉诗佳,亦藉其人所居之位分,如女子、青楼、山僧、野道,苟成一首,人皆有味乎其言,较士大夫最易流布。"(同上卷十)与此相配合,诗性也是建立在普通常识上面的,所谓"近取诸身而足矣。其言动心,其色夺目,其味适口,其音悦耳,便是佳诗"(补遗卷一);"人人共有之意,共见之景,一经说出,方妙"。(《诗话》卷十二)当然,这都已到达袁枚诗学中取消作诗条件一面的极限了;如上所述,他论诗自然也不乏与此相反一面的话,俾与结为相反相成的关系而不致坠于偏失。但在《诗话》中,他确乎始终在表达"诗即人人都能作的生活常识"这样一个主旨,偏在取消读书、规则的一面。他这样作的原因,当是出自他有意与当朝考据学主流学者立异的自我定位,强调"诗"与"学"的区别;但更显而易见的是,他所定立的这样一个极低的作诗之门槛,为录诗记事大开了方便之门,既与诗话的体例功能相符,也与升平日久作诗风气大盛的社会情势相当。所以这首先应该是一个正面合理的结果。而《随园诗话》录诗的所谓"滥",窃以为便是上述"历史意识"干扰"美感意识"造成的属于第二位的结果。"史"的直白取代了"诗"的蕴藉,则就诗而言,如何能好呢?而且这实际上也不仅仅是《随园诗话》才有的问题,前人早就有"诗话作而诗亡"的话头,㊺虽不免言过其实,却也是道出部分实

㊺ 语见李东阳《麓堂诗话》,载周维德辑《全明诗话》。

情的。诗话体例的"史旨",确是一个基本的对于美的"干扰"源。所以"诗话"所录之诗,固然应该是佳句,《随园诗话》中自然也不乏好诗,㊻但如果我们搁置了"佳"、"滥"等标准后,似更有利于认识此一时期诗话所呈现出来的所谓全社会广泛作诗这一可观的文化现象。这一盛况约而言之,有如下数端:

一是官府风雅。乾隆时期,由于皇帝好诗,科举又恢复试诗,故朝廷上下作诗的风气颇为盛行,诗话对此记载甚详。仍以袁枚为例,他虽然早早就挂冠退隐,但却始终维系着与朝廷上下的联系,游走于大小官吏之间。他也始终不放弃早年试宏博、入翰林这一段经历的剩余价值。其间自然未能免俗,但其主要目的,还是在于借此之力以维护他的随园,维护他的有乖时议的生活方式,逢迎之间,最终也是以能否真赏识自己作为标准的,所以俗中又自不俗。《随园诗话》如泻水、如织网般地详记他从上京宏博报罢,到外放江宁等地任地方官,到长期作为布衣名士所结识的大小官吏之能诗的一面,对于乾隆时期"今上"爱诗达成的别具一格的官场风气,可谓是一份十分详明的实录。姑举尹继善之一例:

> 尹文端公好和韵,尤好叠韵,每与人角胜,多多益善。庚辰十月,为勾当公事,与嘉兴钱香树尚书相遇苏州,和诗至十馀次。一时材官僚从,为送两家诗,至于马疲人倦。尚书还嘉禾,而尹公又追寄一首,挑之于吴江。尚书复札云:"岁事匆匆,实不能再和矣。愿公遍告同人,说香树老子,战败于吴江道上。何如?"适枚过苏,见此札,遂献七律一章,第五六云:"秋容老圃无衰色,诗律吴江有败兵。"公喜,从此又与枚叠和不休。(《诗话》卷一)㊼

这位尹公,是乾隆所赏的满洲大臣中两位所谓"真知学者"之一(另一人为鄂尔泰)。㊽他又是达官中很早就能赏识袁枚文才的人,《诗话》中

㊻ 如袁洁《蠡庄诗话》卷八:"《随园诗话》中录陶篁村题壁诗,后来和者皆不能及。"
㊼ 《诗话》卷一,第 5、6 页。
㊽ 《清史稿》列传九十四本传,北京:中华书局 1977 年排印本,第 10549 页。

颇录其诗与事。《小仓山房诗集》中有《余雅不喜次韵叠韵而宫保寄诗嬲之不得已再献四章》,[49]虽不喜而《诗话》不妨详记之。此老"年七十七而薨,薨时满榻纷披,皆诗草也"(《诗话》卷四)。这位先得雍正赏识后受乾隆信任的能臣,《诗话》记录了他与乾隆君臣相得的一个方面,即嗜诗。"人原是俗非因吏,仕岂能优且读书",《随园诗话》所记的蒋熊昌此一联,诚能概括乾隆朝官吏亦仕亦诗的面貌。

二是闺阁风雅。这是乾嘉诗话最具现代社会学所谓进步价值的方面。由于乾嘉诗话的广泛记载,女性作诗从此不再是个别的现象,开始"整体"地登上诗坛了。这方面最具"物理"性的一个证据,也是从《随园诗话》而来的体例上的调整,即不再按旧例将女性诗与男性诗区隔,单独抑在全书之末卷,而是与男性诗"平起平坐",不加限制地随所记录了。其他多卷本长篇诗话,除个别之作如《梧门诗话》外,也都群起仿效,如《雨村诗话》、《蠡庄诗话》、《灵芬馆诗话》等,都按新例编写,俨然掀起了一股女性诗潮。推尊女性诗的风气,总集方面早在前明时即已有所反映,[50]如田艺蘅辑《诗女史》、旧题钟惺辑《名媛诗归》、季娴辑《闺秀集初编》等。但在诗话中大谈女子诗,则不能不说是乾嘉诗话尤其是《随园诗话》开的头。此种新风尚当时曾遭到章学诚等学者严重的质疑,[51]故其形成并不轻松。这除了时势使然外,与诗话作者不惮谤毁的敏于搜寻、勇于记载之努力,也是分不开的。试看《随园诗话》所记:

> 余画《随园雅集图》,三十年来,当代名流题者满矣;惟少闺秀一门。慕潘香夫人之才,知在吴门,修札索题,自觉冒昧。乃寄未五日,而夫人亦书来,命题《采芝小照》。千里外,不谋而合,业已奇矣。余

---

[49] 袁枚著、周本淳标校《小仓山房诗文集》卷十四,上海:上海古籍出版社1988年版,第312页。

[50] 《四库全书总目》集部《名媛汇诗》提要:"闺秀著作,明人喜为编辑。"

[51] 章云:"古今妇女之诗,比于男子诗篇,不过千百中之十一。诗话偶有所举,比于论男子诗,亦不过千百中之十一。盖论诗多寡,必因诗篇之多寡以为区分,理势之必然者也。今乃累轴连编,所称闺阁之诗,几与男子相埒。甚至比连母女姑妇,缀合娣姒姊妹,殆于家称王、谢,户尽崔、卢。岂壸内文风,自古以来,于今为烈耶?君子可欺以其方,其然?岂其然乎!"(《文史通义·诗话》)见《文史通义校注》,章学诚撰,叶瑛校注,北京:中华书局1985年版,第567页。

临《采芝图》副本,到苏州,告知夫人;而夫人亦将《雅集图》临本见示,彼此大笑。乃作诗以告秋帆先生曰:"白发朱颜路几重,英雄所见竟相同。不图刘尹衰颓日,得见夫人林下风。"(《诗话》卷二)㊾

甲辰春,余过南昌,读谢太史蕴山《题姬人小影诗》而爱之,已采入《诗话》矣。忽忽八九年,先生观察南河,余寄声问安,并讯佳人消息。先生答书云:"姬姓姚,名秀英,字云卿,吴县人。生而娓婳娴淑,持家之馀,兼通书史。"(《补遗》卷二)㊿

下即录得姚氏《维扬郡斋看桃花》、《游百花洲》、《姑苏上冢》、《清江即事》四题五诗。漪香夫人即毕沅侧室,姓周名月遵。毕沅与谢启昆(蕴山)皆为一时显宦,简斋虽与二人交好,但此种直探内室的方式,在当时仍不能不服其胆大。再如下面一则:

裴二知中丞……其子妇沈岫云能诗,著有《双清阁集》。《途中日暮》云:"薄暮行人倦,长途景尚赊。条峰疏夕照,汾水散冰花。春暖香迎蝶,天空阵起鸦。此身图画里,便拟问仙家。"在滇中《送中丞柩归》云:"丹旐秋风返故乡,长途凄恻断人肠。朝行野雾笼残月,暮宿寒云掩夕阳。蝴蝶纸钱飘万里,杜鹃血泪落千行。军民沿路还私祭,岂独儿孙意惨伤?"读之,不特诗笔清新,而中丞之惠政在滇,亦可想见。余方采闺秀诗,公子取其诗见寄,而夫人不欲以文翰自矜。公子戏题云:"偷寄香闺诗册子,妆台伴问目稍嗔。"亦佳话也。(《诗话》卷十一)○

简斋表彰女才的用心昭明可鉴。若无他的执着搜求,则此类香闺诗册何能公之于天下?而女心的愿与不愿,也不过就在这推动之间。这些

㊾ 《诗话》卷二,第45页。
㊿ 《补遗》卷二,第623页。
○ 《诗话》卷十一,第390页。

与诗相关的本事材料，既可用作赏诗之助，同时也是当时风气的第一手记录，故诗话与闺秀诗总集的纯文学性是不同的。

三是日常生活风雅。与诗评往往趋向于将诗"英雄化"(如《毛诗大小序》便是最大的一例)不同，后起于宋代的诗话体例，其记逸事录佚诗的宗旨指向于日常凡庸。发展至乾嘉时期，此种凡常的宗旨更形自觉，《随园诗话》第一卷第一则即发表了一通"古英雄未遇时都无大志"的议论，开宗明义，即似在宣示其书所录的非英雄性质也。由于篇幅的扩大，此时诗话所能容纳的社会成分也大增。所录作诗者除士大夫外，更广而及于乡绅、妇人、市贾、伶人、工匠、盲艺人、村氓、家仆各色人等，这是其他体例无从反映的。又由于诗人身份多样，所录之诗的题材也随之较一般别集为大杂。以《随园诗话》为例，咏物至有皮蛋、瓜子皮、汤圆、马拦头(野菜名)、烟草、眼镜、白纸信、紫玻璃窗、佛手、孔庙、窑洞，以及人的指甲、不缠足、痘痂、三乳等；生活中事则有熨衣、逃学、染须、学跪、读书折角、裁菊、伐树、新仆、百岁人、新年、老年得子、美人吸烟、夏日蚊扰、落第闹事等，甚至连花封(选妾之费)、牛禁(禁私宰牛)、随地溲、同性恋之类也写成诗了。这些未必能见之于别集、总集的诗与事，但却毫无疑问极契合"性灵"说的定义，丰富和加重了乾嘉盛世性灵诗潮的世俗气息，显示出诗渗透于社会百姓日常生活的普遍程度。

乾嘉之后，此类极尽笔触记录当代人诗事的大部头诗话继续层出不穷，道光间如宋咸熙《诗话耐冷谭》十六卷《续谭》二卷、凌霄《快园诗话》八卷、张晋本《达观堂诗话》八卷、王俖《历下偶谈》十卷续编十卷、方恒泰《橡坪诗话》十二卷、姚锡范《红叶山房诗话》六卷、谢堃《春草堂诗话》八卷、康发祥《伯山诗话》后集四卷续集二卷再续集二卷三续集二卷四续集二卷(前集二卷论古)、于源《灯窗琐话》十卷《柳隐丛谭》六卷、柳青源《韵语杂记》十七卷、马星翼《东泉诗话》八卷、潘焕龙《卧园诗话》四卷补编三卷续编三卷等；咸丰以后如林昌彝《射鹰楼诗话》二十四卷、《海天琴思录》八卷续录八卷、李家瑞《停云阁诗话》十六卷、吴仰贤《小匏庵诗话》十卷、孙橒《馀墨偶谈》八卷续八卷、林钧《樵隐诗话》十三卷、倪鸿《桐阴清话》八卷、李文泰《海山诗屋诗话》十卷、袁祖光《绿天香雪簃诗话》八卷、邱炜菱《五百石洞天挥麈》十二卷拾遗六卷等,⑤⑤虽精粗不一,然皆可归为"随园体"诗话,诚所谓诗话"至渔洋山人一变也,小仓山房又一变也"。⑤⑥

总之,《随园诗话》以来诗话的最大特色,便是全方位地记载了诗坛与社会的关系,有清后二百年间诗史面目最为清晰,除了距今最近等时间因素外,诗话的详为记录,无疑是最直接的因素之一。它所达到的异乎寻常的数量、规模,以及记录的充分程度与完整性,令人瞩目地完成了中国传统"历史诗学"的建设。

当然,如就诗学性质而言,乾嘉以还诗话体现出来的上述种种社会"风雅",实是诗的"俗"化之表现而已,前人责之所谓"滥"者,亦即"俗"也。诗话的这一新变,在传统"雅文学"标杆之一的诗,与词、曲、小说等近世所谓"俗文学"潮流之间,可谓是架起了一座通联的"桥梁"。

五、断代纪事诗话与地域诗话

诗话通于史的体例特征,除了上述大量记录当代诗坛的自撰型的常态之作外,还为两种专题汇编型的著述体例所支持,即断代纪事体诗话和地域诗话。这两种著述体例,一创自南宋,即计有功的《唐诗纪事》,以及随后被约减而成的《全唐诗话》;一成于明代,即郭子章的《豫章诗话》。两种的旨趣有显近于正史和方志之处,而乃名之曰诗话,《四库全书总目》以来的目录一般也将之归为集部诗文评类,故论述诗话体例,其概念内涵遂必及于此矣。兹分述如下。

(一)断代纪事体诗话

关于《唐诗纪事》的价值,一般比较重视其文献价值,这是不言而喻的。但此书在诗学著述体例方面也有开创之大功:以诗人为目,按时排序,每人下列小传、作品、事迹等项,汇编相关资料,加上断代的时限,十分

---

⑤⑤ 皆据拙著《新订清人诗学书目》。
⑤⑥ 谢堃《春草堂诗话》自叙。

合乎史书的规范。它的所谓“纪事”，即诗话的记事；录诗一项也与诗话同，只是比重更大，以至于胡震亨断言：“此书虽诗与事迹评论并载，似乎诗话之流，然所重在录诗，故当是编辑家一巨撰。”(57)但此书的诗话性质，还是很快便被认定，即被减约而成为《全唐诗话》。后者《四库提要》虽考为贾似道门客廖莹中“涂饰塞责”而作，(58)但“全唐诗话”的名称还是十分恰当地揭明了前者的“诗话”性质。两种著作遂一前一后，成为定例。

但两种著作由于在元、明未见嗣响，所以如果没有清人的续写，则计有功之举在历史上就不过是一偶然为之的孤立的现象，断代纪事体诗话这一体例的规定性自然也就无从形成了。而清代在乾隆以前，虽已有沈炳巽辑成《续全唐诗话》一百卷予以回应，但在当时仍不过是一孤立之举，其书也一直未能流传。(59) 至乾隆时，乃一下子出现了厉鹗《宋诗纪事》、郑方坤《五代诗话》、孙涛《全唐诗话续编》、《全宋诗话》、周春《辽诗话》等多种同体之著，表现出为诗歌“修史”的异乎寻常的热情。断代纪事体诗话这一体例，至此时方算是获得了普遍的认可。不仅如此，此时又出现了一批以本朝为时限的纪事小传类诗话，如叶之溶《小石林文外·本朝诗话》、卢见曾《渔洋感旧集小传》、郑方坤《本朝名家诗钞小传》、杨际昌《国朝诗话》，及王昶《蒲褐山房诗话》等，(60)体例虽还不尽划一，但显然也是断代纪事体诗话体例影响下的产物。以下按所撰朝代先后依次列出：

孙涛《全唐诗话续编》二卷，卷上 53 人为《全唐诗话》原有而补其轶事，卷下 51 人则为原辑俱未载者。

《五代诗话》前后经由王士禛、黄叔琳、宋弼、郑方坤等多人之手：先由王士禛草成于其晚年，复由黄叔琳、宋弼整理编次，订为十二卷；而郑方坤则对王氏原稿痛加增删，列述五代诗人 400 馀位，原稿在补本中仅占三分之一，故历来视之为郑氏新著。

---

(57) 《唐音癸签》卷三十一，上海：上海古籍出版社 1981 年版，第 323 页。

(58) 此书旧题尤袤撰，《四库提要》考正之。见其集部诗文评类存目。

(59) 全书分卷首 15 卷、正文 80 卷、尾 5 卷，录唐诗人 780 馀家，然书未定稿。有台湾“中央”图书馆藏原稿本、浙江图书馆藏张宗祥钞本。台湾鼎文书局后有影印本。

(60) 此前已有陈以刚等的《国朝诗品》一种（雍正十二年棣华书屋自刊本），参拙著《新订清人诗学书目》。又钱谦益《列朝诗集》之《小传》、朱彝尊《明诗综》之《静志居诗话》，为王昶之著所本。

厉鹗《宋诗纪事》一百卷,收入宋代诗人约3 600家,虽因录诗的比重大于辑话而类如总集,但"有宋一代之诗话者,终以是书为渊海"(《四库提要》语)。孙涛《全宋诗话》十二卷,收宋人近600位,以录诗为主,与此体偏重记事之旨不合,有稿本藏上海图书馆,又有冯登府抄本藏清华大学。厉书后光绪间得陆心源补辑一百卷,补出诗人3 000馀家,诗8 000馀首;道光、咸丰间又有罗以智著《宋诗纪事补遗》不分卷,补得厉书之阙165人,稿未刊,仅有抄本藏南京图书馆。⑪《全宋诗话》嘉庆二十二年(1817)又有钟廷瑛之辑,现存十三卷,仅止于北宋仁宗朝,录约150馀人,亦未刊。⑫

周春《辽诗话》二卷,为数十位诗人及与诗有关的人物立传纪事。后民国间陈衍又编成《辽诗纪事》十二卷,收诗人65家,包括西夏、高丽诗人16家。陈衍并辑有《元诗纪事》四十五卷、《金诗纪事》十六卷,分别收金代诗人189家、元代诗人800馀家。这样,与宋先后并峙的辽、金及继宋而起的元等少数民族主政中原的朝代,其诗歌材料自乾隆以来亦陆续被纳入到《纪事》与《诗话》的体制之中。

惟胜朝明代的诗歌资料,乾隆时期未见有新著出现,然前有钱谦益《列朝诗集》所从出的《列朝诗集小传》、朱彝尊《明诗综》所从出的《静志居诗话》这样的系统之著,后有陈田的《明诗纪事》十集二百馀卷,自序称收诗人近4000家,因尊明初而薄前后七子,又极致意于晚明诸家,故全书各部分的详略比重不尽客观。此书实际刊行八集一百八十七卷,末二集二十卷方外、闺秀、番邦等未出,略不完整。

至于清代本朝的诗歌资料,如上所述,记录当代诗坛的诗话之作在随时随人而出,这些资料此时虽尚未及整理,但很快在嘉庆以后也被按照纪事、小传之体加以汇编了。如嘉庆初王昶《湖海诗传》中附于各家之下的诗人资料称《蒲褐山房诗话》,起于康熙末,迄于嘉庆初,得600家。同时之吴嵩梁《石溪舫诗话》二卷,又对王著进行续补。得104家。又如道光

---

⑪ 今人孔凡礼又有《宋诗纪事续补》(北京大学出版社1987年版),钱钟书《宋诗纪事补正》亦由辽宁人民出版社、辽海出版社出版。

⑫ 《全宋诗话》此前据闻尚有沈炳巽所撰一百卷,然书久佚未见。此题现存最善者,当为今人张宗祥所辑之一百卷,收录1 700馀家诗人之遗闻逸事,以直接取诸宋人文献为主,编成于1958年。惟迄今无缘付梓,稿本仍蒙尘于浙江省图书馆。

间张维屏的《艺谈录》，收顺治以下诗人550馀位，不及他的另一部大型诗话汇编《国朝诗人徵略》。《徵略》初编六十卷，收诗人近千家；二编六十四卷，道光二十二年（1842）刊行过一部分，但一直未曾刊全。此外咸丰间符葆森《国朝正雅集》中的《寄心庵诗话》，起讫约相当于乾隆、嘉庆、道光三朝，亦曾为人抄出，现藏首都图书馆的一种最为完整，然尚未刊出。近人则有徐世昌《晚晴簃诗汇》中的小传与诗话，陈衍附于其《近代诗钞》后的《石遗室诗话》，汪辟疆先生的《近代诗人小传稿》、《光宣以来诗坛旁记》，以及钱仲联先生《近代诗钞》中的各家小传等，不过都已是入民国后的著作了。

这样，乾隆以还的学者们就依南宋计有功《唐诗纪事》与旧题尤袤《全唐诗话》两种体例，编纂齐全了唐以后历朝诗歌（包括本朝）的《纪事》和《诗话》。断代纪事体诗话在清人手上表现得如此发达，这一现象除了有力地体现出清代诗学集大成的一般特点之外，还有其本身发展、完成诗话体例的特殊涵义。我们看到，明人孔天胤在序《唐诗纪事》重刻本的时候，又重提司马光"记事"的观念，所谓"善其纪事之意"，他并强调：

> 夫诗以道情，畴弗恒言之哉。然而必有事焉，则情之所繇起也，辞之所为综也。故观于其诗者，得事则可以识情，得情则可以达辞。譬诸水木，事其原委本末乎，辞其津涉林丛乎，情其为流为鬯者乎，是故可以观已。故君子曰：在事为诗。又曰：国史明乎得失之迹。夫谓诗为事，以史为诗，其义怃哉。(63)

这段话颇为难得地从"事"出发，视之为"情"的发生之源，为"辞"的表达素材，三者成为一个互不排斥的统一体，揭示出中国传统诗歌抒情背后的叙事性质，确是一个值得重视的具有理论意义的立场。中国传统诗学中的"事"的观念，庶几能与"言志"说、"缘情"说鼎足而三。因此对于上述清人的这一大批纪事体诗话，乃至于本文所述的一般诗话，都不应只是如通常那样仅用作历代诗歌的素材而已，而应当作一种重要的诗观之

(63) 《唐诗纪事》，上海：上海古籍出版社1987年新版。

反映来予以认识、研究。

（二）地域诗话

与断代纪事体诗话的情形相同,地域诗话也非清人创体,明代嘉靖以后已产生了郭子章的《豫章诗话》、曹学佺的《蜀中诗话》等几种,试图从一地的角度来记述诗的历史,提供了解释和认识诗的新的方面。例如《豫章诗话》就将宋人"江西诗派"的宗祖,由非江西籍的杜甫换成了江西人陶渊明。[64] 这是继《唐诗纪事》后,又一次变换内容方面来善用诗话通于史的性质的好例。入清后,《豫章诗话》很快即有裘君弘的《西江诗话》承之,但康熙时期也只此一种而已。

进入乾隆时期,从地域的角度汇编诗话的风气一下子盛行起来,涌现出郑方坤《全闽诗话》、陶元藻《全浙诗话》、赵知希《泾川诗话》、曾廷枚《西江诗话》、戚学标《三台诗话》、《风雅遗闻》、吴文晖、吴东发《潋浦诗话》等大小同题之著多种,并有题旨与之相近的记录一地游踪的杭世骏《榕城诗话》、檀萃《滇南草堂诗话》、徐柞永《闽游诗话》等,形成了谈诗从乡邑地理着手的一代风气,并延绵不绝于后世。今即以所见乾隆以后所作40馀种,略按省区类列如下。

浙江：

陶元藻《全浙诗话》五十四卷,此书有乾隆五十九年刊本,是地域诗话汇编中卷帙最巨之作。计收先秦至清乾隆间浙江诗人1 900馀位,从历代700馀种著作中汇辑有关资料。后咸丰间张道作《刊误》一卷,仅订误二十馀则。同治间钟骏声之《养自然斋诗话》亦有一部分(十卷中之卷五、六)以"全浙"为对象,所收且多为陶元藻《全浙诗话》所未收。但此书主要收辑杭州诗人之资料(卷一至卷四),至末四卷又转向外省人,乡贯不尽统一。光绪中潘衍桐之《辑雅堂诗话》二卷,计收浙人226家,略于乾、嘉以前而详于道、咸以后。此书原为续阮元之《两浙輶轩录》而作,但在客观上差可接续《全浙诗话》之时限。另有专辑浙辖某地的诗话数种,如吴文晖《潋浦诗话》二卷及其子吴东发续四卷、余楘《白岳庵诗话》(嘉

---

[64] 详拙文《略论明清诗话中的"泛江西诗派"观》,载《文学遗产》1996年第4期。

兴梅会里）二卷（以上嘉兴府）、戴璐《吴兴诗话》十六卷（以上湖州府）、张懋延《蛟川诗话》（定海）四卷、童逊祖《嶷嶷室诗话》（慈溪）一卷（以上宁波府）、戚学标《三台诗话》二卷、《风雅遗闻》（天台）四卷、童赓年《台州诗话》不分卷（以上台州府）、梁章钜《雁荡诗话》二卷（以上温州府）等，数量居各省之冠，反映了彼时浙地经济文化的富庶。

福建：

郑方坤《全闽诗话》十二卷，有乾隆十九年刘星炜序。所收以福建诗人为主，亦酌收游宦于其地者。上自六朝，下迄清初，计约 700 馀家，所采资料达 430 馀种。嘉庆时有梁章钜《东南峤外诗话》十卷，专收明代闽人诗事，较郑方坤《全闽诗话》之明代部分又有新得。梁氏以全闽为辑旨的著作尚有《闽川闺秀诗话》四卷，限于清代，得百馀人。光绪末丁芸曾对此书加以续补。晚清林寿图《榕阴谭屑剩稿》二卷，亦以收辑本朝闽人闽诗为主。闽辖一地诗学资料的收辑，亦多由梁章钜一人独任，如《长乐诗话》六卷，得该地唐林慎思以下 61 人；《南浦诗话》八卷，得自唐迄明之浦城诗人 90 馀家，等等。此外，杭世骏《榕城诗话》三卷、徐祚永《闽游诗话》三卷、徐经《雅歌堂鼇坪诗话》二卷、莫友棠《屏麓草堂诗话》十六卷等，虽体例不一，然或全部、或大部以闽人闽诗为题，福建地域的意识甚浓，差可归于此类。

江西：

如上所述，康熙间裘君弘的《西江诗话》为清人的第一部地域诗话汇编，此书收辑晋唐至清初的江西籍诗人 540 馀家，规模甚大，编辑质量也较《豫章诗话》更为纯正，故裘氏在自序中颇为自负地称前代诗话"未尝剖符划域，而以地限之"，俨然以始创者自居，确是不无其理由的。但此书以有忤碍语而很快遭禁。乾隆后期遂有曾廷枚阴救之，取其材料，变以人立目为以事立目，著成《西江诗话》，然全书不足 200 则，无能复其旧观，却以记事立目而更近于诗话的外观。⑥

---

⑥ 咸丰七年又有杨希闵《乡诗摭谭》正集十卷续集十卷，此书沿用方回"一祖三宗"之例，又参取高棅《唐诗品汇》用语，将陶渊明以下的历代江西诗人结成一张宗谱图，再排比整理相关资料于各家之下，已非诗话之体，故不论列。

安徽、江苏：

两省康熙初从江南省分出单列,安徽有赵知希的《泾川诗话》,记泾县诗人诗事;李家孚的《合肥诗话》三卷,录本朝合肥诗人200馀家。江苏有单学傅《海虞诗话》十六卷,录常熟地区清诗人近400家;阮元《广陵诗事》十卷,专记清代前期扬州籍人士之涉诗言行;顾季慈《蓉江诗话》三卷,专记江阴一邑自宋迄清乾隆间之诗人诗事;顾鹓《紫琅诗话》九卷,专记南通一邑自宋迄清道光间之诗人诗事;李福祚《述旧编》三卷附录一卷,为兴化一邑之诗话;张升三《惜荫轩诗话初编》一卷,录沛县乡先辈诗作甚多;徐传诗《星湄诗话》二卷,专辑昆山真义(正仪)之诗学资料,等等,风雅亦颇盛。其中只有《泾川诗话》作于乾隆时期,其馀都是嘉庆、道光以后的著作了。

湖北、湖南：

湖广地区康熙初分出湖北、湖南二省,张清标《楚天樵话》二卷,兼收二省之诗学资料;张修府《湘上诗缘录》四卷,集湖南诗人之遗章断句。二书皆为随笔性质,所收颇为零散。惟丁宿章《湖北诗徵传略》四十卷,汇集湖北地区咸、同以迄诗人资料1 960馀家,卷帙严整浩大,可窥晚清楚地诗人之全貌。

其馀各地,尚有张维屏《艺谈录》之卷二,专收粤东诗人241位;何曰愈《退庵诗话》十二卷记述粤人之诗人诗事,亦及蜀人;梅成栋《吟斋笔存》一卷录津门地方之诗人诗事;于春沚《浴泉诗话》二卷录河间地方之诗人诗事;王培荀《听雨楼随笔》六卷辑宦游蜀地者之诗与事;王松《台阳诗话》录及台湾地方诗人(间涉中土大家)170馀位等。

断代纪事体诗话和地域诗话,都是由收集、整理前人已有的著述文献,重新予以编辑而成,并非出自第一手的自撰,也不以记录当代为宗旨。但它们记事、记人的旨趣仍与诗话为近,因此在客观上拓宽了诗话体例的内涵,使得诗话"通于史"的性质由"当代"发展到"历代"。乾隆以还学者热衷于编著这两大类诗话的新品种,它们近于正史和方志的旨趣,从时间和空间双向地加重了诗话的"历史"成分。它们在乾隆盛世大量涌现,并一直维持高产,一举改变了两类著作此前冷清的写作状况,直至清末,与记录当代为主的自撰诗话一起,进一步完成了我国古典"历史诗学"的建设。

2013年6月25日于上海大学清民诗文研究中心

蒋士铨剧作中的"戏"与"曲"

陈靝沅*
英国　伦敦大学

一、"戏"与"曲"——十八世纪中国剧坛之演变

"戏曲"一词,最早见于宋元文献,只是特指某一种戏剧。刘埙（1240－1319）《水云村稿》卷四《词人吴用章传》云:"至咸淳,永嘉戏曲出,泼少年化之,而后淫哇盛,正音歇"①,专指的是永嘉戏曲,即戏文。陶宗仪（1316－?）《南村辍耕录》卷二十五《院本名目》云:"唐有传奇,宋有戏曲、唱浑、词说。金有院本、杂剧、诸宫调"②,亦是多种戏剧中之一种,并非通称。明清文献中并不普遍使用"戏曲"一词,较为常见的是"曲"、"乐府"、"词曲"等,或分别用"戏文"、"南戏"、"传奇"、"杂剧"等词。直至近代王国维（1877－1927）开始,才把"戏曲"一词用来指称中国传统原生的戏剧,形成目前学界所运用的文类意义上的"戏曲"概念,其外延可

---

* 陈靝沅,新加坡人,美国哈佛大学东亚系博士,英国伦敦大学亚非学院（School of Oriental and African Studies）中文系教授（Reader）、语言与文化学院（Faculty of Languages and Cultures）副院长、欧洲汉学学会（European Association for Chinese Studies）秘书长。研究领域以元明清文学为主,著有专书 Songs of Contentment and Transgression: Discharged Officials and Literati Communities in Sixteenth-Century North China （Cambridge: Harvard University Press, 2010 年）、《康海散曲集校笺》（浙江古籍出版社,2011 年）、Text, Performance, and Gender in Chinese Literature and Music: Essays in Honor of Wilt Idema（合编）（Leiden: Brill, 2009 年）、《英语世界的汤显祖研究选译》（合编）（浙江古籍出版社,2013 年）等。

① 俞为民、孙蓉蓉主编:《历代曲话汇编·唐宋元编》,合肥:黄山书社,2006 年,第 186 页。
② 俞为民、孙蓉蓉主编:《历代曲话汇编·唐宋元编》,第 436 页。

包括汉代角抵戏、唐代歌舞戏、参军戏、宋杂剧、金院本、宋元南曲戏文、金元北曲杂剧、明清杂剧、明清传奇、清代京剧,以及近代各种地方戏和民族戏剧。③

按《中国曲学大辞典》的解释,"戏曲"一名又有两种意义:

> 其一是文学概念,指的是戏中之曲,这是一种韵文样式,又称"剧曲"。后人亦用来专指中国传统戏剧剧本,这是一种综合运用曲词、念白和科介等表现手法展开故事情节和塑造人物形象的文学体裁。其二是艺术概念,指的是中国的传统戏剧,这是一种包含文学、音乐、舞蹈、美术、杂技等各种因素而以歌舞为主要表现手段的总体性的演出艺术。这两种意义有内在的联系,这种联系在概念的发展变化历史中形成。④

"戏曲",既可指作为表演艺术的"戏",又可指作为戏剧文学的"曲"。从历史发展的角度来看,这两种意义及特性在不同时期占据了不同位置。中国戏剧观念可说经历了一个由"戏"到"曲"的历史发展过程。唐宋人把戏剧视为一种表演技艺,即"戏"的观念。到了元明两代,随着更多文人的参与,戏曲批评趋于将戏剧视为诗歌演变之一体,且戏曲、散曲不分,可称之为"曲"的观念。⑤

清代作为中国古典戏曲理论的集成时期,对于"戏"与"曲"的论述又呈现出一番新的局面。到了盛清时期,编剧理论虽日趋萎缩,但表演艺术理论却十分活跃。⑥ 有论者提出,清代是中国戏剧观念进入到"戏"与

---

③ 关于"戏曲"一词的解说,参见张庚:《中国戏曲》,《中国大百科全书:戏曲曲艺卷》,北京:中国大百科全书出版社,1983年,第1页;齐森华、陈多、叶长海主编:《中国曲学大辞典》,杭州:浙江教育出版社,1997年,第3-4页;曾永义:《也谈戏曲的渊源、形成与发展》,《戏曲源流新论》,台北:立绪文化事业有限公司,2000年,第19-113页;孙玫:《"戏曲"概念考辨及质疑》,《中国戏曲跨文化研究》,北京:中华书局,2006年,第3-18页。
④ 齐森华、陈多、叶长海主编:《中国曲学大辞典》,第3页。亦见叶长海:《曲学与戏剧学》,上海:学林出版社,1999年,第三章《中国传统戏剧的艺术特征》,第16页。
⑤ 详见陆炜:《中国戏剧观念的历史演进》,《戏剧艺术》,1986年第1期,第21-26页。
⑥ 参见俞为民、孙蓉蓉主编:《历代曲话汇编·唐宋元编》,《总前言》,第22-24页。

"曲"统一的时期。唐宋人的戏曲本体论偏重于表演这一侧面,而元明人的本体论只抓住诗歌或文学的一面。到了清代,戏剧学理论才得以把作为表演技艺的戏和作为诗歌文学的曲统一起来,被看作一个实体。⑦ 由此观照十八世纪的中国剧坛,可以进一步思考以下问题:若说清代是"戏"、"曲"统一的时期,那在盛清这一时期,这两种特性之间究竟存在何种关系?是"戏"与"曲"并重,抑或是突显了二者争胜的局面?

十八世纪标志着中国古典戏曲发展史上一个重要的历史转折时期。首先,这一时期见证了所谓的"花雅之争",即雅部(指昆山腔)的凋落与花部诸腔(指各种地方戏,又称"乱弹")的勃兴。曾永义指出,这是中国戏曲体制规律、音乐性格,乃至剧场主宰者的大革命——"雄霸元明两代的词曲系曲牌体戏曲剧种,转而为诗赞系板腔体戏曲剧种;同时也使得腔调剧种由明代之单腔调剧种转为多腔调剧种;其剧场之主宰者也由元明两代之剧作家剧场转为演员中心之剧场"。⑧ 由此相应地,焦点渐由作为文学概念的剧本创作("曲")转向作为艺术概念的场上表演("戏")这一层面。但不可忽略的是,同时期清代文人的戏曲创作,却又呈现了案头化,即"曲"化的倾向。"戏"与"曲"的分野在清代戏剧批评中尤其明显。李渔(1611–1680)《闲情偶寄》对戏曲的讨论分列于《词曲部》和《演习部》。更有甚者,盛清时期的李调元(1734–1803)著有两部关于戏剧的论著,分别称之为《曲话》和《剧话》。

《四库全书总目》对《词曲类》的解说可概括戏曲在十八世纪的地位:"词、曲二体,在文章、技艺之间,厥品颇卑,作者弗贵。"⑨戏曲之地位颇卑,与其文体之特殊构成有关。其"曲"的部分属于韵文之一种,可视为"文章",但其"戏"的舞台表演部分则属于伶人"技艺"之范畴。由此可

---

⑦ 陆炜:《中国戏剧观念的历史演进》,第 26–28 页。
⑧ 曾永义:《论说戏曲雅俗之推移(上)——从明嘉靖至清乾隆》,《戏剧研究》第 2 期(2008 年 7 月),第 1–6 页。
⑨ 永瑢等:《四库全书总目》,卷一九八,北京:中华书局,1983 年,第 1807 页。

见,"戏"与"曲"不仅是戏曲的两种不同意义,它们还代表了两种不同场域以及作家作品地位之高下等。在作用上,"戏"突显戏剧娱乐他人的一面,"曲"则依循诗言志的传统,更侧重于文人的自我抒发,其差异在宫廷演剧与文人戏曲中尤其明显。

在中国戏曲发展史上,文人戏曲和宫廷演剧代表了两个重要而氛围迥异的活动层面。自十六世纪以来,文人更多地涉足戏曲创作。[⑩]郑振铎《清代杂剧初集序》中曾提出:"盖明代文人剧,变而未臻于纯,风格每落尘凡,语调时杂嘲谑,大家以徐沈犹所难免。纯正之文人剧,其完成当在清代。"[⑪]文人戏曲是文人曲家所创作,其对象也是文人,主要在其诗朋文友之间流传。它强调的是个别文人曲家的审美追求及艺术选择,不单单是表现剧作家的文采,也是他们借以泄愤言志的途径。与文人戏曲不同,宫廷戏曲的创作不是为了表达某一位剧作家个人的心声,而主要是为了娱乐皇室或承应某宴会庆典。[⑫] 过去对于盛清剧坛的研究较注重花雅之争对于文人创作的影响,而相对忽略了这一时期同时也是宫廷戏曲发展的高峰。文人戏曲与宫廷演剧之交汇及融合,对于中国戏剧在"戏"与"曲"这两层意义上的表现,产生了一定的影响。

清代曲家蒋士铨(1725-1785)的个案有助于我们理解中国戏曲发展史上的这一转折时期。蒋士铨是清代最重要的文人曲家之一,生前已享有盛誉,除被誉为"江右四才子",乾隆皇帝还曾赐诗称之为"江右两名

[⑩] 见徐子方:《明杂剧史》,北京:中华书局,2003年,第10-13页。关于文人传奇的发展,参见郭英德:《明清文人传奇研究》,北京:北京师范大学出版社,1992年。

[⑪] 蔡毅:《中国古典戏曲序跋汇编》,济南:齐鲁书社,1989年,第534页。

[⑫] 近年来有关清宫演剧的研究包括丁汝芹:《清代内廷演剧史话》,北京:紫禁城出版社,1999年;Wilt L. Idema, "Performances on a Three-tiered Stage: Court Theatre during the Qianlong Era," in Lutz Bieg, Erling von Mende and Martina Siebert, eds., *Ad Seres et Tungusos: Festschrift für Matin Gimm* (Wiesbaden: Otto Harrosowitz, 2000), pp.201-219;赵杨编著:《清代宫廷演戏》,北京:紫禁城出版社,2001年;王政尧:《清代戏剧文化史论》,北京:北京大学出版社,2005年;朱家溍、丁汝芹:《清代内朝廷演剧始末考》,北京:中国书店,2007年;Ye Xiaoqing, *Ascendant Peace in the Four Seas: Drama and the Qing Imperial Court* (Hong Kong: The Chinese University of Hong Kong, 2012)。

士"之一。⑬ 在戏剧方面,张埙石曾称"心余先生所撰院本,如《空谷香》、《桂林霜》、《临川梦》若干种,流播艺苑,家艳其书"(《冬青树序》)。⑭ 郑振铎考清剧之进展,盖有四期,雍、乾之际,可谓全盛,而蒋士铨在当中又"尤称大家"。青木正儿在其《中国近世戏曲史》中亦盛赞蒋士铨:"当可推为乾隆曲家第一,其后无能追从之者,其享盛名也亦宜哉!"⑮清代剧坛发展至十八世纪初年,两位代表剧作家洪升(1645－1704)及孔尚任(1648－1718)均已相继离世,以作家作品为中心的戏剧即将在盛清以后转为以演员为中心之剧场。由此观之,以文辞著称,其曲被誉为"近时第一"、"腹有诗书"⑯的蒋士铨可视为清代戏曲之殿军,或者更确切地说,是中国戏曲文学史之殿军。但另一方面,其剧作中同时又显示出一些新发展趋势及风格面貌。因此,本文拟以蒋士铨为中心,探讨其创作中所呈现的不同风格、对"戏"与"曲"的审美追求,并将之联系到盛清剧坛文人戏曲与宫廷演剧之交汇及融合,以及十八世纪曲家身份与自我认同之转变等议题。

二、蒋士铨及其《西江祝嘏》

蒋士铨一生共创作杂剧、传奇至少十六种,其中最为后世所称赏,并奠定其文学史地位的,是《藏园九种曲》。值得注意的是,蒋士铨在乾隆

---

⑬ 蒋士铨生平事迹及交游,可见其自编《清容居士行年录》一卷,见邵海清校、李梦生笺:《忠雅堂集校笺》,上海:上海古籍出版社,1993年,第4册,第2467－2485页;徐国华:《蒋士铨研究》,上海:上海古籍出版社,2010年,第一章及附录二(《蒋士铨年谱新编》);杜桂萍:《论蒋士铨与乾嘉时期戏曲家的交往》,《社会科学辑刊》2011年第6期(总197期),第219－226页。英文资料见 Arthur W. Hummel, *Eminent Chinese of the Ch'ing Period* (*1644－1912*) (Washington, DC: US Government Printing Office, 1943; rpnt. Taipei: SMC Publishing INC., 2002), pp.141－42; William H. Nienhauser, Jr., et al., eds. and comp., *The Indiana Companion to Traditional Chinese Literature*, vol. 1 (Bloomington: Indiana University Press, 1986), pp.264－66.关于蒋士铨研究之发展状况,参见徐国华:《二百余年来蒋士铨研究综述》,《蒋士铨研究》,第233－250页。

⑭ 周妙中校点:《蒋士铨戏曲集》,北京:中华书局,1993年,第1页。

⑮ 青木正儿著、王古鲁译:《中国近世戏曲史》,台北:台湾商务印书馆,1996年,第409页。

⑯ 李调元:《雨村曲话》,《中国古典戏曲论著集成》,北京:中国戏剧出版社,1960年,第8册,第27页。

十六年(1751)也曾为江西地方士绅祝贺皇太后生日而撰写了《康衢乐》、《忉利天》、《长生箓》和《升平瑞》四种曲,合称《西江祝嘏》。学界对此较少关注,郑振铎先生在 1927 年发表的《巴黎国家图书馆中之中国小说与戏曲》一文中最早提出《西江祝嘏》的价值。[17] 近期对《西江祝嘏》有较详细讨论的,仅见林叶青《承应戏中的白眉——论〈西江祝嘏〉》[18],其他论及《西》的还有周妙中《蒋士铨和他的十六种曲》及丘慧莹《乾隆初期江西地区花部戏曲初探——从唐英与蒋士铨戏曲作品谈起》。[19]

《西江祝嘏》卷首序文,对此集创作之背景、缘由做了说明:

> 国家治平百二十年,涵煦生养,殖民藩息,为旷代所未有。而兼容遍覆,边荒扰服。……乾隆十六年,恭逢皇太后万寿,海宇士民既共仰圣母之仁寿无疆,复荷皇上锡类隆恩,欢欣忭舞,发于中心不容已。而远方细民,无由瞻叩阙下,晋祝南山,于是形为歌咏,被诸管弦,为吾圣母、圣君庆。……《西江祝嘏》四帧,本出自民间风谣,而编辑汇次,佐以声韵,虽间井伧鄙之音,无当雅颂体制,然歌咏承平,以抒倾葵献曝之诚,暨讫山陬士庶,亦足为久道化成之一征。在昔神尧不辞老人之祝,而《豳风》老农,亦得申跻堂称觥之谊。用敢援引古义,以识其端云。华亭王兴吾书。[20]

序文出自王兴吾(?-1759),字宗之,号慎庵,江苏华亭(今上海)人。雍正五年进士,乾隆三年任编修,官至吏部侍郎。王兴吾对蒋士铨的早期戏曲创作起了相当大的影响。乾隆十六年前后,蒋士铨担任南昌县志总纂期间,与当时正好担任江西布政使的王兴吾过从甚密。[21] 值得注意的是,

---

[17] 见《小说月报》第 18 卷第 11 期(1927 年),第 18-19 页。
[18] 《艺术百家》,1998 年第 2 期,第 17-21 页,后收入其《清中叶戏曲家散论》,南京:江苏古籍出版社,2002 年,第 77-85 页。
[19] 分别见于《蒋士铨戏曲集》,第 14-17 页,以及《戏曲研究》2002 年第 1 期,第 259-263 页。
[20] 《蒋士铨戏曲集》所载《原序》因所据底本残缺而有脱漏及讹误处,见第 659 页。本文依据巴黎国家图书馆所藏嘉庆十五年(1810)新镌大文堂本(书号 Chinois 4406)补正。
[21] 杜桂萍:《论蒋士铨与乾嘉时期戏曲家的交往》,第 220 页。

《西》卷首虽注明"华亭王兴吾慎斋鉴定、铅山蒋士铨莘畲编、新城陈守诚伯常订",序文对于此四剧之作者,只字未提。当时蒋士铨年仅二十七岁,受南昌县令顾瓒园延聘担任《南昌县志》协裁。㉒ 蒋士铨乾隆十三年(1748)第一次参加会试,以失败告终。之后又两回落第,至乾隆二十二年(1757)才进士及第。这也是蒋士铨开始戏曲创作的时期,除了《西江祝嘏》以外,同年(1751)春天他还写了《一片石》杂剧。

《西江祝嘏》序文提到:"远方细民,无由瞻叩阙下,晋祝南山,于是形为歌咏,被诸管弦,为吾圣母、圣君庆。"在清朝,万寿庆典活动被定为三大节之一。乾隆时期的宫廷演剧机构南府设有大总管一名,下设有内学、外学、十番学、中和乐、钱粮处、弦索学、档案房及大差处。其中大差处就是专门负责管理皇太后、皇帝万寿庆典事务的机构。㉓ 乾隆十六年正值皇太后六十大寿,清宫内外举行了大规模的庆典活动。根据赵翼(1727－1814)的记载:

> 中外臣僚纷集京师,举行大庆……自西华门至西直门外之高梁桥,十余里中,各有分地,张设灯彩,结撰楼阁。……每数十步间一戏台,南腔北调,备四方之乐,伬童妙伎,歌扇舞衫,后部未竭,前部已迎,左顾方惊,右盼复眩,游者如入蓬莱仙岛,在琼楼玉宇中,听《霓裳曲》、观《羽衣舞》也……真天下之奇观也。㉔

现藏于北京故宫博物院的张廷彦等所绘《崇庆皇太后万寿庆典图》四卷,也对庆典之盛况作了丰富的图像记录。㉕ 除了清宫内外有大小戏台进行演出,乾隆十六年还将紫禁城内明咸安宫旧址修葺改建为寿安宫,且在寿安宫内临时搭起一座三层戏台,供庆典时看戏。㉖ "中外臣僚纷集京师,

---

㉒ 徐国华:《蒋士铨年谱新编》,第261-262页。
㉓ 梁宪华:《乾隆时期万寿庆典〈九九大庆〉戏》,《历史档案》2007年第1期,第128页。
㉔ 赵翼:《檐曝杂记》,卷一,北京:中华书局,1982年,第9-10页。
㉕ 梁宪华:《清皇太后万寿庆典戏九九大庆的编演——以崇庆慈禧皇太后万寿庆典为例》,《收藏家》,2006年第8期,第13-16页。
㉖ 李艳琴:《寿安宫建筑沿革考》,《故宫博物院院刊》1990年第4期,第47页。

举行大庆",而按清代惯例,外地官员若有未能进京者,则在当地择地搭台唱戏祝贺。[27]《西江祝嘏》应即为江西官员、士绅遥祝皇太后圣寿所作。

该集共收以下四种曲[28]:

(一)《康衢乐》,写尧帝庆祝圣母庆都氏寿诞事,共分《呈瑞》、《游衢》、《宫训》及《朝仪》四出;

(二)《忉利天》,写佛祖在忉利天祝贺佛母摩耶夫人万年生辰事,共分《设会》、《市花》、《天逅》及《庆圆》四出;

(三)《长生箓》,写众仙赴宫祝中华圣母寿诞事,共分《炼石》、《望海》、《守桃》及《贡牒》四出;

(四)《升平瑞》,写江西臣民建坛遥祝圣母万寿事,共分《坊庆》、《斋议》、《宾戏》、《仙坛》四出。

本文关心的是,当蒋士铨这样一位文人剧作家为宫廷场合写戏时,其文人戏曲的特质与宫廷演剧的要求之间会产生怎样的一种碰撞?对"戏"与"曲"又作何种追求?其《西江祝嘏》四种曲如何反映或回应这两种不同的演剧传统及审美追求?

三、"戏"之视觉性大观

《西江祝嘏》具有强烈的"戏"的因素,非常重视舞台表现。论者曾提出这是因为蒋士铨借鉴了花部戏曲注重场上表演的特点,例如他对江西傩戏、弋阳腔以及花部戏常用的面具和假形舞蹈等表演手段的借用等。[29]本文则尝试从宫廷演剧传统来理解和诠释《西江祝嘏》中"戏"的视觉性

---

[27] 杨连启:《清末宫廷承应戏》,北京:中国戏剧出版社,2012年,第43页。

[28] 《西江祝嘏》现有周妙中校点《蒋士铨戏曲集》中的整理本,给予研究者许多便利,但也有一些局限,如其所据底本有少量缺漏、讹误处。《西江祝嘏》版本情况较为复杂。周妙中在前言中曾提及北京图书馆藏有一部,序文有残缺,还有江西图书馆也藏有一部颍川氏抄本,则无序文,"此外未见有重刊本或重印本"。见《蒋士铨戏曲集》,第17页。据笔者所见,中国国家图书馆现存至少有四种不同的《西江祝嘏》刻本,各版本之间的差异主要在于有无序文,序文是否完整,以及第四部《升平瑞》结尾有简繁两种。目前仅见上文所引巴黎国家图书馆所藏嘉庆十五年新镌大文堂本保留了完整序文。

[29] 如林叶青:《承应戏中的白眉》,第84页;上官涛:《引俗入雅——试论蒋士拴花雅时期的戏曲创作》,《艺术百家》2003年第1期(总71期),第47页。

展演。

清代宫廷中的大型戏曲演出,到了乾隆一朝极为普遍,且相关记载数量更多。其中较广为人知的包括赵翼以下这一段关于他观赏宫廷戏的描述:

> 内府戏班,子弟最多,袍笏甲胄及诸装具,皆世所未有,余尝于热河行官见之。上秋狝至热河,蒙古诸王皆觐。中秋前二日为万寿圣节,是以月之六日即演大戏,至十五日止。所演戏,率用《西游记》、《封神传》等小说中神仙鬼怪之类,取其荒幻不经,无所触忌,且可凭空点缀,排引多人,离奇变诡作大观也。戏台阔九筵,凡三层。所扮妖魅,有自上而下者,自下突出者,甚至两厢楼亦作化人居,而跨驼舞马,则庭中亦满焉。有时神鬼毕集,面具千百,无一相肖者。神仙将出,先有道童十二三岁者作队出场,继有十五六岁,十七八岁者。每队各数十人,长短一律,无分寸参差。举此则其他可知也。又按六十甲子扮寿星六十人,后增至一百二十人。又有八仙来庆贺,携带道童不计其数。至唐玄奘僧雷音寺取经之日,如来上殿,迦叶、罗汉、辟支、声闻,高下分九层,列坐几千人,而台仍绰有余地。㉚

赵翼对于清代宫廷戏的排场与新奇表演的印象,可归结于"大观"二字。大观之营造是我们理解清朝宫廷演剧的核心。宫廷演剧的巨大规模,不仅在于清宫剧团人数之多("子弟最多")、演出时间之长("是以月之六日即演大戏,至十五日止"),以及排场之大("又按六十甲子扮寿星六十人,后增至一百二十人"),还在于三层大戏台的高崇建筑以及个别承应戏的长篇巨制。乾隆皇帝在位期间,曾下令大规模地编写戏曲,以供宫廷演出。其中"于万寿令节前后奏演群仙神道添筹锡禧,以及黄童白叟含哺鼓腹者,谓之《九九大庆》"。㉛

㉚ 赵翼:《檐曝杂记》,卷一,北京:中华书局,1982 年,第 11 页。
㉛ 昭梿:《啸亭续录》,卷一"大戏节戏"条,北京:中华书局,1980 年,第 377 - 378 页。

《西江祝嘏》虽非宫廷内供奉的承应戏，但同样是为祝贺皇太后万寿所作，其创作特点似乎亦可视为对《九九大庆》一类承应戏传统的继承、模仿或呼应。例如《康衢乐》第一出《呈瑞》描述日月合影、璧合珠联之祥瑞，与庆贺皇太后五旬万寿之宫廷承应戏所演太阳星、太阴星联合五星以及众仙童、仙女呈现"日月合璧、五星连珠"一脉相承。㉜ 这一类表演技艺性极强，且具程式性，在戏剧文本中不一定完整体现。例如现存不同版本的《西江祝嘏》中，第四部《升平瑞》的结尾就有简繁两种㉝。"简本"系统作：

　　　【北鸳鸯煞尾】群星北拱回环向……呀！又听得半夜里仙坛钟磬响。（下）（众持灯上，舞一回下。）㉞

再对照"繁本"，在同一支【北鸳鸯煞尾】曲子之后，除了更详尽的舞台指示如"（内奏乐，众扮仙童持灯云缓上，并肩立介）（王方平、蔡经暗上，立高处介）"以外，还有另外两支【香柳娘】曲子，最后才以"（众缓舞灯云下）"作结。㉟ 简本中所谓的"舞一回"在繁本中有了具体的呈现。可以推想，此类宫廷演出中习见的程式性乐舞，在文本中有时无须赘述，只以"舞一回"简略带过即可。相对于"曲"，"戏"主要并非以文字、文本为载体，而是由表演者在舞台演出中完成。

　　《西江祝嘏》之视觉性大观，首先体现在其道具、布景之奇特设置。例如《忉利天》第一出《设会》，在佛祖上场一段就特别着墨于一头大狮子。先是通过舞台指示介绍"（内大锣鼓，扮狮子上，跳舞一回，下）"，又借丑、付所扮两位僧人之间的插科打诨特别点出："请看如来此时的宝座，

㉜ 《皇太后五旬万寿承应日月迎祥、人天普庆"鼓板"》二出旧抄本，著录为"张照等撰"，见吴书荫主编：《绥中吴氏抄本稿本戏曲丛刊》，北京：学苑出版社，2004年，第24册，第443–453页。

㉝ 中国国家图书馆今有郑振铎旧藏的一套（书号 XD5720）与周妙中《蒋士铨戏曲集》所据底本一样，属于"简本"系统，少了两支曲子。上文所引巴黎国家图书馆所藏嘉庆十五年新镌大文堂本则属于"繁本"系统。

㉞ 《西江祝嘏》，收入周妙中：《蒋士铨戏曲集》，第780–781页。

㉟ 《升平瑞》，巴黎国家图书馆所藏嘉庆十五年新镌大文堂本，第24页下–25页上。

是一个大狮子驮着。顷刻上天下地,来去如风,难道不比你大样些、能干些儿。"㊱之后再介绍"(佛趺坐莲台,狮子负之,两僧持锡杖、钵盂上)"。对狮子的重点介绍,既是为了对比其中一位僧人(马犍陟尊者)前世为一匹好马,但也可想象狮子等动物在舞台上的出现对观众有一定的吸引力,值得一书。例如康熙皇帝就曾经下令:"在后宰门架高台,命梨园演目连传奇,用活虎、活象、真马。"㊲

此外,《忉利天》第二出《市花》对花座之设计更是煞费心思。视觉性大观的成功,往往在于它能够出人意料之外。第二出开场先有一段舞台指示:"(场面挂红锦大幛,内暗设一高座,将花数十本层层高下围绕座下)"。㊳待三只曲子唱过,老道士与两位司花天女谈话之际,花座才突然出现在观众的面前:

  (二旦)好说。(内暗撤去锦幛,现出花座介)呀!万花全放,艳若云霞。这都是老丈古音感发。多谢!多谢!

同样手法亦出现于《升平瑞》第一出:"(场中暗设一坊,上书"纶音小直",匾下横书"贞寿之门"四字介)"。㊴

《西江祝嘏》对大观之营造,还在很大程度上建立于对帝王及宫廷的想象及展演。《升平瑞》写太后万寿之年,江西吉水县训导高汝辙之母也恰周百岁。除了高家的庆贺活动,建昌府县令杨老爷还让"通省老妇人㊵俱来邀太夫人为首,要到府城麻姑山上建立经坛,遥祝圣寿"㊶。不仅如此,十三府教职人员,以及绅士耆老等,力量不能进京的,"明日约齐,都要

㊱ 《蒋士铨戏曲集》,第689页。
㊲ 董含:《莼乡赘笔》,卷四,《中国近代小说史料汇编》(二十),台北:广文书局,1980年,第3页下。
㊳ 《蒋士铨戏曲集》,第697页。
㊴ 《蒋士铨戏曲集》,第752页。
㊵ 这一年建昌一府八九十以上高龄妇人共有290人,南丰一县就已有43人。《蒋士铨戏曲集》,第755页。
㊶ 《蒋士铨戏曲集》,第772页。

到匡庐山五老峰上建坛,望北庆贺"㊷。《升平瑞》正好总结了《西江祝嘏》的功能,即在江西"遥祝圣寿"。既然是在地方上演出,观众多为从未有机会目睹皇帝、从未到过京师的民众。也许正因如此,观众对帝王和宫廷的好奇成了剧作者的创作素材。

这一特点在《康衢乐》极为明显,如第一出土地神:"请问司命,闻得圣母万寿,中外来朝,天家款待如何?"㊸似乎也可以理解为江西观众对京师盛典的好奇。第二出敷衍《列子》所载尧微服游于康衢之情景,但剧中唐尧并不是微服出巡,而是"衮冕领仪卫"㊹,以出席重大庆典活动之礼服礼冠隆重登场,可以视为一种"帝王形象"之视觉性展演。剧中围观尧帝的群众的反应,很值得我们注意:

> (幼妇)嫂嫂,向来听说万岁爷是不许人看的,今日看见这样和蔼光景,坐在辇儿上,同百姓讲话,就同我们平常人家父子一般。可知圣人视民如子的气象,与这些妆模作样做官府的不同。㊺

这段话虽然重点在于强调皇帝的亲民,但从侧面也反映了老百姓对"不许人看"的万岁爷极为好奇。《康衢乐》最后一出由乐官八部承应表演《康衢同乐》之章,不仅展现《合璧之舞》的灿烂缤纷,皇太后还与帝、后合唱:"合异彩随风飘动。最堪夸手摘星辰,肩扶日月,做太平万岁字当中。"㊻"太平万岁字当中",是一种字舞表演,源出唐代王建的《宫词》一诗。㊼这类视觉性展演可见于清宫庆典的娱兴节目中,例如赵翼对上元节的烟火表演留下了深刻的印象:

㊷ 《蒋士铨戏曲集》,第 772 页。
㊸ 《蒋士铨戏曲集》,第 666 页。
㊹ 《蒋士铨戏曲集》,第 667 页。
㊺ 《蒋士铨戏曲集》,第 672 页。
㊻ 《蒋士铨戏曲集》,第 683 页。
㊼ 王建《宫词》一百首之十七:"罗衫叶叶绣重重,金凤银鹅各一丛。每遍舞时分两向,太平万岁字当中。"见《全唐诗》(增订本),卷三〇二,北京:中华书局,1999 年,第 3437 页。

> 日既夕，则楼前舞灯者三千人列队焉，口唱《太平歌》，各执彩灯，循环进止，各依其缀兆，一转旋则三千人排成一"太"字，再转成"平"字，以次作"万"、"岁"字，又以次合成"太平万岁"字，所谓"太平万岁字当中"也。舞罢，则烟火大发，其声如雷霆，火光烛半空，但见千万红鱼奋迅跳跃于云海内，极天下之奇观矣。㊽

灯火戏（烟火与舞灯）表演在乾隆朝极为兴盛㊾，赵翼称之为又一"奇观"。清宫演剧其中一个最具视觉性的元素，正是利用演员走位在舞台上排列出各种吉祥文字或图像。部分现存宫廷戏抄本的文本中保留了这些视觉性元素。例如从《芝眉介寿》的排场本中可以得知，此剧由 31 位演员在台上排出"福"字，31 人排出"禄"字，又 32 人排出"寿"字。㊿ 另外，笔者曾见《万花献瑞》的一个旧抄舞台演出本，记有小字提示演员"归蝠儿"、"归寿字"，并在剧本上画有蝙蝠（谐音"福"）及"寿"字等吉祥图案。○51 由此可以想象当时这些宫廷戏所呈现出来的视觉效果。宫廷演剧的热闹排场由来有之，宋代杂剧一场只有四到五人，元杂剧一般上是五六人或多者七八人一场，而各种明内府本杂剧及教坊编演本杂剧可以证明，明代宫廷演剧为求场面热闹，已出现众多演员同时上场的局面，甚至一出戏就有超过三十人上场。○52 到了清代，宫廷演剧规模更为宏伟壮大，但这有赖于清宫庞大剧团的支撑。

回过头来看《西江祝嘏》，虽也有"做太平万岁字当中"之语，也许能做到的只是"（八官持日月星辰上）……（作合璧连珠舞一回下）"，而不能用大批演员排列太平万岁字样。江西地方剧团的规模显然无法与清宫剧团相比，如从《康衢乐》以下这段舞台指示看来，似乎只能是运用一些基本演员重复扮演不同角色："（内奏乐。五岳、四渎暗上，朝拜，下。即用

㊽ 赵翼：《檐曝杂记》，第 12 页。
㊾ 张小李：《乾隆朝灯火之戏与"十全武功"》，见故宫博物院编：《明清宫廷史学术研讨会论文集（第一辑）》，北京：紫禁城出版社，2011 年，第 357－373 页。
㊿ 梁宪华：《乾隆时期万寿庆典〈九九大庆〉戏》，第 129 页。
○51 《万花献瑞》"串关"旧抄本，不著撰人，见吴书荫主编：《绥中吴氏抄本稿本戏曲丛刊》，第 26 册，第 268 页。
○52 张影：《历代教坊与演剧》，第 221－222、230 页。

八乐官及一老监改装)"。㊽

四、"曲"之文本性展演

如果说宫廷演剧追求"戏"的视觉性展演,主要是借台上表演及舞台设计的视觉空间来吸引观众,与之相对的文人戏曲则代表了另一种戏剧模式及审美追求,更侧重于"曲",或可称之为"文本型"戏曲。它主要属于阅读性质,是借营造文学空间来与读者进行对话。

蒋士铨作为清代文人曲家的代表人物之一,其剧作在文学性、抒情性方面都达到了很高的成就,也可视为"文本型"戏剧的典范。首先,在题材选择和构思立意方面,蒋士铨的《临川梦》以戏曲形式为晚明曲家汤显祖立传,不仅谱写其一生经历并突出其耿介的性格,甚至汤氏笔下《玉茗堂四梦》剧中人物以及相传曾因读《牡丹亭》感伤而死的娄江俞氏亦粉墨登场。㊾ 在剧中《牡丹亭》作者汤显祖与其读者(俞氏)见面对谈,而现实中的《临川梦》更是剧作家蒋士铨与其读者的一次文学性对话。这种对话预设了一个前提,即蒋士铨假定或要求其读者、观众熟悉汤显祖的文本及他所建构的戏曲文学空间,惟有如此才能领略该剧的意趣。

其次,在遣词造句方面,蒋士铨善于将诗词化用到其戏剧中。试看其改写白居易《琵琶行》的《四弦秋》杂剧,第三出《秋梦》开场一段:

(副净艄婆摇船,小旦上)
【越调引子 · 霜天晓角】空船自守,别恨年年有。最苦寒江似酒,将人醉过深秋。
(副净下)(小旦)〔西江月〕昔住虾蟆陵下,今居舴艋舟中。伯劳飞燕影西东,做了随鸦彩凤。洗却剩脂零粉,禁持细雨斜风。春情已逐晓云空,但与芦花同梦。奴家花退红,自送吴郎往浮梁买茶去后,音信杳然,叫奴家寂守孤舟,依栖江上。韶光过眼,秋气感人,回忆

㊽ 《蒋士铨戏曲集》,第 684 页。
㊾ 详见《临川梦》第四出《想梦》、第十出《殉梦》、第十五出《寄曲》、第十六出《访梦》、第十七出《集梦》、第十九出《说梦》及第二十出《了梦》。

少年情事,好不教人迷闷也呵!

【小桃红】曾记得一江春水向东流,忽忽的伤春后也。我去来江边,怎比他闺中少妇不知愁。才眼底,又在心头,捱不过夜潮生暮帆收,雁声来,趁着虫声逗也。靠牙樯,数遍更筹,难道是我教他,教他去觅封侯。⑤⑤

王文治(1730－1802)赞叹《西江月》是"绝妙好词",并题评蒋士铨"点窜古词,如出己手,惟玉茗能之",可媲美汤显祖之文采。⑤⑥【小桃红】一曲不仅引用了诗词成句,更与唐代王昌龄的《闺怨》诗相呼应。近人罗锦堂亦以【霜天晓角】诸曲为例证,提出蒋士铨剧曲的"散曲化"倾向。⑤⑦

相比较于文人戏曲散曲化的趋向以及文本性的展演,一般宫廷承应戏常被视为歌功颂德的文字,或仅为满足排场需要,在文辞或内容方面往往乏善可陈。但《西江祝嘏》:在蒋士铨这位文人曲家的笔下,是否又有不同的呈现?梁廷枏(1796－1861)认为《西江祝嘏》:"征引宏富,巧切绝伦,倘使登之明堂,定为承平雅奏,不仅里巷风谣已也。"⑤⑧郑振铎尤其欣赏第四部《升平瑞》对当时文坛的讥讽,认为此剧读起来完全不像一部祝贺的戏文,就其内容和思想给予肯定。⑤⑨

除了上一节所讨论的"戏"方面的视觉性大观,《西江祝嘏》亦不乏一般宫廷承应戏中较少见的"曲"方面的文辞及文体上的展演。《康衢乐》剧中人物的上场诗多处用集唐,第二出《游衢》除了唐尧上场用集唐以外,甚至是当了七十多年农夫的"击壤老人"及其老伴上场,也都是集唐诗句。单是这一出,就用了六次集唐。集唐是明清文人戏曲中习见的一种逞才的文字游戏,但在宫廷戏曲中则很少见。

《升平瑞》甚至还借剧中人物的集唐来嘲讽当时文坛现象:

---

⑤⑤ 《蒋士铨戏曲集》,第201－202页。
⑤⑥ 王文治题评,见《四弦秋》,第11页下,《不登大雅文库珍本戏曲丛刊》,北京:学苑出版社,2003年,第21册,第216页。
⑤⑦ 罗锦堂:《中国散曲史》(二),台北:中华文化出版事业委员会,1956年,第219页。
⑤⑧ 梁廷枏:《曲话》,《中国古典戏曲论著集成》本,第8册,第273页。
⑤⑨ 郑振铎:《巴黎国家图书馆中之中国小说与戏曲》,第18页。

（小生）学生荒疏已久，一字也做不出，勉强集了一首唐人绝句，念来请教。"绛纱帷里自传经，桃李新阴在鲤庭。要唤麻姑同一醉，天边看取老人星。"

（末笑介）到底拔贡生会抄袭旧文字，小弟吃亏不会堆砌，所以做个副榜终身。⑥⓪

《升平瑞》借场上角色之口罗列并评述多种盛清时期流行之声腔，是戏曲史上重要的文献资料。⑥① 但较少人注意到，该剧第二出《斋议》中有一大段对各种祝寿文字如寿诗、寿文、寿联的展示及讨论。这样一种多文体、多风格文字并置的现象，在该剧中表现得尤为突出，既有极通俗诙谐之语，又有极庄严正经的文字（如第四出的表文⑥②）。《长生箓》第三出《守桃》众人行令，都要用桃花典故、春字曲牌名、寿字韵脚，亦是另一种雅俗迭诶的文本性展演。⑥③

此外，在《长生箓》第二出《庆圆》中，蒋士铨还借顽仙女儿之口将诗圣名作改写为曲子：

（[女儿]挂旗介，取酒坐饮介）我前日把杜工部那首《饮中八仙歌》改了改，教人知道他们都是些假量，不免唱来做一椀下酒菜儿。

【不是路】绿蚁盈缸，万个金钱一盏香。酣丞相，渴寻凉水问知章。汝阳王，馋涎满口腌臜样，拦住车夫索酒尝。胡涂账，阿弥陀佛苏和尚，苦哉尊量。

（饮）干，干，干。

【前腔】更有张旭颠狂，他把鬼画符写几张。雀生壮，西风吹得软郎当。打油腔，胡诌乱诨船难上，瞌睡来时不要床。声音亮，老焦琐碎言多妄，苦哉尊量。⑥④

---

⑥⓪ 《蒋士铨戏曲集》，第 761 页。
⑥① 《蒋士铨戏曲集》，第 763、768 页。
⑥② 《蒋士铨戏曲集》，第 777–778 页。
⑥③ 《蒋士铨戏曲集》，第 737–738 页。
⑥④ 《蒋士铨戏曲集》，第 728 页。

这类型改写是建立在剧作者与读者共同熟悉的杜诗文本上,展示了戏剧依赖于文字、文学的"曲"的世界。但值得注意的是,同一场戏同时又有诉诸视觉的各种"戏"的表演:麻姑、毛女、何仙姑三位女仙在酒店聚饮,各献绝技以佐饮趣。先是麻姑取仙鞭唤鱼龙起舞,作"曼衍之戏"[65],由演员"扮蛟人、海鬼趋鱼龙跳舞一回"。随即毛女呈献"扑蝶之戏",在翩翩起舞之际"拂子内放出一大蝶飞出,众小蝶随绕一回"。最后何仙姑"请捞明月,用照冰颜",表演"取笊篱掬水"、"取小镜抛掷笊篱"等一系列舞台动作。[66]

五、结　　语

本文以蒋士铨的剧作为中心,探讨十八世纪中国戏剧在文学文本与表演艺术、"戏"与"曲"、文人戏曲与宫廷演剧等层面的不同表现及交织之情况。当文人被聘参与宫廷戏曲创作时,这两种戏剧模式及审美要求之间产生的碰撞及互动值得玩味。"戏"与"曲"的争胜与统一,在蒋士铨为皇太后万寿所作的《西江祝嘏》四种曲中尤其显著。

明人臧懋循(1550－1620)在《元曲选序二》曾云:"曲有名家,有行家。名家者出入乐府,文彩烂然。在渰通闳博之士,皆优为之。行家者随所妆演,无不摹拟曲尽,宛若身当其处,而几忘其事之乌有……"[67]蒋士铨应该被视为"文彩烂然"的名家,还是"随所妆演"的行家? 盛清剧作家如蒋士铨、王文治等难以简单归类或界定为文人曲家或专业剧作家。与其他一些参与承应戏创作的文人不同(如王文治仅存的作品都是为皇室观赏而作),蒋士铨现存剧作共十六种(一说蒋士铨总共创作了三十一部戏曲),包括杂剧八种、传奇八种,是清代重要戏曲家之一,而且除了他年轻时所编《西江祝嘏》四部承应戏以外,其后期戏曲都与宫廷演出无关。表

---

[65]　这是古代百戏之一种。据《汉书·西域传赞》:"设酒池肉林以飨四夷之客,作巴俞都卢、海中砀极、漫衍鱼龙、角抵之戏以观视之。"见班固:《汉书》,卷九六下,北京:中华书局,1962年,第3928页。

[66]　《蒋士铨戏曲集》,第730－731页。

[67]　王学奇主编:《元曲选校注》,石家庄:河北教育出版社,1994年,第11－12页。

面上看来他似乎是在不同时期分别参与两种不同类型的剧场及戏剧创作。究竟蒋士铨是如何看待本身的承应戏创作？关于这一点，《西江祝嘏》的文本及序言并未提供任何线索，但从蒋士铨自编《清容居士行年录》的一段记录可见端倪：

> 二十九年甲申（1764）四十岁
> 裘师颖荐予入景山为内伶填词，或可受上知，予力拒之。八月，遂乞假去，画《归舟安稳图》。⑱

此自述与李诩《戒庵老人漫笔》所载明武宗欲授徐霖（1462－1538）教坊司官而徐霖"泣谢"事雷同。⑲ 这或为具编曲之才的明清士人在涉足宫廷时所面对的一种纠结及抉择。

蒋士铨在其《上陈榕门太傅书》(1759)中亦曾云：

> 平居非有关于世道人心之书，未敢涉猎，媲青配白，少时虽曾为之，今已弃去，莫知所底，精力有限，可胜坐废？……盖自识字后，窃见圣贤教人为学，本以明体达用，济物利人，未尝令人专心剽窃无用之言，苟求富贵，言念及此，身世渺然。十年来屈指二三有学君子，笃实爱民，皆登上考，黜陟之公，于斯已见，循良之业，岂不可期？而况内外之受恩如一，尊卑之效忠不殊，此志士不乐为文人，而惧空言之无益于实用也。⑳

蒋士铨尚且不愿做追求文句对偶工整、媲青配白的文人，更何况是为内伶填词的御用剧作家？

---

⑱ 蒋士铨：《清容居士行年录》，《忠雅堂集校笺》，第2480页。
⑲ 李诩：《戒庵老人漫笔》，北京：中华书局，1982年，第133页。关于徐霖作为画家、书法家及宫廷作家的多重身份的讨论，见拙文 "Emerging from Anonymity: The First Generation of Writers of Songs and Drama in Mid-Ming Nanjing," *T'oung Pao* 96 (2010): 125－164.
⑳ 蒋士铨：《上陈榕门太傅书》，《忠雅堂集校笺》，第2310页。

书籍环流与东亚诗学
——以《清脾录》为例

张伯伟

南京大学

一、引　　言

　　自二十世纪八十年代以来的欧美书籍史研究领域中，人们越来越普遍地认识到，"书籍史是一门重要的新学科，是一种用社会史和文化史的方法研究人类如何沟通和交流的学问"，"人们的想法和观念是怎样通过印刷品得到传播的，阅读又是怎样反过来影响人们的思想和行为"①。可见，近三十年来的欧美书籍史研究，已经完全摆脱了纯物质、纯技术的观念，而是试图采用社会史、文化史等方法，探讨书籍在人类沟通和文化转移方面的作用。虽然并未使用到"circulation"一词，但其关注所在，正是本文所说的书籍"环流"的应有之义。

　　在东亚书籍史的研究中，以往的工作偏重在汉籍的"东传"或"回流"，而较少着眼于"环流"②。无论曰"东传"或"回流"，其考察的路径往往是单向的，而"环流"的视角所见者，则是曲折的、错综的、多元的流动，而且这种流动还是无休止的。前者所获往往是书籍传播的"表象"，而

---

①　罗伯特·达恩顿(Robert Darnton)《书籍史话》，收入《拉莫莱特之吻：有关文化史的思考》(Kiss of Lamourette: Reflections in Cultural History)，萧知纬译，上海：华东师范大学出版社，2011年版，第85页。

②　较为集中的论述不妨以王勇主编的《书籍之路与文化交流》为例，该书精选了2006年在杭州举办的"书籍之路与文化交流"国际研讨会上的论文，所以具有一定的代表性。上海辞书出版社，2009年版。最新出版的王勇主编之《东亚坐标中的书籍之路研究》(北京：中国书籍出版社，2013年版)，其第二编命名为"典籍环流"，夷考其实，主要讲的还是单向的传播。

"环流"着重探索的是书籍传播、阅读之后的"心象"。2010年举办的"印刷出版与知识环流——十六世纪以后的东亚"国际会议,尽管其主旨已有新意,会议论文在具体问题的探讨上或多新见,但实际成果依然属于单向的③,能够在文献、历史、理论和方法上达到"环流"要求的实为罕觏。沈国威先生在论文集的《跋》中指出:"环流的视角要求我们,不仅关心书籍的印刷出版,还要注意书籍的流通、阅读(包括对流通、阅读的限制);当然更主要的是书的著者、内容。"④我基本赞同他的意见,但认为核心问题乃在阅读,书籍的内容是通过"阅读"或"误读"而发生影响。所以,我理解的"书籍环流",包含了书籍本身在传播中的多向循环,书籍内容的阅读、接受并反应的互动,以及由此引发的观念和文化立场的变迁。

在文学史研究中使用"环流"一词始于刘勰(约467-约522),其《文心雕龙·时序》云:"蔚映十代,辞采九变。枢中所动,环流无倦。"⑤刘勰审视此前十代文学的历史(指唐、虞、夏、商、周、汉、魏、晋、宋、齐),或绮丽或质朴,变化多端,他指出其中心在时代风气,文学则应时而变,无穷无止。"环流"一词,最早见于《鹖冠子》,其书第五篇即以"环流"命名,篇末云:"物极则反,命曰环流。"陆佃注:"言其周流如环。"张之纯注:"循环不穷,故曰环流。"⑥可见,循环流转的状态是往复无穷的。然而文学史上"环流无倦"的变化,与书籍"环流"的关系如何,从理论到实证,依然是十分匮乏的。

《清脾录》是朝鲜时代后期李德懋(1741-1793)撰写的一部诗话著作,传世者有不同地域、不同版本。一部书,即便是被章学诚(1738-1801)讥讽为"不能名家之学"⑦的诗话类著述,有不同版本的传世,若纯粹从文献史方面考虑,并不值得惊奇,但如果从书籍"环流"的视角展开,

---

③ 参见关西大学文化交涉学教育研究中心、出版博物馆编《印刷出版与知识环流:十六世纪以后的东亚》,上海:上海人民出版社,2011年版。
④ 同上注,第497页。
⑤ 范文澜《文心雕龙注》卷九,下册,北京:人民文学出版社,1958年版,第675页。
⑥ 黄怀信《鹖冠子汇校集注》卷上,北京:中华书局,2004年版,第89页。
⑦ 《文史通义》内篇《诗话》,叶瑛《文史通义校注》,上册,北京:中华书局,1985年版,第560页。

并且与文学史研究相结合,就会是一件富有意味的事。本文拟以《清脾录》为例,对上述问题试作回答。其基本方法立足于两点:一是书籍的"环流",这属于书籍史的范围;一是诗学的变迁,这属于文学史的范围。而从书籍的"环流"来探讨诗学的变迁,便是将这两者加以结合。

二、《清脾录》的"东西流传"

《清脾录》虽然未以诗话命名,但实际上就是一部诗话著作。无论是作者自己,还是其友人或后人,都是这样认为的。诗话写作,用章学诚的话来说,是"挟人尽所能之笔,著惟意所欲之言"⑧,颇有轻视贬低之态,事实上当然不可一概而论。以李德懋而言,其写作态度就相当认真,此书也因此而颇受学术界重视⑨。

现存《清脾录》刻本,惟一的便是李调元(1734－1802)《续函海》本,卷首有李德懋友人李书九(1754－1825)写于戊戌(1778)春的序,提及"《清脾录》四卷,又其近日所纂"。据日本东洋文库所藏《青庄馆全书》中写本《清脾录》二卷,卷目之下有"端坐轩笔"四字。考李德懋在正祖元年(1777)冬给李调元的信中说:"不佞近得一号,曰'端坐轩',窃慕宋之隐逸杜五郎之洁已。"⑩则其撰写时间也就在正祖元年冬至二年春的范围。

其实在一年前,柳琴随副使徐浩修(1736－1799)到北京,曾经选抄李德懋、柳得恭(1749－1807)、朴齐家、李书九四家诗为《韩客巾衍集》,请李调元、潘庭筠为之评点。一年后,李德懋、朴齐家以随员身份赴京,并请李书九、柳得恭为《清脾录》撰序(柳得恭序见于《青庄馆全书》写本《清脾录》,但《续函海》本有"柳得恭惠风较"之语),使四人又以不同方式透过此书再次共同出现。

李、柳二序之外,又有朴趾源(1737－1805)序。虽然此序已亡佚,但

---

⑧ 《文史通义》内篇《诗话》,叶瑛《文史通义校注》,第560页。
⑨ 有关《清脾录》的研究,现代中韩学者成果颇多,即以韩国而论,论文多达近二十篇。本文将略其所详而详其所略,宗旨则别有所在。
⑩ 《青庄馆全书》卷十九,《韩国文集丛刊》第257册,首尔:景仁文化社,2000年版,第268页。

据朴氏《热河日记·避暑录》云："兰雪轩许氏诗载《列朝诗集》及《明诗综》，或名或号，俱以景樊载录。余尝著《清脾录序》详辨之。懋官之在燕，以示祝翰林德麟、唐郎中乐宇、潘舍人庭筠，三人者轮读赞许云。"⑪他在落笔之际，也含有与中国人对话并试图修正讹传的意愿。根据他的记述，此序由李德懋带入中国，曾受到祝德麟(1742－1798)、唐乐宇(1739－1791)、潘庭筠三人"轮读赞许"，也部分达到了其目的，惜已亡佚。

《清脾录》的稿本，经李书九"删定"，由李德懋携至北京，此书从此开始其"西行"的旅程。李德懋入燕前，他已经与李调元多次书信往返，关心清代学术及文坛现状，并且用"以文而不以币，以心而不以面"⑫形容彼此之交往诚恳，所以一到北京，便非常渴望相见。据其《入燕记》记载，五月十五日抵京后，二十三日就拜访李鼎元(1750－1815)、潘庭筠，二人比邻而居，笔谈就在潘宅进行。李调元此时恰以吏部员外郎出为广东学政，所以未能谋面。二十四日，访唐乐宇"于琉璃厂畔四川新会馆"，唐与李调元"童稚为友"。二十八日再访李鼎元，李在祝德麟家，乃径往祝家，而祝"与程晋芳、李调元郁然有艺林之重望"⑬。此后多次聚会，虽然未能见到李调元，但似乎处处都有他的影子。在将要离开北京之前，李德懋给李调元写了一封信：

  鄙人携来自著《清脾录》，皆古今诗话，颇多异闻。但其随腕漫笔，编次乖当，已经秋庵删订，芷塘弁卷。因嘱墨庄遥寄先生，先生亦为之序之，因便东寄，有足不朽。⑭

信中说"芷塘弁卷"，即表明祝德麟曾为此书作序。写此信的目的之一，就是期待李调元"亦为之序之"。没有任何迹象表明，李调元为《清脾录》写过序，但超乎李德懋的期待，李调元将其书刻入《函海》，这是《清脾录》

---

⑪ 《燕岩集》卷十四，《韩国文集丛刊》第252册，第281页。
⑫ 《青庄馆全书》卷十九，《韩国文集丛刊》第257册，第267页。
⑬ 《入燕记》下，《青庄馆全书》卷六十七，《韩国文集丛刊》第259册，第223、225页。
⑭ 《青庄馆全书》卷十九，《韩国文集丛刊》第257册，第269页。

的中国刻本,也是第一个刻本。然而有关这一刻本的传说,腾播于朝鲜人之口,既无实物留存,也几乎不为今人所知。人们谈起《清脾录》刻本,提及的往往只是《续函海》本。关于这个问题,讲述得最详细的莫过于李德懋之孙李圭景(1788-?),他在《诗家点灯》"《清脾录》刻本"和《五洲衍文长笺散稿》"《清脾录》大小刻本辨证说"中,曾一而再地予以说明。兹据前者录之如下,并稍作校正:

> 我王考青庄馆公尝取贯休诗"乾坤有清气,散入诗人脾。千人万人中,一人两人知"之语,著《清脾录》二卷。按柳泠斋得恭《热河纪行诗注》:李墨庄鼎元,四川罗江人,雨村调元从父弟也。语泠斋云:"雨村兄撰刻《函海》一部,凡一百八十五种,二十套。中有杨升庵四十种,雨村亦四十种,其《诗话》三卷、李公《清脾录》及柳君佳句收入。甫刻就,以事罢去。板已入川,惜此处无其本。"即我辈逢人便说,故知之者甚多云。我纯庙辛酉,苍墅徐公有稷入燕,有《北游录》,与陈瘦石用光庶吉士笔谈。瘦石曰:"先生知《清脾录》谁所撰与?"苍墅曰:"此敝国李公雅亭某甫所著,先生何以见问?"瘦石曰:"家侄希曾侍读号雪香,前年庚申(此二字据《五洲衍文》本补)从四川携回,今借友人吴侍郎淑卿矣。"苍墅问:"写本与?刻本?"答:"为蜀人李调元所刻,共三卷。"苍墅请见,辞以淑卿远出,今未可索回云。瘦石、雪香,江西省新城县人。岁纯庙己巳,先君恩晖公访金上舍正喜玄兰,玄兰示案头两卷曰:"此即李雨村所辑《续函海》,而先君子《清脾录》亦入其中。东人著述为华士所刻,真旷世希觏,为君携传。"家亲袖授不肖,可叹华士勤意,深感玄兰购传也。版是袖珍,嘉庆辛酉重梓。第一函:《环溪诗话》一卷。《金德运图说》一卷。《韶舞九成乐补》一卷。《清脾录》四卷。《唾余新拾》三卷。合二卷。序则薑山李公书九弁之,而称席帽山人云。以未及雠校,故多讹,与家中《全书》合校,则椠本简甚。此乃王考以正庙戊戌入燕时未暇修正本,略抄之投示雨村,雨村仍为入刻,故如是耳。其后有人假称玄兰借去,仍不还,竟至遗佚。想在域中,恨不可言也。何时更购于燕中

书(原文误作"蜀",据《五洲衍文》本改)肆,俾得复见传我后昆也。⑮

在后来的《五洲衍文长笺散稿》中,李圭景作了更明确的表述,即"初刻大本回禄,重刻小本以行"。"大本之刻,已在庚子以前,故墨庄所语在庚子,与泠斋尊酌如是。大本回禄,在于辛酉以前,故辛酉再刻而为小本也。苍墅北游,在于纯庙辛酉,而雪香入川,携归于庚申,则乃大本也。"⑯这两段文字透露出以下信息:

1.《清脾录》有两种不同刻本,一大字三卷本,即《函海》本,刻于乾隆四十五年庚子(朝鲜正祖四年,1780)之前;一袖珍四卷本,即《续函海》本,刻于嘉庆六年辛酉(朝鲜纯祖元年,1801)。

2.《清脾录》传入朝鲜的时间是嘉庆十四年己巳(朝鲜纯祖九年,1809),即由金正喜(1786－1856)带回之《续函海》本。

3. 以《续函海》本与家藏《青庄馆全书》本相较,前者简略,原因是草稿本,而《全书》本显然是经过修订增补的。

4. 无论是大字本还是小字本,李氏后人皆未能什袭珍藏。所藏者仅《青庄馆全书》之写本。因此期盼"更购于燕中书肆,俾得复见传我后昆也"。

对于李圭景所说的"大小刻本",其中《续函海》小字本流传至今,无庸置疑。但《函海》大字本今不存,且在中国文献里略无记载,因此,究竟在历史上是否真有此本很难完全相信。李圭景关于大字本刊刻时间的记载显然是有问题的,因为柳得恭是在正祖十四年(乾隆五十五年,1790)而不是正祖四年随徐浩修赴燕,在访问李鼎元的时候,亲闻于李氏云《函海》中刻入《清脾录》,如果真有刊刻,其时间也只能定在乾隆五十五年之前。此外,《热河纪行诗注》中的纪事,与柳氏《燕台再游录》、朴齐家之子所编《缟纻集》和徐浩修《燕行记》中的记载有可互参者,彼此不无异同,很难绝对信从或否认。而徐有榘(1770－?)《北游录》也记载到一本《清

---

⑮ 赵钟业编《修正增补韩国诗话丛编》第12册,首尔:太学社,1996年版,第61－62页。
⑯ 《五洲衍文长笺散稿》卷二十一,上册,首尔:东国文化社,1959年影印本,第621－622页。

脾录》,根据上述引文,其北游时间在纯庙辛酉,即嘉庆六年(朝鲜纯祖元年,1801)。与陈用光谈到的《清脾录》,是陈希曾在庚申(嘉庆五年)得之于四川。此时《续函海》尚未刻出,故其携回之《清脾录》,从逻辑上推断只能是《函海》大字本。所以对李圭景的说法,我们不妨存疑。但无论历史真相如何,重要的是,作为朝鲜人的李圭景确信《清脾录》曾分别刻入《函海》和《续函海》,并且一而再地予以说明,即便是误传,也同样发生了影响。

《清脾录》既有写本在朝鲜本土流传,又有刻本从中国传入,加上李圭景一再地宣传其在中国的影响,《清脾录》俨然成为一部名著,被人收罗、援引、珍藏。我们不妨再看一些相关史料,南公辙(1760－1840)《与李懋官德懋》云:

久别矣,忽承晤言,至慰至慰。……计于数日持被院中,颇静闲少公事,俟相报枉临如何?朴仲美先生闻足下来,亦宜盍簪。益得热河奇观异闻,俾博《清脾》一部,亦一雅事也。⑰

朴仲美(1737－1805)即朴趾源,信中说"益得热河奇观异闻",应该是朴氏去中国并撰写《热河日记》返回后不久,当在正祖五年(乾隆四十六年,1781)之初。南氏拟索取之《清脾录》,应属抄本。

李彦瑱(1740－1766)《松穆馆烬余稿》是在他殁后九十余年,由其孙镇命及宗人庆民荟萃烬余诸本以活字刊行,时当朝鲜哲宗十一年(咸丰十年,1860)。卷首列李用休(1708－1782)之序,朴趾源、金祖淳(1765－1832)之本传以及《清脾录》一则,并特别注明"出雨村李调元《函海》"。如果说有《清脾录》有《函海》本,这倒是一个旁证,但也许只是《续函海》之略称。与现存《续函海》本相较,其文字差别甚大,而与《青庄馆全书》本则若合一契。因此,可以推断其文字与《全书》本属于同一系统。

李尚迪(1803－1865)《恩诵堂集》续集"文"卷二载其《李虞裳先生

---

⑰ 《金陵集》卷十,《韩国文集丛刊》第272册,第182页。

传》,这篇文字比较特别,据其自注"仿史传集句之例",所有的句子都集自他书,其中出于《清脾录》者最多。核对其文字,亦与《青庄馆全书》同,可以确定不是从《续函海》本中录出。《恩诵堂集》刊刻于中国,原集约初刻于道光二十八年(1848),续集约刻于同治三年(1864)。此文见收于续集,当撰写于道光二十八年之后,同治三年以前。

《续函海》本《清脾录》最晚在嘉庆十四年已经传入朝鲜,无论是作为一般的朝鲜文人还是李氏后裔,对于此书之入刻《续函海》,都怀有一种崇高的荣誉感。如金正喜对李德懋之子说:"海东著述为华士所刻,真旷世希觏。"李圭景又得其父之传,也慨叹"华士勤意,深感玄兰购传也"。但圭景也未能珍藏此本,所以表露了深深的遗憾之情。

《清脾录》作者虽为李德懋,但此书在朝鲜并无刻本。朴思浩于纯祖二十八年(道光八年,1828)以正使从事的身份赴京,与吴嵩梁(兰雪,1766－1834)、丁泰(卯桥,1724－1770)、熊昂碧(云客)交谈时,曾涉及《清脾录》。吴兰雪问:"《清脾录》有持来刻本否?"朴答以"书册未曾带来"。朴氏又问丁泰曰:"李雅亭《清脾录》览否?"丁答曰:"此书四川李调元曾采入刻本。"丁又问:"朴齐家诗集已刻否?"朴答曰:"弊(敝)邦刻本极艰,姑未刻出。"熊昂碧问曰:"东国多畸人,向所深悉。近如朴贞蕤、柳惠风二先生,亦复矫矫不群。前见《稗海》(案:当作《函海》)裁(载)四家所著及《清脾录》云云,未稔行箧中,亦有一二种带来乎?"朴答曰:"柳、朴两公诗文,东国之所重。而《清脾录》李雅亭德懋所著也,未曾带来。"⑱除了李德懋自己赴京时曾带去其未定稿《清脾录》,此后便只有从中国传入《清脾录》刻本的记载,而不见有新的朝鲜本传入中国的文献。这很可能就是《清脾录》在朝鲜只有稿本和抄本。上引朴思浩语,讲到朝鲜刻书不易。李德懋去世后,由正祖特赐钱以活字印制《雅亭遗稿》,"进献七件,家藏八件,诸处分传一百四十二件"⑲。而《清脾录》不在《雅亭遗稿》内,

---

⑱ 《心田稿·兰雪诗龛》,《燕行录全集》第 86 册,首尔:东国大学校出版部,2001 年版,第 53－54 页。

⑲ 李光葵《先考积城县监府君年谱下》,《青庄馆全书》卷七十一,《韩国文集丛刊》第 259 册,第 332 页。

所以未能得到刊印。《青庄馆遗书》本《清脾录》就是庚午(1810)夏典设司书员洪继忠抄写。

但《清脾录》的流传并不仅限于中国与朝鲜之间,它还传播到日本。西岛长孙(1780－1852)《弊帚诗话附录》曾引用此书,并加以评论。据西岛自述,《附录》乃其"少作","实在廿岁左右也"[20]。如此看来,《清脾录》之传入日本,应该在宽政十二年(朝鲜正祖二十四年,清嘉庆五年,1800)前后,是何版本,如何传入,不得详考。但无非两种可能,一是从朝鲜传入的抄本。然而在宽政十二年之前,由朝鲜传入《清脾录》抄本的可能性微乎其微,且核其引文内容,实近于刻本而远于抄本,因此这种可能性应予排除。另一是从中国传入的刻本。即嘉庆六年(日本享和元年,1801)李调元刊刻《续函海》后,不久便传入日本,西岛长孙也因此而读到《清脾录》。以当时中国书籍传入日本速度之快、频率之高,"刻成不一年,自极西而及于极东,所谓不胫而走"[21],绝非一时一书如此。连当时的朝鲜人也感叹:"何其邮传之速而先睹之快也! 近来中国书籍,一脱梓手,云输商舶。"[22]在这样的背景下考察,《续函海》在刊刻的次年便传入日本,绝对是一件顺理成章的事。故《清脾录》随之传入,为西岛阅览所及。今日本二松学舍大学图书馆藏西岛长孙手抄本《雨村诗话》,虽然不分卷,考其内容,实出于十六卷本,这是西岛接触过《续函海》的一项旁证。在该丛书中,《清脾录》收入第三函,十六卷本《雨村诗话》及《补遗》收入第五、六函。

又日本内阁文库藏有《清脾录》,卷末钤盖两枚印章,一曰"昌平阪学问所",一曰"天保年"。核其内容及版式,显然是《续函海》本。可见在日本天保年间(1829－1843)还有《续函海》的传入,无疑《清脾录》也随之再次传入。

从以上的大致描绘中不难看到,《清脾录》一书在六十年中,先从朝

---

[20] 《弊帚诗话附录·跋》,新日本古典文学大系本,《日本诗史·五山堂诗话》,东京:岩波书店,1991年版,第575页。
[21] 朝川善庵《清嘉录序》,《乐我室遗稿》卷二,"崇文丛书"第二辑之五十一,东京:崇文院,1931年版,第8页。
[22] 李尚迪《读〈蔫录〉》,《恩诵堂集》续集"文"卷二,《韩国文集丛刊》第312册,第242页。

鲜带到中国，经刊刻后，既在中国流行，其抄本也在朝鲜传播。其后，刻本又被朝鲜使团成员购回，还从中国传入日本，终于形成了一个有意味的"东西流传"（借用井上悳《唐诗绝句注解序》语）。

三、"东亚视野"与"并世意识"

《清脾录》是李德懋撰写的一部诗话著作。朝鲜人对诗话的认识，不妨以李圭景的一段话来概括："诗话者，诗之流亚而作诗之模楷也。"[23]在中国人的著述观念中，对诗话颇为轻视，甚至有"诗话作而诗亡"、"诗话日夥，诗道日衰"之说[24]。这一点在朝鲜半岛或是日本，都与中国不同。日本雨森芳洲（1669－1755）《橘窗茶话》卷下云："或曰：学诗者须要多看诗话，熟味而深思可也。此则古今人所说，不必覼缕。"[25]正因为是古今通说，所以无需多加阐释。雨森芳洲在诗学上用功颇深，曾自述生平不能忍受者四，"诗恶"就是其中之一[26]，故其意见在当时实具代表性。李圭景将诗话看成"诗之流亚而作诗之模楷"，也明显表现出一番郑重之意。他在列举历代中国诗话后，也举出了几种东国的代表性诗话，即徐居正（1420－1488）《东人诗话》、洪百昌（1702－?）《大东诗评》、权应仁（1517－?）《松溪漫录》、车天辂（1556－1615）《五山说林》、李德懋《清脾录》以及梁庆遇（1568－?）《青溪诗话》等六种（附带提及自己撰写的《诗家点灯》）。在这些诗话中，《清脾录》明显具备了他书所无的特殊性。

概括地说，《清脾录》一书所具备的特殊性就是其"东亚视野"和"并世意识"。以往的朝鲜半岛诗话，或专论本国，或兼论中国。而《清脾录》的论述范围，用李书九《序》中的话来说，便是"上逮魏晋以来历代名家之诗，外而罗丽本国诸公之作，与夫闺人释徒海外异邦之所流传"，算得上全

---

[23] 《五洲衍文长笺散稿》卷三十五"历代诗话辨证说"，下册，第54页。
[24] 丁绍仪《听秋声馆词话》卷十五载："沈君秋卿尝语余云：昔人言诗话作而诗亡，盖为宋人诗话穿凿辨论而发，藉以攀援标榜者无有也。今也不然。非诩其自作，即广搜显者之诗，曲意贡谀，冀通声气。甚或不问佳恶，但助刊资，即为采录，且以为利矣。故诗话日夥，诗道日衰。"唐圭璋编《词话丛编》第3册，北京：中华书局，1986年版，第2763页。
[25] 《日本随笔大成》第二期第8册，东京：吉川弘文馆，1974年版，第421页。
[26] 《橘窗茶话》卷中，同上注，第382页。

面,如"日本兰亭集"、"蒹葭堂"、"倭诗之始"、"蜻蛉国诗选"诸则论日本诗,"芝峰诗播远国"涉及安南诗,"柳醉雪"、"李虞裳"两则又有关朝鲜诗人在日本的影响,"白露国"条甚至涉及欧洲,至于论及中国诗坛的内容就更多。特别值得注意的是,其重心不是魏晋以下之"历代",而是集中在清代。因此,其视野为东亚诗坛之整体,重心在并世当代。

  需要指出的是,"东亚视野"和"并世意识"不是两不相干,而有着密切联系。其中的契机就是朝鲜通信使在英祖四十年甲申(乾隆二十九年,日本宝历十四年、明和元年,1764)的日本之行,对于这一年在东亚汉文学史上的意义,我曾经写过《汉文学史上的1764年》加以探讨[27]。派往日本的朝鲜通信使,尤其是制述官和三使书记,必须是文采斐然且具倚马之才的文士,而日本方面派出应接的成员,也往往是足以代表本国水平的文学之士。唱和笔谈之间,既有学术和文化的交流,在展示本国汉文化水平的同时,也隐含较量高低的"文战"[28]。所以,他们之间的互相评价,代表的也就是两个国家之间的彼此认识。甲申年朝鲜通信使的日本之行,使得他们近距离切实观察到日本文明的快速进步,由此而对其诗文关注有加。又深思其快速进步的根源,在于源源不断从江南输入清朝书籍到长崎,由此而改变了以往对清朝文化的偏见。在此基础上,就形成了"东亚视野"和"并世意识"。在甲申年朝鲜通信使团中,成大中(1732-1812)为正使书记,元重举为副使书记,前者是李德懋的好友,一度还比邻而居;后者与李德懋为姻亲,元氏之子乃李氏妹婿。他们从日本返回后,与李德懋皆有交流,作为读者和听者,李德懋接受了他们的影响。而当他的角色转换为作者的时候,这种影响就导致了其立场和著述观念的变化。

  元重举从日本返回后,最重要的著作就是《和国志》(又名《和国记》、

---

[27] 原载《文学遗产》2008年第一期,后收入《作为方法的汉文化圈》一书,北京:中华书局,2011年版。又此文由早稻田大学内山精也教授译为日语,收入堀川贵司、浅见洋二编《苍海に交わされる詩文》,东京:汲古书院,2011年版。

[28] 荻生徂徕《与江若水》第四书中指出:"三韩犷悍,见称于隋史,而不能与吾猿面王争胜也。后来乃欲以文胜之,则辄拔八道之萃,从聘使东来。"(《徂徕集》卷二十六,《诗集日本汉诗》第3卷,东京:汲古书院,1987年版,第269页)便道出了这一点。"猿面王"指丰臣秀吉。元重举《和国志》卷一"秀贼本末"条云:"秀吉本姓丰臣,矫捷多力,面如猿,故国人谓之'猿面王',或称'猿王'。"

《和国舆地记》),在当时文坛颇有反响。李德懋等人对于日本文学的关注,既撰选本,又作诗话,不是偶然的。在现存的《和国志》和《乘槎录》上,有若干"懋官云"的批注,就是李德懋阅读后的痕迹。柳得恭《古芸堂笔记》卷四"倭语倭字"条云:"玄川翁素笃志绩学,癸未通信以副使书记入日本。……翁归著《和国舆地记》三卷及《乘槎录》三卷,详载其国俗。"㉙所以,元重举的言论著述既激发了李德懋等人了解日本的兴趣,同时也为他们打开了一扇窗户,《清脾录》一书自然也受其影响。卷一"日本兰亭集"云:

> 癸未岁,元玄川之入日本也,与弥八笔谈。尝称博学谨厚,风仪可观云。㉚

又"蒹葭堂"云:

> 善乎元玄川之言曰:"日本之人,故多聪明英秀,倾倒心肝,炯照襟怀。诗文笔语,皆可贵而不可弃也。我国之人,夷而忽之,每骤看而好訛㉛毁。"余尝有感于斯言,而得异国之文字,未尝不拳拳爱之,不啻如朋友之会心者焉。㉜

除论诗以外,在元重举等人的影响下,李德懋与其诗友李书九、柳得恭、朴齐家还共同编辑了第一部日本诗选,即《日东诗选》(又名《蜻蛉国诗选》)。据柳氏《日东诗选序》云:

> 日本在东海中,去中国万里,最近于我。……岁癸未,前任长兴库奉事元玄川重举膺是选(案:指书记之职)。……及其归后,薑山

㉙ "栖碧外史海外搜佚本",首尔:亚细亚文化社,1986年版,第377页。案:《乘槎录》今藏韩国高丽大学校六堂文库。
㉚ 《青庄馆全书》卷三十二,《韩国文集丛刊》第258册,第8页。
㉛ 原本作"讹",据"端坐轩笔"本改。
㉜ 《青庄馆全书》卷三十二,《韩国文集丛刊》第258册,第10页。

居士抄其《海航日记》中赠别诗六十七首,名曰《日东诗选》,属予为之序。其诗高者模拟三唐,下者翱翔王、李,一洗侏儷之音,有足多者。按日本之始通中国,在后汉建武中,而后……辄为中国所摈,绝不与通,文物因之晼晚。编次属国诗者,置之安南、占城之下,迄不能自奋。……三代之时,国小不能自达于上国者,附于大国曰附庸,今以此集流布广远,为采风者所取,则我东诸君子之所不敢辞。㉝

在柳得恭看来,编纂此书的另一个意义,是要让中国人了解日本的诗文水平,不再将他们置于安南、占城之下,并以春秋时小国附庸大国以进于上国之例,把这项工作当作朝鲜人义不容辞的责任。其实,以国土面积而言,日本大于朝鲜半岛,可是在朝鲜十五世纪以下所绘的地图中,我们往往看到,朝鲜的版图是大于(有时甚至是远远大于)日本的,这或许也可以说明地图是"意志的产物,而不是对地理事物的'客观'展现"㉞。从高丽人的认知开始,"大"和"小"就不是客观的事实,而是与文化的"高"和"低"成正比的。李奎报(1168－1241)《题华夷图长短句》云:

万国森罗数幅笺,三韩隈若一微块。观者莫小之,我眼谓差大。今古才贤衮衮生,较之中夏毋多愧。有人曰国无则非,胡戎虽大犹如芥。君不见华人谓我小中华,此语真堪采。㉟

虽然在地图上看起来,"三韩隈若一微块",但在作者看来,却是一个"大"国。原因就是文化发达,人才济济,"较之中夏毋多愧"。反之,若文化落后,人才寥落,即便版图再大,也是"胡戎虽大犹如芥"。在李德懋的时代,他们对于日本的看法,就是一方面承认日本文明的进步和发展,另一方面,在总体上看,日本还是落后于朝鲜。所以元重举《和国志》卷一"日

㉝ 《泠斋集》卷七,《韩国文集丛刊》第 260 册,第 111－112 页。
㉞ 唐晓峰《地图中的权力、意志与秩序》,载《中国学术》第四辑,北京:商务印书馆,2000年版,第 261 页。
㉟ 《东国李相国集》卷十七,《韩国文集丛刊》第 1 册,第 469 页。

本与我国大小",得出的结论也是"差似不及我国"㊱。柳得恭等人把日本比作小国而自比大国,称中国为上国,是出于同样的心理。

李德懋对日本的关注还受到成大中的影响,其《耳目口心书》撰写于乙酉(1765)至丁亥(1767)间,卷四载:

> 木弘恭字世肃,日本大坂贾人也,……购书三万卷,一岁所费数千余金。……构蒹葭堂于江滨,与竺常、净王、合离、福尚修、葛张、罡元凤、片猷之徒作雅集于堂上。甲申岁,成大中士执之入日本也,请世肃作《雅集图》,世肃手写,诸人皆以诗书轴,竺常作序以予之。㊲

又录竺常(1719-1801)之序云:

> 及其将返,龙渊成公请使世肃作《蒹葭雅集图》,同社者各题其末曰:"赍归以为万里颜面云尔。"呜呼!成公之心与夫置身蒹葭之堂者,岂有异哉? 则世肃之交一乡一国以至四海固矣。……余也文非其道,然亦辱成公之视犹世肃也,其感于异域万里之交,不能无郁乎内而著乎外也。㊳

"一乡一国以至四海"云云,显然隐含了《孟子》"一乡之善士,斯友一乡之善士,一国之善士,斯友一国之善士,天下之善士,斯友天下之善士"㊴的意思,同时表彰世肃和成大中都是"天下士"。他们既是同时代的,也是跨越国界的。所以,李德懋等人对于日本文坛的关切,与成大中也有密不可分的联系。柳得恭在正祖二十年(1796)编《并世集》,收录了当代中国、日本、安南、琉球等国的诗歌,其中日本部分的来源,就包含了成大中携归的《蒹葭雅集图》上的题诗。

㊱ 《和国志》,第30页。
㊲ 《青庄馆全书》卷五十二,《韩国文集丛刊》第258册,第440页。
㊳ 同上注,第441页。
㊴ 《孟子·万章下》,朱熹《四书章句集注》,北京:中华书局,1983年版,第324页。

毫无疑问,《并世集》是能够集中体现"并世意识"的选本,其序云:

> 言诗而不求诸中国,是犹思鲈鱼而不之松江,须金橘而不泛洞庭,未知其可也。……言诗而不求诸中国,恶乎可哉?⑩

这种观念不是个别的,而是李德懋等人文学集团的共识。李德懋《寒竹堂涉笔》上指出:

> 至若昭代则人文渐开,间有英才,虽无入学之规,年年陆行,文士时入,而但无心悦之苦,诚如梦如睡,真成白痴。无所得而空来,所以反逊于新罗之勤实也。大抵东国文教,较中国每退计数百年后始少进。东国始初之所嗜,即中国衰晚之所厌也。㊶

为了改变这种现状,就要"心悦"中州文学,不能概以"胡人"而藐视之。故《清脾录》在评论东国文人时,往往以是否熟稔中原文献为标准,如卷一"尹月汀"条云:"夫中原文献之渊薮,生于外国,不深喜中原,虽自命为豪杰文章,毕竟孤陋寡闻而止也。"㊷又卷四"农岩三渊慕中国"条云:"自清阴(金尚宪)以来,百有四五十年,金氏文献甲于东方者,未必不由于世好中原,开拓闻见,遗风余音,至今未泯也。"㊸又卷四"惠寰"条云:"李上舍用休,号惠寰居士,诗力追中国,耻作鸭江以东语。"㊹这种"并世意识",是要从一乡一国扩展到四海天下的。因此,李德懋等人的"并世意识"是与"东亚视野"紧密结合在一起的。

朴齐家有《戏仿王渔洋岁暮怀人六十首》,"怀人诗"在一些人的手中往往同乎论诗诗,这在沈约就已经如此,到清代更加普遍㊺。朴齐家的

---

⑩ 《燕行录全集》第六十卷,第50-52页。
㊶ 《青庄馆全书》卷六十八,《韩国文集丛刊》第259册,第245页。
㊷ 《青庄馆全书》卷三十二,《韩国文集丛刊》第258册,第11-12页。
㊸ 《青庄馆全书》卷三十五,《韩国文集丛刊》第258册,第53页。
㊹ 《青庄馆全书》卷三十五,《韩国文集丛刊》第258册,第66页。
㊺ 参见张伯伟《中国古代文学批评方法研究》,北京:中华书局,2002年版,第389页。

"怀人诗",究其实质而言,就是论诗诗。除第一首带有自述意味,以下论李德懋等朝鲜诗人四十六名,李调元等中国诗人八名,泷长恺(1709－1773)等日本诗人五名,显然也是结合了"并世意识"和"东亚视野",可以说这是"北学派"文人集团的共识。

朝鲜人反思日本文明快速进步的原因,得出的共识是,长崎源源不断地输入清朝的最新学术和文学,且努力与清人(即当代中国人)交往。由于先进文明的熏染,日本也摆脱了"夷风"而进入了"文雅"。李德懋《蜻蛉国志》"艺文"云:"近者江南书籍,辐凑于长崎,家家读书,人人操觚,夷风渐变。"⑯柳得恭《古芸堂笔记》卷五"我书传于倭"条云:"倭子慧窍日开,非复旧时之倭,盖缘长崎海舶委输江南书籍故也。"⑰如果说,日本能够由"蛮俗化为圣学"⑱,是因为大量吸收了清代的文章和学术,那么,朝鲜是否依然能够以"小华"自居,而以"夷狄"视清呢?自明亡以来所怀有的华夷观是否又有固执的必要呢?李德懋反省过去朝鲜人对于日本人的态度是"无挟自骄",同样,对于清朝人的态度也是"无挟自恃",两者实可模拟。他在与赵衍龟的信中说:"东国人无挟自恃,动必曰'中国无人',何其眼孔之如豆也?"⑲又云:"世俗所见,只坐无挟自恃,妄生大论,终归自欺欺人之地。"⑳在《清脾录》卷二中,他特别举出柳琴从中国返回时结识的永平府(今河北)李美(纯之)的诗云:"此不过边裔之一学究,其诗如此,中原之文雅成俗,可知也。"㉑虽然这些意见并非李德懋一人所有,但以他在当时的影响而言,他的话所起的作用可能最大,其议论也最具代表性。这些议论在后来的洪奭周(1774－1842)、徐有素(1775－?)等人的观察和感想中,也得到了更为宏大的响应。由"并世意识"引申而来的向中国学习的观念,也就愈来愈普遍、愈来愈深入人心了。

---

⑯ 《青庄馆全书》卷六十四,《韩国文集丛刊》第 259 册,第 162 页。
⑰ 《雪岫外史》外二种,栖碧外史海外搜佚本,首尔:亚细亚文化社,1986 年版,第 125 页。
⑱ 李德懋《盎叶记》五"日本文献",《青庄馆全书》卷五十八,《韩国文集丛刊》第 259 册,第 39 页。
⑲ 《青庄馆全书》卷十九,《韩国文集丛刊》第 257 册,第 257 页。
⑳ 同上注,第 258 页。
㉑ 《青庄馆全书》卷三十三,《韩国文集丛刊》第 258 册,第 33 页。

四、《清脾录》的阅读与回响

自从法国年鉴学派大师费夫贺(Lucien Febvre)和马尔坦(Henri-Jean Martin)在二十世纪五十年代推出《印刷书的诞生》,西方的书籍史研究开始出现了崭新的面貌。作者试图厘清,"印刷书所代表的,如何、为何不单只是技术上巧妙发明的胜利,还进一步成为西方文明最有力的推手,将多位代表性思想家散布于各地的理念,荟萃于一处"[52]。从此,以技术、物质、考据为主导的书籍史研究,就逐步被转移到社会、经济、学术和文化的方向,成为传播交流史的一个重要侧面。本文开始所引用的罗伯特·达恩顿的话,就代表了欧美学界对书籍史研究的最新认识。而他们最终希望达成的研究目的,就是想回答一个大问题:"阅读如何影响人们的思维","印刷是怎样塑造了人们对世界的认识"[53]。达恩顿拟想的"有普遍性的研究模式",它是经由作者、出版商、印刷商、运输商、书商到读者,而作者自己也是读者,他也是通过阅读而进行写作的,这就构成了一个循环。在这样一个系统中,读者的阅读是最重要的环节。"如果我们能弄明白人们是怎样阅读的,我们就能懂得他们是怎样理解世界的。"[54]而与之相应的,"阅读是书籍传播过程中最难研究的一个课题"[55]。尽管上述模式很难原封不动地搬用到中国书籍史的研究中[56],也确如一些学者所指出的,"中国与欧洲或西方的模式之间似乎有根本区别,至少一直到十九世纪都是如此"[57],但其中包含的深刻的启发意义(比如对阅读的强调)还是至关重要的。

---

[52] 费夫贺《作者序》,李鸿志译,台北:台湾猫头鹰出版社,2005年版,第19页。
[53] 达恩顿《书籍史话》,《拉莫莱特之吻》,第111、112页。
[54] 达恩顿《阅读史初探》,《拉莫莱特之吻》,第161页。
[55] 达恩顿《书籍史话》,《拉莫莱特之吻》,第98页。
[56] 比如周绍明(Joseph P. McDermott)在《书籍的社会史:中华帝国晚期的书籍与士人文化》第四章中,就批评了包括达恩顿在内的两种书籍流通模式在中国书籍史研究中所存在的"严重的瑕疵"。何朝晖译,北京:北京大学出版社,2009年版。又赵益教授《从文献史、书籍史到文献文化史》(载《南京大学学报》2013年第三期)一文,对以上两种弊端也有剀切的析论,可参看。
[57] 巴比耶(Frédéric Barbier)《前言》,韩琦、米盖拉编《中国和欧洲——印刷术与书籍史》,北京:商务印书馆,2008年版,第3页。

由于起步较晚,关于中国书籍史上的阅读研究,到目前为止所取得的成果还是非常有限的。虞莉的博士论文《中华帝国晚期阅读史,1000－1800》是一个代表[58],在该文第五章中,作者也涉及了朝鲜时代人的阅读,主要材料取自洪大容《湛轩燕记》、金昌业(1658－1721)《老稼斋燕行日记》和朴趾源《热河日记》。意大利学者米盖拉(Michela Bussotti)在《中国书籍史及阅读史论略——以徽州为例》中对此文批评说,这是"目前唯一旨在对1000至1800年间中国的阅读情况作总体介绍的研究","结论也丝毫无令人惊奇之处"[59]。这个批评多少有点严苛,但也能够从中看到研究现状之不能令人满意。达恩顿指出:"从性质上来说,对图书史的研究必须在范围上跨国际,方法上跨学科。"[60]对这一意见,我是充分认同的。本文所讨论的便属于这样的范围和方法,而我更希望通过这一个案研究,能够寻找并实践书籍史与文学史的结合点,即透过"阅读"这一关键,理解东亚世界中汉文化演变的丰富性和复杂性。

传统东亚世界中的阅读,最普遍、最重要的是汉文的阅读,一如新西兰学者史蒂文·罗杰·费希尔(Steven Roger Fischer)在《阅读的历史》中指出的:"汉语成了东亚的'拉丁语',对所有的文化产生了启迪,其程度远远超过了拉丁语在西方的影响。"[61]在英国史学家彼得·伯克(Peter Burke)的描述中,古典时代以后的近代早期,欧洲广大地区的学者们"都使用拉丁语相互通信,这一事实让他们产生了一种归属感,认为自己属于一个被他们称作'文人共和国'(Republica Litterarum)或知识共和国(Commenwealth of Learning)的国际共同体"[62]。而以汉文为媒介和工具,在东亚就形成了一个长期的知识和文化的"共同体",或曰"文艺共和

---

[58] Li Yu, *A History of Reading in Late Imperial China, 1000－1800*, Ph.D. diss. The Ohio University, 2003.(美国俄亥俄州立大学2003年博士论文)案:这一资料的获得承蒙美国布朗大学(Brown University)东亚研究系邝师华(Sarah E. Kile)教授的协助,谨此致谢!

[59] 《中国和欧洲——印刷术与书籍史》,第59页。

[60] 《书籍史话》,《拉莫莱特之吻》,第112页。

[61] 《阅读的历史》(*A History of Reading*)第三章"阅读的世界",李瑞林等译,北京:商务印书馆,2009年版,第93页。

[62] 彼得·伯克《语言的文化史:近代早期欧洲的语言和共同体》(*Languages and Communities in Early Modern Europe*),李霄翔、李鲁、杨豫译,北京:北京大学出版社,2007年版,第74页。

国”(63)。只是这样的一个“共同体”或“共和国”,更像是一个民主社会的国会,其中既有认同也有差异,充斥了各种声音。《清脾录》的阅读与回响便是其中一例。

从某种意义上说,《清脾录》就是为了向中国人展示朝鲜人的诗学成就和见解而撰著的。这层意思,在李德懋离京前给李调元的信中更有明白表示,他在北京请潘庭筠删订此书,请祝德麟写序,又特别敦请李调元赐序,“因便东寄,有足不朽”(64)。而李调元将《清脾录》刻入丛书,对李德懋来说,更有望外之喜,最是合其心意。

使朝鲜人著述在中国得到广泛传播,是李德懋念念不忘之事。不妨参看一下他在此前致潘庭筠的信,一方面表达了“所大愿,乃学古人慕中国而已”,另一方面,在询问《四库全书》时说:“既包罗天下之书,则海外之书如朝鲜、安南、日本、琉球之书,亦为收入耶?”又问:“朝鲜之书,开雕于中国者,如《高丽史》、《东医宝鉴》等书以外,复有几种耶?”(65)还建议潘庭筠将朝鲜李珥(栗谷,1536－1584)的《圣学辑要》“开雕广布,以光儒学”(66)。在给李调元的信中,他也表达了类似的心愿:“《五岳丛书》天下壮观,而有眼难见。嗟哉嗟哉!愿详示其凡例及书目,至祝。……若不鄙域外,而不佞辈所著诸种,亦可许入,则后当缮写以上耳。”(67)看来,李调元的《五岳丛书》并未能编成,但是,在其所编其他丛书中,他却满足了李德懋的心愿,刻入其《清脾录》。

李调元刻本与《青庄馆全书》本《清脾录》当然有不少差异,现存《续函海》本共130则,而《全书》本有177则,至于字句上的异同就更多(68)。最重要的差异,集中在与潘庭筠和李调元相关的条目中。关于这些差异,

(63) 参见高桥博巳(Takahashi Hiromi)《东アジアの文芸共和国——通信使・北学派・蒹葭堂》,东京:新典社,2009年版。案:此书不足之处在于,一、中国的缺席,主要论述的是朝鲜和日本;二、选择的只是一种声音,未能充分体现这一“共和国”内涵的丰富与复杂。

(64) 《青庄馆全书》卷十九,《韩国文集丛刊》第257册,第269页。

(65) 同上注,第262－263页。

(66) 同上注,第265页。

(67) 同上注,第269页。

(68) 邝健行先生曾经对两种版本作过校对,见其点校之《干净衕笔谈・清脾录》,可参看其校记。上海:上海古籍出版社,2010年版。

李圭景的解释是:"以未及雠校,故多讹,与家中《全书》合校,则椠本简甚。"他认为刻本是据李德懋未及修订的草稿本,所以不同于后来改定的《全书》本。尽管这个判断来自李德懋的孙子,但其结论实未免草率。可以说,中国刻本并非原封不动地遵照其稿本刊刻,而是出于某种需要有所删改。

关于《清脾录》的删改,李德懋本人也是部分了解的:一出于李书九,序文中已明确写了"余既删定是书";一出于潘庭筠,李德懋在致李调元的信中说,此书"已经秋庵删订"。潘氏的删订应集中在与自己有关的条目中,比如《全书》本卷三有"潘秋庵"条,而《续函海》本无此条;陆飞(筱饮)、严诚(铁桥)、潘庭筠是洪大容、金在行在北京结识的杭州三士,柳得恭曾抄录三人作品为《巾衍外集》,《清脾录》对三人生平行事及作品也都有论述,但潘庭筠为人谨慎,所以很可能秉持"人臣无外交"[69]的准则,将《清脾录》中有关自己条目全部删除。而"陆筱饮"、"严铁桥"两则,也同样被删减了许多。至于李德懋所不了解的部分,集中在与李调元相关的条目中。如卷四"袁子才"条引用李氏评语:"天下知与不知皆称道之,余《雨村诗话》详言其事。"[70]然而《全书》本作"余《尾蔗轩闲谈》备言其事"[71]。《全书》本卷四"李雨村"条列举李氏著述,有《尾蔗轩闲谈》十卷,无《雨村诗话》。案李氏详言袁枚的内容,见十六卷本《雨村诗话》,此书完成于乾隆六十年乙卯(1795),距离李德懋赴京并赠送《清脾录》给李调元的时间已过去了十七年,距离李德懋辞世的时间也有两年,故其书绝无可能被李德懋引用,只能是出于李调元的更改。至于"李雨村"条中更改之大,更是令人吃惊[72]。为了让自己的形象更加富有光彩,他利用刊刻者

---

[69] 洪大容《干净衕笔谈》中就记录潘的话:"人臣无外交,恐再难图良会。"《湛轩书》外集卷二,《韩国文集丛刊》第248册,第131页。
[70] 《续函海》本,卷四8b。
[71] 《青庄馆全书》卷三十五,《韩国文集丛刊》第258册,第58页。
[72] 关于《续函海》本《清脾录》的异文分析,韩中学者皆有论及,如韩国学者You, Jae-il《〈续函海〉本〈清脾录〉的文献面貌:以与一山本比较为中心》,载韩国语文研究学会编《语文研究》第37卷,2001年12月。邝健行《李调元〈续函海〉中〈清脾录〉与朝鲜传本差异原因推测》、《〈李调元〈续函海〉中所收朝鲜人李德懋〈清脾录·李雨村〉条书后》、《试据李调元〈雨村诗话〉论测朝鲜本〈清脾录·王阮亭〉条文字多被删削的原因》,皆收入其著《韩国诗话探珍录》一书,北京:学苑出版社,2013年版。

的身份不惜修改原书,比如将原书所举佳句改为自己更加得意的作品[73];原书说这些佳句"皆可以传诵也",也被他改为语气更加强烈的"皆必传无疑也";而详细罗列朝鲜人为他庆生之举以及共作贺诞诗,更是原书所绝无者。所以,我们可以得出这样的结论:从版本学的意义上看,李调元刻本《清脾录》是一个不忠实于原本的"改造本"。如果说,李书九、潘庭筠对《清脾录》的删订还得到了李德懋的认同或理解,那么,李调元的更改就全然无视李德懋的意愿。《清脾录》经过李调元的阅读(他必然十分重视与自己相关的条目),就大笔一挥,直接予以增删损益了。从这个意义上说,《清脾录》的刊刻倒的确反映了出版者的意志和权力。

但我们不能说,李调元之阅读《清脾录》,仅仅导致以上负面的结果,在从读者到作者身份的转移时,他的阅读发挥了作用,并因此而影响了他的写作。

现存李调元《雨村诗话》有二卷本、十六卷本及《补遗》四卷本。二卷本先出,约成于乾隆四十三年(1778)之后,所论皆古人。十六卷本后出,完成于乾隆六十年(1795),并续有增补。《补遗》成于嘉庆六年(1801)。据其自序,二卷本与十六卷本的最大区别是"前以话古人,此以话今人也",并且标榜曰:"谈诗者不博及时彦,非话也。"[74]也可以说,此书具有强烈的"并世意识"。这一点,可能更多是受到《随园诗话》的影响,而与《清脾录》之重视当世亦适相呼应。至于其"东亚视野",多处论及朝鲜、安南、琉球诗,则不能不说是受到了李德懋等人的刺激。

《雨村诗话》卷十六有两则集中论及朝鲜诗的内容,一以柳琴奉朝鲜进贺兼谢恩副使徐浩修之命拜访,回国后同为李调元庆生贺诗为中心,一以朝鲜四家(即李书九、柳得恭、朴齐家、李德懋)诗选为中心。尽管其用心一在自我标榜,一在文化优越,所谓"以见我朝文教诞敷,属国皆然"[75],但还是肯定了这些作品自身的审美价值。李调元对于自己在朝鲜的影响

---

[73] 《雨村诗话》卷十一列举他所见之《清脾录》抄录其诗四联,与《青庄馆全书》本内容顺序皆一致,可见原稿即如此,他的自我感觉是"皆非得意作也"。而《续函海》本标举李调元六联"佳句",仅一联与原书同,显然是出于他的故意更改。

[74] 《雨村诗话序》,上海:上海鸿章书局石印本,第1a页。

[75] 《雨村诗话》卷十六,第9a页。

是颇为自得的,尽管他在自己的著作或刊行《清脾录》时对自己的言行作了一些删改,但自得之情还是无法掩饰的。卷十六有两则便是通过他人之口来表达这种心情,"嘉庆三年戊午"条录袁枚《奉和李雨村观察见寄原韵》诗云:"《童山集》著山中业,《函海》书为海内宗。西蜀多才今第一,鸡林合有绣图供。"⑯又"庄亭来,得粤东诸生寄呈诗"条录温瑞桃呈诗有云:"海内文坛重典型,诗播鸡林曾选句。"自注:"朝鲜李德懋作本国诗话,名《清脾录》,选先生佳句极多。"⑰或云"才第一",或云"重典型",都是以朝鲜人的追捧为依据。

刻本《清脾录》卷四"芝峰诗播远国"条,记载了李睟光诗远播安南、琉球之事。《雨村诗话》卷一"仁和孙补山先生"条历叙其为安南国王黎氏恢复王位事,并引袁枚《为补山作平安南歌》;卷三"本朝蜀中鼎甲"条载康熙六年安南黎维禧与高平莫元青构怨侵杀事,李仙根著《安南纪使略》;卷十五"安南探花阮辉偙能诗"条载其诗多首曰:"文教覃敷,属国皆然,若阮辉偙可以诗矣。"⑱又卷四"海上天后甚灵验"条以下数则记载琉球事甚多;又卷六"同年进士湖南潘闿章为琉球教习"条亦载琉球人作品"甚工"。《雨村诗话补遗》卷四录张乃孚《和玉溪题雨村诗话韵》:"由来性命怜才切,一句忘收便不安。"评曰:"末句实道得我心出也。"⑲如果不以自我标榜看待这句话,李调元把东亚视野带入诗话写作之中,表达其对于东亚诗学世界的理解和认识,是很值得注意的。

即便在李调元评论中国诗人时,我们也能听到《清脾录》的回响。《雨村诗话》卷十四载:

> 李豸青锴,奉天布衣,索相子塔也。……《睫巢前后集》,朝鲜人奉为至宝。有《闻雁感赋》云:"毕竟家何在?而云北是归。高城残照下,万里一行飞。风急毋相乱,沙寒定有依。畸人方失序,于(《清

---

⑯ 《雨村诗话》卷十六,第11b页。
⑰ 同上注,第12b页。
⑱ 《雨村诗话》卷十五,第4a页。
⑲ 《雨村诗话补遗》卷四,第1b页。

脾录》引作'缘')汝泪沾衣。"此君诗骨故自不凡。⑧

《清脾录》卷一有"豸青山人"条云:

> 岁庚申(1740),金潜斋益谦入燕,遇铁君于旅次,相视莫逆,证为知音。尝扫席焚香,出示一诗,……今藏于宋注书俊载家,李槎川作跋。书法磊磊劲道,当在逸品。《睡巢集》若干卷亦来东国。㉛

并引及其《闻雁感赋》诗。《雨村诗话》云云,显然是对此文的呼应。但令人奇怪的是,《续函海》本《清脾录》中缺少此条。考"端坐轩笔"本《清脾录》已有此条,则原稿本固有之,为何在刻本中被刊落,令人费解㉜。但李调元曾经读过此条,并因此而在《雨村诗话》中有所呼应,则是显而易见的。

李调元刻本《清脾录》之传入日本,最大的可能是在享和二年(1802)传入《续函海》袖珍本。此书传入后,西岛便有缘阅读,并在其《弊帚诗话附录》中有所评论,则其所谓少作"在廿岁左右"者,当写于享和二年(1802),其时二十三岁。而西岛在由读者转变为作者的时候,展现的是另外一番面貌。

西岛提及《清脾录》者共有三则,分别出于卷一"日本兰亭集"、"蒹葭堂"以及卷四"蜻蛉国诗选"。核其文字,基本同于《续函海》本。但个别文字,明显经过西岛的校正㉝。《弊帚诗话附录》前两则引文以"朝鲜李德懋《清脾录》云"引起,而结以自身评论:

> 观此二节,则韩人神伏于本邦,可谓至矣。如高兰亭、葛子琴,易

---

⑧ 《雨村诗话》卷十四,第3b-4a页。
㉛ 《青庄馆全书》卷三十二,《韩国文集丛刊》第258册,第13-14页。
㉜ 邝健行先生在《李调元〈续函海〉中〈清脾录〉与朝鲜传本差异原因推测》一文中怀疑是出于潘庭筠的删削,可备一说。
㉝ 如"日本兰亭集"条:"余尝游平壤,舍球门外吴生家。"刻本、抄本"舍"皆作"含"。又如"蜻蛉国诗选"条:"那波师曾字孝卿,号鲁堂。"刻本、抄本"堂"皆作"望"。

易耳。若使一见当今诸英髦，又应叹息绝倒。㉞

这显然是一种"误读"。如前所述，李德懋等人对于日本文明的态度，主要出于自身反省，肯定其快速进步，批判国人之"无挟自骄"。甲申（1764）朝鲜通信使正使赵曮（号济谷，1719－1777）有《海槎日记》，六月十八日中记载："观其文翰，无足称者矣。……所谓学术，则大抵皆近异端。……日本学术，则谓之长夜可也，文章则谓之瞽蒙可也。"贬低之情跃然纸上，充其量也只是说"闻长崎岛通船之后，中国文籍多有流入者，其中有志者渐趋文翰，比戊辰酬唱颇胜云"㉟，承认了日本的汉学水平较之以往有所进步。元重举也说日本诗文"差过十数年，则恐不可鄙夷而忽之"㊱；《清脾录》卷二"倭诗之始"条最后引元氏语曰："气机初斡之际也。"且加注云："日本自汉唐以来，至今僭称天皇。"㊲这与《和国志》卷一以日本年号为"伪年号"也是一致的。卷三"李虞裳"条云："先王癸未，随通信使入日本，大坂以东，寺如邮，僧如妓，责诗文如博进。虞裳左应右酬，笔飞墨腾，倭皆瞠目咋舌，诧若天人。"㊳柳得恭等人以自身为大国，尊中国为上国，视日本为小国，其中所寓高低之意也是明显的，哪里称得上"韩人神伏于本邦，可谓至矣"呢？元重举《和国志》曾据《日本三才图会》概述藤原惺窝行事本末，其中记载朝鲜人姜沆（睡隐，1567－1618）对藤原的赞美辞："朝鲜三百年来，未闻有如此人。本朝儒者博士自古只读汉唐注疏，而性理之学，识者鲜矣。"元氏案曰："所引姜睡隐语，似非睡隐本语也。倭人喜夸张，或捏合睡隐语，撤去首尾，只行一句语耶？"㊴但西岛的自大，还不是"喜夸张"三字便可以完全解释的。西岛自年轻时就喜好本国诗，一而再地表示："余幼学诗，好读邦人诗。"㊵"余幼学诗，好读近人

㉞ 新日本古典文学大系《日本诗史・五山堂诗话》本，第574页。
㉟ 《海行总载》第4册，京城：朝鲜古书刊行会，1914年版，第328－329页。
㊱ 《和国志》卷二"诗文之人"，第326页。
㊲ 《续函海》本，第9a页。
㊳ 《青庄馆全书》卷三十四，《韩国文集丛刊》第258册，第44页。
㊴ 《和国志》卷二"学问之人"条，第321－322页。
㊵ 《孜孜斋诗话跋》，新日本古典文学大系《日本诗史・五山堂诗话》本，第570页。

诗。"⑨¹而他对本邦近人之诗也确有高度评价,《清脾录》中所涉及的日本诗人,例如合离(斗南),在他看来,也不过"声价高于一时,然其所作殊无可诵者"⑨²。日本文明进步到他的时代,在西岛眼中,不要说朝鲜早已瞠乎其后,就是比之中国,也不遑多让。他曾举物徂徕带有自谦意味的诗句"日本三河侯伯国,朝鲜八道支那邻",贬之于"将为乃公沉诸江中藏其拙而已"⑨³之列。他又引蓝田东龟年《心赋》中对康熙帝的赞美,以为"其言大害于事",并指出:

> 况生吾土,受昭代之泽,以笔耕,以心织,四体不勤,五谷不分,而称臣于异邦主,且谓为圣人,可谓不天日出处之天,而天日没处之天者矣。⑨⁴

这种意见,在当时已经不是偶然一现。所以,尽管是在同一个知识和文化的"共和国"中,其中的声音也是不尽相同的。

西岛还引述了另外一则《清脾录》,出于卷四"蜻蛉国诗选",段末议论曰:

> 虽不足视于观光之使,受赏于异邦,不可不录。⑨⁵

在流露出愉悦之情的同时,也隐含着对日本当代诗学成就的骄傲。

《清脾录》在朝鲜获得了很高的声望,但刻本传入的时间还晚于日本。朝鲜人对《清脾录》的阅读及反应可分两类,一类在中国,一类在朝鲜本土。在中国阅读的记录中,我们还可以了解到李调元不为人知的一些情况。现存《雨村诗话》略涉《清脾录》者,仅仅在十六卷本中可以看到,而且痕迹不多。但透过朝鲜人的文献,我们知道在《雨村诗话》的二

---

⑨¹ 《弊帚诗话附录跋》,同上注,第575页。
⑨² 《孜孜斋诗话》卷下,同上注,第566页。
⑨³ 同上注,第563页。
⑨⁴ 同上注。
⑨⁵ 《弊帚诗话附录跋》,同上注,第574页。

卷本与十六卷本之间,还有一个四卷本,即十六卷本的前身⑯,其特色也是"话今人",其中涉及《清脾录》的内容也许更多也更为明显,而朝鲜人阅读后的反应就是"荣耀"。如柳得恭《燕台再游录》记载自己访问李鼎元之问答:

> 余曰:"《函海》中《诗话》可见否?"墨庄曰:"当奉赠。"……《雨村诗话》四卷携归馆中见之,记近事特详,李懋官《清脾录》及余旧著《歌商楼稿》亦多收入。中州人遇东士,辄举吾辈姓名者,盖以此也。⑰

这是柳得恭经眼并阅读者,似无可疑。由于李调元的宣传,扩大了李德懋等人的知名度,所以朝鲜人到中国与清代文人笔谈时,《清脾录》往往成为一个话题。朴思浩《心田稿》记载他与吴嵩梁的问答,既有吴问"《清脾录》有持来刻本否",又有朴问"李雅亭《清脾录》览否"⑱。金正喜将刻本《清脾录》从中国带回朝鲜,也是因为"海东著述,为华士所刻,真旷世希觏"。即便在朝鲜本土阅读或引用了抄本《清脾录》,也会故意注明"出雨村李调元《函海》"。至于李圭景在自己著作中一而再地宣称《清脾录》的"大小刻本",也是为了突出这一"旷世希觏"的光耀,凡此皆足以表明朝鲜人所刻意表露出的荣誉感。

柳得恭《古芸堂笔记》卷四"东人著书"条云:

> "著书传后,何与于我哉?况东人著书未必传。……纵使飘落于中土,寥寥数首,录于黄冠、缁流、闺秀之下,安南、琉球、日本之上,有何荣哉?"此故友李懋官尝与余言者也。懋官平生著书等身,诗文外有《士小节》、《礼记涉》、《清脾录》、《盎叶记》、《寒竹堂涉笔》等编,

---

⑯ 参见张伯伟《清代诗话东传略论稿》,北京:中华书局,2007年版,第146—150页。
⑰ 《燕台再游录》,林基中编《燕行录全集》第60册,第207页。
⑱ 《心田稿·兰雪诗龛》,《燕行录全集》第86册,第53—54页。

皆开山破荒,鸭水以东未曾有也。然而以传后为不屑者,其旷怀不可及也。⑨

此处列举李氏代表作,《清脾录》也赫然在目。李德懋在世时,虽才高学富,却谈不上位高身显,以上云云,当为有激之言,不可坐实理解。从他汲汲向李调元、潘庭筠推荐自己的著述,并希望在中国刊刻的言行中,他显然有追求不朽的意识在。柳得恭《清脾录序》中也强调了这层意思:"作诗者谓何? 传之为贵。苟工拙相混,胥归于澌灭而已矣。说诗者顾不重欤?"⑩李德懋曾有心编一部海东丛书,将东人代表性著作汇为一编以传后,其事未果。门人李义准、徐有榘(1764-1845)、徐有棐(1784-?)等也都有意继其遗志,编《小华丛书》。据李圭景所记,李义准拟编之《小华丛书》为类有三,"翼经"十七种,"别史"十六种,"子余"四十一种,李德懋一人占九种,其中就包括了《清脾录》⑩。又朝鲜宪宗(1834-1849年在位)时建立承华楼,贮藏书画,恒常披览,有《承华楼书目》传世,其中"诗类"便著录《清脾录》二册⑩。虽然我们无法确定该书是刻本或抄本,是中国版或朝鲜本,但既然入藏王室书库,则此书在朝鲜人心目中的珍视程度,亦不难想见。

五、结　　语

在东亚书籍史的研究中,以往人们注意到的传播,无论是中国书籍的东传,抑或东国书籍的西流,多是单向的考察,而本文所强调的是"环流"。同样一本书,在东亚范围内,发生了多向的流动,而在流动的过程中,也不断被增添或减损。这就比从单向流动的视角看问题得到了更为丰富、更为复杂的历史信息。把这些信息置于汉文化圈的知识共同体或

---

⑨　《雪岫外史》外二种本,第366-367页。
⑩　《青庄馆全书》卷三十二,《韩国文集丛刊》第258册,第3页。
⑩　《五洲衍文长笺散稿》卷十八"小华丛书辨证说",上册,第549页。
⑩　见张伯伟编《朝鲜时代书目丛刊》第3册,北京:中华书局,2004年版,第1351页。

曰文艺共和国中,我们就能够既看到枝干,也看到树叶,并且在其相互联系中观察各自的位置和意义。这样,一方面可以避免根据现成的文学史框架去解读以往未能认识的现象,另一方面,也不会陷入于历史碎片之间而迷失了大体。东亚书籍史上的传播"环流"是一个颇为普遍的现象,以诗文评著作而言,如宋代的《唐宋分门名贤诗话》、《诗人玉屑》等书,都是较为典型的例子。又如日本江户时代井上惪于弘化丁未(道光二十七年,1847)撰《唐诗绝句注解序》云:

  首载清儒阮氏之言,乾隆《四库》未收,乃知西土亡佚已旧矣。庸讵知不此刻传到于彼,彼刊而刻之,以传于我,亦犹太宰氏《古文孝经》之收入鲍氏丛书而再舶送至此哉?果如是乎,东西流传,与夫《文章轨范》并行于宇间而浩古不泯。[103]

  文中提及的太宰纯(1680-1747),曾于享保壬子(雍正十年,1732)将《古文孝经孔氏传》校点问世,并由汪翼苍随贾舶购回中国,鲍廷博(1728-1814)于乾隆四十一年(1776)刻入其《知不足斋丛书》,而《丛书》又在安永八年(乾隆四十四年,1779)复传入日本,引起日本学人的重视。他们不仅引以为荣,向往书籍的"东西流传",甚至以此为刊刻、编纂书籍的目的。"东西流传"四字,就是书籍"环流"之流传状态的又一通俗明白的表述。因此,加强对东亚书籍史上"东西流传"的研究,就不仅是重要的,同时也是可行的。
  "环流"在阅读环节是一个非常重要、难度较大同时又研究不足的方面,因此,这也是本文特别用力之处。为了将书籍史研究与文学史研究相结合,抓住阅读环节作深入分析更显得尤为必要。这个问题是由法国学者丹尼尔·莫奈(Daniel Mornet)在1910年提出的:十八世纪的法国人阅读什么作品?启蒙思想家的著作是否法国大革命的思想根源?他的研究表明,十八世纪的法国人可能对言情小说或探险故事更加热衷,对鲁索或

---

[103] 长泽规矩也编《和刻本汉诗集成·总集篇》第2辑,东京:汲古书院,1979年版,第126页。

伏尔泰的作品（这些被人们视作十八世纪的文学经典）反而兴趣不大。这些问题困扰了后来的学者达四分之三世纪之久，"继续笼罩文学史，一如既往地耐人寻味"。直到罗伯特·达恩顿对莫奈所忽视的"非法文学作品"进行了深入研究，其状况才得到了改变[104]。需要指出的是，他在有关阅读的研究中，过于关注了直接阅读，却忽视了间接阅读。而在我看来，间接阅读或者误读误传，其产生的影响有时大于甚至远远大于直接阅读。尽管他研究的是"畅销禁书"，而我处理的只是一部诗文评，既不畅销，也非禁书。由于印数有限，因此，很多人没有机会接触到该书的刻本或抄本，是通过口耳相传而扩大了影响。以《清脾录》的"大小字本"来说，所谓"大字本"，既没有实物流传于世，在文献记载中，也没有一个人是亲眼所见，但在口耳相传中，无论是中国还是朝鲜，《清脾录》俨然成为一部很有代表性的朝鲜书籍，被中国人一而再地刊刻。这实际上就是由间接阅读而形成的公众舆论，并导致群起关注的结果。细味"畅销禁书"四字，其实也是一个富有"张力"的表达。一般来说，既然是"禁书"，就不可能如何"畅销"，即便存在警察或检查官的"视而不见"，也是在一定的限度之内。因此，同时兼顾间接阅读，对于达恩顿的课题来说，也仍然是必要的。

当然，将这一课题引入东亚汉文学世界，更是前人展履少及者。我们认识到在二十世纪以前汉文化圈或曰"东亚世界"的存在，也认识到作为其基础的知识共同体或曰"文艺共和国"，但需要同时指出的是，这样的共同体不是单一的构成，我们必须充分认识到其间的丰富性和复杂性。一部书在流传过程中，其中所包含的信息饱受加减损益。以《清脾录》而言，李德懋的原稿本不同于李调元的刻本；《函海》大字本（如果确实存在的话）不同于《续函海》小字本；中国刻本不同于朝鲜抄本。这些差异，并非仅仅是常见的书籍在刊刻传写过

---

[104] 引文见罗伯特·达恩顿《法国大革命前的畅销禁书》(*The Forbidden Best-Sellers of Pre-Revolutionary France*)，郑国强译，上海：华东师范大学出版社，2012年版，第2页。另外可以参见其《旧制度时期的地下文学》(*The Literary Underground of the Old Regime*)，刘军译，北京：中国人民大学出版社，2012年版。

程中的讹误,同时也因为刊刻者、抄写者以及阅读者有意识的更改或强调,不同的更改者或强调者还有各自的动机。这些更改、强调背后的意识和动机是很值得我们详加探讨的。《清脾录》在东亚三国之间流传,同时也被三国文人阅读。饶有意味的是,展现在我们面前的是三种不同的读法,读出的也是三种不同的意味。李调元从《清脾录》中读出了虚荣,同时也从书中受到了刺激,从而影响了《雨村诗话》的写作。其他的中国文士从中读到了东国的佳作,由此而更加关注朝鲜文坛的动向。在汉文学的世界观中,就逐步形成了一个结构性的变化——注重东亚视野。朝鲜人则从《清脾录》中读出了荣耀。一方面是因为受到中国文人的高度肯定和关注,另一方面,"东人著述为华士所刻",更是"旷世希觏"的美谈。以至于他们在自己的著述中,即便使用的是朝鲜抄本,也要刻意作一"伪注"云:"出雨村李调元《函海》。"这也许可以视作另外一种"虚荣"的反映吧。而日本人读《清脾录》,读出的却是一种自大和骄傲。在这三种不同读法的背后,更是蕴涵着东亚三国内部的文化变迁和势力消长,其意味值得深长思之。由于汉文献的极其庞大的存在[105],关于如何阅读以及读后反响的资料尽管分散,但并不稀见,因此,东亚学者非常幸运地有可能对书籍"环流"中的阅读作出更有成效的研究。

费希尔曾在本世纪初满腔热情地断言:"东亚昔日的'拉丁文',作为世界上最伟大、最具影响力的一种文化载体,必将在未来的许多世纪一如既往地影响和引领东亚文化。"[106]我想说的是,东亚汉籍是一座无比丰富的宝库,深入于这一宝库之中,不仅能够而且应该对于今日世界的学术研

---

[105] 钱存训说:"中国典籍数量的庞大,时间的久远,传播的广泛和记录的详细,在17世纪结束以前,都可说是举世无双。"(《中国纸和印刷文化史》,桂林:广西师范大学出版社,2004年版,第356页)他在注释中还引用了自上世纪初以来西方斯温格尔(W.T. Swingle)、拉图雷尔(Kenneth S. Latourette)等人的意见:到1700年乃至1800年止,中国抄、印本总的页数比当时世界上用一切其他语言文字集成的页数总和都多(第362页)。尽管现在有学者质疑这一估计,比如魏根深(Endymion Wilkinson)《1900年以前中国和西方图书产量与图书馆》(张升、戴晓燕译,载《中国典籍与文化》2006年第四期)一文,但不作死于句下的理解,世界上汉籍数量之极为丰富是无法否定的。

[106] 《阅读的历史》第三章,第102页。

究,不管在理论上还是方法上,作出卓越的贡献。

2013 年 8 月 15 日稿于南京朗诗寓所

8 月 28 日改毕

10 月 3 日再改

张问陶与清代中叶自我表现观念的极端化

蒋 寅

华南师范大学

一个时代的思潮总是通过某些人物的言论反映出来,而一些人物的价值和意义也总是因反映了时代的潮流而被确认,人和时代的关系不外如此。但这种关系并不总是自然呈现的,在很多时候需要深入剔抉和梳理,去掉历史的浮尘,才凸现有意义的人和事。清代乾隆、嘉庆之际的著名诗人张问陶,诗才和艺术成就一向备受推崇,但被作为诗论家来看待和讨论还是近年的事①。事实上,他既未撰著诗话,也未留下其他形式的诗学著作,只是诗集中保存有一部分论诗诗。这些作品孤立地看没什么特别之处,但一放到袁枚性灵诗论和嘉、道间诗学观念转变的历史背景下,其不同寻常的诗学史意义就凸显出来。

随着格调论老化、唐宋诗风融合、艺术的绝对标准被放逐、传统的经典序列被打破这一系列诗学变革在乾隆中叶的完成,一种更强调自我表现或者说极端唯我论的写作,在性灵诗学的鼓荡下日益醒目地流行于诗坛。这股思潮衍生出两种新的诗歌写作态度:一是放弃美的追求,二是摒除独创性概念。自古以来,美和独创性一直是文学家孜孜追求的目标:美标志着艺术的理想境界,独创性意味着艺术表现的丰富。正是美和独创性作为文学、艺术的基本观念,激励着历代诗人不懈地发展艺术的表现手段,不断超越前人推陈出新。然而到乾、嘉之际,一种摒弃美和独创性

---

① 张洪海《张问陶性灵诗论与性灵诗》,山东师范大学硕士论文,2005 年;温秀珍《张问陶论诗诗及其诗论研究》,复旦大学博士论文,2005 年。

追求的写作态度逐渐凸显出来。江昱自序其诗称:"予非存予之诗也,譬之面然,予虽不能如城北徐公之面美,然予宁无面乎？何必作窥观焉？"②这种唯我论的诗学观念,纯以自我表达为中心,非但不求与前人竞美,即便雷同前人也不介意。以前,诗歌写作就像学术研究,为了超越前人,首先需要了解前人,以免蹈袭和重复。为此,"避复"即韩愈所谓"惟陈言之务去",一直是独创性的前提。但到嘉、道之际,一种极端的自我表现论,开始弘扬以前隐约流传在诗论中的不避复主张,无形中加速了独创性观念的消解。这一问题迄今无人注意,相关资料散见于当时的诗学文献中,尚有待于搜集、整理;目前可以肯定的是,张问陶是一个可供我们讨论与分析的人物,他也是宣扬极端自我表现论最集中最有影响力的诗人。

一、张船山的诗生活

张问陶(1764-1814)是清代中叶诗坛公认的天才诗人,他的才华很早就为时流所注目。法式善《梧门诗话》卷三载:"船山,遂宁相国之玄孙也。廷试时余以受卷识之。其诗如'野白无春色,云黄夜有声'、'沙光明远戍,水气暗孤城'、'人开野色耕秦畤,鹰背斜阳下茂陵'、'闲官无分酬初政,旧砚重磨补少年'、'吴楚秋容都淡远,江湖清梦即仙灵'、'饮水也叨明主赐,题桥曾笑古人狂',洵未易才也。"③不过法式善评诗终究手眼不高,这些诗句根本就不足以显示张问陶的才华。

张问陶早年十分崇拜袁枚,诗集名《推袁集》,但一直没有机缘识荆。他最亲近的朋友是同年洪亮吉,往来唱和相当频繁。乾隆五十五年(1790)岁暮,乞假将归,有《十二月十三日与朱习之石竹堂钱质夫饮酒夜半忽有作道士装者入门视之则洪稚存也遂相与痛饮达旦明日作诗分致四君同博一笑》、《稚存闻余将乞假还山作两生行赠别醉后倚歌而和之》诗

---

② 袁枚《随园诗话》卷三,王英志主编《袁枚全集》,南京:江苏古籍出版社,1993年,第3册页73。
③ 张寅彭、强迪艺《梧门诗话合校》卷三,南京:凤凰出版社,2005年,页102。

留别,"一生牵衣不忍诀,一生和诗呕出血"④,足见两人不拘形迹的意气之交。同年船山还有《题同年洪稚存亮吉卷施阁诗》云:"眼前真实语,入手见奇创。"(119页)年方二十六岁的诗人,展示给我们的,不仅是重视个人体验的艺术倾向,还有不甘落入前人窠臼的豪迈志气。这正是性灵诗学的核心理念所在。

乾隆五十八年(1793),袁枚向洪亮吉咨访京中诗人,洪盛称船山之才,新老两大诗人这才有相识之缘。船山有《癸丑假满来京师闻法庶子云同年洪编修亮吉寄书袁简斋先生称道予诗不置先生答书曰吾年近八十可以死所以不死者以足下所云张君诗犹未见耳感先生斯语自检己酉以来近作手写一册千里就正以结文字因缘……》一诗纪其事⑤。袁枚获知问陶为故人之子,集名《推袁集》,欣慰之余异常感动,引为"八十衰翁生平第一知己"⑥,并在《诗话》补遗卷六追忆昔年应鸿博试时与船山父顾鉴订杵臼之交的往事,以志通家之好。

张问陶虽然由衷地推崇袁枚,但并不像一般后辈诗人那样一味无原则地谀颂这位诗坛宗师,他对袁枚的缺点看得很清楚。乾隆五十九年(1794)作《甲寅十一月寄贺袁简斋先生乙卯三月二十日八十寿》,其六云:"小说兼时艺,曾无未著书。气空偏博丽,才大任粗疏。考订公能骂,圆通我不如。只今惊海内,还似得名初。"(295页)貌似钦佩袁枚始终我行我素的作风,但"才大"三句真很难说究竟是寓褒于贬还是寓贬于褒。而针对时论指其诗学袁枚,则坚决地辩白道:

诗成何必问渊源,放笔刚如所欲言。汉魏晋唐犹不学,谁能有意学随园?

诸君刻意祖三唐,谱系分明墨数行。愧我性灵终是我,不成李杜

---

④ 张问陶《船山诗草》卷五,北京:中华书局,1986年,上册页129-130。下引张问陶诗均据此本,仅注页次。
⑤ 张问陶《船山诗草》卷十,上册页240。袁枚《小仓山房诗集》卷三十五有《答张船山太史寄怀即仿其体》,附录张问陶原作,《袁枚全集》,第1册页855-857。
⑥ 袁枚《答张船山太史》,《小仓山房尺牍》卷七,《袁枚全集》,第5册页156。

不张王。⑦

诗作于乾隆五十九年(1794)六月,此时他与袁枚刚通书问,即能如此态度鲜明地宣示自己不依傍门户的立场,恰好体现了性灵派不拘门户、自成一家的独立精神。袁枚对别人说他学白居易,也曾以《自题》解嘲说:"不矜风格守唐风,不和人诗斗韵工。随意闲吟没家数,被人强派乐天翁。"⑧则船山《与王香圃饮酒诗》诗言:"文心要自争千古,何止随园一瓣香?"(654页)岂非异曲同工?《题方铁船工部元鹍诗兼呈吴谷人祭酒》诗言:"浮名未屑以诗传,况肯低头傍门户?"(450页)在称赞方元鹍之余,也未尝不是自喻其志。袁枚殁后,他刊行诗集未用《推袁集》之名,而是题作《船山诗钞》,在旁人看来未免始附终背,实则他从来就没有真正趋附过。他一直在写自己的诗,道光间顾蒹序《船山诗草补遗》,称:"其诗空灵缥缈,感慨跌荡,脱尽古人窠臼,自成一家。如万斛泉源,随地涌出,洵乎天才亮特,非学力所能到也!"⑨这样的作者,对诗歌将持何等自由的态度,是不难想见的。

温秀珍通过梳理张问陶对先秦至清代诗家的批评,注意到船山虽主性灵,但与袁枚、赵翼同中有异,尤其是标举风雅精神,不仅在性灵派诗人中罕见,就是在当时诗坛也是少有的⑩。实际上,张问陶异于性灵派前辈之处远不止这一点,他对待诗歌的态度决定了他不可能重蹈袁枚的故辙,而必定要走自己的路。

张问陶曾说,"予虽喜为诗,然口不言诗,意以诗特陶情之一物耳,何必断断置论如议礼,如争讼,徒觉辞费,无益于性情"⑪。这种态度正是性灵派诗人的习惯,他们甚至懒于作文章,赵翼便没有文集,有关诗歌的议论散见于笔记和诗作中。张问陶也是如此,不过他的笔记也已不传,有关诗歌的见解除见于几篇为友人诗集作的序言外,都保留在诗集中。相对

---

⑦ 张问陶《颇有谓予诗学随园者笑而赋此》,《船山诗草》卷十一,上册页278。
⑧ 袁枚《小仓山房诗集》卷二十六,《袁枚全集》,第1册页570。
⑨ 顾蒹《船山诗草补遗序》,《船山诗草》,下册页569。
⑩ 温秀珍《张问陶论诗及其诗论研究》,复旦大学博士论文,2005年。
⑪ 王友亮《双佩斋诗集》张问陶序,嘉庆十年刊本。

于袁枚、赵翼、蒋士铨等性灵派前辈来说,张问陶无疑是个更纯粹的诗人,于各类著述中也首先推崇诗歌写作。在为王佩兰《松翠小苑裒文集》撰写的序言中,他曾这么说:

> 婺源自国初以来,学者皆专治经义,无习古诗文者。先生初入塾,即喜为诗,动为塾师所诃责,而先生学之不少衰,卒以此成其名。夫为所为于众人皆为之日,习尚所趋,不足多也;为所为于众人不为之日,非识力过人,安能卓立成就?是所谓豪杰之士也。⑫

张问陶步入诗坛的乾隆后期,正是清代学术的鼎盛时期,士人不治经学而只从事于文学创作,是会感受到很大的社会压力的(黄景仁便是个典型的例子)。但张问陶非但不为风气所左右,反而大力张扬诗歌的精神,以诗歌傲视经学。王佩兰生长于皖学之乡而不事经学,他人或不免目为愚顽,但张问陶却称赞他是识力过人的豪杰之士,毫不忌讳地表明自己鄙薄经学而尊崇诗歌的价值取向。

张问陶自称口不言诗,也不曾撰著诗话,但我们若由此而以为他缺乏论诗的兴趣,那就错了。事实恰好相反,我还从来没见过哪位诗人像他那样喜欢在诗里提到自己的诗歌活动。《船山诗草》所存作品中有关诗歌本身的话语,涉及写诗、读诗、唱和等内容之频繁,在古来诗人中可说是绝无仅有的。他那么热切地在诗中记录下自己的诗歌生活,不经意地或许是刻意地流露出对诗歌的强烈关注。这些片言只句,为我们留下一个诗人独特的写作经验,内容涉及许多方面。比如《秋怀》其一"诗情关岁序,秋到忽纷来"(451页),是说写作冲动与时节的关系;《寒夜》"乡思惊天末,诗情扰梦中"(661页),是说日间耽诗夜里影响睡眠;《初春漫兴》"心方清快偏无酒,境亦寻常忽有诗"(340页)、《漫兴》"偶著诗魔增幻想,为防酒失损天机"(350页),是诗兴无端产生时的心理状态;《十月十日枕上作》"酸寒气重心犹妙,应酬诗多品渐低"(292页)、《朱少仙同年大挑一

---

⑫ 王佩兰《松翠小苑裒文集》,嘉庆九年刻本。

等辞就广文秋仲南归属题王子卿吉士所画绕竹山房第五图即以志别》"与君几离聚,酬对渐无诗"(455页),是说日常经验对艺术感觉的销磨;《冬日闲居》其六"苦调难酬世,萧闲自写愁;心平删恶韵,语重骇时流"(295页),《己未初冬偶作呈剑昙味辛寿民金溪并寄亥白》"恐作伤心语,因无得意诗。礼须缘我设,名渐畏人知"(407页),是说心情对写作状态的影响:这都是关于创作心理方面的记录。《舟中遣怀》"酒遇有名闲印证,诗因无律懒推敲"(536页),是做古诗时随意漫笔、不斤斤于字句的情形;《有笔》"有笔妙能使,纯功非自然"(367页),说明性灵诗人也要用工夫;《怀人书屋遣兴》其六"诗阙可留明日补,眼高心为古人降"、其七"梦中得句常惊起,画里看山当远行"(128页),可见诗人耽于吟咏但又不强做的态度:这都是关于写作过程和状态的说明。《简州晓发》"阅世渐深诗律谨,立锥无地别情难"(76页),可见年龄阅历与艺术特征的关系;《西安客夜》"诗入关中风雅健,人从灞上别离多"(57页),《蒲罕出塞图》"英雄面目诗人胆,一出长城气象开"(465页),可见行旅经历与作家胸襟、风格的关系;《雨后与崔生旭论诗即次其旅怀一首元韵》"金仙说法意云何,诗到真空悟境多"(447页),说明宗教经验与艺术经验的融通;《骤雨》"大梦因诗觉,浮生借酒逃"(594页),说明诗歌对生存体悟的启迪:这又是对艺术与人生之关系的一些感悟。《岁暮杂感》其四"诗有难言注转差"(365页),从作者的角度指出注释的缺陷;《八月二十八日雷雨》"新诗多漫与,略许故人看"(456页),强调近时作品对阅读对象的限定;《闱中夜坐苦寒有作》"消愁剩取闲诗卷,楮墨模糊枕上看"(458页),记录特定环境中的阅读经验:这些是涉及诗歌阅读和影响的一些感触。还有《三月十一日寒食寿民招同梦湘金溪小集桥东书屋饯子白分韵得花字》"酒名归我辈,诗派定谁家"(684页)、《和少仙》其三"摇笔争夸绝妙词,那知情话即真诗"(678页),则体现了作者对诗歌的基本观念和主张。特别应该提到的是《小句》"诗但成今体,名宜让古人。长言惟有叹,小句忽如神"(532页)两联,概括了明清以来文人特有的一种终极的绝望与一时的得意相交织的复杂心态。

我大致统计了一下,船山现存近三千首作品中有852首提到诗歌活动本身,包括作诗、读诗和评诗,足见诗歌在他的生活中真正是不可缺少的东西。袁枚《随园诗话》曾说:"黄允修云'无诗转为读书忙',方子云云'学荒翻得性灵诗',刘霞裳云'读书久觉诗思涩'。余谓此数言,非真读书、真能诗者不能道。"⑬这不妨视为性灵派诗人的一种不无优越感的自我标榜,以显示他们将写诗奉为生活中最重要的内容,于是读书久而无诗是一种遗憾,而学荒反得性灵诗则是一种幸运。张问陶又何尝不是如此?《诗料》一首起云"直把浮生作诗料,闲看诗稿定行藏"(532 页),既然人生只不过是诗料,那么诗自然是人生的结晶。它在君临人生的同时也成为人生追求的对象,意义的寄托,从而也应该是诗歌本身的重要主题。船山诗歌的这种反身现象,虽与性灵派的观念一脉相承,但同时也联系着明清以来士人"以诗为性命"的普遍意识。封建社会末期,当文人普遍对功名和仕途感到绝望后,写诗就成了人生最主要的价值寄托和生命意义之所在⑭。船山虽不属于功名失意之士,但他诗中挥之不去的落寞感,足以表明他在政治方面是深为失望的,一腔用世之志无可寄托,只能付之冷吟低唱,同时反身于诗歌本身的品味。

所以说,张问陶虽未专门写作诗话,但这不妨碍他成为最勤于思考诗歌问题的诗人。上引诗作表明,成为他诗料的生活内容每每就是诗歌本身,或许应该说,他的诗歌所感兴趣的内容就是诗歌本身。这真是不能不让人惊讶的现象。即便是袁枚,也不曾像张问陶这样,诗中再三提到"性灵"二字。《壬戌初春小游仙馆读书道兴》其六称"五花八瓠因人妙,也似谈诗主性灵"(462 页),清楚表明他论诗是主性灵的。其他例子还有:《题子靖长河修禊图》"仗他才子玲珑笔,浓抹山川写性灵"(235 页),《秋日》"剩此手中诗数卷,墨光都藉性灵传"(248 页),《梅花》"照影别开清净相,传神难得性灵诗"(255 页),《寄亥白兄兼怀彭十五》其二"我弃尘土填胸臆,君有烟霞养性灵"(256 页),《题李苕沤小照》"笔墨有性灵"(273 页),《六月三日送吴季达同年裕智入盘山读书》"疾苦占农事,宽闲

---

⑬　袁枚《随园诗话》卷三,《袁枚全集》,第 3 册页 83。
⑭　关于这个问题,可参看蒋寅《中国古代对诗歌之人生意义的理解》(《山西大学学报》2002 年第 2 期,收入《古典诗学的现代诠释》,北京:中华书局,2009 年)一文。

养性灵"（317页），《五月十九日雨夜枕上作》"几盏浊醪养性灵"（348页），《冬日闲居》其一"同无青白眼，各有性灵诗"（643页），《正月十八日朝鲜朴检书宗善……》"性灵偶向诗中写，名字宁防海外传"[15]。如果说这些"性灵"的用例还显示不出什么特别的意味，那么另一个类似的概念"灵光"就很引人注意了，它在诗中出现的频度甚至比"性灵"更高。如《眉州》"公之灵光满天地，眉州也是泥鸿爪"（189页），《题秦小岘瀛小照》"画出灵光笔有神"（249页），《论诗十二绝句》其四"凭空何处造情文，还仗灵光助几分"（262页），《三月六日王荮亭给谏招同罗两峰山人吴谷人编修法梧门祭酒董观桥吏部徐后山赵味辛两舍人童春厓孝廉缪梅溪公子载酒游二闸遇雨醉后作歌即题两峰所作大通春泛图后》"君不见百年似梦无踪迹，一霎灵光真可惜"（269页），《胡城东唐刻船山小印见赠作歌谢之》"胡君镌石石不死，一片灵光聚十指"（281页），《题魏春松比部成宪西苑校书图》"平生识字眼如月，灵光一照乌焉突"（282页），《题细雨骑驴入剑门图送张十七判官入蜀》"知君到日灵光发，坐对青山兴超忽"（287页），《两峰道人画昌黎送穷图见赠题句志之》"人游天地间，如鬼出墟墓。灵光不满尺，荧荧草头露"（290页），《甲寅十一月寄贺袁简斋先生乙卯三月二十日八十寿》其五"披卷灵光出，宣尼不忍删"（295页），《怀古偶然作》其二"窗着嘈管江中月，万古灵光在眼前"（382页），《病目匝月戏作二律呈涧曁》"有限灵光终自损，无端热泪为谁倾"（394页），《独乐园图唐子畏画卷祝枝山书记》"寥寥宇宙谁千古，独抱灵光自往还"（470页），《小雪日得寿门弟诗札即用原韵寄怀》"语真关血性，笔陡见灵光"（644页）。相比"性灵"，"灵光"更带有突发的、瞬间性的意味，正如《秋夜》诗"笔有灵光诗骤得"（290页）句所示，更突出地强调了诗歌写作的偶然性、自发性和速成性，无形中切断了诗歌与传统、与外部世界的关系，将性灵派的自我表现倾向推向更极端更绝对的方向。再参看《读汪剑潭端光诗词题赠》"宛转九环随妙笔，横斜五色绣灵心"（388页），《读任

---

[15] 张问陶《正月十八日朝鲜朴检书宗善从罗两峰山人处投诗于予曰曾闻世有文昌在更道人将草圣珍重鸡林高纸价新诗愿购若干篇时两峰处适有予近诗一卷朴与尹布衣仁泰遂携之归国朴字菱洋尹字由斋戏用其韵作一绝句志之》，《船山诗草补遗》卷四，下册页650。

华李贺卢仝刘叉诸人诗》"间气毓奇人,文采居然霸。那管俗眼惊,岂顾群儿骂。冷肠辟险境,灵心恣变化"(593页),则又不难体会到,所谓性灵—灵光—灵心,都是与率性任意的自我表现观念相联系的概念。这就意味着张问陶诗学的核心观念已较袁枚的性灵论更进了一步,走向一种不受任何规则和理论限制的、极端的自我表现论。

二、船山诗歌观念的微妙变化

以上的引用跨越漫长的岁月,说明这种意识贯穿在张问陶的整个创作中。事实上,以诗论诗是张问陶诗学最鲜明的特点。《船山诗草》中许多作品都显示,作者不仅一再于诗中宣扬自己的诗学主张,更屡屡用诗记录下自己的诗歌活动及对当时诗坛的看法。嘉庆元年(1796)所作《重检记日诗稿自题十绝句》,分咏删诗、改诗、补诗、钞诗、代作、复语、编年、分集、装诗、祭诗;还有像《使事》这样很专门的论诗艺之作[16],都为清人别集中所尠见。几组论诗绝句更为研究者所重视,其中既有论诗理的《论诗十二绝句》,也有评论当代诗人的《岁暮怀人作论诗绝句》十六首。这些作品给我们的印象,不仅与其"口不言诗"的夫子自道相去甚远,而且显示出片言只句中有着清晰的理路及细微的变化。

从根本上说,张问陶的诗歌主张首先植根于明清以来诗道性情的主流观念。这从《题武连听雨图王椒畦作》其一云"名流常恨不同时,玉局黄门顾恺之。输我三人齐下笔,性情图画性情诗"(237页),《赠徐寿征》其二云"热肠涌出性情诗"(270页),都可以看出。以道性情为立足点,必然主独创,反模拟,而《散帙得彭田桥旧札作诗寄怀》云"各吐胸中所欲言,旁人啼笑皆非是"(106页),《壬子除夕与亥白兄神女庙祭诗作》云"不抄古人书,我自用我法"(205页),也就是不言而喻的结论。《船山诗草》卷九所收《论文八首》(230页)有几首其实是论诗的:

---

[16] 张问陶《使事》:"使事人不觉,吾思沈隐侯。书皆随笔化,心直与天谋。钟定千声在,江清万影流。莫须矜獭祭,集腋要成裘。"《船山诗草》卷十一,上册页297。

甘心腐臭不神奇,字字寻源苦系縻。只有圣人能杜撰,凭空一画爱庖羲。(其一)

笺注争奇那得奇,古人只是性情诗。可怜工部文章外,幻出千家杜十姨。(其四)

诗中无我不如删,万卷堆床亦等闲。莫学近来糊壁画,图成刚道仿荆关。(其七)

文场酸涩可怜伤,训诂艰难考订忙。别有诗人闲肺腑,空灵不属转轮王。(其八)

这组诗作于乾隆五十八年(1793),当时船山尚未结识袁枚,但其中标举性情,崇尚自我表现,反对用字讲求来历、注释追索本事,满是类似性灵派主张的议论。而且他也像袁枚一样不喜欢写作乐府题⑰,这都与自我表现的核心观念——尚真有关。在崇尚真诗这一点上,我们自然会联想到袁枚诗学的基本主张。《随园诗话》卷一曾说:"熊掌、豹胎,食之至珍贵者也;生吞活剥,不如一蔬一笋矣。牡丹、芍药,花之至富丽者也;剪彩为之,不如野蓼、山葵矣。味欲其鲜,趣欲其真;人必知此,而后可与论诗。"⑱但张问陶的"真"不只限于诗人主观方面的真趣,而是重在由真气出发,营构与客观环境相融的真情境。

关于船山论诗主气,有研究者认为是受友人洪亮吉影响⑲。这固然可备一说,但事实也可能正相反,是船山影响了洪亮吉⑳。船山早年论诗即已从写作动机萌发的角度,主张诗须出于真气。如《题张莳塘诗卷时将归吴县即以志别》其四云:"前身自拟老头陀,真气填胸信口呵。"(108页)并且以为有真气则奇句自成,故《题王铁夫苣孙楞伽山人诗初集》称"破空奇语在能真"(137页),而《成都漫兴》又说"诗为求真下笔难"(165

---

⑰ 张问陶《船山诗草》卷十一《余不喜作乐府心兰诗会中有以行路难命题者戏作此应命一笑而已》。
⑱ 袁枚《随园诗话》卷一,《袁枚全集》,第3册页20。
⑲ 温秀珍《张问陶论诗诗及其诗论研究》,复旦大学博士论文,2005年。
⑳ 朱庭珍《筱园诗话》卷二即认为:"洪稚存以经学、考据专长,诗学《选》体,亦有笔力。时工锻炼,往往能造奇句。惜中年以后,既入词馆,与张船山唱和甚密,颓然降格相从,放手为之,遂杂叫嚣粗率恶习。自以为如此乃是真我,不囿绳墨,独具天趣也,而不知已入魔矣。"

页)。后来他对诗境有所悟入,进而体会妙手偶得的自然天成之趣,于是有《除夜五鼓将入朝独坐口号》所谓"即此眼前真实语,也通诗境也通禅"(260页)、《寄答吕叔讷星垣广文代简》所谓"君心若明月,我意如浮云。偶凭真气作真语,无端落纸成诗文"(483页)、《有笔》所谓"真极情难隐,神来句必仙"(367页)的说法,无非都是表达这种悟会,重视以眼前真情境为诗境。为此,当他重检当年少作时,能怜其有真情境而惜存,却不以稚拙而删削:"少作重翻只汗颜,此中我我却相关。恶诗尽有真情境,忍与风花一例删?"㉑

真情境的确是船山论诗最重要的理论支点。嘉庆四年(1799)冬他为朱文治《绕竹山房诗稿》撰序,写道:"己未冬日,少仙同年将归浙江,时冷雪初晴,庭宇皓洁,夜风扫云,明月欲动。少仙指其新旧诗数卷,属予作序。予谓眼前真境,即吾少仙诗境也。昔黄祖谓祢衡曰:'君所言,皆如祖胸中所欲言。'今少仙之诗如我所欲言,且如我胸中欲言而不能言者,安得不击案称快耶?"㉒与此相对,时流的写作在他看来却多属于无真情境,因而他作《题朱少仙同年诗题后》又不由得慨叹:"语不分明气不真,眼中多少伪诗人!"(275页)

对真情境的崇尚,直接导致船山诗歌写作和批评的两个基本态度:凡悖于真情境的写作一概拒斥,而写出真情境的则无条件肯定。前者于嘉庆元年(1796)所作《重检记日诗稿自题十绝句》其三"补诗"可见一斑:"欲写天真得句迟,我心何必妄言之。眼前风景床头笔,境过终难补旧诗。"(366页)这种体会虽略与苏东坡"作诗火急追亡逋,清景一失后难摹"(《腊日游孤山访惠勤惠恩二僧》)相通,但苏诗更多地是一种无奈的感慨,而船山则明显是在表明一种有所不为的态度。后者可由《四月六日同少白尊一两同年游草桥遇渊如前辈自津门归遂同过慈荫寺三官庙看花竹》其二窥见其中消息:"事到偶然如有数,诗从真绝转无才。"(270页)这是说"真"的极致便是诗艺至境,已无用才的余地。所谓"无才"不是没有才能或不用才能,而是不需要时俗所理解的才能,即无真情境的伪诗人

㉑ 张问陶《重检记日诗稿自题十绝句》其一,《船山诗草》卷十三,下册页366。
㉒ 朱文治《绕竹山房诗稿》卷首,嘉庆二十三年刊本。

所使用的才能。由此我们已能预感到，船山与时俗的对立不仅仅是真伪的价值对立，进而也将扩大为观念和趣味的对立。

事实上，张问陶从来就不讳言自己与时俗趣味、好尚的对立和冲突，常公然表明自己反时俗的立场。先是在《题孙渊如星衍前辈雨粟楼诗》中宣言："大声疑卷怒涛来，愈我头风一卷开。直使天惊真快事，能遭人骂是奇才！"（121页）对孙星衍惊世骇俗的奇诡诗风极尽赞叹，毫不在乎是否冒犯时俗趣味，甚至以冒犯时俗趣味为快意。陆游曾自许"诗到无人爱处工"（《明日复理梦中作》），船山则更进一步，说能把诗写到遭人骂那才是奇才！这意味着，传统的、经典的、规范的乃至时尚的美学要求统统被撤弃在一边，只有特立独行的、反常规的、时俗所难容的新异表现才被视为写作的非凡境界。此种意识不只体现于创作的整体评价，也贯注于创作的具体细节。《与王香圃饮酒诗》其二称："无人赞处奇诗出，信手拈来险韵牢。"（654页）反常出奇和铤而走险同样基于与时俗趣味、常规状态的对立，由此不难体会，张问陶的诗歌观念不仅是一种纯粹的自我表现论，而且是一种刚性的、毫不妥协的极端自我表现论，持这样的艺术观念不光需要义无反顾的极大勇气，需要韩愈那样的顽强性格，还必须拥有强大的心理自信，后者尤其是具有决定意义的。

很多独创意识强烈的艺术家都只清楚自己不要什么，而不清楚自己要什么；少数艺术家清楚自己要什么，但也不敢肯定自己所要的一定比前人好，而只是希望与前人不一样。只有极少一部分真正伟大的艺术家，才清楚自己想要的是什么，并且深信自己的创造是伟大的。张问陶或许算是部分拥有这种自信的诗人，他可以由衷地欣赏友人的放逸不拘，如《题邵屿春葆祺诗后》所云："妃红俪白太纷纷，伸纸如攻合格文。我爱君诗无管束，忽然儿女忽风云。"（237页）当邵葆祺后因过于求奇而不见容于时，希望船山"创为新论，大张旗帜为之辅"时，他又诫其勿刻意求奇："倒泻天河浇肺腑，先使肾肠心腹历历清可数。然后坐拭轩辕镜，静照九州土，使彼五虫万怪摄入清光俱不腐。好句从天来，倘来亦无阻。"（284页）这倒不是顾忌舆论的妥协，而是对自我表现观念更深一层的体认：矫激立异固然是自我表现的鲜明特征，但主奇而不刻意求奇，避平而顺其自然,同样是自我表现的一种形态。而创作意识一旦达到这么一种无可无不可的境界,就意味着对自我表现之绝对性的把握由关注艺术效果退回到关注自我表现的过程本身。

乾隆五十九年(1794)所作的《论诗十二绝句》(262页)是《船山诗草》中很重要的一组论诗诗,也是作者诗歌观念发生转变的一个标志。其中仍洋溢着性灵派的论诗旨趣,像其一的重新变反崇古,其二的重视韵律谐畅,其四的作诗借助灵光,其六的尚风情谐趣,其八的戒深僻晦涩,其九的戒无情强作,其十的反对规唐模宋,其十一的鄙薄雕文镂彩,等等,但有三首流露了一种新的诗歌意识:

　　胸中成见尽消除,一气如云自卷舒。写出此身真阅历,强于钉饾古人书。(其三)
　　妙语雷同自不知,前贤应恨我生迟。胜他刻意求新巧,做到无人得解时。(其七)
　　名心退尽道心生,如梦如仙句偶成。天籁自鸣天趣足,好诗不过近人情。(其十二)

很明显,这三首绝句更突出地强调了诗歌写作主自然天成的意趣。其三在要求写出真阅历的同时更强调排除成见,不预设艺术标的,不向古人书本讨生活,这应该说还是与此前的主张相一致的,但其七却表达了一种不同于从前的新主张:只要语妙,即便雷同于前贤也无所谓,胜似刻意求新而至于晦涩难解。从前追求语必惊人,怪异到遭人骂的地步才满足;此刻却转而认为顺其自然胜过刻意求异,这是多么大的转向!其十二将这种转变解释为悟道的结果——释放求名争胜之心,遂乐得自然天成之趣。归根结底,其实是将诗歌的理想重新作了定位,以"近人情"为好诗的标准。

这一写作思想的转变固然值得注意,但更值得玩味的是其中隐含的潜台词,船山在强调"近人情"的自我表现观时,悄悄放逐了独创性的概念。我们知道,性灵论的自我表现观原是包含独创性概念的,自我表现所以落实到真性情,就因为它要求的是排斥模拟的自我呈现,讲究的是言不犹人。袁枚针对时称其诗学白居易,曾作《读白太傅集三首》予以回应,小序云:"人多称余诗学白傅,自惭平时于公集殊未宣究。今年从岭南归,在香亭处借《长庆集》,舟中读之,始知阳货无心,貌类孔子。"其一又云:"谁能学到形骸外,颇不相同正是同。"[23]特意强调自己与白居易精神的相通,意在暗示面目的差别,让人感到他对相似雷同还是很在意的。不难理解,自我表现虽是主观性话语,但与之相为表里的独创性概念却有着客观标准。没有全新的表达,就没有独创性;而没有独创性,也就谈不上自我表现。模拟色彩浓厚的明代格调派诗歌,所以被清初诗论家批评为"诗中无人",原因就在这里。真性情-自我表现-独创性向来就是相辅相成的概念,乃是一个问题的不同层次,即便是袁枚也不能撇开独创性而侈言性灵。然而到张问陶这里,三者的一体化关系开始离析:近人情的妙语,只要不是出自有意模拟而属于无心暗合,就不妨视之为真性情的自我表现。这等于是说,只要是我独立创作的诗,就是"我"的,即姜夔所谓"余之诗,余之诗耳"[24],就是真性情,是否雷同于前人无关紧要。这实质上是将自我表现概念偷换成了自我表达,拒同性的客观标准被内化为独立创作的主观意识,于是传统诗学中最重要的独创性概念从而被解构和放弃。

正是在这乾隆五十九年(1794),张问陶结识了袁枚,一代宗师的激赏更提升了他的自信,袁枚的性灵诗论也更激发了他的理论自觉,愈益强化了《论诗十二绝句》中流露的极端自我表现倾向。是年冬写作的《冬夜饮酒偶然作》乃是很醒目的标志:

先我生古人,天心已偏爱。即以诗自鸣,亦为古人碍。
我将用我法,独立绝推戴。本无祖述心,忽已承其派。
因思太极初,两仪已对待。区区文字间,小同又何害?
惟应谢人巧,随意发天籁。使笔如昆吾,著物见清快。

---

[23] 袁枚《小仓山房诗集》卷三十,《袁枚全集》,第1册页708。
[24] 姜夔《白石道人诗集序》,陶秋英编《宋金元文论选》,北京:人民文学出版社,1984年,页356。

悠悠三十年，自开一草昧。耽吟出天性，如酒不能戒。
积卷堆尺余，境移真语在。古人即偶合，岂能终一概。
我面非子面，斯言殊可拜。安知峨眉奇，不出五岳外？（296页）

虽然前引更早的作品《壬子除夕与亥白兄神女庙祭诗作》也有"不抄古人书，我自用我法"的说法，但那只是自我表现观念的张扬而已，此时他重申"我将用我法"，更强化了目空千古、"独立无推戴"的一面。联系嘉庆十七年（1812）所作《题屠琴坞论诗图》（543页）来看，船山在称赞屠倬"下笔先嫌趣不真，诗人原是有情人"之余，更强调他注重自我表达、"犹人字字不犹人"的求新意趣；同时讥斥当时"规唐摹宋"、傍人门户的"郑婢萧奴"，断言此辈"出人头地恐无时"，应该说代表着船山晚年与叶燮、王文治自成一家的主张相通的论诗取向。但即便如此，我们也不能忽视，在自我表现观念被推进和强化的同时，淡化乃至放弃独创性概念的意识也在相伴滋生。很明显的，"先我生古人"四句回旋着一股掩抑不住的憾恨——生于古人之后而难以施展才华的憾恨，几乎是前引"前贤应恨我生迟"句的翻版。基调既定，随后展开的诗的主旨虽落在"惟应谢人巧，随意发天籁"、"我面非子面"、"自开一草昧"四句上，用以退为进的笔法肯定了超越古人的可能性以及自己的信心，但"古人即偶合，岂能终一概"、"区区文字间，小同又何害"四句，终究重复了只求"天籁自鸣天趣足"，不介意妙语雷同的论调，表明他继续朝着极端自我表现论的方向又迈出了一步。

在这一点上，《题方铁船工部元鹍诗兼呈谷人祭酒》一诗也有异曲同工之趣。船山首先肯定方元鹍诗无所依傍："秋斋孤咏心无慕，下笔非韩亦非杜。浮名未屑以诗传，况肯低头傍门户。"然后以古人的怀抱相标榜，"古人怀抱有真美，夭矫神龙见头尾。眼空天海发心声，篱下嘤嘤草虫耳"。最后称誉方氏的诗歌成就："秀语生花粲欲飞，雄辞脱手坚如铸。五言七言兼乐府，寻常格律腾风雨。自吐胸中所欲言，那从得失争千古。"（450页）末联回应起首四句，最可玩味，即一面强调方氏专主自摅胸臆，一面又说他无意与古人较得失——这无非是随心率意、不理会前人作品的委婉说法,足见他们都已将独创性概念置之度外,毫不挂怀了。的确,船山早年作《早秋漫兴》,有"得句常疑复古人"(103页)之句,看得出对雷同前人还是很在意的;但晚年作《春暮得句》,却道"名留他日终嫌赘,诗复前人不讳钞"(510页),即便重复别人也不在乎了。

当一个作者将自我表达放在首位而不计较独创性问题时,就意味着他进入了创作的暮年,而其写作的随心所欲也往往与放弃艺术性的严格追求相伴,从根本上说便是创造力自信的逐渐流失。上文提到的嘉庆元年(1796)所作《重检记日诗稿自题十绝句》,其六为《复语》:"新奇无力斗诗豪,几度雷同韵始牢。香草美人三致意,苦心安敢望《离骚》?"(366页)相比以前作品的豪迈情调,我们很容易读出其中明显流露的无力感。将它与可能作于乾隆六十年(1795)的《自题》对读,便能更清楚地感受到作者的心态:"才小诗多复,身闲笔转忙。但留真意境,何用好文章。"(658页)他在推崇真意境的同时,将好文章摆在可有可无的位置上,看似将自我表现放在第一位,实质上是暗示了艺术性追求的松懈乃至失去信心。这不能不让我们寻思,船山的自我表现观念走向极端之际,似乎也正是他创造力开始衰退之时。这一转折出现在乾、嘉之际,固然意味着船山诗学的一个关键时期,而就整个诗坛来说,它不同样也是诗学发生重要转变的过渡时代吗?两者间的对应关系,似乎暗示了船山诗学的转变恰好是时代更替的一个象征:自我表现观念的极端化不仅是船山个人的转变,同时也是当时诗学思潮的重大转折,其背后的动因同样也是艺术性追求的松懈乃至失去信心。我曾经指出,相比乾隆时代,嘉、道诗学最重要的转变就是不再热衷于诗歌内部的艺术问题和写作技巧的探讨,转而趋向于诗坛人物和事件的记录,艺术成就的评价和风格、技巧的分析普遍淡化,而记录与流传上升为第一位的要求㉕。现在看来,这一转变的背后所涌动着的正是"以诗为性命"的人性论诗学的暗潮,而放弃独创性概念,由自我表现转向自我表达,则是这股思潮隐现于观念层面的浮标。它与视诗歌写作为生命活动之最高乃至唯一价值的意识相表里,将嘉、道诗学

㉕ 蒋寅《论清代诗学史的分期》,《新文学》第4辑,郑州:大象出版社,2005年;又见蒋寅《清代诗学史》第一卷"导论",北京:中国社会科学出版社,2012年。

推向以记录和保存诗人诗事为宗旨从而满足这种价值期待的人性论诗学的方向。

张问陶没有写作诗话、诗评，也不以诗论著称，但他非凡的才情和特异的诗学见解仍吸引了诗坛的注意力，并对后辈产生深远的影响。道光间诗论家何曰愈说："近世诗人播弄性灵，好奇立异。或有规模盛唐诸大家者，便嘲为豪奴寄人门户。其论盖创自钱牧斋，羽翼之者张船山也。"㉖此处"嘲为豪奴"云云，应即指前文提到的《题屠琴坞论诗图》其三："规唐摹宋苦支持，也似残花放几枝。郑婢萧奴门户好，出人头地恐无时。"（543页）如此尖刻的讥诮，无疑会让时流倍受刺激，印象深刻。然而，船山诗论虽源于性灵派，却绝非性灵派所能笼罩。除了标举风雅精神之外，他对才的理解也不同于袁枚。袁枚性灵诗学是将才放在第一位的，而张问陶，自从他将自我表现极端化，降格为自我表达，主观的才情与客观的艺术效果较之表达的真诚就成了不重要的东西，以至于后来他的诗学观念仅在"诗不求才只要真，船山此论妙通神"㉗的意义上被理解与接受。魏源说"人有恒言曰才情，才生于情，未有无情而有才者也"㉘，正是出自这一立场。与此相表里的他对技巧的冷落，也通过门生崔旭（1767－1848）《念堂诗话》的传述影响于世。崔旭是嘉庆五年（1800）船山所拔举人，尝相承音旨㉙，深谙座师论诗于本朝最喜宋琬，最不喜翁方纲。故《念堂诗话》卷一提到："船山师论诗绝句云：'写出此身真阅历，强于钉饾古人书。'又：'子规声与鹧鸪声，好鸟鸣春尚有情。何苦颠顶书数语，不加笺注不分明？'盖指覃溪而言。又：'天籁自鸣天趣足，好诗不过近人情。'其宗旨如此。"他自己论诗也秉承师说，尚性灵而薄技法，凡声律、结构之学一概鄙薄。诗话提到前代诗学的一些重要学说，毫不客气地断言："王阮亭之《古诗平仄》、《律诗定体》，赵秋谷之《声调谱》，不见以为秘诀，见

㉖ 何曰愈《退庵诗话》卷一，道光刊本。
㉗ 吴獬《题张海门师集八首》其八，《吴獬集》，长沙：湖南人民出版社，2009年，页52。
㉘ 魏源《默觚·治篇一》，《魏源集》，北京：中华书局，1976年，上册页35。
㉙ 姚元之《竹叶亭杂记》卷五："庆云崔孝廉旭，字晓林，号念堂，嘉庆庚申科与余同为张船山先生门下士。"北京：中华书局，1982年，页125。张问陶《船山诗草》卷十六《雨后与崔生旭论诗即次其旅怀一首元韵》："金仙说法意云何，诗到真空悟境多。"

之则无用。方虚谷《瀛奎律髓》所标诗眼,冯默庵《才调集》之起承转合,俱小家数。徐增之《而庵说唐》、金圣叹之《唐才子诗》,则魔道矣。"㉚又说王芑孙诗文孰学孰似,但无自己在。透过这些议论,不仅可见张问陶论诗旨趣之一斑,也能明显感觉作者阐扬船山诗学的强烈动机。在观念的层面上,张问陶对嘉、道以后诗学的影响,或许并不亚于袁枚的性灵论;后来他在诗坛的声望也不亚于袁枚,黄维申《读张仲冶船山诗集》称"继声袁蒋齐名赵","一千余首万人传","悟得水流花落意,移人终是性灵诗"㉛,黄仲畬《读张船山太守诗》推许他"诗辟空灵派"㉜,在诗人间获得的好评可以说与时俱增。后来不仅伪造其书法者甚多,伪造其批本者也不乏其例㉝。

三、张船山与嘉、道之际的诗学演变

尽管张问陶的诗风和诗论在乾、嘉之际都是一个独特的存在,但只要我们将眼光投向当时丰富的诗歌文献,就会发现张问陶的诗歌见解绝不是只属于他个人的意见,在他背后明显有个诗学思潮的背景。这股思潮在观念上表现为放弃艺术理想的追求和对典范的执著,在创作实践上强调自我表达,风格和技巧意识淡化,在批评上忽略艺术评价而倾向于以诗传人,风流相赏。如此概言嘉、道时期的诗学,难免失之简略和片面,但仅就其主导倾向而论,则虽不中亦不远矣。

嘉、道间文学思想的一个基本倾向是折衷调和,文章方面表现为折衷骈散,诗歌方面表现为调和唐宋,当时著名的批评家或多或少都具有这一特点。但那些极端自我表现论者,调和唐宋还不够,还要抛弃一切理想的目标,甚至包括其理论渊源所出的性灵论本身。如彭兆荪《论诗绝句》所

㉚ 崔旭《念堂诗话》,民国二十二年重印本。
㉛ 黄维申《报晖堂集》卷九,光绪十八年刊本。
㉜ 黄仲畬《读张船山太守诗》其二,《心字香馆诗钞》卷二,同治六年溧阳署斋刊本。
㉝ 北京师范大学图书馆藏有一部《杜诗论文》,有张问陶批,据胡传淮考证出于伪托,详胡氏《张问陶批点〈杜诗论文〉辨伪》(《收藏家》2008 年第 6 期)一文。

云:"厌谈风格分唐宋,亦薄空疏语性灵。我似流莺随意啭,花前不管有人听。"㉞论诗扬弃分唐界宋之说,原是性灵派诗论的基本立场。表示厌薄性灵派的彭兆荪,恰好在标举一种性灵派的主张,似乎有点自相矛盾。但这从极端自我表现论的角度看却顺理成章,因为他们放弃了对特定风格的追求,或者说不再执著于某种预设的艺术目标,"我似流莺随意啭,花前不管有人听"甚至意味着连读者反应也不期待。这种漠视一切的写作态度,无疑出自一种新的美学理念。

艾略特曾说过,对传统具有的历史意识是任何二十五岁以后还想继续作诗的人都不可缺少的,它不但让人理解过去的过去性,还要让人理解过去的现存性。"历史的意识不但使人写作时有他自己那一代的背景,而且还要感到从荷马以来欧洲整个的文学及其本国的整个文学有一个同时的存在。"㉟传统也是评价个人才能的参照系,离开了传统,我们无从判断作家的创造性。中国自古以来,论诗必以古人为参照系,即使拒绝模拟古人,追求独创,评价其结果也必以古人为衡量标准,如姜夔所说的"不求与古人合而不能不合,不求与古人异而不能不异"㊱。职是之故,了解古人,学习古人,乃是创新的第一步。正如尤珍《淮南草序》所说的,"立乎唐宋元明之后,而欲为诗,诗固未易为也。必其熟悉乎诗之源流正变,得宗旨之所在,而后可以卓然成一家之言"㊲。叶矫然也曾对同门谢天枢表示同样的看法:"诗不能自为我一人之诗,为之何益?然非尽见古人之诗,而溯其源流,折衷其是非,必不能自为我一人之诗也。"这种"于诗自汉魏六朝三唐宋元明诸家无不读,顾不苟于为诗"㊳的态度,正像今日做研究首先必须了解前人成果一样,乃是创新的前提。在传统诗学中,无论什么流派,从来没有不学古人的主张。但是到清初,释澹归(金堡)《周庸夫诗集序》提出一个惊世骇俗的宣言:"诗者,吾所自为耳,亦何与古人事?(中

㉞ 吴仰贤《小匏庵诗话》卷四引,光绪八年刊本。
㉟ 《艾略特诗学文集》,北京:国际文化出版公司,1989年,页2。
㊱ 姜夔《白石道人诗集序》,陶秋英编《宋金元文论选》,页357。
㊲ 尤珍《沧湄文稿》卷二,康熙刊本。
㊳ 谢天枢《龙性堂诗话序》引,郭绍虞辑《清诗话续编》,上海:上海古籍出版社,1993年,第2册页933。

略)人各有一面目,不为古今所限。古今既不得而限,谓之今人则诬,谓之古人则谤。"㊴无独有偶,与澹归身世经历极为相似的遗民诗人钱澄之,起初锐意学古,后则随兴所至,"得句即存,不复辨所为汉魏六朝三唐"。"有人誉其诗为剑南,饮光怒;复誉之为香山,饮光愈怒;人知其意不慊,竟誉之为浣花,饮光更大怒,曰:'我自为钱饮光之诗耳,何浣花为!'"㊵纳兰性德《原诗》记载了钱澄之这件逸事,同时严厉批评"唐宋之争",其正面主张无非是推尊"自有之面目"。

的确,如果从理论渊源上追溯,这种漠视一切传统和规范的态度绝不是到嘉、道之际才开始出现的,它本身已成为诗学中一个潜在的传统。早在元代,唐思诚即尝言:"文以达吾言,何以工为?"㊶既以达吾言为尚,艺术追求即退为次要之事。清初易学实《与友人论文书》又说:"余自学为文章,尝自朝至夕,必使我与我异,又何前见古人而同后来者?"㊷这又是将自我超越放在第一位,由此漠视与传统的关系。考究这种漠视传统态度,大概出于两种心理动机:一是随着时代的发展,艺术经验越积越厚,传统日益成为难以了解和掌握的复杂知识,成为不堪重负的包袱,于是自我作古的口号应运而生——这在当代诗人的写作主张中我们已见得太多;二是对自己的才力丧失自信,对与前贤竞争、超越前贤感到绝望。无论出于哪个理由,起码在宋荦《漫堂说诗》中,我们已看到一种"汉魏亦可,唐亦可,宋亦可,不汉魏、不唐、不宋亦可,无暇模古人,并无暇避古人"的极端口号㊸。吴雷发《说诗菅蒯》更表现出一种悍然无视前人的态度:"诗格不拘时代,惟当以立品为归,诚能自成一家,何用寄人篱下?但古来诗人众矣,安必我之诗格不偶有所肖乎?今人执一首一句,以为此似前人某某,殊为胶柱谬见!"㊹袁景辂《国朝松陵诗征》曾采吴雷发诗,谓其"以才人自命,负气凌厉,几于目无一世"㊺,这可以视为第一种心理的表现。

㊴ 释澹归《遍行堂集》卷八,国学扶轮社宣统三年排印本。
㊵ 钱澄之《藏山阁集·文存》卷三《生还集自序》、纳兰性德《通志堂集》卷十四《原诗》。
㊶ 宋濂《唐思诚墓铭》,《宋濂全集》,杭州:浙江古籍出版社,1999年,第4册页2117。
㊷ 易学实《犀厓文集》卷十九,《四库全书存目丛书》,集部第198册,页674。
㊸ 丁福保辑《清诗话》,上海:上海古籍出版社,1978年,下册页416。
㊹ 丁福保辑《清诗话》,下册页897。
㊺ 袁景辂《国朝松陵诗征》卷十三,吴江袁氏爱吟斋乾隆三十二年刊本。

铁保《续刻梅庵诗抄自序》云:"于千百古大家林立之后,欲求一二语翻陈出新,则惟有因天地自然之运,随时随地,语语记实,以造化之奇变,滋文章之波澜,话不雷同,愈真愈妙。我不袭古人之貌,古人亦不能囿我之灵。言诗于今日,舍此别无良法矣。"又说:"余曾论诗贵气体深厚。气体不厚,虽极力雕琢于诗,无当也。又谓诗贵说实话,古来诗人不下数百家,诗不下数万首,一作虚语敷衍,必落前人窠臼。欲不雷同,直道其实而已。盖天地变化不测,随时随境各出新意,所过之境界不同,则所陈之理趣各异。果能直书所见,则以造化之布置,为吾诗之波澜。时不同,境不同,人亦不同,虽有千万古人不能笼罩我矣!"㊻他坚信,每个人的经验都是不同的,只要表达真实的体验,就必有新意。话虽这么说,也只是无可奈何的选择,言下掩饰不住难与古人争胜的失望。这可以视为第二种心理的表现。

　　平心而论,这两种主张在理论上其实都是站不住脚的。对于前者,后来李慎儒《漱石轩诗序》已有精到的辩驳:"世之谈诗者率云,我于古无所规仿,但自出机杼,成一家言。不知从来能成一家言者,要必遍历各家,去糟粕存精液,荟萃酝酿,积数十年,隐隐然凝合一境界在心目间,乃如其境界以出之,无一非古,又无一非我,斯之谓自成一家。若未历各家,即欲自成一家,则为粗为俗,为纤巧为平庸,愈得意者其病愈深。直是不成家耳,乌在其为自成一家也?"㊼的确,有关独创性的传统观念不外如此。即便是宋荦那种无可无不可的态度,终究也只是一种"悟后境",乃是"考镜三唐之正变,然后上则溯源于曹、陆、陶、谢、阮、鲍六七名家,又探索于李、杜大家,以植其根柢,下则泛滥于宋、元、明诸家",广泛参学的结果。"久之源流洞然,自有得于性之所近,不必模唐,不必模古,亦不必模宋、元、明,而吾之真诗触境流出。"㊽不下这扎实的参悟功夫,绝不可至从心所欲的化境。对于后者,尽管嘉、道以后作者多认同此说,但仍不能讳言其论断隐含着一个致命的理论缺陷,即这种信念全然基于一个假设:人必有独

㊻　铁保《续刻梅庵诗抄自序》,《梅庵诗钞》,《惟清斋全集》,道光二年石经堂刊本。
㊼　李慎儒《鸿轩杂著存稿》,咸丰刊本。
㊽　丁福保辑《清诗话》,下册页416。

到的感觉，且必能表现出这种感觉。而这一假设恰恰是有问题的，在今天更是难以让人信任。

不过没有人去深究这些问题，自我表现蜕化为自我表达，正是不愿殚精竭虑而避难求易的结果。于是弃绝依傍、以自我表达为唯一目标的极端议论就成为流行于嘉、道诗坛的诗学思潮。其强者，绝去依傍，自我作古，极力强调性情的绝对表现。如乾隆间英年早逝的诗人崔迈(1743－1781)自序其诗，将此意发挥到了极致：

> 吾之诗何作？作吾诗也。吾有诗乎？吾有性情，则安得无诗？古之作诗者众矣，其品格高下将何学？吾无学也。世之论诗者众矣，其优劣去取将何从？吾无从也。吾自作吾诗云尔。马祖曰即心是佛，吾于吾诗亦云。吾之诗与古今同乎？吾不得而知之也；吾之诗与古今异乎？吾不得而知之也。吾之诗为汉魏乎？六朝乎？李杜韩白乎？欧黄苏陆乎？吾皆不得而知之也。非特不知也，吾亦不问。是与非悉听之人，吾自作吾诗云尔。㊾

在此之前，叶燮自成一家的主张虽确立了不模拟古人、与前人立异的正当性和必要性，但并不等于主张不学古人乃至无视古人的存在，而现在诗人们竟公然宣称传统和前代诗歌遗产与自己的创作无关，自己也不关心。陈仅《与友人谈诗偶成七首》其六则写道："元纤宋腐漫分门，冷炙残杯敢自尊。直到空诸依傍后，万峰俯首尽儿孙。"㊿如此目空一切的气概，空前的狂傲姿态，的确是当时诗家特有的心态。当然，更多的诗人会含蓄地表达为"不主故常，不名一格"(51)。如论诗崇尚真性情的潘焕龙，在《卧园诗话》中说："人心之灵秀发为文章，犹地脉之灵秀融结而为山水，或清柔秀削，或浑厚雄深；又如时花各有香色、啼鸟各为天籁，正不必强归一致

㊾ 崔迈《寸心知集》自序，《崔德皋先生遗书》，《崔东壁先生遗书》附，上海：亚东图书馆，1936年。

㊿ 陈仅《继雅堂诗集》卷二，道光二十七年刊本。

(51) 沈涛《三千藏印斋诗钞序》，《十经斋遗集·十经斋文二集》，道光刊本。

也。”(52)鲁之裕自序《式馨堂诗前集》，宣称其诗“皆天籁之自鸣，初未尝有所规摹，以求肖乎何代何人之风格”(53)。李长荣《茅洲诗话》卷四也主张：“人生作诗文，当出自家手眼，不宜板学前人规矩。若食古不化，终有拘束之敝。”又引李东田《青梅巢诗钞》自序语云：“未暇规模曹刘，追踪颜谢，胸中不存古人旧诗一句，直举襟情，绝去依傍，特不令作诗真种子坠落耳。”(54)谢质卿在西安与王轩邂逅，语王曰：“吾诗率自抒胸臆，务达意而止，于古人无所似，亦与君等。”(55)于祉《近体诗自序》称：“余诗不能学杜，间于右丞稍有仿佛，或以为近刘随州，不尽然也。然此乃弱冠后所为，近遂尽弃前人窠臼，更不复作工拙想，但取记事达意而已。”(56)凡此都足以见一个时代的风气，见彼时满足于自我表达而放弃艺术追求的一种普遍心态。

当时甚至还有人以前代大诗人的创作经验来论证不必规模前人的道理，为其群体的选择辩护。如李昌琛《因树山房诗钞序》云：“近世之言诗者动曰某逼真苏也，不然则曰逼真韩也，又不然则曰逼真李、杜也，琛窃以为不然。夫学古人者貌似，固袭古人之皮毛，神肖亦落前人之窠臼，凡真作手断不如是。《书》有之：‘诗言志。’即如李、杜、韩、苏四大家，杜未尝袭李，苏未尝貌韩。唯各出其学识才力以自言其志，而四家遂各足千古，后之作者必规模前人而为之，是尚可以为诗乎哉？”(57)正因为如此，潘际云《论诗》最终归结于一个“真”字：“万卷胸中绝点尘，青天风月斩然新。岂能子面如吾面，何必今人逊古人。使事但如盐着水，和声好比鸟鸣春。一编独自抒情性，仿宋摹唐总未真。”(58)“真”在清初以来的诗论中本是最基本的要求或者说底线，但到嘉、道诗学中却上升为具有自足意义的最高范畴，仿佛诗歌有了真就已足够。故而宋咸熙《耐冷续谭》卷一说：“诗之可

---

(52) 高洪钧编《明清遗书五种》，北京：北京图书馆出版社，2006年，页137。
(53) 鲁之裕《式馨堂诗前集》卷首，四库禁毁书丛刊影印本，北京：北京出版社，1998年。
(54) 李长荣《茅洲诗话》卷三，光绪三年重刊本。
(55) 谢质卿《转蕙轩诗存》王轩序，光绪刊本。
(56) 于祉《澹园古文选》，引自《山东通志》卷一四五艺文志，台北：华文书局影印本，页4248。
(57) 张太复《因树山房诗钞》卷首，嘉庆十六年刊本。
(58) 潘际云《清芬堂续集》卷四，道光六年载石山房刊本。

以传世者,惟其真而已。风骚而降,源于汉,盛于唐,诗不一家。大要有性灵乃有真文章,其间理真事真情真语真,即设色布景一归于真,夫而后可以传矣。"(59)这与前引于祉"更不复作工拙想,但取记事达意而已"是同出一辙的见解。其中"有性灵乃有真文章"的命题不免让人与袁枚性灵派联系起来,其实两者间是有一道鸿沟的。道光间诗论家俞俨《生香诗话》即已指出:"随园诗写性灵处,俱从呕心镂骨而出。当其下笔时,其心盖欲天下之人无不爱,所以力辟恒畦,独标新意。其空前绝后在此,其贻人口实亦在此。"(60)而嘉、道间的极端自我表现论根本就放弃了呕心镂骨的精思,更无力辟恒畦的锐气,所以即便它导源于性灵派,也早与其母体割断了联系。一个显著的标志就是,这股思潮并不只是泛滥于性灵派后学的创作中,甚至连翁方纲门人乐钧也持同样的立场,其《论诗九首和覃溪先生》之七写道:"称诗托大家,有似侯门隶。主尊身则卑,趋走借余势。(中略)兵法师一心,孙吴亦符契。人才众如树,何必尽松桂。"(61)足见这是一个时代的观念,席卷整个诗坛的一股思潮。

在乾隆以前,应该说诗人无不有自己的诗歌理想,惟取径各异而已。袁枚尽管诗胆如斗,也不敢宣称自己作诗不学古人。但到嘉、道以后,不学古人却成了时髦的口号,不遑学古人,甚至不遑避古人,成了常见的主张。施浴升序吴昌硕诗,称"其胸中郁勃不平之气,一皆发之于诗,尝曰吾诗自道性情,不知为异,又恶知同"(62),正是这种极端自我表现论的典型话语,与薛时雨《诗境》"翻新意怵他人夺,绝妙词防旧句同"(63)的传统观念截然异趣。要之,由不肖古人到不避古人,进而不介意同于古人,乃是乾隆、嘉庆间诗歌观念的一大转变,意味着源于性灵诗学的自我表现观念日益走向极端化,甚至到了漠视传统的地步。而诗人一旦漠视传统,不关心自己与以往诗歌的关系,实质就是放弃了对独创性的关注,将诗歌创作降格为一种纯粹的表达行为。张问陶不是这种观念的始作俑者,但相比之

(59) 宋咸熙《耐冷谭》,道光间杭州亦西斋刊本。
(60) 俞俨《生香诗话》卷三,道光刊本。
(61) 乐钧《青芝山馆诗集》卷二十,嘉庆刊本。
(62) 吴昌硕《缶庐集》卷首,民国十二年排印本。
(63) 薛时雨《藤香馆诗删存》卷三,光绪五年刊本。

前的许多诗人,他却是最著名的一个倡导者,他在创作上的成功与声望加速了这种极端观念的传播,最终在清代中叶诗坛形成一股不容忽视的诗学思潮。

有诗为证：十九世纪的诗与史

田晓菲*
美国 哈佛大学

在古典白话小说中，一个常见的说法是"有诗为证"。简单来说，它意味着诗歌是对某一个陈述的真实性的证明。然而，诗歌何以能够被视为可信的证据或者见证？诗人又何以能够承当见证人的身分？如果置于现代背景之下，这个说法会显得颇为突兀，因为现代理念中的诗来自诗人想象，超越现实生活；这个说法所暗示的诗歌定义，基于中国文化传统对诗歌的理解——诗言志，一首诗代表了一个历史个体在一个特定的时间，特定的地点，真实的所见、所闻和所感。虽然古代诗歌史上有很多具体的写作实践和批评实践——无论是推敲一类轶事的流传，还是诗格诗法的盛行——都有悖这一原则，但这一原则的经典地位从未受到过任何公开质疑和挑战。因此，"有诗为证"这一通俗说法所蕴含的内容，其丰富性远远超出了这个说法的表面意义。

即以"有诗为证"这一说法本身来看，我们也会注意到一个分明的层次。关键词是证。它指向存在于诗歌之外的陈述，而这个陈述又指向存在于陈述之外的真实世界。诗是手段，不是目的。读诗不是为了诗本身，而是为了通过诗而了解诗外之存在。在中国诗歌诠释里，我们看到一个转圜模式：知人论世，是为了更好地理解作品；但理解作品又是为了知人

---

* 田晓菲，哈佛大学东亚语言文明系中国文学教授，著作包括《秋水堂论金瓶梅》（天津：天津人民出版社2003年初版）、《尘几录：陶渊明与手抄本文化研究》（华盛顿大学出版社2005年初版）、《烽火与流星：萧梁文学与文化》（哈佛东亚中心，2007年）、《神游：中国中古时期与十九世纪的行旅写作》（哈佛东亚中心，2011年），以及《微虫世界》的校注与英译本（华盛顿大学出版社，2014年）等等。

论世。如是进行的文学批评,在一种最理想的情况下,文本和现实可以互为语境,照亮彼此;但是批评家往往在这一怪圈里面团团打转,把诗作为证史的桥梁,过河拆桥,迷失了从事文学批评的目的。但更重要的,是理清"史"这一概念的多种内涵。如果诗可以为证,可以证史,它见证的是什么样的史,又到底如何见证?换一种问法,就是诗歌作为史证,和其他普通意义上的史料有没有不同,有什么不同?这些问题,是"诗史"问题的核心所在。

"诗史"这一称呼,源于宋人对杜甫的描述。如果没有在安史之乱发生后写下的乱离诗,杜甫恐怕也不会有诗史之目。个人与家庭的颠沛流离,与大唐帝国的分崩离析以及整个社会生活天翻地覆的巨变,构成了"诗歌写就的历史"(诗史)的内容;而杜甫对诗艺的细致琢磨,成为分别"诗人史家"(诗史)与一般意义上的史官的关键。几乎所有写于北宋之后的乱离诗,以及对乱离诗的评价,无一不是强烈地意识到杜甫的影响。在很多情况下,杜诗成为一个方便的参照系,用来衡量一首乱离诗的成功程度。于是,很多宋代以后的诗人每逢战乱,便大发上继少陵的诗兴,或模仿《北征》口吻写作长篇五言诗叙事,或每于五七律中使用"乾坤"、"山河"字样抒发感慨,或明确步杜诗原韵、拟杜诗题目;而这些现象又都成为从古到今诗论者的口实,"某某诗人在战乱之后诗风一变而为沉郁顿挫"等评价司空见惯,现代评论家在检视数不胜数的明清诗人时,只要一个诗人写过几首乱离诗,无不冠以诗史之名,并极力强调这些诗歌作为诗史的价值。然而,一方面,这些诗歌的诗歌身分经常得不到充足的注意;另一方面,到底这些诗歌都反映了怎样的史,又是如何反映了史,也有待进一步清理和辨析。

在这篇文章里,我选择几位晚清诗人——江湜(1818-1866)、郑珍(1806-1864)和姚燮(1805-1864)——的乱离诗,从不同角度对上述问题作出初步的分析,希望可以抛砖引玉,引起更多学者对诗史的说法和诗与史的关系进行更深一层的反思。十九世纪中叶,鸦片战争和太平天国起义对风雨飘摇的清帝国构成致命打击,但之所以选择这一时期作为关注焦点,更主要是因为它的时代特殊性:这些战乱不仅关系到一个王朝的气运,而且预示了时代的巨变和社会秩序正在发生与即将发生的巨变。大而言之,十九世纪的工业革命给传统人类社会带来了前所未有的挑战,在经济与政治生活中,在思想和文化层面上,整个世界都在遭遇前所未有的变革,必须面对这些变革为人类精神文化留下的断裂和创伤。十九世纪中国的乱离,是传统社会秩序解体过程的一部分,因此和前朝的乱离具有本质的区别。在这种情况下,诗史的承负更为沉重,诗与史之间的张力也可以得到更清晰和复杂的表现。

一、"如此遭逢如此诗"[1]:刀痕与鲜血在文字中的隔离

在晚清诗人中颇有名气的江湜,字持正,又字弢叔,江苏长洲(今苏州)人,从小过继给从叔为子,一生为衣食之故辗转于江苏、浙江、福建之间,有《伏敔堂诗录》十五卷一千余首(福建刊本,有作者1862年自序),《伏敔堂诗续录》四卷三百余首,此外又有抄本《集道堂外集诗》二卷录诗不足百首[2]。1860年,江湜在杭州,于按察使缪梓手下担任低级官吏,太平军攻城,缪梓死难;城破后,江湜在一座佛寺避难数日后逃出杭州,徒步到嘉兴,后来终与本生父母及家人暂时团圆于甪直镇(苏州市东南)老家,五月中又奉父母之命逃离苏州回到杭州。七月前往温州,十一月在温州得到本生父母遇难的消息。次年八月,温州发生"土寇之变"[3],十月避地至福州。

太平天国运动是中国历史也是世界历史上破坏性和毁灭性最严重的内战之一,而富庶繁华的江南地区在太平天国之乱中受创最甚。对太平天国之乱的记述极多,但有一部甚少人知的回忆录《微虫世界》在众多记

---

[1] 《录近诗因书四绝句》,《伏敔堂诗录》左鹏军校点本(见下注),第346页。

[2] 本文参考了《伏敔堂诗录》、《伏敔堂诗续录》同治福建吴玉田刻字铺刻本,一函四册,藏哈佛燕京图书馆(此版影印本见《清代诗文集汇编》册六七〇,上海:上海古籍出版社2010年版,第1-191页);《伏敔堂诗录》左鹏军校点本(包括《伏敔堂诗续录》以及集外诗),上海:上海古籍出版社2008年版。

[3] 咸丰十一年八月二十八日(公历1861年10月2日),浙江金钱会占领温州府。参见郭廷以著《太平天国史事日志》,上海:上海书店1986年版,第814-815页。

述中别开生面,因为是从一个孩子的角度出发观察战乱,并包括了一些非常惨酷血腥的细节④。作者张大野(1854-?)是浙江绍兴人,1861年绍兴城破后年方七岁,此后两年之间随母亲在浙江一省辗转避难,目击乱中种种惨状。譬如他回忆当时平民百姓除了避长毛之外,还要避官军与所谓短毛。"短毛者,土匪以别于长毛之称。逢贼杀贼,逢民杀民,逢官兵则义旅也。十百为群,所至席卷如风雨,尸枕藉道路,河水为不流。""河水为不流"是描述战争残杀的习语,这里却显然不是夸张而是实录,因为后文他回忆在绍兴水乡乘舟避难,一次"风涛骤起,飘舟如卷蓬,舟子入水洇而遁,正窘急莫可为计,有大舟来,贼也。既近矣,竟覆没,十余人尽飘泊去,亦可乐也。已而日落,风益急,昏黑中忽泥而止,比月上视之,已近岸,累累皆浮尸,舟人而住焉"。又一次"觅一舟奔后堡,而后堡路为尸所塞,白脂积起,厚数寸,尸虫顷刻缘满舟,腥臭触人几死,折而返"。⑤ 这样的描述生动地刻画出江南当时的惨状。

江湜家人中,仅我们所知,就至少有四位亲人死于乱中:他的本生父母与妹妹(母亲和妹妹投水而死,父亲具体死因未详),还有他的妻兄(在南京清军大营被太平军攻破时遇难)⑥。江湜本人至少两次濒临死亡边缘。一次是在杭州佛寺避难时,走投无路,自杀未遂;一次是在温州,金钱会党攻破所在官署,仓皇跳墙才幸免于死。在这两次危机中,他都曾亲眼看到熟识者死于非命:在杭州,他曾为上司缪梓收尸;在温州寇难中,他的好友陈子余的叔父陈杞未及逃脱而死难⑦。从1860到1861庚申、辛酉两年当中,江湜共作诗11题20首(辛酉年因父母于前一年遇难而无诗);而这些诗最突出的特征,就是缺少能够生动传达当时战乱情状或作者惨

---

④ 《微虫世界》只有稿本传世,藏于台湾"国立中央"图书馆,影印本见《清代稿本百种汇刊》册五五,文海出版社1974年版。田晓菲校注与英译本 *The World of a Tiny Insect: A Memoir of the Taiping Rebellion and Its Aftermath* 已由华盛顿大学出版社于2014年1月出版。

⑤ 以上引文见《微虫世界》第49-50、73、76页。

⑥ 《伏敔堂诗录》辛酉年下注:"上年冬十一月在温州闻本生父母在家殉难之讣。"左鹏军校点本第309页;《见八弟梦亡妹作诗见寄后三日亦梦见之泣而继作三首》作者自注:"先母严孺人即于甫里严氏园池殉节,妹亦从殉。"《伏敔堂诗录》左鹏军校点本,第348页。《酬吴仪吉鸿谟见赠之作》作者自注:"庚申之变,湜妻兄陈梁叔于金陵张总统大营殉难。"《伏敔堂诗录》左鹏军校点本,第339页。

⑦ 《感忆四首·陈树南丈》,《伏敔堂诗录》左鹏军校点本,第324页。

痛心态的细节。在一些情况下,其他文本的存在使我们特别注意到某些细节的缺乏。

如《记二月廿七日于清波门寻得前运司缪南卿先生梓忠骸追纪一诗》⑧:

> 散尽登陴卒,高墉入炮声。
> 早知公必死,果见面如生。
> 愤血冲襟湿,忠骸委蜕轻。
> 愧非国士报,哭送下危城。

无论在艺术的层面,还是在人生的层面,这首诗不能算是一首成功的诗。首联用陴(女墙)与高墉的无用写出杭州守军的溃散,尾联则再次强调高墉反成危城;贯穿首尾的是声音的意象:敌军的炮声,转为悲悼而无能为的哭声。声音是虚空无实、片刻消散的,它在物质层面响应全诗之首"散"的断语,这也许可以说在象征意义上最好地概括了杭州的命运,江南的命运,甚至清王朝的命运。但是,在这样一首哀悼为守城而战死者的诗里,它未能呈现死者的面目、身分和个体生命的尊严。这首诗里关于缪梓唯一实在的物质细节是两个类型化的词语:"愤血"和"忠骸"。"愤血"分明从李贺的"恨血"化来,强调感情的强烈(愤),而不是肉体的毁伤(血)。"湿"字使衣襟沉重而累赘,因突出了衣料的物质性而突出了身体的物质性,但是就在血湿衣襟这一物质细节使"面如生"这样的熟语变得稍微具体可感之际,"忠骸委蜕轻"急转直下,不仅把死者的个体身分转化为毫无个人特征的"忠臣尸骨",而且更进一步以滥俗的"委蜕"形容死者的遗体。"轻"字趁韵,与"委蜕"相连固然有羽化升仙的赞美之意,但是在上下文语境中,却无意中成为对这首诗的概括:诗没有传达出死者之死的重量,反而把它变得抽象和轻微。

缪梓是江湜在杭州的上司,《清史稿》有传,称其为江苏溧阳人,道光

---

⑧ 《伏敌堂诗录》左鹏军校点本,第303页。

八年举人。"当贼围杭州,梓署盐运使兼按察使,管营务处,城守事专任之。临时调集,兵不满四千,城大,不敷守堞。人心惶惧,动辄哗噪。或以闭城为张皇,继又谓战缓为退缩。梓奔走筹守御,两次缒城攻贼皆失利。城绅促战急,而民与兵相仇。梓知不可为,以死自誓。守清波门云居山,侦贼掘地道,急开内壕。未竣,地雷猝发,城圮军溃。身被数十创,死之。"⑨缪梓所管营务处,江湜就在其中任职,有《二月十二日在营务处作》一诗:"二月寒无一日晴,天将杀气薄春城。风吹夜雨止还作,客治军书愁到明。民力尽供官里用,将才偏在贼中生。忧时事事堪流涕,会见东南地尽倾。"⑩缪梓史传里关于当时人心惶惧、兵民相仇的细节,贼掘地道、地雷猝发,缪梓身被数十创的惨状,江湜此诗及《记二月廿七日于清波门……》无一及之,仅以杀气、忧时、炮声、愤血字样描述而已。

然而,目睹缪梓之死对江湜的震动,却在写于两年之后的五言长诗《静修诗》得到间接反映⑪:

昔陷杭城时,生死呼吸间。
雨涂走破踵,避贼投无门。
尚记横河桥,古庙朱两阍。
半开得闯入,一僧寒鸱蹲。
示以急难状,情迫词云云。
僧为恻然涕,饭我开小轩。
佛庐数椽外,寂寂唯荒园。
是夜天正黑,雨重灯窗昏。
园中啸新鬼,什佰啼烦冤。
数声独雄厉,知是忠烈魂。

---

⑨ 《清史稿》,台北:台北鼎文出版社1981年版,卷三九五,第11781 - 11782页。下文又云:"事闻,赐恤。巡抚王有龄追论梓创议株守,夺恤典。及杭州再复,举人赵之谦诉于京,下巡抚左宗棠确查。疏言:梓居官廉干,临难惨烈,请还恤典。后巡抚李瀚章、杨昌浚屡为疏请,赠太常寺卿,祀昭忠祠,并建专祠,予骑都尉世职,谥武烈。"江湜在《记二月廿七日于清波门……》一诗前有《感事二首》,详用意,皆赋此事,如"战骨已销方积毁,忠魂应悔肯筹兵"云云。
⑩ 《伏敔堂诗录》左鹏军校点本,第302页。
⑪ 《伏敔堂诗录》左鹏军校点本,第320 - 321页。

昨收缪公尸,遍体丛刀痕。
　　在官受其知,时又参其军。
　　悲来激肝肺,不忍身独存。
　　佛后有伏梁,可悬七尺身。
　　是我毕命处,姓字题于绅。
　　不虞僧早觉,怪我仓皇神。
　　尾至见所为,大呼仍怒嗔。
　　问有父母耶,胡为忘其亲?
　　勿死以有待,乘隙冀脱奔。
　　犹可脱而死,徒死冤难伸。
　　百端开我怀,相守至朝暾。
　　遂同匿三日,幸出城之闉。
　　僧前我则后,徒步同劳辛。
　　道闻杭州复,收悲稍欢欣。
　　僧还我独去,分手鸳湖滨。……

在这首纪念静修的诗里,我们知道当时杭州阴雨连绵,在雨重灯昏的深夜,当深受近事刺激的诗人在僧寺内有意上吊自尽,徘徊其脑海不能去的就有缪梓尸身遍体刀痕的血腥图像。然而,如果我们拿这首诗和作者当时写于横河桥古庙中的《陷贼后避居僧寺题壁》相比,却听到一个相当不同的声音⑫:

　　我杀一贼贼杀我——此身小用奚其可?
　　欲鏖万贼决一死——安得俄招百壮士?
　　腰间雄剑三五鸣,按之入匣销其声。
　　剑乎有志扫狂寇,且忍风尘万里行。

---

⑫　《伏敌堂诗录》左鹏军校点本,第302页。

这首诗与其说是诗,不如说是辩护词:作者为自己选择不死而辩护,似乎预见到将来会有人指手画脚,批评他身为朝廷官吏,为何没有随上司殉难,和"贼"决一死战。如果我们相信这首诗果然是当时写于僧寺,当然我们可以说这大概是作者在被静修说服之后而作,解释其求活的选择;但是只看这首诗本身,充满了雄剑、扫狂寇、麆万贼、万里行一类夸张大言,完全不可能想象当时曾经有过的仓皇、惨痛、绝望的心情与处境;而诗中以有志扫狂寇作为不死的解释,是一个具有所谓政治正确性的解释,它冠冕堂皇,简化了一个人徘徊死生之间、不能忘其身、不能忘其亲的复杂心理。如果我们说这首诗对作者心态有所反映,它反映的不是其字面所表达的意义(留身杀贼),而是作者希望以此诗为自己选择不死向当代和后世人作出辩护,也使幸存者的负罪感得到些许解脱。

江湜集中关于同一经历在不同时地写下的诗篇,从不同角度分别投射下一点点光辉,照亮隐没在雨重灯昏的历史黑暗中的个人的图像,但光辉每每是局部的、浅显的,甚至是令图像扭曲变形的。与宏大的历史书写相比,使"诗史"能够别具一格的地方在于个人化的细节中传达出来的个体身分:诗人本人的特定遭遇,他生命中具体的人与事,可以给我们展现被宏观历史叙事——诸如"太平军破杭州、某某某某殉难"——所忽略的细部,唯有这些细部可以把丧失于战乱兵祸中个体生命的身分和尊严还给那些"某某",帮助我们重新结构一个已经消逝的世界,感受它曾经一度存在于文本之外的真实。当乱离诗缺乏细节,缺乏个人面目,它对诗史这一称呼的所有权要求就未免大打折扣。

在《静修诗》后半,诗人写道:

> 又闻杭州破,饿死十万民。
> 我于万民中,念此僧一人。
> 忆昔于汝饭,见汝彻骨贫。
> 安有围城内,能继饔与飧?
> 早欲裹饭去,千里迷兵尘。
> 昨宵忽梦见,破衲嗟悬鹑。……

"我闻杭城破,饿死十万民"这句诗对很多乱离诗都相当具有代表性:战乱惨状在这样抽象和类型化的叙述中得到概括,读者可以在理性层次认知战争的残酷,但是感性层次没有强烈的感受。在这种情况下,"我于万民中,念此僧一人"一联,则总结出这首诗何以取得了一定程度的成功:作者给出名姓的秦氏静修和尚,虽然缺乏清晰的面目,毕竟成为作者以及读者对抽象的众生苦难感到切实关怀的具体切入点。

不过,如《静修诗》、《感忆四首·两仆》这样的诗,在人性的层面上是感人的,究竟其"诗"在何处,却又成为问题。个人化的细节对"诗史"来说是重要的,但不是说凡能叙事详细的乱离诗都具有诗性。诗人金和(1818-1885)有多首诗记述陷身太平军占领的南京以及从城中逃脱的经历,他在这些诗的后记中说:"是卷半同日记,不足言诗。"⑬这虽为自谦,却非凿空。"诗"在于那些可以洞穿人情人性之曲折幽暗的物质或心理细节。《微虫世界》中有这样一则记述:

> 贼之杀人,非必其皆恶之也,特游戏耳。余尝于陆家埭见妇人焉,数贼从之嬉笑从东来,意甚得也。忽曰:"董二,负心哉。"贼曰:"何谓也?"妇笑而数焉。贼遽怒,出刃。妇笑曰:"试杀我可也。"语未已,贼骤起斫其臂,臂断,数贼犹笑也。既而褫其衣露乳,割而掷焉,大笑去。余视其乳,血流离有淡红色,类石榴子者满其中,试拈而观之,若突突跳不止,乃狂怖而返焉。⑭

这则短短的记述提到笑凡五次,加深了兵士罪行的恐怖效果。在这种非常时期、非常情势下,妇人企图把兵士当成正常的男人和情人来对待,称其名,并以"负心"责数之,而为了抗拒她对他的驯服,他不仅肢解妇人以抹杀她的人性,而且特别割去她的双乳来抹杀她的女性特征。这段记述最为特异的,是作者有勇气写出自己当年的反应:刚刚七岁的孩子浑沌半开,充满好奇,因此才会对成年人避之犹恐不及的情景居然走近

---

⑬ 金和《秋蟪吟馆诗钞》,胡露校点,上海:上海古籍出版社2009年版,第156页。
⑭ 《微虫世界》,第60-61页。

前去仔细谛视。于是,我们看到一个令人震动的文字图像:一只好似溃破石榴一样的被切割下来的乳房。这一视觉细节最好地传达出了整个事件的恐怖性,这种恐怖不仅抓住了三十年前的孩子的心,也抓住了三十年后记叙这一事件的作者,更在百年之后依然有力量抓住读者,比任何史料和统计数字都更能传达出太平天国之乱中文明秩序的崩溃和人性的伤残。为什么会产生这样的效果?不是完全因为"现实",也即士兵的残忍行为本身(试想这一行为仅用"贼割其乳,弃之,大笑去"描述,效果会截然不同),而是因为孩子对乳房的近前谛视:"血流离有淡红色,类石榴子者满其中,试拈而观之,若突突跳不止。"通过对割下来的乳房仔细描述,作者的叙事对女子身体的肢解进行文本的模拟,迫使读者在文本层次上亲身体验目击恐怖图像的感受。这段描述中最关键的是石榴的比喻:在中国文化传统中,多子的石榴象征了女性的生育能力,而石榴裙更是诗文中对女性的常见转喻。剥开的石榴,是成年作者附加在这一事件上的比喻,它不是事件的叙事内容,而是事件的情感内容,它既是一个物质细节,也是心理细节,它的在场凸显了这一记述的文本性质,同时,它隐括了这一事件中纠结在一起的性与暴力,同时藉助石榴的传统文化和审美意义——青年女子的性感魅力和母性——凸显了士兵罪行的残酷,有力地传达出永远发生于事后的、具有延宕特质的精神创伤。虽然这段描述的重点是孩子的恐怖而不是妇人的酷痛,但是妇人身体的创伤在孩子的心理创伤里延续下来,从未愈合,导致成年作者在三十年后在文本上重复打开创口,这正如现代心理学所言,强迫性重复(repetition compulsion)是精神受创者重写历史的企图。

这段描述中的石榴意象,因为上述这些原因而具有"恶之华"类型的诗性。但是这样的描述不仅在清末乱离诗里绝无仅有,在大量记述太平天国之乱的笔记中也属少见。这当然不是如五四一代宣称的那样是由于古代汉语失去表现力——我们已经看到上面的描写的震撼性很大程度上来源于读者对文化传统的熟悉;也不是由于古典诗歌形式不再能够有力地表达现实。这是因为语言系统和诗歌写作都已经生成了特别的表现传统,遵循这些表现传统写出来的诗歌,其内容相对于无限的现实来说是非常有限的,是被早已定形的诗歌话语范式所规定的。更进一步说,这些表现传统会反过来塑造和限制读者观看世界的方式,而每个作者在开始写作之前都首先是一个读者。如果这些诗人已经习惯于通过这些表现方式来看世界,那么诗人眼中早已无法看到现实中的黑暗与恐怖,更何从下笔写出现实中的黑暗与恐怖?在江湜集中,缪梓身上的刀伤与鲜血分别在两首不同的诗中写出,我们从诗人眼中看到的是没有血迹的"刀痕"和没有伤口的"愤血",轻飘飘没有实体的尸/诗身。

二、"叹息遂成诗,因之传不谖":现实与表现之间的裂缝与伤疤

江湜诗集首印于同治元年四月(1862)的福州。就在同一时间,在清帝国西南一隅的贵州,太平军攻至遵义县南平水里,遇难者当中有赵福娘及其二媳一孙四人,其事迹保存在三种文字记录中。一为赵恺(1869-1942)、杨恩元总纂的《续遵义府志》卷二三《列传五·贞烈》;一为赵福娘的堂侄、也是赵恺的堂兄赵怡(1851-1914)于光绪廿九年(1903)所撰《余氏姑妇三烈碑铭》;一为赵怡的外祖父、著名诗人和学者郑珍的五言长诗《纪赵福娘姑妇死难事》[15]。据赵怡说,"怡之先君子以其事迹述诸郑征君子尹,为诗纪之。"赵怡的"先君子"大概曾明确请求郑珍赋诗纪念福娘婆媳,就像姚燮曾应友人要求写作《暗屋啼怪鹩行为郑文学超记其烈妇刘氏事》一样。在这种情况下,写诗显然是为了歌咏和纪念死者,起到诗

---

[15] 赵怡母亲乃郑珍长女郑淑昭。此诗有两种版本。一为此题,见于民国四年(1915)贵州陈氏花近楼刻本中收录的《巢经巢遗诗》,这卷诗是赵怡在郑珍去世后整理遗稿所得,简称陈本;另一版本题为《记赵福娘姑妇三人死节事》,见于《续遵义府志》(民国二十五年、公元1936年刻本之影印本,《中国地方志集成》19贵州府县志辑卷三五,第172页),也见于白敦仁《巢经巢诗钞笺注》(成都:巴蜀书社1996年版,第1319-1320页),白氏笺注本的后集部分(也即包括此诗的部分)以赵恺于1928年所编《巢经巢遗诗》和后来1940年所编的《全集》本为底本,此诗面貌和《续遵义府志》所载基本相同,这一版本简称府志/笺注本。此诗的两种版本——陈本和府志/笺注本——出入甚大,最突出的区别是陈本中诗题不作"三人",诗中也不见任何有关庞氏媳的描写;府志/笺注本中则补入庞氏以成姑妇三人。本文以陈本作为底本,府志/笺注本中一般异文在括号中以"一作"标出,多出来的有关庞氏的描写在注脚中注出。按:白氏虽然在《前言》中说校以陈本,并承陈本"颇有是正文字处"(第24-25页),但是关于此诗却误称"陈本无此首"(第1320页),而且所有异文,除了一处之外,全都未出校记。

史和旌表的作用。但是,成功的诗不只是分行加韵脚的史料,不只是一面文字牌坊,它应该有一些不同的东西。

很难说郑珍的诗是否一首成功的诗。这个问题在对清代乱离诗的评价里似乎很奇怪地不占据任何地位,似乎"诗史"的称呼已经把价值赋予了一首诗,无须再考虑诗本身的诗性所在。但在郑珍的诗里,我们看到和其他两篇记载同一题材的散文文字都有所出入的内容。这些出入迫使我们注意到史和诗所共同具有的建构性质。

《续遵义府志·列传五·贞烈·余凤翙妻赵氏、子正纲妻赵氏、正典妻庞氏》(以下简称《府志》)是几种资料里最晚出的,也是最简短的⑯:

> 平水里余凤翙妻赵福娘,为副贡赵天民之女,其孙女以侄从姑,亦婚余氏。正典妻庞,亦平水里人。同治元年壬戌,湄潭贼大扰乡里,举家乘夜出奔,皆星散。氏至天旺里之马路顶,粤贼忽掩至,人涌沸四窜。贼刃斫凤翙,福娘以臂拂之。夫脱去,福娘臂几断,遂投岩下。媳赵亦随之。皆不得死。乃缢自经。媳庞见贼蜂涌不绝,又寻不得其亲,亦遂伏死牛涔中。光绪中请旌,皆入祀节孝祠。

事件发生四十二年后写下的《余氏姑妇三烈碑铭》(以下简称《碑铭》),对事件叙述如下⑰:

> 烈母赵氏,遵义县南平水里副贡生赵天民之女,同里余凤翙之妻。而烈妇赵氏,则烈母兄长龄女,为烈母第三子妇,其夫曰正纲;烈妇庞氏,又烈母第四子正典之妇也⑱。烈母嫔余,庄俭温惠,操行有法,生子七人,娶妇者五矣。而二烈妇事烈母尤谨,无违教。烈母尝独爱誉二妇事我贤。同治元年壬戌,湄潭贼入寇平水,烈母举家西窜

---

⑯ 《续遵义府志》卷二三,第 172 页。引文也见白氏笺注本第 1320 页,但误作《府志》卷二二。
⑰ 《续遵义府志》卷二三,第 172–173 页。引文也见白氏笺注本第 1320–1321 页,为节录,但未注出。
⑱ 笺注本作"第五子正典之妇"。

天旺、罗闽间。无何而楚贼石大开西上,村落沸焚,鸟惊鹿铤。烈母家奔至马路顶,遇贼飙至,刋傅凤翾几及腹,烈母卒以身蔽,乞代死,伤腕臂,大血淋漓,贼义之舍去,本不死也,然伤重不可亟行,惧因稽滞累夫,倘他贼复来,终不免矣,促夫去,遂转坠岩根,取死而不死,又自经,乃绝草中。当烈母坠岩时,烈妇赵氏曰:姑死矣,我不贻贼辱。负褓褓儿携庞氏手随之坠,皆不死,以帛勒儿殭⑲,然后与庞氏交缢同毙烈母旁⑳。呜呼烈母以脱夫,二烈女以殉姑,懔懔致命如此者。凤翾时从岩上观之。时四月二十二日也。凤翾去三日复还,三尸如故,买木皮以次瘗之,至今里人呼为三烈冢云。(下略。)

比较起这两种文字材料,郑珍诗是最早的记载,其来源应当是赵怡先父的口述㉑。郑珍也以介绍背景开始:

县南平水里,副车赵天民。有女名福娘,闰菊其女孙。

福娘淑(一作贤)且智,早作余氏媖。相庄至(一作及)偕老,七子皆毕婚。

菊也侄从姑,姑言无弗(一作不)遵。三十乳一儿,褓抱不去身㉒。

在三种记载里,根据旧时女子从父从夫的原则,赵福娘都是作为赵天民之女和余凤翾之妻出场的;她的儿媳赵氏在《府志》中则作为赵天民孙女出场,《碑铭》还特别指出年轻的赵氏是赵福娘之兄赵长龄的女儿,但对赵氏婆媳的名字却只字未提。郑诗则首先提出赵天民的名字,冠以乡里与爵禄也即其副榜贡生身分,不仅严格遵循史传传统,而且藉此突出赵

---

⑲ 笺注本作"以草勒儿僵"。
⑳ 笺注本作"交经"。
㉑ 本文所用陈氏花近楼本影印本见《清代诗文集汇编》册六二二,上海:上海古籍出版社2010年版,第435–436页。按:《汇编》于标题扉页注"民国三年贵州陈氏花近楼校刻",但卷首有陈夔龙"乙卯十月"序(第182页),说明书之印行实在民国四年(1915)。
㉒ 此处府志/笺注本多"自妇庞氏女,孝能汲江臂"句。

家的社会与文化地位对子女道德传承的影响。郑诗与《府志》、《碑铭》不同之处,在于给出赵氏婆媳两人的名字,使她们的个人身分得到较多的呈现;此外,相对于《碑铭》之仅仅强调德行,以"淑且智"来描绘赵福娘,以"相庄"描述她和余凤翱的夫妻关系。我们还得知赵闰菊三十始生一子,据后文"三岁儿"推算,知其去世时约三十三岁。女人三十生子在当时算是很晚,襁抱不去身刻画出母亲对幼子的爱,也因此而间接凸显了后文亲手杀子的惨痛。

一个值得注意的地方是《碑铭》言赵福娘"生子七人,娶妇者五",郑诗却说"七子皆毕婚",是为记载出入之一。

郑诗的第二部分描写事件本身:

湄贼掠平水,鸡犬空四邻。全家走(一作避)天旺,寄食罗闰源。
举头环乱峰,谓可托生存。岂知楚(一作粤)贼来,速于风卷云。
相传尚恍惚,倏已至其村。村人纷崩逃(一作奔逃),扰扰合复分。
福娘率诸妇,生死随夫跟。不识何路吉(一作去)㉓,但向众所奔。
喘息马路顶(笺注本此处小字注"山名"),惨淡天日昏。贼旗忽麾至,少妇顷无痕。
刀光及夫腹,福娘蔽之巾。腕臂血淋漓,翻身坠厓垠。
菊也亦从(一作随)下,杀夺方纷纷。亲戚无一见,何由知苦辛。
移时贼他去,其夫脱余魂。寻见皆自绞,气绝卧草根。
旁仆三岁儿,残乳犹在唇。纵抛岂能活,惨绝父母恩。
豺虎尚未还,抚泣声泪吞㉔。舍去越三日,其夫复来臻。
村空林谷静,惟有蝇蚋亲。贯棺得木皮,乞土锄荒榛。

㉓ 此处异文笺注本出校,云:"《续遵义府志》卷二二,'吉'作'去'。"
㉔ "纵抛岂能活,惨绝父母恩。豺狼尚未还,抚泣声泪吞"四句,府志/笺注本作"更觅无半里,识是庞也身。没首浴牛水,抚泣声泪吞"。值得注意的是,在半里之外牛水中发现庞氏尸身与《碑铭》的叙述显然有矛盾,但与《府志》"媳庞见贼蜂涌不绝,又寻不得其亲,亦遂伏死牛涔中"相合。

　　　　追举福娘尸,十金压于臀(一作背压十两银)。知作暴露计,巧贻收瘗人。

诗的最后一部分是诗人感喟:

　　　　噫乎此姑侄(一作三妇),志节迈等伦(一作高嶙峋)。
　　　　同时被掠妇(一作惭杀被掠者),忍死随贼群。
　　　　一旦终汝弃,虽生等污尘。此事同治元,四月廿二辰。
　　　　叹息遂成诗,因之传不(一作弗)谖。

　　福娘为救夫而受伤这一关键情节,诗叙述最简:"刀光及夫腹,福娘蔽之巾。腕臂血淋漓,翻身坠厓垠。""蔽之巾"颇为奇怪,如果没有看到后来的记载,完全可以理解为试图用佩巾包扎丈夫受伤处而又受到贼创。此外,这几句诗没有交代福娘丈夫的所作所为,给读者留下的感觉是福娘受伤后翻身掉下了山崖。《碑铭》在此处叙述最繁:"刃僾凤翱几及腹,烈母卒以身蔽,乞代死,伤腕臂,大血淋漓,贼义之舍去,本不死也,然伤重不可亟行,惧因稽滞累夫,倘他贼复来,终不免矣,促夫去,遂转坠岩根。"这里值得注意两点。首先,把福娘受伤明确写成英勇的义举:不仅以身蔽夫,而且乞代夫死;于是连贼也受了感动而舍去,福娘与丈夫之得命全亏福娘的义行。这让我们疑问:郑诗如果写"福娘蔽以身"岂不是更符合当时情景?不用"蔽以身",除非是因为前文已有"襁抱不去身"一句而诗人不想重复用韵,但这还是不能掩盖"蔽之巾"的语焉不详和不通情理。其次,也是更重要的,《碑铭》的描述对福娘丈夫的作为给了一个最清楚的解说:他的脱身(虽然我们后来发现他似乎没有立即离开)是出于福娘的督促。《府志》此处用二十三字:"贼刃斫凤翱,福娘以臂拂之,夫脱去,福娘臂几断,遂投岩下。"给人印象是福娘用手臂拨挡士兵的刀刃,丈夫乘机逃脱,福娘受创不能行走,于是跳崖。相比之下,郑诗在此叙事最为模糊。如果我们只看郑诗,不会知道福娘受伤的详情和福娘丈夫在当时的反应,也不清楚福娘丈夫究竟是如何与福娘分开的。

与《碑铭》的叙述（福娘在贼离去后有时间劝说丈夫逃命）相反，郑诗创造出当时一片混乱的印象（"杀夺方纷纷"），似乎一切都在仓促中发生。最明显的是关于余凤翱找到福娘等人尸体的叙述："移时贼他去，其夫脱余魂。寻见皆自绞，气绝卧草根。""脱余魂"三字十分模糊，不能反映余凤翱当时具体情形。《府志》省略了找到尸体的叙事；《碑铭》则说："当烈母坠岩时，烈妇赵氏负襁褓儿携庞氏手随之坠，皆不死，以帛勒儿殪，然后与庞氏交缢同毙烈母旁……凤翱时从岩上观之……去三日复还，三尸如故，买木皮以次瘗之。"《碑铭》本来给读者留下余凤翱已然脱身（"促夫去"）的印象，现在我们赫然发现他竟然就在岩上"观之"。"之"指什么？三妇和幼儿的尸体吗？三妇自缢和缢死幼儿的全过程吗？郑诗则对赵夫在三妇跳崖自杀前后的所在所为语焉不详，只说余凤翱"脱余魂"后发现尸体，"抚泣声泪吞"（"抚泣"暗示他曾亲身到山岩之下，和"从岩上观之"矛盾），但因贼军未远，所以"舍"之而去。

　　郑诗在此处叙事的简约和模糊不是因为受到古典诗歌形式或语言的局限，而是诗人有意的选择。事实上，郑诗在有些方面比两种散文材料都更具体生动。这集中反映在三个细节上。第一，赵氏媳妇在自杀之前先勒死襁褓中的孩子，郑诗云："旁仆三岁儿，残乳犹在唇。"第二，余凤翱三天后回来收尸，当时"村空林谷静，惟有蚊蚋亲。"第三，余凤翱在赵福娘尸身下发现十两银子，诗人认为是福娘预先考虑到无人收尸，故留银给发现她尸身的人作为营葬之用。

　　死在祖母和母亲身旁的男孩唇上尚有母乳的痕迹：在审美层面上，在诗歌艺术层面上，很容易解说这一细节的力量，它和空寂安静的林谷、在尸体上徘徊的蚊蝇一起，为读者提供了一幅栩栩如生的关于死亡的图像，使读者对战乱中的凶死产生具体的认知，凸显了母亲杀死幼儿以及乱中尸体暴露的惨酷。这些细节可以产生出所谓现实效果，属于相当常见的修辞手段，但它们的有效性完全在于它们的真实程度——或者，更准确地说，是读者对它们的真实性的相信程度（假设我们有确凿的数据源告诉我们三岁儿唇上的母乳这一细节是诗人凭空创造出来的，或者当时林谷里面有很多寻找亲人的村民、充满哭喊之声，这些诗句的感人程度就会大打折扣)。当然还有一种情况:这些细节既不是虚构,也不是确凿无疑的实有,而是"可能实有"的(比如郑诗要是说几具尸体三天后只剩下发白的枯骨,就不可能实有,也不会感人);但就在这一情况里,"真实性"也还是诗歌感人力量的检验标准。然而,"残乳犹在唇"这一说法却充满问题:难道三天之后还看得见三岁儿唇上的母乳么?又怎么知道一定是母乳?难道是母亲在勒死他之前最后喂了一次奶?抑或是孩子被窒息时的呕吐物?如果中国传统诗论认为诗歌应该为现实世界作证,那么这样的问题就不是琐细无聊的问题,而是直接指向诗歌经典定义的核心,直接把我们带入传统中国诗歌的三种层次:诗歌本身,存在于诗歌之外的陈述,以及最终存在于陈述之外的真实世界。在这首郑诗里,那个真实世界以最肉体、最物质的面貌——死去的幼童嘴唇上的母乳痕迹——呈现出来,然而,当我们开始"叫真"的时候,却发现问题重重。

郑诗这几处细节,无论在碑铭还是府志中都不见踪影。如果诗人有能力写出这样的细节,自然也就有能力对当时发生的情形作出细致清楚的叙事,因此,这些细节的存在把我们带回到一个问题:赵福娘跳崖前后,她的丈夫究在何处,当时到底发生了什么?《碑铭》提到福娘"促夫去",明显在替赵夫开脱(虽然"从岩上观之"的表述——大概意在强调伊是目击见证人——在现代读者看来十分寒冷);《府志》较含蓄地替他开脱;郑诗对之语焉不详,反而引起更多注意。当我们把几种文字材料放在一起,就更是不能确定当时的实际情形究竟如何。

最后的一点,也是十分重要的一点:郑诗本身有两种差异很大的版本。一种版本完全不提福娘的另一儿媳庞氏,一种版本补入庞氏并删除了对三岁儿之死的议论。但补入庞氏的版本提到赵夫在福娘婆媳尸身的半里之外发现庞氏在"牛涔"中淹死的尸体,这与《府志》记载符合,与《碑铭》记载大有出入。如果改动出于郑珍本人之手,到底哪个版本才反映他的最终意图?改动是否真的出自郑珍本人之手?为什么对庞氏之死的叙事相差如此悬殊?当"诗史"的版本本身就存在众多疑问,我们如何通过诗考究它所代表的——理论上应该代表的——那个真实世界?

庞氏到底是淹死还是缢死？尸身到底在何处发现？在这个情况里，女性之决烈总是反衬出男性之无助，但福娘的丈夫到底有没有试图援救自己的妻子、儿媳和小孙子？他的缺席是出于被迫，还是出于怯懦？又为什么直到三天后才回来收尸？这些是文学问题，也是历史问题，也是法律问题，和"有诗为证"这一语汇所蕴涵的文学、历史和法律意义具有直接而密切的关系。对这些问题，我们却永远也不会得出确定的答案。在同治元年四月廿二日发生在贵州遵义马路顶山上的家庭悲剧，到底多少出于太平军的暴力，又有多少出于人性在一瞬间的自私、懦弱、鄙下，恐怕就在当时也不会得知详情，因为一切叙述都带有偏见，更无论罪感深重的幸存者的叙述。在诗末，郑珍写道："叹息遂成诗，因之传不（一作弗）谖。""谖"在这里作忘记解，但这个字也有"欺诈"的意思。在这里，"谖"字的多义成为对现实之暧昧和多解的一个寓言。诗人希望用诗记录现实，纪念死者，但是，表现与现实既连结又分离，死去幼儿唇上的母乳标志了在现实与表现之间永远存在的裂缝与界线，一道永远不会愈合的伤疤。在这首诗中，不是在叙述事件的字句里，而是在现实与表现之间的裂缝里，我们可以看到现实的矛盾、张力和复杂。

三、"南云幻苍狗，刻划总难真"[25]：文字的支解与自我的支离

在本文所要讨论的最后一个例案里，伤口与破裂不是发生在某一文本之中，或文本与现实之间，而是发生在一个诗人的著述总集里。

我们这里要讨论的是姚燮，浙江镇海（现属宁波市）人，晚清著名的学者、诗人。姚燮中过举，但数次应进士试失败，诗、词、画、骈文等皆盛有时誉，一生基本依靠他人赞助、卖画售文为生涯。三十五岁那年鸦片战争爆发，次年英军陷浙江定海、镇海、宁波，时姚燮正在宁波，家眷在镇海，故对战乱有亲身体验。暮年在上海、宁波、鄞县（现宁波市鄞州区）、象山

---

[25] 这两句诗取自姚燮《都门故人频以书来问海上消息》。《复庄诗问》周劭标点本，上海：上海古籍出版社1988年版，第755页。

（现为宁波市下辖县）等地寓居，遭遇太平天国之乱，1860年太平天国克杭州时姚燮就在镇海、象山一带，1864年病殁于鄞县。

1846年，姚燮41岁，亲自编选删定《复庄诗问》34卷付刻，共收编年诗3 488首，以三十至四十岁之间诗作入选最多。然而奇怪的是，此后直到去世将近二十年间，姚燮再未对自己的诗作作出如此精心的编辑整理，其所作诗曾辑为《枕湖感旧诗》、《闲情诗》、《西沪棹歌》、《蚶城游览唱和诗》，又有五十余首诗见于红犀馆诗社所结集《红犀馆诗课》㉖。这些短小的集子基本上各有特定主题或特定场合，与《复庄诗问》的编年体十分不同，而且除《红犀馆诗课》之外，或存或佚，都未曾单独刊刻。

如果我们检视《复庄诗问》，我们看到的是一个就像杜甫或陆游那样以诗为史、一丝不苟地用诗歌记录和书写自己生活和国家生活的诗人，所有"应该"包括在内的经历都包括在内。即以1841年为例，共有编年诗277首（《诗问》卷二一至二三），如《正月九日招同张广文振夔曹丈锦袁应锡史伟倪铉饮大梅山馆和张丈作四章》、《妇病自春晚始剧至六月四日竟不复生感触所缘记以哀响都得二十三章焚之榇前以代诔哭》、《八月二日遣仆之镇迎母及妹与两儿移居郡寓暂避海警得三章》、《闻定海城陷五章》、《后冒雨行九月初七日自郡城至慈北鹤皋作》、《镇海县丞李公向阳殉节诗》、《冬日独醉书感八章用少陵秋兴韵》，以及卷二三末尾的《除夕》。这样的详细记录，却在诗人41岁那年突然中断。在读者来说，就好像一个熟悉的人突然消失不见、杳无音信；从诗人角度来说，诗圣杜甫留下的"诗史"模型，一千多年来为无数诗人包括姚燮自己所遵守，似乎突然失去了它的意义。太平天国之乱对浙江、江苏二省造成惨重的破坏，《微虫世界》中描绘的那个令人发指的残酷世界就在诗人周围，然而我们却无从知道它对姚燮产生的影响。

1860年，太平军攻陷杭州，江湜辗转逃亡，贵州遵义发生家庭惨案；八月，英法联军陷北京、焚圆明园；而当此时，避地象山的姚燮被邀加入当地"名士"欧景辰、王莳兰等人发起的诗社，以文坛耆宿身分担任诗社祭

㉖ 参见洪克夷著《姚燮评传》，杭州：浙江古籍出版社1987年版，第87、149-154页。

酒,品评诗社成员作品,间或也参与创作。因象山以出红犀(桂花之一种)闻名而欧景辰寓室题名红犀馆,故称红犀馆诗社,每月一会,首次集会即咏桂花为《红木犀辞》,次题为《蓬莱山寻陶宏景丹井》㉗。如果我们只看这一诗社的结集,里面充斥着咏物(从象山海味到美人风筝)、拟古诗、拟乐府古题、论诗诗、纪游等名色的作品,我们完全不会想象得到当时诗社周围战火连天、死难流离、帝国在内战和外侵之下崩溃瓦解的情形。在这些诗里,江南名士们的诗酒生活照旧进行着,他们一唱三叹的最大时代悲剧是象山地区的一位"金烈妇"在咸丰三年(1853)被婆婆折磨而死㉘,他们惟一咏时事的作品是《纪庚申十一月杪象西团勇搜禽逸盗事》㉙。庚申(1860)十一月,也就是江湜在温州得到父母妹妹死难消息、太平军占领二百多公里外的浙江富阳后直逼杭州的月份,诗社同人游西沪海山,"以摩诘诗'高情浪海岳、浮生寄天地'十字拈阄分韵各得五古一章",姚燮诗始以"佳日延古欢,空山绝名累",结以"涤荡千载忧,挥觞托遐寄"㉚。

　　江湜有很多写于逃出险区之后的作品,这些作品痛定思痛,往往比他记述乱离的诗具有更多的感人力量。其中最突出的是诗人作为一个幸存者对传统文人生活的继续感到震惊与不适的诗篇。比如《梁溪友人索题万柳溪图》:"江南天地日倾覆,况说区区万柳溪。一纸图来双泪落,恕余拈笔不能题。"㉛再比如《福州府席上》:"自讶烽烟隙处身,论文樽酒此何因?便须烂醉华筵上,不念江南人食人。"㉜在福州偕侣出游时,他作诗道:"眼中地主诗人社,意外天涯酒客筵。珍重风光休再负,名区多少入烽烟?"㉝最有意思的是《索书》。他对索书者感到厌倦,"强试为渠数十行";接下去描写作书时的复杂心理:"见役此心方作恶,既书得意又全

㉗　同治四年(1865)刊刻《红犀馆诗课》四册,册一,第一集。
㉘　《红犀馆诗课》册二,第三集。
㉙　《红犀馆诗课》册三,第五集。
㉚　《红犀馆诗课》册四之末,《海山小集分韵诗卷》。
㉛　《伏敔堂诗录》左鹏军校点本,第308页。
㉜　《伏敔堂诗录》左鹏军校点本,第335页。
㉝　《小西湖作示同游诸君》,《伏敔堂诗录》左鹏军校点本,第317页。

忘。"最后感叹:"此手何当杀贼用,漫同古墨斗豪茫。"㉞相比之下,姚燮1841年在鸦片战争中避乱时所写的诗作诸如《夜作画梅三章》、《洞桥天王寺》等则全然不同。㉟乱离之后,文人诗酒生活照旧进行,时事可以付诸"激昂醉后论,一畅灌夫骂",亦不妨碍在逃难期间娶妾纳宠㊱。此或可以用他《闻南岙有梅花觅终日不得》一诗的结句概括之:"悲风逼夜万象惨,暄然斗室生祥晖。"㊲

对于自觉处身暄然斗室里的红犀馆诗社成员们,诗成为一个与诗外的世界相颉颃的幻境,无论诗外世界天崩地坼万象惨,诗可以高枕无忧。这本身也许不算是问题,但在中国诗言志的文化传统里,这是一个非常大的问题。这些诗仍然可以作为见证,但它们见证的是在这样的时代、这样的环境里,有这样的一个社会群体,这样的一种心态。

姚燮也写词,他的词作也很有名。他自己在1833年选编《疏影楼词》五卷刊刻,后来又写有《疏影楼词续钞》六卷,有藏于北京图书馆的稿本和私人收藏1879年鄞县陆智衍精钞本㊳,但直到1986年才首次刊行㊴。与他的诗不同,姚词很难判断具体写作时间。《疏影楼词》固然都是28岁之前作品,《续疏影楼词》中有明确纪年者甚为寥寥,止可大概判断为掺杂了中期和较晚期的作品㊵。著名学者钱仲联在沈锡麟标点本《疏影楼词》序言中写道:"姚燮中年以后,经历了鸦片战争、英法联军之役、太平天国革命等重大历史事件,后期词作中,对此都有所反映。"㊶这些被钱氏称为"词史"的词作见于《续疏影楼词》卷六,钱氏判为"《故苑》以下二

㉞ 《伏敔堂诗录》左鹏军校点本,第328页。
㉟ 《复庄诗问》,第836、840页。
㊱ 《复庄诗问》,第816页;《娱鸟篇赠李姬素代古定情篇》,《复庄诗问》,第834页。
㊲ 《复庄诗问》,第851页。
㊳ 稿本影印本收入《续修四库全书》卷1726第487—600页(上海:上海古籍出版社1995—1999年版)。这一精钞本题署为《续疏影楼词》,共八卷,收藏者李一氓推测八卷之中包括了姚燮未曾刊刻的《玉笛楼词》二卷。《疏影楼词》(见下注)第221页。
㊴ 《疏影楼词》,沈锡麟标点,浙江古籍出版社1986年出版。这一标点本包括《疏影楼词》五卷和《续疏影楼词》八卷(见上注)。
㊵ 如作于辛亥年(1851)的《祝英台近》,《疏影楼词》第166页;又如作于庚戌年(1850)的《高阳台》,《疏影楼词》第177页。
㊶ 《疏影楼词》,第7页。

十二首一组词"。这些词都有二字题目,如《故苑》、《坏城》、《败邸》、《冷署》、《荒关》、《绝塞》、《残村》等等。钱氏认为这些词都指称时事,比如《故苑》"反映英法联军入寇京师,圆明园被破坏惨景"[42]。但这些词本身就像它们的题目那样高度类型化和缺乏时空具体性。

《故苑》全词如下[43]:

> 江山易换局,昔苑今栖樵与牧。多少椒丹蕙绿。叹复道沉虹,香斜埋玉。觚棱一握,尽上摇天半凉旭。无回辇,草深花谢,那忍问前躅。　　乔木,荒鸦来宿,便披殿只游麋鹿。当年旄骑卫毂,想禁籞秋拦,壸街春束。才人遭乱逐。苦卖唱、内家旧曲。陵台树,杜鹃哀魄,夜望紫烟哭。

从文本内部,完全无法得知诗人到底写的是一座特定的故苑,还是任何故苑,一切意象都是从历代咏叹亡国故苑的诗词里面回收利用的。同样的情形也在一定程度上发生在姚燮诗中。1841年,姚燮有一系列新乐府类型的诗作,如《北村妇》、《杭州商》、《山阴兵》,等等。这些诗里的人物是类型,不是个人。就连叙述自己的亲身经历,姚燮也常常采取乐府歌行的形式,比如《惊风行》、《速速去去五解》、《冒雨行》和《后冒雨行》,似乎这样的形式可以帮助他和诗中描写的事件保持一定的距离。

很多学者都注意到姚燮在诗与词中分别呈现出两种截然不同的面貌。《姚燮评传》作者洪克夷指出,《诗问》中一些"真实而悲苦的题材,在他同时所著的《疏影楼词》里却很少正面的抒写"。洪氏注意到姚燮"三十岁以前所作的诗与词,有截然不同的自我表现。我们在诗中所见的姚燮是清贫寒士,而词中所见的姚燮乃洒脱才子"。他把这归结为"可能是由于他当时对诗与词这两种体裁有不同的看法"[44]。事实上,姚燮三十岁后的诗与词,也还是有不同的自我表现。李一氓说:"我们读他的《复庄

---

[42] 《疏影楼词》,第8页。
[43] 《疏影楼词》,第185页。
[44] 此处引文均见《姚燮评传》,第19页。

诗问》对鸦片战争的感受，就比较激昂慷慨得多，那些'堪他绰约双鬟女，坐邻船背影，泥唱琵琶'（《续稿》第一首《高阳台·初泛西湖》）就大不相同了。大概词人守着'诗言志'、'词要婉约'这些条令在行事。"㊺其实"言志"是指写作内容，"婉约"是指写作风格和方式，本不应该有所矛盾。《毛诗大序》称："诗者，志之所之也，在心为志，发言为诗。"又说："情动于中而形于言。"但诗自北宋以来就开始把细腻感情尤其是相思艳情让给了词，诗所言的志与情不但范围大为缩小，而且内容受到本来所没有的限定。在《诗问》跋语中，姚燮写道："诗至今日，流变穷矣，殆可以不诗也。虽然，诗以道性情，苟不诗，性情何所寄？吾之诗，吾自寄其性情耳。"㊻这里所寄的性情，却是已经被支解分割的性情。

不仅如此，我们还必须看到那些被《诗问》排除在外的诗作，那些与《诗问》里面的作品同时所著的篇章。再以1841年为例。是年春，姚燮在宁波，当时鸦片战争已爆发，《诗问》中数首诗作都与军事戎务有关，如《军营赋柳》、《诸将》、《军工厂观铸炮》、《军燕诗》等，还有年初写下感时忧国的《闻粤警》，同时得到妻子病重消息，《郡寓闻内子病剧》诗云：

> 城气入昏浑，颓云莽不垠。
> 山川寻立地，兵火役劳魂。
> 托命谁资药？离乡已愧恩。
> 遥知恋一束，兀翠向蓬门。㊼

诗中呈现的是一副劳心悄悄、境界苍茫的画面。但这年初春，他写就《十洲春语》一书，书分"品艳"、"选韵"、"攟余"三卷。上卷对当地妓女作出品评，"每一人系一花，凡二十六品"；中卷全部是姚燮及友人的诗作，包括姚燮的一百零一首绝句，每首题咏一妓（间有一首合咏数妓者）；下卷叙述青楼人物和风习，收录时人包括姚燮自己在内

㊺ 《疏影楼词》，第 222 页。
㊻ 《复庄诗问》，第 1289 页。
㊼ 《复庄诗问》，第 755 页。

为妓女所作诗词多首⑱。下卷末尾所记小妓王绣林年方十四岁（按照现代算法十三岁而已），九岁即已得到姚燮赏识，称之为"雏凤"，庚子（1860）秋重见之下，"往来渐与欢密，矜赏委曲，不自知逾于恒情，颇思为量珠之聘"。为题本事诗前后二十四首以终卷。其一云：

> 感尔星铇谪女嫦，玉筝横膝记华年。
> 柔枝抱鄂春能觉，纤月窥云影自怜。
> 逼酒新潮初泛靥，上头短发未齐肩。
> 迷离隔幕闲风趣，荡向微波总似烟。

这些诗却无一例外被排除在《诗问》之外。《十洲春语》中的诗，只有两首绝句编入《诗问》，一题《艫帛》，讽刺军营之嫖妓者；一题《听歌》，对自己嫖妓作出调侃（"惭愧萧闲如我辈，侧身花里听清歌"），都排列在《郡寓闻内子病剧》之后⑲。然《春语》中尚有《听歌其一》未选入《诗问》，则全是从正面对召妓夜饮津津乐道之词："贴屏春影海棠娇，风过疏帘烛晕消。难得相逢尽知己，如何不饮负良宵！"此外，1841年惟一收入《诗问》中和嫖妓有关的作品就是《席上醉歌赠妓》⑳，可以预见地抒发身世不遇的感慨牢骚，赋予嫖妓一个冠冕堂皇的解说。

是年春，姚燮以《春语》四处示人㉑，得到不少序言，这些序言有写于三月三日者，立夏日者，六月庆阳节者㉒；而庆阳节两天之后的六月四日，姚妻吴氏在家病逝，姚燮作《感触所缘记以哀响都得二十三章焚之榇前以代诔哭》诗，其二有道："自汝为我妇，与汝胶漆同……尔愁愁我心，尔癯

---

⑱ 最早的《十洲春语》版本是上海弢园1879年活字版排印本，署名二石生，淞北玉魫生（王韬，1828-1897）光绪五年（1879）校跋。这一版本只包括上、下二卷，略去中卷。二十世纪初叶的《香艳丛书》版包括上、中、下三卷。
⑲ 《复庄诗问》，第756-757页。
⑳ 《复庄诗问》，第751-752页。
㉑ 如白华山人（厉志，1783-1843）序言云："今晨初霁……闻有叩柴荆者，启视之，乃三交门二石生，袖出书一卷，题曰十洲春语"云云。
㉒ 三月三日为1841年3月25日；立夏日为年闰三月十六日，公历5月6日；六月庆阳节为7月18日。

癯我容。”其三云：“自汝为我妇，十载九出门。每计一载中，数月与汝亲。余月我在客，独梦依舟轮。抱影汝亦独，如我含酸辛。”[53]“尔癯癯我容”、“独梦含酸辛”以及前面所引的“兵火役劳魂”一类描写，和《春语》下卷中描写的境界——“兰姬御窄袖服，移行灶，拨火瀹泉，爇茗供客；桂卿效厨娘装，调山薯羹，煮脱粟饭，水母石发，俊味胪陈，更为辫髻倚肩，拈字索解，不知许事，相与兴酣，笑语未阑，东方延白，各含薄倦，隐几息神，梦醒推帘，则剩烛堆盘，坠钗在地，游丝缭鬓，燕影过衣，虽销金帐底，浅唱低斟，无逾此乐”——未免天渊之别。

通过编删去取，通过把现实经历一一分别放入不同的容器进行隔离，姚燮为我们呈现出一个四分五裂的人格。如果我们只看到《诗问》，我们看到一个充满家忧国患的诗人；但如果我们把这部诗集和同时所作词以及《春语》放在一起，其人格之多重、自我的分裂已经远远不能用“生活的不同侧面”来解释，除非我们可以想象一个人的感情可以被分隔成一块一块放在头脑中的不同抽屉里，彼此之间不相通融。这里的问题不是多种自我表现里面的任何之一种，而是“割裂”这一现象本身。自我的统一和贯通——宋代以来的儒家哲学或曰道学所极力强调的“诚”——不能再维持下去，“诗言志”这一经典定义在自我割裂造成的张力下亦到了全面崩溃的程度。其实，前面提到的诗、词分工，早已使诗言志、诗乃性情之寄托这样的陈述问题重重，而这样的情况偏偏就发生在强调自我内在统一的道学兴起之时，是十分耐人寻思的。道学是自我之割裂的征象，也是对自我之割裂的反动。具有反讽意味的是，姚燮显然相信自我的统一性，而这正是他分割诸作的根本原因：在每一种作品集里，作者都呈现出一个具有内在统一性的人格类型，只有当我们把这些集子放在一起，才会注意到它们之间的矛盾。

姚燮并非一个孤立的个案：在晚清文人中，他的割裂具有代表性。明清时代的中国文化是以戏曲文化为主体的文化。中国戏曲把人物区分为不同角色类型，每种人物类型都有不同脸谱和化妆。这一艺术特色带

[53] 《复庄诗问》，第 759－760 页。

来的后果是人物类型化,每个类型都有主要特点,但类型不能合并,也不能转换。换句话说,在这样的戏曲文化里,人们习惯于以既定的角色类型来划分和理解人物性格,比如侠女、才子、闺秀、奸臣等等,人物趋于简化,而且没有成长和转变的机会(除非是所谓饱经忧患之后变得"老成")。在《都门故人频以书来问海上消息》一诗中,姚燮写道:"匿名留史在,抉意向谁陈?"在《复庄诗问》里,姚燮显然希望扮演杜甫的角色,而他在鸦片战争中写的诗里,就有不少明显是在模拟老杜题材或口气的诗作[54];但是,他无法把自己的人生变成一部完整的、唯一的叙事,他的人生舞台上有太多部戏剧在同时上演,正是这些戏剧角色的不安的并存和交叉构成了姚燮的"诗史"。

四、结　　语

在本文中,我们讨论了诗史的概念和它在十九世纪诗歌中的表现。杜甫是中国诗人心目中的楷模,杜甫的诗史之目,也是中国诗人所希求达到的最高境界之一种。但通过探讨三位十九世纪诗人的乱离诗,我们看到,诗如何见证史以及见证了什么样的史,都不是透明的、容易回答的问题。在郑珍一节,我们注意到诗与史所共同具有的建构性质。一切对现实的表现都是再现(representation),再现与再现的对象之间总是存在差距。诗歌体裁有诗歌体裁的表现手法和修辞格传统,这些传统限制了诗歌对现实的再现;同样,史书体裁也有史书体裁的表现手法和修辞格传统,这些传统也限制了史书对现实的再现。作为文学学者,我们的任务之一是理解和分析诗歌体裁的表现传统,以及这些表现传统对再现现实的限约。

伟大的诗,优秀的诗,总是会在某些方面和某种程度上超越表现传统,它们的超越是我们仍然还在欣赏它们的原因之一,这是因为文学史知

---

[54] 比如《孤立》(《复庄诗问》,第786页)之模拟老杜的《独立》,《哀东津》(《复庄诗问》,第794页)之模拟老杜之《哀陈陶》,更有《冬日独醉书感八章用少陵秋兴韵》(《复庄诗问》,第847–849页)。

识构成了我们的阅读体验的一部分,哪怕在有些情况下我们不太会有意识地想到一个伟大诗人的前辈或时人——那些前辈和时人正是由于伟大诗人的存在而变得湮没无闻。杜甫的伟大,在于他在表现现实方面的创新,如果千年后的诗人在学杜甫的具体作法而不是学他创新的精神,就正是在和"杜甫"背道而驰。

诗"史"与一般史料的最大区别,在于它的个人化,这种个人化表现在细部:人与事的细部构成了它们的具体性和特殊性,把那被宏大的历史叙事剥夺走的个性和尊严还给个体生命。而诗史之"诗",不应该是被文学学者视为占据次等地位的因素,甚或完全忽略不计。

在诗史的概念中,诗与史的关系错综复杂,因为"史"常常存在于诗与现实之间的裂缝中;或者就像我们在姚燮一节中看到的那样,存在于诗的文字之外。在姚燮的情况中,文本的支离与自我的支离互相表里,从一个奇特的角度,继续着诗呈现自我形象的传统,虽然这里的自我形象不是作者自己有意呈现出来的。传统意义上的诗史,可以说至此趋于崩溃,或者需要我们对"史"的定义作出修正。"史"不仅指在国与家与个人层次上发生的事件,也指个人的主观意识和心理状态;我们不仅需要在一首诗的字面意义里寻找史,也需要在这首诗和诗外文本以及诗外世界的互动中寻找史。换句话说,就是要检视说什么,怎么说,以及言说行为本身和它的语境。如果我们只在诗的字面意义里寻找史,我们就不会看到红犀馆诗社的诗史意义,不会看到它对一个特定的社会阶层在一个特定时代中的历史代表性。

诗史的概念,虽然一般来说和重大历史事件尤其是战乱流离联系在一起,但从诗言志这一经典定义的角度来看,一切中国传统里的诗歌都是诗史:史不只是国家和朝代的历史,也是家庭的历史,更是个人的历史。因此本文探讨的诗史问题,可以广义地理解为诗与诗所要表现的现实的问题。最后需要指出的是,中国文学传统强调知人论世,在这样的传统下运作的文学批评,美学与道德层面总是不可避免地纠结在一起。如果诗言志和知人论世是一个所有的古典作者都在理论上接受的传统,研究古典文学的当代学术文章也仍然不断提到作者的"生平"与"人格",那么我们在学术研究中就不能回避一些根本性的问题：在论及任何一位具体诗人时，诗言的是怎样的志，以及更重要的，诗到底如何言志？文字与情志之间的关系不是透明的或者不言而自明的，这要求我们回到文字，也就是一首首具体的诗歌文本，检视字面、行间、诗与诗之间的空隙里以及作者对自己的诗歌进行编辑整理之取舍所传达出来的信息。

金和与十九世纪诗歌的女侠书写

林宗正

加拿大　维多利亚大学

前　言①

不论是诗歌形式还是写作题材,或是诗歌语言的使用,金和(1818-1885)在诗歌或甚至是整个文学从古典走向现代的过程中都是值得特别注意的一位诗人。金和以散文化的诗歌形式、文白间杂而近似口语的语言、长短不一的句式,来尝试新的写作题材,藉此进一步试探或甚至挑战古典诗歌写作的极限,并在既有的古典传统中,创出新的书写传统,来书写有别于过去历史中的中国。梁启超(1873-1929)以及胡适(1891-1962)将金和与黄遵宪(1848-1905)视为是十九世纪最重要的诗人,并且认为他们的诗歌影响了后来的诗界革命,并进而影响了现代文学的萌芽。然而金和的诗歌作品长期以来并未受到学界应有的重视。

金和在中国古典诗歌甚至整个文学上都有着卓越的贡献,女侠的书写即是金和的重要贡献之一。就文学中的女侠而言,金和有关女侠的书写是相当特殊的创新,其中所呈现的女侠形象与之前的诗歌女侠以及晚清小说的女侠有所不同,但在现代小说与电影中却时时看见金和女侠的身影。

---

① 有关金和女侠的研究可以参考笔者的另外一篇作品:Tsung-Cheng Lin, "Lady Avengers in Jin He's (1818-1885) Narrative Verse of Female Knight-errantry", *Frontier of History in China*, Vol. 8, No. 4 (December 2013): 493-516.

一、清朝之前诗歌的女侠传统

（一）中国诗歌女侠的起源及其早期的发展——汉魏六朝诗歌的女侠书写

中国诗歌的女侠书写，与男侠传统相似，均源自汉魏六朝。当时的女侠作品，大多是描写女性为宗族复仇。这可能是因为女性复仇在当时的社会与政治上受到相当大的支持与鼓励，甚至还受到皇帝的表扬与特赦，因此女侠为宗族复仇，成为诗歌中受欢迎的写作题材。② 最具代表性的作品，是曹植的《精微篇》以及二首冠有相同题目的乐府作品《秦女休行》。曹植的作品并没有细节描述女侠的故事，只是就著名的女侠如苏来卿、女休、缇萦等人的事迹，加以简述并歌颂一番而已。当时最重要的女侠作品是《秦女休行》。其中出现最早的是左延年的《秦女休行》，是描写"秦女休"为"宗族"复仇的故事。而傅玄的《秦女休行》，则是描写"庞氏烈妇"为"父"报仇的故事。

左延年《秦女休行》③

始出上西门，遥望秦氏庐。秦氏有好女，自名为女休。
休年十四五，为宗行报仇。左执白杨刃，右据宛鲁矛。
仇家便东南，仆僵秦女休。女休西上山，上山四五里。
关吏呵问女休，女休前置辞。生为燕王妇，今为诏狱囚。
平生衣参差，当今无领襦。明知杀人当死，兄言快快，弟言无道忧。
女休坚词为宗报仇，死不疑。杀人都市中，徼我都巷西。

---

② 有关古代复仇风气的研究，可以参考高明士《中国文化史》（台北：五南，2007），第130-132页；王立《中国古代复仇文学主题》（长春：东北师范大学出版社，1998），以及《中国古代侠义复仇史料萃编》（济南：齐鲁书社，2009）。

③ 有关秦女休的复仇故事的本事考证，请参考叶文举《〈秦女休行〉本事考》，《古籍整理研究学刊》2006年1月第一期，第42-44页；葛晓音《左延年〈秦女休行〉本事新探》，《苏州大学学报》（哲学社会科学版）1984年第4期，第63-65页。

丞卿罗列东向坐,女休凄凄曳梏前。两徒夹我持刀,刀五尺余。刀未下,朣胧击鼓赦书下。

其中的前四句是人物的出场,作为整个故事的序曲,这是汉魏六朝乐府诗中有关女性人物出场常用的形式,典型的代表之作有《陌上桑》开始的四行诗句(日出东南隅,照我秦氏楼。秦氏有好女,自名为罗敷)。人物出场之后,紧接的是人物特质的描写,在《陌上桑》是强调罗敷的美貌(罗敷喜蚕桑,采桑城南隅。青丝为笼系,桂枝为笼钩。……来归相怨怒,但坐观罗敷),而左延年这篇作品(休年十四五,为宗行报仇。左执白杨刃,右据宛鲁矛)则是强调女休的侠女形象与复仇目的。尤其是"左执白杨刃,右据宛鲁矛"这二行诗句是此篇作品引人注目的特点之一。从这二行诗句,或许可以如此推测,女休具有武艺,因为左右两手可以同时使用武器。此外,双手都持有武器,还表现出女休不将敌人杀死绝不罢休的决心。换言之,报仇的意志相当坚定。

之后 9-25 行诗句是述说女休为宗族报仇而杀人的经过、之后的逃亡、最后的被捕以及被捕之后与官吏之间的对答。其中值得注意的是有关女休的"燕王妇"身份,这不仅说明了女侠为了报仇而不惜牺牲荣华富贵的生活,更指出了女侠的真实身份——贵族。换言之,当时女侠也包括了贵族女性。这与当时的实际情况相互呼应——即,为宗族复仇的风气,不仅盛行于民间,也出现在王公贵族的家室。除此之外,"兄言怏怏,弟言无道忧"这二行诗句也是值得注意的重点。为什么女休的兄弟会认为杀人处死是皇帝无道的表现?这段描写呼应了当时的政治与社会的情况,即,女子为宗族复仇,不只是社会所允许的,而且还被朝廷跟皇上所肯定、所嘉许。这二行诗句还涉及另一个重要的课题。女休既然有兄弟,为什么不是她的兄弟来为宗族报仇呢?为什么她的兄弟只会在事发之后,说些实质上毫无帮助的怨言呢?这涉及了女侠诗歌中的男性角色,稍后在比较男侠与女侠之时将进一步讨论。

作品最后的六行诗句是另外一个重点。这六行诗句描写就在即将行刑之际,皇帝特赦的诏书及时赶到,女休的死罪因此而被赦免。中国诗歌里的女侠与男侠的勇敢行为都有被赦免的现象,但是二者之间有所差别。在诗歌中,男侠不管是为朋友或是为知遇者,可以因为复仇的行为而被歌颂,但绝对没有因为复仇而被赦免其罪。反而有许多诗歌作品,描写男侠复仇之后,害怕仇家追杀,或是害怕被官府逮捕而逃跑。男侠只有在为正义而复仇的情形之下,才有被赦免的可能。然而诗歌中的女侠,却可以因为家族复仇的勇敢行为而被赦免。这是诗歌中男侠与女侠之间最大的差别之一。

左延年的《秦女休行》是圆满的结局,然而傅玄笔下的庞氏烈妇就没如此幸运:

傅玄《秦女休行》④

庞氏有烈妇,义声驰雍、凉。父母家有重怨,仇人暴且强。
虽有男兄弟,志弱不能当。烈女念此痛,丹心为寸伤。
外若无意者,内潜思无方。白日入都市,怨家如平常。
匿剑藏白刃,一奋寻身僵。身首为之异处,伏尸列肆旁。
肉与土合成泥,洒血溅飞梁。猛气上干云霓,仇党失守为披攘。
一市称烈义,观者收泪并慨慷。百男何当益,不如一女良。
烈女直造县门,云父不幸遭祸殃。今仇身以分裂,虽死情益扬。
杀人当伏法,义不苟活騃旧章。县令解印绶,令我伤心不忍听。
刑部垂头塞耳,令我吏举不能成。烈著希代之绩,义立无穷之名。
夫家同受其祚,子子孙孙咸享其荣。今我弦歌吟咏高风,激扬壮发悲且清。

开始的二句是开场白,用以介绍人物,也简要地介绍故事的大概。接后的二句直接进入主题,以仇家的"暴且强"来强调复仇的困难程度。之后的四句是贬低男子并藉此彰显女侠的勇敢。左延年的作品已经开始批评男

---

④ 有关傅玄《秦女休行》复仇故事的考证,请参考陶元珍《傅玄秦女休行本事考》,《经世季刊》1942 年 4 月第二卷第三期。

性,傅玄的作品批评得更加严厉。左延年的《秦女休行》只是以间接而委婉的方式来指出男性的懦弱——只会口头抱怨而毫无实质的帮助。然而傅玄作品的这四行诗句"虽有男兄弟,志弱不能当。烈女念此痛,丹心为寸伤",不只是直言而毫不避讳地贬低男子,更以女性的失望与灰心等心理描写来进一步批评男性。这篇作品甚至比起曹植的《精微篇》"多男亦何为,一女足成居。……辩女解父命,何况健少年",在批评男子上也都来得更加强烈。

接下来的两行诗句(外若无意者,内潜思无方),是描写庞妇在复仇之前的苦无良策。这个事前的心理描写更加突显了庞妇为家族复仇的意志。换言之,苦无良策而不知该如何复仇的困境,并没有动摇复仇的决心,为了家族,还是坚定而无惧地前往仇家复仇。这与左延年的《秦女休行》相比,是一种创新。左延年在描写女侠的复仇勇气之时,并没有事前心理的刻画,而是直接描写女侠的复仇。左延年这种描写方式所呈现的女侠的勇气,似乎显得比较不强烈。傅玄以女侠的苦无计谋,突显了女侠意志的坚定,也突显了女侠的勇气。

除此之外,傅玄以十行(11-20)的诗句来描写一系列的复仇,尤其是杀人的场面与经过。这十行诗句是以凶狠、猛力与血腥来强调女侠的勇猛。这是中国诗歌史上第一次如此细节地描写女侠杀人的血腥场面,也是中国诗歌史上第一次以血腥杀人的描写,来强调女侠的勇猛。或许可以这么说,这是傅玄将史传散文的刺客复仇细节放入诗歌的女侠描写中。这种描写影响了后来的女侠诗歌(如李白的《东海有勇妇》)以及小说(如《儿女英雄传》)中,有关女侠的血腥杀人的书写传统。在血腥复仇场面的描写之后,诗人以"百男何当益,不如一女良"二句,再次直言贬低男性,来夸奖女性。

接下来的六行诗句(烈女直造县门,云父不幸遭祸殃。今仇身以分裂,虽死情益扬。杀人当伏法,义不苟活隳旧章)是描写庞妇的自首。这不同于左延年笔下女侠复仇之后逃亡而被捕的描写传统。傅玄借着庞妇复仇之后,勇敢而无畏的自首,来突显庞妇与女休的不同,并进而彰显庞妇的另外一种勇气——不仅复仇之时无畏无惧,就连复仇之后对死也是无畏无惧。作品最后的十行诗句,一方面继承女侠的书写传统,描写庞妇为父报仇的精神感动官员,但另一方面又与传统不同,庞氏烈妇最后并没有特赦,而是从容就义。这或许就是当时影响东汉章帝后来特别颁发明令,赞扬并允许女性为家族复仇的社会案件。⑤

(二) 唐诗中的女侠

唐朝诗人继承了汉魏六朝诗歌所奠下的女侠传统,当时最具代表性的女侠诗歌是李白的《秦女休行》与《东海有勇妇》,其中尤以《东海有勇妇》最为重要。

《秦女休行》

西门秦氏女,秀色如琼花。手挥白杨刀,清昼杀仇家。
罗袖洒赤血,英气凌紫霞。直上西山去,关吏相邀遮。
婿为燕国王,身被诏狱加。犯刑若履虎,不畏落爪牙。
素颈未及断,摧眉伏泥沙。金鸡忽放赦,大辟得宽赊。
何惭聂政姊,万古共惊嗟。

《秦女休行》在故事与描写笔法上,大多是承袭魏晋时期既有的书写传统。然而其中的 13 与 14 二行诗句"素颈未及断,摧眉伏泥沙"所描写的女休即将行刑前的紧张气氛,及其所造成的悬疑效果,是李白之前侠客诗歌中所非常罕见的。这种悬疑效果的笔法,在清朝诗人金和《兰陵女儿行》中被广泛使用并进一步提升。李白有关女侠的最佳作品是《东海有勇妇》:⑥

梁山感杞妻,恸哭为之倾。金石忽暂开,都由激深情。
东海有勇妇,何惭苏子卿。学剑越处子,超然若流星。

---

⑤ 有关东汉女性复仇与其罪赦免的史料记载,请参考《后汉书・张敏传》(北京:中华书局,1965),第1502－1503页,以及《文献通考》(北京:中华书局,1986),第1486页。重要的讨论,可以参考叶文举《〈秦女休行〉本事考》,《古籍整理研究学刊》2006年第1期,第42－44页。

⑥ 有关李白《东海有勇妇》的故事考据,请参考胡梧挺《李白〈东海有勇妇诗〉所记复仇事考实》,《洛阳师范学院学报》2008年第6期,第73－75页。

> 损躯报夫仇,万死不顾生。白刃耀素雪,苍天感精诚。
> 十步两躩跃,三呼一交兵。斩首掉国门,蹴踏五藏行。
> 豁此伉俪愤,粲然大义明。北海李使君,飞章奏天庭。
> 舍罪警风俗,流芳播沧瀛。名在列女籍,竹帛已光荣。
> 淳于免诏狱,汉主为缇萦。津妾一棹歌,脱父于严刑。
> 十子若不肖,不如一女英。豫让斩空衣,有心竟无成。
> 要离杀庆忌,壮夫所素轻。妻子亦何辜,焚之买虚声。
> 岂如东海妇,事立独扬名。

这篇作品与之前的女侠诗歌有许多不同之处。其中一个重要的特点,就是这位女侠精通"越女剑法"。换言之,这位女侠是懂得"剑术"的侠女。在中国诗歌史中,东海勇妇可能是第一位"女性的剑侠"。另外一项特点是有关搏斗场面的描写。李白使用了六行诗句来描写女侠与仇家的搏斗(白刃耀素雪,苍天感精诚。十步两躩跃,三呼一交兵。斩首掉国门,蹴踏五藏行)。这是继承傅玄《秦女休行》有关血腥复仇场面的描写,但又有所不同。在傅玄作品中,我们看到的是一位女侠如何愤怒地使尽了全力砍杀仇家的血腥场面,但是在李白的作品中,我们所看到的是一位熟稔剑术的女侠,如何从容不迫地使剑而剑出人亡的轻快场面,以及女侠如何藐视仇人的尸体,而不在意地践踏而行。比较而言,傅玄诗歌所描写的复仇是非常沉重的复仇,而李白笔下的复仇却是轻快而随意的杀人。如果要说李白在女侠书写传统中有什么特别的贡献,就是在诗歌中创造了后代侠客文学,以及武侠小说中的真正侠客(剑侠)类型。

除此之外,作品的最后十行诗句(十子若不肖……事立独扬名)也可视为是李白的另一项创举。李白之前的女侠诗歌,是以贬低男性来彰显女侠的勇敢,但从来没有诗人以贬低或嘲笑历史上的著名男性侠客来歌颂女侠的伟大。在这篇作品中,李白一方面藉由"有心竟无成"来嘲笑豫让临死之前斩赵襄子空衣的荒谬与虚伪,二方面藉由"妻子亦何辜"来表示诗人对要离牺牲妻子的不屑与不满。就乐府诗以及史传文学里的侠客而言,男性侠客的报仇背后,没有太多的道德意涵,也没有什么是非之分,完全取决于侠客的私人恩怨。换言之,不是为了报私仇,就是为朋友报仇,或是为了报答知遇知己之恩。然而,有恩于侠客之人,可能是地方的恶霸,也可能是政治上的暴君。李白藉此作品明白质疑乐府诗与史传文学中男性侠客报仇行为的动机及其正确性。

二、清朝诗歌的新女侠传统

唐朝之后的女侠传统在文学中得到长足的发展,尤其是清朝,不仅是女侠小说发展的高峰时期,也是女侠诗歌发展的重要时刻。在清朝女侠诗歌的发展中,最重要的诗人是十九世纪的金和。在其诗歌中,有许多作品是记述侠女与烈女的作品,其中重要的代表作品包括《烈女行纪黄婉梨事》,尤其是《兰陵女儿行》。除了艺术形式与描写笔法是前所未见之外,其中创新的女侠形象,更开创出新的文学女侠,并深远影响着后来新文学中的女侠形象。

这首诗歌最突出的特色之一是强烈的悬疑效果。故事结构是典型的"从中间开始"(in medias res),其中有两位叙事者——诗人(故事外叙事者)以及女侠兰陵(故事内的人物叙事者)。在作品的开始之处,诗人以全知观点叙述将军迎娶的热闹场面,以及引出主要人物兰陵。之后,叙事者由诗人变成兰陵,兰陵以自己的声音与观点,述说自己的生平,以及追述将军强迫婚嫁的经过。其中的叙事声音悲伤但同时又坚毅而平缓。然而就在"我如不偕来,尽室惊魂无死所;我今已偕来,要问将军此何语"之后,气氛突然一变,"突前一手揕将军,一手有剑欲出且未出",兰陵一手持剑,一手挟持将军。就在此时,将军生命危在旦夕,而兰陵的女侠本色也随之跃然纸上。兰陵突如其来的举动,将整个故事带入高潮,而将军生死未卜,也为整个故事设下悬疑的氛围。之后的故事发展,完全在此悬疑气氛之下缓缓进行。

其中将军部属先是语带威胁,希望兰陵能知难而退;然而兰陵却毫无畏惧,怒目瞋斥以答,这时架在将军脖子上的刀锋,似乎更贴近了将军要害几分。之后,将军部属无可奈何,只能转而借助乞求来安抚兰陵。这些种种兰陵与将军部属之间一来一往、一问一答的冲突、斗智、协调,如同把将军的生命放在剃刀边缘,因此"悬疑气氛"也随之增添了"紧张"的气息。终于,兰陵驾着将军的白驹呼啸而去,而将军也在惊魂未定之际安然脱困。虽然兰陵已策马而去,但故事未了。诗人在最后仍安排在几天之后白驹载着将军的聘礼归来,将军庆喜爱驹平安归来,就在解下聘礼之际,发现聘礼之下夹着一把薄如蕉叶、闪闪发亮的利刃。就是这把利刃让将军又想起了兰陵,又回到当日惊险的场面,又想起几日前兰陵架在他脖子上那把利刃,突然感觉兰陵随时可能从四面八方而来,因而瞬间又坠入忐忑不安的心境之中。就是这柄闪闪发亮的利刃,让整个故事结束在另一波悬疑与紧张的气氛当中。这种在故事的结尾,另起一波悬疑的笔法,不仅让整个故事像是没有结局,并且让整个悬疑气氛,如同绕梁的余音回旋不绝。这种笔法,在中国叙事诗以及任何侠客诗歌中,绝无仅有。

在金和《兰陵女儿行》中,诗人使用四种特殊的叙事笔法来提升故事的悬疑效果——悬而未决的危机(a pending crisis)、一系列的冲突(a series of conflicts)、没有结局的结局(an open-ended conclusion),以及开放性叙事(an open narrative)。所谓悬而未决的危机,简而言之,是藉由强烈的冲突来制造对立,产生悬疑效果,但又不马上解决这一个冲突,而是使用许多情节的铺陈来延宕悬疑的气氛。而所谓一系列的冲突是指"连续冲突",这种笔法不仅是一种"延宕"的笔法,更具有"强化"的作用。简言之,在冲突之后藉由新的故事情节来延续这一个冲突所产生的悬疑气氛,之后又安排另一个冲突来阻挠冲突的解决,使得原来读者预期应该解决或是即将解决的冲突,又陷入另一个难题,这不仅延续上一个冲突所产生的悬疑气氛,更强化而提升了其中的悬疑效果。这两种笔法,在精简的抒情诗中,或是长篇幅的叙事诗中,都是非常罕见,或甚至没有出现过。然而这两种笔法却在明清白话小说中经常使用,尤其是在关于公案的话本小说中。在公案小说中,为了使案情能在故事结尾之处才真相大白,作者经常使用这两种笔法来延宕真相的揭露。我们没有证据可以证明金和使用这两种笔法是受了公案小说的影响,但从金和对小说的熟悉,以及十九世纪小说的蓬勃发展,或许可以合理推测诗歌与小说在叙事笔法上,有着相当密切的互动关系。⑦

没有结局的结局(an open-ended conclusion)是在故事的结尾之处,另起一波悬疑,让整个故事结束在悬疑的气氛中。这种笔法使得故事像是没有结局,而这种结局的方式可以使得悬疑气氛如同余音绕梁一般,在故事结束之后仍然回荡不已。这种笔法在中国叙事诗歌史上,可以说是前所未有的创举,然而这种笔法却与明清章回小说的章回结束方式相当类似。明清章回小说的叙事形式深受说书传统的影响,说书人为了吸引听众,经常是在故事的紧要关头,惊堂木一拍,戛然而止。换言之,将紧要关头的事件当结局,而故意按下真正的结局不表。在这种情形之下,读者的心情如同悬在空中,忐忑不安。而读者的忐忑不安、极欲想知道结局的心情,正提升了读者对故事发展的好奇,促使读者迫不及待往下一回阅读,一探故事的究竟。

所谓开放性叙事(open narrative),在中国古典文学中一般是藉由外聚焦(external focalization)以及内聚焦(internal focalization)相互搭配所产生的特殊的阅读效果⑧。在开放性叙事中,全知叙事者假装无知,故意隐瞒实情,不仅不对人物做出评论,也未对情节的发展提供任何的线索,而是任由人物以其非全知而有限的观点来说明事件,因此产生众说纷纭的现象。而这种众说纷纭、莫衷一是的现象,让原本已被隐瞒的实情更加晦涩不明,在此情况之下,悬疑效果随之提升。在金和之前的叙事文学中,这种笔法的重要作品是《儒林外史》。其中第五十回描写秦中书宴请高翰林、万中书、施御史与凤四老爹,唱戏席间,万中书在厅上突然被一位不知名的官员带领着捕役逮捕而去的情景。见此情景,众人不仅震惊而且

---

⑦ 有关诗歌与其他文类在叙事形式与笔法上的互动关系(interplay)的讨论,可以参考 Jerry Schmidt, *Harmony Garden: The Life, Literary Criticism, and Poetry of Yuan Mei (1716–1798)* (London: Routledge, 2003), pp.418–19; Tsung-Cheng Lin, "Time and Narration: A Study of Sequential Structure in Chinese Narrative Verse," University of British Columbia, Canada, 2006; and Tsung-Cheng Lin, "Yuan Mei's (1716–1798) Narrative Verse," *Monumenta Serica* 53 (2005), pp.73–111.

⑧ 有关外聚焦与内聚焦的定义,请参考林宗正《抒情下的叙事传统:〈孔雀东南飞〉的聚焦叙事与书写》,《中山大学学报(社会科学版)》2012年52卷6期,第20–33页。

众说纷纭、猜疑不定。许多人物对万中书的被捕提出自己的解释,但每位人物的解释,以及对案情关心的程度与重点,都不相同,唯一相同之处,是没有人知道事情的真相,并且每一位人物都对案情感到疑惑。这时,叙事者只是噤声闭口,像是不知情的旁观者,在旁聆听并记录各式各样的解释与疑虑,让众说纷纭的猜测遐想,愈加瞒天纷扰⑨。

这四种笔法在金和之前的诗歌中大多未曾出现,或未曾有着显著的发展,但是在明清小说中却已受到相当的重视。吴敬梓的《儒林外史》对这四种笔法就有着相当成熟的使用。金和与吴敬梓有着亲属关系,而且曾写过《儒林外史跋》,或许可以据此合理地推测,金和应该相当熟悉《儒林外史》与当时自明以降的小说叙事笔法,并将其所熟知的笔法与叙事形式运用于其诗歌作品中。

除了藉由悬疑效果来彰显女侠勇敢而无畏的侠客形象之外,特别值得注意的是这篇作品特别描写兰陵的"口才",尤其是"机智"。例如其中一段描写当将军部属向兰陵让步之时(如今无他言,仍送还乡里。将军亲造门,肉袒谢万罪),兰陵不仅不为所骗,而且口才辩给、侃侃而谈,还一针见血直指官兵平时的胡作非为,并直言若听信他们之言,不保明日身亡家灭。最后更以上京求见皇帝申冤,来要挟将军:

> 慨从军兴来,处处兵杀民。杀民当杀贼,流毒滋垓垠。
> 兰陵官道上,若辈来往频。不在霜之夕,则在雨之晨。
> 我家数间屋,猎猎原上薪。我家数口命,惨惨釜内鳞。
> 弹指起风波,转眼成灰尘。与其种后祸,终作衔哀磷。
> 阎罗知有无,夜台冤谁伸?何如叫九重,天必无私纶。

在中国侠客诗歌中,大部分的作品,不论是男性侠客或是女性侠客的作品,都只是描写侠客的英勇坚毅无畏等等传统的形象,很少触及侠客的口才与机智,这篇作品是中国侠客诗歌中的少有之作。我们很难确定金和

---

⑨ 有关《儒林外史》的开放叙事,可参考李志宏《儒林外史叙事艺术研究》,台北:台湾师范大学国研所硕士论文,1996年。

诗歌作品中具有口才与机智的女侠形象，是否受到小说或其他叙事文类的侠客形象的影响，但可以确定的是，金和将口才与机智附于侠客的特质是中国诗歌中的创举。⑩

在侠客诗歌中，大多是以既有的男侠传统来定义或赋予女侠行为的正确性；换言之，女侠的行为只是男侠行为的"模仿"。然而到了金和笔下的兰陵女儿，女侠传统有了创新的发展。兰陵所展现的女侠是融合传统女侠形象（英勇、无畏、坚毅）以及新的特质（智慧、口才）于一身的女侠形象。这种形象不仅在诗歌中，甚至在其他文类中，也是非常罕见。换言之，兰陵女儿的女侠形象，是一种既建立在男侠传统之上，却又超越传统男侠与女侠的英雄形象。或许可以如此归纳言之，金和是在男侠传统之上建立了新的女侠传统，而且金和的女侠已经不是一种复制或模仿男侠的女侠传统。在风云际会而时代开始骤变的十九世纪，在文学运动逐渐萌发而即将兴起之时，在小说成为主流文学之前，金和藉由当时文人最熟悉的文学形式——诗歌——开创出新的女侠形象，而这个女侠的新形象烙印并深植在现代文学女侠的言行举止中。

三、男侠与女侠、复仇与社会道德规范

金和之前，男性侠客与女性侠客的侠义行为大多与复仇相关。男侠的复仇是承袭古代的刺客传统，并且大多出现在边塞诗中。诗歌中的男性侠客可以为知遇者、为朋友、为弱小、为国家、为正义、为自己复仇，但几乎从来没有为家人复仇。然而诗歌中的女性侠客，只为家人复仇，完全不为朋友，也不为知遇者。

除了复仇之外，男侠与女侠在中国诗歌上的另外一个主要的差别，是他们在处理道德价值冲突之时的态度与方法。在男侠的作品中，男侠似

---

⑩ 值得一提的是，许多清朝诗人已经将"才"视为是女性的重要特质。有关这方面的讨论，可以参考孙康宜，李奭学译《论女子才德观》，收录于孙康宜《古典与现代的女性阐释》（台北：联合文学，1998），第135–164页；以及胡晓真《才女彻夜未眠——近代中国女性叙事文学的兴起》（台北：麦田，2003）。很明显的，金和诗歌将女侠与才能相结合所产生的女侠的新形象，与清朝诗歌中的新女性形象，相互呼应。

乎总是面对道德的冲突与抉择,诗人也似乎企图透过男侠的处理方式来彰显男侠的侠义精神。一般而言,诗歌的男侠在面对道德冲突之时,有两种处理的形式。一是在面对两种道德冲突,例如友情与忠君,或是正义与个人关系(例如情爱),往往是选择牺牲其中的一个价值,以保留另外一个价值。[11] 典型的例子是司空图《冯燕歌》,其中冯燕在正义与情爱(即,与张婴之妻的私情)之间,他选择了正义而牺牲了情爱,因而杀了张婴的妻子。另外,在张婴被误以为是杀妻凶手而即将被行刑问斩之时,冯燕再度面对两种价值的冲突,一是自己的性命,一是正义。冯燕最后选择了正义,出面自首。就是因为冯燕这两次决定都是为了正义,因而朝廷赦免了他的杀人之罪。第二种形式是面对两种道德冲突之时,为了避免牺牲任何的道德价值,而选择了牺牲自己,来保留所有的道德。典型的作品是柳宗元的《韦道安》。当韦道安获知张愔企图背叛朝廷之时,他陷于对张愔父亲张建封知遇之恩的感激以及对朝廷忠贞的两难之中,最后韦道安选择自尽,来成全保留这两种道德价值。

然而这种道德冲突并没有出现在女侠身上。女侠在行使侠义行为之时,没有所谓的道德冲突,只有复仇而已,只求成功完成任务。换言之,女侠的复仇只有道德的目的(为了尽孝),并没有道德的冲突。例如三首《秦女休行》与李白《东海有勇妇》里的女侠,没有呈现出男侠所面对的道德冲突,她们唯一的关注是如何达成任务。显然可见的,在面对道德价值的时候,男侠似乎总是背负着沉重的包袱,而女侠却只坚守着一个价值——就是为家族复仇——因而没有所谓的冲突,也因此在复仇之时显得格外轻松而自在。

在金和的女侠作品中,不仅继承此一传统,并且有所创新。《烈女行纪黄婉梨事》继承女侠为宗族复仇的传统,然而黄婉梨为宗族复仇,并没有如同之前的女侠是藉由高超的武艺,而是靠着毅力与忍耐来达到报仇

---

[11] 有关侠客的道德冲突,可以参考 Wilt Idema and Lloyd Haft, *A Guide to Chinese Literature* (Ann Arbor: University Michigan Press, 1997), pp. 200 – 201, 以及 Louise P. Edward, "Domesticating the Woman Warrior: Comparisons with Jinghua Yuan", in Louise P. Edward, *Men and Women in Qing China: Gender in the Red Chamber Dream* (Leiden: Brill, 1994), pp.87 – 112.

的目的。以极大的忍耐,来达到复仇的目的,是之前女侠诗歌传统中所未曾出现的,可以视为是有关女侠为宗族复仇的新传统。从这篇作品所表现的女侠形象,或许可以重新思考女侠的定义。换言之,既然复仇是女侠最重要的传统,那么女侠是否一定必须具备高超的武艺?没有高超武艺但又为宗族复仇的女子是否可以视为是女侠?在什么情况之下,没有高超武艺的女子可以被视为女侠?很显然的,金和在《烈女行纪黄婉梨事》中似乎也在企图挑战传统的女侠定义。其实,从之前的侠客文学中(包括诗歌与史传文学),有些被歌颂的男性侠客是没有武艺的,或是不以武艺来展现侠义行为,例如荆轲的好友高渐离没有武艺,但为了替荆轲复仇而忍辱自残来刺杀秦王,因为高渐离的坚忍以及不顾生命为友报仇的行为符合侠义精神,因此被视为具有侠义行为之人。另外,韦道安与冯燕,虽然具有武艺,但最后却不是藉由武艺而是以牺牲自己(冯燕自首并愿意以自己的生命来洗刷张婴的无辜,韦道安以死来成全忠义)来展现侠义的行为。换言之,藉由高超武艺,或是藉由极端的忍耐,或是牺牲自己来达到复仇的目的或伸张正义,都可视为侠义行为,都可视为侠客。既然男性侠客不需要武艺就可以成为侠客,那么为何女侠不可以?在金和《烈女行纪黄婉梨事》中,武艺已经不是女侠的决定性特质,只是女侠的一种属性。这种女侠特质在金和的《兰陵女儿行》中,再一次出现。

　　《兰陵女儿行》的女侠,已经完全脱离女侠为宗族复仇的传统,而是为自己争取正义与权利。其中,也没有传统女侠诗歌的血腥杀戮,而是藉由高超的武艺、过人的胆识、辩给的口才以及机智,来为自己争取正义与权利。虽然兰陵具有高超的武艺,但只凭高超的武艺,无法让兰陵脱困,真正让兰陵全身而退的,并不是她的武艺,而是她过人的胆识,尤其是她的口才与机智。这是中国女侠诗歌史上第一次强调女侠的"口才"与"机智"。

　　在金和这两首女侠作品中,女侠以其毅力与忍耐,或是以其武艺、胆识、口才以及机智,来达到复仇的目的,来展现侠义行为,是中国女侠诗歌传统的新创举,也因而产生与过去不同的女侠形象。而这个新的女侠形象,尤其是兰陵所展现的女侠特质,与当时侠义小说的女侠形象相互呼应,并影响了晚清以及之后,尤其是现代武侠小说中的女侠特质,典型的代表是金庸小说中的女侠如黄蓉(《射雕英雄传》)[12]、赵敏与殷素素(《倚天屠龙记》)。

以上是有关男侠与女侠在复仇与社会道德规范上的不同反应。但是侠客诗歌中除了侠客之外,还有非侠客的人物,即,在女侠诗歌中的男性,以及男侠诗歌中的女性。为什么诗人要安排这些人物?女侠诗歌中的男性与男侠诗歌中的女性有着相似之处吗?还是有着很大的差别?这些不是侠客的男男女女在侠客诗歌里有什么特殊的作用?另外,男侠与女侠曾经同时出现在同一首作品中吗?

四、女侠诗歌中的男性与男侠诗歌中的女性

中国侠客诗歌中,没有男侠与女侠同时出现在同一作品的现象,只有以非侠客的女性来搭配男侠,以非侠客的男性来搭配女侠。归纳而言,在描写男性侠客的诗歌中,所出现的女性,有的是凄楚可怜的贤妻良母,例如《东门行》那位决定落草为寇的农民的妻子;有的是娇美动人而无辜无助的受害者,例如《韦道安》中太守的两位女儿;有的是道德沦丧、不守妇道的有夫之妇,《冯燕歌》中,张婴的妻子即是典型之例。换言之,在描写男性侠客的诗歌中,女性的弱点——无助、懦弱、害怕、不贞等等——都是诗人用来成就男侠的英雄事迹的基础。

男侠诗歌里所出现的女性,有的是符合传统观念的妇女形象,即无助、懦弱、害怕、凄楚可怜、无法自己独立而需要男性侠客来援助保护的妇女形象。这种柔弱的女子形象是用来衬托男侠保护弱者的英雄形象。有的则是道德沦丧的荡妇,这些具有负面形象的女子的最终下场都是沦为男侠的刀下亡魂。我们好奇的是,在文学中,这些负面的妇女形象有什么

---

[12] 金庸笔下的女侠黄蓉在《射雕英雄传》与《神雕侠侣》前后两部作品中的形象有很大的不同,这里专就《射雕英雄传》而言。

特殊的作用?⑬ 就男性侠客诗歌而言,使用这些负面的妇女形象的主要目的之一,是为男侠的杀人行为提供动机与正当性,并进而歌颂男侠的杀戮行为是一种正义无私的表现。之所以无私,是因为男侠没有因为自己的私欲而偏袒这位女子,反而是大义凛然,为正义而手刃这位道德沦丧而邪恶的妇人。⑭

女侠诗歌中所出现的男性,就其形象可以归纳为两类。第一类是无助,只会生气抱怨,而无所作为,典型的例子是左延年《秦女休行》里,女侠的兄弟。第二类是胆怯,只会受到惊吓,却无计可施,傅玄《秦女休行》的兄弟即是典型之例。这些在女侠诗歌中男性形象的作用,就如同女侠"小说"中男子形象的作用,都是以男子的缺点(懦弱、无能、昏庸、胆怯)来突显女侠的英勇形象。

这种以男性的懦弱无能来突显女侠英雄气概的书写传统,在清朝诗人金和的作品中已经消失。金和在《兰陵女儿行》以及《烈女行纪黄婉梨事》中描写女侠的英勇特质之时,并没有描写他们身旁的男人(指父兄与丈夫等,而不是作为敌方的男人),也不像之前的女侠诗歌作品,是以女侠身旁男人的弱点来突显女侠的特质。这种不需男性的弱点来作为陪衬,从某一角度来看,像是在强调女侠的勇气不需再藉由男性的懦弱来突显,而是纯粹以女侠自己来展现自己的侠客行为。如此更加凸显了女侠的"独立"的特质。这种描写笔法在之前女侠诗歌所建立的传统中,以及读者已经习惯的阅读世界里,相当突兀,也产生相当特殊的阅读效果。金和的女侠独立特质,在许多方面与当时小说中的女侠,相当近似。但就以不假借身旁男性的弱点来烘托女侠的勇气这点而论,与当时的小说如《儿

---

⑬ 有关负面或极端女性的研究,请参考胡晓真《酗酒、疯癫与独身——清代女性弹词小说中的极端女性人物》,《中国文哲研究集刊》2006 年 3 月第 28 期,第 50 – 80 页;Keith McMahon, *Misers, Shrews, and Polygamists: Sexuality and Male-Female Relations in Eighteenth-Century Chinese Fiction*, Durham: Duke University Press, 1995; 以及 Yenna Wu, "The Inversion of Marital Hierarchy: Shrewish Wives and Henpecked Husbands in Seventeenth-Century Chinese Literature", *Harvard Journal of Asiatic Studies* 48.2 (Dec., 1988): 363 – 382.

⑭ 值得注意的是,在侠客诗歌中,妇女的贞操只有男性侠客可以专用,换言之,女性的贞操是男性侠客用来成就其英雄事迹的专利品,女性侠客没有如此的特权。在女侠诗歌中,男性人物没有贞操的问题,没有女侠因为男性的不贞而杀了男性。但也没有发现女侠曾因为其他女性的贞洁问题而杀了女性。

女英雄传》的女侠书写就有所不同。在《儿女英雄传》中,十三妹的侠义精神几乎完全展现在保护懦弱的安公子身上。金和的女侠不仅在旧有的诗歌传统上是一个创举,更在晚清文学运动的前夕,开创出新的女侠形象与传统,而此传统也深远影响着新文学世界里的女侠形象⑮。

五、诗歌与小说中女侠形象的比较

上述曾提到诗歌女侠与小说女侠的相同与差异,例如金和的女侠(诗歌女侠)所呈现的口才与机智的特质,与当时的小说女侠非常类似,然而金和的女侠没有藉由男性的懦弱来突显女侠的英勇行为,则与小说的女侠有所差别。除此之外,诗歌女侠与小说女侠的另外一个差异,是表现在女侠如何面对其侠义行为所打乱的社会秩序上。

有关女侠的反叛过程及其反叛所带给文学世界的影响,在中国诗歌与小说中,有着不同的描写与特质。诗歌女侠的反叛就是反叛,并没有女侠会在事后努力去修复因其反叛行为所打乱的那个以男性为中心的阶级秩序。然而在一些小说中,如《儿女英雄传》,女侠不管如何血腥、如何反叛,最后却变成贤妻良母,藉此来修补那个被她之前英雄形象所打乱的男性社会。

诗歌与小说中的女侠的差别(换言之,女侠对待她们的反叛行为所打乱的男性社会阶级与秩序),可能与其在文类上的差别有关。底下是笔者个人的假设。诗歌长期以来一直是主流文类,是背负着儒家道德规范与男性社会阶级观念最重要的文类。当男性诗人在以男性的声音表达情感或是叙述事件之时,似乎必须服膺这个文类所赋予的道德期待。例如在杜甫的《北征》中,诗人在描写对妻儿的感情之时,妻儿与诗人之间的距离,就像是诗人与君王之间的关系⑯。或如在男性侠客的诗歌中,例如《韦道安》与《冯燕歌》,男性侠客的所作所为似乎都服膺了传统儒家的道

---

⑮ 有关《儿女英雄传》的女侠研究,请参考 John Christopher Hamm, "Reading the Swordswoman's Tale: Shisanmei and *Ernü yingxiong zhuan*," *T'oung Pao* 84 (1998): 328–355.

⑯ 参考 Jerry Schmidt, *Harmony Garden: The Life, Literary Criticism, and Poetry of Yuan Mei (1716–1798)* (London: Routledge, 2003), p.429.

德思想,为正义、国家、君王、友情而牺牲。然而当男性诗人藉由女性声音,或是在描写女性侠客之时,在感情与描写上都变得自由、叛离而多样。进一步言之,男性诗人在以女性口吻描写女性思念之情之时,似乎脱离了男性声音背后的文化属性,可以特别夸张而深入地表达感情,可以畅快而无需隐瞒地表达诗人在其他主题中所无法表达的情绪。例如在李白《长干行》中,女子以深入而细腻的口吻道出她对远行丈夫的款款深情。这类情感鲜少出现在男性诗人或是男子对其妻子的描写上,只出现在女子对其良人,或是男性诗人对其男性友人的思念上。⑰

在女侠诗歌中,当男性诗人在描写女侠的行为之时,女侠的行为似乎也让男性诗人觉得特别容易用来背叛传统,而男性诗人也显得没有那么多的传统包袱。男性诗人借着描写女侠的违反传统,来打乱由父权思想所建构的男女秩序,并进一步在诗歌的传统中,发出另类的声响。这似乎是诗人用来脱离或疏离正统规范的一种企图,笔者将这种书写的现象称之为"对正统的疏离"。

然而在一向被视为稗官野史而被边缘化的小说中,作者却在女侠打乱了以男性为中心的阶级制度之后,企图以女侠转变成贤妻良母,来回归正统的儒家规范。为什么前后会有如此大的转变?明清小说的作家似乎不怎么在乎在作品里深入描写乱伦、奸情等等离经叛道的细节,但却让一位曾经血腥杀戮而漠视社会成规的女侠,在婚后突然转变成儒家典型的贤妻良母,到底有何目的?

底下也是笔者的假设。传统文学理论长期以来特别注重诗歌,而漠视小说,一直要到十七世纪,小说才在文学理论中受到重视。但是诗歌仍然是主流,而小说在文学上的地位仍然是附庸的稗类。作为附庸的小说,虽然地位卑微,但这个卑微的地位却赋予小说更多的写作自由与空间。因此小说的作家,可以在儒家道德教义的管束之外,自由自在地描写诗歌

---

⑰ 有关在以女性作为写作题材的诗歌作品中,为何男性诗人写给妻子的诗作特别少见,蒋寅先生有深入的讨论。请参考蒋寅《百代之中:中唐的诗歌史意义》(北京:北京大学出版社,2013),第73-84页。笔者要特别提出的是,男性诗人只有在悼念亡故的妻子之时,在情感的表达上才比较细致而丰富。

无法也不敢描写的题材与思想,例如女侠的男性化、血腥的杀戮,还有一些我们在《拍案惊奇》之中可以发现的离经叛道的有趣题材,来叛逆甚至颠覆传统的道德规范。然而有趣的是,有关女侠的描写,不管女侠多么血腥、多么男性化,最后却都转变成儒家思想下典型的温良贤惠的妇女。对笔者而言,这种女侠形象转变——从背离父权传统而变成完全服膺父权道德——似乎是作者的一种企图,企图藉由女侠的转变,来使得原本是边缘而异类的小说回归并成为"正统"文学的一份子。笔者将此情况称之为"对正统的归化"[18]。

然而有趣的是,在二十世纪当小说成为主流文学,而古体诗歌失去其辉煌时代之后,古体诗歌的诗人人数虽然变少了,但是现代的旧体诗人,如陈寅恪、吴宓、钱钟书、俞平伯、顾随、叶嘉莹,对于这个变局似乎仍然不为所动,仍然维持着旧体诗歌的古典传统,仍然与古典诗歌的传统对话,仍然借由古典的语言在现代的时空中创造属于这个时代的古典诗歌传统。然而,已成为现当代主流文学的小说,已经不再如同过去需要借由"向古典文化正确性的归化"来提升其文学上的地位。但是武侠小说如金庸的作品则是例外,虽然是在现代却似乎仍然缅怀着过去的侠客情怀。

结　语

金和诗歌的女侠,不同于之前的诗歌,也与当时小说的女侠形象有所差别,但却在现代甚至当代小说中的女侠身上看到金和女侠的言行身影。清朝是中国诗歌发展的鼎盛时期,更是诗学百家争鸣的时代。诗歌在清朝时期引领着当时文学的发展,也深远影响着文学从古典走向现代的转变。我们从金和的女侠诗歌更进一步了解了诗歌与小说从十九世纪到现代的演变。

---

[18] 有关女侠与其所打乱的以男性为中心的社会秩序的关系,除了笔者以上的见解,也可以参考 Louise P. Edward, "Domesticating the Woman Warrior: Comparisons with Jinghua Yuan", in Louise P. Edward, *Men and Women in Qing China: Gender in the Red Chamber Dream* (Leiden: Brill, 1994), pp.87–112, 尤其是 pp.106–111。

王闿运的诗歌与文学现代性

寇致铭(Jon Eugene von Kowallis)

澳大利亚　新南威尔士大学

从鸦片战争到五四运动,对于这段充满了矛盾和挑战的时期一直存在一个悖论,那就是尽管新学、旧学之间的冲突不胜枚举,但传统文化仍然表现出显著的适应能力和改革的活力:主张保留君主的维新党人梁启超大力推进文体改革,而力主推翻清朝的革命党人章太炎却倡导文学的复古。[①] 我认为,中国古体诗亦能够表达现代意识,较之西方的马修·阿诺德、T.S.艾略特和埃兹拉·庞德等人,中国古体诗如果没有更早那么至少是同时表达出了这种现代意识。

清代中期(道光末、咸丰初,即 1850 年前后),袁枚(字子才,号简斋,随园老人,1716－1798)、赵翼(字云崧,号瓯北,1727－1814)和舒位(字立人,号铁云,1765－1816)等大诗人,就其受欢迎程度与影响力而言,仍主导着诗坛。[②] 他们的诗歌被认为是典型的注重个体、富有创造力、对外界并不关心的作品,是一种主要由作者自娱自乐及上层社会读者消遣促发的诗歌创作。基于此文学背景,在鸦片战争失败后,王闿运(字壬秋,又字壬父,号湘绮,1833－1916)联合来自武冈的两兄弟邓辅纶、邓绎,来自攸县的龙汝霖,以及来自长沙的李寿蓉,于 1851 年组成了兰陵诗社。这几

---

① 参见马积高 1992 年为《湘绮楼诗文集》所作前言(长沙:岳麓书社,2008 年),第 1 册,第 1 页。
② 日本学者仓田贞美在其专著《中国近代诗之研究》中把吴嵩梁(1766－1834)(1843 年出版的《香苏山馆诗集》的作者)放在赵翼和舒位前面,视作王闿运的前辈诗人。但实际上,吴在那时并没有赵翼和舒位那样杰出。参见仓田贞美《中国近代诗之研究》(倉田貞美:《中国近代詩の研究——清末民初を中心とした》,東京:大修館書店,1969 年,第 207 頁)。

位被称为"湘中五子"的诗人,开始致力于复兴近体和古体诗,并将其作为一种严肃的评论载体。在其敌对诗派影响力特别强盛的江西,也有湖口的高心夔、德化的范元亨和奉新的许振祎,"响应兰陵诗社的诗歌主张"③。

王闿运青年时代学习《离骚》,醉心汉、魏、六朝的诗歌,并对之推崇至极。他认为明朝的李梦阳(字天赐,又字献吉,1472 - 1529)和何景明(字仲默,号大复山人,1483 - 1521)发起的复古运动只不过是"优孟",④主张诗歌应该更加彻底地使用古典形式⑤。王闿运也受盛唐诗人如李白(701 - 762)和杜甫(712 - 770)的影响,因此,他的主张不应该被简单视为是对唐诗影响的抵制。

王闿运被视作晚清最保守和最具复古倾向的诗歌派别拟古派中的代表人物,生前藉由其诗人和经学家的身份收获盛名。清道光十二年⑥,他出生在地处中国中南的湖南湘潭,在经过漫长而颇具争议的人生历练后,最终又从北京返回故土,并于民国五年(1916)八十四岁时去世。他的一生几乎亲历晚清所有的大事件,在许多时间点上都与那个时代的历史交织在一起。

王闿运早孤,由亲戚收养,并被视若己出。他读书非常认真。1852 年,年仅二十岁尚在城南书院学习的王闿运考中举人。之后他应山东巡抚之邀,在那里建立了自己的书院,教授经学。尽管他没有通过进士考试,但由城南书院朋友介绍,他得到当时的税务总管肃顺

---

③ 仓田贞美:《中国近代诗之研究》,第 207 页。
④ 王闿运:《忆昔行与胡吉士论诗因及翰林文学丁酉》,《湘绮楼诗文集》,长沙:岳麓书社,1996 年,第 1588 页。
⑤ 王闿运:《论诗:示萧干》,王去世后,其论诗的文章在林语堂所编的《人间世》的《思想》栏上发表过。见《人间世》第 42 期(上海:1935 年 12 月 20 日),第 4 页。
⑥ 《中国大百科全书》之《中国文学卷》(第 2 卷)第 890 页(北京和上海:中国大百科全书出版社,1986 年)、《简明中国文学词典》(南昌:江西人民出版社,1983 年)、《清诗三百首》及《清诗精华录》说王的生年是 1832 年,而罗郁正(Irving Yucheng Lo)和舒尔茨(William Schultz)合编《待麟集》(*Waiting for the Unicorn: Poems and Lyrics of China's Last Dynasty, 1644 - 1911*, Indiana University Press, 1986, p.309)、包华德(Howard L. Boorman)编《中华民国人物传略》(*Biographical Dictionary of Republican China*, Columbia University Press, 1968, vol.3, p.384)认为王闿运生于 1833 年 1 月 19 日;该说法来自王闿运的长子王代公所编《湘绮府君年谱》,1923 年初版,后收入沈云龙主编《近代中国史料丛刊》(台北:台湾文海出版社,1970 年,第一编第 596 号,第 1 页)。

(字玉庭,1815–1861)的赏识,担任肃顺的私人秘书和尚书,但任期不长。

  1860年王闿运返回湖南,途经安徽祁门,可能是由于肃顺的介绍,他拜见了曾国藩(1811–1872)。彼时,曾国藩是民间武装湘军的主帅,这支队伍后来在镇压太平军、捻军和苗民叛乱中发挥了主要作用。此次会面开启了两人间的联系,后来证明在王闿运一生中至关重要,因为他最终承担了撰写《湘军志》的任务,记述了曾国藩军队的作战史。尽管一开始两人相处颇洽,但最终分道扬镳,王闿运撰写的《湘军志》(直到1881年才出版)亦遭到曾国藩的弟弟曾国荃的责难,认为它未能恰当评价曾国藩和左宗棠为朝廷所立下的军功。王闿运的五言组诗《发祁门杂诗二十二首寄曾总督国藩兼呈同行诸君子》作于1862年,就是以这一时期为背景的。其中的一首(第三首)有助于我们了解王闿运对曾国藩采取的军事行动的态度:

   群盗纵横日,长沙子弟兵。但能通大义,不废用书生。
   地尽耕耘力,人惊壁垒精。后来司马法,应见寓农情。⑦

1861年11月,肃顺因为在阻止咸丰帝去世后两宫太后(慈安,孝贞或东太后,1837–1881;慈禧,孝钦或西太后,1835–1908)在共同执政中掌权而被处决。深受传统道德思想影响的王闿运不顾生命安危,编辑了肃顺文集,实现了对其师的责任。该文集于1871年出版,王闿运将文集全部所得都交给肃顺的家属。同年,王闿运在北京西郊海淀附近的圆明园遗址徘徊。这座皇家园林在十一年前(1860年10月)被埃尔金勋爵和格罗斯男爵率领的英法联军抢劫和烧毁。这次游览激发王闿运写出其最著名的代表作《圆明园词》。

  1878年,应前湘军统帅、时任四川总督丁保桢的邀请,王闿运担任成都尊经书院的院长。丁保桢死后,他于1886年返回湖南,先后

---

 ⑦ 陈衍编:《近代诗钞》,上海:商务印书馆,1935年,上册,第349页。

担任长沙思贤经舍、衡州船山书院和南昌江西高等学堂的主讲⑧。后来,他返回湘潭,在家招徒授课。他把自己的居所命名为"湘绮楼"。1908年,经湖南巡抚岑春煊推荐,清廷赐他进士及第,并授翰林院检讨。

"不同于其他许多清代士人",包华德在《中华民国人物传略》中"王闿运"的条目这样写道:"王闿运接受了1912年成立于北京的中华民国政府的政治任命。他参加了袁世凯分别于1912年和1914年召开的著名官员和学者的会议。在第二次会议结束后,他被任命为国史馆长和政府咨议。1914年底,王闿运还参加了袁世凯为翰林学士们举办的奢华聚会。但他不久便厌倦了北京的生活,于是在1914年底返回湘潭,1916年10月他在湘潭离世。"⑨

大约在这段时期,南社诗人柳亚子(1886–1958)写了一首七言绝句讽刺王闿运:

少闻曲笔湘军志⑩,老负虚名太史公。
古色斑斓真意少,吾先无取是王翁。⑪

与此同时,与高旭、柳亚子一起编辑《复报》(约1906)并兼任在日本出版的杂志《鹃声》的记者雷昭性(字铁崖,号蛰节,1910–?),也写了一首寓意相同的五言诗,题为"咏王壬秋":

九秩犹干禄,燕云笑此翁。鹙头残发白,豚尾古绳红。

---

⑧ 根据包华德(Howard L. Boorman)编《中华民国人物传略》中"王闿运"条目(第三册,第384页),1903年王闿运被江西巡抚夏时任命为南昌玉昌书院的讲师。
⑨ 包华德编:《中华民国人物传略》,第三册,第384页。
⑩ "曲笔"指史官因为阿谀或有所畏惧而不能根据史实直书,而王闿运的例子则恰恰相反,因为《湘军志》的写作得罪曾国藩的后代。
⑪ 柳亚子:《论诗绝句》,见《南社诗》第二十集,见《南社丛选》第四册,上海:中国文化服务社,1936年,第597页。

> 已献新皇颂⑫,偏怀旧主忠。剧秦嗟不忍,辜负学扬雄。⑬

尽管这些评价与其他关于王闿运生平的看法不完全矛盾,但它们表达了太多对王闿运的毫不掩饰的片面猜忌(且不说他们毫无顾忌地对"老人"的偏见);其次,这些意见也表现出对一个人和他所处的时代缺乏敏感⑭。举例来说,尽管我们知道王闿运在尊经和恪守儒家教义及反对叛乱的意义上是一个"传统主义者",但他更为看重的是君主对臣民的义务而非臣民对君主的忠诚。在目睹了慈禧太后为除掉肃顺及其他几位咸丰帝为同治帝指定的"顾命大臣"而使出的残酷手段后,王闿运理所当然倾向于对专制君权实行道德上的约束,这与孟子及其他儒家权威是一致的⑮。

一个可以作为佐证的例子就是王闿运在《与曾侍郎言兵事书》中说道:"夫盗贼者,贫民之变计也,洪逆之事,有明征矣。"⑯他还在《圆明园词》中催促清王朝统治者从自我沉溺中振拔出来,致力于巩固经济基础,改善人民生活——这正是一个儒家学者心目中的立国基本原则:

---

⑫ 此典故原指扬雄(字子云,公元前53—公元18),关于他歌颂王莽的事迹,见《汉书》卷八十七(北京:中华书局,1962年版第11册,第3513—3587页),扬雄的《剧秦美新》见昭明太子《文选》卷四十八(上海:上海古籍出版社,1986年版第5册)。很明显这里雷昭性是在暗讽王闿运作为一个堕落的文人为袁世凯服务,但其比喻不免混淆。他是站在新儒家道德家朱熹一边,谴责扬雄做了王莽的大臣吗?如果是这样,那么保守的袁世凯将军可以同激进的改革者王莽相比吗?当然,没有哪个人是赞成背叛和卖国的,但雷昭性究竟站在什么立场上——是赞成清王朝呢,还是拥护民国?

⑬ 雷昭性:《咏王壬秋》,见《南社诗录》第十二集,又见柳亚子编《南社诗集》,上海:中学生书局,1936年版,第6卷第61页。

⑭ 仓田贞美在这些诗句中读出对王闿运诗歌含蓄的批评(《中国近代诗之研究》,第210页)。而在笔者看来,只有柳亚子诗的第三句表达出王闿运诗作古色斑斓但缺少"真义"的意见。但王闿运在他的诗论作品中总是强调"义"的价值。柳亚子的批评似乎并不属实,他自己在诗中也大量使用古色古香的词句(也许模仿在这里是最真诚的吹捧形式),到底谁的诗"真义"少,历史自会在二者之间做出判断。

⑮ 许多儒家经典有这样的论述,例如:"民为贵,社稷次之,君为轻。"(《孟子·离娄下》);"君行仁政,斯民亲其上,死其长也。"(《孟子·梁惠王下》);以及"道得众则得国,失众则失国。"(《大学》第十章)。王闿运不需要背离本国传统就能得出这样的结论。然而与之相反,许多所谓"进步"诗人虽然直接受到西方思想的影响,却明显地持有反民主的倾向。康和梁成为保皇派,黄遵宪似蔑视选举制度,孙中山和他的追随者认为中国人民尚是能力弱的、不开化的和自私的民众,不适于民主制度,而柳亚子本人最终也不免倒向毛泽东。

⑯ 《湘绮楼诗文集》,长沙:岳麓书社,1996年,第57页。

惟应鱼稻资民利,莫教莺柳斗宫花。⑰

当然,与晚清那几位最杰出的诗人不同,王闿运并没有直接参与戊戌变法,因此也不会像陈三立和郑孝胥那样把诗的主题过多地聚焦于对不幸的光绪皇帝表达忠心上。而即便在这些诗人那里,该主题也多被用于塑造出一个为自己代言的人物角色——这一点与屈原很像——通过宣扬对皇帝的忠诚来抗议当权者。在特定的历史时期,"当权者"可以是慈禧太后、袁世凯、军阀等等。这种以一介忠臣化身失权人士的文学手段不一定是简单、落后、反动或者囿于个人私情的表达。

在评价王闿运的时候,还应考虑到他最终返回湖南的时间。当时,袁世凯正在谋划组织筹安会,目的是帮助他登上皇位。如果王闿运留在首都的话,势必要参加这个组织,为其服务。当王闿运接受任命出任国史馆馆长并担任参议院参政时,他把这些荣誉看作是对他的学术和文学成就的承认,而非政治任命(他从来不是而且也从来不寻求成为政治人物)。因此,当袁世凯窃位的野心大白于天下时,王闿运迅速与其脱离关系,在文字中采取了讽刺的态度⑱,这在当时相当危险。

王闿运的学术兴趣主要集中在儒家经典中,对诸如《尚书》、《礼记》、《春秋》公羊、穀梁传都有研究;他对《庄子》作了注释,并编选了卷帙浩繁的古代诗歌集,如从汉到隋的《百代诗选》以及《唐七言诗》等,这些工作显示了他的文学趣味和哲学倾向。他的学术水平非常高,以至于直到现在这些著作仍然被研究者们用以参考。而《湘军志》尽管在有关湘军某些特别战役的叙述准确性上引发过争议,但在文风上仍堪称典范。

与柳亚子及雷昭性对王闿运的贬损形成鲜明对照的是,一位并非次要人物的改革派烈士,谭嗣同(1865–1898)——他本人是一个诗人,后来在戊戌政变中被慈禧太后杀害——这样写道:

---

⑰ 陈衍编:《近代诗钞》,上海:商务印书馆,1935年,上册,第349页。
⑱ 《中国大百科全书》之《中国文学卷》(第2卷),北京、上海:中国大百科全书出版社,1986年,第890页。

迩者瓣姜先生嗣阮、左之响，白香、湘绮时振王、杨之唱。湖山辉耀，文苑有属。若夫高华凝重，赋丽以则，擎孤掌以障奔流，上飞云而遏细响，四杰不作，舍湘绮其谁与归？佳什深厚，雅近景明《明月》，抱此绝艺，庶几湘绮替人，足以雪前者一县之陋，无任钦服！⑲

谭嗣同还写了一首诗，列《论艺绝句》之三，对王闿运和邓辅纶予以非常高的评价：

姜斋微意瓣姜探⑳，王邓翩翩靳共骖。
更有长沙㉑病齐己，一时诗思落湖南。

谭在这首诗后附的注释中说："论诗于国朝，尤为美不胜收，然皆诗人之诗，无更向上一著者。惟王子之诗，能自达所学，近人欧阳、王、邓，庶可抗颜，即寄禅亦当代之秀也。"㉒此后，陈锐称赞王闿运道："今之王湘绮，殆圣之时者欤。"㉓徐世昌对王的学术、文章和诗词方面的成就亦做出如下评价：

自曾文正公提倡文学，海内靡然从风，经学尊乾嘉，诗派法江西，文章宗桐城。壬秋后起，别树一帜。解经则主简括大义，不务繁征博引，文尚建安典午，意在骈散未分。诗拟六代，兼涉初唐，湘蜀之士多宗之，壁垒几为一变。尤长七古，自谓学李东川，其得意抒写，脱去羁勒，时出入于李杜元白之间，似不得以东川为限。㉔

---

⑲ 谭嗣同：《致刘淞芙》，见蔡尚思、方行编《谭嗣同全集（增订本）》（下册），北京：中华书局，1981年，第478–479页。
⑳ 姜斋是王夫之（1619–1692）的号；欧阳瓣姜是谭嗣同的老师。
㉑ 这里指八指头陀（释敬安，字寄禅，原名黄读山，1852–1912），湘潭人。他的著作的一个新版本是《八指头陀诗文集》（长沙：岳麓书社，1984年）。
㉒ 这首诗及附注见《谭嗣同全集（增订本）》（上册），第77页。
㉓ 见《国粹学报》1908年第4卷第12期（第49期）《裒碧斋日记说诗选录》，第5页。"圣之时者"也是孟子称孔子的话。
㉔ 徐世昌：《晚晴簃诗汇》，北京：中国书店，1989年，第4册，卷一五五，第69页。

无论表面上有何分歧,很明显地,王闿运在他那个时代和其后至少一代人中得到了严肃认真的对待。为明了其中原委,我们需要先看他的诗。他的几首广为人知的诗足以让我们看到王闿运如何以古体诗来表现晚清现实。

《晚行湘水作》二首

晚风吹流波,奔影不可寻。连冈无断容,重云发归心。
伫瞻穹窿低,坐觉夜气阴。鸣钲驻客棹,远灯熹欲沉。
喧闻众籁杂,静会江底深。冥情结真契,秋宵信长吟。
微词托尊酒,对影且同斟。

山水但一气,旷望成弥茫。乱蛩答岑寂,四野垂寒光。
天风时横过,涛声送浪浪。秋气本寥亮,助之群动鸣。
夜深转激烈,满舫生孤凉。不敢久伫立,寒露侵我裳。
惊心感节候,拊枕独旁皇。㉕

这两首诗皆平铺直叙而朴素自然,不受曲折隐晦的典故的束缚,就像清末民初黄遵宪、康有为和南社诗人的作品一样。当然,两首诗中有一些内容取法自古代大诗人,比如第二首诗的最后一句,分明是借鉴李白。但晚清诗人的特点不在于他们从古代借用了多少及以什么样的方式借用㉖,而是他们如何用一种有效的方式说话,从感情上、从艺术上,向他们的读者讲述当前的事情。

第一首诗的第一句设定了一个傍晚在江上乘船旅行的场景,然而第二句就已然暗示出强烈的失落感:"奔影不可寻",说明有些东西快速的

㉕ 王闿运:《晚行湘水作》,见陈衍编《近代诗钞》,上海:商务印书馆,1935年,上册,第340页。
㉖ 中国诗人从前辈诗人中学习很多技巧和词汇。这不能理解为剽窃或者缺乏创造力,而勿宁理解为建立高度有价值的文本间性的一种重要的文学手段。见刘大卫(David Palumbo-Liu)《挪用的诗学:黄庭坚的文学理论及其写作》(*The Poetics of Appropriation*),史丹福大学出版社1993年版)。

发生而瞬间的消逝。接后两句"连冈无断容,重云发归心"把这层意思说得更清楚了:作者希望返回他来的地方,就在这里结束旅行返回。夜间的山岭模糊朦胧,几不可辨。接下来的一联"伫瞻穹窿低,坐觉夜气阴",暗示个人在大千世界中的渺小。

随后,我们突然被告知了作者忧虑的原因:"鸣钲驻客桌,远灯熹欲沉。"军事冲突的战火已经蔓延到这个地区。这是太平军呢?抑或是其他的军事力量?读者没有被告知详情,而且也不需要知道。这种混乱局面,原来是局限在"边缘"的沿海地区,现在正袭击帝国的中心地带(湘江流经中国腹地的湖南省),那里是诗人的故乡,作品因此进一步提升了感情的高度。从大背景上说,国家陷入了混乱。而在一个不舍昼夜地流动的江面上,在短暂的寂静中,诗人得以思考那传说中的迷人的湘君㉗。从字面意义上,诗人告诉我们:"静会江底深"。随后由"静"生发到下一联首句中的"冥"。"冥"这里可以解释为"沉默",可以有多种涵义——黑暗、隐晦、深刻、不能言说、不可言说但却大有深意等等——而且还与"地狱"有一定的关联。读者没必要知道这些"沉默的感情"是什么,只要在此基础上形成某种实质的契合就可以了,这很可能是具有讽刺口吻的下一句和全诗最后一联的起因。

第二首诗用同一种格式开始,"山水但一气,旷望成弥茫"二句描绘了一个即使不是令人畏惧,也令人印象深刻的场景。接下来,作者再一次把变化和不安定的因素引入诗中:"天风时横过,涛声送浪浪。"而且就像在第一首诗的几乎同一位置——七、八二句"秋气本寥亮,助之群动鸣"——我们听到了有生命之物的声音,进入一个自然的清明和空洞的境地。随后诗人写出了夜间乘船旅行中受到的威胁——"夜深转激烈,满舫生孤凉"——而他本人对此的反应是:"不敢久伫立,寒露侵我裳。惊心感节候,拊枕独旁皇。"

既然诗人所描写的是当时帝国正陷入的战争和混乱,那么把这艘船

㉗ 讨论湘君及其在早期中国文学中的地位,参看大卫·霍克斯(David Hawkes)《南方之歌:屈原和其他诗人的诗歌集》(*The Songs of the South: an anthology of ancient Chinese poems by Qu Yuan and other poets*,米德尔塞克斯和纽约,企鹅丛书1985年版)。

看作是帝国的比喻㉘,把这次旅行比作成清王朝正在经历的危险的道路㉙,也就不显得疏阔了。正如刘鹗的小说《老残游记》中的主人公那样,诗人在这两首诗中显出一个善良人的愿望,他真诚地祝愿这艘船不受损伤地走完旅程。但和老残不一样,在王闿运的诗中,没有什么轻易的解决办法,也没有科学公式或者神奇的万能药来使中国解脱困境。他开不出新的药方来,只有献出"血、汗和眼泪"。如果把这首诗的作者视为这个群体的代表的话,诗中对知识分子的前景并没有表现出任何的乐观。

出现在该诗最后一句结尾处的"旁皇(彷徨)"一词,六十多年后被鲁迅用作其第二本短篇小说集的题名,并且还出现在其旧体诗中㉚。在分析鲁迅时,学者经常将这个意象与最早的现代知识分子经验到的一种特殊形式的陌生感联系起来。如夏志清所说:"他(鲁迅)更像马修·阿诺德,'在两个世界间徘徊,一个世界已经灭亡,而另一个世界尚无力诞生'。伟大诗人屈原的诗句被鲁迅引用作为《彷徨》的题辞,完全确认了这种情绪的存在。"㉛李欧梵在其《铁屋中的呐喊》中也强调了这一点:

> 这样一来,原来是要表现历史现实的东西,却变成了一种诗意的沉思。如果从积极意义上来解说,诗人可能在"探索"一个新的文化目标,但诗中的失望情绪实际上却让人感觉到一种"彷徨"的生存状

㉘ 晚清小说家刘鹗(字铁云,又字云抟,笔名鸿都百炼生,1857-1909)著的《老残游记》的第一回讨论到。济南:齐鲁书社,1981年,第1-12页。英译文见哈罗德·沙迪克《老残游记》,伊萨卡:康奈尔大学出版社(Harold Shadick, trans. *The Travel of Lao Ts'an*, Ithaca: Cornell University Press),1952年,第6-11页。

㉙ 杜甫的诗,有一句"我能泛中流",仇兆鳌说这是泛流触险,在河中,是危险的,见仇兆鳌《杜诗详注》(共五册),北京:中华书局,1979年,第4册,第1865页。

㉚ 见鲁迅旧体诗《题〈彷徨〉》(1933年3月2日),类似的用法有"独彷徨"(见《鲁迅全集》,北京:人民文学出版社,1981年,第7卷,第150页)。亦可参考拙作《诗人鲁迅》(Jon Eugene von Kowallis, *The Lyrical Lu Xun: A Study of His Classical-style Verse*, Honolulu: University of Hawaii Press, 1996, pp.256-259)。

㉛ 夏志清(C.T. Hsia):《中国现代文学史》(*A History of Modern Chinese Fiction*, New Haven: Yale University Press, 1971, pp.41-42)。这里涉及的屈原的诗句出自《离骚》,原文为:"朝发轫于苍梧兮,夕余至乎县圃。欲少留此灵琐兮,日忽忽其将暮。吾令羲和弭节兮,望崦嵫而勿迫。路曼曼其修远兮,吾将上下而求索。"(参见陈子展《楚辞直解》,南京:江苏古籍出版社,1988年,第58页)。

态:诗人身陷新与旧、传统与现代之间的"无人之地",苦苦寻找意义而不得。鲁迅在著名的《呐喊·自序》中曾把自己比作一个服从"五四"运动主将"将令"的小卒,但当他把这个自我贬低的政治姿态重新改造成诗的意象时,就扩大为带有"哲学"意味的隐喻了:这个小卒被留下来孤独地在"无物之阵"中奋战,同生命的虚无做斗争。这同他写这首诗时的压抑情绪显然是一致的。㉜

将"彷徨"完全解释为一种现代疏离意识是否适用于描述晚清的知识分子尚有争论。在这里我只是想提出,所谓现代为第三世界带来曙光的同时亦带来许多现代性的困境或曰"存在危机(existential crisis)"(如果我们一定要用这个词汇的话),在直面"恐惧"(the terror)的过程中,包括第一代在内的非西方(尽管重视传统的)知识分子成为像爱默生说的,真正的"现代人"。㉝

王闿运在他的《论作诗法答萧玉衡》中,解释了他选择古体形式的部分原因,他写道:

不失古格而生新意,其魏、邓乎!……典型不远,又何加焉。㉞

很明显,他的选择不仅是美学上的,而且是由其对本乡本土的文学传统认同所决定的。魏指魏源(字默深,又号寒士,1794–1857),不但是一位优秀的古典学者和历史学家,而且还是一位经济和政治事务专家,中国第一部介绍西方国家的著作《海国图志》的编纂者——该书后来被翻译成日文。邓指邓辅纶(1828–1893),是兰陵诗社的主要成员,著有《白香

㉜ 李欧梵(Leo Ou-fan Lee)《铁屋中的呐喊——鲁迅研究》(*Voices from the Iron House: a study of Lu Xun*, Bloomington: Indiana University Press, 1987, p.43)。

㉝ 拉尔夫.W.爱默生(Ralph Waldo Emerson)在《生活规范》(*The Conduct of Life*, 1860)之《命运》(*Fate*)文中曾说:"伟大的人物,伟大的民族国家,自来不是虚夸的人和小丑,而是人生的恐惧的认知者,并且让他们自己去面对这恐惧。"(Ralph Waldo Emerson, *Selected Essays*, New York: Penguin Books, 1982, p.362)

㉞ 在他去世后由上海的《人间世》杂志发表,见第 42 期(1935 年 12 月 20 日)第 5 页。

亭诗集》共三卷,[35]他的诗歌既受了唐代诗人杜甫的影响,也受到晋代和宋代诗歌的影响。

明末清初的王夫之(字尔农,号薑斋,1619－1692),是杰出的文学批评家和历史学家,像王闿运一样,在《庄子》研究上有着重要的贡献,也是他那个时代的编年史家。在其论诗著作中,王夫之强调"情景融合"以及"以意(诗人的想法或思想)为主"。不同于王夫之,王闿运认为强调"意"而忽视"辞"是不恰当的[36]。仓田贞美把这一点看作王闿运倾向于"形式主义"的证据。[37] 但这又是一个事后诸葛亮式的论断。当然,在诗歌中,书写语言的美学效果应该被赋予应有的地位;否则,其所作就不是诗,至少不是严格意义上的诗,如王闿运和他的大多数同时代人所定义的那样的诗。但对王闿运来说,他的主要关注点,是仍然像魏源、邓辅纶那样"不失古格而出新意"。

我已经引述了王闿运的《发祁门》二十二首的第三首,诗中有他对曾国藩的军事成就的思考。但诗歌所描绘的他内心的混乱,及这些诗同当时中国所处困境之间的关系使它们显得更有价值。让我们看看这组诗的第一首——请记住,这组诗写于1862年。

> 已作三年客,愁登万里台[38]。异乡惊落叶,斜日过空槐。
> 雾湿旌旗敛,烟昏鼓吹开[39]。独惭携短剑,真为看山来。[40]

---

[35] 邓辅纶的著作还被徐世昌收在《晚晴簃诗汇》和陈衍的《近代诗钞》中。关于后者,这里所用的是1935年的三卷本。更早的(1923年)线装二十四卷本引用时将予以说明。

[36] 《论诗示萧幹》,《人间世》第42期,第4－5页。

[37] 仓田著作,第209页。

[38] 陈衍认为这首诗的前两句借调于杜甫的《登高》诗:"万里悲秋常作客,百年多病独登台。"见《石遗室诗话》卷十七。原诗见仇兆鳌《杜诗详注》第4册,第1766页。钱学增也持此说,但也试图将王闿运诗中的意象描绘成传统的"思乡",见《清诗三百首》(长沙:岳麓书社,1985年)第251页。我不同意钱学增的结论。

[39] 钱学增对这首诗的注释(《清诗三百首》,第251页)认为这两句指的是1860年那场特殊的战役,当时李世贤率领的太平军(这里用"雾"来指代)在祁门包围了曾国藩的军队。后来,得知清军已经来驰援,李世贤撤军了。

[40] 陈衍编《近代诗钞》(上海:商务印书馆,1935年)上册,第349页。

这首诗也是王闿运诗作被选入《清诗三百首》(第 251 页)的其中一首。钱学增的注释认为最后一句表明王闿运原意是要在曾国藩的军队中谋职立功从而扬名,但因为他的这种意图没有得到曾国藩认可,因此他的祁门之行就成为一次单纯的旅游。这是一种肤浅的解读。我们知道,王闿运同曾国藩的确有一些不和,但他将这些不和直接写入寄给曾国藩的诗中,并寄希望曾国藩有一天能看到,这一点有待商榷。狄葆贤(又名狄平子,1873 年生)说这首诗是他"最喜爱的两首诗"之一[41],而陈衍则称这首诗展示了"超绝"的艺术技巧[42]。这说明,它蕴含着比一个烦恼的求职者的抱怨更多的隐喻意味。

这组诗第一首的最后一句当然含有讽刺意味,但我更倾向于认为,这句诗可以有更深远的含义,而不仅仅是王闿运本人在受到挫折后的哀伤叹息。放在当时的环境中看,这首诗的结尾透露出士绅阶层因没有能力采取实际的、有意义的行动来改善国家的处境而产生的烦恼。让我们看看这组诗中的另一首,第十首:

  恸哭勤王诏,其如社稷何?[43] 至今忧国少,真悔养官多。
  四海空传檄,[44]书生岂荷戈?萧萧易水上[45],立马望山河。[46]

很明显这首诗不仅可以解读为关乎王闿运个人的命运,而且与民族国家有关,指明士绅阶层无力帮助国家摆脱困境。另一首,第十五首,也有相同的含义:

---

 [41] 原话:"余最爱其祁门二首。"狄葆贤《平等阁诗话》,上海:有正书局,1910 年,第 1 卷,第 34 页正。
 [42] "有《祁门》五言律二十二首之一,最工。"《石遗室诗话》,上海:商务印书馆,1929 年,卷十七第十页反。
 [43] 社稷可以用来比喻国与社会。
 [44] 四海之内在这里指中国。
 [45] 易水(河名)有中易、北易、南易之分,其源皆出河北省易县。
 [46] 陈衍编《近代诗钞》(上海:商务印书馆,1935 年)上册,第 350 页。

寂寂重阳菊㊼，飘飘异国蓬㊽。孤吟人事外，残梦水声中。
书卷千年在，亲知四海空。莫嫌村酒浊，醒醉与君同。㊾

这些写于秋天的沉思诗句，透露出对人事努力却徒劳的哀伤。其中的哲理意味，似乎既表现了诗人本人的沉思默想状态，又是就生存的大问题与一个朋友（和读者？）的对话。结尾是对友谊的肯定，将其看作一种真实的和有持久价值的东西。但要注意第五和第六句展现出来的效果：书卷千年在，亲知四海空。从某个层面上说，这里的含义完全可以被解释为中国传统文化和文学中存在的危机：文学被迫面对一种全新的、和以往迥然不同的现实。如果这一点在第十五首本身难以看到的话，那么在接下来的两首（第十八和第二十首）中就看得更清晰一些：

乱后山仍在，舟行客自如。推蓬惊宿鸟，烧桂煮溪鱼。
人语岚光外，渔灯暮色余。军书三日断，已似武陵居。㊿

平波千顷(51)秋，吟望水天浮(52)。隔浦帆如马，扁舟夜傍鸥。
昏昏云拍岸，惨惨雾蒸流。独羡随阳雁，年年万里游。(53)

在第十八首中，第一句即明确地将帝国的生存问题提出来，“乱后山仍在”，每一个真正的中国读者，都能从这句诗中听到杜甫的名句“国破山河在”的回响(54)。旅人、和平，只不过是冲突间隙的沉寂而已，然而，即便

㊼　九为阳数，故俗称旧历九月九日为重阳节。民俗于此日相率登高避邪，故又称登高节。秋天已到，人们有时会在此时此刻回忆反省过去的生活。

㊽　蓬比喻无根的飞来飞去，或散乱的感觉；也跟篷同音，可比喻船帆。

㊾　陈衍编《近代诗钞》（上海：商务印书馆，1935 年）上册，第 350 页。最后一句有讽刺意义。

㊿　陈衍编《近代诗钞》（上海：商务印书馆，1935 年）上册，第 350 页。武陵是一个虚构的地名，是陶渊明（362－427）的《桃花源记》中描绘的隐居地。

(51)　一顷为一百亩。

(52)　水天浮：水一直涨到天上，形容水涨得非常高。

(53)　陈衍编《近代诗钞》（上海：商务印书馆，1935 年）上册，第 350 页。

(54)　见《春望》，仇兆鳌《杜诗详注》，北京：中华书局，1979 年，第 1 册，第 320 页。

是这短暂的沉寂也被前行途中出现在周围的鸟的惊叫所威胁（第二句）。桂被焚烧，很难说是一个吉祥的征兆：在《楚辞》中，椒和桂指代高尚有德之人。(55) 也许，这是在表明，从人的角度而言，损失已经太大了。接下来的一联是：

人语岚光外，渔灯暮色余。

诗句描绘了略显怪异且短暂的美景，(56)随后，突然，我们被诗人虚构的逃离战争的消息惊醒：

军书三日断，已似武陵居。

诗人使读者不禁质疑短暂的和平的虚幻性。旅行者的船下一站要停泊在哪里？它的最终目的地在哪儿？如果我们可以把船比作一个国家，那么就可以问：中国的前途会怎么样？

第二十首诗一开始呈现一种虚假的平静，但诗人的犹疑情绪在最后两联中浮现出来：

昏昏云拍岸，惨惨雾蒸流。独羡随阳雁，年年万里游。

云的黑暗（用重叠词“昏昏”来表示）及惨雾（惨惨）之类自然现象，不会是什么好的征兆。此外，惟有雁这一动物王国的成员，因为在飞行中享受的非凡的自由而成为人们羡慕的对象。一般而言，在中国传统诗歌中，野雁

---

(55) 见《楚辞·九章》第九《悲回风》，第 21－24 行。参见陈子展《楚辞直解》，南京：江苏古籍出版社，1988 年，第 234 页。英译文见大卫·霍克（David Hawkes）《南方之歌：屈原和其他诗人的诗歌集》*The Songs of the South: an anthology of ancient Chinese poems by Qu Yuan and other poets*，米德尔塞克斯和纽约，企鹅丛书 1985 年版；另见鲁迅作于 1931 年的“送 O. E. 君携兰归国”一诗，《诗人鲁迅》，火奴鲁鲁：夏威夷大学出版社，1996 年，第 142－146 页。

(56) 岚光指的是太阳的光通过山雾的反射，经常出现在诗中，但在罗隐的《巫山高诗》中，用意是预示危险和描写愤怒：“岚光双双雷隐隐，愁为衣裳恨为鬓。”见《中文大词典》，台北：中华学术苑 1976 年版，第 3 卷，第 4433 页。

被当作相距遥远的人们传送信件的使者。在这样一个比喻中，它们差不多可以说是人类的奴仆。但这里它们被转化成一种其活动自由被人类所艳羡的对象，这就造成一种现代性的侵入，或者至少可以说，是现代情景渗入到古典诗歌中。王闿运在这二者之间进行的微妙的处理，使他的诗在他的时代和其后一段时间里获得了卓越的地位。(57) 钱基博写道：

> 诗才尤牢罩一世，各体皆高绝。而七言近体则早岁尤擅场者。……雅健雄深，颇似陈卧子，有明七子之声调而去其庸肤，此其所以不可及也。……而七言古最著者，莫如所作《圆明园词》一篇，韵律调新，风情宛然，乃敩唐元稹之《连昌宫词》，不为高古，于《湘绮集》为变格，然要其归引之于节俭，而以监戒规讽终其篇，亦仿元稹《连昌宫词》之体也。(58)

事实上，吴宓更为推崇《圆明园词》，他说："近世诗人能以新材料入旧格律者，当推黄公度，昔者梁任公已言之。梁任公所作，如《游台湾》、《吊安重根》、《书欧战史论后》、《诸长古》以及康南海之《欧洲纪游诗》均能为此者。国内名贤遗老所作，关于掌故及述乱纪事之诗，佳者尤夥。王湘绮以摹拟精工见长，樊樊山诗多咏酒色优伶，吾甚所不取。然如王之《圆明园词》、樊之前后《彩云曲》，均极有关系之作。"(59)

无疑，《圆明园词》是王闿运最知名的代表作。该诗作于同治十年夏

---

(57) 请比较杜甫的诗《同诸公登慈恩寺塔》，其中有"君看随阳雁，各有稻粱谋"。完全可以把这里的意象解释为相同的情绪，诗人站在那里看着雁飞去，而自己却不能回家。确实，王闿运心里会有这两句诗。见仇兆鳌《杜诗详注》第1卷，第103－107页。但冯·扎赫却对杜诗做了德文直译式的解读：Sehet dort wilden Gaense, die der Sonne (d.i. dem Kaiser) folgen, alle denken nur an ihr Futter.（看啊！那边跟随太阳[象征皇帝]的雁，每一支只会想到食物[禄]。）参见艾文·冯·扎赫 Erwin von Zach《杜甫的诗》*Tu Fus Gedichte*，剑桥：哈佛大学出版社，1952年，第1卷，第28页。

(58) 钱基博：《现代中国文学史》，长沙：岳麓书社，1986年，第49－50页（1936年上海世界书局版，第43－44页）。

(59) 吴宓：《论今日文学创造之正法》，见《吴宓诗集》，上海：中华书局，1935年，末卷，第75页。

(1871)⁶⁰。是年某日,王闿运在北京西郊海淀附近的圆明园废墟上徘徊。如前所述,圆明园在 11 年前(1860 年 10 月)被埃尔金勋爵(Lord Elgin)和格罗斯男爵(Baron Gros)共同指挥的英法联军抢劫烧毁。从不同角度看,《圆明园词》都可视作当时的诗人通过古典诗歌的形式与他们的目标读者进行交流的典范。这是一首七言古诗:

《圆明园词》

宜春苑中萤火飞,建章长乐柳十围。离宫从来奉游豫,皇居那复在郊圻?

旧池澄绿流燕蓟,洗马高梁游牧地。北藩本镇故元都,西山自拥兴王气。

九衢尘起暗连天,辰极星移北斗边。沟洫填淤成斥卤,宫廷映带觑泉原。

漟泓稍见丹棱沜,陂陀先起畅春园。畅春风光秀南苑,霓旌凤盖长游宴。

地灵不惜壅山湖,天题更创圆明殿。圆明始赐在潜龙,因回邸第作郊宫。

十八篱门随曲涧,七楹正殿倚乔松。轩堂四十皆依水,山石参差尽亚风。

甘泉避暑因留跸,长杨扈从且弢弓。纯皇缵业当全盛,江海无波待游幸。

行所留连赏四园,画师写放开双境。谁道江南风景佳,移天缩地在君怀。

当时只拟成灵囿,小费何曾数露台。殷勤毋佚箴骄忲,岂意元皇失恭俭。

秋狝俄闻罢木兰,妖氛暗已传离坎。吏治陵迟民困痡,长鲸跋浪

---

⁶⁰ 见《湘绮楼日记》第三册,同治十年四月十、十一日,六月十三日。(上海:商务印书馆,1927 年,第 24、40 页)

海波枯。

　　始惊计吏忧财赋,欲卖行官助转输。沉吟五十年前事,厝火薪边然已至。

　　揭竿敢欲犯阿房,探丸早见诛文吏。此时先帝见忧危,诏选三臣出视师。

　　宣室无人侍前席,郊坛有恨哭遗黎。年年辇路看春草,处处伤心对花鸟。

　　玉女投壶强笑歌,金杯掷酒连昏晓。四时景物爱郊居,玄冬入内望春初。

　　袅袅四春随凤辇,沉沉五夜递铜鱼。内装颇学崔家髻,讽谏频除姜后珥。

　　玉路旋悲车毂鸣,金銮莫问残灯事。鼎湖弓剑恨空还,郊垒风烟一炬间。

　　玉泉悲咽昆明塞,惟有铜犀守荆棘。青芝岫里狐夜啼,绣漪桥下鱼空泣。

　　何人老监福园门,曾缀朝班奉至尊。昔日喧阗厌朝贵,于今寂寞喜游人。

　　游人朝贵殊喧寂,偶来无复金闺客。贤良门闭有残砖,光明殿毁寻颓壁。

　　文宗新构清辉堂,为近前湖纳晓光。妖梦林神辞二品,佛城舍卫散诸方。

　　湖中蒲稗依依长,阶前蒿艾萧萧响。枯树重抽盗作薪,游鳞暂跃惊逢网。

　　别有开云镂月台,太平三圣昔同来。宁知乱竹侵苔落,不见春风泣露开。

　　平湖西去轩亭在,题壁银钩连倒薤。金梯步步度莲花,绿窗处处留嬴黛。

　　当时仓卒动铃驼,守宫上直余嫔娥。芦笳短吹随秋月,豆粥长饥望热河。

上东门开胡雏过,正有王公班道左。敌兵未爇雍门荻,牧童已见骊山火。

　　应怜蓬岛一孤臣,欲持高洁比灵均。丞相避兵生取节,徒人拒寇死当门。

　　即今福海冤如海,谁信神州尚有神。百年成毁何匆促,四海荒残如在目。

　　丹城紫禁犹可归,岂闻江燕巢林木?废宇倾基君好看,艰危始识中兴难。

　　已惩御史言修复,休遣中官织锦纮。锦纮枉竭江南赋,鸳文龙爪新还故。

　　总饶结彩大宫门,何如旧日西湖路?西湖地薄比邨瑕,武清暂住已倾家。

　　惟应鱼稻资民利,莫教莺柳斗宫花。词臣讵解论都赋,挽辂难移幸雒车。

　　相如徒有上林颂,不遇良时空自嗟。

在这首诗的头两句中,王闿运描绘了圆明园当时的地形(即1871年前后,是一片废墟)。他用的是一种间接的方式,只说萤火的出现(作为对皇帝及其随从的反衬),并且暗示柳树在那场大火之后又有了十年的生长期(用其增加了十围来表现)。第3—34句叙述圆明园的自然风光和历史,特别是它同北方少数民族政权的关系,又特别强调了几位清代帝王以及宫殿建筑的豪华奢侈,风格不同的奢华宫殿和花园正是在这几位皇帝命令下修建的。

　　诗歌在第35—36句快速转换场景,预示着灾难即将降临。第37—38句清楚地标志了王朝命运的变化,在第40句"长鲸跋浪海波枯",我们见到了西方的船舰开到了中国沿海。这里也表现出王闿运作为儒家学者的一种典型思路,即让读者在官员腐败、民心丧失和随后出现的政权的崩溃之间找到某种联系。不过在第35句中也透露出一种嘲弄的口吻,清楚地指向后来的嘉庆皇帝。

诗的其余部分,以超过一半的篇幅,描绘王朝的衰落命运和外国军队对圆明园的抢劫。诗人在注释第 100 句时,把园子的焚毁归咎于清国同谋者。我们暂时把这个说法的历史准确性放在一边,它表明诗人有意识地探索比表面原因更深层的原因。王闿运作为一个诗人和学者,此时站出来,致力于以传统文化为武器,应对新形势。从纯文学角度讲,这正是晚清高雅文学呈现出的悲剧美的本质:

敌兵未爇雍门荻,牧童已见骊山火。

在第 101－106 句,普通人和下层官员的忠诚同上层统治者的诡诈和怯懦形成了对照。尽管是用一系列历史典故来描绘的,但考虑到诗的写作日期距事件发生时间很近,这仍然堪称十分强烈的语言。在非常富有感情的一句诗(第 102 句)中,作者把文锋的死同屈原的死做了类比,而在第 105 句中,辛辣的讽刺也表露得相当明显。典故对有历史知识修养的士绅阶层读者而言加强了感情的力度,而王闿运的诗正是写给这些读者的。对这个读者群来说,这些典故既不隐晦难懂,又不会成为诗句自然行进的障碍。事实上,它们在文本中加进了深度与和谐,而这在更直接的叙述中是难以体现的。

第 113－118 句讲了帝国国库的空虚,第 117－120 句,强调了繁荣王朝的衰落。前面已经提到,第 121－122 句开出了集中加强经济基础——人民的生活——的有效的药方,作为当权者必须采用以使国家走上正道的办法,但结尾的几句(第 123－126 行)又对在这样的时代能否生出这样的希望表示了怀疑。

胡适在作于 1929 年的《五十年来的中国之文学》中,试图对王闿运的作品做一个总结性的批评,他写道:

王闿运为一代诗人,生当这个时代,他的《湘绮楼诗集》卷一至卷六正当太平天国大乱的时代(1849－1864);我们从头读到尾,只看见无数《拟鲍明远》、《拟傅玄》、《拟王元长》、《拟曹子建》……一类的假骨董;偶然发现一两首"岁月犹多难,干戈罢远游"一类不痛不痒的诗;但竟寻不出一些真正可以纪念这个惨痛时代的诗。这是什么缘故呢?我想这都是因为这些诗人大都是只会做模仿诗的,他们住的世界还是鲍明远、曹子建的世界,并不是洪秀全、杨秀清的世界;况且鲍明远、曹子建的诗体,若不经一番大解放,决不能用来描写洪秀全、杨秀清时代的惨劫。[61]

在我看来,这种评价正是许多民国时代的文学批评家和历史学家因缺少客观态度而导致的典型观点,他们轻易地抹杀了前一代人的古体诗。首先,这些文学史家武断地认定所有文学应该成为所处时代的"真实的证明",否则作为一种艺术形式就是没有用处的,这是过分的决定论的态度。借由文学创作,现实(或曰被观察到或者被想象出来的现实)发生变形,而这些变形的种类和形状是不能指定或者预先设定的。指定这些变形就会否定作者(这里是诗人)运用自己的能力去选择艺术表现的模式,最终导致产生缺少艺术性的作品。如果王闿运和其他人觉得用这种风格来写作有艺术性,而他们的目标读者会作出预期反应的话,那么,无论在什么时代,这种艺术形式都没有错。其次,胡适把二十世纪的历史观点强加在一个十九世纪的诗人的文本之上。考虑到他们的儒家道德教育背景和阶级属性,王闿运和邓辅纶反对太平天国起义的态度也是可以理解的——并且是有道理的。不能期望他们预先知道这么一个结果——有朝一日中国历史学家会为太平天国起义辩护,以二十世纪的民族主义的解读方式诅咒"满族"统治者和他们的汉族"同谋"。最后,胡适的论点,如果从文学角度看,纯粹是一个"形式决定内容"的论点。这与他那著名的关于中国文学应该如何不应该如何的主张并不相一致。[62]

仓田贞美总结了有关王闿运在中国诗歌史上地位的争论,并表明了

---

[61] 胡适:《五十年来中国之文学》,见《胡适作品集》(第八册),台北:远流出版公司,1986年,第73页。
[62] 第一条就是"须言之有物",胡适定义"物"为"情感"和"思想"。见胡适1917年的文章《文学改良刍议》,见《胡适作品集》(第三册),台北:远流出版公司,1986年,第5-6页。

自己的观点道:

> 因为谭嗣同和陈锐与王闿运关系亲近——他们是同乡,并在他那里学习——自然会给予王很高的评价,拒绝在其作品中挑刺。钱基博的评价也有过誉失当之嫌。在我看来,很难同意吴宓将《圆明园词》作为所谓新派典范作品的说法。不过,像胡适那样把他的作品视为简单"模仿的古董"也是不适当的,尽管王闿运对汉、魏六朝的诗歌做过深入的研究,并且显示了明显的模仿倾向。最起码,人们不得不承认,他有丰富的诗歌才能,他的诗歌是"精工"的。而且,也不能忽视他在诗歌史上,在同光时代举起了一面独立的旗帜,强调必须向汉魏六朝和盛唐诗人学习,作为一个"大名鼎鼎的诗人"(胡适本人在《五十年来中国之文学》中就是这么称呼他的)产生了巨大的影响,而那个时代正是曾国藩号召学习江西诗派,而且是宋诗占主导地位的时候。[63]

就其本身而言,这是一个客观的评价,但它没有考虑到王闿运的作品对当时读者的吸引力以及彼时读者缘何会对"精工"的诗歌产生需求。基于此,我认为,仓田把王闿运视为形式主义者并不准确。[64] 但正如仓田后来证明的(第220-235页),那时代的很多杰出的诗人,特别是湖南和四川的诗人(王闿运在成都的尊经书院任教七年)的作品中都显现出了王闿运的影响。他在湖南的弟子有著名的"八指头陀"(释敬安,字寄禅,1852-1912)、曾广钧(字重伯,号瓞庵,又号旧民,1866-1929)、陈锐(原名盛松,字伯弢,逝于1922年)、李希圣(字亦园,号卧公,1864-1905),还有著名画家齐白石(1861-1957)。[65] 在四川,有廖平、杨锐(字叔峤,又字

---

[63] 仓田贞美:《中国近代诗之研究》,第211-212页。
[64] 仓田贞美:《中国近代诗之研究》,第209页。
[65] 曾广钧系曾国藩的孙子,1889年中进士,也是一位诗人,其作品曾发表在《学衡》(第32、35、36号),也出版过一些单行本诗集;英勇就义的反清女革命志士、著名诗人秋瑾(1875-1907)就是曾广钧的学生。陈锐的部分诗收入陈衍编《近代诗钞》,也曾单独出版过五卷本的《褒碧斋古近体诗》。李希圣,1892年进士,以悼念光绪皇帝的诗《亡帝》闻名于世,诗中用了蜀王杜宇的悲剧命运的典故,传说中,杜宇的灵魂化为一只夜莺,鸣叫出血。他还写诗悼念过那倒霉的皇帝的最忠诚的随从珍妃,题曰"湘君"。

钝叔，1857–1898)、宋育仁(字芸子，号鸥夷逸客，1858–1932)，此外吴虞(字又陵，号爱智，又号黎明老人，1874–1949)也被认为是王闿运的弟子。

晚清其他一些重要文学家实际上采用了与王闿运所倡导的相同的古体风格。尽管这看上去似乎是他们通过自己对古典遗产的融会贯通做出的独立选择，但不能不说熟悉王闿运及其作品是导致这种有意识选择的一个重要因素。这些人主要有章炳麟(号太炎，1869–1936)、刘师培(字申叔，号左盦，1884–1919)和南社成员黄节(字晦闻，1874–1935)。鲁迅在日本时期(1906)曾是章太炎的学生，早期的文风也近似魏晋南北朝文章的风格，尽管他的诗被认为有晚唐大诗人李商隐(字义山，号玉溪生，813–858)[66]和李贺(字昌吉，790–816)[67]的风韵。

章炳麟、刘师培和黄节都是带着特别的政治考虑处理文体的问题，亦即"排满"和"净化"中国文化，如回归到更加古老因此也就更加纯粹的汉文化。在章炳麟那里，形成了一种肯定杜甫之前的中国古代诗歌，而排斥晚唐和宋代诗风的倾向。鲁迅曾经在文章中记录了他在世纪之交作为一个年轻的中国留学生对章炳麟文风的反应[68]，展现了对此文体背景下读者和文本之间交互作用的敏锐洞察力：

> 我以为先生的业绩，留在革命史上的，实在比在学术史上还要大。回忆三十余年之前，木板的《訄书》已经出版了，我读不断，当然

---

[66] 这种说法最先由林庚白(1897–1941)提出，但鲁迅并不同意。参见鲁迅1934年12月20日给杨霁云的信(《鲁迅全集》第12卷，北京：人民文学出版社，1981年，第612页)。李商隐被很多人认作象征主义诗人，甚至被已故的刘若愚先生称之为"巴罗克(baroque)"诗人。他指出："李商隐的诗显示了一些特点——是冲突而不是宁静，感觉和精神之间的紧张，追求奇特甚至怪异，竭力要达到更高的效果，尚雕饰的倾向——假如他是一个西方诗人的话，是很可能被称为巴罗克诗人的。"见刘若愚《李商隐的诗》(*The Poetry of Li Shangyin*, Chicago: University of Chicago Press, 1969, pp.253–255)。关于章炳麟，在人们印象中鲁迅现存的旧体诗大多数是在他同章炳麟结识之前不久或结识之后很久才写作的，因此就减少了直接受章炳麟影响的机会，这一点在鲁迅的诗歌中表现得相当明显。

[67] 见李欧梵《铁屋中的呐喊——鲁迅研究》，第42页。李欧梵强调的是鲁迅和李贺都从《楚辞》中借用鬼魂和还阳的意象。

[68] 《鲁迅全集》(第6卷)，北京：人民文学出版社，1981年，第545–546页。鲁迅的《关于太炎先生二三事》作于1936年10月9日，为纪念这位刚刚去世的老师章炳麟。鲁迅本人也在写作该文十天后去世。

也看不懂，恐怕那时的青年，这样的多得很。我的知道中国有太炎先生，并非因为他的经学和小学，是为了他驳斥康有为和作邹容的《革命军》序，竟被监禁于上海的西牢。那时留学日本的浙籍学生，正办杂志《浙江潮》，其中即载有先生狱中所作诗，却并不难懂。这使我感动，也至今并没有忘记，现在抄两首在下面：

《狱中赠邹容》(69)

邹容吾小弟(70)，被发下瀛洲。快剪刀除辫，干牛肉作糇。

英雄一入狱，天地亦悲秋。临命须掺手，乾坤只两头。

《狱中闻沈禹希见杀》

不见沈生(71)久，江湖知隐沦。萧萧悲壮士，今在易京门。(72)

魑魅羞争焰，文章总断魂。中阴当待我，南北几新坟。(73)

这些诗中的古语汇在传达牢狱和死亡的阴森可怕的意象时特别有力。报应和复仇潜藏在他们的语言中，在诗的语境中，呼唤以革命手段为烈士报仇的意向清晰可见。也就是说，古体诗能够成功地服务于革命事业。王闿运和兰陵诗社想用这种诗歌形式——而不是他们的上一辈人所倡导的被人们一贯看好的唐代诗风——更加严肃地介入现实。他们这种艺术直觉不仅被他们自己的作品所证明，而且被从事一项新的事业的诗人的作品所证明，尽管这项最终导致辛亥革命爆发和清王朝覆灭的新事业他们本人并不愿投入其中。

---

(69)　邹容（字蔚丹，1885－1905），反清著作《革命军》的作者，著作发表后于1903年7月在上海被英国租界当局逮捕，被判入狱两年。1905年4月在狱中病逝。章炳麟做这首诗时，以为他和邹容都会被判处死刑。

(70)　以兄弟相称以表亲切，实际上，章比邹大16岁。

(71)　参考比较杜甫致李白诗："不见李生久，佯狂真可哀。"见仇兆鳌《杜诗详注》卷十，第858页。李白遇到的危险当然真真切切，不过李白不及沈荩的命运更有悲剧性。

(72)　易京是古代幽州（今河北）的一个城市，东汉诸侯公孙瓒的领地，在这里当是对清朝的首都北京的蔑称。

(73)　《鲁迅全集》（第6卷），北京：人民文学出版社，1981年，第545－546页。

当我们要在英美诗歌中寻找最初的现代意识时,通常会定焦于马修·阿诺德1867年所作的《多佛海滩》(*Dover Beach*,诗中著名的诗句如"无知的军队在夜色中交战"等)。而看了前文所提到的所有王闿运的诗歌,从最早的1862年的作品到1871年的《圆明园词》,这些诗作可以说与马修·阿诺德的诗是相通的,甚至早于艾略特的《荒原》,它们表达出相同的认知,即世界正以一种复杂的方式改变着,过去的信仰体系不再有效。如果我们将在西方发现现代性或是现代意识的方式用于中国,我们不难发现即使在中国现代性没有更早发生,也至少是与西方同步的。之所以会是这样,可能是因为在第三世界国家,工业革命和更为迅速扩张的帝国权力之间的冲突及其造成的毁灭性后果表现得更为突出,而这些首先被中国诗人注意到并予以表达,他们对周遭环境以及人间社会从来都不乏敏感。

从另一方面来看,王闿运及其诗歌群体拟古派在当时主要的诗歌流派中也是独特的,他们从来没有在某个主要的政治保护人的羽翼下求生存。尽管王闿运曾入曾国藩幕,但他和曾国藩在诗歌上的趋向明显不同。同为湖南人的曾国藩,在散文方面服膺桐城派,在诗歌方面是"宋诗派"的支持者。同样,张之洞是樊增祥和易顺鼎及其他一些被称为中晚唐诗派诗人的保护者。尽管晚清宋诗派被认为以"同光体"取得至高地位,但新古典派却并没有彻底消失。早期将西方诗歌翻译为古体诗的翻译家,如苏曼殊[74]和马君武[75]就主要使用古体诗的形式,二十世纪二十年代和三十年代活跃在旧诗领域的吴宓也是如此。[76] 柳亚子本人当然也不能完全摆脱这种影响。而如果翻阅任何一种1976年周恩来去世后不久发生的天安门事件之后印行的诗集就会明白,这些诗歌形式甚至一直"坚持"到今天。[77] 这种诗体,因为其相对的灵活性(与律诗比较而言),仍然保存着

---

[74] 见苏玄瑛《苏曼殊全集》,柳亚子编,柳无忌标点,上海:北新书局,1928-1931年;《曼殊大师全集》,香港:正风书店,1953年;《苏曼殊全集》,台北:大中国图书公司,1961年;《苏曼殊诗笺注》,广州:广东人民出版社,1981年。

[75] 最早的马君武的文集是《马君武诗稿》(上海:文明书店,1914年)。

[76] 关于吴宓,可参看《吴宓诗集》(上海:中华书局,1935年)。

[77] 见童怀周编《天安门诗文集》(二册)(北京:北京出版社,1979年)及《天安门革命诗钞》(香港:香港文化资料供应社,1978年)。

古代的语言和声调,同时又为现代中国人提供一种可与他们自己的过去建立直接的可以企及的联系的手段,而这种联系即使是对于那些最为"离经叛道"的人而言,也是不愿割断的。

初稿:黄乔生译;杨佩虹、孙英莉、寇致铭校对
定稿:孙洛丹译;孙洛丹、赵哈娜引文校对;林宗正总校订

金山三年苦：黄遵宪使美研究的新材料[①]

施吉瑞(Jerry D. Schmidt)
加拿大 英属哥伦比亚大学

引 言

这篇论文是为了简要介绍我正在写的一本新书，这是一本以诗人外交官黄遵宪(1848-1905)任清国驻旧金山总领事三年经历(1882-1885)为主题的历史和文学研究专著。[②] 有关黄遵宪研究的著述，特别是中文

---

① 衷心感谢孙洛丹博士对本文的翻译。
② 迄今为止英文黄遵宪传记只有拙作 Within the Human Realm: The Poetry of Huang Zunxian, 1848-1905, Cambridge University Press, 1994, 该书中文版《人境庐内：黄遵宪其人其诗考》(孙洛丹译)2010年由上海古籍出版社出版。已出版的中文黄遵宪传记不胜枚举，如麦若鹏《黄遵宪传》(上海：古典文学出版社，1957年)，牛仰山《黄遵宪》(北京：中华书局，1961年)，郑子瑜《人境庐丛考》(新加坡：商务印书馆，1959年)，吴天任《黄公度先生传稿》(香港：香港中文大学，1972年)，杨天石《黄遵宪》(上海：上海人民出版社，1979年)。尽管这些传记各有千秋，但迄今最全面的传记当推郑海麟《黄遵宪传》(北京：中华书局，2006年)。郑海麟教授更早的一部关于黄遵宪的专著是《黄遵宪与近代中国》(北京：生活·读书·新知三联书店，1988年)。郑海麟教授近日告诉我他考虑编写一本详细的黄遵宪年谱。黄升任所著《黄遵宪评传》(南京：南京大学，2006年)是近年来涌现的包括了对黄遵宪诗歌和思想进行解读的、相对全面的传记。另外一本重要的黄遵宪研究专著是蒲地典子《中国的改革：黄遵宪和日本模式》(Reform in China: Huang Tsun-hsien and the Japanese Model, Cambridge, Mass.: Harvard University Press, 1981)，书中有许多传记内容，特别是涉及黄遵宪的使日经历。较为近期的关于黄遵宪日本经历的研究有任达(Douglas Reynolds)《东方遇到东方：中国人在日本发现现代世界》(East Meets East: Chinese Discover the Modern World—in Japan, Ann Arbor, Michigan: Association for Asian Studies, 2012)和王晓秋《黄遵宪和近代中日文化交流》(沈阳：辽宁师范大学出版社，2007年)。关于黄遵宪诗歌研究的英文专著目前只有 Within the Human Realm: The Poetry of Huang Zunxian, 1848-1905。张堂锜《黄遵宪及其诗研究》(台北：文史哲出版社，1991年)对黄遵宪诗歌做了最为全面的研究，在该书订正更新基础上，张堂锜教授在2010年出版《黄遵宪的诗歌世界》(台北：文史哲出版社)。在这里我要特别感谢我早年在台湾访学期间张堂锜教授所给予的帮助。关于黄遵宪与同时期广东文学的研究可参见左鹏军《黄遵宪与岭南近代文学丛论》(广州：中山大学 （转下页）

著述,已是汗牛充栋,但很奇怪的是迄今还没有人详细研究黄遵宪在美国的经历。这不得不说是一种遗憾,郑海麟曾指出,黄遵宪的美国经历之于他思想的形成,特别是他在《日本国志》中表现出的思想有非常重大的意义,该书的撰写虽始于东京,但却是他从美国返回中国后最终修改完成的。③ 郑海麟认为,黄遵宪使美期间所受到的最大的影响就是日渐笃信美国司法体系以及国家经济、政治制度的力量,这些认知激励着他寻找中国的改革之道。与此同时,在加州以及北美西部的许多地方都普遍存在的排华种族主义使他为这个被西方主宰的世界里的华人的未来忧虑不已,也促使他吸收了当时在西方国家颇为盛行的社会达尔文主义的一些思潮。④

尽管对黄遵宪在北美的任职迄今还鲜有研究,但这样也有一个好处,那就是此间由黄遵宪所完成的,或是与他相关的大量的珍贵手稿并未被研究者使用。这些资料包括书信和一些原属于加拿大大不列颠哥伦比亚省维多利亚中华会馆、现藏于维多利亚大学图书馆珍稀书库的档案材料。⑤ 没有这些材料,着实很难对黄遵宪在北美的经历做出清晰的勾勒。

(接上页)出版社,2007年)。岛田久美子编著《黄遵宪》(东京:岩波书店,1958年)节选黄遵宪部分诗歌作品并辅以现代日语翻译。黄遵宪研究的中文期刊论文数目庞大。关于此时期旧金山华人的历史可参考陈勇《华人的旧金山:一个跨太平洋的族群的故事 1850－1943》(Chinese San Francisco 1850－1943, a Trans-Pacific Community, Stanford, California: Stanford University Press, 2000,该书中文版2009年由北京大学出版社出版)。麦礼谦《成为美国华人:社区和团体的历史》(Becoming Chinese American: A History of Communities and Institutions, New York: Altamira Press, 2004)是美国华人研究的经典著述。另外一本包含诸多加州华人资料的著作是Madeline Yuan-yin Hsu《金山梦,家乡梦:跨国主义和美国的南中国移民现象 1882－1934》(Dreaming of Gold, Dreaming of Home: Transnationalism and Migration between the United States and South China 1882－1934, Stanford: Stanford University Press, 2000)。关于此时期中国外交官的资料可参考故宫博物院明清档案部编《清季中外使领年表》(北京:中华书局,1985年)。

③ 郑海麟:《黄遵宪传》,第144－149页。

④ 尽管有关此时期华人所受的迫害已有不少研究,但其中对排华运动,特别是对加州华人的驱逐,最为完整的记录是 Jean Pfaelzer《大驱逐:被遗忘的排华战争》(Driven Out, the Forgotten War against Chinese Americans, New York: Random Press, 2007),这部详实的著述参考了大量的报纸和其他重要文献。Roger Daniels 所编的《北美排华暴力》(Anti-Chinese Violence in North America, New York: Arno Press, 1978)是更为早期的论文集。与排华运动相关的史料辑录可参见 Tsu-wu Cheng 编《中国佬!美国排华歧视的文献研究》(Chink! A Documentary History of Anti-Chinese Prejudice in America, New York: World Pub., 1972)。

⑤ 遗憾的是,并不是黄遵宪这一阶段所有相关材料都在维多利亚大学,中华会馆的会议记录就是一个例子。

早期研究者使用的材料

尽管在此前相当长的时间里,一些关于黄遵宪在旧金山就任总领事的材料可以很方便地找到,但令人不解的是这些材料很少被用到,所以让我们先来看一下有什么样的材料被使用,什么样的材料未曾使用,以及后者遭遇冷落的原因。毋庸讳言,与黄遵宪使美经历相关的最为珍贵的材料就是他本人的作品,此间创作或与之相关的诗文被广泛传唱。尽管现存与其使美经历相关的诗歌不多,但它们被中文、日文、英文的黄遵宪研究频繁征引,其中一些诗篇被认为是他最动人的代表作。然而,在对现在可见的手稿材料进行认真研究并结合对黄遵宪此时期的诗歌作品的文体分析后,我们发现现存的、与黄遵宪使美经历相关的诗歌均不是他在美国期间所做,也就是说,事实上从黄遵宪结束自己在东京的初任外交官生涯、告别日本到踏上离开旧金山的轮船、并经过五天航行到达城市西部这一时间内,他的文学创作存在一个完全的断层(详见下文对年表的讨论)。具体来说,现藏于北京大学图书馆的钞本没有收录任何黄遵宪离开日本之后的诗作,甚至忽略了被推测在船上完成的一系列绝句。⑥ 在他离开旧金山之后,所创作的第一首诗就是广为人知的《八月十五夜太平洋

---

⑥ 参见黄遵宪《海行杂感》,见钱仲联《人境庐诗草笺注》(上海:上海古籍出版社,1981年),上,卷四,第344页。周作人认为钞本成于1891年。周作人并没有展开分析黄遵宪在钞本中删掉许多与1891年之前发生的历史事件相关的诗作的原因,并且据我所知,最早的对黄遵宪诗歌的创作的时间顺序进行系统界定的是1981年出版的钱仲联《人境庐诗草笺注》。参见周作人《人境庐诗草》(见周作人《知堂书话》,上,第388－400页)。钱仲联的结论可以得到进一步的证实:(1)黄遵宪在描述历史事件时出现的错误多发生在那些钞本未录而在《人境庐诗草》中排在1891年之前的诗作中,诸如他搞错了自己抵达旧金山的时间(详见下文),以及他弄混了1884年美国总统选举的细节(参见拙作 Within the Human Realm, p.247);(2)钞本中的作品与《人境庐诗草》中钱仲联及我本人认为是后补的作品之间存在相当大的风格上的差异(关于这一点可参考前揭书 pp.122－125, 127－129, 138－142, and 159－173)黄遵宪定期收集、阅读旧金山的中英文报纸,对当时美国发生的事情了如指掌,因此他在美国期间就忘记一些事件的细节是不现实的。而关于黄遵宪阅读和收集英文报纸的事实可参见陈铮编《黄遵宪全集》(北京:中华书局,2005年)所收1881年10月29日(农历九月十八,全集显示的公历时间有误)禀文25;而阅读中文报纸的事实可参考他发表在1883年2月24日《华美新报》《领事来片附录》中写给编辑的信,相关资料现藏于加州大学伯克利分校种族研究图书馆 Folder 8, Carton 31, Yuk Ow Research Files,馆藏号 AAS ARC2000/70。在这里我要特别感谢维多利亚大学历史系陈忠平教授向我提供这封信件的副本。

舟中望月作歌》。⑦

事实上，唯一我们能够毫无争议认定为黄遵宪创作于使美期间的诗作是他在 1883 年 1 月 10 日（光绪八年腊月初二）在旧金山赠与日本亲王有栖川宫炽仁的诗。⑧ 不过遗憾的是这首诗并没有出现在黄遵宪的诗集中，相反黄遵宪早年在日本创作的明确写给有栖川宫炽仁亲王的诗歌却被收录在内。⑨ 到目前为止，我还未能找到黄遵宪在旧金山赠与炽仁亲王的诗，极有可能已经散佚。通过以上简短的讨论不难看出，黄遵宪创作的与使美经历有关的诗歌，绝大多数都是多年后的追忆之作，在使用这些诗歌文本时要格外留心，不应该低估这些作品的文学价值以及作为自传式回忆的价值。

黄遵宪的文集，迄今最完整的版本是 2005 年出版的《黄遵宪全集》，但是作为一个资料的来源，是有一些问题的。⑩ 而更重要的原因是，由于黄遵宪有生之年并没有有意搜集出版他的那些篇幅较短的文，他与同

---

⑦ 《人境庐诗草笺注》，上，卷五，第 395 页。

⑧ 参见《旧金山纪事报》(San Francisco Chronicle) 1883 年 1 月 4 日第一页《日本要人》(A Japanese Dignitary)、《有栖川亲王抵达旧金山》(Arrival of Prince Irisugawa [sic] in San Francisco)。根据新闻记载，亲王 1882 年 6 月，原本是要参加俄国亚历山大三世即位仪式，但未如愿，于是在游历欧洲后又来到美国访问华盛顿特区。他从美国东部乘坐陆上列车抵达旧金山，入住当地最为豪华的皇宫酒店，后乘北京号（City of Peking）轮船回到日本。黄遵宪曾写到两次拜访炽仁亲王，并在第二次拜访时赠诗，参见《黄遵宪全集》所收 1883 年 1 月 8 日 – 11 日（光绪八年冬月十三日）禀文 29 附录二（第 483 页）。亲王的日记并没有提及赠诗，只是简要记录自己被"清国总领事黄遵宪""面谒"，参见有栖川宫炽仁《炽仁亲王日记》（东京：东京大学出版会，1976 年），卷四，第 125 页，1883 年（明治十六年）1 月 10 日。亲王美国游历的行程可参考前揭《炽仁亲王日记》第 115 – 125 页。他在 1882 年圣诞节在华盛顿特区见到了黄遵宪的上级郑藻如，参见前揭书第 120 页。《炽仁亲王日记》卷一的卷首插画是亲王的照片。非常有意思的是，炽仁亲王的日记用汉文写成，偶尔用到日文假名。

⑨ 黄遵宪题为"陆军官学校开校礼成赋呈有栖川炽仁亲王"的一组诗被收录在《人境庐诗草笺注》，上，卷三（第 241 – 248 页）中。根据黄遵宪诗歌的版本，我们大致可以推测该诗创作的大致时间（光绪三年至七年，也就是 1877 – 1881 年间，参见《人境庐诗草笺注》，上，第 3 页），但通过在亲王日记中寻找黄遵宪诗中描述的陆军官学校开校礼成的事件，我们可以将事件发生的时间定格在 1878 年（明治十一年）1 月 10 日，黄遵宪可能在礼成仪式或是仪式结束后不久将诗歌赠与炽仁亲王。参见《炽仁亲王日记》，卷三，第 51 页。炽仁亲王对开校典礼的简短描述中并未提及黄遵宪赠诗一事，当炽仁亲王在旧金山再次见到黄遵宪的时候，他极有可能已经忘记了之前的赠诗，因为他在旧金山期间的日记中也未提及。《陆军官学校开校礼成赋呈有栖川炽仁亲王》中最后一首诗貌似是黄遵宪在对亲王在开校典礼上发言进行概括（《人境庐诗草笺注》，上，第 246 页）。

⑩ 《黄遵宪全集》中既有诗也有文，而单纯的黄遵宪文集可参考郑海麟、张伟雄编《黄遵宪文集》（京都：中文出版社，1991 年）。

时代许多重要人物的往来书信以及很多公文都散失了。我无法去证明这些文本真的存在过,但许多年前,在我第一次去苏州大学拜访黄遵宪研究权威钱仲联教授时,曾问过他,黄遵宪是否有日记流传。钱教授告诉我,尽管他也没有亲自见过,但是他听说过黄遵宪曾留有一本日记,而且极有可能被他的后人保存着。我还是无法证明这件事的真伪,但是近来张剑对晚清诗人、学者莫友芝日记的重新发现和出版就提示我们19世纪许多珍贵的资料还尚未被发现。⑪ 当然,《黄遵宪全集》中收录的黄遵宪文的部分也不乏珍贵的发现,关于这一点我们将在下文展开。

除了已经提到的诗歌和部分文之外,另外经常被使用的重要的材料是黄遵宪亲信等相关人员流传的轶事,特别是晚清思想家、文学家的梁启超,梁启超在其晚年对黄遵宪非常了解,百日维新前他们在一起共事,梁启超极为推崇黄遵宪的诗歌,将其作为"诗界革命"的代表,关于这一点在他著名的《饮冰室诗话》中表现得尤为突出。⑫ 遗憾的是,梁启超直到1903年才去旧金山,鉴于此,由他转述的黄遵宪的轶事并不是那么可靠。一个广为流传的例子,就是梁启超所讲的黄遵宪努力保护华人,对抗美国歧视性的法律和武断的拘捕。一个非常严苛的立法就是1870年通过的所谓"方尺空气"("Cubic Air")法例,旧金山警方经常以此为借口损害在美华人的利益。法律规定,成年人住所必须有人均500立方尺的空气,尽管该法律看起来值得赞美,然而它完全是为了使美国警方能够"合法"拘捕那些勤劳朴实、迫于生计、住房狭仄的华工而出台的。当时旧金山几家主要报纸每周甚至每天都在讲述由于触犯该法律被捕的华人"罪犯"的

---

⑪ 在莫友芝的日记被发现之前,最全面的莫友芝研究当推黄万机《莫友芝评传》(贵阳:贵州人民出版社,1992年),该书时至今日仍不失为一部重要的研究专著。关于莫友芝的日记以及他与家人的详细传记,可参考张剑《莫友芝年谱长编》(北京:中华书局,2008年)。我的新书《诗人郑珍与中国现代性的兴起》(*The Poet Zheng Zhen (1806–1864) and the Rise of Chinese Modernity*, Leiden: Brill Press, 2013)中也有一些内容是关于莫友芝的。此外,正在筹备中的该书的续篇将展开更多的空间关注莫友芝和郑珍沙滩派的其他诗人,"沙滩派"是以诗人们在贵州活动的主要地点命名的。

⑫ 梁启超:《饮冰室诗话》,上海:中华图书馆,1910年。

事情,他们还必须交付给旧金山巨额罚款。⑬

在梁启超的叙述中,黄遵宪曾去旧金山一个关押了不少华人的监狱,这些华人是由于住宿条件未能达到"方尺空气"法例的要求而被收监的。据讲述,当一名美国警官陪同黄遵宪前往犯人牢房并向他解释这些指控时,黄遵宪愤怒地质问该官员华工的住所是否比牢房更拥挤和不卫生,警官无言以对只好立刻释放了所收押的华人。⑭ 梁启超试图向我们展现黄遵宪"尽其力所能以为捍卫"(华人),尽管此言不虚,但是梁启超毕竟是道听途说,他并不了解黄遵宪保护华人这一英雄壮举背后真实发生的故事。⑮

这则由梁启超讲述的轶事很显然是综合了事发之后的种种传闻而最终定型的。事件中涉及的警官有权按照当时的法律规定拘捕华人,但他绝不会在听了与他毫不相干的一位中国官员的一番言论后就释放了华人"罪犯"。任何熟悉黄遵宪在职期间旧金山报纸媒体的人都会意识到,如果事情真的像梁启超叙述的那样发生,那么该事件会在当时占据优势的种族主义英文报纸中迅速激起空前不友好的评论,但是并没有这样的状况发生,依旧是连篇累牍的华工被拘捕被罚款的新闻报道。

早期研究者很少使用的材料:禀文

到目前我们发现似乎没有什么可用的材料,不过是少量的诗歌——还都不是在美国期间写的,零散的文章以及不可信的轶事。那么关于黄遵宪在旧金山的驻在还有什么可用的材料呢?初看起来是没有什么线索,尤其是了解到1908年4月旧金山曾发生了一场前所未有的大地震,并由此引发熊熊大火,使整个城市毁于一旦。今天的人们只需看到旧金山公共图书馆入口处展示的黑白照片就能对当时这座城市所经历的浩劫

---

⑬ 诸如《旧金山纪事报》(*San Francisco Chronicle*)1885年8月7日第三版上《旧金山快讯》(Jottings about Town)讲述了十个中国人因居住过密被捕的新闻。尽管贫困的白人劳工住宿标准也不合法律要求,但我并没有找到他们因"犯法"而被捕的记录。

⑭ 关于对这一"事件"的记载可参考赵尔巽《清史稿·黄遵宪》《人境庐诗草笺注》,下,第1161页)、梁启超《嘉应州黄先生墓志铭》(《人境庐诗草笺注》,下,第1162-1165页)及梁启超《饮冰室诗话》(第85页)。

⑮ 参见梁启超《嘉应州黄先生墓志铭》(《人境庐诗草笺注》,下,第1163页)。

有一个大体的认知。在试图还原黄遵宪使美经历的过程中，我的许多追寻，不论是面向湾区的学者还是图书馆人员，得到的答案都是"地震前的一切都没有留下"。旧金山遗留的材料着实有限，比如几乎确定是黄遵宪送给当时旧金山华人社团领袖的书法作品就不复存在了，也许这里面就有我们遗失的黄遵宪的诗歌。⑯ 尽管如此，我仍然坚信，如果我们把眼光放得更开阔一些，一些与黄遵宪有关的档案及文物会纳入我们的视线，毕竟黄遵宪身为旧金山总领事，负责区域遍及整个美国和加拿大的西部、南美的西部以及彼时独立王国夏威夷。从他的外交信函中，我们发现他对于负责区域华人的活动非常了解并积极参与其中，我相信会有更多的与黄遵宪相关的档案资料渐渐浮出水面。另外，旧金山的地震没有对萨克拉曼多、洛杉矶以及奥克兰造成致命的毁坏，这些城市都拥有大量的华人人口。对黄遵宪（以及该时期美国华人历史）感兴趣的学者可以从这些地方寻找突破。

到目前为止似乎也没有太多可用的新材料，那我们不妨来重新审视一些早已存在的材料，让我们逐个加以分析，思考这些材料为什么没有被很好地利用以及今后如何更高效地发挥它们的作用。一个非常珍贵的资料来源就是黄遵宪几乎每周都要送呈他在华盛顿特区的上级郑藻如（字志翔，号豫轩、玉轩，1851 年考中举人，1894 年卒）的禀文，郑藻如在1881－1885 年间任清驻美公使。⑰ 我们所能看到的最早的禀文（第十八号禀）始于 1882 年 9 月 5 日（七月二十三），最后一封（第三十七号禀）终于 1883 年 4 月 1 日（二月二十四）。⑱ 这些禀文是偶然在黄遵宪的家乡梅县（现改成梅州，黄遵宪在世时称嘉应州）的档案馆发现的，梅州是位

---

⑯ 这里我说"几乎确定"是因为一个重要的文本现在就保存在维多利亚，这正是我现在在写的一篇文章。

⑰ 遗憾的是郑藻如并没有作品传世。英国外交官、汉学家同时也是剑桥教授的翟理思（Herbert A. Giles, 1845－1935）对早期外交官的郑藻如非常关注，在其人物传记辞典中记录了郑藻如。参见翟理思《古今姓氏族谱》（台北：经文书局，1975 年，第 114 页）。黄遵宪的禀文第一次公开出版是在黄遵宪《上郑玉轩钦使禀文》（见《近代史料》，总 55 号，1984 年，第 31－72 页）。这些禀文 1980 年在梅县档案馆发现，并在第二年全文校点（见前揭书，第 31 页）。

⑱ 在现存的禀文中，我们发现有些引述了遗失的禀文的内容，据此能够大致推测出遗失禀文的数量和内容。

于广东省东北部一座宜居安逸的小城,是许多海外客家人的故乡。我们不知道这些禀文怎么会出现在梅县档案馆,也不清楚第十八号禀之前以及第三十七号禀之后的禀文是否留存身处何地。但是总的来说,现在看到的禀文在时间上对应着黄遵宪旧金山驻在经历的五分之一,并且据我所知,这是关于黄遵宪这样领事级别的中国外交官此间活动最详细的记录。

为什么中国学者在过去很少使用这些禀文?钱仲联完全没有提及。这些禀文在麦若鹏和吴天任的传记中不见踪迹,在郑子瑜对黄遵宪的叙述中也没有现身。⑲ 郑海麟在他精彩的《黄遵宪传》中提到了禀文,但使用非常有限。⑳ 查尔斯·麦克莱恩(Charles J. McClain)教授在他关于华人争取平等权的专著中对这些禀文中涉及的法律案件做了详细的分析,但是麦克莱恩教授在写作该书时并不知道黄遵宪禀文的存在,如果辅以黄遵宪对案件的评价,那么我们对事件的理解想必会大大深化。㉑

这些禀文之所以没有被许多研究者使用最主要的原因是它们发表在一本期刊中,在网络数据时代到来之前,研究者们不容易看到,所以包括我在内的许多学者在很长一段时间内都不知道禀文的存在。而中国国内的研究者也没有对禀文展开精深的研究,大概是因为如果不熟悉美国、加州以及旧金山历史,不具备对秘鲁、夏威夷、不列颠哥伦比亚省历史的了解,那么将很难读懂那些禀文。中国国内的很多研究黄遵宪的学者不具备这样的学术背景,因此他们会觉得许多禀文不好理解。

阅读这些禀文最大的问题是内文中大量的西方人的名字都写作中文

---

⑲ 关于这些著述的信息参考本论文第二个脚注。麦礼谦在《华人之声:淘金热至今》(Chinese American Voices, From the Gold Rush to the Present, Berkeley: University of California Press, 2006)一书中翻译了部分禀文("Memorandum No. 29 to Envoy Zheng", p.43)。

⑳ 郑海麟:《黄遵宪传》,第129－144页。

㉑ 参见 Charles J. McClain《追求平等:十九世纪在美华人反抗歧视的斗争》(In Search of Equality: The Chinese Struggle Against Discrimination in Nineteenth-Century America, Berkeley: University of California Press, 1994.)。在我的新书中我将讨论其中的一些案例,我认为 McClain 教授的这部专著对任何想了解这段时间美国华人的历史都是必读之书。特别感谢 McClain 教授在我去加州伯克利访学时给予的宝贵建议。另外一个关于在美华人合法斗争的研究是 Hyung-chan Kim《美国华人法律史,1790－1990》(A Legal History of Asian Americans 1790－1990, Westport, Connecticut: Greenwood Press, 1994.)。

音译,而且极有可能源于粤语(甚至客家话)的音译。让我们试着看一段禀文来体会其中的问题。在1882年9月14日(八月初三)禀文的末尾处,黄遵宪写道:

> 马典一案,嘉省总督复外部文所述当时情节,自系粉饰之词。惟云滋事之人多系希腊、葡萄牙、意大利人,访问实然。现在该处地方官查拿凶犯颇属尽力,自因外部行文之故。惟此案尚未审结,闻将移嘉省臬署审讯,俟将来如何审断,再行禀陈。㉒

中国的历史学者阅读这一段禀文没有问题,但是给他/她带来困惑的是禀文中19世纪加州和美国的政治、司法体系是用清朝的术语来描绘的。读者可能会意识到文中的"嘉省"就是今天所说的加州(加利福尼亚州),然而他/她可能不会将清朝的"总督"(地方军政大员,管辖地区通常超过一个省)与今天通行的"加州州长"的说法联系在一起。在将这段内容翻译为英文时,我将"外部"译为"Foreign Affairs",这当然讲得通,但是与黄遵宪真正想表达的却不同,他所指的是今天的"国务院"(State Department)。更困难的是对"臬署"的理解,贺凯(Charles O. Hucker)将其界定为"(清)各省提刑按察使司衙门"㉓,在美国司法体系中,"臬署"指的究竟是什么?

在这段简短的文字中令人最头痛的词是"马典"。马典是谁?他发生了什么事情?他被几个刚愎自用的希腊人、葡萄牙人、意大利人杀害,为什么?我想这是很多中国读者初读之时可能会生发的疑问,但是接着往下读,他/她会发现马典不是人名,而是个地名,是对Martinez(马蒂奈兹)的中文翻译,是伯克利东北部一个舒适的小镇,在连接色逊湾(Suisun Bay)和圣帕罗湾(San Pablo Bay)的水路上,而它本身就属于著名的旧金山湾的北部。彼时的马蒂奈兹是加州渔业的中心,在那里勤劳的华人渔

㉒ 《黄遵宪全集》,第466页。
㉓ 贺凯(Charles O. Hucker):《中国古代官名辞典》(*A Dictionary of Official Titles of Imperial China*, reprinted Taipei: Southern Materials Center, 1986, p 355.)。

民被视作对当地渔民(多是来自南欧的移民)的威胁,从而引发了1882年4月26日的骚乱,骚乱中一名华人渔民遇害,许多华人的财产毁于一旦。㉔ 知道此事后,郑藻如向美国国务院抗议,后者被迫介入此事,询问地方政府事件经过。㉕ 彼时,黄遵宪已经在旧金山就任,所以从一开始他就被卷入其中,努力寻找对策解决骚乱带来的问题,不幸的是,关于此事的禀文散佚。在之后的禀文中,黄遵宪也曾多次提及马蒂奈兹骚乱,感兴趣的读者可以试着去寻找一些原始的材料或者以后读我的新书。㉖

分析黄遵宪对马蒂奈兹骚乱的叙述只是等待中国历史学者今后去解读禀文的一个例子,并且假以认真的研究,这些问题都是能够解决的。我几乎已经能够完全确认禀文中涉及的西方人名地名,也有个别不能确定的,这种情况多属于在点校整理禀文手稿时出现了错误。㉗ 一个最难确定的例子是地名"飘地桑",黄遵宪反复提过很多次。放置于禀文的上下文中,我开始就确定这是美国西海岸的一个地方,但是当我几次沿着西海岸——从我居住的加拿大大不列颠哥伦比亚省一直到美国和墨西哥边界——开车寻找,都没有找到任何一个发音与"飘地桑"相似的地方。我

㉔ 最早的关于此事的新闻报道见于《萨克拉门托联盟日报》(*Sacramento Daily Union*, Volume 15, Number 56)中的《早间新闻》("The Morning's News", April 27, 1882, p.2)。骚乱发生后成为当时的一个大新闻。

㉕ 这是清朝驻美公使郑藻如,于1882年5月24日致美国国务卿弗雷德里克·西奥多·弗里林海森(Frederick Theodore Frelinghuysen)的一封手书抗议照会。该照会收藏于美国国家档案馆微缩胶片出版物缩微本98号2卷,关于中国驻美公使馆1868-1906年间发给美国国务院的照会。照会详细解释了黄遵宪所汇报的事件,并要求美方逮捕过错责任方,保护加利福尼亚的华人。感谢安东尼·厄特尔(Anthony Oertel)向我提供该照会的副本。主编注:底下的英文感谢,是作者 Jerry Schmidt 希望加上以示其对 Anthony Oertel 的感谢之意: The official handwritten note of protest, from Ambassador Zheng Zaoru to Frederick J. Freylinghausen, Secretary of State, delivered on May 24, 1882, is found in Notes from the Chinese Legation in the United States to the Department of State, 1868 – 1906, Washington: National Archives microfilm publications, microcopy no. 98, roll 2. The note contains a detailed account of the events as reported by Huang Zunxian to Zheng as well as a request for the apprehension of the guilty parties and future protection of Chinese living in California. I thank Anthony Oertel for giving me a copy of this letter.

㉖ 被罚缴纳2000美元的损坏物品补偿。参见1882年5月26日《旧金山纪事报》(*San Francisco Chronicle*)(第4版)《海岸记事》("Coast Notes")。

㉗ 一个典型的例子就是《黄遵宪全集》中辑录的1882年12月9日(十月二十九)第二十八号禀文将加拿大(Canada)的粤语音译词"间拿打"错写为"问拿打",详见《黄遵宪全集》第479页。

开始担心这个中文地方与其英语名字的发音完全无关(就如"旧金山"与 San Francisco),但是我又尝试了一次,从美加交界开始,仔细的读每一个地名,并辅以相当的想象力。一个唯一接近的答案是汤森港(Port Townsend),这是位于西雅图西北、奥林匹克半岛东北海岸一个大约有7 000人的小镇。㉘ 汤森港符合黄遵宪在禀文中对"飘地桑"的一切描述,地处华盛顿州又临近大不列颠哥伦比亚省维多利亚。我还记得在此前的一次探访中我注意到在汤森港有许多漂亮的维多利亚时代风格的建筑,在北部的太平洋铁路终点确定为西雅图之前,这里被推测会是终点。在黄遵宪的年代,汤森港是现在的华盛顿州发展最迅速的城市,与维多利亚有定期的汽轮通航,因此就很快变成了美国和加拿大间走私禁运品以及人员偷渡的中心。黄遵宪那个年代的很多华人来美国都是在汤森港登陆的。㉙

很少查阅的老材料:报纸

在已经出版专著叙述黄遵宪使美经历的研究者中还没人使用19世纪英文报纸这一丰富的资料来源。蒲地典子和我本人都未能好好地利用,中国国内出版的黄遵宪研究也没有涉及这些材料。最近,越来越多致力于19世纪美国华人研究的学者开始深度挖掘这些材料,两位非常杰出的代表是Pfaelzer和麦克莱恩(Charles J. McClain),他们的著述在上文的脚注中已经列出。㉚ 鉴于黄遵宪的禀文只涵盖了他在驻美任期很有限的一部分,报纸的记载就显得格外珍贵了。加州的报纸有很多关于中国领事活动的报道,有时候并不特别指出是哪位领事,我们可以在一定程度去推测这其中会有黄遵宪的身影。于是,尽管这些报纸对华人带有根深蒂固的偏见,但是在作为文本阅读的时候,可以做摒弃偏见、详细还原黄遵宪旧金山驻在经历的努力。

这一时期在旧金山与黄遵宪、他的美国助手傅烈秘领事(Consul

㉘ "飘地桑"中的"飘"为Port的音译,"地桑"是对Townsend的大致音译。
㉙ 比如1883年6月16日《旧金山纪事报》(San Francisco Chronicle)第4版《海岸记事》(Coast Notes)中就登载了有关美国海关人员无力处理大量从汤森港非法入境的华人的新闻。
㉚ 遗憾的是,他们二位都没有详细研究黄遵宪。

Frederick Bee,1825－1892)、副领事黄锡铨(字钧选,1852－1925)、中国领事馆和美国华人生活相关的资料数量惊人。㉛ 当然我们也要慎重对待这些材料,因为绝大多数报道这些新闻的记者都对华人充满敌意,但当结合其他材料一起阅读时,这些新闻报道的叙述为我们提供了许多重要的信息。令人欣喜的是,这些报纸资料很多都有了电子版,其中最重要的一个报纸就是《旧金山纪事报》(San Francisco Chronicle),在旧金山公共图书馆可以免费利用,持该图书馆图书证的读者也可以在线使用。另外重要程度相当、可通过加州电子报纸集成(California Digital Newspaper Collection)网站免费查阅的报纸还有《洛杉矶先驱报》(Los Angeles Herald)、《旧金山·上加利福尼亚》(San Francisco Alta California)及《萨克拉门托联盟日报》(Sacramento Daily Union),最后一个可以查到关于加州政府详细的新闻。此外,加州还有一些重要的报纸资源,不过暂时还没有电子版,比如《旧金山呼唤》(San Francisco Call),在位于萨克拉门托的加利福尼亚州立图书馆可以看到该报纸的缩微胶片,也可以通过馆际互借借出。令人遗憾的是,那个年代的旧金山的中文报纸现在绝大多数都散失了,但是保留下来的一些都非常有趣。当然,并不是只有旧金山才有报纸,我在美国和加州的一些其他报纸上也发现了不少有价值的材料,比如《纽约时报》(New York Times)、《华盛顿邮报》(Washington Post)、《渥太华公民》(Ottawa Citizen)以及那个年代维多利亚的主要报纸《殖民者日报》(Daily Colonist),后者登载了一个详细的加拿大西部反华活动的记

㉛ 关于傅烈秘的资料可以参考 Anthony Oertel 所创办的一个非常棒的网站"傅烈秘历史计划"(Frederick Bee History Project, http://frederickbee.com/index.html),有许多珍贵的史料。黄锡铨似乎与出使之前的黄遵宪没有交集,他是清朝首任驻日公使何如璋(1838－1891)从黄遵宪的家乡梅州挑选的,带到东京做助手,后来又跟随黄遵宪去了旧金山。由于黄锡铨也是梅州出身,所以不免让人产生联想他是黄遵宪推荐给何如璋的。黄锡铨的后人黄甘英在《黄锡铨社会活动思想述略》(见《嘉应学院学报》第27卷第1期,2009年2月,第5－8页)一文中对黄锡铨的社会活动做了介绍。尽管这篇论文提供了许多珍贵的史料,但是其中包含的一些家人的回忆是需要辅以档案材料证实的。遗憾的是,黄锡铨本人的著述不复存世,就连据说保存在他梅州书房的大量书籍和手稿也被毁坏了。我唯一发现的由他写的印刷文本是保存在梅州嘉应图书馆的《兴山利说帖章程》。这看起来是一个技术类的文本,与采矿或是造林有关。这里我要感谢嘉应图书馆的工作人员告知我这本书的存在。尽管有关黄锡铨的材料非常匮乏,但是我对于他在旧金山、俄勒冈州、大不列颠哥伦比亚省的活动的考察以及对他后来任纽约中国总领事的研究将会证明在美国华人历史和中国外交史上黄锡铨是一个重要的人物。

录,还有黄锡铨访问维多利亚的记事。最后,还可以查阅中国的期刊,尽管当时与黄遵宪有关的绝大多数的重要材料都出现在北美的报纸上,但中国出版的中英文报纸的价值也是不容忽视的,比如已经有电子版的《申报》和同样在上海出版的、这一时期中国最好的英文报纸《北华捷报》(North China Herald),后者目前还只有缩微胶片。另外,有关黄遵宪以及他在禀文中提到的其他外交官的资料还可以在总理衙门的档案中寻找,这些档案现在大部分都保存在台北"中研院"。㉜

黄遵宪研究从未使用过的"新"材料

比当时的报纸更令人兴奋的是发现了黄遵宪与其副手黄锡铨的亲笔书信。这些资料原来保存在大不列颠哥伦比亚省维多利亚市中华会馆的地下室里,多亏了原维多利亚大学地理学系黎全恩(David Chuenyan Lai)教授的不懈努力,几乎所有的原始文件都可供查阅。在过去十年与我讨论过黄遵宪研究的中国学者似乎还不知道这些资料的存在,黎全恩教授在他关于维多利亚市中华会馆的研究中用到了其中的一部分。㉝ 事实上,许多现在在维多利亚可以查阅的第一手资料在多年之前就以印刷版的形式公开发行了,1959 年中华会馆为庆祝其成立 75 周年出版了《加拿大域多利中华会馆成立七十五周年纪念特刊》。㉞ 尽管印刷版文本中有个别的抄写错误,但确实要比用原始档案的影印件要方便得多,但是遗憾的是,这本"小众"的书流传有限,似乎除了黎全恩教授,其他致力于十九世纪中国研究的学者都不曾使用过。㉟

㉜ 确定黄遵宪禀文中出现的中国外交官和使领馆工作人员的名字对我来说比确定西方人还要困难,后者的名字经常出现在英文报纸、政府档案和城市人名录上。

㉝ 黎全恩:《华人社团领导权:加拿大维多利亚的个案研究》(David Chuenyan Lai, *Chinese Community Leadership: Case Study of Victoria in Canada*, Singapore: World Scientific, 2010)。

㉞ 《加拿大域多利中华会馆成立七十五周年纪念特刊》,维多利亚,1959 年。该书封面平行印着一个中文书名"加拿大域多利华侨学校成立六十周年纪念特刊"和一个英文书名 *To Commemorate Victoria's Chinese Consolidated Benevolent Association 1884–1959, Chinese Public School 1899–1959*。遗憾的是,该书收录的所有信件的手稿并非都原封不动保存在维多利亚。其中的一些书信也收录在李东方(David Lee)关于加拿大华人的皇皇巨著中,《加拿大华侨史》,温哥华,加拿大自由出版社,1967 年。这本书也很少见,大不列颠哥伦比亚大学和维多利亚大学图书馆都没有,我只在多伦多大学图书馆看到过。

㉟ 黎全恩在《华人社团领导权:加拿大维多利亚的个案研究》一书第 65–68 页就呈现及部分翻译了一些书信。黎全恩教授在文中使用的是黄遵宪和黄锡铨名字的粤语发音标记(分别为 Huang Tsim Hsim 和 Huang Sic Chen)。

不管是查阅印刷版资料还是最初的手稿，保存在维多利亚的这批史料对于研究黄遵宪在北美的经历非常重要，原因有三：第一，黄遵宪和黄锡铨（时任副领事）的信件在时间上承继禀文中断的部分，使我们能够掌握黄遵宪在最后一年任期发生的事情，对其驻美历程有更多的认识；第二，让我们对旧金山领事馆与当地华人的互动有了概括的了解；第三，这些史料增加了我们对当时处于最艰难时期的、加拿大最大的华人社区——维多利亚唐人街的状况的认知。可以预期的是，会有越来越多类似这样的书信在那些与黄遵宪任职期旧金山公使馆有密切联系的地方浮出水面，如北美西部、南美西部、夏威夷等。

未曾使用的材料揭示了什么？关于黄遵宪抵达旧金山

既然我们已经讨论了三类迄今为止在黄遵宪驻美研究中未曾大规模利用的材料，那么就让我们来探寻这些材料解决了我们有关黄遵宪传记以及诗歌解读中的哪些问题。通常来说，我们看到的黄遵宪传记所给出的黄遵宪抵达旧金山的时间都是光绪八年二月十二，也就是1882年3月30日，这个时间是从黄遵宪的诗歌中推断出的。㊱而事实上如果我们当天在码头迎接黄遵宪，可就白等一场了，因为根据当时新闻记载，他在3月26日已经抵达。这当然不是什么大问题，但这至少说明了黄遵宪本人的记忆也不是那么可靠，从而也就意味着"黄遵宪在3月30日抵达旧金山"所依据的诗歌并不是当时所写，而是之后补做，这一点也从该诗未被钞本收录得以证实。尽管当时绝大多数旧金山的报纸都没有关注黄遵宪到埠的事情，但我们还是找到了《萨克拉门托每日联合新闻》（*Sacramento Daily Record-Union*）中一则详细的报道：

中国总领事

旧金山，3月26日——来自中国与日本的新任中华总领事，搭

㊱ 比如，拙作 *Within the Human Realm*, p.25 以及钱仲联所著、非常权威的《黄公度先生年谱》（见于《人境庐诗草笺注》，第三册，第1191页）。这一日期的确定是根据黄遵宪的一组诗歌《海行杂感》（见于《人境庐诗草笺注》，第344—350页）诗前小序："二月十二日到。"钱仲联注意到钞本中无此诗，然而今天我们断定这组诗是后来补做的。

乘东京号,已于今天抵达(旧金山)。㉗ 他接替了陈树棠,后者将乘坐东京号回国。黄遵宪大约35岁,面露智力高超之相,谈吐谦恭,举止优雅,于其职位表现得体。在过去的四年,他驻在横滨担任中国驻日公使馆参赞。㉘ 他此番从横滨抵埠,从他四年前出任使馆参赞后,迄今再未回家。当然,他可以代表当局表态中国政府不反对在其赴旧金山上任途中美国国会两院通过的华人法案。他表示该法案已经得到了批准。他的领事证书一旦从华盛顿的公使那里到来就可以马上展开工作,这大约需要一周的时间。㉙

也可以找到关于黄遵宪抵达旧金山的其他报道,但是这篇非常完整,而且展现了很多我们在黄遵宪现存著述及诸如梁启超等人记载的传闻轶事中不曾看到的信息。首先,很有趣的是这篇新闻稿是基于采访而写成的,可能是记者认为黄遵宪值得访问,就在他刚刚从东京号下船或是之后不久去访问了他。尽管该记者看上去不懂中文,但他还是勇敢地试着记录了黄遵宪及其前任陈树棠姓名的粤语发音。他并不了解英语中黄遵宪名字的官方写法——采用威妥玛式拼音法写作 Huang Tsun-hsien。但尽管如此,他还是努力发掘黄遵宪在日本任职期间的基本事实。遗憾的是,这个时期旧金山的报纸还没有照片新闻,这篇报道并没有辅以照片,但是记者还是给我们描绘了一个正值壮年的、值得信赖的、令人怀抱好感的、有吸引力的黄遵宪的形象,这一形象显然有别于此间在旧金山新闻媒体中盛行的种族

㉗ 主编注:原文的句子是"Wong Jim Him the new Chinese Consul-General from China and Japan arrived to-day on the City of Tokio",这个句子呈现出当时美国记者对亚洲的不熟悉与困惑,既不清楚日本跟中国的区别,也不清楚黄遵宪是从哪里出发,甚至可能将日本当成了中华Chinese 的一部分。正文的中文翻译是仿照这位记者的困惑口吻以求翻译的逼真。正确而言应是:"新任中华总领事黄遵宪,搭乘东京号,从日本出发,已于今天抵达(旧金山)。"
㉘ 这里似乎有些问题。中国驻日公使馆是在东京,而非横滨。记者可能搞混了这两个城市,因为黄遵宪是从横滨登船赴美的。另外,在横滨也有一个中国领事馆。
㉙ 《萨克拉门托每日联合新闻》(Sacramento Daily Record-Union,也被叫做 Daily Union)1882年3月27日,第2版。

主义叙述。⑩

在该报道的末尾,我们发现了记者采访黄遵宪的真实动机,文章中说中国政府不反对新的华人法案。这里提到的就是标志着加州漫长且不乏暴力的反华运动高潮的《排华法案》,正如记者描述的那样,该法案在黄遵宪从日本到美国的途中由美国国会两院通过,就等时任总统的切斯特·A·阿瑟(Chester A. Arthur, 1829 - 1886, 其中 1881 - 1885 任美国总统)签字生效。许多美国东部的人民都认为该法案令人无法接受,因为它违背了美国的精神,此外廉价的华人劳动力对美国人的生活水平贡献巨大也促使部分美国人反对该法案。尽管绝大多数加州人强烈支持《排华法案》,也有一些人反对,尽管反华运动中的种族主义因素昭然若揭,但也有一些加州人担心会招来美国东部的控诉,于是他们急于展示中国政府也不愿意自己的人民背井离乡去美国追求新生。黄遵宪到达美国后代表政府立场的简短表态正是记者最想看到的。另外需要说明的是,《排华法案》并不是限制所有的中国人来美国,而只限制中国劳工,相对于加州的种族主义者主张的所有中国人都应被驱逐的观点,这篇文章表现出的黄遵宪这样的上流阶层是可以被接受的,在当时也绝非个案。

如果再看一下登载这篇新闻的那页报纸,就会立刻明白当时的真实状况。在同一栏的上面,与"从中国、日本出发"的标题对应的是"逮捕走私鸦片嫌疑人",下面有一篇新闻名为"中国人计划钻法律空子",报道了一些中国劳工准备潜逃至香港,再从香港赴美,这样一来,根据法律规定,他们就属于英属殖民地属民,而非华人。而在这篇文章与关于黄遵宪的报道之间是一篇介绍丹尼斯·基尔尼(Dennis Kearny, 1847 - 1907)演讲的短文,基尔尼是当时最狠毒的反华运动组织者,据说他将《排华法案》的通过归于自己的功劳。更令人啼笑皆非的是,同一页报纸上还印有诗

---

⑩ 目前为止我还没有找到黄遵宪赴美后的照片或是肖像画。但可以确定至少有一幅中国驻旧金山总领事的油画作品传世。在旧金山有一些艺术家专门画中国风景,据报道,一幅中国领事(几乎已确定是黄遵宪的前任陈树棠)的肖像画由美国艺术家 Frank M. Pebbles (1839 - 1928)在萨克拉门托的一场展览中展出。遗憾的是,我未能找到这幅画。有可能由陈树棠买下带回中国。参见 1880 年 2 月 25 日《萨克拉门托每日联合新闻》第 1 版"在展馆中"("At the Pavilion")、"画廊"("The Art Gallery")。

人、剧作家奥斯卡·王尔德(Oscar Wilde,1854－1900)抵达旧金山的新闻,以及一篇更长的文章,名为"诗人朗费罗"("Longfellow as a Poet")。尽管记者描绘黄遵宪"智力高超"(a high order of intelligence),但是对于那个时候绝大多数美国人而言,一个中国人是无法和朗费罗或是王尔德相提并论的,更何况在旧金山没人知道黄遵宪也是位重要的文学家。

  总之黄遵宪甫到旧金山的经历并不像新闻记者笔下的那么兴奋,很多年后在他创作那首令人动容的、反映美国反华运动的诗作《逐客篇》中描述了自己当时的感受:

  堂堂龙节来,
  叩关亦足蹙。
  倒倾四海水,
  此耻难洗濯。[41]

黄遵宪非常了解那些年绝大多数华人在美国海关遇到的情形:

  不持入关繻,[42]
  一来便受缚。
  但是黄面人,
  无罪亦榜掠。[43]

尽管他可能免于这样的体罚,但他极有可能遭遇令人屈辱的搜身,根据新闻报道,他所乘坐的这艘船上有许多人私藏鸦片入境。[44] 黄遵宪只是在

---

[41] 《人境庐诗草笺注》,卷四,第362页。
[42] 在那个时候去美国不需要护照,但是新的法案规定华人必须出具档案证明他们是商人而非劳工。这一规定引发了许多问题,我的新书里会详细展开。
[43] 《人境庐诗草笺注》,卷四,第359页。
[44] 根据新闻报道,东京号经常被用来走私鸦片。可参见1882年6月23日《旧金山纪事报》第1版"鸦片阴谋"("The Opium Conspiracy")。我们需要注意的是彼时进口鸦片在美国是完全合法的。美国海关查处的是逃避交税的携带鸦片入境者。彼时旧金山唯一的限制鸦片的立法是1878年的《鸦片烟馆条例》,条例规定取缔鸦片烟馆,这个条例的出台也似乎主要是针对华人业主。

诗歌结尾含蓄地点出糟糕的待遇,我们无法还原细节,但似乎发生了不愉快的事情。

作为外交官,在接受采访时,黄遵宪别无他法,只能声明中国政府对于《排华法案》的意见,但是在《逐客篇》另外一段中黄遵宪表达了他对政府决策的真实想法:

> 有国不养民,
> 譬为丛殴爵。
> 四裔投不受,
> 流散更安着。㊺

新闻记者并没有足够的敏感去捕捉黄遵宪本人的真实想法,只选择去听他希望听到的内容,那就是一个有教养的中国人支持《排华法案》。

通过我们对有关黄遵宪抵达旧金山的简要讨论,可以发现阅读当地报纸如何丰富我们对黄遵宪传记及其诗歌解读的认识。查阅当地报纸不仅使我们发现了黄遵宪抵达旧金山的准确时间,这种方法还为我们详细勾勒出诗人创作《逐客篇》的背景,旧金山的报纸材料有助于深化我们之前对黄遵宪诗歌的解读,也由此发现了新闻报道背后的真实声音。

黄遵宪离开旧金山

综合考察新闻报道等从未使用的材料、很少关注的书信手稿以及黄遵宪写给郑藻如的禀文可以得出很多有意思的结论,我之后出版的新书会就此详细展开,那么现在让我们来讨论黄遵宪使美经历的另外一个重要的日期,那就是他离开旧金山的日子。迄今没有任何一个二手材料,甚至是黄遵宪本人的著述为我们提供一个确切的答案。钱仲联依据黄遵宪《日本国志》的序言中所说的他在1885年秋天离开旧金山,并结合一首黄

㊺ 《人境庐诗草笺注》,上,卷四,第362页。

遵宪可能作于是年中秋夜回国船上的诗歌（参看下文的讨论），大体推测黄遵宪离开的时间。㊻ 1885年的中秋节是在9月23日，黄遵宪在诗中描述"登程见月四回明"，于是钱仲联"推知先生离美为十二日也"，也就是1885年9月20日。遗憾的是，钱仲联所依据的诗歌却有不同的版本，正如他本人在注中提到的，在另外一个版本中"四回明"写作"四面明"，"面"和"回"的繁体字字形相似很容易弄混，尤其是"回"还有异体字"囬"，与"面"更接近。

我们如何解决这些年代和文本的问题？首先，我们拥有一些钱仲联不曾看到的书信手稿。在黄锡铨的两封信中，我们发现了他上司的出行计划。在第一封1885年8月6日（光绪十一年六月二十六）写给维多利亚中华会馆的信中，他透露黄遵宪计划在农历八月离开旧金山（公历9月，与钱仲联推测的时间相近）。在1885年12月30日（光绪十一年冬月二十五）第二封发自纽约（彼时他已是清朝驻纽约总领事）的信中，他告诉维多利亚的友人黄遵宪已于农历九月（公历10月）回国。㊼ 鉴于黄遵宪在太平洋上度过了中秋节，第二个时间显然是错的，第一封信给出的时间更可信。

黄遵宪在同样写给维多利亚中华会馆的信中给出了他离开旧金山的日期，这个恐怕最为可靠，同信寄送的还有他的一幅恢宏的书法作品，保存至今。在这封写于农历七月二十一日（公历8月30日）的信中，黄遵宪写道"兹定于八月十二日由金启程"，而这一天正是前面说的1885年9月20日。㊽ 看到这里似乎时间已经很明确了，钱仲联的猜测也是正确的。然而，在19世纪乘汽轮出行可不像今天坐飞机那么靠谱，我们要把黄遵

㊻ 参见《人境庐诗草笺注》（1193页）和《日本国志》（台北：文海出版社，1967年，为1898年版影印本）"序"，第2页，第5-6页（该书双页码）。黄遵宪在序中写道："乙酉之秋，由美回华。"

㊼ 《加拿大域多利中华会馆成立七十五周年纪念特刊》"文献与转载"，第13-14页及该书第10页。黄锡铨还寄了黄遵宪寄给他的22把扇子，转交给维多利亚的友人。

㊽ 《加拿大域多利中华会馆成立七十五周年纪念特刊》"文献与转载"，18页。这封信在印刷时出现了错误，被编辑改为了光绪十二年，也就是1886年。信中所有的内容都证明这是黄遵宪1885年离开旧金山前不久写的。对信件原稿的核实也证明了印刷版的时间是错误的。草写时，汉字"一"和"二"很容易搞混，所以将"十一"误认作"十二"。

宪的启程之日往前推一天，因为1885年9月19日的《旧金山纪事报》明确的记载——“北京号今天出发前往中国”。㊾ 北京号是黄遵宪搭乘的唯一可能的开往中国的客船，也只有北京号能让他在太平洋上过中秋。㊿

确定黄遵宪离开的具体日期之于认识黄遵宪的一生只不过是一个相对微小的突破，但是这却能帮助我们解决钱仲联推测日期时所依据的那首诗的两个问题。首先，我们认为“四面明”版本似乎不正确，因为钱仲联基于“四回明”所做出的判断是符合黄遵宪的时间安排的，并且更说得通。其次，对于“四回明”解读也有略微的差异，钱仲联理解的“四回明”是算上中秋节当天的，而由于黄遵宪出发时间提前了一天，于是这里的“四回明”是指中秋之前的四天。

关于黄遵宪离开旧金山的经纬我们所知甚少，不像对他的到达那么了解，至今我还没有找到任何描述这一事件的新闻报道，美国海关系统中1850－1907年期间出入境记录也很不幸毁于1940年天使岛移民局行政大楼的火灾中。(51) 北京号是一艘总载重5 079吨、高423英尺的客轮，太平洋邮政汽轮公司所有，由约翰罗其船厂（John Roach and Sons）负责建造。1874年投入使用，通常往返于旧金山和横滨、香港之间，包括黄遵宪在内的许多华人（其中绝大多数乘客来自黄遵宪的家乡广东）都搭乘这个航线。北京号和它的姐妹船、也正是黄遵宪赴美时乘坐的东京号在建造之初是美国制造的最大的船，被视为美国蒸蒸日上的经济和科技力量的象征，与此形成对照的是中国等欠发达国家。(52) 幸运的是，我们能看到北京号的照片（没有黄遵宪，见插图）。我们可以想象一下置身于这艘巨

㊾　1885年9月19日《旧金山纪事报》第2版《码头与波浪》（“Wharf and Wave”）。亦可参考1885年9月18日《上加州日报》（*Daily Alta California*）（第39卷，12971号，第8版）“汽轮动向”（“Steamer Movements”）中登载的出发日期。

㊿　下一艘离港的汽轮是10月31日里约热内卢号（*City of Rio de Janeiro*），参见太平洋邮政汽轮公司刊登在1885年9月19日《上加州日报》上的广告（第39卷，12972号，第6版）。

(51)　2013年2月19日加州圣布鲁诺（San Bruno）国家档案馆Marisa Louie的电子邮件。

(52)　想了解北京号的更多信息，可参考Leonard Alexander Swann Jr. *John Roach, Maritime Entrepreneur: The Years as Naval Contractor 1862－1886*, Annapolis: United States Naval Institute, 1965, pp.80－81, 207, 219；E. Mowbray Tate，《跨太平洋汽轮：从北美太平洋沿岸到远东及澳大利亚、新西兰》（*Transpacific Steam: The Story of Steam Navigation from the Pacific Coast of North America to the Far East and the Antipodes*, 1867－1941, New York: Cornwall Press, 1986, p.34）和David B. Tyler《美国“克莱德”：从1840年到一战特拉华州钢铁造船的历史》　（转下页）

轮的甲板上是什么样的感受,两个巨大的烟囱冒着滚滚黑烟,三根高耸的桅杆直入云霄,而一旦现代化的蒸汽机罢工了,后果如何不堪设想。黄遵宪本人也知道乘坐汽轮出行的危险,在开往日本和香港的漫漫旅途中,如果遭遇不幸,很难马上得到其他船只的救援。那个时代的许多报纸都报道了汽轮在暴风雨中失事的新闻,以及蒸汽机爆炸给船员和乘客造成致命的烫伤。

黄遵宪看到的船上的货物非常值钱,旧金山海关统计的船上五花八门的货物价值 169 000 美元,包括 14 389 桶面粉、478 磅火腿和培根、26 175 磅人参、2 550 磅奶酪、2 500 磅糖、鲜虾、干果、鱼干、鲍鱼等。此外还有价值 428 019.95 美元的银条、337 231 美元的墨西哥银元、24 107 美元的金币、2 550 美元的金粉以及不得不提的从加州银行运往香港的 107 666.45 美元的银条。㊳ 更令人震惊的是,船上有至少 1 000 名中国乘客,其中绝大多数都住在末等舱,显然有别于黄遵宪及一些富有的商人。㊴ 看到这些数据,并将其转换为今天的价值,很容易看出,不论对于美国还是中国,中国贸易的经济重要性都是显而易见的,但是船上的巨额财富和绝大多数贫困的华人乘客之间鲜明的对比,也许会引起黄遵宪的关注和同情。黄遵宪也许会想到,尽管对一些华人乘客来说,这是回家之旅,可以与家人团聚,可以参加家族祭祀,但也还有一部分华人是被美国法庭强制驱逐离开的,《排华法案》实施以来,形势愈发严峻,从加州回国的华人显著增加,当地报纸长篇累牍报道没有合法手续的华人如何被法庭"押送"回国。㊵

(接上页)(*The American Clyde: A History of Iron and Steel Ship-building on the Delaware from 1840 to World War I*, Newark: University of Delaware Press, 1958, 35)。最近刚刚发表一篇与此相关的出色的论文 Mary C. Greenfield, "Benevolent Desires and Dark Dominations: The Pacific Mail Steamship Company's SS City of Peking and the United States in the Pacific 1874 – 1910", *Southern California Quarterly*, 2013, pp.423 – 478。

㊳ 参见 1885 年 9 月 20 日《上加州日报》(第 39 卷,12973 号,第 7 版)"财务和商业"、"中国汽轮的离港"。

㊴ 1885 年 9 月 19 日《旧金山纪事报》(第 2 版)《码头与波浪》。

㊵ 如 1883 年 11 月 23 日《旧金山纪事报》(第 3 版)《北京号上的中国人》("The 'Peking's' Chinese")、《十八名异教徒被允许上岸,一名被遣返回中国》("Eighteen Pagans Allowed to Land and One Remanded to China")。

登上北京号的黄遵宪也许思考过这些问题,也许还会回想自己在旧金山的三年,这是一段成功与失败、喜悦与痛苦交织的记忆。他是在美国国会通过《排华法案》后、总统签署之前到美国的。他所承受的压力可想而知。他的前任陈树棠相当成功,与旧金山白人精英建立起良好的关系,也开始致力于保护遭遇司法歧视的华人,但那个时候反华运动达到了一个顶峰。黄遵宪(以及反华阵营)焦急等待了一个多月,阿瑟总统才像预期的那样在 1882 年 5 月 8 日签署了《排华法案》。㊶

尽管黄遵宪当时的处境非常艰难,但他并没有停止争取。在助手傅烈秘的协助下,他开始了针对排华立法的合法斗争,市、州、联邦政府逐级展开,取得了一些重要的胜利。他成功地将唐人街原本反目的不同社团整合成统一的中华会馆。他帮助那些多种族结合的家庭,这些人饱受反通婚法律及怀有敌意的公众的压力。他迫使加州政府同意华人孩子也可以进入公立学校接受教育,并在唐人街创建第一所华人公立学校。在那样一个所有公立医院都不接受华人病人、华人得重病只能暴尸街头的年代,黄遵宪协助购买了用于在旧金山开办第一所华人医院的土地。㊷

这些只是我书中准备讨论的黄遵宪赢得的许多胜利中的一部分,但当然,黄遵宪在旧金山三年的任期也经历了许多挫败。当时越来越多的华人被强迫回国,联邦法官原本是同情华人境遇的,但最终也迫于压力改变了立场。华人在街头被暴徒甚至是孩童袭击的事件有增无减。发生在唐人街的恶性犯罪事件使华人的口碑一降再降,原本给予同情和支持的白人越来越少。而在个人生活方面,黄遵宪得知自己的母亲过世,尽管这通常意味着他要开始三年的服丧期,这期间不当官也不作诗,但他想离开

㊶ 参见 1882 年 5 月 8 日《旧金山纪事报》(第 2 版)《总统批准》("The President's Approval")。一些资料显示总统是在 5 月 6 日签署。

㊷ 所有这些细节都将在我的新书中详细展开。其中黄遵宪对于文学活动的鼓励可参考李东海《加拿大华侨史》,第 153 页。这些文学活动都记录在老星辉编《金山联玉》的序言中(温哥华:启新书林〈Kai Sun Book Shop〉,民国十三年)。根据我在书中找到的一段手写中文说明,老星辉(可能是编者的号)是清朝广东台山斛南的秀才。参与这些活动的一位"老师"正是黄锡铨,他可能是在访问维多利亚的时候教一些学生。现在我发现的唯一的一本《金山联玉》保存在维多利亚大学图书馆稀珍书库。Worldcat 联合目录中没有该书,这可能是现在存世唯一的一本。对《金山联玉》的研究会扩展十九世纪晚期北美华人文学活动的新向度。

的请求被清政府拒绝了,他们不顾一切地需要在旧金山以及北美西部维持下去。无法尽孝令黄遵宪痛苦不已,但他仍然不辞辛苦拼命工作,从旧金山华人那里得到的同情让他略感安慰。[58]

最后的打击来自 1885 年 9 月 2 日,在他离开前 17 天,在怀俄明州石泉附近的白人煤矿至少有 28 名华人劳工被残忍杀害,这是美国历史上最令人发指的排华暴力事件。[59] 当时黄遵宪的继任者已经任命,而黄本人的归程也已确定,所以他唯一能做的就是派遣傅烈秘和他信任的助手黄锡铨前往石泉,调查白人暴行,伸张正义,向美国政府索取赔偿。那段时间旧金山的报纸几乎每天讲述当时所发生的残酷的暴行,就连身为种族主义者的编辑也震惊于行凶者的残暴。

当黄遵宪离开这座生活了三年的城市,看着金山越行越远,也许会发出一声解脱的叹息,但现代社会生活中的不平等和不正义却始终萦绕心间,想到马上就能与家人团聚、去祭祀母亲的灵魂,也许会有一丝安慰。汽轮离开旧金山航行五天后,也许在太平洋中部之外的什么地方,黄遵宪赶上了中秋节,这对中国人来说是非常重要的节日,通常会与家人朋友一道欣赏满月。此情此景令诗人写下他早期作品中最感人的一首诗,这也是唯一保存下来的、创作于总领事期间的诗作:

八月十五夜太平洋舟中望月作歌[60]

茫茫东海波连天,天边大月光团圆,送人夜夜照船尾,今夕倍放清光妍。一舟而外无寸地,上者青天下黑水。登程见月四回明,归舟已历三千里。大千世界共此月,世人不共中秋节。泰西纪历二千年,

---

[58] 参见 1883 年 5 月 24 日《纽约时报》(*New York Times*)》第 2 版《华人悼念一位亡妇》("Chinese Honors to a Dead Lady"),该文转载自 5 月 14 日的《旧金山快报》(*San Francisco Bulletin*)。

[59] 关于这一事件的主要资料可参考 Jules Davids 编《美国外交和公共关系论文:美国与中国》系列二《美国、中国和帝国博弈,1861–1893 年》(第 12 卷)《苦力贸易和对华人的暴行》(*American Diplomatic and Public Papers: The United States and China*, Series II, *The United States, China, and Imperial Rivalries*, 1861–1893, vol. 12, *The Coolie Trade and Outrages Against the Chinese*, pp.183–242),该书 183 页复制了郑藻如抗议书的原件。

[60] 拙著《人境庐内》中也对这首诗展开过分析(第 191–194 页)。

只作寻常数圆缺。舟师捧盘登舵楼,船与天汉同西流。虬髯高歌碧眼醉,异方乐只增人愁。此外同舟下床客,梦中暂免供人役。沈沈千蚁趋黑甜,交臂横肱睡狼藉。鱼龙悄悄夜三更,波平如镜风无声。一轮悬空一轮转,徘徊独作巡檐行。我随船去月随身,月不离我情倍亲。汪洋东海不知几万里,今夕之夕惟我与尔对影成三人。

举头西指云深处,下有人家亿万户。几家儿女怨别离?几处楼台作歌舞?悲欢离合虽不同,四亿万众同秋中。岂知赤县神州地,美洲以西日本东,独有一客欹孤篷。此客出门今十载,月光渐照鬓毛改。观日曾到三神山,乘风意渡大瀛海。举头只见故乡月,月不同时地各别,即今吾家隔海遥相望,彼乍东升此西没。嗟我身世犹转蓬,纵游所至如凿空,禹迹不到夏时变,我游所历殊未穷。九州脚底大球背,天胡置我于此中?异时汗漫安所抵?搔头我欲问苍穹。倚栏不寐心憧憧,月影渐变朝霞红,朦胧晓日生于东。

这是一首典型的中国诗歌,包含很多用典,对诗中涉及的典故的考察不仅有助于我们确认该诗作与此前诗歌的联系,还使得我们能够将其作为 19 世纪中国现代性的表述去理解。我们不必根据钱仲联所做的详细的笺注一条条去分析诗中黄遵宪对中国历史的引用及对前人诗句的回应,但需要注意的是与这首诗歌形成互文关系的文本的范围是非常宽广的,包括《易经》、《诗经》、汉代历史著作、三国时期翻译的佛教经典《大般涅槃经》,以及最多见的对唐诗典故的化用,诸如李白、杜甫、韦应物、韩愈等诗人诗作。[61]

在某种程度上,这些用典证明了黄遵宪拥有足够的知识去创作伟大的作品,也丰富了 18 世纪诗人、诗论家翁方纲所提出的"肌理"说。[62] 在

---

[61] 钱仲联所指出的黄遵宪引用的汉代历史著述是《汉书》,这个典故还在《香港感怀》中使用过,参看《人境庐诗草笺注》第 399 页和第 75 页。

[62] 详见我关于翁方纲诗论及诗歌创作实践对宋诗派的重要影响,见拙作《诗人郑珍与中国现代性的兴起》,第 257–258 页。

黄遵宪创作的年代，影响最大的诗歌派别就是清代宋诗派，包括郑珍（1806－1864）、莫友芝、曾国藩（1811－1872）、张之洞（1837－1909）、何绍基（1799－1873）等著名的诗人，他们对十九世纪现代性的发展贡献巨大。对他们来说，单纯的"诗人之诗"是远远不够的，在他们看来，伟大的诗歌作品一定是"诗人之诗"与"学人之诗"的完美结合。进入二十世纪，这一创作方法依旧有效，后期宋诗派的代表人物有陈三立（1852－1936）和郑孝胥（1860－1938）。[63] 尽管目前黄遵宪不被包括在宋诗派中，但是著名的学者和小说家钱钟书（1910－1998）就曾清晰地分析过黄遵宪的诗歌创作方法与宋诗派多么接近。[64]

上面提到的用典将该诗与之前的诗歌传统联系起来，特别是中国传统宝库中丰富的与家人离别以及月亮的作品，这两个"老"主题统摄全诗。比如，黄遵宪的"举头只见故乡月"就是化用李白那著名的"举头望明月，低头思故乡"。同样，诗中的"悲欢离合"互文了苏轼的词"人有悲欢离合"。[65] 黄遵宪诗中的月亮意象也有赖于李白脍炙人口的《月下独酌》，诗歌描述了诗人在月夜与月亮及影子一同畅饮的情景。

有人会认为比起郑珍或是莫友芝，黄遵宪的用典并不是都那样机巧和出众，但该诗作最有趣的就是诗人使用过去文学中的典故来表现十九世纪的现代性。我们看到这首诗的题目就知道这不是古代或是中世的作品，题目中海洋航行的内容在早期文学中是很少见的，尤其是"太平洋"，这完全是一个新词语。对海洋航行的描述以及第11行使用的另外一个新词语"泰西"都再次确认了我们从题目中做出的判断，在第15行中，黄遵宪借用唐传奇《虬髯客传》的典故来形容夜晚高声唱歌的美国船员。这是一个非常典型的被我称为"域外典故"的例子，黄遵宪曾多次使用早

---

[63] 我们要承认的是尽管宋诗派强调学习，对之前的文学借鉴很多，但是其最出色的代表诗人的诗作都是极富创造性的，并且排斥模仿，比如何绍基所说的："学古人书，只是借为入手，到得独出手眼时，须以与古人并驱。若生在老杜前，老杜还当学我！"见《东洲草堂文集》，台北：文海出版社，1973年，第1册，卷五，第27ab页，第205－206页（该书使用双页码），《与江菊士论诗》，见《近代中国史料丛刊》，第885号。

[64] 钱钟书《谈艺录（补订本）》，北京：中华书局，1984年，第29－30页。

[65] 苏轼：《水调歌头》，见唐圭璋编《全宋词》，北京：中华书局，1965年，第1册，第280页，"明月几时有"。

期(主要是唐朝)诗文中描写古代和中世居住在中国边境地区具有西方人相貌的人们的修辞来介绍十九世纪的西方。⑥

这样的用典增加了诗作的"现代"意味,而最有原创性的使用文学典故营造现代气息的例子是在这首诗的末尾,黄遵宪写道"朦胧晓日生于东"。钱仲联引用了三个文本来解读这行诗,其中最早的是《礼记》,讲的是自然界如何显现宇宙的内在规律,诸如阴阳、男女的区别:

> 君在阼,夫人在房。大明[太阳]生于东,月生于西,此阴阳之分,夫妇之位也。⑥⑦

引文中包含的思想谈不上现代,它表现了中国的一种传统认知,将世界视为一个和谐共生的地方,万事万物都由不变的自然规律决定其位置。

钱仲联指出的第二个用典是西晋潘岳(247-300)作于公元278年的《秋兴赋》。⑥⑧《秋兴赋》的第一部分继承中国文学传统中的"伤秋"主题,正如潘岳在文中所言"伤秋"的传统是受到东周辞赋作家宋玉的影响。尽管《秋兴赋》的结尾是以道家哲学超越"伤秋"之情,但钱仲联所指出的互文文本是《秋兴赋》第一部分,带有悲观消极的情绪,文中潘岳感慨人生苦短,以大风呼号和昆虫低吟为文章增添了哀恸的氛围,最后辅以月亮和寒露的意象:

> 月朦胧以含光兮,⑥⑨露凄清以凝冷。⑦⓪

可能黄遵宪在写诗的时候并没有想到《礼记》或是《秋兴赋》,但是作

---

⑥ 见拙作《人境庐内》,第96-98、106、116-120页。
⑥⑦ 关于《礼记》的原文和现代汉语翻译参见王梦鸥编《礼记今注今译》,台北:商务印书馆,1974年,第1册,卷十,"礼器",第326-327页。
⑥⑧ 参见张启成编《文选全译》,贵州:贵州人民出版社,1994年,第1册,第735-743页。唐人李善的点评可见萧统编《昭明文选》,台北:文化图书公司,1963年,卷十三,第175-177页。
⑥⑨ 有的版本的《文选》将"朦胧"写作"曈昽",这里我依照钱仲联的版本。张启成将"曈昽"解释为"朦胧",见张启成编《文选全译》,第1册,第740页。
⑦⓪ 见张启成编《文选全译》,第1册,第740页。

为一位饱读诗书学养极高的诗人，他一定读过这两部作品（甚至可能背下），对于作品潜在的思想倾向非常熟悉。然而，比直接化用《礼记》和《秋兴赋》更引人关注的是黄遵宪以《秋兴赋》中的"朦胧"来形容太阳，而非经常被指涉的月亮，从"朦胧"两字的偏旁就可以想象它与"月亮"的渊源。尽管潘岳《秋兴赋》第一段非常悲观，似乎要去质疑《礼记》主张的万物有序和谐共生，但篇末还是回归传统，诉诸传统哲学解决现实生活的不如意。如果黄遵宪真的想到了《秋兴赋》，那么他明显是在表现第一段的悲观，这样的话，用原本描写月亮的词来描写太阳至少是不和谐的，也背离《礼记》所宣扬的万物有序，这实际上表征了十九世纪之前中国社会的秩序。

有人可能会认为我是在过度解读，那不妨来看钱仲联指出的第三个互文文本，我的解释就非常有力了。对黄遵宪来说，这是最重要的用典，他诗歌的最后一行很显然化用自钱仲联注中提到的、韩愈著名的诗篇。韩愈的这首诗描写了诗人游历五岳之一的衡山的经历，衡山位于今天的湖南省。贞元十九年（803），京畿大旱，韩愈上书请宽民徭，被贬为连州阳山（今属广东）令。永贞元年（805）遇大赦，被任命为江陵府（今湖北江陵）法曹参军。在从广东到湖北的途中，他经过衡山，并在投宿佛寺附近一晚后写下该诗。这首诗和韩愈的其他作品一样，通过壮阔的山峰与佛寺司祭的世俗的强烈对比流露出深沉的悲观，韩愈在诗尾感慨道"神纵欲福难为功"，并以下面两行诗结束全篇：

猿鸣钟动不知曙，杲杲寒日生于东。⑦

在这里《礼记》中表征宇宙秩序的太阳失去了热量，湮没于清晨的猿声和钟声中，让人不易察觉。在我对郑珍、其宋诗派同僚、贵州沙滩派代表人物的研究中，我讨论了韩愈这种非常悲观的诗歌对于被我称作"消极现代性"（negative modernity）的巨大影响，尽管黄遵宪可能没读过郑珍以及他

---

⑦ 韩愈《朱文公校昌黎先生集》，卷三，第37页《谒衡岳庙遂宿岳寺题门楼》，见《四部丛刊初编缩本》。

的直接传人,他见证了我所定义韩愈的"原初现代性"(proto-modernity)和十九世纪现代性的消极的一面。㋛ 因此,黄遵宪诗歌的最后一行就可以解读为对《礼记》中"传统"的有序的宇宙以及《秋兴赋》篇末潜在的道家哲学的颠覆,在黄遵宪的时代,没有一成不变的,甚至连太阳也失去了光和热。

也许有人会不赞同我对黄遵宪诗中用典的解读,但我的解读显然被这首诗中"现代"的内容证实。我们之前也讨论过黄遵宪在登上北京号后脑海中浮现出的种种思考和感受,更不必说他之前三年在旧金山的经历。正如前面提到的那样,中秋节对中国人来说是一个重要的节日,他在汽轮的甲板上所思念的"家"不光是广东的家人,还有甲板下的华人乘客以及四万万中国同胞。这里的"家"有了新意,涵盖了"国",这一观念在中国历史悠久,但鸦片战争后,随着十九世纪宋诗派诗人民族主义(我称之为"积极现代性",positive modernity)的增进得以强化。㋜

然而黄遵宪与"家"的关系是非常淡薄的,因为他身在一艘外国客轮上,身边是"虬髯"的美国人以及沉迷酒精、金发碧眼的船员,客船所搭载的绝大多数中国人都挤在条件恶劣的末等舱,他们的居住条件与黄遵宪截然不同,如果按照"方尺空气"法例,他们恐怕要被美国监狱收容。黄遵宪在北京号所感受到的无法忍受的孤立与当时令人沮丧的政治经济现实关系密切,同时现代科技社会也是一个重要的诱因。比起前人,现代科技赋予黄遵宪去更远的地方的"自由",但现实却是他迷失在太平洋中,"一舟而外无寸地,上者青天下黑水"。更令人烦恼的是月亮这一连接了同类诗歌中诗人与"家"的传统意象此刻不再可靠。西方人不懂阴历,不懂依据阴历所确定的中国的中秋节,现代探险所发现的更大的世界要远远大过中华帝国,而当黄遵宪在船上庆祝中秋时,他的家人可能已经睡去,醒来也是第二天清晨,毕竟他还没有经过日界线。黄遵宪已经意识到现代世界令人恐慌的两面性,一方面不必再诉诸艰辛的体力劳动获取健

㋛ 我对于郑珍"消极现代性"的讨论参见拙著《诗人郑珍与中国现代性的兴起》,第34页。关于韩愈对郑珍山水诗的影响,参考该书第350－352、360－365、367－368、373、382页。

㋜ 参见拙著《诗人郑珍与中国现代性的兴起》,第28、33、97－104页。

康和自由，而另一方面占据科技优势的一方能够掌控他人，摧毁了我们赖以生存的传统价值观。[74]

不论是郑珍还是黄遵宪都没有完全否定过现代世界，他们都相信这个世界能够通过勇敢者的勇敢行为去改善。郑珍除了教了一些十九世纪的中国最出色的学生外，并没有什么机会去实践，而黄遵宪则在他三年使美期间做了很多事情。金山三年，他筋疲力尽却收获甚少。现代科技促使十九世纪美国（还有中国）的新闻业迅速发展，就好像今天的互联网使得学者看到更多过去的资料，还有诸如维多利亚大学建立的现代化的图书馆档案室，这些都使我们能够勾勒出一个更为全面、英勇的、现代人黄遵宪的形象，在北京号他感受到了现代生活的孤独，但是从未动摇过。

孙洛丹译

---

[74] 黄遵宪当然不是第一个发现这一两面性的，之前许多人就讨论过，其中比较突出的是郑珍，他在西方影响遍及中国之前就曾论述过。详见拙著《诗人郑珍与中国现代性的兴起》第29-39页及第492-500页对新技术的危险性的讨论。

"同文"背景下的《日本杂事诗》

孙洛丹*
东北师范大学

作为初代外交参赞,黄遵宪(1848-1905)五年未满的驻日经历之于其诗文写作和思想的形成有着非常重大的意义,其日本题材诗文创作和修改几乎贯穿了他的后半生。《日本杂事诗》1879年初版,收录诗歌154首,定稿刊于1898年,经过增删修改,共收诗200首;《日本国志》成书于1887年,而刊行是在1895年,并于一年后再做修订,增删数千字,1898年再版。作为《日本国志》"诗歌版"及"预告篇"的《日本杂事诗》①,虽然在篇幅、规模和系统性上不及《日本国志》,但就流传范围与受关注程度而言,又在《日本国志》之上。《日本杂事诗》刊行后受到广泛关注,对"闻见狭陋,于外事向不措意"②的传统士大夫而言,不啻为极佳的了解域外世界的教科书。正如洪士伟在该书序言中所说:"回环雒诵,恍觉身到扶桑旸谷之区,遍历三山,得以览其名胜,阅其形势,而备知其国政土风也。"③

---

* 孙洛丹,女,1982年生,2013年清华大学中文系比较文学与世界文学专业博士毕业,现任东北师范大学文学院讲师。研究方向为比较文学、东亚近现代文学与文化史。本文系2014年度国家社会科学基金青年项目"晚清文人在日本的写作与汉文圈内华文文学的成立研究"(批准号14CZW036)阶段性成果。

① 到日本不久,黄遵宪就察觉到日本问题的迫切性、明治维新的重要性以及国人对日本的无知,因此立志介绍日本情况。梁启超在《嘉应黄先生墓志铭》中曾提及黄撰写《日本国志》的动机:"当吾国二十年以前,群未知日本之可畏,而先生此书则已言日本维新之效成且霸,而首先受其冲者为吾中国。"在与日本友人笔谈时,黄自己也谈到:"仆东来后,故友邮筒云集,皆询大国事者,故作诗以简应对之烦。"然而考虑到《日本国志》并非短期内可以完成,为了尽早达到向国人介绍日本的目的,他便运用手头的资料,在1878年秋天到1879年春天的几个月内,动笔写了154首诗,合成《日本杂事诗》,同年交总理衙门以同文馆聚珍版刊印出版。

② 陈铮编:《黄遵宪全集》,北京:中华书局,2005年,第6页。

③ 《黄遵宪全集》,第3页。

在我看来，以《日本杂事诗》为代表的黄遵宪日本题材诗作的"越境"之处不仅体现在诗歌的表现的内容上，更体现为这一创作实践及文本是在汉文知识圈④的大背景下的发生的，因此对其观照和解读也不应该只局限在中国近现代文学的脉络中。

1877年末，黄遵宪一行到达日本。是年2月15日，地处西南的鹿儿岛下了60年不遇的大雪，大雪中，西乡隆盛举兵；5月23日，在筑地的海军练兵所——也是当时为了西南战争军用而准备的试飞场，氢气球第一次飞上日本的天空，到达360米的高度；8月21日，第一届劝业博览会在上野公园开幕；10月17日，学习院在东京神田町举行开学典礼，明治天皇、皇后莅临，学习院的设立旨在培养华族子弟成为国家典范。

尽管这些场景都发生在清使到达之前，但通过笔谈、通过读书看报、通过诗歌唱酬、通过各种可能的渠道，黄遵宪等人后来也都——了解，并形诸笔端，在《日本杂事诗》及《日本国志》中予以呈现。在黄遵宪等清朝中国使节眼中，日本最便捷的标签莫过于"同文"了。何如璋（1838－1891）在《使东述略》开篇就写道："而日本以同文之邦，毗邻东海，亦复慕义寻盟。"⑤在王韬（1828－1897）为《日本杂事诗》所作的序中云："我中朝素为同文之国，且相距非遥，商贾之操贸迁术前往者实繁有徒。"⑥在他们的叙述中，"同文"俨然与地理距离一道成为描绘中日关系的修辞。

关于中日"同文"之便利，在黄遵宪赴日将近20年后梁启超（1873－1929）连载于《时务报》的长文《译书》中可以窥见一斑，这也代表了那个时代一种普遍看法：

---

④ 1877年，以黄遵宪为代表的公使馆抵达日本后，与东瀛汉学家（明治时代的汉学家，而非今天所指研究汉学的专家）之间展开了广泛而深入的交流，围绕着他们形成了一个庞大的汉文书写体系，这其中包括汉诗汉文、历史书写、序跋题批、笔谈遗稿、外交公文等种种形式。这样的汉文书写体系及其写作实践的主体就构成了一个在我看来可以称作"汉文知识圈"的网络。之所以不用"汉文化圈"的概念，是因为在我看来，"汉文圈"的每个文化之间的差异也很大，而此概念无法突出文化复数的特点。而之所以特别使用"汉文知识圈"而非"汉文圈"，是为了唤起人们注意这样一个在特定的历史时期存在于特定地域的以汉文为载体的知识权力场域，更强调"汉文圈"内部的话语秩序。

⑤ 何如璋：《使东述略》，见钟叔河编《走向世界丛书》（III），长沙：岳麓书社，2008年，第87页。

⑥ 《黄遵宪全集》，第4页。

> 日本与我为同文之国。自昔行用汉文。自和文肇兴。而平假名片假名等。始与汉文相杂厕。然汉文犹居十六七。日本自维新以后。锐意西学。所翻彼中之书。要者略备。其本国新著之书。亦多可观。今诚能习日文以译日书。用力甚鲜。而获益甚巨。计日文之易成。约有数端。音少。一也。音皆中之所有。无棘刺扞格之音。二也。文法疏阔。三也。名物象事。多与中土相同。四也。汉文居十六七。五也。故黄君公度谓可不学而能。苟能强记半岁。无不尽通者。以此视西文。抑又事半功倍也。⑦

"同文"所带来的"不学而能"的便利也许曾有效的帮助黄遵宪阅读和理解某些日人著述,但"同文"的另一面——与便利性共生的障碍和困惑——也实际参与到了黄遵宪的诗歌写作实践和文本中,而在《日本杂事诗》中突出的表现在竹枝词的形制及诗语中的中文日文"同形"(相同书写形态)词汇。

一、《日本杂事诗》与近代东亚世界的竹枝词风潮

《日本杂事诗》面世后,曾有时人评价黄遵宪继承了尤侗(1618－1704)《外国竹枝词》的衣钵:"黄公度《日本杂事诗》,采风纪丽,西堂《竹枝》之遗也。"⑧黄遵宪本人也借《日本杂事诗》最后一首予以自我确认——"纪事只闻筹海志,征文空诵送僧诗。未曾遍读吾妻镜,惭付和歌唱竹枝。"其实还不仅仅是黄遵宪,当时驻日公使馆几位以诗歌见长的要员都曾以竹枝词的形式记下在日所见所闻,公使何如璋著有《使东杂咏》68首附于《使东述略》之后,副使张斯桂(1816－1888)著有《使东诗录》40首,他们采用的基本上都是竹枝词的体例。

---

⑦ 梁启超:《译书》,载《时务报》第33册,1897年7月20日。
⑧ 徐兆琦:《北松庐诗话》,见王利器编《历代竹枝词》(庚编),西安:陕西人民出版社,2003年,第3151页。

最初的"竹枝词"只是一种民间歌咏形成,后来在被文人采用伊始,也多用来表现边远偏僻地区的民俗风情,于是就有了"蛮俗"、"夷歌"、"俚辞"以及"其声伧伫"之类的说法。自唐代起,经过刘禹锡等人的创作和推广,"竹枝词"逐渐流传到荆楚大地乃至全国,其平易朴实的风格对后世诗人颇具影响,可以算得上是诗坛的一股清新力量。之后,又有历代文人雅士以"竹枝词"来记述民间风情,或描绘世俗,或讽谕政事,或寄托乡思,题材逐渐丰富起来。

到了清代,竹枝词创作达到高潮,根据《历代竹枝词》的统计[9],清代创作的竹枝词大约共计23 000首,而与此数据形成对照的是,在唐、宋、元、明四朝共计1 026年历史长河中创作的竹枝词总数不过2 490首,从近乎十倍的巨大差距不难看出,有清一代,竹枝词创作呈现出空前繁荣的局面。并且这种繁荣还不仅仅体现在数量上,就题材内容而言,清代的竹枝词创作也有极大的创新和开拓,政治事件、社会变革、文艺创作、异域风情都进入了竹枝词的描写范围。复侬氏和杞庐氏的《都门纪变百咏》以竹枝词的形式记录义和团入京后的状况;李声振的《百戏竹枝枝词》,顾名思义,描述了包括"昆腔"在内的整整一百种"戏"的演唱形式;卢先辂用竹枝词写《红楼梦》中各色人物,创作出《红楼梦竹枝词一百首》。

在数量众多和题材扩展之外,"海外竹枝词"的大量涌现亦是清代竹枝词发展的一个显著特点。在清代诗人中,最早进行这类竹枝词的创作者正是前文提到的尤侗,西堂老人虽然并未走出国门,但其《外国竹枝词》却吞吐八方,涵盖地域之广前所未有,关于日本、印度、索马里、孟加拉国、埃及、西班牙、阿富汗、肯尼亚、土耳其、沙特、伊朗皆有诗作,或述其风土,或载其民俗,但鉴于这些诗作都是参考各类文献而作,所以就域外新知识而言可兹参考的价值并不大。黄遵宪就曾在《日本杂事诗》收录的最后一首诗的自注中点评道:"至尤西堂《外国竹枝词》,日本止二首,然述丰太阁事,已谬不可言。"[10]与尤侗不同,黄遵宪的《日本杂事诗》、潘乃

---

[9] 参见王辉斌:《清代的海外竹枝词及其文化使命》,载《阅江学刊》第1期,2012年2月,第107页。
[10] 钱仲联:《人境庐诗草笺注》,上海:上海古籍出版社,1981年,第1158页。

光《海外竹枝词》、陈道华《日本竹枝词》、潘飞声《柏林竹枝词》等皆是作者踏出国门真实所见所感。在清代,这类所谓的"海外竹枝词"不仅数量多⑪,并且所覆盖的地域横跨欧亚,所涉及的题材也非常丰富。

甚至可以毫不夸张地说,到了清中晚期,作为传统乐府诗歌样式的"竹枝词"已然开始承担起新的历史使命,那就是展现和促进中外文化交流。这既是竹枝词发展过程中的一个新的面向,又为其自身体制带来新的元素和变化,一个极为突出的事实就是,与海外竹枝词新鲜的内容如影随形的往往是附在每首诗后多则上千、少则近百字的注释部分。其实在《都门纪变百咏》中已经出现了诗后小注,对诗中涉及的史实作出说明,而更大规模和更完整齐备的诗注则是出现在海外竹枝词系列当中。对本国读者而言,要想接受和欣赏来自异域世界的山川地貌、风土人情,自然需要必要的铺陈和说明,而这些附着在"竹枝体"本体的"知识"不再是原有的28个字能够承载的。至于后来刘珏的《日本竹枝词》中每首诗前设有专门的"凡例",则将这种对诗外说明的需求表现得更为典型和彻底。

不仅如此,同处汉文知识圈的日本,在明治前期也掀起了竹枝词的风潮。维新后,人们对海外信息的渴求较之维新前有了更为显著的增加,在世人对海外诸国表现出日渐浓厚的兴趣的时代,一些以异域世界为对象的诗作也就应运而生了。明治十年(1877)浓香楼出版二册本的《海外咏史百绝》⑫,作者是茨城人河口宽(河口寬,生卒年不详),尽管题名冠以"海外",但河口宽和尤侗一样都未曾踏出国门,而是立足日本国内咏叹海外历史事件,内容可谓无所不包,始于亚当和夏娃的乐园故事,止于俾斯麦使俄时赠妻之信,涵括耶稣、穆罕默德、蔷薇战争、百年战争、华盛顿领导的独立、大宪章、纸币、牛顿、富兰克林、瓦特、史蒂文森等宗教、政治、经济、法律、制度、医学、科学之各类事物。

以汉诗的形式来吟诵海外历史轶事,在诗歌理解上无疑增加了难度,

---

⑪ 据王辉斌《清代的海外竹枝词及其文化使命》的考察,清代海外竹枝词数量将近2 000首。

⑫ 河口寬:《海外詠史百絶》,東京:濃香楼,明治十年(1877)四月(日本国立国会図書館近代デジタルライブラリー http://kindai.ndl.go.jp/info:ndljp/pid/893427,2013年12月12日)。

因此《海外咏史百绝》中,每首之后附上长短不一的自注以示说明,如介绍"古希腊七贤"——"山川秀美海之湾,七个贤人出此间。不似竹林疏礼节,各将文学化夷蛮。"⑬诗下注云:"希腊国上古有七贤人闻于世,隈曾X亚耳齐些包些母私陆多胡列亚那屈列恩渍母尼的隈斯齐列是也,或工诗歌,或长学术。"⑭正如诗注所言,所谓"希腊七贤"是指七位希腊智者,活跃在公元前7-6世纪,以其智慧、博学、品行而获得巨大声望,而关于七贤的名单历来说法各异,并不统一。

有的诗盛赞西方世界的科技进步:"不论地角与天涯,万里遥音信一丝。自此小儿名不朽,电光即是记功碑。"⑮该诗注曰:"米利坚人弗兰克林发明电,同于越气之理,或嘲曰此发明成何用邪。弗兰克林曰,小儿不能用而至大人始当有用焉。西国勒功业于石者谓之记功碑。"⑯

还有的诗涉及西方自由民权的理论:"自由自主说何新,欲把邦权付万民。固执一君专治法,东洋英断有斯人。"⑰注曰:"千八百三十年后,孛国多唱民权,说者比须末儿克,独曰君主之权受诸天,不可假于民。"注中提到的比须末儿克就是我们今天熟知的俾斯麦(Otto von Bismarck,1815-1898),该诗集中至少有六首诗都与他有关,从治国理念到情感八卦,不一而足。

需要指出的是,尽管该诗集名曰"百绝",但是其中收录的不少诗作并非七绝,而是竹枝词。这一点在篇末大沼枕山(大沼枕山,1818-1891)的题批中也得到了证实:"尤侗张潮之外,别辟一境,所以竟体无一,犹人语也。"⑱而另外一位姓名不可考的点评人更是详细指出了此种文体的意义所在:"自宋学士赋日本竹枝,清人或有效颦者。而若外国咏史,未曾闻

---

⑬ 《海外咏史百绝》,第4页。
⑭ 《海外咏史百绝》,第4页。诗注中"隈曾X亚耳齐些包些母私陆多胡列亚那屈列恩渍母尼的隈斯齐列"为七贤姓名,但因音译方式的差异无法断句,故保持原样。X为无法辨认的字迹。
⑮ 《海外咏史百绝》,第15页。
⑯ 《海外咏史百绝》,第15页。
⑰ 《海外咏史百绝》,第23页。
⑱ 《海外咏史百绝》,第24页。

有之,此篇可谓新发见一诗国,其功不在阁龙下也哉。"⑲

与《海外咏史百绝》以域外历史为题材不同,在明治前期的日本汉诗坛,对竹枝词更广泛和流行的运用是以"古竹枝"写"今风俗",而其领军人物非森春涛(森春濤,1819－1889)莫属。森春涛是当时汉诗坛最具影响力的诗人,其1874年创办茉莉吟社,教授门生,诗名益盛,并主编杂志《新文诗》,是当仁不让的汉诗坛重镇。《新文诗》按照月次刊行,不断推出标榜"清新"的汉诗诗作,从第一期至第一百期,收录了包括黄遵宪等清朝中国人在内的约440位诗人的诗文作品。在西风劲吹的维新潮涌中,这份刊物尽管以"守旧业"自居⑳,坚持汉诗创作,但一如其刊名"新文诗"实为"新闻纸"之谐音(日语两者发音相同),较之传统汉诗,表现出相当多的不同,诚如阪谷朗庐(阪谷朗廬,1822－1881)对其的赞誉"新闻纸示劝戒于新话,而新文诗放风致乎新韵,皆新世鼓吹之尤者"㉑。顺时而变,与时俱进,集合在《新文诗》周围的诗人诗作为日本汉诗坛注入"文明开化"的元气,也称得上是"化腐为新,工亦甚矣"㉒。森春涛自许"文妖"、"诗魔",毫不讳言钟情竹枝、香奁等作㉓,诗篇多偏向纤小艳丽,时人多称为"春髯艳体诗",有小野湖山(小野湖山,1814－1910)诗歌为证——"千古香奁韩偓集,继之次也竹枝词。两家以外推研妙,一种春髯艳体诗。"㉔

明治十四年7月森春涛去新潟出游,《新文诗》刊出一系列友人赠别诗文,如依田百川《送森希黄序》——"歌咏山川草木,鸟兽虫鱼,及朋友赠答,男女酬和,或虽出乎艳冶靡丽之词,足以概其风俗民情,乃知歌谣词曲亦大有资于史氏也"㉕,杉山三郊《送春涛先生游新斥序》——"西洋各

---

⑲ 《海外詠史百絶》,第23页。
⑳ 森春涛曾评价新文诗曰:"仆守旧业,独不愧于心乎？今获此新文,可谓腐竹生光矣。"(森春濤編《新文詩》第1集,東京:茉莉巷凹处,1875年,第1页。)
㉑ 阪谷朗廬:《贈春濤老人》,《新文詩》第2集,第1页。
㉒ 川田甕江:《讀新文詩》,《新文詩》第1集,第1页。
㉓ 森春涛在《诗魔自咏并引序》一文中云:"昔王常宗以文妖目杨铁崖,盖以有竹枝、续奁等作也。予亦喜香奁、竹枝者,他日得文妖、诗魔并称,则一声情愿了矣。"参见入谷仙介編《詩集日本漢詩》(19),東京:汲古書院,1989年,第118页。
㉔ 三浦叶:《明治漢文學史》,東京:汲古書院,1998年,第34页。
㉕ 《新文詩》(別集14),1880年,第7页。

国亦争辐辏,于是火轮之船,电机之线,山水人物,殆有与昔时异观者,而从未尝见有艳笔描其形胜,写其风俗者,岂不昌平一大遗憾乎。岁之辛巳夏六春涛森先生将启新潟之行,赋诗曰此行要问今风俗,吾意将翻古竹枝"㉖。可以看出,以古竹枝写今风俗,用汉诗记录文明新景观,已经成为众人的共识和期许,森春涛本人从不掩饰对竹枝的喜爱,《高山竹枝》、《新潟竹枝》、《千叶竹枝》、《玉岛竹枝》等对各地风俗描写在《春涛诗钞》㉗中俯拾皆是。

森春涛对竹枝、香奁体的钟爱,黄遵宪是有所了解的。在《新文诗》第42集(明治十一年12月)中,黄遵宪曾效仿森春涛作诗云:"猩色屏风护绛霞,闲呼侍婢斗团茶。一声报导郎来矣,问事谁家绣幌车。"㉘此后,第55和57集的《新文诗》也刊载了黄遵宪的两则书牍,他针对所看到的日人诗作总结评价道:"大邦诗教之昌,自近日星严先生提倡益为昌明,今也先生主盟骚坛,笔阵之横扫殆及亚细亚全洲矣,宪亟欲趋谒缘。"㉙从中不难看出,黄遵宪将日本汉诗发展放置在亚细亚大背景下加以审视,以竹枝词作为有效且流行的歌咏异域世界的写作形式之于汉文知识圈是共同的特点和动向。作为文人使节的黄遵宪等人在选择使用竹枝词叙述日本时,进入其视野的是整个汉文知识圈的诗歌发展,而非囿于一国之境。

二、《日本杂事诗》中"同形""新词语"辨析

除了竹枝词这一诗歌形制本身,《日本杂事诗》中详细的注释,为读者提供了了解和认识日本的材料,更是诗人要达到的主要目的。前举何如璋、张斯桂二书均有自注,详略不一,不过都不若黄遵宪《日本杂事诗》详细。对于《日本杂事诗》的注,钱钟书(1910-1998)曾有过一个著名的论断——"端赖自注,椟胜于珠"。㉚尽管此评价不免夸张,但确实与原诗

㉖ 《新文詩》(别集14),第7页。
㉗ 《詩集日本漢詩》(19),第69、126-128、131、148页。
㉘ 《新文詩》(第42集)、1878年,第6-7页。
㉙ 《新文詩》(第55集),1879年,第9页。
㉚ 钱钟书:《王静安诗》,《谈艺录》,北京:生活·读书·新知三联书店,2001年,第83页。

相比,《日本杂事诗》注的部分吸引了后人的更多关注,清人王锡祺所辑《小方壶斋舆地丛钞》第十帙第四册就收有《日本杂事》二卷,即取《日本杂事诗》之注而去其诗形成的,王之春《谈瀛录》中《东洋琐记》的部分内容也几乎是照搬《日本杂事诗》的诗注㉛。

在"椟胜于珠"评价的背后是钱钟书对黄遵宪略有微词,他认为,以"诗界维新"推崇黄公度,只是因为其诗"差能说西洋制度名物,掎摭声光电化诸学,以为点缀","而于西人风雅之妙、性理之微,实少解会。故其诗有新事物,而无新理致"。㉜尽管钱钟书此番评价在某种程度上切中了当时部分旧诗人所面临的困境——旧诗语与新名词难契合的问题,但就《日本杂事诗》而言,诗中涌现出大量的"新词语",不仅数量众多,也为诗歌的解读提出了新的线索和主题。蒋英豪研究指出,《日本杂事诗》中所出现的新词语,合计超过 400 个,其中概念源自西方的新词约有 150 个,取自日本固有语词的则约有 300 个。㉝ 这相对于《日本杂事诗》定本连诗带注有四万多字的篇幅,新词语出现的频率是相当高的。蒋英豪认为,即使没有《日本杂事诗》,这些所谓"和制汉语"的新词仍然会输入中国,但《日本杂事诗》大量介绍新词,却是这场创造新词运动中最令人瞩目的一个环节。

如果只是将《日本杂事诗》的文本做静止和平面的分析,那么这些所谓新词语的出现固然有迹可循。可问题是,这些新词语是存活在由诗语和诗注构成的共生空间内,对它们"新"的追认是要通过诗歌解读来完成的,尤其是《日本杂事诗》中涉及的中文日文"同形"词汇,它们在诗歌中展开的旅行似乎并不如想象的那般陌生。不妨先来看一个典型的新词语的例子:

> 剑光重拂镜新磨,六百年来返太阿。方戴上枝归一日,纷纷民又

㉛ 黄遵宪《日本杂事诗》中关于学校、徐福东渡、陆军学校、虾夷、日本文字语言等诗注均被王之春引用在《东洋琐记》中。
㉜ 《王静安诗》,《谈艺录》,第 81 页。
㉝ 蒋英豪:《〈日本杂事诗〉与近代汉语新词》,载《汉学研究》第 22 卷第 1 期,第 299 页。

唱共和。

（中古之时，明君良相，史不绝书。外戚颛政，霸者迭兴。源、平以还，如周之东君，拥虚位而已。明治元年，德川氏废，王政始复古。伟矣哉，中兴之功也！而近来西学大行，乃有倡美利坚合众国民权自由之说者。《山海经海外东经》："旸谷上有扶桑，十日所浴，在黑齿北，居水中。有大木，九日居下枝，一日居上枝。"日本称君为日，如大日灵贵、饶速日命皆是。）㉞

该诗以"明治维新"为歌咏对象，在注文中将"王政复古"视作"中兴之功"，同时也提及明治维新后，由于西学盛行，美国的"民权自由"在日本被倡行的情况。诗中"共和"二字，原是西周的一个纪年，又是对"共和行政"的简称，指西周自厉王被逐至宣王立位期间，由周公、召公共同执政的体制。中国古典的"共同协和行政"意义上的"共和"也随着史籍东传，输往日本，据冯天瑜的考察，日本古典中的"共和"与中国古典大致内涵相同。㉟ 然而，明治之后，日本人开始用"共和"一词对译英语 republicanism，如 1866 年刊行的福泽谕吉（福沢諭吉，1835－1901）《西洋事情》初编卷一中已经出现了"共和政治"的表述㊱，此时作为译词的"共和"指的是近代西方与君主政体相对应而产生的一种政体。明治以来，日本废藩置县、设立议院的改革，即被视为"共和"，而这已经不复汉文知识圈原有"共和"之意，此处的"共和"可以认定为是一个新词语。而下面的这首诗展示的是一个不同的情形。

呼天不见群龙首，地动齐闻万马嘶。甫变世官封建制，竟标名字党人碑。

（明治二年三月，初改府藩县合一之制，以旧藩主充知事。而萨、

㉞ 《黄遵宪全集》，第 9 页。
㉟ 冯天瑜：《新语探源：中西日文化互动与近代汉字术语生成》，北京：中华书局，2004 年，第 548 页。
㊱ 福沢諭吉：《西洋事情》，见永井道雄编集：《日本の名著》(33)，東京：中央公論社，1969 年。

长、肥、土旋上表请还版图。至三年七月,竟废藩为县。各藩士族亦还禄秩,遂有创设议院之请。而藩士东西奔走,各树党羽,曰自由党、曰共和党、曰立宪党、曰改进党,纷然竞起矣。)㊲

汉文知识圈中的"封建"一词本是一个内涵明确的概念,指帝王分封诸侯,分茅列土,授土授民,使之在所领有的区域建立邦国,即所谓的"封国土,建诸侯"。"封建制度"在秦汉以后退居次要,郡县制则成为中国君主专制政治结构的重要组成部分。"封建"一词后来也东传日本,赖山阳(賴山陽,1781-1832)在《日本外史》中将日本镰仓、室町两幕府时期称为"封建"时代,赖山阳对"中世"的判断大抵还是沿袭"封建"的本义。到了1870年代,受到基佐(F.P.G.Guizot,1787-1874)《欧洲文明史》影响的福泽谕吉在《文明论概略》中如此描述欧洲的中世:"后来野蛮黑暗的时代逐渐结束,到处流徙的人民也定居下来,于是便过渡到封建割据的局面。这种局面是从第十世纪开始,到十六七世纪才崩溃的。这个时代就叫做'封建制度'的时代。在封建时代,法兰西、西班牙等国虽各有其国家之名也有君主,但君主只是徒具虚名而已。国内武人割据构成部落,据山筑城,拥兵以自重,奴役人民自封为贵族,实际上形成了许多独立王国,穷兵黩武,互相倾轧。"㊳这里,正是他首先在汉文知识圈用"封建"来翻译 feudalism㊴,之后"封建"在日本成为一个流行的新名词。冯天瑜认为,这一对译是汉字词"封建"的古典义(封土建国、封爵建藩)与 feudalism 西方义(封土、采邑)相通约的产物。㊵ "封建"与前述"共和"一个显著的不同就在于西方的"封建制度"(feudalism)与中国古典的"封建"在概念上有切近和相通之处。在上引诗歌中,黄遵宪描述的对象是明治维新重要的一环"废藩置县",以郡县制取代职官世袭的封建制,进而形成近代政党

㊲ 《黄遵宪全集》,第9页。
㊳ 福泽谕吉:《文明论概略》,北京编译社译,北京:商务印书馆,1959年版1992年重印,第123页。
㊴ 今谷明:《封建性の文明史観:近代化をもたらした歴史の遺産》,東京:PHP新书,2008年,第85页。
㊵ 冯天瑜:《值得重新体味的清民之际的"封建"观》,载《史学月刊》2006年第2期。

政治。这里,我更倾向于认为,黄遵宪使用的是汉文知识圈"封建"的本义。可以佐证的是《日本杂事诗》中还收录有一首相关的诗:

> 国造分司旧典刊,百僚亦废位阶冠。紫泥钤印青头押,指令惟推太政官。
>
> 上古封建,号为国造。奉方职者,一百四十有四。后废国造,置国司,犹变封建为郡县也。天智十年,始置太政大臣(三公首职,犹汉相国)、左大臣、右大臣,相沿至今。然自武门柄政,复为封建,太政官势同虚设。明治维新后,乃一一复古,斟酌损益于汉制、欧逻巴制,彬彬备矣。曰太政官,有大臣参议,佐王出治,以达其政于诸省。(下略)㊶

从诗和注都不难看出,黄遵宪对日本政治体制的变革是非常清楚的,古时由封建变郡县,中世又从郡县复为封建,继而经过明治维新,建立起中央集权政治体制。在与"郡县(制)"的对举中,黄遵宪使用的是汉文知识圈固有的"封建"之意,或者毋宁说他是以汉文世界之"封建"去理解作为"封建制度"的 feudalism,很难说此处"封建"是一个新词语。

上举"共和"和"封建"的相似之处在于它们既是日文中的汉字词,又在明治时期被用来翻译西方概念,"译文"的新身份使得它们在《日本杂事诗》中的现身显得颇为暧昧。这些所谓的新词语被蒋英豪归为"源自西方的新词",与之相对的是"源自日本的新词",指的是"日语中固有的语词(其中也有一小部分是日语语词的汉语音译),而为汉语中所无,或汉语有之而涵义与日语不同的语词"㊷,"维新"就是一个这样的例子。㊸不论是《日本杂事诗》还是《日本国志》,其间所出现的关于"维新"的表述不胜枚举,有作为政治事件的"维新",也有时间意义上的"维新",黄遵宪

㊶ 《黄遵宪全集》,第16页。
㊷ 蒋英豪:《〈日本杂事诗〉与近代汉语新词》,第310页。
㊸ 蒋英豪将"维新"归为"源自西方的新词"(见蒋英豪前揭论文第311页),但本文经过考查,认为它是一个"源自日本的新词"。

也被认为是"最先将日本明治维新变化尤其是宪政巨变真实地传递给中国人的第一人"㊹,黄遵宪诗文中的"维新"一词的使用并非不言自明:

> 玉墙旧国纪维新,万法随风攸转轮。杼轴虽空衣服粲,东人赢得似西人。
>
> 既知夷不可攘,明治四年,乃遣大臣使欧罗巴、美利坚诸国,归,遂锐意学西法,布之令甲,称曰维新。燅善之政,极纷纶矣。而自通商来,海关输出逾输入者,每岁约七八百万银钱云。然易服色,治宫室,焕然一新。㊺

黄遵宪在该诗的注中将"维新"定义为岩仓使节团"学成归来"所掀起的全面学习西方的政治运动,这与他在《日本国志》开篇所说的"于是二三豪杰,乘时而起,覆幕府而尊王室,举诸侯封建之权,拱手而归之上,卒以成王政复古之功,国家维新之始"㊻有很大的不同。这种不一致并非一个单纯的界定明治维新从何时起的问题,而是与"维新"的表述在明治早期所呈现的"混乱"和"杂糅"状态息息相关。

日文文脉的"维新"一词来自《诗经·大雅·文王》"周虽旧邦,其命维新"。1779年,平户藩主松浦清设立藩校,取名"维新馆",尽管遭遇幕府反对声音的问责,也依然未改。1830年,水户藩藤田东湖在向德川奇昭陈述关于藩政改革的决意时,就曾援引"周虽旧邦,其命维新"的说法㊼。这些幕末的例子都证明了"维新"的表述在作为政治事件的"明治维新"就已经存在的。然而这样一个固有的汉文词汇却并没有首先现身于改元之后标志日本历史大变革的公文文本中。

1868年1月,明治天皇颁布《王政复古大号令》,宣布废除朝廷的摄政、关白制度与幕府的征夷大将军,建立了在天皇亲政名义下以一部分公

㊹ 张锐智:《试论黄遵宪的〈日本国志〉对中国清末宪政改革的影响》,载《华东政法学院学报》,2007年第2期,第147页。
㊺ 《黄遵宪全集》,第11页。
㊻ 黄遵宪:《日本国志》,吴振清等点校整理,天津:天津人民出版社,2005年,第35页。
㊼ 铃木暎一:《藤田東湖》,吉川弘文館,1997年,第95页。

卿和萨摩长州两藩主导的新政府,其中有云:"民为王者之大宝,于兹百事一新之际,圣上为此而忧虑。"㊽这里并没有出现"维新",而是讲"百事一新",其对应的日语表述为"百事御一新"㊾。

同年4月,以太政官布告第158号发布《太政官告示五则》,其中第五条规定:"由于王政一新,皇上深表忧虑,乃望速使天下安定,万民平安,诸民各得其所。当此之际,天下如有浮浪之徒殊不妥当。"㊿此处,以"王政一新"取代"百事一新"是与其特定的历史背景和政治需求有关㉛,但无论如何应该注意的是,依然没有出现"维新"的表述。

直到两个月后新政府颁布《政体书》,"维新"一词才第一次出现在所谓确立"明治维新"的文本中——"去冬皇政维新,置有三职;后又开设八局,分掌政务"㉜,并且是以"皇政维新"的形式出现,与后来公认的作为政治运动的明治维新在广度和深度上都有所区别。

相比于学者统计出的1868年的日本社会流行语"御一新"㉝,"维新"在当时所发出的声音实在微弱㉞。前田爱经过对"维新"和"御一新"所涉及文本对比分析,不无见地的指出,即使到了明治二十年代,对当时有阅读文献能力的人而言,文言体中的"维新"与口语体中的"御一新"并存的状况几乎是一种常识㉟。日语中,"维新"与"(御)一新"的发音类似,但却以不同的汉字书写形式出现在不同的文体当中。黄遵宪集中于明治

㊽ 日文原文参考《JACAR(アジア歴史資料センター)Ref.A04017124600、単行書・詔勅録・巻之一・内部上(日本国立公文書館)》。
㊾ 日文原文参考《JJACAR(アジア歴史資料センター)Ref.A04017124600、単行書・詔勅録・巻之一・内部上(日本国立公文書館)》。
㊿ 日文原文参考《JACAR(アジア歴史資料センター)Ref.A04017124600、単行書・詔勅録・巻之一・内部上(日本国立公文書館)》。
㉛ 前田愛:《幻景の明治》,东京:岩波書店、2006年,第4-8页。
㉜ 日文原文参考《JACAR(アジア歴史資料センター)Ref.A04017124600、単行書・詔勅録・巻之一・内部上(日本国立公文書館)》。
㉝ 吉田光浩:《"流行語"研究の諸問題(上)(附・六種資料対照近 現代流行語年表)》,《大妻女子大学紀要・文系》(31号),1999年,第150页。
㉞ 以"明治维新"为关键词检索日本国立公文书馆亚细亚历史资料中心所藏档案(アジア歴史資料センター http://www.jacar.go.jp/),得到186件,其中最早的一件为明治九年的文书,从这186件资料呈现的时间来看,在明治三十年之后集中递增。而以"御一新"检索,可得到226件,其中仅作于庆应四年/明治元年的就多达109件,之后呈现递减趋势。
㉟ 《幻景の明治》,第4页。

10－14年的诗文写作恰恰处于"维新"话语尚未完全建构起来之际,那么他的选择就不是自然而然发生的结果。汉文知识圈中"维新"表述的正统地位以及它彼时置身文言文体的现实处境都促使其成为黄遵宪笔下用以指称这一历史事件的最佳修辞。在将由明治政府主导的全面学习西方的政治运动称为"维新"后,诗注末尾黄遵宪还特地指出由此带来的"易服色,治宫室,焕然一新"之新局面,此处的"焕然一新"是否也在回应着日文语境中的"御一新"呢?诗歌中呈现出的形与意的交错正是"同文"的暧昧所在,亦是"同文"的角力场域。

三、以"帝国"、"天皇"为例看"新词语"建构的历史过程

刘禾曾指出,在跨语际实践的语境中,历史变迁的喻说恰恰就是新词语或者新词语的建构,这是因为,创造新词语旨在同时表述和取代外国的词汇,并且由此确立自己在语言张力场中兼具中外于一身的身份。㊻ 在近代汉文知识圈内新词语的问题显得更为复杂。当用汉文知识圈固有的词汇去翻译西方概念时,在"翻译"的当下,这些词被灌注了新的意义,不论这两种意义之间是否有共通之处,或许有多大程度的相似,"同文"所促发的深层文化记忆联通了对异域世界新事物的描述,在所谓"新""旧"之间实现了一次跨越时空和文化边界的"喻说"。探讨《日本杂事诗》中涉及的新词语目的之一是为诗歌解读提供更多的可能性,以《日本杂事诗》第一首诗为例:"立国扶桑近日边,外称帝国内称天。纵横八十三州地,上下二千五百年。"㊼在紧接着的诗注中,黄遵宪介绍了日本的概况——"日本国起北纬线三十一度,止四十五度;起偏东经线十三度,止二十九度;地势狭长。以英吉利里数计之,有十五万六千六百零四方里。全国濒海,分四大岛、九道、八十三国。户八百万,口男女共三千三百万有

㊻ 刘禾:《跨语际实践:文学,民族文化与被译介的现代性:中国,1900－1937》,宋伟杰等译,北京:三联书店,2008年,第55页。
㊼ 《黄遵宪全集》,第7页。

奇。一姓相承,自神武纪元至今岁己卯明治十二年,为二千五百三十九年。内称曰天皇,外称曰帝国。隋时推古帝上炀帝书,自名'日出处天子'。余此诗采摭诸书,曰'皇'曰'帝',悉从旧称,用《公羊传》名从主人之例也。"㊾

2001年出版的《近现代汉语新词词源词典》中收入"帝国"、"天皇"二词,并注明其词源为《日本杂事诗》㊿。前揭蒋英豪论文也予以证实。而"帝国"与"天皇"在中国古代典籍中,亦时有出现。汪晖曾对"帝国"一词做过详细的考察⓬,同时他也指出:"帝国一词在晚清时代被重新发明,并进入现代汉语之中,已经是现代中国历史传统的一个部分,是所谓'翻译的现代性'的表征之一。"⓭那么作为最初的"引入者",黄遵宪在吟咏"外称帝国内称天"时,其笔下的"帝国"究竟为何实在是个需要深入探讨的问题。

不论是诗语还是诗注中,"帝国"都是在与"天皇"的对举中出现的,一外一内,所谓"外称帝国",是指"帝国"在对外交涉中在"国号"意义层面上的使用。而实际上我们知道,作为"国号"的"帝国"是在1889年通过《大日本帝国宪法》的颁布才被确立的。《大日本帝国宪法》第一条规定:"大日本帝国,由万世一系之天皇统治之。"⓮由此,作为国号的"大日本帝国"以宪法的形式予以确立。但即便如此,在宪法颁布后相当长的一段时间内,在明治政府的对外交涉中依然存在"日本国"、"大日本国"、"日本帝国"并用的混乱状况。⓯那么在《大日本帝国宪法》颁布十年前

㊾ 《黄遵宪全集》,第8页。
㊿ 黄河清等编:《近现代汉语新词词源词典》,上海:汉语大词典出版社,2001年。
⓬ 关于中国古典中的"帝国"一词的语义分析,请参考汪晖《现代中国思想的兴起》。汪晖通过对《四库全书》中涉及"帝国"条目进行例证分析,将古代汉语中"帝国"一词归纳为两种含义——第一,以帝国概念指称地理意义上的中国范围和帝王治下的国家的结合;第二,以帝国概念指称以德治为特征的五帝之制。
⓭ 汪晖:《对象的解放与对现代的质询——关于〈现代中国思想兴起〉的一点再思考》,《开放时代》,2008年02月,第82页。
⓮ 《大日本帝国宪法》第1章第1条:"大日本帝国ハ万世一系ノ天皇之ヲ統治ス"、電子展示会《日本国憲法の誕生》、日本国立国会図書館(http://www.ndl.go.jp/constitution/etc/j02.html,2013年12月12日)。
⓯ 前野みち子:《国号に見る「日本」の自己意識》、《言語文化研究叢書》(第5号),2006年,第27-62页。

的 1879 年⑭,黄遵宪诗中的"帝国"又做何解呢?

日语中最早出现"帝国"一词见于兰和辞典《译键》(藤林淳道撰,1810 年),书中以"王民、帝国、国威"作为荷兰语"keizerdom"的翻译⑮,显然"王民"、"帝国"和"国威"是三个差别度极大的义项。《译键》一书是对稻村三伯所编的《波留麻和解》(被称作"江戸ハルマ")的精选,而《波留麻和解》以及后来的兰和辞典《道译法儿马》(即"长崎ハルマ")和《和兰字汇》中,对"keizerdom"的解释均作"帝王的权威""帝王之位"⑯。尽管还不明了《译键》中何以出现"帝国"的义项,但可以确定的一点是,《译键》的编纂者并不知道早在 18 世纪,"帝国"一词就开始被用来指称日本。

18 世纪德国医生兼植物学家甘弗(Engelbert Kämpfer, 1651－1716)乘坐荷兰商船来到日本,写下《日本的历史与纪行》(Geschichte und Beschreibung von Japan)一书,但此书却一直没有机会在德国出版,反而是英文版占了先机,1727 年英译本《日本的历史:对该帝国古今国家、政府以及寺、城及其他建筑物等的说明》(The History of Japan: giving an Account of the antient and present State and Government of the Empire of its Temples, Castles, and other Buildings;…),两年后又推出法语版《日本帝国的自然与圣俗的历史》(Histoire naturelle, civil, et ecclésiastique de l'Empire du Japon)。⑰ 单从题目就可以看出,以"帝国"面貌诠释的日本形象出现在了欧洲人的描述中。

日本人自称"帝国",其历史过程要更复杂一些。江户幕府一直以来使用的国号是"日本国",幕末又出现国学家们以"皇国"(天皇之国)来代替"日本国",而用于国号的"帝国",其出现要更晚一些。黑船来航一年

---

⑭ 由诗注中黄遵宪所写的"自神武纪元至今岁己卯明治十二年",推断该诗作于明治十二年,即 1879 年。

⑮ 《国号に見る"日本"の自己意識》,第 44 页。

⑯ 《国号に見る"日本"の自己意識》,第 44 页。

⑰ Suárez, Thomas: *Early Mapping of Southeast Asia*, Hong Kong: Periplus Editions, 1999, p.30.

后的 1854 年,德川幕府签署了《日米和亲条约》⑱,条约前文中赫然写有"帝国日本"的字样(the Empire of Japan),而各条款内则以"日本国"(Japan)代之。在这份日本历史上首次与欧美缔结的条约中,与"帝国日本"同样引人瞩目的是幕府将军放弃了"大君"的称呼,而代之以"日本君主"(the August Sovereign of Japan)。"日本君主"实在是一个暧昧的称呼,作为条约缔结当事人的将军的身份,体现在条约文本中与"帝国日本"更为匹配的称谓理应是"皇帝"或是"国帝",但由于来自欧美世界的开国要求刺激了国内愈演愈烈的尊王运动和公武合体,在此情形下,"帝"成为大君自称时需要回避的对象。《日米和亲条约》之后,在幕府签署的对外条约中,也都时时出现"帝国"字样,但表达略有不同,"大日本帝国"(《日英和亲条约》,1854 年)、"帝国大日本"(《日米修好通商条约》,1858 年)不一而足,对于幕府将军则统称为"大君"。

对外条约中的"帝国"仅仅维持了幕末这短暂的几年,遍查维新后至 1889 年《大日本帝国宪法》颁布之前明治政府与外国签署的条约,均不见"帝国"字样,而一律作"大日本国",而条约中"统治者"一律为"天皇"或"皇帝"。直接决定黄遵宪一行出使使命的中日《修好条规》⑲(1871 年签订)约首和内文第一条就采用"大日本国"的表述,内文其他条款的叙述涉及国号时用"日本"。另外,如前所述,即使在宪法颁布后相当长的一段时间内,明治政府的对外交涉中依然是"日本国""大日本国""日本帝国"并用。

1871 年末,岩仓使节团来到旧金山,在欢迎晚宴上,时任工部大辅的伊藤博文(伊藤博文,1841 – 1909)发表了英文演讲,他指出:"现在日本政府与人民所热切希望的就是掌握先进国家的最高文明。我们一弹未

---

⑱ 《日米和亲条约》日文文本参考《日米和親条約写》、電子展示会《史料にみる日本の近現代-開国から講和まで100年の軌跡-》、日本国立国会図書館(http://www.ndl.go.jp/modern/img_t/002/002 – 003tx.html,2013 年 12 月 12 日),英文文本参考《公式サイト日米交流150 周年記念事業》(http://www.ajstokyo.org/150/jouyaku.htm,2013 年 12 月 12 日)。

⑲ 黄遵宪外交官身份的形成有赖于中日《修好条规》的签订,该约被认为是"近代中日关系的开端",其中第四条规定:"两国均可派秉权大臣,并携带眷属随员,驻扎京师。或长行居住,或随时往来,经过内地各处,所有费用均系自备。其租赁地基房屋作为大臣等公馆,并行李往来及专差送文等事,均须妥为照料。"

发、滴血未流就废除了持续数百年之久的封建制度。"⑦接着,他又朝向会场所悬挂的日章旗,为他的演说做了结尾:"我国国旗中央的红色圆形不再是密封了帝国的封蜡,其原初就是一种高贵的象征,寓意升起的朝阳,而日本正在如同此寓意一般迈向世界文明国家之列(The red disc in the centre of our national flag shall no longer appear like a wafer over a sealed empire, but henceforth be in fact what it is designed to be, the noble emblem of the rising sun, moving onward and upward amid the enlightened nations of the world.)。"㉑伊藤并不流利的英文演说还是赢得了全场的掌声,不知道在场的美国人是否还记得 11 年前,为了《日米修好通商条约》批准书的交换,幕府使节团就曾来到美国,那是作为国旗的日章旗第一次在海外飘扬。伊藤所言"a sealed empire"正是对彼时条约中"帝国大日本"最明确的回应,而跻身"enlightened nations"之列才是即将学成归国的明治官员心底最迫切的期许。

再来看日文文脉的"天皇"一词,它也是东传到日本的中国古典中的词汇。㉒尽管作为称谓的"天皇",在公元 8 世纪《大宝律令》之前就已经存在于日本社会,但从《大宝律令》来看,"天皇"的称谓并未普及,只是在七种特殊场合才会使用。并且自 13 世纪顺德天皇(1210－1221 年在位)之后相当长的历史时期内都不被允许使用,直到 19 世纪初期在光格天皇(1791－1817 年在位)的谥号中才又重新出现。1889 年"大日本帝国宪法"发布,首次将对于天皇的种种称谓统一规定为"天皇"。但即便如此,在之后的若干年中,无论是外交文书还是面向日本国内的公

---

⑦ 春畝公追頌会編《伊藤博文伝》(上卷),明治百年史叢書第 143 卷,原書房,1974 年,第 628 页。

㉑ 《伊藤博文伝》,第 1017 页。

㉒ 关于道教、神道教和天皇制的历史纠葛以及日文文脉"天皇"一词的出现历史可参考葛兆光《国家与历史之间——日本关于道教、神道教与天皇制度关系的争论》(载《中国社会科学》,2009 年 9 月)中的介绍。关于日本自称"天皇",在 1871 年订立《修好条规》的谈判中,就曾引发清朝官员的不满。据《日本外交文书》记载,清朝官员曾指出:"粤稽上古我中国已有天皇氏,为首出神圣,后世皆推崇,莫敢与并。今查贵国与西国所立各约,称谓不一。而中国自同治元年以来定约者十余国皆称君主,即布国亦然,应请另拟尊称以避上古神圣名号,否则唯好仅书两国国号,以免物议。天地开辟以来,往古纪载之初,有天皇氏地皇氏人皇氏之称,谓之三皇。"(见外務省編纂《日本外交文書》,第 4 卷,第 245 页。)

文中也还是没有完全统一，在很多情况下，都还延续使用"日本国皇帝"的表述。[73]

基于上述历史考察，黄遵宪所亲历的日本，"帝国"与"天皇"之间尚未建立起稳固的对应关系，他所看到的"外称帝国"是由幕府推动的政治话语的延续，而"内称天"是被排除在这一架构之外的，换言之，在当时"外称帝国"与"内称天"之间并不存在诗歌构筑的对应关系。不仅如此，如果将透过黄遵宪的诗歌进入汉语语境的"帝国"、"天皇"视作所谓的"新词语"，那么需要注意的是，在诗歌写作的同时，它们所对应的日文原词尚处于被建构的过程当中，"同文"的暧昧模糊了"新词语"陌生和动摇的一面。

关于中日"同文"一说，已有研究指出，最早是由曾国藩（1811－1872）在1870年提出来的，提出背景正是与黄遵宪出使息息相关的中日《修好条规》的签订。[74] 就日本要求与中国修约一事，曾国藩主张允诺："日本自诩为强大之邦，同文之国。若不以泰西诸国之例待之，彼当谓厚滕薄薛，积疑生衅。臣愚以为，可悉仿泰西之例。"[75]而在围绕该条约的谈判中，相对于对具体的条款内容不满引起的争议和龃龉，"同文"两国对

---

[73] 举例如下《台湾事件ニ付全権弁理大臣大久保利通ヲ清国ヘ遣ハスノ勅語》1874年（明治七年）；《清国ニ対スル宣戦ノ詔勅》1894年（明治二十七年）；《露国ニ対スル宣戦ノ詔勅》1904年（明治三十七年）；《日韓議定書》1904年（明治三十七年）；《韓国ニ於ケル発明、意匠、商標及著作権ノ保護ニ関スル日米条約》1910年（明治四十三年）；《韓国併合ニ関スル条約》1910年（明治四十三年）；《独逸国ニ対スル宣戦ノ詔書》1914年（大正三年）；《山東省ニ関スル条約》1915年（大正四年）；《南満洲及東部内蒙古ニ関スル条約》1915年（大正四年）；《戦争抛棄ニ関スル条約》1929年（昭和四年）等。

[74] 姚天强：《中日"同文同种"论探究》，《哈尔滨学院学报》，2012年7月。

[75] 《曾国藩奏遵筹日本通商事宜片》，见《筹办夷务始末（同治朝）》，卷八十，中华书局，2009年，第3235页。尽管从曾国藩陈述的理由看，"同文之国"的说法来自日人自我修饰。但遍查《日本外交文书》中1870年《与清国缔结修好条规通商章程预备交涉相关事宜》和1871年《与清国缔结修好条规通商章程相关事宜》，"同文"的说法似乎都没有出现。而目前可见唯一的相关材料是1869年2月岩仓具视写给辅相三条实美的意见书，内曰"清国、朝鲜等国，自古与我皇国通好，且尤近邻。……然共在亚细亚洲，与我皇国为同文之国，宜速遣敕使，修旧好，已成鼎立之事"。在围绕中日立约展开谈判的1870、1871两年中，日方对于中日关系的描述所更常使用的表达是"兄弟之国"、"唇齿兄弟"、"一苇之航之地"、"唇齿邻邦"、"邻近之邦"、"人种相同、风气相似"（"同种同气"），或突出地理相近，或突出风俗相近。

汉文修辞理解的偏差及为此展开的交涉贯穿整个过程。⑯ 不论是外交过程,还是文本本身,都浸染着"同文"带来的便利与不便,当文字相通成为对条约条款进行解释的权力和背景,当"同文"之国成为叙述国与国关系的一种言说和修辞,这里的"同文"已不再是局限于语言书写体系内的问题,而外化为一种"政治"。

"同文"是汉文知识圈最为鲜明的特征之一,并表现为一种绵延的制度性的力量,与此同时,汉文知识圈内民族国家建构国语的张力也在扩展,这一切在明治维新后的日本表现得尤为突出。黄遵宪的日本题材诗文创作正发生在这样的背景之下,因此对它的解读也自然不能局限在中国近现代文学史的脉络当中,而是一个充满了各种力量博弈和妥协、崩坏与重构并行的汉文知识圈。就《日本杂事诗》而言,不论是竹枝词形制的选用还是诗后所附详细的注解都代表了当时汉文知识圈诗歌创作的一个风潮,而诗歌中"新词语"(以及被误认作"新词语"的诗语)都勾连起汉文知识圈变化中的实态。与同样出现在《日本杂事诗》中的"淡巴菰""地球图""五大洲""法兰西"等新词语不同,本论文所举"共和"、"封建"、"维新"、"帝国"、"天皇"的例子具有极强的透明性假象,不论它们是否用来翻译西方概念,当其现身于黄遵宪的诗歌,游走于异质语言间的旅行痕迹深刻的改变了它们原本置身汉文知识圈的意义和位置,由于这种历史性的阻隔,我们无法绕过"西方/汉文知识圈"、"中文/日文"这双重喻说来探明它们的所指。当经过"旅行"的同形词汇再次踏入故国之际,不能简单地以"新词语"做统一归类,只有对其沿途经历的事件和书写展开必要的考察和甄别,才能明晰"同文"背后的分化和差异,而它们藉由诗歌完成的流动是否可视作近代汉文知识圈重构中的一种努力?

---

⑯ 参考拙作《外交文本修辞的背后——中日〈修好条规〉考论》,《清华大学学报(哲学社会科学版)》,2010年增2期。

絜漪园与睛庐
——陈三立诗歌中的现实与理想

邬国平

复旦大学

一、引　言

　　絜漪园是南京一座私家花园府邸。陈三立寓居南京时，有时受花园主人邀请，有时自己前往拜访，在那里或会友，或赏景，或觞咏，经常流连驻足。睛庐频繁出现在《散原精舍诗文集》，也屡屡地为陈氏研究者提起，因而广为人所知晓。它是陈宝箴离开宦场后建造的居所，在江西南昌西郊的西山，陈宝箴死后，他与妻子的坟墓就在睛庐附近。陈三立曾与父亲一起在睛庐生活过一段日子，不久移家南京，父亲死后，他在清明、冬至时节常回去扫墓，行祭拜之礼。由此看，睛庐、絜漪园在陈三立生活中是两个互不关涉的场所，不仅路程相隔遥远，而且各自与他实际生活相关系的方面极其不同，相关系的程度也不可同日而语。再者，絜漪园是繁华都市中一座人工建筑的园林，睛庐虽然也是人工构筑的寓居，然而它静静地与山峦田野融为一体，这使它本身似乎也变成了自然的一部分，与絜漪园人工的、繁艳的格调绝不相类。既然如此，本文为什么将这两处互相没有关系，又几乎没有可比性的场所放在一起作讨论？这首先是因为絜漪园和睛庐都是属于私人的，不同于秦淮河、莫愁湖、北极阁等公共领域。在这两处私人场所陈三立的活动都有相似的持续性特点，并且都用诗歌不断地记述和咏唱。他几乎每年都往睛庐扫墓，留下了大量扫墓诗，凡读过《散原精舍诗集》的人对此印象深刻，这不用多言。他游絜漪园次数也很多,前后延续近二十年,贯穿于他在南京的整个生活阶段,即使寓居上海后,趁回南京有时也会再去那里光顾,现在留在他集子中还有五首诗歌,这虽然远不能与他回西山的次数特别是留下来的崝庐诗数量相比,然而与他在别的私人场所重游经历和写下的诗篇作比较,可算突出。一个人连续地去一个地方,不断地写诗咏唱,其间总会有某种特别的关系或存在精神上的需要吧? 其次,陈三立在絜漪园看到的是一个不断经历着变迁甚至灾难的现实,而陈三立每次回到崝庐,看到的却是一片超然尘俗的、不会改变的净土。他咏唱絜漪园的诗歌充满一种伤逝和忧愤的情怀,而崝庐诗感兴迭起,澜翻不穷,却又总是显示出一股淡定的力量。二者的不同如此显著,似乎在分明地表示絜漪园和崝庐对陈三立各自的不同意味,而这些意味又都系结着他的精神关切和需求。于是,这两个看上去互相没有发生关系,且不具备可比性的场所,缘于诗人参与其中的活动以及精神萦旋而形成了某种互文性,使我们可以对两者加以比较,借此解读他诗歌的蕴含,了解他心绪纷披及何以若此。

二、絜漪园变迁

絜漪园,原名濮氏园,再早则是梅曾亮柏枧山房故址,它位于今南京市三元巷、羊皮巷、明瓦廊一带。所以,谈絜漪园的变迁还要从梅氏祖上说起。

宣城人梅文鼎是著名的数学家,著有历算著作数十种。康熙四十一年,李光地将他所著《历学疑问》三卷进呈给康熙帝,受康熙帝召见,并手书"绩学参微"加以褒奖。以梅文鼎当时已经年老,征其孙梅瑴成(瑴,一作珏)入侍直,赐进士出身。梅瑴成也是重要的天文历算家,乾隆时官至都察院左都御史,年老谢事,"始奉旨自宣城移籍江宁",梅瑴成颜其所居曰"寄圃",借以"志侨居也"①。府邸在南京明瓦廊,从此宣城梅氏开始有了金陵分支。梅曾亮是梅瑴成曾孙,从小生活于此地,他为了纪念祖先

---

① 梅曾亮《家谱约书》,《柏枧山房诗文集》文卷四,咸丰六年刊本。

所在地，便以宣城柏枧山为斋名，取名柏枧山房，并名自己的著作为《柏枧山房文集》。太平天国军攻下金陵后，柏枧山房成了洪秀全政权多位政要的住宅②。

光绪中，原先的梅家府邸为濮文暹购得，修建后取名濮氏园。濮文暹（1830－1910）③，原名濮守照，字青士，自称偶然居士，晚号瘦梅子，江南溧水（今属江苏南京）人。同治四年（1865）进士，官刑部主事、员外郎，知南阳、开封、彰德府。他父亲濮瑗（1797－1856），字琅圃，又蘧，道光六年（1826）进士，官四川安岳县令、涪州知州。"好藏书，好砚，善辨石之精粗，好琴，他悉漠然"④，他这些兴趣爱好对濮文暹有显著影响。濮文暹有三个弟弟：文升、文昶、文曦，文昶与文暹同榜进士，当时传为佳话。濮文暹通经史、擅长诗、古文，兼嗜古琴。著有《见在龛集》（诗集十二卷、文集十卷、补遗二卷）、《青士诗稿》、《微青阁诗话》。他知识广博，"本工天算，有著述矣，复见李壬叔（引者按，李善兰）书出，自以为不能过之，遂辍不复为"。⑤ 濮文暹也是一位善于经营的人⑥，家境富裕。光绪二十二年（1896），他六十七岁时以丁继母张太夫人忧归，"卜居金陵之虹桥，梅氏柏枧山房故址也"。⑦ 他将旧居修建为濮氏园，生活于此，直到光绪三十一年（1905）去山东长子濮贤恪任所就养才离开。

---

② 据张德坚等辑《贼情汇纂》卷二记载：镇国侯卢贤拔、天官又副丞相曾钊扬、夏官正丞相何震川、夏官副丞相赖汉英曾经都住在柏枧山房（国学图书馆盋山精舍，民国二十一年石印本）。卢、曾、何、赖四人掌文事，助洪秀全删改六经，他们住在一起，方便相商办公。

③ 据陈作霖《河南南阳府知府濮公行状》记载，濮文暹"（己酉）十二月初九日以微疾卒"（《见在龛集》卷首，民国六年刻本），则已是公元 1910 年 1 月 19 日。

④ 濮文暹《濮述》，《见在龛集》卷十八，民国六年刻本。

⑤ 唐晏《濮青士先生传》，濮文暹《见在龛集》卷首，民国六年刻本。

⑥ 张之洞《羊氏巷某氏园》原注："园主人某太守方自沪赴都，谋揽造川汉铁路事。"（《张文襄公诗集》卷四，纪宝成主编《清代诗文集汇编》第 734 册，第 848 页，上海：上海古籍出版社 2010 年）陈三立《饮袁氏絜漪园》自注："抱冰相国（引者按，指张之洞）往岁游此园，尚称濮氏园也。濮叟出游，相国诗及之。"由此可知张之洞诗所咏之园就是濮氏园。张之洞游濮氏园当在光绪三十年甲辰（1904）春夏之际，张之洞说："余两假江节，不暇游观。甲辰春奉命来与江督（引者按，指魏光焘）议事，公事无多，又不能速去，日日出游以谢客。"（《张文襄公诗集》卷四《吴氏寂园》樊增祥注引，第 847 页）从张之洞诗自注可知，濮文暹离开官场后，从事经营经济的活动，是很有经济头脑且富裕的人，这为他何以有钱购买濮氏园提供了答案。又据陈三立诗注，张之洞诗题"某氏园"本作"濮氏园"，当是诗歌刻行时，濮氏园已易主且改名，故以"某"代之。又南京羊皮巷，当时名"羊氏巷"。

⑦ 唐晏《濮青士先生传》，濮文暹《见在龛集》卷首，民国六年刻本。

濮文暹往山东数年后，大约于光绪三十四年（1908）售出濮氏园，买家为袁树勋，濮氏园随之易名为絜漪园⑧。袁树勋（1847-1915），谱名曰盈，字海观、百川，晚自号抑戒，湖南湘潭人。同治年间，捐纳府经历，光绪中任江苏高淳、铜山知县等，1901年任上海道台，1906年后历任江苏按察使、顺天府尹、民政部左侍郎、山东巡抚，1909年6月任两广总督，次年10月辞官，寓居上海，有时也去南京絜漪园短暂居住。1911年10月10日武昌起义波及南京，11月革命党组建江浙联军向驻守南京的清军发起进攻，经过激烈争夺，联军于12月初攻占了南京。絜漪园地理位置靠近南京争夺战中心紫金山，直接受到干戈相争的影响，兵丁侵入，园内景物、设施遭到一定程度破坏⑨。事态平静后，虽然絜漪园依然为袁家所有，但是，袁家经过这次劫运之后对絜漪园已经失去长期保有的信心，所以过了几年把它出手了，从此絜漪园失去了私家园林之名实。1924年下半年，絜漪园成为河海工科大学校址的一部分，1927年北伐军进入南京以后，又成为其总司令部所在地。

一百数十年中，絜漪园数易主人，乃至后来更由私人府邸变成了为社会团体所拥有的物业，其原先标志府邸单独存在的名字也随之消失，或者仅仅作为公共领域的一部分景观偶尔出现在一些人的诗歌吟唱中⑩，可谓是近代社会沧海桑田的一个缩影。

---

⑧ 刘隆民《龙眠联话》卷一："袁退休后，在南京三元巷购得濮氏园，改名絜漪，斥资经营，蔚为名园。"（学生书局1965年）袁树勋辞官是在宣统二年（1910），然据陈三立写于宣统元年（1909）春夏之际的《饮袁氏絜漪园》可知，袁树勋在宣统元年初已经是絜漪园主人，刘氏之说误。袁树勋购有此园当在光绪三十四年（1908），该年他任山东巡抚，方便与濮文暹父子商谈购买事宜。陈三立《为袁海观督部题冬心老人画梅》诗写道，袁树勋任山东巡抚时，"展转购致"十六本晚明梅树，将它们栽在"江南园屋"（即絜漪园）。这也是一证。
⑨ 高拜石《会做官，肯做官——絜漪园与海观》一文认为，民国二年（1913）秋，张勋奉袁世凯命攻入南京，絜漪园遭到辫子兵抢掠。（见《新编古春风楼琐记》第肆集，第337-338页，北京：作家出版社2005年）可是陈三立写于民国二年初春的《为袁海观督部题冬心老人画梅》一诗已经说："一旦干戈闹城郭，兵子掠夺供樵苏。"则侵入絜漪园的兵丁绝无可能是反攻南京的张勋辫子兵，而应当是指参加1911年至1912年南京攻守战的军队。
⑩ 河海工程专门学校校刊《河海周报》第十五卷第七期（1926年出版）刊载陈崇礼《本校絜漪园八景诗》七绝八首，八景是：红桥秋柳、水榭风荷（船厅）、露沼芙蕖、竹亭延爽、塔影红霞、梅垞春讯、桂林踏月、小苑留春。从这些景致犹可以想见当年絜漪园的身姿和风采。陈崇礼（1896-1962），又名仲礼，字仲和，浙江诸暨人，1917年毕业于南京河海工程专门学校，任浙江大学教授，有《仲和吟草》。

三、陈三立与濮文暹、袁树勋两家交往

陈三立与濮文暹、袁树勋两家都有交往,因此与濮氏园或絜漪园也就有了联系。光绪二十六年(1900)四月,陈三立移居南京,与濮文暹同居一地,便有了互相诗歌酬唱的机会。他在《见在龛集序》说:"光绪中,余始为侨人,获从先生游。于是先生年垂七十矣,形貌清癯,神致疏朗,音吐坦率无城府。所居擅园池,高柳千株,每造先生,踯躅其下不欲去。"[11]这篇序作于民国七年(1918)。陈三立现存的作品没有记述濮氏园的诗歌,然而他的《饮袁氏絜漪园》诗有曰"柳园昔经过"[12],"柳园"即指濮氏园,可见他曾经被邀入濮氏园,成为座上宾。再证之以《见在龛集序》"每造先生"云云,则可知他曾数度进入濮氏园。所以,现在没有见到他写濮氏园的诗或许是由于别的原因造成的。《散原精舍诗文集》有三题四首诗歌与濮文暹直接有关,《七月初四夜与濮青士丈及恪士移舸纳凉赋》(两首)、《为濮青士观察丈题山谷老人尺牍卷子》、《恪士招集小舫泝流至西方寺侧纵眺客为濮青士仇绳之两诗叟赵仲彀观察及余凡四人》,这四首诗都作于光绪三十年(1904),从这些诗题看,皆与濮氏园无关,而从陈三立与濮文暹频繁游玩宴饮看,双方关系很熟。濮文暹长陈三立一辈,陈三立尊称他"濮叟"、"诗叟",有时谑称他"秃翁"[13],能尊能谐,也只有双方互相亲熟才有可能。濮文暹喜爱作诗,陈作霖《题濮青士太守见在龛诗集》:"作汗漫游半天下,合苏黄派一诗人。"[14]其实濮文暹虽称黄庭坚"大名与眉山,并峙谁低昂"[15],他自己的诗歌风格却更契合元白,与苏轼也有所接近,而与黄庭坚则有区别,陈三立为他诗集作序而"推论元白"(见

---

[11] 濮文暹《见在龛集》卷首,民国六年刻本。
[12] 陈三立《散原精舍诗文集》,第273页,上海:上海古籍出版社2003年。下引陈三立《散原精舍诗文集》,仅注页数。
[13] 陈三立《恪士招集小舫泝流至西方寺侧纵眺客为濮青士仇绳之两诗叟赵仲彀观察及余凡四人》"窥窗踞坐一秃翁",原注:"谓濮叟先生。"《散原精舍诗文集》,第128页。
[14] 陈作霖《可园诗存》卷二十一《旷观草》上,清宣统元年刻增修本。
[15] 濮文暹《登卧羊山为黄山谷先生旧游地慨然有怀》,《见在龛集》卷九,民国六年刻本。

《见在龛集序》),刘世珩称"公诗具体白苏"⑯,皆比诸陈作霖所评更为确切。如他的《梳发谣》"儿须知,成名早,不如白发迟"⑰,正是"白俗"遗风。陈三立与濮文暹皆好诗,这为双方的交流增加了更多雅趣。《为濮青士观察丈题山谷老人尺牍卷子》是陈三立为濮文暹收藏的黄庭坚三件尺牍墨迹题写的一首五言古诗,他在这首诗里评黄庭坚诗歌"奥莹出妩媚",其书法"锋锐敛冲夷",二者风格特点一致。然而世儒将黄庭坚诗歌的特点概括为"涩硬",且有的人以此为不足称道,陈三立以为这是对黄庭坚的误读讹评。读出黄庭坚诗歌"奥莹"、"妩媚"兼而有之,且"奥莹"出于其"妩媚",这与历来多数诗论家,无论是肯定还是批评黄庭坚,都很不相同。此说法与濮文暹评黄庭坚尺牍墨迹的风格"直融刚健成婀娜"相同⑱。说明陈三立同濮文暹在互相交流中对黄庭坚诗歌、书法的认识深入而有会心。光绪三十一年濮文暹离开南京以后,他们二人不再有联系。

如果说陈三立与濮文暹交往的一个重要内容是诗歌,那么他与袁树勋交往的主要内容之一则是书画文物。袁树勋退职后寓居上海,虽在南京有絜漪园却不大去住,他与陈三立来往更多是在陈氏移居上海以后。袁树勋善聚财,喜购买府邸田产,富收藏,家里藏有许多书画古籍,有些曾请陈三立题诗⑲。

---

⑯ 刘世珩《见在龛集序》,濮文暹《见在龛集》卷首,民国六年刻本。
⑰ 濮文暹《见在龛集》卷七,民国六年刻本。
⑱ 陈三立《为濮青士观察丈题山谷老人尺牍卷子》是一首重要的论诗诗,濮文暹也写过一首《题黄山谷墨迹卷子长歌》,为了帮助理解陈三立论诗之意,现将它抄录如下:"蜀山争镌黄君碑,矫然体势如其诗。生造笔笔人精冶,微瑕惜乏天然姿。文忠文节峙岱华,品望谁敢分高卑。大踏步行苏所独,于西江派多微词。即以书法斗双管,鼓努为力轻警訾。手摩石本意不惬,自惭老眼花纷披。尘簏无端腾宝气,受藏此卷忘所施。十一行字百三十,墨光湛湛辉砚池。每云纸背笔力透,此不著纸凌空垂。不劳意匠任挥洒,规矩随手皆天倪。直融刚健成婀娜,苏黄一气无合离。枣木失真鼎更赝,名迹往往生然疑。庐山面目才得识,虫冰蛙海空自欺。悬知寓书必良友(引者按,原注:"尺牍凡三笺。"以下括号内原注同),未标姓字谁当之? 胺尾附骥遂不朽,彼张彼彭何人斯(皆牍中所及者),茶瓶药笼亦嘉贶,文尤医俗兼沁脾。清言错落情味古,俪花似叶无丑枝。却嫌私印尽瘢疮,半闲堂更迁多时(多收藏家印,不可全考,惟秋壑大玉印可辨)。藏经纸好弁卷首(纸有金粟山房印),楼亦可宝珠可知。铜符郑重合笺缝(三笺接处皆有合同小铜印)预防串断抛牟尼。凤契坡仙老梅树,璧联书画交龙蜵。两美必合事非偶,神物有灵争护持。千秋文字今得师,拜香曾拜黄公祠(豫蜀名胜皆有祠,遣官中皆祭焉)。"(《见在龛集》卷十一)
⑲ 《散原精舍诗文集》收有《为袁海观督部题冬心老人画梅》、《为海观尚书题所藏郭天门遗老画》,即是其例。金农(1687-1763),字寿门、司农,号冬心先生,浙江钱塘(今杭州)人。"扬州八怪"之一,善写花卉,尤工画梅,风致古朴。郭都贤(1599-1672),字天门,湖南益阳人。明天启二年(1622)进士,官江西巡抚,入清薙发为僧,号顽石,又号些庵和尚。善画松、兰、竹。

《为袁海观督部题冬心老人画梅》写于民国二年(1913)春,诗曰:"海涯雪盛梅坏株,徐园絜园围酒壶。繁花独数哈同园,百树连亩堆璎珠。"徐园又名双清别墅,在上海唐家弄(今天潼路近浙江北路),由浙江海宁丝商徐鸿逵创建于光绪九年(1883)。絜园为同治四年(1865)苏淞太兵备道丁日昌建造于上海宝山,可观黄浦江、吴淞口,何绍基有《絜园记》。哈同园即上海著名的爱俪园。陈三立诗里说,这些花园的梅花都是近岁才插植而成,远不如袁树勋所购、安置于絜漪园的"明季十六本"珍稀宝贵,"羁客袁翁暇过我,自矜所获一世无"。这类回忆是他们在上海交往时的谈资之一。袁树勋死后,陈三立撰写《清故署两广总督山东巡抚袁公神道碑》,说他"精能持大体,新旧学说,杂糅观其通,不轻为抑扬进退。于外交时其柔刚,而尽其情伪,往往弥缝挽救,为功于国甚众"。[20] 所作的评判颇斟酌于分寸之间。袁树勋长子殇,次子袁思亮与陈三立过从密切,尤其是袁树勋去世后,二人游宴酬唱很多。袁思亮(1880-1939),字伯夔,一字伯葵,号蘉庵、莽安,别署袁伯子。光绪二十九年(1903)举人,曾任北洋政府工商部秘书、国务院秘书、印铸局局长。袁世凯复辟,弃官归,隐居上海,也喜欢收藏图书文物。著《蘉庵文集》、《蘉庵词集》、《蘉庵诗集》等。他称陈三立为师,有《跋义宁师手写诗册》、《祭义宁师文》、《沧江诗集序》三文(《沧江诗集》许熙崇字季纯撰,袁思亮序其诗而称述陈三立论诗语),收录于《散原精舍诗文集》附录。《散原精舍诗文集》、《散原精舍诗文集补编》中与袁思亮有关的作品则有诗歌二十一题二十四篇,文二篇[21],最早的《同袁伯夔絜漪园观梅》写于民国八年(1919),最后的《诰封

---

[20] 陈三立《散原精舍诗文集》,第921页。
[21] 这些作品收在《散原精舍诗文集》(上海古籍出版社2003年),依次出现为:《同袁伯夔絜漪园观梅》(第592页)、《暮春抵沪同大武伯夔子言游半淞园泛舟小溪作》(第600页)、《半淞园坐雨伯夔重伯寿丞及儿子方恪同游》(第604页)、《赠袁伯夔》(第621页)、《袁伯夔母唐太夫人八十寿诗》(第630页)、《次韵伯夔宴集夏映庵园屋月下看菊》(第637页)、《叠韵再答伯夔》(第637页)、《次韵答伯夔送太夷北行》(第638页)、《伯夔酬诗相奖感而次韵却寄不自禁哀音之发越也》(第639页)、《次和伯夔独游徐园看菊》(第639页)、《喜伯夔至尖杜园用江风体韵》(第641页)、《次和伯夔生日自寿专言文事以祝之》(第660页)、《次和伯夔生日自寿专言诗事以祝之》(第660页)、《初春同逊初伯夔过非园》(第665页)、《龙华园重伯瓶斋映庵伯夔同游》(第668页)、《非园和鹤亭同游复有梅泉映庵伯夔》(第668页)、《爱俪园纪游鹤亭映庵伯夔同作》(第669页)、《徐园看所列素心兰杜鹃和鹤亭伯夔映庵》(第669页)、《重游沙发园同鹤亭重伯映庵伯夔各赋六言纪之》(四首,第669页)、《戊辰八月梅泉招同彊邨病山伯夔公渚放舟 (转下页)

一品夫人袁母唐夫人墓志铭》写于民国二十一年(1932)。

四、絜漪园诗的伤逝和忧愤

　　絜漪园历经变化,陈三立目睹了其中两次,第一次变化的结果是濮文暹的濮氏园变成了袁树勋的絜漪园,第二次变化则直接导致絜漪园后来失去了私家园林性质,而成为学校校址及军队办公场所。这两次变化虽然在性质上有甚大差异,然而又都无不表现出世事白云苍狗、无著无定的特点,使"天下无长物"、"挽留不住"这些说法不再只是一些抽象、空洞的概念,而呈现为活生生的事实。陈三立对絜漪园的这种变迁产生很深的感触,为之感伤和忧愤,有关诗篇写下了他的心情。

　　《饮袁氏絜漪园》写于宣统元年(1909)春夏之际,讲述絜漪园第一次易主:

柳园昔经过,扶疏千百株。映带瓜蔓水,时时浴鸥凫。
绿阴幕霄汉,巾拂迎老儒。晨风夕照间,吟啸相嬉娱。
岁更主人去,锥刀弃奥区。摇眼架楼观,绮疏金碧涂。
方池甃文石,桥亭迷所趋。绰约生蜃气,飞影连蓬壶。
黄鹂隔睆睍,粉蝶寻模糊。萧寥结袜地,犬卧依行厨。
当年相公来,坐索山泽臒。赋诗状苦乐,颇讥负菰芦。(原注:
抱冰相国往岁游此园,尚称濮氏园也。濮叟出游,相国诗及之。)
菟裘等幻境,追忆成贤愚。大块造烟景,终媚旁人眸。
胜日聚觥酌,满噪栖林乌。醉饱一俯仰,秉烛存今吾。㉒

由诗题知,此时花园主人已经是袁树勋,不再是濮文暹。然而诗歌几乎通

　　(接上页)至吴淞观海》(第679页)、《和答伯夔见寄招还沪居度岁》(第696页)、《诰封一品夫人袁母唐夫人墓志铭》(第1098页)。此外,潘益民、李开军辑注《散原精舍诗文集补编》(南昌:江西人民出版社2007年)收入《与袁思亮书》(第332页)。
　　㉒　陈三立《散原精舍诗文集》,第273页。

篇都是围绕濮氏园及其旧主人来写,说明它实际上是一篇叙旧之作,濮文暹和濮氏园才是诗人聚焦的对象,"追忆"二字是绾结全诗脉络的针线。

首先写诗人昔日游濮氏园见到的景致。由柳景渐次而及楼观桥亭,大段的景语中间插进"岁更主人去,锥刀弃奥区"两句,以此表示诗人来园游宴不止一次,同时诗人也借着这两句叙述,调剂写景节律,使诗篇描写的场景挪移自如,避免落入板滞的写法。"锥刀"是制茶用具,它们被弃置在宫室僻奥之处,诗人写这一细节意在点示园林的主人那次虽然只是暂时离去,然而在外羁行的日子已经不短。

其次回忆张之洞游濮氏园。张氏自己在《羊氏巷某氏园》一诗对此有具体叙述,可以与陈三立这首诗歌互相参阅。张氏在诗里谈到,致仕的濮文暹可以自由地外出谋求经营而"不惮烦",而他自己却只是暂得片刻清闲来此赏景,其实政务缠身,心"有至苦",享受不了隐逸者的闲情趣味。陈三立"赋诗状苦乐,颇讥负菰芦"[23],即指张之洞诗里的这些感慨而言。

在大段回忆了从前濮氏园宾主游宴(有时最主要的主人缺席)、展现花园自然景象和人造建筑美好之后,陈三立又顺接他引述的张之洞诗意,用"菟裘等幻境"等四句骤然道出了花园易主、旧主人夙愿化为幻影的现实,使诗歌伤逝的情绪和主题一下子凸显出来。濮氏园约十余亩[24],以柳荷景色和楼观亭台别致闻名。濮文暹购置濮氏园本想在此养老,他《新居题壁》诗流露了这种愿望,曰:"吟啸老未厌,外此何所求。"[25]然而他后来又放弃了这一打算,将花园售给了他人,于是原本打算作为隐居栖身之地的"菟裘"(比喻濮氏园)于濮文暹而言无异变成了虚无缥缈的"幻境"。《左传·隐公十一年》:"使营菟裘,吾将老焉。"菟裘在今山东泗水县,后人用"菟裘"典故,称告老隐退的居处,与诗篇前面出现的"菰芦"一词意思相同。主人虽然走了,花园的柳枝依然摇漾,鸥凫照样戏水,楼观桥亭、

㉓ 菰芦,指隐者所居之处。
㉔ 张之洞《羊氏巷某氏园》:"楚楚一亩宫,荡荡十亩园。"
㉕ 濮文暹《见在龛集》诗卷九,民国六年刻本。按濮文暹此诗明写他此处新居地处"江尽头",与他早年在"江之源"的蜀中居所遥遥相对,则"新居"指南京濮氏园无疑。从诗题看,《新居题壁》应写于诗人购置濮氏园后不久。

黄鹂粉蝶仍旧是那么迷人,只是这些物色都已经与原先的主人无缘,它们已经成为别人眼中的风景。"大块造烟景,终媚旁人眸",这道出了离濮氏园而去者与诗人心头的无穷惆怅。

最后四句点出题目,写诗人在已经易主改名的絜漪园饮酒。尽管友人相聚,时节风光宜人,陈三立诗句吐露出来的并不是由衷的精神欢快,而是一种无奈的、放纵式的对享受的沉湎。"醉饱一俯仰,秉烛存今吾"二句,脱胎于《古诗十九首》:"昼短苦夜长,何不秉烛游?"(《生年不满百》);"人生天地间,忽如远行客。斗酒相娱乐,聊厚不为薄。"(《青青陵上柏》)"不如饮美酒,被服纨与素。"(《驱车上东门》)是用放浪行迹、寻求欢乐的方式对变幻莫定、不可捉摸的现实表示失望。每当生活或前程渺茫时,人们会产生严重的失落感,于是往往会寄托于酒,寄托于声色,寄托于山水、诗文、艺技等,借以消释心中的块垒。陈三立《饮袁氏絜漪园》诗所表现的无疑也是与此相类似的精神寄托,低回哽恻无非是心头悲郁之音,而这种悲郁之音又将诗人伤逝的情绪在全诗临终时推向了高潮。

濮文暹出售濮氏园,离开南京,事后证明他这样做极有预见性。购置花园之初,濮文暹有感国势鼎沸动荡,隐隐觉得缺少安全感,"奈何大瀛沸,倾泻金玉瓯。群獠逞声色,万国夸春秋","买山山灵愁,浮海海若咻"。⑯ 数年后他做出的决定不能说与此无关。后来南京发生干戈之争,絜漪园遭兵丁侵入,他算是逃过了一劫,而让袁树勋承担了事变的风险。陈三立不仅站在同情友人的立场上,而且从批判现实的角度用诗歌对兵丁侵入絜漪园的事件作了叙述。现在能见到的他的有关诗歌,其中两首是写与絜漪园主人袁树勋生前。

第一首《为袁海观督部题冬心老人画梅》写于民国二年(1913)初春。袁树勋购置絜漪园以后,又将他任山东巡抚时买来的十六棵晚明梅树栽在园里,成为絜漪园中一个新的主要景观。陈三立在诗里对这些名贵的梅树来历作了介绍:"翁昔持节镇东鲁,故家盆玩人称殊。留遗明季十六本,虬枝铁榦神明扶。子孙世守重护惜,豪贵倾橐空觊觎。卒坐籍没输库

---

⑯ 濮文暹《新居题壁》,《见在龛集》诗卷九,民国六年刻本。

藏,展转购致随归舻。江南园屋置妥帖,一一排立倾城姝。古香夜发袭寐梦,定诧何逊迷林逋。"㉗在清民辛壬之际的南京动荡中,这些幸存的古梅也随之遭殃,它们被当作柴木随便地砍斫,一点儿得不到怜爱,"一旦干戈阚城郭,兵子掠夺供樵苏"。在叙述了古梅今昔的遭遇之后,诗人接着写道,幸好藏在絜漪园的一幅冬心画梅图没有被抢走,使花园主人犹能得到些许慰藉:"扶头叹恨付劫烬,慰情幸拾冬心图。冬心画梅胎古法,持观意匠天人俱。疏野生气溢纸上,杯茗兀对山泽癯。形骸蜕化精魂讬,楚弓赵璧谁谓诬。"诗歌最后说,世危时艰,一个人能对着古画聊为娱乐已经是莫大的福分,诗人以此劝慰袁树勋放宽心情,"时危成毁安足问,况翁快事收桑榆。岁寒依倚保醇德,屏风索笑长相娱"。古梅遭斫伤,古画得幸存,在动荡的乱世中物之毁灭是必然的,保存则是侥幸,这些非个人能力所能够左右。"岁寒"二字由衬托梅树的气候条件,转喻诗人所处的时代社会状况,同时也是喻示人犹如絜漪园的梅树,遭受暴力砍斫而无法躲避。陈三立这首诗歌通过写梅树的遭遇,其实道出了当时人们所处的艰难境况。

第二首《絜漪园为海观尚书故居过游感赋》写于民国三年(1914)十一月诗人从上海短暂回南京时,对絜漪园"巨变"前后作了较为详细、近于全景式的叙述,而不像《为袁海观督部题冬心老人画梅》因为受诗题约束的缘故,只选择梅树这一局部加以展现:

絜漪园系城北隅,名卉百本千柳株。往岁尚书巧穿筑,亭馆壮丽金陵无。

寻常置酒极眺览,烟桥萍沼浮凫雏。欹冠落佩忘来径,醉歌导烛惊栖乌。

自逢巨变盗入室,坏拆屋壁搜金珠。经时争夺事反覆,肉薄兵贼同一区。

园中土石溅血处,燐火啸聚如相屠。乱定我还纵幽步,艸光树色犹萦纡。

㉗ 陈三立《散原精舍诗文集》,第353-354页。

> 老去主人卧海角,不及扶杖飘鬓须。时危家国复安在,莫立斜阳留画图。㉘

袁树勋购得园林后,斥巨资将它装修一新,使絜漪园亭馆进一步地成为南京园林中壮丽莫比的著名建筑,后人提到这座园林每称其"絜漪园",不再提及"濮氏园"名字,与此也有很大关系。然而当它壮丽达到极致的时候恰恰也是走向衰变的开始,在动荡战乱的时代,这种否极泰来的换转不需要太久的时间,也不需要太长的过程。据诗人描述,絜漪园在"巨变"中,不仅有"盗"入侵毁墙搜宝,而且对峙双方曾经在园里交火,"土石溅血"、"燐火啸聚",惨烈景象可想而知,以致几年以后诗人到那里重游,似乎依然感到"艸光树色"间仍旧萦纡着当时的弥漫硝烟,让人心有余悸。"兵贼"一词,"兵"谓守卫南京的部队,"贼"谓江浙联军。联系"自逢巨变盗入室,坏拆屋壁搜金珠"(按《为袁海观督部题冬心老人画梅》"兵子掠夺供樵苏"之"兵子"实际上是对"盗"的注释),"贼"本身就是詈骂语,陈三立厌恶交战事件的态度很显然。这次事件对袁树勋打击甚大,陈三立"扶头叹恨"的形容(见《为袁海观督部题冬心老人画梅》)已经透露端倪,而他写这首诗时,袁树勋正"卧海角"("海角"犹《为袁海观督部题冬心老人画梅》"海涯雪盛梅坼株"之"海涯",是陈三立称呼上海的专门词),"卧"其实是身患沉疴、卧床不起的委婉语,次年三月七日袁树勋去世,离开陈三立写这首诗还不到四个月。时过境迁,回首往事,自然很容易看清楚购买絜漪园是袁树勋晚年经营中的一个败笔,然而简单地将这一购置产业的失策归诸个人原因是没有任何意义的,因为在社会大动荡中,总是需要有人为它付出代价,吞食苦果。陈三立觉得家、国皆因危难的时而破碎、消失,这才是深足忧虑的。"时危家国复安在"句,与《为袁海观督部题冬心老人画梅》"时危成毁安足问"思绪如出一辙,而从全篇看,诗人在此首诗中思虑相对更为宽阔,风格也更加沉郁。末句"莫立斜阳留画图",诗人为自己摹写了一幅站立在暮色中、斜阳下,深深

㉘ 陈三立《散原精舍诗文集》,第440页。

忧思时局的画像,与经历交战的絜漪园互为衬托,凄然而苍茫。

袁树勋去世后,陈三立于民国四年(1915)、五年(1916)的秋天又去游了絜漪园,欣赏桂花,分别写了《絜漪园观桂花沈友卿吴仲言置酒》、《中秋后二日絜漪园观桂花有作留示沈友卿》。二诗有云"赁庑起吟人"、"吟人锁亭去",第一处"吟人"指陈三立本人和沈友卿[29],第二处"吟人"指沈友卿。这透露出一个消息,袁树勋死后,絜漪园出租给了沈友卿。沈同芳(1872－1916)[30],原名志贤,字友卿、幼卿,号越若、蠡隐,武进(今江苏常州)人。光绪二十年(1894)进士,任翰林院庶吉士。袁树勋为山东巡抚、两广总督时,沈同芳曾入其幕。善诗、骈体、古文,著有《公言集》、《秘书集》、《万物炊累室文》等。《秘书集》绝大部分是沈同芳为袁树勋代拟的各类公文。陈三立在《絜漪园观桂花沈友卿吴仲言置酒》诗中触景生情,忆及袁树勋,所使用的诗歌手法则是超现实的:

> 当年想掀髯,翛然风光主。客死等国殇,蝉底魂来语:"老梅紫牡丹,应栽泉下土。只余摇月枝,靳假吴刚斧。"[31]

"风光主"指袁树勋,诗人写此诗时他已经去世大约半年。他很喜爱絜漪园,然而不能保护它不受侵犯,以致自己也因此受打击幽忧而终。陈三立非常了解袁树勋对絜漪园怀有这一份深情,在这次游园的时候他产生了一种幻觉,仿佛觉得枝上秋蝉的鸣叫变成了袁树勋说话的声音:"当

---

[29] "赁庑起吟人"出自《絜漪园观桂花沈友卿吴仲言置酒》。吴锡永(1881-?),字仲言,浙江乌程人。早年赴日本陆军士官学校学习,回国后任两江标统等职。袁树勋为两广总督时,吴锡永任广州督练公所参议道员。民国后退出军界,出任财政官员。抗战时,担任汪精卫政权华北政务委员财政总督长。未闻能诗,故陈三立自不会称他为"吟人"。

[30] 吴翊寅《鸾箫集叙》:"其(沈同芳)入翰林年二十四。"王仪通《鸾箫集叙》:"乙未(1895)入翰林。"(沈同芳辑《鸾箫集》卷首)据此可知沈同芳生于1872年。金钺所撰沈同芳挽联云:"去者日以疏,来者日以亲,旧时乙未同官,犬马余生惟剩我;今年岁在辰,明年岁在巳,当代吴中高士,龙蛇厄运到斯人。"(胡君复编《古今联语汇选初集》第三册"哀挽二",第30页,民国七年商务印书馆排印本)《后汉书·郑玄传》:"乃以病自乞还家。五年春,梦孔子告之曰:'起,起,今年岁在辰,来年岁在巳。'既寤,以谶合之,知命当终。有顷寝疾。"辰为龙年,巳为蛇年。古代迷信说法,龙蛇年运厄。由金钺的挽联被收入民国七年出版的《古今联语汇选初集》一书可知,沈同芳卒于民国五年(1916),此年是龙年。

[31] 陈三立《散原精舍诗文集》,第488页。

年那些受了伤残的古梅、紫牡丹,料想它们都已经死了吧?现在只剩下一些桂树依然在月光下摇曳,请吴刚慎用斧子,千万不要再去戕伤它们。"类似这种幻觉描写在陈三立诗歌中很少出现,它反映袁氏对絜漪园的景物钟爱情切,同时又说明,袁氏认为人间"吴刚"们太多,不是一个安全的、适合美的事物生存的地方,不可知的负能量随时会将它们毁损,而一旦悲剧发生就会永远难以挽回,他由衷希望避免发生这一类暴力和悲剧,让美的事物有安全感,能生存下去。这也正是陈三立自己想对当时世人表达的心声。"俯仰意有得,移世供酸楚。无人花满地,待寻吾与汝。"诗歌在凄凄淡淡的伤逝声中结束,"待寻"二字强化了这一情绪的表达效果。这种伤逝感在《中秋后二日絜漪园观桂花有作留示沈友卿》诗句"荒残引杯场,苔气吹我愁"[32]中又一次流露出来。

陈三立最后一次去絜漪园是民国八年(1919)春天,与上次赏桂相隔三年。这次他与袁树勋儿子袁思亮一起去观赏梅花,写下五律《同袁伯夔絜漪园观梅》:

单车冲雨去,花盛旧园池。一径曾扶醉,三年得再窥。
香寒蜂避展,影好鹊存枝。飘梦东风满,安知主客谁?[33]

在陈三立留存下来的絜漪园诗歌中,这是唯一一首写雨中游园赏景之作,江南初春料峭寒意与凄迷的诗意浑然为一。游园人心里似乎有许多话要说,却又不愿意开口说出,缘此诗境维持着一种哑然不语的安静。袁树勋所切切感念的絜漪园老梅并没有因为遭受砍斫而全部死亡,它们有的依然在寒雨中飘散幽香,生命力超出了袁树勋的想象。末联"飘梦东南满,安知主客谁",告诉人们,袁家此时已经在出售絜漪园,而未来的花园主人还没有完全明确。所以,这次陈三立与袁思亮一起蹒跚旧径,更像是与絜漪园作最后的诀别。事实上从此以后,絜漪园再没有出现在陈三立的诗歌里,因为,絜漪园已经不属于他的朋友,不属于他与友人相聚的

---

[32] 陈三立《散原精舍诗文集》,第 523 页。
[33] 陈三立《散原精舍诗文集》,第 592-593 页。

私人场所,而是属于他不愿意阑入的别一个世界的物产,与他已经彻底失去了继续联系的可能性,他也不愿意再去关心。

陈三立用诗歌记下絜漪园变迁,我们将他有关的诗歌按照时间顺序组织起来,就构成了一部絜漪园的历史。无论是它易主,还是它经历劫运,都无不关系着当时社会和人心的真实状况,见证着近代社会的重大变化。因此也可以说,他讴吟絜漪园其实也是一种撰写"陈氏诗史"的方式。对于絜漪园发生的变迁,陈三立流露的感情有的是比较纯粹的感伤,比如他对园林的产权在濮文暹和袁树勋之间易换,就较多是属于人间古往今来普遍共有的对物是人非的感怅。有的却是出于他心理上对当时以非常手段迫使社会转型而导致剧烈动荡的反感和抵御,比如他对袁树勋絜漪园种种遭遇的吟咏。相比而言,后者的态度更为鲜明,情感也更为强烈。不但如此,在后者的挟裹下,前者似乎也融入这种情感氛围中并助其进一步强化。很显然,陈三立主要是因为不满意周围正在发生的改变,缅怀从前的生活,要用诗歌来表达这种态度,而絜漪园的变迁恰好被他认为与周围正在经历剧变的生活相吻合,是当时世事骤然改变的一个缩影,于是就成了他诗歌创作的题材。这种"陈氏诗史"不仅记载了事实,还表达出诗人内心对当时正在发生的事变拒绝的态度。所以在陈三立笔下,絜漪园主要被当成历史兴亡的一个符号,而其咏唱的意义已经远远超出记述花园变迁本身。其实当时如此看待絜漪园变迁的不只是陈三立一个人,比如袁树勋死后,赵启霖(芝生)挽联曰:"抛湘上渔蓑,云起龙骧,自古功名关际会;问江南别墅,花香鸟语,惟余风景阅兴亡。"沈同芳挽联曰:"国忧家难两神伤,况看大陆风云,海上翩鸿频悼影;我屋公墩皆梦幻,犹是潔(絜)漪楼阁,堂前飞燕识归魂。"㉞他们皆将絜漪园当成兴亡历史的见证物。絜漪园地处金陵,它发生的变迁恰在清末或清民易代之际,这无疑又加重了上述兴感的浓郁。从来在改朝换代的敏感时期,种种物换事替对人们情感的撩动效果会被成倍放大,人们常常会采用追忆旧物的方式来表达对失去的世界的怀念和向往。如孟元老在《东京梦华录》借描

㉞ 胡君复编《古今联语汇选三集》第二册"哀挽四",第1、2页,民国九年商务印书馆排印本。

绘开封的繁盛景象，传递他“暗想当年”、“但成怅恨”[35]的心绪。张岱也是“因想余生平，繁华靡丽，过眼皆空，五十年来，总成一梦”[36]，而将这种情感结撰为《陶庵梦忆》一书。诗词中如刘禹锡《乌衣巷》“旧时王谢堂前燕，飞入寻常百姓家”[37]，姜夔《扬州慢》（“淮左名都”）“二十四桥仍在，波心荡、冷月无声。念桥边红药，年年知为谁生”[38]，皆在感慨今昔的背后，抒发兴亡之感。陈三立絜漪园诗秉承了我国这一书写传统，这使他笔下的“絜漪园”获得了六朝“王谢旧堂”一般的象征意义。

五、崝庐：理想中的一片净土

我们从陈三立崝庐诗却读到了他精神中的另一面。崝庐诗和西山诗（通称崝庐诗）是陈三立展父亲墓而陆续撰成的悼念诗。他第一次去展墓是陈宝箴去世后第二年即光绪二十七年（1901）清明节，最后一次是民国二十年（1931）二月，先后共留下崝庐诗一百七八十首，如果加上他来往于西山展墓途中写的相关诗作，数量更多。评论者普遍推崇这一组题材高度集中的大型诗歌，如说：“《散原精舍诗》崝庐之作，歌哭万端，皆特佳。”[39]也有人指出，崝庐诗非止哀痛亲人，也寄寓国事之感，不能以“寻常哀乐语”视之[40]。这些都是中肯语。读崝庐诗分明可以觉出它有两个主题：一是痛悼亲人，特别是痛悼父亲之亡；二是净土颂，赞颂父亲安憩的崝庐、西山是一片美丽的清明界，而在这种赞颂的背后，是陈三立将崝庐、西山看成了陈宝箴思想的另一种符号，同时也当成是他自己理想所在的

---

[35] 孟元老《梦华录序》，孟元老著、邓之诚注《东京梦华录注》，第4页，北京：中华书局1982年。

[36] 张岱《陶庵梦忆自序》，张岱《陶庵梦忆 西湖梦寻》，第3页，上海：上海古籍出版社2001年。

[37] 刘禹锡《刘禹锡集》，第219页，上海：上海人民出版社1975年。

[38] 姜夔著、陈书良笺注《姜白石词笺注》，第1页，北京：中华书局2009年。

[39] 黄濬《花随人圣盦摭忆》“《崝庐记》”条，第336页，上海：上海古籍书店1983年影印本。

[40] 龚鹏程《读晚清诗札记——陈三立、郑孝胥》“散原崝庐诗”条，寒碧主编《诗书画》第七期，2013年3月出版。按此说在他《论晚清诗》一文中已经谈到，该文收入其《近代思想史散论》，台北：东大图书公司1991年。

一个代用词,而并非只是简单地对现实做出情感反应。第一个主题清晰、突出、强烈,读者阅读诗章很容易便可以感受到诗人痛悼之情扑面而来;第二个主题则比较含蓄,诗人往往不是作直接表达,而是多从侧面传递,或者通过暗示流露于外,需要读者捕捉才能获得。两个主题一显一晦,往往互相交织,这丰富了悼念诗的内涵,也扩大了读者感受的空间。

将崝庐符号化,赋予理想的含义,这其实在陈宝箴心中已经萌发。他被迫离开宦场后,葬妻子于西山,"乐其山川,筑室墓旁,曰崝庐,日夕吟啸偃仰其中,遗世观化,浏乎与造物者游。尝自署门联,有'天恩与松菊,人境拟蓬瀛'之句,以写其志"。而这种理想又与他对现实的忧虑结合在一起,于是崝庐就成了他晚年"乐天而知命,悲天而悯人"的场所[41]。陈三立将这一意义汲入自己所撰写的崝庐诗中,通过反复咏唱和铺叙使其强化。

陈三立诗里的西山景色,除了诗人借以抒写悲悼之情时,偶尔写到它简陋枯淡的一面之外[42],一般都是刻画它的美好。如他以画笔般的诗句描绘这里美丽的自然风光,"春满山如海",[43]"云岚光醉人"[44]。又如他倾情地形容和赞叹其父亲手栽种的、已经成为自然风景一部分的树木花草:"红白桃株最滟滟,火齐璎珞光属联。云烘霞起笼四野,中来缟袂携手仙。海棠两丛凝雪色,垂鬟嫣立娇且娴。游蜂浪蝶不得嗅,相与荡漾灵吹还。"[45]他有时会认为,西山、崝庐所以如此美丽,是他父亲"灵德"辉映的结果。《雨晴墓道登望作》即带有这种联想:

山居春气寒,况兼深夜雨。侵晨乱晴光,庭叶烂烟缕。
暖蜂始轰游,莺鸠相间语。墓门径蜿蜒,细步泪下土。
照天千万花,红白愈娇吐。众山媚新沐,屿树不可俯。
参差草木香,渺然此深阻。灵德辉山川,万花正涵煦。

---

[41] 见陈三立《先府君行状》,《散原精舍诗文集》,第856页。
[42] 如《晚眺崝庐外诸山》之二有曰"绕尽云边破碎山"(《散原精舍诗文集》,第112页)。
[43] 《野望》,《散原精舍诗文集》,第19页。
[44] 陈三立《清明日由南昌城渡江入西山道中二首》之二,《散原精舍诗文集》,第111页。
[45] 陈三立《崝庐墙下所植花尽开甚盛感叹成咏》,《散原精舍诗文集》,第112页。

> 独虑亦有讬，攀追与终古。回眼萧仙峰，飘云何处所。㊻

诗的前面部分大段描写景色，由近及远，随诗人向墓道登行而渐次展开，妩媚悦人。"灵德辉山川，万花正涵煦"两句是诗人对山川何以如此美丽做出的想象性解释，"灵德"代指他父亲陈宝箴的人格精神和思想。最后四句写他对崝庐的依恋之情。由此可见，在陈三立看来，崝庐、西山的美丽，其实是从他父亲的精神中幻化出来的，他赞颂崝庐和西山，其实就是赞颂他父亲以及他的那种末世挺特的理想和追求。缘此之故，西山、崝庐的景致也就有了不同寻常的意义。"西山端向人，芒寒而色正。烟翠从摆落，沁染肝膈净。"㊼"寒"、"正"二字写出西山凛然不可干犯的清姿，"净"字道出西山对人的精神产生净化作用。这些既是景语，更是表现人格和精神境界的写意之句。

不仅如此，陈三立笔下的西山、崝庐仿佛是仙境，其中恍若有仙真出没趋行，只有怀着世外高兴的人才能来这里享受美丽风光。《清明后一日徐惺初刘皓如至谒墓毕相与步松林间晚还崝庐玩月》：

> 荒山廓无侪，兀与坟墓语。二子幸勇决，鸣篝造廊庑。
> 春风吹嫩晴，尽干昨宵雨。写忧见颜色，巾袂暖桃坞。
> 满腹置岩壑，印证足已举。导观马鬣封，摩碣一叹怃。
> 群峰自天下，其气如龙虎。穿出青松林，草木共肺腑。
> 杂花带陂陀，紫翠迷处所。鸣鸠官徵同，响雉窜且舞。
> 有鹊毛羽齐，修尾颇未睹。芳景翼灵飔，媚此世外侣。
> 晚树藏崝庐，向壁捉襟肘。各持万变胸，酒酣话酸苦。
> 俄顷楼窗明，竹杪大月吐。濯野讶霜霰，照溪起砧杵。
> 缥缈化宇间，对影孰宾主。恍惚仙真趋，鸾鹤在何许？㊽

㊻ 陈三立《散原精舍诗文集》，第21页。
㊼ 陈三立《由章江门渡江入西山》，《散原精舍诗文集》，第65页。
㊽ 陈三立《散原精舍诗文集》，第269页。徐敬熙（1874-1923），字叔焘，号惺初，江西湖口人。光绪二十七年（1901）乡试副榜，留学日本，回国授内阁中书、法政科举人。人民国任教育部金事，调任国务院边务顾问。曾主编《藏文白话报》。刘皓如，不详。

陈三立在撰写此诗之前,已有《楼望绝句》组诗,其三自注曰:"诒书皓如诸子,皆约清明日至,阻雨不果。"这可以帮助理解本诗开篇"无侪"、"兀"两词的含义。原先与陈三立相约前来扫墓的或不止徐、刘二人,然而其余诸位皆因一场大雨而爽约,从"勇决"二字可以体会出陈三立当时的心情。同时这也为解读后面"世外侣"、"恍惚仙真趋",乃至解读整篇作品的寓意提供了钥匙。诗人在这首作品如此突出地铺叙西山、崝庐的美丽,似乎只是为了达到一个目的:强调仙凡之隔,用美丽来证明西山、崝庐自身的价值,而让不知珍惜者感到卑琐和羞愧。所以归根结底,出现在诗人笔下的这种美景是他心中理想的一次绚烂展现。这还可以从他用"荒山"称呼西山来加以佐证。除开始两句外,本诗通篇都是表现西山、崝庐之美,既然如此,缘何又用"荒山"冠篇?诗人如此谋虑诗歌的结构,其意实为营造一种强烈的反差气氛,突出不同观赏者对西山的认识存在严重分歧,同时他又通过美不胜收的景致竞相呈现,使"荒山"论者无立足之地,收到不攻自破的效果。当然读者也可以把"荒山"理解为是诗人流露内心的自傲,是一个反语,诗里这座美丽的"荒山",犹如柳宗元《钴鉧潭西小丘记》写到的幽美无比的"弃地"。这两种解读并没有实质的差别,从阅读效果上说是殊途同归。

《楼坐戏述》展现出崝庐周围另一面田园风光:

> 城市閴舆儓,山中喧虫鸟。并百千万音,沸向楼头绕。
> 陂田尽蛄蚃,游蜂亦来搅。乌鹊雏雉外,布谷黄鹂好。
> 牛犬声蠢蠢,豕唤鹅鸭恼。鸣鸡在邻墙,风雨尤自扰。
> 豺狼有时啼,悲风振林杪。苍鹰尔何知,逐鸠下觜爪。
> 我欲洗心坐,冥合万物表。樵歌又四起,牧童和未了。
> 何况溪涧流,断续满怀抱。一笑谢巢由,勿为世人道。[49]

这首诗歌最显著的特点是写声音,众响纷交,繁音齐会。略加辨认,

---

[49] 陈三立《散原精舍诗文集》,第113-114页。

便可觉出其中存在两个不同的声部,一是来自田园自然世界的天籁之音,虫鸟、牛犬、鹅鸭的鸣唤,山涧溪水流淌的声响,樵夫、牧童此起彼伏的山歌皆是;一是代表庸俗的人世生活的城市喧闹声和象征乱世社会的风雨声、豺狼声等。“鸣鸡在邻墙”二句,用《诗经·郑风·风雨》典故。《诗》云:“风雨凄凄,鸡鸣喈喈。”《小序》:“《风雨》,思君子也。乱世则思君子,不改其度焉。”毛传:“兴也。风且雨,凄凄然,鸡犹守时而鸣,喈喈然。”(50)陈三立借助声音描写,一方面表达了对田园朴素恬淡生活的向往,一方面又流露出对时局的深深忧虑,写出欲洗心冥坐又不愿学古代隐者不为世事所忧的徘徊心态。即使是这样一首不单纯描摹西山、崝庐美好和宁静的诗歌,我们也可以从中感受到诗人通过将西山、崝庐与哄然的城市作对照而显出其合乎生活理想的美好质性一面。

陈宝箴死后的中国社会仍然在风雨激荡中颠簸,社会悲剧一幕幕发生。陈宝箴在地下对此已经全无知晓。陈三立到崝庐展墓,也不想把这些告诉他父亲,免得这位生前志在自强图新的哲人为此而徒增悲哀。他在《崝庐记》说:“今天下祸变既大矣,烈矣,海国兵犹据京师,两宫久蒙尘,九州四万万人皆危蹙莫必其命,益恸彼,转幸吾父之无所睹闻于兹世者也。”(51)《墓上》诗也写道:“岁时仅及江南返,祸乱终防地下知。”(52)陈三立所以“封锁”这些不幸的消息是替他父亲亡魂的安逸着想,也是为了保持西山、崝庐宁静的气氛不受搅扰,而这一切其实都是为了不让与他父亲一起埋入土中的昔日理想受到浸渍。陈三立有自己的社会理想,这种理想与当时还在继续的社会遽变方向不同,它是要坚持传统儒家本位而又迎合世界新的思想潮流、使体用自然相融而不出现乖张不发生裂变,这是一条以强本新枝、渐变图治方式演进的发展之路,不激进也不保守,其蓝本就是陈三立父亲在湖南施行的新政。西山、崝庐对于陈三立来说之所以格外重要,就是因为这里是他社会理想的蕴藏地。陈宝箴当年取“青

---

(50) 李学勤主编《毛诗正义》标点本,第 313 页,北京:北京大学出版社 1999 年。

(51) 黄濬《花随人圣庵摭忆》“《崝庐记》”条,第 336 页,上海:上海古籍书店 1983 年影印本。按《花随人圣庵摭忆》全文引录《崝庐记》,与《散原精舍诗文集》所收文字略有不同,此据黄濬引录。

(52) 陈三立《散原精舍诗文集》,第 112 页。

山"两字合并之义为"崝"㊾,命名自己的居处为崝庐,而中国本来有"留得青山在"的民谚,这似乎与陈三立视崝庐为理想地也适相巧合。

写到这里,我们似乎可以对陈三立絜漪园诗和崝庐诗不同的寓意作如下概括,作为本文结束:

絜漪园代表被胁迫、被改变、面目日非的现实世界,在那里,美的东西陨落凋残,化作一个又一个伤心的故事。西山、崝庐则代表陈三立父亲、他本人及同仁们往日维新图强的梦想或理想,这些梦想或理想化作清明的山川,化作妖娆芬芳的草木,也化作素朴、安宁的田园氛围,一年四季,弥久而不改。对于絜漪园的改变,陈三立无法阻止它们发生,唯有伤感和嫌厌,而对于西山、崝庐,他则是表现出细心呵护、亟欲张扬的热情。在发生社会激变的清民之际,陈三立用絜漪园诗和崝庐诗分别表达出自己的坚守和拒绝。

㊾ 见陈三立《崝庐记》,《散原精舍诗文集》,第858页。

The Collective Evocation of Art and Poetry: Xue Shaohui's Poetic Inscriptions on Artistic Works (*Tihua shi*)*

钱南秀

美国 莱斯大学

Xue Shaohui 薛绍徽(1866 – 1911), courtesy name Xiuyu 秀玉 and styled Nansi 男姒, was a Fuzhou native and an outstanding late Qing poet, writer, translator, and educator.① During the Reform Movement of 1898 and thereafter, Xue and her husband Chen Shoupeng 陈寿彭(1857 – ca. 1928), and Shoupeng's elder brother Chen Jitong 陈季同(1852 – 1907), all played extremely important roles. Together they participated in a wide-scale campaign for women's education in Shanghai.② After the bloody termination of the Hundred Days, they continued to promote reform with other vehicles, editing

---

* Unless otherwise stated, all translations are my own.

① See Chen Shoupeng, "Wangqi Xue gongren zhuanlue"亡妻薛恭人传略(A brief biography of my late wife, Lady Xue), and Chen Qiang 陈锵, Chen Ying 陈莹, and Chen Hong 陈荭, "Xianbi Xue gongren nianpu"先妣薛恭人年谱(A chronological record of our late mother, Lady Xue), both in *Daiyunlou yiji* 黛韵楼遗集(Posthumously collected writings from *Daiyun* Tower), including *Shiji* 诗集 (Collected poetry), 4 *juan*; *Ciji* 词集(Collected song lyrics), 2 *juan*; *Wenji* 文集(Collected prose), 2 *juan* (each collection with its own pagination); by Xue Shaohui, ed. Chen Shoupeng (Fuzhou: Chen family edition, 1914).

② This campaign was for establishing the first Chinese school for elite young women, the Nü xuetang 女学堂(Chinese Girls' School, established May 31, 1898). The reformers also organized as their headquarters the first women's association in China, the Nü Xuehui 女学会(Women's Study Society, founded on December 6, 1897), and published as their mouthpiece the first Chinese women's journal, the *Nü xuebao* 女学报(*Chinese Girl's Progress*) (twelve issues, July 24 to late October 1898). This first girls' school differs from the first school for women, established in Ningbo in 1844 by the English woman missionary, Miss Aldersey. See Margaret E Burton, *The Education of Women in China* (New York and Chicago: Fleming H. Revell Company, 1911) and Xia Xiaohong 夏晓虹, *Wan Qing wenren funü guan* 晚清文人妇女观(Late Qing literati view of women) (Beijing: Zuojia （转下页）

newspapers and translating and compiling a number of Western literary, historical, and scientific works. Since 1904 on, Xue and the Chen brothers also directly participated in the "New Policy" and the constitutional reforms. In accordance with her reform activities, Xue produced about 300 poems (*shi* 诗) and 150 song-lyrics (*ci* 词), which literally chronicled the changes of China's reform era and modified old (male) literary forms to express fresh ideas and sentiments arising during this period.③

In her writing practice, Xue continued to look for new ways of literary and artistic expressions. The rapid change in late Qing China brought her further into poetic reforms in themes, forms, techniques, rhetorical stance, and ethos. All her effort centered in establishing women's "aesthetic subjectivity," by which I am referring to the status of the individual subject who conducts artistic activities based on an ideal of artistic beauty formed in constant interaction with sociopolitical, historical, and cultural conditions as well as the works of art themselves.④ With this sort of sensibility, Xue developed her poetic approach, a "collective evocation" that orchestrates genres, ideas, and women's life experiences in artistic creation, imagination,

---

(接上页)chubanshe, 1995) for detailed discussions of women's life and women's rights movements during the 1898 reform era. For a detailed account of the 1898 reformers' efforts toward establishing the first girls' school, see also Xia Xiaohong, "Zhongxi hebi de Shanghai 'Zhongguo nü xuetang'" 中西合璧的上海 "中国女学堂" (Combination of the Chinese and the West: the Shanghai Chinese Girls' School), *Xueren* 学人 14 (1998): 57–92. For women reformers' functions and their differing attitudes as compared to male reformers in the 1898 campaign for women's education, see Nanxiu Qian, "Revitalizing the *Xianyuan* (Worthy Ladies) Tradition: Women in the 1898 Reforms," *Modern China* 29.4 (2003): 399–454.

③ For Xue Shaohui's life and work see my forthcoming book, *Politics, Poetics, and Gender in Late Qing China: Xue Shaohui (1866–1911) and the Era of Reform*.

④ Jason M. Miller defines "aesthetic subjectivity" as referring "generally to the status of the individual subject in the context of aesthetic theory." He interprets Hegelian aesthetic theory as one that reconciles the subjective, experiential aspect of art with its objective, content-oriented, expressive aspect. Thus Miller elaborates the Hegelian definition of "aesthetic subjectivity" into one that consists of three elements — experience, imagination, and interpretation — that work together in a "*reflexive interaction* between the spectator and the work of art" (doctoral dissertation, "Subjectivity in Hegel's Aesthetics" [University of Notre Dame, April 2011], 20). This close connection among aesthetic subjectivity, works of art, and social, historical, and cultural contexts is relevant in understanding the formation of Xue's aesthetic ideal.

and interpretation. As an artist herself, Xue demonstrated this approach effectively in a number of poetic inscriptions (*tihua shi* 题画诗) — about 53 poem and 16 song-lyrics — on artistic works primarily by female artists, including both paintings and calligraphies.⑤ This chapter will first show how Xue established women's aesthetic subjectivity in various artistic genres. It will then introduce how she applied "collective evocation" to her interpretation to women's artistic works. The final section demonstrates that Xue composed these poetic inscriptions in order to expose the rich and profound meanings of women's art and life.

Conscious Establishment of Women's Aesthetic Subjectivity

Throughout her lifetime, Xue never ceased arguing on women's leading position in almost every literary and artistic front, and she always identified their unique aesthetic ideal in support of this claim. In poetry (*shi* 诗), she emphasized women's function in forming Min 闽 (Fujian 福建) poetics, especially their co-foundership of the Wanzaitang 宛在堂 (As-If-Were-There Hall) tradition in her hometown Fuzhou that had enshrined male poets only. Women's participation, Xue argued, implanted in Wanzaitang their aesthetic ideal *yanqing* 艳情 — the "beautiful feelings" activated by all kinds of relationships in a woman's life — as the core value of this tradition.⑥ In song-lyric (*ci* 词), Xue declared that "the golden-boudoir scholars" (*jingui yan* 金闺彦) surpassed the male talents in the "Orchid Garden" (Lanwan 兰畹)

---

⑤ Xue is well versed in painting, as can be witnessed in the fact that, in 1902, Xue had to "paint for trading firewood and rice" (作画易薪米) so that Shoupeng could concentrate on translating foreign history and sciences for the Chinese readers (Xue, *Daiyunlou yiji*, *Shiji*, *juan* 2, 6a; see also Chen Qiang et al., "Xianbi Xue gongren nianpu," 11b). Half of her *tihua shi* were composed during this period, clearly for her art study, and, according to these poems, most artists she emulated were women.

⑥ See Xue, *Shiji*, *juan* 1, 6a.

and the "Grass Hall" (Caotang 草堂) in tenderness (wenrou 温柔), appropriating this Confucian teaching of poetry as women's own aesthetic ideal.⑦

In calligraphy, Xue acknowledged:

I remember Lady Wei from long past	退思卫夫人，
How true and earnest she deploys brush strokes!	笔阵何削切！
I also recall Woman Gongsun,	又如公孙氏，
How heroically she performs a military dance!	剑器何英烈！
The two mentors of the regulated and the cursive scripts	真草两导师，
Are outstanding artists from inner chambers.	皆出闺中杰。⑧

Lady Wei 卫 (Wei Shuo 卫铄, 272–349) trained the young Wang Xizhi 王羲之 (303–61) who later grew up to be the "sage of calligraphy."⑨ Woman Gongsun 公孙 (fl. early 8th cent.) inspired the Tang "sage of the cursive script" Zhang Xu 张旭 (ca. 658–ca. 747) with her military dance; Zhang "had since improved his calligraphy in the cursive script, so to her he was

---

⑦ See Xue, to the tune of "Die lian hua" 蝶恋花 (Butterflies lingering over flowers), *Daiyunlou yiji*, *Ciji*, juan B, 10b. "Lanwan" refers to the *Lanwan ji* 兰畹集 (Collected song-lyrics from Orchid Garden), a collection of the song-lyrics from the Tang to the Northern Song, compiled by the Song scholar Kong Fangping 孔方平, and "Caotang" refers to the *Caotang shiyu* 草堂诗余 (Song-lyrics from Grass Hall), a four juan collection of song-lyrics compiled in the Southern Song. For *wenrou* as Confucian teaching of poetry, see *Liji* [*zhengyi*] 礼记[正义] ([Orthodox commentary on the] *Record of Ritual*), "Jingjie" 经解 (Interpreting classics): "Its people are tender and sincere, a result from the teaching of the *Book of Songs*" (其为人也，温柔敦厚, 诗教也), in *Shisanjing zhushu* 十三经注疏 (Commentaries on the thirteen Chinese classics), ed. Ruan Yuan 阮元 (1764–1849), 2 vols. (1826; rprt. Beijing: Zhonghua shuju, 1979), juan 50, 2: 1609.

⑧ Xue, "Wushishan guan Li Yangning Boretai zhuanzi shike" 乌石山观李阳冰般若台篆字石刻 (Viewing Li Yangning's seal script inscription on the Bore Terrace in the Dark Stone Mountain), *Shiji*, juan I, 6b. This poem was written on her 1890 visit to the site. The "spiritual grandeur" (*shencai* 神彩) Li Yangning's work, created in 772, reminded her of the two female predecessors of calligraphy.

⑨ See *Mosou* 墨薮 (Ink forest), attributed to Wei Xu 韦续 (fl. Tang), *Siku quanshu* 四库全书 (Complete collection of the Four Treasuries) edn., 1501 vols. (1986; rprt. Shanghai: Shanghai guji chubanshe, 1987), vol. 812, juan 1, 23b, juan 2, 33a.

enormously grateful"(自此草书长进,豪荡感激). ⑩ This claim of women as the mentors of the greatest calligraphers literally raises them up as the mothers of Chinese culture. The aesthetic values she recognizes here include being "true and earnest" (*kaiqie* 剀切) and being "heroic" (*yinglie* 英烈) that seamlessly combine feelings with the styles.

Similarly, Xue confirmed women's prominent place in painting.⑪ In a poetic series on viewing a flower album by the Qing master Yun Shouping 恽寿平(1633 – 90), Xue asserts that the one who inherited Yun's secret recipe is not, as people have generally believed, his male disciple Ma Yuanyi 马元驭(*zi* Fuxi 扶羲, 1667 – 1722), but rather his female descendant Yun Bing 恽冰(*zi* Qingyu 清于)(fl. late 17th and early 18th cents.). She writes:

> Ma Fuxi should not count as the one who understands [Yun's] art —
> 会心不数马扶羲,
> To truly inherit the six methods, one has to adhere to femininity.
> 六法真传在守雌。

---

⑩ Du Fu 杜甫(712 – 70),"Guan Gongsun daniang dizi wu jianqi xing xu"观公孙大娘弟子舞剑器行并序(Song of watching Woman Gongsun's disciple performing a military dance, with a preface), in *Dushi* [*xiangzhu*] 杜诗详注([Detailed commentary on the] *Collected Poems of Du Fu*), commentary by Qiu Zhao'ao 仇兆鳌(1638 – 1717), 5 vols. (Beijing: Zhonghua shuju, 1979), 4: 1815.

⑪ Xue's *tihua shi* appraised such famous women artists as Ma Shouzhen 马守贞(1548 – 1604)(*Shiji, juan* 2, 10a), Wen Chu 文俶(1595 – 1634)(*Shiji, juan* 2, 9ab), Gu Mei 顾媚(a.k.a. Xu Hengbo 徐横波, 1619 – 1664)(*Shiji, juan* 2, 10a), Wang Duanshu 王端淑(*zi* Yuying 玉映, 1621 – ca. 1706)(*Shiji, juan* 4, 14a), Huang Yuanjie 黄媛介(*zi* Jieling 皆令, fl. 1639 – 56)(*Shiji, juang* 2, 9a; *Ciji, juan* B, 19ab), Chen Shu 陈书(*hao* Nanlou 南楼, 1660 – 1736)(*Shiji, juan* 2, 10a), Zhang Jiwan 张季琬(*zi* Wanyu 宛玉, early 18th cent.)(*Shiji, juan* 2, 10b – 11a), 马荃(*zi* Jiangxiang 江香, fl. 1706 – 1762)(*Shiji, juan* 3, 5b), Yun Bing 恽冰(*zi* Qingyu 清于, fl. 1730 – 1786)(*Shiji, juan* 2, 5b – 6a), and three of her contemporaries, Wu Zhiying 吴芝瑛(1868 – 1934)(*Shiji, juan* 3, 7ab), Li Pingxiang 李苹香(a.k.a. Huang Biyi 黄碧漪, b. 1880)(*Shiji, juan* 2, 11b), and Miao Suyun 缪素筠(1841 – 1918)(*Shiji, juan* 3, 5b – 6b). There are also two poems respectively about two Japanese women artists, a calligrapher, Lady Tōkai 东海(b. ca. 1833)(*Shiji, juan* 2, 16b – 18a), and a painter, Ms. Hanakei 花溪(b. ca. 1864)(*Shiji, juan* 2, 18ab).

The fragile girl Qingyu possessed the family learning,
弱女清于具家学,
Chanting snow-flakes into "willow catkins on the wind rising." ⑫
临风柳絮雪花诗。

Yun Bing was able to continue Yun Shouping's six methods because she followed a teaching in the *Laozi* 老子:"Knowing masculinity, yet adhering to femininity, one can become a ravine to all under Heaven"(知其雄,守其雌,为天下溪).⑬ Xue further brings Yun Bing into a comparison with the Eastern Jin 晋 girl prodigy Xie Daoyun 谢道韫 (ca. 335 – after 405), implying that Yun Bing's inheritance of Daoyun's willow-catkin poetics has exemplified the principle of "adhering to femininity" (*shouci* 守雌).

Xie Daoyun achieved her poetic reputation because of this one single line

---

⑫ Xue, *Shiji*, *juan* 2, 5b – 6a. The last line alludes to Xie Daoyun's willow-catkin poetics recorded in the following episode in Liu Yiqing 刘义庆 (403 – 44), *Shishuo xinyu* 世说新语 (A new account of tales of the world), "Wenxue" 文学 (Literature and scholarship):
  On a cold snowy day Xie An gathered his family indoors and was discussing with them the meaning of literature, when suddenly there was a violent flurry of snow. Delighted, Xie began:
  "The white snow fluttering and fluttering — what is it like?"
  His nephew, Lang, came back with,
  "Scattering salt in midair — nearly comparable."
  His niece, Daoyun, chimed in,
  "More like the willow catkins on the wind rising."
  Xie An laughed aloud with delight (2/71).
谢太傅[安]寒雪日内集,与儿女讲论文义。俄而雪骤,公欣然曰:"白雪纷纷何所似?"兄子胡儿曰:"撒盐空中差可拟。"兄女曰:"未若柳絮因风起。"公大笑乐。
Chinese text in Liu Yiqing, *Shishuo xinyu* [*jianshu*] 世说新语[笺疏] ([Commentary on the] *Shishuo xinyu*), commentary by Yu Jiaxi 余嘉锡 (1884 – 1955), 2 vols. (Shanghai: Shanghai guji chubanshe, 1993), 1: 130 – 31; trans. Richard B. Mather, *A New Account of Tales of the World* (Minneapolis: University of Minnesota Press, 1976), 64, modified.
⑬ *Laozi*, ch. 28, *Laozi Dao De jing* [*zhu*] 老子道德经[注] ([Commentary on] *Laozi Dao De jing*), in Wang Bi 王弼 (226 – 49), *Wang Bi ji* [*jiaoshi*] 王弼集[校释] ([Collation and commentary on the] *Collected Works of Wang Bi*), collation and commentary by Lou Yulie 楼宇烈, 2 vols. (Beijing: Zhonghua shuju, 1980), 1: 74. *Laozi zhu* 老子注, attributed to Heshang gong 河上公 (early Han), comments on this chapter, saying: "Taking away the strong and aggressive features of masculinity and adopting the tender and harmonious qualities of femininity, all under Heaven will go to this person, as water flows into the deep ravine"(去雄之强梁,就雌之柔和,如是,则天下归之如水流入深溪也)(*Laozi zhu*, *Siku quanshu* edn., vol. 1055, *juan* A, 17ab).

on snow that brings the warm and nurturing spring into the cold winter. In the same nurturing spirit, Daoyun protected her family with her talent and courage. For instance, she once joined a scholarly debate on behalf of her younger brother-in-law Wang Xianzhi 王献之(344 – 86) and defeated his fierce opponent; she hence successfully defended the intellectual glory of the Wang clan.⑭ In her old age, Daoyun also physically protected her grandchildren by killing the rebels with her own hands.⑮ For her virtue and talent, Daoyun has been celebrated to have the Bamboo Grove aura (*Linxia feng* 林下风) and been valorized as the leading figure of the Wei-Jin *xianyuan* 贤媛 (virtuous and talented ladies) tradition that represented the earliest and perhaps the most admirable example of *cainü* — women of talent, knowledge, intellectual independence, and moral strength.⑯ Xue invokes Xie Daoyun obviously for summarizing women's aesthetic ideals she has identified in every literary and artistic aspect, for Xie Daoyun's tender femininity is fundamentally for nurturing lives, and can easily transform into heroic vigor in protecting human lives, the very fundamental value of Laozi's "adhering to femininity."

As for the artistic means of achieving women's aesthetic ideals in art, Xue brings up the expression "powdering and creaming" (*zhaifen cuosu* 摘粉搓酥, a.k.a. *difen cuosu* 滴粉搓酥). This phrase originally depicts the fair face of a young woman after she makes it up.⑰ Xue borrows it as a metaphor of the process of executing brush strokes and displaying colors in painting. She chants:"Resentful branches bear dew drops in the wind;/Creamed and

---

⑭ See Fang Xuanling 房玄龄 (578 – 648) et al., *Jinshu* 晋书 (History of the Jin), "Lienü zhuan" 列女传 (Biographies of women), 10 vols. (Beijing: Zhonghua shuju, 1974), *juan* 96, 8: 2516.

⑮ See ibid.

⑯ For the formation of the Wei-Jin *xianyuan* spirit, see Qian 2003, pp. 259 – 302. For its influence on Ming-Qing women, see Mann 1997, p.91. See also Ko, 1994, p.161, p.167.

⑰ See, for instance, Wang Mingqing 王明清 (fl. 1163 – 1224), *Yuzhao xinzhi* 玉照新志 (New records from Jade Moon Studio), *Siku quanshu* edn., vol. 1038, *juan* 5, 18a.

powdered flowers compete for pure contentment"（懊恼风枝露点含，搓酥摘粉斗清酣）.⑱ She discusses more fully the operation and the effect of the "powdering and creaming" process in the poem "Ti Nanlou laoren mudan huafu" 题南楼老人牡丹画幅 (Inscribed on a painting of peony by the Old Woman Nanlou):

> After appraising Nantian I then evaluate Nansha;
> 南田能品复南沙，
> Yet there is also Nanlou, a female master of painting.
> 偏有南楼女画家。
> Silky powder and fragrant cream decorate the beauty of the state;
> 粉腻脂香妆国艳，
> Luxuriant red and alluring purple belong to Heavenly flowers.
> 红嫣紫妊属天葩。
> The palace spring does not eclipse their integrity in icy frost.
> 殿春不碍冰霜操，
> Only with children may they be named blooms of wealth and glory.
> 有子方称富贵花。
> Who paints a weaving mother teaching classics at night,
> 夜纺授经谁绘就，
> And invites repeated compliments from the imperial court?⑲
> 曾邀宸翰屡嘉奖？

Standards for evaluating male artists such as Nantian 南田 (*hao* of Yun Shouping) and Nansha 南沙 (*hao* of Jiang Tingxi 蒋廷锡 [1669 – 1732]) may not be applicable to the Old Woman Nanlou 南楼 (*hao* of Chen Shu 陈

---

⑱ Xue, *Shiji*, juan 2, 5b.
⑲ Xue, *Shiji*, juan 2, 10a. Chen Shu's son Qian Chenqun 钱陈群 (1686 – 1774) served at court and presented this work for imperial viewing.

书［1660－1736］），for she paints flowers in a feminine "powder and cream" style. After meticulous brushwork, she returns these natural products back to their original, heavenly status. This operation exemplifies the Daoist admonition in the *Zhuangzi*: "After carving and polishing, then return the object to plainness"（既雕既琢,复归于朴）.⑳ Chen Shu's peony image does not, then, reflect its conventional symbolism of "wealth and status" (*fugui* 富贵). Rather, it portrays a nurturing mother who weaves fabric to clothe her children's bodies and teaches them the classics to enrich their minds.

The reform era exposed women to Western learning, and Xue was among the first to introduce it into the curricula for Chinese women's education, including Western artistic styles. In her "Chuangshe nü xuetang tiaoyi bing xu"创设女学堂条议并叙（Suggestions for establishing the Girls' School, with a preface), Xue details the features of the Chinese and the Western painting as follows:

> Artists in the West are good at imitating the actual object (*xiezhen*), while the Chinese excelled at expressing the idea (*xieyi*); Western artists are good at depicting light and shadow (*huiying*) and Chinese artists are good at deploying the structure (*huifa*). Western painters emphasize the rules of perspective (*cesuan*), while Chinese painters esteemed brushwork (*yongbi*). Each ［tradition］ has its merits, hard to combine.㉑

> 西国善于写真而中国善于写意;西国善于绘影而中国善于绘法。是西画难在测算而中画难在用笔也。二者各有精彩,不可兼并。

---

⑳ *Zhuangzi* [*jishi*], "Shanmu" 山木 (The mountain tree), *juan* 7A, 3: 677.
㉑ Xue, "Chuangshe nü xuetang tiaoyi bing xu," *Xinwen bao* 新闻报 (News daily) (17 January 1898). For a thorough study of this reform document, see Qian, "Revitalizing the *Xianyuan* (Worthy Ladies) Tradition: Women in the 1898 Reforms," *Modern China* 29.4 (2003): passim, especially, 426－28.

Xue advises recourse to both, beginning with Chinese artists working in styles similar to those of Western artists, such as Yun Shouping paining flowers, who "applies ink colors in such a way that he can differentiate the parts in the sun from those in the shadow, even more skillfully than Western painters" (重染而出阳阴向背,似较西国尤有法则).[22]

Later Xue discovered a successful combination of the Eastern and the Western painting styles in the "Fushi qixue tu" 富士霁雪图 (Sun shine after snow on Mount Fuji) by the Japanese woman artist Hanakei 花溪 (lit. Flowery Stream, b. ca. 1864), which Shoupeng brought back from Japan in 1883. In the preface to her poem inscribed on the painting, Xue introduces Hanakei to be "able to apply Western oil painting skill to [traditional Japanese] ink painting. Although her brush strokes are a bit redundant, more or less showing the traces [of imitating the oil painting], the broad dimensions so created make the observers feel that they were viewing the real scenery"(能以西洋油画法运作水画,虽笔墨堆叠,微有痕迹,而深远之势,几疑真境).[23] Hanakei could achieve this effect obviously because she adopted Western perspective to structure the painting. Mount Fuji under Hanakei's brush presents such breathtaking beauty that, as Xue's poem depicts:

> Its crystal and jade appearance mirrors in the limpid water;
> 琼姿玉貌澄清景,
> Trees are in the color of hibiscus, dyed by the first ray of the Sun
> 树色扶桑日初影。
> The broad Biwa Lake tosses misty ripples.[24]
> 琵琶湖阔漾烟波,

---

[22] Xue, "Chuangshe nü xuetang tiaoyi bing xu," *Xinwen bao* (17 January 1898).
[23] Xue, *Shiji*, juan 2, 18a.
[24] Here Xue probably mistakes Biwa lake for one of the Five Fuji lakes near the mountain.

Making one feel as if drenched in the cold mountain air.㉕
疑有扑人岚气冷。

The reality represented in the painting feels so real that it appeals to the viewers' senses of both vision and touch. Its combination of the Eastern (Japanese ink painting, *sumi-e* 墨绘 or *suibokuga* 水墨画, was originally introduced from China) and the Western styles achieves the purpose of expressing the idea (*yi*) — the purity of Mount Fuji and the Biwa Lake, and detailing the appearance (*xing*) of the landscape. Hanakei could obtain such artistic creativity because, Xue maintains, she herself benefitted from both traditions. According to Shoupeng, who met the artist on his visit to Tokyo, Hanakei possessed the Bamboo Grove aura and could speak Western languages.㉖

Aesthetic subjectivity strengthened self-confidence of Women artists and enabled their independence. An outstanding artist and a relentless advocate of gender equality, Xue herself especially exemplified such intellectual pride. In a song-lyric, "Xiti Yiru shuimo mudan tu" 戏题绎如水墨牡丹图 (Jokingly inscribed on Yiru's [Shoupeng's courtesy name] *Ink Peonies*), to the tune "Maihua Sheng" 卖花声 (Hawking flowers), Xue wrote:

> You splashed ink all over the paper,
> 墨渍洒淋漓,
> With a strange motif,
> 做意奇离,
> Leaving thick branches and fat leaves randomly spread.
> 粗枝大叶乱纷披。

㉕ Xue, *Shiji*, juan 2, 18b.
㉖ Ibid.

You must have asked Taizhen to hold the inkstone,
想是太真教捧砚,
By mistake you stained her skin, as white as congealed fat.
污损凝脂。

It seems that you have broken the black glass,
捣碎黑玻璃,
Into uneven swallow shadows.
燕影差池,
Do not boast of your colored brush in painting a beauty.
莫矜彩笔画蛾眉。
Except for that Jin Empress, [black like a] Kunlun native,
除却昆仑称晋后,
Who else can measure up to your art?㉗
谁复相宜。

This song-lyric delivers a joking comment on a clumsy piece of art. The first stanza taunts its random structure, and the second sneers at its rough strokes. Each stanza involves a woman, set up in sharp contrast to the other. "Taizhen" refers to the legendary beauty Yang Yuhuan 杨玉环 (719–56), Emperor Tang Xuanzong's Precious Consort, who is compared to a peony flower by the famous Tang poet Li Bai 李白 (701–62).㉘ The "Jin Empress" refers to Jia Nanfeng 贾南风 (256–300), wife of Emperor Hui 惠帝 of the Jin (r. 290–306), said to be "repulsively short and black" (*chou*

㉗ Xue, *Ciji*, juan B, 8a.
㉘ See Li Bai, "Qingping diao ci sanshou" 清平调词三首 (Three song-lyrics to the tune "Purity and placidity"), in *Li Taibai quanji* 李太白全集 (Collected works of Li Bai [Taibai]), commentary by Wang Qi 王琦 (fl. 1758), 3 vols. (Beijing: Zhonghua shuju, 1977), juan 5, 1: 304–6.

er duanhei 丑而短黑).㉙ Shoupeng intends to paint a flower comparable to Yang, but ends up with one as ugly as Jia. Backing this amusing critique is a happily dynamic relationship, in which a loving husband dotingly tolerates his quick-witted and artistically accomplished wife.

Collective Evocation of Genres, Ideas, and Women's Life Experience

Xue's poetic approach of "collective evocation," mentioned at the outset of this chapter, resulted from the reflexive interactions between her social standing, cultural upbringing, and her contemporary sociopolitical environment. As a versatile writer and artist, she could freely cross boundaries of genres; as an open-minded, erudite scholar, she drew ideas from foreign as well as Chinese sources; as a woman, she brought women's life experiences into her writings; and, last but not least, as a dedicated mother, Xue was capable of organizing all of this related knowledge, just as she orchestrated numerous daily chores into coherent household management.

Xue's poetic inscriptions effectively illustrated her "collective evocation" approach, for these works closely associate poetry with art. Discussions on the connection between poetry and painting can be traced back to the Six Dynasties period,㉚ and poems inscribed on paintings had developed into a genre unto itself. Xue inventively continued this tradition by synthesizing

---

㉙ Fang et al., *Jinshu*, "Houfei zhuang" 后妃传 (Biographies of the imperial consorts) I, "Hui Jia huanghou" 惠贾皇后 (Empress Jia, [Consort of] Emperor Hui), *juan* 31, 4: 963.

㉚ See Qian Zhongshu 钱钟书 (1910-98), "Zhongguo shi yu Zhongguo hua" 中国诗与中国画 (Chinese poetry and Chinese painting), in Qian, *Qizhui ji* 七缀集 (Collection of seven essays) (Shanghai: Shanghai guji chubanshe, 1985), 6. Qian also notes: "Since the Song, everyone considers poetry and painting to be of the same genre and appearance" (ibid.). Su Shi famously commented in "Shu Mojie Lantian yanyu tu" 书摩诘蓝田烟雨图 (Inscribed on Mojie's [Wang Wei's] *Painting of the Misty Rain in Lantian*): "Tasting Mojie's poetry we see paintings in his poems; looking at his paintings we see poems in his paintings" (味摩诘之诗,诗中有画;观摩诘之画,画中有诗) (*Su Shi wenji*, *juan* 70, 5: 2209).

literary and artistic genres and women's work — weaving, sewing, and embroidering — into a correlated scheme of expression and eclectic intellectual schools into a correlated system of meaning. The "collective evocations" so achieved simultaneously appeal to various human senses and sensibilities. Xue's *tihua shi* thus provides sophisticated ways to understand, interpret, and appreciate the beauty and subtlety of artistic works primarily by women.

Xue exemplifies this "collective evocation" with her poetic interpretation to Wen Chu's 文俶（1595 – 1634） *Hanshan caomu kunchong tu* 寒山草木昆虫图（Painting of plants and insects on cold mountain）. In this 1902 poem, Xue points out at the beginning that Wen Chu draws inspiration for her plant and insect paintings from poetry, especially from the section on the "South of Zhou"（"Zhounan" 周南）in the *Book of Songs* and the lyrics of the "Inner Chamber Music"（"Fangzhong yue" 房中乐）in the Han Music Bureau collection. Both sing of harmonious gender relationships and often compare women's fertility to the profusion of insects and plants：

> Painting is similar to composing a poem；
> 作画如作诗，
> The true luxuriance emerges from the intended meaning.
> 真采在立意。
> Having set up the structure and refined the lines，
> 造局与炼句，
> One can then properly structure all the elements …
> 穿插成布置。……
> Wen Chu motivates her poetic mind，
> 文俶运诗心，
> And conveys her meaning onto the painting.
> 于画托其意。

Matching plants with insects,

草木配昆虫,

She exhibits broad knowledge of poetry ...

可谓诗多识。……

Poetic techniques give rise to tenderness and gentleness;

比兴出温柔,

Refined and meticulous work creates divine wonder.

神妙入工致。

Who says she merely paints abundant wilderness?

谁云多野逸,

Alone she exposes the secrets of Heaven's mind.㉛

独发天心秘。

Although the *Book of Songs* has been considered a Confucian classic, and *wenrou* a Confucian poetic teaching, by illustrating wilderness Wen Chu also exposes in the mysterious mind of Heaven a Daoist idea of naturalness. Xue then moves to a more active operation of artistic creativity, one that involves not only poetry and painting but also womanly work.

As the Bin wind rises in the seventh month,

豳风七月时,

The fields are covered with lush greenness.

场圃罩浓翠。

Each and every flower, each and every tree,

一花或一木,

Is cultivated by Heaven and Earth ...

栽培赖天地。……

㉛ Xue, *Shiji*, juan 2, 9ab.

She clips these scenes into pearls and beads,
裁剪作珠玑，
Retaining all their live colors and fresh scents.
活色生香备。
With tones and rhythms she paints "no-bone" images;
声韵没骨图，
Casually she cuts words to celebrate the spring. ㉜
潇洒宜春字。

In Xue's depiction, Wen Chu clips scenes from the imaginative world of poetry and visualizes the tenderness of gender relationships and female fertility in rich lushness of colors. Hence Xue incorporates women's other artistic modes into the painting process. Equating "tones and rhythms" with brush strokes and boasting a painting with "live colors and fresh scents," Xue further invokes the communication of human senses that transforms poetic rhythms into color spectrums. Equating womanly work with women's literary and artistic activities frequently appears in Xue's poems, such as, "The new forest cuts out an autumn along the hedge;/Purple blooms and yellow flowers freely spread" (新霜剪出一篱秋，紫艳黄英散不收)，㉝ and "She cuts leaves and flowers in lieu of writing books" (剪叶裁花当著书).㉞

Xue's "collective evocation" also assimilates philosophical ideas, as illustrated in her reading of a hometown woman, Zhang Jiwan's 张季琬 (fl. early 18th cent.) "Painting of White Butterflies" ("Fendie tu" 粉蝶图). Zhang's own poetic inscription reads:

㉜ Xue, *Shiji*, juan 2, 9ab.
㉝ Xue, "Wei waizi wanshan hua juhua" 为外子纨扇画菊花 (Painting chrysanthemums on my husband's silk fan), *Shiji*, juan 2, 6b.
㉞ Xue, "Ti Ma Jiangxiang [Quan]zhezhi huafu" 题马江香[荃]折枝画幅 (Inscribed on the flower painting by Ma Quan), *Shiji*, juan 3, 5b.

Agilely, they are flying away, to Song Yu's East neighborhood;
蘧蘧飞过宋东家,
Spring is gone; why would they linger around fallen petals?
春去何心恋落花?
As long as I can retain Prince Teng's new drawing patterns,
留得滕王新粉本,
By the small window, painting is like copying the *Zhuangzi*.㉟
小窗只当写南华。

In Zhang's little garden, butterflies have moved eastward with the spring, leaving Zhang alone with fallen petals — reminders of a past season and her vanishing youth. The insects have however printed their images in her memory, as if adding new patterns to the Tang artist Prince Teng's album. Since these agile insects once fluttered into Zhuangzi's dream and inspired his philosophical theory on the relativity of all things, painting butterflies amounts to writing a thesis on Zhuangzi's ideas to assuage the pain over short-lived youth and beauty.

Xue inscribed two quatrains on Zhang's butterfly painting, rhyming after her original poem:

The painter is also a poet;
画家又复是诗家;
The powdered wings flutter from flower to flower.
粉翅翩翩尚近花。
This painting preserves a cultural document of a townswoman.

㉟ Liang Zhangju 梁章钜 (1775–1849). *Minchuan guixiu shihua* 闽川闺秀诗话 (Criticism of women's poetry from Min Rivers). *Xuxiu siku quanshu* 续修四库全书 (Continual compilation of the *Complete Collection of the Four Treasuries*) edn., 1800 vols. (1849; rprt. Shanghai: Shanghai guji chubanshe, 2002), Vol. 1705, *juan* 1, 13b.

此亦故乡女文献,
Burning my heart's incense to her, let me read the *Zhuangzi*.
瓣香我欲读南华。

The little tower in the spring rain is her childhood home;
小楼春雨记儿家,
In the Fragrant Grass Studio she leaves a poem on lotus.
香草留题为藕花。
She depicts its tranquil scent but not its lustrous color.
自写幽香非写色,
So I know she does not like extravagant displays.㊱
乃知不是爱繁华。

Xue's reading transforms Zhang's canvas into a visualized/poeticized text of the *Zhuangzi*. Created by a local woman at the Fragrant Grass Studio where the Guanglu School had originated, this cultural relic connects women's "tranquil scent" — natural qualities so well philosophized in Zhuangzi's Daoism — to the Min *cainü* tradition.

Xue's collective evocation often enlists political ethics in the service of aesthetics such as shown in her interpretation of the Ming loyalist poet Wang Duanshu's 王端淑 (1621 – ca. 1706) *Ink Flower Album* (*Shuimo huahui huace* 水墨花卉画册):

She has left longitudinal canons of women's poetry and prose;
诗文两纬散遗编,
And printed her *Red Chanting* on cold, white pages.
大集吟红冷素笺。

㊱ Xue, *Shiji*, juan 2, 10b – 11a.

Female virtue is beautified by the graceful scent of flowers;
女德丽于花气淑,
Spring radiance embellishes the strokes of ink brush.
春光润到墨痕圆。
By the mirror stand she grinds fragrant flakes on an ink stone;
镜台青黛磨香屑,
Wearing a green ivy sash, she abandons cosmetics.
裙带青藤罢粉铅。
In her aging years she refused to serve in the court;
垂老且辞供奉役,
Lord Mao, do not boast of your giant writing brush!㊲
毛公休仗笔如椽。

Here again, Xue equates painting with writing, both of which associate female virtue with the beauty of nature. Nature, for its part, comes to nurture her brush with tenderness and warmth. Xue also relates Wang's artistic style to her lifestyle. Grinding fragrant flakes on a piece of ink stone transforms this cosmetic ingredient for beautifying a woman's face into an ink component for beautifying art. "Wearing a green-ivy sash and abandoning cosmetics" has a double meaning; After the fall of the Ming, Wang fled Beijing to Shaoxing and lived a simple life in the Ming painter Xu Wei's 徐渭 (1521 – 93) Green Ivy Studio (Qingteng shuwu 青藤书屋),㊳ and there she emulated Xu's pure-ink "Scroll of Miscellaneous Flowers" (*Zahua tujuan* 杂花图卷), which illustrated Xu's lofty personality, and painted the "Ink Flower Album" without colorful "cosmetics." The final couplet applauds the dramatic moment in

---

㊲ Xue, *Shiji*, juan 4, 14a. This poem was composed in 1910.
㊳ According to Ellen Widmer's biography of Wang Duanshu, Wang's father had studied with Xu Wei and Wang lived in Xu's house after Xu's death, in Kang-i Sun Chang and Haun Saussy, eds. *Women Writers of Traditional China: An Anthology of Poetry and Criticism* (Stanford: Stanford University Press, 1999), 364.

Wang's life when the aging lady refused to serve as a tutor in the Manchu imperial harem — a perfect finish to her Ming loyalist position.㊴ Even Lord Mao, the great commentator on the *Book of Songs*, had no greater claim than Wang to be an exemplar of Confucian moral teachings.㊵

Investing Rich Meanings in Women's Artistic Works

Xue often read women's arts in relation to the current political situation and revealed with particular clarity the ethical aspect of her aesthetic approach. She wrote a number of *tihua shi* in 1902, featuring the Qinhuai courtesan-artists and their gentlemen lovers in Nanjing during the turbulent Ming-Qing transition. These poems have clear bearing of her memory of the 1900 Eight-Joint Force invasion that brought Chinese men and women to face similar scenarios. The first among these poems is on a landscape painting by Yang Wencong 杨文骢 (*zi* Longyou 龙友, 1596 – 1646). Yang was a much-maligned late Ming historical figure. In his famed drama *Taohua shan* 桃花扇 (Peach blossom fan) that reflected the fall of the Ming dynasty, Kong Shangren 孔尚任 (1648 – 1718) belittled Yang as a man of no integrity: Yang followed the "evil" Prime Minister of the hastily built Southern Ming, Ma Shiying 马士英 (d. 1646), who focused on grabbing power rather than fighting the Manchu invaders. In contrast to this negative portrayal, Xue presents a sympathetic Yang Wencong:

Visits to Tiantai and Yandang increased his intoxicated vigor;

㊴ See Zhang Geng 张庚 (1685 – 1760), *Guochao hua zhenglu* 国朝画征录 (Verified art record of our august dynasty), *Xuxiu siku quanshu* edn. (1739; rprt. 2002), vol. 1067, *juan* C, 20a.
㊵ For the record of Mao gong, see Ban Gu 班固 (32 – 92), *Hanshu* 汉书 (History of the Han), "Rulin zhuan" 儒林传 (Biographies of Confucian scholars), commentary by Yan Shigu 颜师古 (581 – 645), 12 vols. (Beijing: Zhonghua shuju, 1962), *juan* 88, 11: 3614.

台荡归来酒气加,

Yet the old capital [Nanjing] was tangled in political tumult.

留都时事竟如麻。

The remnants of mountains and rivers became battlefields;

残山剩水同牛角,

"Swallow" and "Spring Lantern" attached to the House of Ma.

燕子春灯附马家。

Of the Nine Friends, he alone held a spear to defend Beigu;㊶

九友戈矛持北固,

The two loyalists and their families were martyred at the Xianxia Pass.

双忠骨肉尽仙霞。

Imagine him spreading a piece of paper to splash wind and rain,

想当伸纸驰风雨,

Who but his beloved Zhu Yuye washed his painting brushes?㊷

浣笔曾烦朱玉耶。

Drawing upon the rich resources of Yang Wencong's own works and memoirs by his contemporaries, Xue portrays a tragic hero incapable of restoring the broken land that he had celebrated in his poetry and paintings. Xue starts the poem with Yang's 1629 visit to the Tiantai and Yandang mountains in Zhejiang. This travel resulted in the compilation of his *Shanshui yi* 山水移

㊶ Wu Weiye praises Yang Wencong in his "Huazhong jiuyou ge" 画中九友歌 (Song of the Nine Friends in Painting) as follows: "A-long [Yang Wencong] carries two spears to guard the Beigu mountain;/Displaying the map of the Red Cliff, he remembers Cao Cao and Liu Bei./Becoming drunk he splashes ink to paint on the river tower;/The moon sets on Mount Suan, leaving an empty void" (阿龙北固持双矛,披图赤壁思曹刘。酒醉洒墨横江楼,蒜山月落空悠悠), in *Wu Meicun quanji* 吴梅村全集 (Complete works of Wu Meicun [Weiye]), ed. Li Xueying 李学颖, 3 vols. (Shanghai: Shanghai guji chubanshe, 1990), 1: 289.

㊷ Xue, "Ti Yang Longyou shanshui huafu" 题杨龙友山水画幅 (Inscribed on Yang Longyou's landscape painting), *Shiji*, juan 2, 8b.

(Moving mountains and rivers), Yang's first collection of poetry and art, which marked his maturity in both fields.㊸ Yang's renowned mentor Dong Qichang 董其昌 (1555 – 1636) complimented Yang's work as "having the structure and strength of the Song style without its stiffness, and the aura and tone of the Yuan style without its frivolity"(有宋人之骨力去其结,有元人之风韵去其佻).㊹ Wu Weiye 吴伟业 (*zi* Meicun 梅村, 1609 – 72) listed Yang among the "Nine Friends in Painting" (Huazhong jiuyou 画中九友), side by side with great artists during the Ming-Qing transition such as Dong Qichang and Wang Shimin 王时敏 (1592 – 1680).㊺ Yet Yang's promising career was cut short after Beijing fell to the Manchus in 1644. In Nanjing, the capital of the Southern Ming, the future traitor Ruan Dacheng 阮大铖 (1587 –1646) — not Yang Wencong — affiliated himself with Ma Shiying. Ma and Ruan indulged in Ruan's light-minded dramas *Yanzi jian* 燕子笺 (Swallow letters) and *Chundeng mi* 春灯谜 (Spring-lantern riddles), leaving Yang and other loyalists to defend the country.

  Yang fought his final battle at the Xianxia Pass, trying to prevent the Manchus from entering Fujian. Captured by the invaders after being heavily wounded, Yang refused to surrender and was executed along with his two sons and his assistant Sun Lin 孙临 (1611 – 46). Dozens of their family members were also killed, including two former Qinhuai courtesans: Yang's concubine Zhu Yuye 朱玉耶 (d. 1646) and Sun's concubine Ge Nen 葛嫩 (d. 1646). Ge died an especially heart-wrenching death: As a Manchu general made advances to her, Ge bit her tongue and spat blood at the general; she was

---

 ㊸ See Mo Youzhi 莫友芝, "Shu *Shanshui yi ji* hou" 书山水移集后 (Postscript to the *Moving Mountains and Rivers*), in *Yang Wencong shiwen sanzhong jiaozhu* 杨文骢诗文三种校注 (Commentary on the collated versions of the three collections of Yang Wencong's poetry and prose), collation and commentary by Guan Xianzhu 关贤柱 (Guiyang: Guizhou renmin chubanshe, 1990), 5.
 ㊹ Dong Qichang, "*Shanshui yi* yin" 山水移引 (Preface to *Shanshui yi*), in *Yang Wencong shiwen sanzhong jiaozhu*, 10.
 ㊺ See Wu Weiye, "Huazhong jiuyou ge," *Wu Meicun quanji*, 1: 289 – 90.

thus killed on the spot.㊻ After recounting the heroic ending of the two loyalists' families, Xue ended the poem by flashing back to the moment when Yang was painting the very landscape scroll now in Xue's viewing. Who assisted Yang in summoning wind and rain but Zhu Yuye? Indeed, only an artist soulmate like Zhu could join Yang wholeheartedly in creating art, inasmuch as preparing for artistic activity was itself an artistic activity — grinding ink, moving paper, and washing brushes — all had to pace the artist's impromptu strokes. Similarly, such a passionate Zhu Yuye would stand by her soulmate to resist invaders. Xue clearly dedicated this poem to all the men and women who defended late Ming China, particularly in Xue's native Min region. Together they painted a poignant landscape in blood.

Xue, however, had mixed feelings for Wu Weiye and his Qinhuai associations. Xue admired Wu's poetry and wrote long songs following Wu's style. She nonetheless lamented his eventual capitulation to the Qing regime. Xue details all this in the "Wu Meicun shanshui huafu ge" 吴梅村山水画幅歌 (Song of Wu Meicun's landscape painting):

> In the past I read Meicun's poems;
> 昔读梅村诗,
> And have come to recognize his style.
> 已识当年体。
> Today I see his paintings:
> 今日见画图,

㊻ For Yang Wencong's life and his death together with Sun Lin, see Zhang Tingyu et al., *Mingshi*, "Yang Wencong zhuan" 杨文骢传 (Biographies of Yang Wencong), *juan* 277, 23: 7102 – 03; Chen Yuan 陈垣 (1880 – 1971), *Mingji Dian-Qian fojiao kao* 明季滇黔佛教考 (Study of Buddhism in late Ming Yunnan and Guizhou), 2 vols. (Shijiazhuang: Hebei jiaoyu chubanshe, 2000), 1: 348 – 50. For the lives of Zhu Yuye and Ge Nen and their deaths along with Yang Wencong, Sun Lin, and their families, see Yu Huai 余怀 (1617 – 96), *Banqiao zaji* 板桥杂记 (Jotted notes from the Woodbridge [on the Qinhuai River]), *Xuxiu siku quanshu* edn. (Qing; rprt. 2002), vol. 733, *juan* B, 17a – 18a; 35a – 36a.

On the plain, trees grow like shepherd's purses ...
平原树若荠。……
Dripping ink falls from his painting brush,
墨汁淋漓落笔端,
Looking like his tears, shed in wind and mist, not yet dry.
一掬风烟泪未干。
Wang Wei's paintings entail sentiments for cataclysmic change.
王维画有沧桑感,
Yu Xin's prose should be read in a desolate mood.
庾信文宜萧瑟看。
His poetic feelings and brush strokes extend the remote past;
吟情皴法遥相续,
Though rivers and mountains are shattered, people remain lofty.
水剩山残人不俗。
Gently sad, this painting seems to echo the zither of Bian Sai,
婉转如听赛赛琴,
Vastly gloomy, it reiterates the "Melody of Chen Yuanyuan." ㊼
苍茫来写圆圆曲。

The painting immediately reminds Xue of Meng Haoran's 孟浩然 (689 – 740) poem "Qiu deng Wanshan ji Zhang wu" 秋登万山寄张五 (Ascending the Wan Mountain in autumn, sent to Zhang the Fifth). Meng looks for a close friend from the top of a mountain, only to see "trees growing like shepherd's purses to the end of Heaven" (天边树若荠).㊽ Wu's painting must have engendered similar sentiments as he searched for a close friend who might

---

㊼ Xue, *Shiji*, juan 2, 8b – 9a.
㊽ *Meng Haoran shiji* [*jianzhu*] 孟浩然诗集[笺注] ([Commentary on the] *Collected Poems of Meng Haoran*), commentary by Tong Peiji 佟培基 (Shanghai: Shanghai guji chubanshe, 2000), juan A, 135.

have already fallen in the change of regimes. Xue aligns Wu with two predecessors, each of whom had encountered similar political dilemmas. The Tang poet-artist Wang Wei was forced to serve the rebel An Lushan 安禄山 (703 - 57), and the Southern Liang envoy Yu Xin 庾信 (513 - 81) was retained by the Northern court. Both vented their frustration in poetry and painting. Similarly, Wu dips the painting brush in his tears to paint a murky world of loneliness.㊽

Xue thus sees this painting as consistent with Wu's poems lamenting the broken land and its suffering people, including Wu's old flames Bian Sai 卞赛 (fl. 1640 - 60) and Chen Yuanyuan 陈圆圆 (1624 - 81), both Qinhuai courtesans. For them, Wu composed the "Song of the Zither Played by Priestess Bian Yujing" ("Ting nü daoshi Bian Yujing tanqin ge" 听女道士卞玉京弹琴歌) and the "Melody of Yuanyuan" ("Yuanyuan qu" 圆圆曲). The former praises Bian Sai's integrity: she retreated into a Daoist nunnery to avoid serving the Manchus. The latter sympathizes with Chen Yuan's devastating situation: she was at the center of every traumatic turn during the Ming-Qing transition. The melodies of Bian's zither and Chen's singing insinuate themselves into Wu's poems and paintings, resonating with the sad and gloomy feelings of these lost souls.

Xue had nothing but hostility, however, for the Qinhuai courtesan Gu Mei 顾眉 (a.k.a. Xu Hengbo 徐横波, 1619 - 64) and her husband, Gong Dingzi 龚鼎孳 (1615 - 73). Xue had appreciated Gu's earlier poetic and artistic achievements, as we can see in her poem "Ti Xu Hengbo molan" 题徐横波墨兰 (Inscribed on the *Ink Orchids* by Xu Hengbo):

㊽ The *Siku* compilers, for instance, comment on Wu Weiye: "In his last years he became despondent, therefore scholars compared him with Yu Xin" (暮年萧瑟, 论者以庾信方之), in Yongrong 永瑢 (1744 - 90), Ji Yun 纪昀 (1724 - 1805) et al., eds. *Siku quanshu zongmu tiyao* 四库全书总目提要 (Annotated catalogue of the Complete Collection of the Four Treasuries), 2 vols. (1822; rprt. Beijing: Zhonghua shuju, 1965), "Jibu" 集部 (Collected works), "Biejilei" 别集类 (Separate collections) 26, *juan* 173, 2: 1520.

Earth is old, Heaven is deserted, and fallen leaves accumulate;
地老天荒落木多,
Of poets from the South of the River, I heard of Xu Hengbo.
江南诗人闻徐波。
Why are there also her paintings?
如何更有横波画?
Leaves are seductive and flowers pliant, a nest of ink.
媚叶柔花墨一窠。
Some say that Hengbo was originally from the Gu family,
或云横波旧姓顾,
Nicknamed Meisheng and living by the Qinhuai river.
眉生小字秦淮住。
Willow catkins, at the little pavilion, drift into soft chanting;
柳花小阁托微吟,
Peach Leaf, in her previous life, once waited at this old ferry.
桃叶前身临古渡。
She inherited an orchid painting manual from Ma Shouzhen;
兰谱师承马守真,
Wielding the brush left and right, her works had spiritual vigor.
左披右拂饶风神。
Cymbidium stems tied spring dreams to produce a garland;
数茎纫佩三春梦,
A roll of silk to her was nothing but a whirl of dust. [50]
一匹缠头万斛尘。……

Regrettably, this talented young woman could not obtain love from a loyal hero; instead she became a concubine of the twice traitor (*erchen* 贰臣) Gong

---

[50] Xue, *Shiji*, juan 2, 10a.

Dingzi in 1642. Gong first surrendered to the short-lived Shun dynasty under Li Zicheng 李自成（1606－45）in 1644 and then again to the Manchus soon thereafter. With Gong, Gu lived an extravagant life, “spending money as if she were throwing out dirt.” She also “changed her surname” — and hence her courtesan identity — “in order to acquire honorary titles from the Manchu imperial court.” Having failed to produce a child, Gu adopted Gong's equally corrupted student to be her son.[51] In Xue's, mind, Gu's tainted soul infected her art. Viewing one of Gu's orchid paintings that was created after the dynastic change, Xue wrote:

> Facing these flowers, I feel rather disenchanted:
> 我独对花意萧索，
> Depicting flowers this way pollutes their calyxes ...
> 如此写花污花萼。……
> Why is it that these orchids are so unfortunate?
> 兰兮不幸乃如此，
> Where can they place their divine roots from the Nine Fields?[52]
> 九畹灵根何处托？

For Xue, flowers stand for female beauty and fertility, and orchids, which famously grew in Qu Yuan's 屈原（ca. 340－ca. 278 BCE）Nine Fields, embody all his lofty qualities as a pure and patriotic poet and a nurturer of young talents. Marrying a traitorous husband and adopting a traitorous son, Gu violates the divine spirit of the orchid and contaminates its pure motherhood.

Xue's “Tōkai nüshi caoshu ge” 东海女史草书歌（Song of the cursive

---

[51] Xue, *Shiji*, *juan* 2, 10ab. For a full account of Gu Mei's life, see Yu Huai, *Banqiao zaji*, *juan* B, 22a－25b. For Gong Dingzi's life, see Zhao Erxun 赵尔巽（1844－1927）et al., *Qingshi gao* 清史稿（Draft history of the Qing）, 48 vols.（Beijing: Zhonghua shuju, 1977）, “Wenyuan” 文苑（Garden of literature）, *juan* 484, 44: 13324－25.

[52] Xue, *Shiji*, *juan* 2, 10b.

calligraphy by Lady East Ocean), composed in 1904, has direct reference to the "New Policy" (*xinzheng* 新政) reform that Empress Dowager Cixi 慈禧 (1835 – 1908) initiated in the wake of the Eight-Joint Force invasion. The year 1904 saw a substantial turn of the campaign. Stimulated by Japan's recent victory in its war with Russia — a result from Japan's adaptation of the constitutional system, as the Chinese generally believed — high-ranking officials joined the advocacy of "constitutional construction" (*lixian* 立宪). The Superintendent of the Southern Ports (Nanyang dachen 南洋大臣) Zhou Fu 周馥 (1837 – 1921), along with the Governor-General of the Hubei and Hunan Provinces (Huguang zongdu 湖广总督) Zhang Zhidong, and the Superintendent of the Northern Ports (Beiyang dachen 北洋大臣) Yuan Shikai 袁世凯 (1859 – 1916), proposed to the court in July 1904 to transform China into a constitutional state in twelve years.[53] The Chen brothers were then serving on the Southern Ports staff in Nanjing. Given their intimate knowledge about the constitutional system they had acquired from their long diplomatic mission in the West, they must have masterminded the proposal. Xue, for her part, published several articles on behalf of her fellow constitutionalists, by which she promoted the "republicanism with a nominal monarch" (*xujun gonghe* 虚君共和) against the Japanese constitutional system that the Qing court favored for garnering oligarchy power.[54] Xue

---

[53] See Zhang Peitian 张培田, Chen Jinquan 陈金全, "Qingmo yubei lixian de shishi kaolun" 清末预备立宪的史实考论 (Study on the historical facts of late Qing preparation for constitutional construction), *Xiangtan daxue xuebao* 湘潭大学学报 (Journal of Xiangtan University) (Philosophy and Social Science) 28.6 (Nov. 2004): 81.

[54] These articles include such as "Daini Nanyang riri guanbao xuli" 代拟南洋日日官报叙例 (Editorial Introduction to the *Official Daily of the Southern Ports*, on Behalf of the Editorial Board), *Nanyang riri guanbao* (2 Aug. 1905): front page; also in *Daiyunlou yiji*, *Wenji* 文集 (Collected prose), B: 6ab; and "Daini Nanyang Zhou zhijun ji pei Wu furen qishi shouxu" 代拟南洋周制军暨配吴夫人七十寿序 (Preface in Celebration of the seventieth birthday of the Superintendent Zhou of the Southern Ports and his wife Lady Wu, on behalf of [Chen Jitong and Chen Shoupeng]), *Daiyunlou yiji*, *wenji*, B: 9a. For the conflict between the Chinese constitutionalists and the Qing court regarding *xujun gonghe*, see Hou Yijie 侯宜杰, *Ershi shiji chu Zhongguo zhengzhi gaige fengchao: Qingmo lixian yundong shi* 二十世纪初中国政治改革风潮: 清末立宪运动史 (Early twentieth century torrents of political reform: A history of late Qing constitutional movement) (Beijing: Renmin wenxue chubanshe, 1993), 557.

composed the "Song" on the calligraphy by Lady Tōkai (b. ca. 1833) clearly under such political circumstances.

In her preface to the "Song," Xue introduces that this calligraphic work, which possesses "the wonder of Woman Gongsun's military dance" (公孙大娘剑气飞舞之妙), was a gift that Shoupeng received from Lady Tōkai on his visit to Nara in 1883. Xue begins the song celebrating Lady Tōkai's cursive script to have continued the great tradition of Zhang Xu and Huaisu 怀素 (725–85), which flaunts an unabated vigor like "dragons dancing upon unfading waves" (蛟腾龙起无颓波). Lady Tōkai's artistic accomplishments received imperial favor and "mesmerized the entire Japan" (*qing tongguo* 倾通国). The Meiji Restoration, with its major purpose for "restoring the royal authority" (*zunwang* 尊王) and a fully Westernized approach, nonetheless changed the fate of Japan and its people, including Lady Tōkai herself.⑤⑤ The immediate casualty of the Restoration fell on the traditional learning:

> Western knowledge became trendy, with its horizontal writing;
> 世风争奉旁行字,
> Chinese learning by contrast was despised by the general public.
> 汉学反遭俗眼嫉。
> Only the cleric-cursive script and *waka* poetry survived
> 惟余章草与和歌,
> Serving as a thin line to continue the classical tradition.
> 一线姑留残喘地。……
> Mori Shuntoh alone sustained Chinese poetry (*kanshi*),⑤⑥
> 扶持仅仗森春涛,
> Yet how could one pillar support the entire big mansion?⑤⑦

---

⑤⑤ Xue, *Shiji*, juan 2, 17a.
⑤⑥ Mori Shuntoh 森春涛 (1819–89), a Japanese *kanshi* 汉诗 poet.
⑤⑦ Xue, *Shiji*, juan 2, 17b.

大厦究难支一木。

Gone with the Chinese and the Japanese cultures that had once closely tied Japan with China! As the Meiji Restoration boosted up the ruler's imperial ambition, the modernized Japan initiated its first military campaign overseas, and its target was none other than the Qing China, as Lady Tōkai related to Shoupeng:

> A few years ago, the East Village lived the Inutsuka family
> 旧年东村犬塚家,
> Its widow had a macho son, whose face looked like a chopped melon.
> 寡媪有子面削瓜。
> Being militant, he was tempted to join the army.
> 只因好武从军去,
> He was then killed in Taiwan, causing his mother endless tears.(58)
> 战死台湾泪似麻。

The Japanese invaded Taiwan in 1874, which equally affected the Japanese and the Chinese people.(59) Lady Tōkai confided in Shoupeng with a profound understanding of her position that transcended the national boundary: "You and I, though met for the first time, we do feel for each other because of our shared destiny" (尔我初逢怜共命).(60) Although Japan at the moment seemed to enjoy its prosperity, Lady Tōkai could only see it in a desolate

(58) Xue, *Shiji*, *juan* 2, 17b.

(59) For a brief discussion of the 1874 Japanese invasion of Taiwan, see David Pong, *Shen Pao-chen and China's Modernization in the Nineteenth Century* (Cambridge and New York: Cambridge University Press, 1994), 291–92; see also Hungdah Chiu, *China and the Taiwan Issue* (New York: Praeger Publishers, 1979).

(60) Xue, *Shiji*, *juan* 2, 17b–18a.

situation:

> For forty years, things have eclipsed like in a dream,
> 四十年来事若梦,
> When kings and marquises were destroyed time and again.
> 梦里王侯几断送。
> Looking back, I see the sun setting over the old palace;
> 回首故宫黯夕阳,
> The smoke and mist under my brush sigh for people's suffering.[61]
> 笔底烟云忧患众。

It is precisely in Lady Tōkai's sympathy for the Japanese and the Chinese peoples and her concerns about the two ancient countries and their cultures that Xue sees the great significance of her art. She ends the poem with the following comments:

> Serene and graceful, her calligraphy breeds vigor and beauty,
> 娟娟静婉欲生姿,
> A proper model for fragrant inner-chamber ladies to emulate.
> 合与香闺作楷式。
> As the windy waves shake seas and mountains, shouting,
> 风涛夜撼海山鸣,
> Numerous coiled dragons climb up the white wall.[62]
> 无数虬龙上素壁。

Lady Tōkai sets up a great model for women artists because her art has synthesized women's aesthetic ideals. Beneath the tender appearance of her

---

[61] Xue, *Shiji*, juan 2, 18a.
[62] Xue, *Shiji*, juan 2, 18a.

work, her brush brandishes vigor and anger. Its cursive stokes unfold like hidden dragons awakening at the windy night, displaying women's sharp criticism at the aggressive imperialism that destroys massive lives against women's nurturing spirit. Their shouting is so powerful that it is enough to shake the world!

Later, in 1905, Xue applied a similar appraisal to a calligraphy scroll in cursive style by her contemporary Chinese woman calligrapher Wu Zhiying 吴芝瑛 (1868 – 1934). Wu donated this piece of work to assist the relief effort headed by Xue's brother-in-law Chen Jitong in the fall of 1900, to help the victims of the Eight-Joint Force invasion. Like Lady Tōkai, Zhiying laments for people's sufferings: " One can imagine that, when she [Wu Zhiying] wields the ink-brush, her hairpins vibrate;/From her tender wrists come cries of sad swans"（想见挥毫钿钗飞,腕底哀鸿哭声苦）. And her art creates a similar effect to move nature: "Her valiant calligraphy startles the wind and rain."（笔阵苍茫动风雨）. Consequently, "Ink spreads and flows, like a dragon's dance;/Her strokes pure and brisk, but also flirting with charm" （淋漓墨汁蛟龙舞,清健之间见媚妩）.⑥③ Zhiying, too, has synthesized women's aesthetic ideals of tenderness and heroism.

Composed mostly during the late Qing reform era, Xue Shaohui's *tihua shi* entailed a conscious gender approach, by which Xue intended to identify women's aesthetic subjectivity that she believed to have enabled the creation of the paintings and calligraphies she was viewing. At the core of this aesthetic subjectivity was women's nurturing spirit, engendered from women's unswerving position of "adhering to femininity." Invigorated by this spirit, women used their arts to realize their aesthetic ideals to be tender nurturers and heroic protectors of lives. Women's aesthetic ideals found a much broader spectrum to exhibit their great significance during the reform era, when

---

⑥③ Xue Shaohui, "Ti Wu Zhiying caoshu hengfu" 题吴芝瑛草书横幅（Inscribed on Wu Zhiying's Calligraphy Scroll in Cursive Style）. *Shiji*, 3.7ab.

women walked from the inner chamber into the public space. They then expanded the objects of nurturing and protection from their families into the country, the culture, and, above all, the people, not only in China, but also in the entire world.

傅增湘诗篇遗留日本考
——兼论《东华》与《雅言》之关联

稻畑耕一郎

日本　早稻田大学

一、前　言

傅增湘是民国时期最具代表性的古文献学者,同时也是藏书大家,他一辈子留下了不少诗作。其中与古籍相关的一百三十八首诗篇,以"双鉴楼藏书杂咏"为题,收录在他著作之一的《藏园群书题记》(上海古籍出版社)中。此外,在他辞世半个世纪后才得以整理出版的《藏园老人遗墨》(印刷工业出版社)中,则收录了他晚年与病魔搏斗时自书于花笺的一百十八首作品。两书所收除了几首例外,并无重复之处,因此可以推断上述诗篇是傅增湘在某种程度上有意流传后世之作[①]。

然而傅增湘一生所作的诗篇,绝非全部收录在这两本书里。实际上,上述这些今天我们比较容易能见到的诗作,仅仅是他整个生涯的作品之一部分。举例来说,在他亲自主持刊行的诗文月刊《雅言》小册子中,便可发现不少未收录在上述两书中的作品[②]。另外,傅增湘自年轻时起游历各地名胜古迹,陆续留下三十四篇"游记",从这些文章中亦可以窥知

---

① 上海古籍出版社《藏园群书题记》(1989年6月)是由傅增湘的嫡孙傅熹年所整理的,因此"双鉴楼藏书杂咏"的收录是出自傅增湘的遗志,或是傅熹年在整理段阶时作出的判断不甚明确。不过从傅熹年严格的整理方针来判断,应为前者。

② 《遗墨》所收录的作品大半可见于《雅言》。并非所有作品都在《雅言》初次发表,但可以肯定《雅言》是最完整的。关于《雅言》,参照拙论《傅增湘与〈雅言〉——传统诗歌的继承事业》(《早稻田大学大学院文学研究科纪要》第五十六辑,2011年2月)。

他在旅途中也吟咏了不少的记游诗,不少还发表在同时期的杂志上,但这些诗篇却几乎完全不为人知③。不仅如此,我曾有机会目睹傅增湘在亲自挥毫的画作以及同时代画家们所绘制的作品中所附的题画诗,因此注意到类似这样交游酬唱间所作的诗篇也不在少数④。

对这些在不同时期前前后后所作的诗篇,傅增湘本人曾有意将之集结成册。在他晚年写给毕生相互尊重信赖的挚友张元济的书翰中,可以见到以下文字:

> 此外诗文杂稿本不足传。然听其散逸,于心未忍。亟须搜辑缮清,粗编卷第,存之家塾。然其急待补撰者尚多,如家族之传志,游览之纪载,或为宿诺之久稽,或为梦痕所追忆。咸宜乘此暇日,俾偿素愿(游记拟汇录刊行别为一集)。凡此千条万绪,决非仓卒可就功。侍今年已六十有九矣,若再得十载之光阴,庶可从容以竟其事。⑤

傅增湘的这封书翰写于1940年十月十八日(阴历)。由于傅增湘是

---

③ 举例来说,《游避暑山庄日记(宣统二年八月视学热河日记)》(庚戌,1910年)8月23日的条目中有"途中和蔚西诗四首",29日"舟中成七律三章、七古一篇",9月2日"晚作滦河舟行绝句十一首",3日则有"是日又作滦河杂诗数首"等记载。另《三游盘山记》(辛未,1931年)中有"同游者慈约之外,有袁君观澜、赵君象文。得诗凡二十三首",《游房山红螺岭记》(壬申,1932年)9月11日可见"余曾有诗纪之"的记载。《塞上行程录》(丙子,1936年)4月13日记载傅增湘造访王昭君墓"青冢",记下"余徘徊凭吊,意有所触,亦口占二绝",《北岳游记》(丙子,1936年)4月29日的条目里面,在返回北京的归途中有"车中占二绝以纪之"的记载等,类似的例子不胜枚举。对过去的文人而言,在路途中留下诗作来记录所感,似乎是理所当然之事。然而上述这些作品都没有记录在《游记》里。

这些记游诗除了最初期和最晚期的作品外,大多都收录于《艺林月刊》(艺林月刊社·北平)的不定期增刊《游山专号》全九卷(1929年9月-1937年8月)中,和"游记"分开刊载。参照拙论《关于傅增湘的〈游记〉与〈塞外咏〉诗》(《早稻田大学大学院文学研究科纪要》第五十八辑,2012年2月)。

④ 傅增湘在1926年2月为祝贺内藤湖南的还历寿辰,赠送了一幅他亲自挥毫的"摹钱竹汀宫詹(大昕)小象"(收录于《内藤湖南与清人书画》。关西大学出版部,2009年3月刊。原画为关西大学图书馆内藤文库所藏)。画作题有"词馆论才比华嵩,著书白首卢同。几曾家学私塾坫,远寿声闻到海东。摹钱竹汀宫詹小象,并缀以诗,为内藤先生六十寿。丙寅二月。傅增湘书于长春室"。傅增湘画作的钱大昕肖像和原有一定程度的变化,但应该是临摹自叶衍兰《清代学者像传》第一集第三册的画像。另参照拙论《傅增湘与蓬山话旧——追忆似水年华》(《版本目录学研究》第二辑,国家图书馆出版社,2010年12月)。

⑤ 《张元济傅增湘论书尺牍》,北京:商务印书馆,1983年10月,第378页。

在1949年10月20日(阳历)辞世的,因此可以说他在吐露了上述的心声后,实际上得到了将近"十载之光阴"。然而,由于他逝世前的最后几年一直卧病在床,另外当时的时局又日益严峻,他在未能一偿集结毕生诗文为集之夙愿的遗憾中,结束了他的一生。

由于傅增湘为人在许多方面都十分精明周到,我认为他应该在手边留有这些作品的诗稿。然而,我们至今还未能确知上述诗稿的有无。在此,姑且将我读书之杂感及所见记录于此,作为不久的将来必将获得编纂的《藏园诗集》及《藏园诗文集》等作品的一块基石,恐怕也不能说是毫无意义的吧。本稿将聚焦在傅增湘遗留于日本的诗作,对其进行探讨。

之所以要进行上述的研究,是因为我相信,这些诗篇的解析能帮助我们更好地理解傅增湘这位在动荡的大时代中度过一生的文献学者,以及他在人生不同时期对各种事物的感叹。尤其让我感兴趣的是,我们可以从这些诗篇中窥探到傅增湘以一位文人的身份显现出来的意趣,这是在被他视为本行的古典文献题解中所无法感受到的。事实上,傅增湘本人对传统"诗言志"的诗论有着强烈的共鸣,并且对作诗抱有他明确的意志⑥。

不仅如此,我还认为由于诗长久以来在中国传统文化中扮演了文人来往间表达雅兴的重要角色,从这类交游酬唱时所作之诗中,可以得知傅增湘交游的范围,同时无疑也可作为我们试图深入理解傅增湘学者生涯的重要材料。

二、《燕京唱和集》所收之傅增湘次韵诗

和傅增湘往来最密切的,莫过于和他一同在清末科举中及第、一起进入翰林院的所谓"同馆"、"同年"的莫逆之交。这些人物不仅是清朝的精英阶层,不少还同时是当代的耆宿硕学。傅增湘在与这些人士的交游期间,频繁地创作唱和诗。在《雅言》中,可以见到不少这一类的作品。

---

⑥ 傅增湘亲自主持发刊的《雅言》的《叙例》以"永歌言志,肇自虞书。缉颂剷诗,昉乎公旦"等文字开始。

在傅增湘的交游圈里,有一位日本人经常出现在上述的诗歌应酬中。这位人士名叫桥川时雄。桥川在1918年赴北平后,首先担任共同通信社的翻译记者,不久参与了《顺天时报》的编辑工作,日后甚至独立刊行了日汉两文的杂志《文字同盟》。通过上述的事业,桥川赢得了北平知识阶层的深厚信赖,不久就因为他广泛的交游关系和人品学识获得好评,担当了东方文化事业总委员会以及北平人文科学研究所的实务工作。此研究机构的核心事业是《续修四库全书总目提要》的编纂,桥川的主要任务是和中方的执笔者进行联系,以求工作的顺利推进[7]。由于傅增湘受邀担任这项编纂事业的顾问,他和桥川间产生了密切的交游,傅增湘并为桥川所著《中国文化界人物总鉴》撰写了一篇言辞恳切的序文[8]。在当时,访问北平的日本知识分子如欲和中国的学者、画家、书家、篆刻家会面,似乎不少都是通过桥川的介绍,他也不辞辛劳地为此奔波。

图一 《东华》第一百三十八集封面(笔者藏)。题字为竹雨。
(右上角小字:由右至左,以繁体字书写)
昭和十二年九月十一日第三種郵便物認可
昭和十五年一月十七日印刷納本
昭和十五年一月三十日發行
(每月三十日一同發行)(中下一行)
東華第百三十八號(底下一行)

---

[7] 关于桥川时雄的生涯,今村与志雄所编《桥川时雄的诗文与追忆》(汲古书院,2006年6月)有详细年谱。但书中收录的桥川所作汉诗极少。本稿论及的《东华》和《雅言》中则刊载了不少桥川的诗文作品。

[8] 本文亦收录于《雅言》庚辰卷五(1940年6月)、《东华》第百四十四集(1940年7月刊)中。《中国文化界人物总鉴》由北京的中华法令编印馆刊行的时间是1940年10月,因此文作于书籍刊行之前,就先刊载于日中的杂志上了。

土屋竹雨访问中国时，便是通过桥川的介绍，才得以和北平的学者们进行交流。本文在此介绍的《燕京唱和集》，即为这场交流的席间所诞生的唱和集。关于土屋竹雨将在后文中详述，这里仅对他作一简要的介绍。他是当时极负盛名的一位汉诗人及书法家，在东京的麴町组织了一所名为艺文社的全国规模的汉诗文结社，并推出了汉诗文月刊《东华》。

这位土屋竹雨在1939年（己卯）秋访问中国时，当时北平的学者文人为他举办了欢迎宴席。其诗歌唱酬以《燕京唱和集》为题，收录在《东华》第一百三十八集（1940年1月）中。雅集似乎前后举办了两次，《燕京唱和集》中收录了这两次雅集的唱和诗。

第一次集会即是桥川时雄（子雍）主持举办的。桥川在会贤堂设宴，邀集以傅增湘为首的学者们参与。

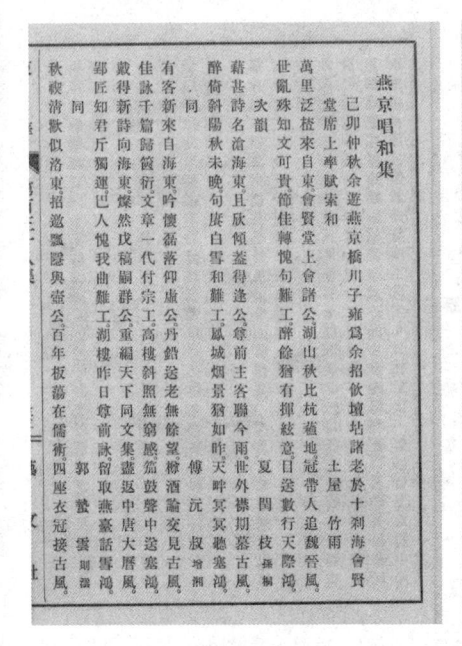

图二 《燕京唱和集》（《东华》第一百三十八集）　　图三 《燕京唱和集》（《东华》第一百三十八集）

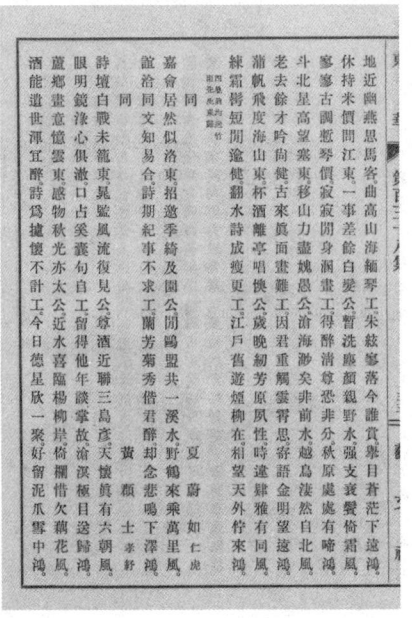

己卯仲秋，余游燕京，桥川子雍为余招饮坛坫诸老于什刹海会贤堂。席上率赋索和：

> 万里泛槎来自东,会贤堂上会诸公。湖山秋比杭苏地,冠带人追魏晋风。
>
> 世乱殊知文可贵,节佳转愧句难工。醉余犹有挥弦意,目送数行天际鸿。⑨

针对竹雨的这首即兴律诗,同席的夏孙桐(闰枝)⑩、傅增湘(沅叔)、郭则沄(蛰云)⑪、夏仁虎(蔚如)⑫、黄孝纾(䫆士)⑬等皆作次韵诗应和。上述人士除黄孝纾以外,皆比竹雨年长,且都是通达诸般学艺的耆宿。黄孝纾尽管才刚满四十岁,也是当时一位在诗文书画上发挥卓越才气的知名逸材。

这部唱和集中,傅增湘的次韵诗二首如下:

> 有客新来自海东,吟怀磊落仰虚公。丹铅送老无余望,樽酒论交见古风。

---

⑨ 这首作品以"什刹海会贤堂雅集"为题,收录在竹雨的《猗庐诗稿》中。不过诗句有如下相当程度的修改痕迹。"万里泛槎来自东,会贤堂上会群公。雄深词赋曹刘笔,散朗襟怀魏晋风。世乱殊知文可贵,才疏窃愧句难工。醉余犹有挥弦意,目送数行天际鸿。"

⑩ 夏孙桐(1857-1941),字闰枝,号闰庵,江苏江阴人。光绪十八年(1892)进士。著有《观所尚斋文存》《悔龛词》等。其次韵诗一首:"藉甚诗名沧海东,且欣倾盖得逢公。尊前主客联今雨,世外襟期慕古风。醉倚斜阳秋未晚,句赓白雪和难工。凤城烟景犹如昨,天畔冥冥听塞鸿。"

⑪ 郭则沄(1882-1946),字蛰云,号啸麓,福建侯官人。著有《龙顾山房诗集》《龙顾山房诗余》等。其次韵诗四首:"秋禊清狱似洛东,招邀瓢隐与壶公。百年板荡在儒术,四座衣冠接古风。地近鸥燕思马客,曲高山海缅琴工。朱弦寥落今谁赏,举足苍茫暇远鸿。""休持米价问江东,一事差余白发公。暂洗尘颜亲野水,强支衰鬓依霜风。寥寥古调惭琴价,寂寂闲身涸画工。得醉清尊恐非分,秋原处处有啼鸿。""斗北星高望塞东,移山力尽愧愚公。沧海渺矣非前水,越鸟凄然北北风。老去余才吟尚健,古来真目画难工。因君重触云霄思,寄语金明望远鸿。""蒲帆飞度海山东,杯酒离亭唱懊公。岁晚纫芳原夙性,时违肆雅有同风。练霜鬓短闲逾健,翻水诗成瘦更工。江户旧游烟柳在,相望天外伫来鸿。"由于这首诗附有"四迭前均送竹雨先生东归"的后续,可以得知此一集会不是欢迎,而是送别的雅集。

⑫ 夏仁虎(1874-1963),字蔚如,号啸庵、枝巢子等,江苏江宁人。著有《啸庵诗稿》《枝巢四述》《旧京琐记》等。其次韵诗一首:"嘉会居然似洛东,招邀季绮及园公。闲鸥盟共一溪水,野鹤来乘万里风。谊洽同文知易合,诗期纪事不求工。兰芳菊秀偕君醉,却念悲鸣下泽鸿。"

⑬ 黄孝纾(1900-1964),字䫆士、公渚,号匑厂,福建闽县人。注14介绍的黄君坦(孝平、叔明)是他的次弟。著有《匑厂文稿》《劳山纪游集》等。其次韵诗二首:"诗坛白战未笼东,晁监风流复见公。尊酒近联三岛彦,天怀具有六朝风。眼明镜渌心俱澈,口占悉囊句自工。留得他年谈掌故,沧溟极目送归鸿。""芦乡画意忆云东,感物秋光亦太公。近水喜临杨柳岸,倚栏惜欠藕花风。酒能遗世浑宜醉,诗为摅怀不计工。今日德星欣一聚,好留泥爪雪中鸿。"

佳咏千篇归箧衍，文章一代付宗工。高楼斜照无穷感，笳鼓声中送塞鸿。

戴得新诗向海东，粲然戍稿嗣群公。重编天下同文集，尽返中唐大历风。

郢匠知君斤独运，巴人愧我曲难工。湖楼昨日尊前咏，留取燕台话雪鸿。

傅增湘的这两首次韵诗未收录于前文所举的《双鉴楼藏书杂咏》、《藏园老人遗墨》、《雅言》等书中，另外也没有在当时中国的杂志上发表过的迹象。这就是为什么可以称这两首诗为遗留在日本的傅增湘诗篇。

此外，这第一次的雅集还另有后段，不过因为没有傅增湘的诗作，在此从略。如将后段中所见之诗和第二次雅集的作品统合计算，《燕京唱和集》一共收录了二十二首诗作⑭。

三、土屋竹雨与《东华》

土屋竹雨名久泰，字子健，竹雨为其号。1887年（明治二十年）生于山形县鹤冈市。竹雨祖父久礼曾任出羽庄内藩之家臣，自幼受其熏陶，除和、汉古典，亦从其学习汉诗之基础。及长，入仙台第二高等学校，师事君山龙川龟太郎。其后就学东京帝国大学法科大学政治学科，也是在此一时期获得著名汉诗人岩溪裳川（字士让）等的知遇。大学毕业后竹雨曾一度在企业任职，数年后专任大东文化协会干事、出版部主任，以协会会

---

⑭ 在这场宴席上，土屋竹雨作了题为《即事》的绝句一首，其诗曰："荷叶凋残柳色寒，夕阳红隔画阑干。鉴将衰鬓临秋水，不分沙鸥冷眼看。"郭则澐、溥儒（叔明）次韵此诗，在此从略。这首竹雨的诗后来收录于《猗庐诗稿》（坤）时，被改题为《席上戏拈》，诗的第二句"红隔"改作"独倚"。

除了此一宴会外，另有一场由王揖唐（逸塘）所主持的雅集，席上的作品也收录在《燕京唱和集》中。竹雨的诗以《逸塘先生为余开诗筵官廨，席上赋呈二首》为题收录其中（日后的《猗庐诗稿》中作《逸塘先生招饮》。字句亦有异同）。王揖唐、黄君坦、黄孝纾（颕士）、溥儒（叔明）并次韵了此诗。这些诗省略。

志《大东文化》主编身份负责汉诗栏目。其后,竹雨于1828年(昭和三年)接受大仓财阀第二代总帅大仓喜七郎的资助,在东京麹町创立"艺文社"⑮,担任该社理事,同时兼任社志汉诗文月刊《东华》的主编⑯。

图四　晚年的土屋竹雨(1887年[明治二十年]-1958年[昭和三十三年])
(《土屋竹雨遗墨集》所收,早稻田大学图书馆藏)

关于"艺文社创立的主要目的",日后竹雨留下以下三项宗旨,文见《东华》第一百九十八集(昭和三十三年、1955年2月)中,题为《关于艺

---

⑮　土屋竹雨"艺文社创立及其后之经过"(《东华》第百九十八集所收,1955年2月刊)中写道:"艺文社创立于昭和三年,同年八月起开始发行社志《东华》。当时我受到大仓听松,也就是喜七郎男爵的照顾。大仓集团的人马中有我已经过世的好友仁贺保香城君,通过他的关系,我们三人经常一起讨论学问。我拜托大仓氏,为达斯文振兴目的,我想建立某种学术机关。直到昭和三年时机成熟,艺文社终于得以创立。"

⑯　土屋竹雨的简历主要依据《土屋竹雨遗墨集》(同刊行会发行,1961年8月)所载之"年谱"。竹雨后来成为日本艺术院会员,并历任大东文化大学总长、理事长及学长等职。竹雨的著作包括了他在古稀之年发行的自选诗集《猗庐诗稿》(艺文社,1957年11月)等书。

文社创立及其后的经过》：

  （一）当时汉诗作家动辄流于其出身系统之派别，吾人忧心诗文欠缺融合之现状，东京自不在话下，旨在全国范围内创造广泛的大同团结。

  （二）向来日支间的文化交流即不充分，于诗文方面其憾尤甚。诗文之本流自出于支那，而在日本，对诗文颇有第二文学之观。然远溯奈良一朝，诗文之风盛行于上流社会，一路扶植日本文化的诗文，与我国文之关系至为密切，不可分割视为他国之文学。据此理由，应致力东洋文学的交互研究，并图此一事业之振兴，至为重要。

  （三）肩负新时代重任之青年，学习东洋学之第一步，令读诗文、作诗文，藉此谋求诗文趣味之普及，扶助其振兴，使诗文之种子不至于断绝。

从上述文章可以看到，"艺文社"创设的意图，旨在设立全国规模的汉诗文创作结社，邀集日中硕学耆宿齐聚一堂，将实际诗作向五湖四海进行介绍，推广爱好汉诗文的风气，振兴当时因优势的泰西文化而略占下风的东亚传统文学。

为实现此一理念而推动的事业，即为《东华》月刊的发行。《东华》刊头所载之汉文发刊辞中，亦描述了其旨趣：

  兹我同人相谋，搜中外诸家诗文书画，每月刊行一次。其意在振兴东亚之文华，以资风教。故名曰东华。夫东亚擅文物，声明久矣。而其为道也，自经史百家以至书画文墨，固欧美诸邦之所未有也。至于挽近，萎靡不振，浮薄之徒，恣为奇说，以哗众而眩世。东亚固有之美，几乎陵矣。此同人之所以慨然有是举也。冀并世君子力赞之，诚是东亚之光采，不独同人之幸也。艺文社同人启。

根据上述理念，竹雨所主办的这部名为《东华》的诗文杂志于 1928 年（昭和三年)8月创刊,主要发表结社会员、"名誉员"(后改为"社宾")⑰以及"顾问"等学者文人的作品。同时每月还提出"课题",根据题目接受来自日本全国各地的投稿,进行修改,并刊载出版。另于刊头必刊载书画作品的摄影版,并为文加以介绍。

上述"名誉员"以及"顾问"邀集了日中两国当时负有盛名的诗人担任,杂志并积极地介绍这些人士被视为模范之作的作品。创刊当时,列名中国方面"名誉员"的人士包括溥儒(心畲)、溥傧(叔明)、王揖唐(逸塘)、王荣宝(太玄)等四人,"顾问"则始于陈宝琛(弢庵)、升吉甫、郑孝胥(苏戡)等三人。到了第二集,又增加了吴闿生(北江)、齐白石、袁励准(珏生)、曹经沅(纕蘅)、杨啸谷、程淯(白葭)等共计二十三名,不久后也可见到王一亭、黄宾虹、罗振玉等具名其中。

竹雨在日后的回顾中表示,这些中方的名誉员是通过当时在北京的桥川时雄所介绍的⑱。傅增湘受邀担任这部杂志的"顾问",后又成为"社宾"(桥川时雄[醉轩]将名誉员的称呼改为"社宾"),始自1940年(昭和十五年)1月的第一百三十八集。此时,中方的"社宾"有三十八人、"顾问"则共计有六人。另一方面,日本方面的"社宾"有三十七人、"顾问"则有十一人。

日本方面的"名誉员"("社宾")则邀请到宫岛咏士(大八)、松平天行(康国)、神田鬯盦(喜一郎)、川田雪山(瑞穗)、高田韬轩(真治)、河井荃庐、盐谷节山(温)、市村器堂(瓒次郎)、小柳读我(司气太)、若槻克堂(礼次郎)等人士,"顾问"则可见服部担风(辙)、桂湖邨(五十郎)、泷川君山、仁贺保香城(成人)、长尾雨山、岩溪裳川、古城贞吉、馆森袖海、久保天随、国分青厓等名列其中。从名单中可以得知,杂志邀集到了当时日中双方一时之选、极负盛名的学者文人。但实际上不论是人名排列,还是作品介绍,都将中方列于日方之前,可以看出一方面明示了这些作品是汉诗文的效法范本,另一方面也表达了对"诗文之本流"的学者文人们的深

---

⑰ "名誉员"之名是在第一百三十八集(1940年1月刊)起被改为"社宾"的。
⑱ 土屋竹雨的《回顾二百集》(《东华》第二百集所收,1955年11月刊)中提到"后经桥川醉轩氏的绍介,中国方面的名誉员人数达到二十余名"。

切尊敬之意⑲。

《东华》杂志得到众多鼎鼎大名人物的支持,一直到 1944 年(昭和十九年)4 月的一百八十七集及一百八十八集的合集为止,长达十六年来,每个月没有延误地持续揭载了杂志所谓"中外诸氏"的众多汉诗文作品。每集的发行部数约八百册。在欧美风潮持续席卷的当时社会环境下,持续出版以宣扬"东亚之文华"为宗旨的闲雅杂志,可以说犹如螳臂当车。然而,尽管无法完全否认这部杂志有不合时代潮流之感,但因为其中几位"名誉员"和"顾问"日后的立场,就将这部杂志认定为迎合时局的刊物,恐怕也和事实颇有出入。竹雨的理念单纯地是要呼吁日中两国的有识之士通力合作,一同携手振兴"将丧之诗文"。

其最好的证据,就是竹雨"东亚文化之振兴"的夙志到了战争结束后也没有任何动摇,他不久便以更坚定的决心让《东华》重新出发。《东华》在 1944 年(昭和十九年)四月的一百八十七集与一百八十八集的合集一度停刊,但三年后,在战火的余烬尚未完全消散的 1947 年(昭和二十二年)11 月,第一百八十九集作为"复刊第一集"得以刊行⑳。在该期的一段"复刊言"中,竹雨留下了以下的文字:

> 回顾过去,以战争为契机,旧文化在此告了一个段落。然而文化将不会死灭。在新的构想下,吾意在别开新生面,并劝奖步武咫尺之进。如是东洋文艺之形相,乍见有旧阿蒙之观,然而其精神之波涛将不断脉动,在文人心中共鸣,促使其觉醒,并指引其未来之道路。
>
> 吾人身为东洋文艺爱护者同时,亦必须为其指导者。吾人所应有之心态乃在脱去旧皮,输入新鲜之血液,塑造年轻的新生命。

---

⑲ 但如后文所述,自 1940 年(昭和十五年)1 月刊行的第一百三十八集起,中国作家的作品被排列在日本人作品之后。应是严峻的时局造成的现象。有鉴于此,从第一百四十集(1940 年 3 月)开始,尽管中国作家之作列于日本之后,仍加上了"海外名家诗"的标题,可以看作是和时局妥协折衷之计。"社宾"、"顾问"等姓名的排列顺序照旧,并说明这样的排列依据是"姓字从韵序"。

⑳ 日本国会图书馆所藏《东华》复刊第一集(Gordon William Prange)的微缩胶片版末尾附有申请发行许可的"检阅文书",其中可见"名称、东华。发行部数、六百部。发行回数、年六回。编辑长并发行者、土屋久泰。发行所、艺文社。定价、金七十圆。号数、复刊第一集"的文字。

然而和竹雨的决心背道而驰的是,以战争为分水岭,时代发生了重大的变化,创作汉诗文的人数量更加剧烈地减少。加上战后物价高腾,定期推出杂志的事业变得相当困难。当初原计划以双月刊的方式维持一年六次的出版,然而当季刊的出版都变得日渐困难后,不久杂志的出版便成为不定期,终于在一九五八年三月的第二百零四集与第二百零五集的合集后,无法再继续出版。这一年,杂志创刊三十多年来持续担任主编工作的竹雨,由于大东文化大学校长一职的过度忙碌,酿成重病,以七十一岁的年龄辞世。遗憾的是,再也没有出现能取代竹雨的人才。复刊后的十一余年间,仅出版十七集便告终了。尽管如此,一直到最终卷为止,杂志都未曾放弃线装本的形态,一集不缺地在刊头揭载了实际书画作品的照片。之所以如此,是竹雨为了要贯彻他的夙愿,振兴"诗文书画"一体的"东亚之文华"。

竹雨毕生致力于"东亚之文华"—"诗文书画"一体的文艺振兴事业,究其理念的根底,恐怕有和"文字缘同骨肉深"(龚自珍《己亥杂诗》第三十六首)相同的境界在支持着。同时,可以看出中国的学者们也充分地向竹雨发出共鸣,充分理解他的理想,并进一步支持《东华》的刊行。

另外,从今日的视角回顾,杂志中所收录的汉诗文之质与量,在日本汉诗文史上都是值得特别瞩目的。尤其是当想到这部杂志是日中两国学者文人通过诗文进行大规模交流的最后一次机会,其重大意义恐怕绝不能等闲视之。

四、遗留在《东华》中的傅增湘其他作品

谈到遗留在《东华》中的傅增湘作品,实际上《燕京唱和集》的作品并非最初的例子。在1930年(昭和五年)一月的《东华》第十八集中,就已经揭载了一篇题为"瑞云寺题壁"的五言律诗,如下所引。

以瑞云寺为名的寺庙遍及全国各地,此处是指位于北京西郊房山的古刹。傅增湘曾经多次造访此地,在《游百花山记》(乙丑,1925年8月)

及《游房山红螺崄记》(壬申，1932年9月)中可见相关记载㉑。这首"瑞云寺题壁"诗和《游百花山记》一同刊载在《艺林月刊》的《游山专号》第一卷(1929年9月)中，可以得知是前时所作。这座寺院在民国初期变成了道观，但院内还残留了元代所建的"故大行禅师通圆懿公功德碑"，诗篇内容即与此相关。

《瑞云寺题壁》

杖策指峰巅，崖扉破碧烟。检经珍梵本，摩碣识松年。
壁坏难藏佛，僧贫苦讼田。灵区终不废，谁与嗣前贤。

国分青厓评此诗"字字捶炼。刻划而出。妙在一扫蹊径"。这首诗不见于《雅言》，亦未收录在《遗墨》中，因此刊载在《国闻周报》第六卷第二十一期(民国十八年，1929年6月2日)的"采风录"(后述)中的诗作应为初次发表㉒。

其次，1932年(昭和七年)3月的《东华》第四十四集收录了题为《过西峰草堂、伯宗以诗见赠、依均奉答、兼示何小葛》的七绝两首。这首诗同时可见于《国闻周报》的"采风录"中，不过由于其日期是在1932年(民国二十一年)7月25日第九卷第二十九期，因此《东华》的发表应早于《国闻周报》㉓。另外，《遗墨》还收录了另一首应为同一时期所作、题为《晚过西峰草堂》的作品㉔。由于元代的月泉新公禅师在下段引用的《过西峰草堂》诗第二首中登场，因此"西峰草堂"应是指相当于北京西郊门头沟区

㉑ 傅增湘《游百花山记》八月十九日的条目中有"南道则循涧而上，抵瑞云寺始见百花坨也"等文字，同二十日条中可见"岭云瀿出，微雨洒衣，入瑞云寺烹茗少休"等文字。另《游房山红螺崄记》中亦有"邑北诸境、如万佛堂、黑龙关、莲花山、瑞云寺皆一再至"等。

㉒ 《国闻周报》连载的"采风录"中，自民国十六年(1927)6月到民国二十二年(1933)6月为止的诗词日后由天津国闻报社结集发行为单行本(第一集为1932年1月，第二集为1934年1月刊)。"采风录"是理解民国时期诗坛状况的最重要的作品集。

㉓ 《国闻周报》"采风录"所录作品之题名作《过西峰草堂，次伯宗韵，兼示小葛》，和《东华》中所收作品有若干差异，但作品本身并无二致。诗题中言及的"伯宗"未详。"小葛"为何鸿亮，字小葛，四川兴文人。著有《兴文县志艺文》等。

㉔ 《藏园老人遗墨》中所见的《晚过西峰草堂》作"一壑能专尔自奇，披岩跨涧拓疏离。山房待理书千卷，霜叶宁辞酒百卮。横嶂连天迎舞凤，薄田晚岁足蹲鸱。金门何事矜高隐，亭号休休此最宜"。可能是同一时期所做的诗，但为不同的作品。

马鞍山山麓的古刹戒台寺下院的西峰寺。

《过西峰草堂,伯宗以诗见赠,依均奉答,兼示何小葛》:
缭涧欹崖径曲纡,槿篱芳援半荒芜。自锄菜圃疏泉脉,长玩松巢坐石趺。
天意仅容人浪漫,诗心因肖境清孤。东华朋旧如相忆,谁占幽闲似我无。

寻幽不厌路盘纡,雨过柴门长绿芜。待仿月泉题社集,故开石室学僧趺。
著书欲伴龙蟠老,偕隐终伤雁影孤。誓墓藏山吾计决,此心还似岫云无。

对这两首诗,青厓写下了"其思幽微,其辞清苦。离脱尘氛,与境相称。非肉食者所理会也"的评注㉕。

另外,《东华》第五十一集(1932年10月)还收录了下文将引用的题为《玉女祠》的七律。傅增湘在这一年的农历四月登华山,当时的记录可见于《藏园游记》中的《登太华记》㉖。《登太华记》一文介绍了华山的中峰一名"玉女峰",其上有祠,祠傍另有池水澄澈的"玉女洗头盆",然而该文并未收录这首诗作。此诗不见于《国闻周报》的"采风录",也未收录在《雅言》、《遗墨》之中。国分青厓评此诗"造语瑰丽,神韵绵渺,摆脱尘凡之气,的是游仙佳篇"。㉗

《玉女祠》:
岧峣太华百灵都,翠幔轻搴见彼姝。拥髻莲花窥玉井,洗头月影

㉕ 《东华》第四十四集,1932年3月。
㉖ 《登太华记》分为四回,分别连载于《国闻周报》1932年的第三十八期(9月26日出版)至第四十一期(10月17日出版)。
㉗ 《东华》第五十一集,1932年10月。

落金盂。

巫山神女羞通梦,空谷佳人好独居。石马不嘶青鸟至,瑶池宴罢海桑枯。

此外,前文介绍过的收录了《燕京唱和集》的第百三十八集(1940年1月)中,还可以见到傅增湘题为《什公于小重阳开宴琼岛,即席赋诗。余适后至,勉为吟和》的作品:

今朝云物正宜诗,况是清秋太液池。幸值开尊陪北海,何劳采菊向东篱。

灾氛已见销阳厄,风雅于今赖总持。蓬饵茱房余兴健,醉拈红叶照明漪。

什公是王揖唐(逸塘)的字。在同集中可以见到王揖唐题为《己卯重九后一日。北海宴集。赋赠安藤栗山、冈田愚山两先生。并呈同座诸公》的五律,上述傅增湘的诗应该对应了王揖唐的这首作品㉘。如果是这样,那么傅增湘之作应该也是1939年(发表的前一年,己卯)重阳节一日之后的作品。这一年的重阳是阳历的10月21日。这首诗同时也不见于《雅言》、《遗墨》等中国的书籍中。

五、《东华》与《雅言》

话说回来,包括傅增湘在内的这些中国诗人的作品,究竟又是通过什么样的途径才辗转收录于《东华》中的呢?关于这一点,竹雨在一篇名为

㉘ 王揖唐《己卯重九后一日,宴集北海,为赋赠安藤栗山、冈田愚山两先生,并呈同座诸公》所作之五律如下:"日边欢远客,湖畔拾残秋。近水鱼能得,当炉酒易求。好拈陶谢句,共泛泰膺舟。半日重阳展,茱囊香尚浮。"安藤纪三郎(栗村)、冈田元三郎(愚山)以主宾身份参加王揖唐主办的这场诗筵。由于《雅言》庚辰第一号(1940年1月)收录了相关的次韵诗,可以确知溥儒(叔明·易庐)、赵椿年(坡邻)、莲居(未详)等人也曾与会。傅增湘本人的诗未收录于《雅言》,只能在这部《东华》中发现。

《回顾两百集》的文章中有以下的说明㉙：

> 发行部数约八百册，至于中国、满洲、台湾、朝鲜方面则免费各配送了两百册左右，《东华》的名声随其内容之充实快速提高，中国文人的投稿也随之增加了。但这些作品大多还是取材自王揖唐氏编辑的采风集，青厓、雨山、东陵翁等对每篇作品皆有慎重的评语。

文中提到的材料来源除了中国作家本身的"投稿"外，取材自"王揖唐氏编辑的采风集"。《采风集》究竟是怎么样的一部书或一份杂志呢？

长期连载王揖唐《今传是楼诗话》㉚的《国闻周报》中，有名为"采风录"的两叶上下两栏的一则专栏，自民国十六年（1927）7月3日的第四卷第二十五期，一直到二十六年（1937）8月16日第十四卷第三十二期为止，十多年间几乎每一期都刊载经过精挑细选的诗词作品。由于这些诗作多出自当时名流之手，故广受好评。因此，《东华》取材自"采风录"这点，并无矛盾之处。然而，专栏的编者为"国风社"，该结社实际上的主持人是曹经沅（纕蘅）㉛，如果上文中竹雨提到的"采风集"就是此一"采风录"，那么"王揖唐氏编"这样的说法恐怕不是竹雨的记忆有误，就是另指其他数据。关于这一点，由于必须对两者进行更详细的比对和调查，还有待日后的进一步研究。

眼前的问题是，如果将我们的讨论范围限定在傅增湘的诗作，只有前文提到的"瑞云寺题壁"（第十八集，1930年1月刊）一首先收录在《国闻周报》（1929年6月2日）的"采风录"中，其他皆无重复。然而因为"采风录"出现较晚，所以要判定"采风录"就是竹雨所说的"采风集"，恐怕有

㉙　参照注⑲。
㉚　王揖唐的《今传是楼诗话》于民国二十二年（1933年7月）由天津大公报社出版，同时也收录于《近代中国史料丛刊》（台湾文海出版社，1979年）续编第六十八辑。2003年3月辽宁教育出版社也将此书刊行为"新世纪万有文库"之一种。其中有一论及竹雨诗作的文章。该文同时作为《附录》收录于竹雨的《猗庐诗稿》。
㉛　根据黄稚荃"曹经沅小传"（卞孝萱、唐文权编《民国人物碑传集》卷二所收，团结出版社，1995年2月），曹经沅（1892-1946），字纕蘅，四川绵竹人。著有《借槐庐诗集》（王仲镛编校，巴蜀书社，1997年5月）等。

一定的困难。就傅增湘的诗而言，与其说从别处取材，不如说通过桥川时雄送来的资料作为重要的来源。谈到桥川经手的数据，首先令人联想到的就是《雅言》。

尽管我认为竹雨应该不会把《雅言》和"采风录"混为一谈，但针对傅增湘的诗而言，自《雅言》由傅增湘主持在北平创刊的1940年1月后，《雅言》和《东华》之间即有相当密切的关系，这点可以从下面引述的数据中明白地发现。

《雅言》创刊(1940年1月)以后，《东华》收录的傅增湘诗作，每一首都是先发表在《雅言》上，之后才收录于《东华》中的。因此《东华》以《雅言》为据的事实可以说一目了然。今将傅诗列举如下：

- 《宿大觉寺,和子厚韵》③
  《雅言》庚辰卷一(1940年1月)
  《东华》第一百四十集(1940年3月)
- 《同忍堪、子厚,登妙峰,归途经仰山寺遇雨。二公有诗,依韵奉和》
  《雅言》庚辰卷一(1940年1月)
  《东华》第一百四十集(1940年3月)
- 《初度日述怀》
  《雅言》庚辰卷二(1940年3月)
  《东华》第一百四十一集(1940年4月)
- 《寿袁涤庵六十》
  《雅言》庚辰卷三(1940年4月)
  《东华》第一百四十三集(1940年6月)
- 《香山杂咏》(六十首)
  《雅言》庚辰卷三(1940年4月)
  《东华》第一百五十五集(1941年6月)

---

② 此诗在《国闻周报》中可见于第七卷第十九期(民国十九年,1930年5月19日)。

第一百五十六集(1941年7月)

第一百五十七集(1941年8月)

- 《柏因寺作》(二首)

《雅言》壬午卷一(1942年,月不明)

《东华》第百七十一集(1942年10月)

- 《寿袁文薮七十》(二首)

《雅言》壬午卷三(1942年,月不明)

《东华》第一百七十三集(1942年12月)

- 《自文珠院下紫云庵途中,雨作失足伤臂,追为此诗,用以自诫》

《雅言》壬午卷五(1942年,月不明)

《东华》第一百七十五集(1943年2月)

- 《入上方山三日,幽寻殆遍,纪之以诗,得八十六韵,即柬治芗静庵》

《雅言》癸未卷五、六合卷(1943年,月不明)

《东华》第一百八十二集(1943年9月)

- 《题陈贵阳尚书童年卷》(二首)

《雅言》癸未卷九、十合卷(1943年,月不明)

《东华》第一百八十六集(1944年2月)

如参考上面的对照,则不难掌握傅增湘的诗作在《东华》中刊载的情况。我们可以明显地看出《东华》援用了《雅言》的作品。不仅如此,此一迹象甚至令人联想到《雅言》的创刊和《东华》具有联动的关系㉝。

《雅言》这部杂志的性质我已经在别的文章中进行过考察,在此不再详述。就与本文相关的部分而言,这部杂志是由傅增湘主持,名义上则为

㉝ 这样的对应关系也可见于散文。傅增湘的《青州明诗钞序》首先发表于《雅言》一九四〇年三月刊行的庚辰卷二,《东华》则刊载在同年五月刊行的第一百四十二集。此外,傅增湘为桥川《中国文化界人物总鉴》(中华法令编印馆)所书的"序"也分别收录于《雅言》庚辰卷五(1940年6月)及《东华》第一百四十四集(1940年7月刊)。另《东华》中所见傅增湘散文只有上述两篇。

"北京余园诗社"编纂㉞。

此处名为"北京余园诗社"的组织无法在其他地方得到求证，所以我认为这可能是为了刊行《雅言》而设的名义上的组织。位于北京王府井以北的"余园"在当时是编纂《续修四库全书总目提要》的母体机构"东方文化事业总委员会"和"北平人文科学研究所"的所在地，编纂实务的负责人则是桥川时雄。因此，"北京余园诗社"可能是与此相关而设立的一所诗社。

桥川不仅自《雅言》创刊时起便担任"评议"，除桥川本人外，名列《雅言》"评议"的人物不少也担任了《东华》的"名誉员"或"顾问"，有的同时还是诗作的投稿者，使这样的重叠关系变得更为显著㉟。

从当时北京的诗坛来看，发生上述的重叠似乎理所当然，不过考虑到桥川与傅增湘的关系以及桥川与竹雨间的关系，《东华》、《雅言》这两部日、中旨趣相近的杂志间即使有一脉相通的部分，也是十分自然的。在《雅言》创刊（1940年1月）的同一时期，傅增湘受邀担任《东华》的"顾问"，桥川则成为"社宾"，从这点也可以看出两者的关联性。

在这一时期，日本国内的时局较过去更为险恶，某些迹象暗示就连《东华》这样闲情逸致的杂志似乎也受到了一定的压力。举例来说，从创刊第一期起，杂志的编辑方针一直都是把"诗文之本流"的中国作者作品放置在卷首，然而从1940年1月的第一百三十八集开始，毫无说明地就突然改将日本人的作品排列于前，中国人的作品则列于末尾。另外，"名誉员"的名称被改为"社宾"，也是从这一期开始的。更重要的，刊载在每集刊头，宣言要"搜罗中外诸家之诗文书画"的"发刊词"，也从这集开始被删除掉了。此一事实明白地反映了当时的状况。上述这些变更发生的理由皆不明确，不过可以推测，不是管理出版的内务局施压，就是编辑方面不得不向日本国内对中国的日益严峻情势做出妥协的结果。

尽管竹雨奋斗不懈，但这个时期以后，日本国内创作汉诗文的人越来

㉞ 揭示《雅言》编辑方针的《短引》第一项言及"是编为北京余园诗社所辑"。
㉟ 《雅言》另设有"大赞助"头衔，1940年的创刊第一卷依次列举了下面的名字："王什公（揖唐）、安藤栗村（纪三郎）、梁众异（鸿志）。"

越少,竹雨本人也有不得不向"本流"中国追求他理想中真正"诗文书画"世界的理由。

竹雨在《回顾二百集》这篇文章中写道:"自第一集至第一百集,可谓东华之全盛期,实有众香国里百花绚烂之概。其后故老日渐凋谢,世态反映了中国事变及其他的国际问题,文坛的倾向也失去雍容的气象,竟至于浮现衰飒之兆。"这样的感叹恐怕也反映了上述的历史背景吧。

在这样的情况下,竹雨通过桥川的介绍,或是由桥川方面向竹雨提议,在"外地"办一份旨趣相似的杂志,似乎是合情合理的。尽管当时的北平在日本占领之下,但相对日本国内而言,还保留了几分宽松的气氛,他似乎想通过在北平办杂志的方式,一定程度地回避上述的颓势。他得以依靠的不是日本国内,而是"本流"的中国。竹雨在前一年的秋天访问北平,和傅增湘诗歌唱和,或许也和此一事业有关。可以推想,傅增湘本人也充分地理解了竹雨的理念,《燕京唱和集》所收录的傅增湘次韵诗(第二首)和其他作者的次韵诗不同,傅增湘特意夹杂了"重编天下同文集"一句,论及竹雨刊行《东华》的业绩,或许也是出于这个理由。

《东华》以日本人的汉诗文为主,另一方面《雅言》则以中国的文人学者作品为主要内容。然而两者都有日中两边的学者文人参加,也都收录了二者的应酬唱和之作。《东华》中有"海外名家诗",《雅言》也有名为"东瀛采风录"的单元,收集了日本人的作品㊱。对竹雨和桥川这样把"诗文书画"一体的艺术世界视为"东亚之文华"的人们来说,日中间是没有国界之隔阂的。

然而,在北平的《雅言》也和在东京的《东华》一样,未能够顺利地持续刊行。创刊最初的两年几乎都能每月出刊,不久便成双月刊,开始合刊,最后变成了季刊。四年多来一共推出了四十一卷,与《东华》几乎在同一时期,也就是1944年前半年停刊。

㊱ 以"东瀛采风录"单元记录日本人诗作的,包括壬午年(1942)的卷二、卷三、卷四、卷五、卷六、癸未年(1943)的卷一、卷二、卷四、卷五—六、卷七、卷八、卷九—十。然而在设立"东瀛采风录"单元,并分离日中两边诗作的壬午年(1942)后,两者间原本融洽和谐的气氛在其后的杂志中逐渐稀薄,也无法否定不自然的疏离感。

《东华》与《雅言》虽然分别属于日本与中国两个不同的国家,但在编辑的理念和方针上确有许多共通之处,从参与刊物的人物关系来看,可以说二者是姐妹杂志。

　本文的主要目的是在介绍傅增湘遗留在日本的诗作,并针对这些作品进行讨论。但通过讨论收录傅增湘诗作的《东华》杂志,同时介绍和傅增湘的《雅言》有密切关系的人物,述及了即使在严峻的时局中,不管是日本还是中国都有一群矢志发展"东亚之文华"、"诗文书画"一体之传统文化的有心人。

　不论是《东华》还是《雅言》,在今天都是早已被人们所遗忘的刊物了。但对这两部杂志的研究不应局限于日中文化交流史的领域,因为即便在困难的时代中,仍有一群为维护并发展东方传统文艺而奋斗的人。为了更深入地理解这样的历史事实,这两部杂志无疑值得我们进行更深入的探讨。

《申报》中的钱谦益

严志雄

香港中文大学

明清之际,钱谦益(字受之,号牧斋,1582－1664)继公安三袁之后崛起文坛,攘斥复古派后劲,荡清竟陵派余响,以诗文、议论雄于时,并与门弟子形成所谓"虞山之学",执文坛牛耳,"四海宗盟五十年",①系明末清初文学潮流遭递、转变中的关键人物,影响当时后世文学、学术发展既深且远。惟钱氏于明季以东林党魁交结马、阮,又于南明弘光朝土崩瓦解之际,以礼部尚书率众降清,为"贰臣",因而后之论钱氏者,多着眼于其政治、人格操守及其于明清之际之政治活动。

关于牧斋身后清人对其议论之改变,正如论者指出,清初之议论牧斋者,主要在其人之政治操守及学术成就二端。牧斋新故之时,故旧门生表哀思之余,发为诗文,于牧斋之学术备极推崇,而对其政治操守则略而不谈。至于与牧斋交往不深之时人(此中明遗民与清官吏皆有),对牧斋之议论则颇分歧,争议亦烈,其争议主要在牧斋政治操守之一端,或掊击之,或为之回护。及康熙之末,去牧斋之世渐远,议论者视牧斋为一与己无涉之历史人物而已。此等议论皆出于士大夫之流,纯为论者一己之私见。及乎乾隆中叶,清廷明令禁毁牧斋著述,乃始有来自朝廷之官方言论。往后十数年间,乾隆及其文学侍从之臣,遂渐为牧斋定案。及牧斋名列"贰

---

① 语见黄宗羲《八哀诗》之五《钱宗伯牧斋》:"四海宗盟五十年,心期末后与谁传?凭裀引烛烧残话,嘱笔完文抵债钱。红豆俄飘迷月路,美人欲绝指筝弦。平生知己谁人是,能不为公一泫然。"见〔清〕黄宗羲著:《南雷诗历》,卷二,收入《黄梨洲诗集》(香港:中华书局,1977年),第49页。

臣",然后于牧斋乃有所谓定论,而此一定论延续到清室覆亡为止。②笔者于他处曾论及,乾隆对牧斋的"斧钺之诛"影响深远,终清之世,官家著述无敢有枝梧者,此不在话下,而即便私家撰作,论及牧斋,亦率多于牧斋的政治行为、人格操守再三致意,乐此不疲。钱谦益成为了一个政治、历史、道德的问题,"贰臣"成了钱氏的标签。③

  本文尝试将观看的焦点转移到近现代,以上海《申报》为考察对象,分析牧斋的形象在晚清以迄民国时期的种种样态。为何选择《申报》?《申报》乃近现代众多报刊中创刊时间较早而历史最长、发行量最大的报纸,它1872年4月30日创刊,到1949年5月26日才停印,历时77年。《申报》是一份以营利为主要目的的商业报纸,它必须面向大众。《申报》刊登文学作品,对中国近现代文学发展起过重要的作用。④要之,我们可借着《申报》对牧斋的形象(image)与"受容"(reception)作较长时期的观察,增补我们对清初及乾隆朝(十七、十八世纪)以后的牧斋的认识。同时,《申报》与近现代中国可谓同步发展,它见证、反映了清朝的结束与"现代"的到临——作为一种新式新闻媒体(news medium)且逐渐离开皇权、官方的束缚,《申报》提供作者异于传统的书写空间与可能性。《申报》中牧斋的形象、人们对他的议论,与清初以及乾隆时期的侧重相比较,会否呈现不同的情态、发展趋势? 这是一个有趣且重要

---

  ② 见谢正光:《探论清初诗文对钱牧斋评价之转变》,《清初诗文与士人交游考》(南京:南京大学出版社,2001年),第60-108页。相关研究可参:Kang-i Sun Chang, "Qian Qianyi and His Place in History," in Wilt L. Idema, Wai-yee Li, and Ellen Widmer, eds., *Trauma and Transcendence in Early Qing Literature* (Cambridge [Massachusetts] and London: Harvard University Asia Center, 2006), pp.199-218;拙著:Lawrence C. H. Yim, "Qian Qianyi's Reception in Qing Times," *The Poet-historian Qian Qianyi* (London and New York: Routledge, 2009), pp.56-78.
  ③ 相关的问题,可参拙著:《钱谦益〈病榻消寒杂咏〉论释》(台北:联经出版公司,2012年),第3-20页。
  ④ 关于《申报》及近代中国报刊史,现今学界研究成果已相当丰富,但下列三部较早出版的专著亦不无参考价值:Y. P. Wang, *The Rise of the Native Press in China* (N.Y.: Columbia University Press, 1924);中译:汪英宾著,王海、王明亮译:《中国本土报刊的兴起》(广州:暨南大学出版社,2013年),第23-32页;Roswell S. Britton, *The Chinese Periodical Press*, 1800-1912 (Shanghai: Kelly and Walsh, 1933);中译:白瑞华著,王海译:《中国报刊(1800-1912)》(广州:暨南大学出版社,2011年),第六章"《申报》和上海报纸",第70-81页;戈公振著:《中国报学史》(上海:上海书店出版社,2013年),第69-71页。

的探问。⑤

一、楔子——关于牧斋的历史记忆

清朝覆亡前四十年左右,1872年10月2日《申报》于第二页刊出《吴兴赵忠节公覆伪忠王李逆书并绝命辞四律(附和诗及来书)》。于此一场合,钱牧斋在十八世纪遭乾隆帝禁毁之后,首次重现于大众读物之中。

十九世纪中叶太平天国之乱期间,江南湖州之攻守战争极为惨烈,轰动全国。战事历经咸丰十年(1860)二月至同治元年(1862)五月,逾二载。湖州守防,乡绅赵景贤(1822-1863)自办团练为之,称统帅(其间清廷任赵为道员,多次擢升,最后授官福建督粮道),太平军忠王李秀成亲率大军屡攻不下。湖州孤城,坚守二年始陷,其中种种艰辛(有易子而食之事),可以想象。赵景贤,《清史稿》有传,史臣于传末论曰:"赵景贤以乡绅任战守,杀敌致果,继以忠贞。当时团练遍行省,自湖湘之外,收效者斯为仅见。"得其实。

同治元年五月,城陷。《清史稿》载:

> 景贤冠带见贼,曰:"速杀我,勿伤百姓。"贼首谭绍洸曰:"亦不杀汝。"拔刀自刎,为所夺,执至苏州,诱胁百端,皆不屈。羁之逾半载,李秀成必欲降之,致书相劝。景贤复书略曰:"某受国恩,万勿他说。张睢阳慷慨成仁,文信国从容取义,私心窃向往之。若骣节一时,贻笑万世,虽甚不才,断不为此也。来书引及洪承畴、钱谦益、冯

---

⑤ 本文使用《申报》材料,悉从电子数据库《申报(1872-1949)数据库》中搜得。搜寻关键词设定为"钱谦益"、"钱受之"、"牧斋"、"牧翁"、"蒙叟"、"钱宗伯",后据实际情况,再增"牧斋外集"一项。搜寻范围虽已尽量周详,但搜寻结果未必完备,因此一数据库文字版脱字、讹字、错字甚多,必然影响搜寻的准确度。疏漏之处,幸读者方家有以教我。因所获电子数据库材料错误太多,无法直接使用,乃取《申报》复制纸本逐一校对订正;所据纸本为:上海申报馆编辑:《申报》(上海:上海书店影印上海图书馆藏原报,1982-1987年)。(《申报》电子库设有图像文件可供对照,但系统极差,久久输不出影像,干脆放弃。)《申报》纸本原文明显的错别字径改,不另说明。《申报》早期无标点,后有简单句读,后期有新式标点;今为方便阅读,所引用材料统一以通行方式增补标点。

铨辈,当日已为士林所不齿,清议所不容。纯皇帝御定《贰臣传》,名在首列。此等人何足比数哉?国家定制,失城者斩。死于法,何若死于忠。泰山鸿毛,审之久矣。左右果然见爱,则归我者为知己,不如杀我者尤为知己也。"秀成赴江北,戒绍洸勿杀。景贤计欲伺隙手刃秀成,秀成去,日惟危坐饮酒。二年三月,绍洸闻太仓败贼言景贤通官军,将袭苏州,召诘之,景贤谩骂,为枪击而殒。⑥

《清史稿》此处引载赵景贤覆李秀成书仅一段,《申报》所载者则为全文,并附赵之绝命诗四首,及另二人和赵诗,又附"万本梅花馆主"致申报馆信一封。今天看来,《申报》刊出的,可谓一个小专辑。赵覆李书中,明告李秀成,其援明清鼎革之际钱谦益等"贰臣"前例劝之降、教之叛,决无可从之理。(可惜李秀成致赵景贤书今佚,无法得知其如何引述钱氏的事迹。)《申报》此页为近现代文艺副刊的前身,"书"、"诗"固然也是文学的体类,但这里刊出的文本所成就的,其实是"史义",且与乾隆帝于十八世纪下半叶所建构的忠臣观、节义观息息相关(请详下文)。赵景贤写这信时,兵败被执,囚于苏州,已决意殉国。在赵性命危急之际,若非李秀成来书先提及钱氏等人,他未必会如此回应,书此明志。无论如何,这些诗文突显了一个现象——在国族危急存亡关头所牵动的历史记忆、政治话语、道德选择中,钱氏的行为成为一种参照系:时与势的考验、可为不可为的权衡、忠与不忠的抉择、历史记载中不朽的声名与当下存活的挣扎。

赵景贤殁于1863年,后一年,太平天国被清军彻底剿灭,《申报》在1872年10月2日刊出赵景贤之书及诗时,已在赵殉难将近十年以后。《申报》刊登此数书及诗,应非着眼于新闻时事价值,而在其"纪念性价值"(commemorative value)。⑦

---

⑥ 赵尔巽:《清史稿·赵景贤传》(北京:中华书局,1977年),卷四〇〇,第11837 - 11838页。

⑦ 赵书及诗后附二人和韵诗,后又附万本梅花馆主致申报馆一函,云:"吴兴赵忠节公筹办湖防事务,血战三年,被围五月,城陷后觅死不得,被执至苏。伪忠王李逆谬为恭敬,诱胁多方,公矢百折不回,卒至被害。其筹兵伟略,矢志公忠,辉耀史乘,无待赘言。兹检得在苏覆伪忠王一书、绝命辞四章暨和什,一并录奉,即希登入《申报》,以广传闻,是所至祷。万本梅花馆主录呈。"据此可知,赵书及诗或系新发现的文献,则其除了纪念性价值外,还具有历史价值(转下页)

在《吴兴赵忠节公覆伪忠王李逆书》中,钱氏不是书写的重心,而且"覆伪忠王李逆书"这个语境很严肃,不类钱氏于近现代报刊中出现的姿态。

钱氏再在《申报》出现时,会在一个"雅集"中。

牧斋走进近现代报刊、读者群中,会比走进史册或"道德之书"相对从容(或无关痛痒)得多。

二、牧斋重现文坛

上海《申报》创办于1872年4月30日。同年12月25日(同治十一年十一月廿五日),《申报》刊有《消寒雅集唱和诗》,蘅梦庵主原唱,龙湫旧隐次韵,云来阁主和作。⑧

蘅梦庵主,即蒋其章(1842年生,1877进士),字子相,乃《申报》第一任主笔(约于1872－1875年间在任)。蒋氏任《申报》主笔后别号芷湘(又作芷缃),用蘅梦庵主、蠡勺居士、小吉罗庵主等笔名在《申报》、《瀛寰

(接上页)(historical value)。复次,《清史稿·赵景贤》载:"自湖州陷,屡有旨问景贤下落。至是死事上闻,诏称其'劲节孤忠,可嘉可悯',加恩依巡抚例优恤,于湖州建专祠,宣付史馆为立特传,予骑都尉世职,谥忠节。"此赵氏"特传"既撮录赵爨李书一段,其取材,是否即《申报》此日所刊出者? 若然,则近代"正史"之修撰与报刊材料之关系,值得进一步探究。

⑧ 关于早期《申报》,汪英宾说:"在太平天国起义被镇压后的十九世纪七八十年代,中国处于一个和平年代。朝廷中忙于奉承皇上的政客们实际上无暇顾及报刊的发展,热衷于科举考试这条唯一进入仕途的士子们都不愿在报刊上浪费时间,而涉足报刊的所谓'秉笔华士'遭到当时国人的蔑视。报刊编辑的岗位往往由科考失败的士子们担当,而他们从事此项事业旨在把报刊作为表达其个人不幸命运的泄愤工具。这样的报刊报道者无从采集有价值的新闻,因此当时的报刊充塞着'无病呻吟'的文章。报刊内容都是琐碎而无聊的,大致分为三类:(1)向中央和地方政府官员发布的圣旨;(2)来自不同省份的省府科考、谋杀案和鬼故事等;(3)诗歌栏目刊登缺乏主题的文人诗歌。报纸广告版则主要刊登市场行情、航船价目和戏院节目单等。"可谓一针见血。见汪英宾:《中国本土报刊的兴起》,页25。但具体情况不妨考论得更细致些,如邵志择就认为:"蒋芷湘在主持《申报》之时对于海上文人的影响力还是很大的,而《申报》也确实通过发表文人的诗文获得了文人的认可。癸酉正月,署名为'海上双鸳鸯砚斋'的作者戏仿阿房宫赋做了一篇《申报馆赋》刊于《申报》,历数《申报》的好处,其中也提到诗文酬酢。赋的最后一段说:'使《申报》各爱其新,则藉以劝惩。劝惩扩《申报》之新,则布一处可至各处而警心,谁阅而不乐也? 吾人既爱自新,俾众人新之,众人新之而日广之,亦使众人而又新众人也。'由此可见,蒋芷湘在《申报》最初一年里所做的事情,至少在文人圈中还是有效果的。"见邵志择:《〈申报〉第一任主笔蒋芷湘考略》,《新闻与传播研究》第15卷第5期(2008年第5期),第55-61页。

琐记》上发表诗文。⑨

申报馆于1872年11月11日(同治壬申十月十一日)创办《瀛寰琐记》,近代第一部由中国人翻译的西方小说《昕夕闲谈》即于该刊连载。《昕夕闲谈》原作为 Edward Bulwer-Lytton (1803-1873) 于1841年出版的 Night and Morning 上半部,据学者考证,译者即为蒋其章(刊载时署名蠡勺居士),大概是由《申报》创办人英人 Ernest Major 口译,蒋氏笔述而成。⑩

与洋人合作迻译域外小说,于其时中国固是甚"摩登"之事,而约在同时,蒋氏于沪上又有相当传统的活动,即,频频与上海文人诗酒雅集。1872年12月25日,《申报》刊《消寒雅集唱和诗》,蘅梦庵主之诗题作:《壬申长至日,同人作消寒雅集于怡红词馆,漫成二律,用索和章》。是年冬至为公元12月21日,此为消寒雅集第一会。《申报》于1873年1月25日刊梦游仙史之《消寒第四集同社诸君公饯》诗,据知自上年12月底至本年1月底,诸人已四会。这四次诗酒雅集,催生了不少诗作,部分刊登在《申报》上。

从这期间刊出的"消寒雅集"诗来看,蒋其章等人除有诗咏雅集之事外,又有雅集时同题赋咏之作。"消寒"第一集,分咏红梅,第三集,咏雪美人。第一集诗作中,竟有咏及钱谦益者。龙湫旧隐次蘅梦庵主韵之诗有联云:"藏得虞山遗集在,围炉重与赏奇文。"句后自注云:"蘅梦庵主藏有牧斋外集,消寒第二集拟以命题,故云。"《申报》1873年1月8日又刊"苶申"《壬申长至日同人作消寒雅集于怡红词馆奉和大吟坛原韵》诗,亦有联云:"珠探骊颔君先得,集购虞山我未披。(君藏有牧斋外集。)"——

---

⑨ 关于蒋其章,可参邵志择:《〈申报〉第一任主笔蒋芷湘考略》,第55-61页。据邵文:《申报》第一任主笔蒋芷湘本名蒋其章,字子相,浙江钱塘(杭州)人,生于1842年,1877年成进士,约在1875年即已离开《申报》,而非一般认为的1884年。蒋氏1879年至1883年间出任甘肃敦煌知县。

⑩ 可参 Patrick Hanan, "The First Novel Translated Into Chinese", *Chinese Fiction of the Nineteenth and Early Twentieth Centuries* (New York: Columbia University Press, 2004), pp.85-109;中译:韩南著,徐侠译:《论第一部汉译小说》,《中国近代小说的兴起》(上海:上海教育出版社,2010年),第87-113页;吕文翠:《巴黎魅影的海上显相——晚清"域外"小说与地方想象》,《海上倾城:上海文学与文化的转异,1849-1908》(台北:麦田出版,2009年),第29-72页。

预告了钱谦益在十八世纪乾隆皇帝禁毁、打压后,将重现文林。

果然,从 1873 年 1 月 11 日到 3 月 5 日,《申报》刊载了如龙湫旧隐《书钱牧斋外集后》等 10 题 23 首诗,毫无疑问,都是蒋其章等人所举消寒第二集所分咏或嗣后引发的诗作。之后,4 月 2 日、8 日的《申报》尚各有一诗,虽非专咏此"牧斋外集"者,但仍有诗句及附注提及牧斋其人其诗。此中第一批诗作录如下:

牧斋外集题词录呈同社诸吟坛斧政
　　　鹤槎山农江湄
古人有才兼有福,充栋汗牛藏厥腹。
赓歌廊庙笔如椽,海样文章难卒读。
当日虞山产美材,拔地参天成高木。
绣虎雕龙未足夸,倚马千言皆中鹄。
生平著作可等身,甲乙编年装成轴。
兴酣落笔皆烟云,安得熊鱼兼所欲。
金钟大镛登明堂,两部鼓吹置偏屋。
拂水山庄集已成,零珠碎玉皆其族。
不幸生逢多事秋,长言永叹当歌哭。
耦耕偕隐订松圆,半野堂开招闲局。
独惜功名心未灰,耄年犹食熙朝禄。
方今选政剧精严,珍重一编宜韫椟。

No. 220, p.2, 1873.01.11

书钱牧斋外集后
　　　龙湫旧隐
士人读书置朝列,不重文章重气节。
有明一代多伟人,殉国死君尤激烈。
虞山本是东林魁,高谈忠孝何恢恢。
一朝钩党挂冠去,激昂慷慨名争推。

转瞬浡升入卿贰,参预枚卜挟猜忌。
温周虽非宰相才,贿赂通情亦贪肆。
汉儒讦奏非无因,抚按交白冤难伸。
幸为宦竖作碑记,解狱削籍全其身。
京师已陷国南渡,阴戴潞王冀攀附。
讵料朝廷早有君,颂功幸得邀恩遇。
上疏既推马士英,草奏复荐阮大铖。
反侧贪鄙殊可笑,安能报国抒忠诚?
江南已定迎降始,屈膝马前不知耻。
芳名甘让柳枝娘,大节有惭瞿式耜。
乞疾归田悔已迟,掩罪召祸由诗词。
朽骨难逃董狐笔,贰臣传里名昭垂。
今观外集益叹惜,先后心情多变易。
中兴一疏皆空谈,岂于南都有裨益?(集中有《矢愚忠以裨中兴疏》。)
暮年末路聊逃禅,皈依我佛心甚虔。
楞严金刚手抄遍,鬓丝禅榻飘荒烟。
其文虽在不足重,那有光芒为腾涌?
沧桑历劫谁收藏,寂寞残编等邱垄。
君不见阁部一书今尚存,凛凛名节皇朝尊。
梅花岭上鹃啼血,千秋庙食招忠魂。

No. 220, p.2, 1873.1.11

消寒第二集,出牧斋外集示客,并索题词。龙湫旧隐、鹤槎山农既各成长古,予亦继声得六绝句

蘅梦庵主

者是虞山劫后灰,断笺碎墨认心裁。
如何颓老功名愿,强付楞严半偈来。(集中多禅悦之作。)
(其一)

绛云文笔本清腴,搜辑看从积蠹余。
读至卷终还一笑,祭文偏附老尚书。(卷尾附龚合肥祭文。)(其二)
党魁何事度逶迟,一疏中兴愤不支。
覆读老臣披沥语,居然朝局顾当时。(其三)
几番枚卜误斯人,晚节偏夸气节真。
谁料初心偏大负,还山可许白衣身?(其四)
颓唐老笔亦堪怜,如此才名惜晚年。
也识诗人忠爱意,杜陵斟酌作新笺。(内与人书多论笺杜诗语。)(其五)
遗刻都归一炬中,只今传写惜匆匆。
殷勤谁付钞胥手,小印红钤竹垞翁。(其六)

No. 220, p.2, 1873.1.11

鹤槎山农、龙湫旧隐、蘅梦庵主对牧斋其人其书的赋咏,在牧斋的生平事迹方面,毫无新知可言,而对牧斋其人的评议,亦不超过十八世纪乾隆朝对牧斋作出"定论"后的局限。其实,只要看过乾隆皇帝敕修《贰臣传·钱谦益传》中的一段文字,读者对鹤槎山农等的(及下文述论的)诗的指归便可了然于心,不用笔者多费唇舌,兹不避文繁,引录如下:

乾隆三十四年(1769)六月,谕曰:"钱谦益本一有才无行之人,在前明时身跻膴仕。及本朝定鼎之初,率先投顺,洊陟列卿。大节有亏,实不足齿于人类。朕从前序沈德潜所选《国朝诗别裁集》,曾明斥钱谦益等之非,黜其诗不录,实为千古纲常名教之大关。彼时未经见其全集,尚以为其诗自在,听之可也。今阅其所著《初学集》、《有学集》,荒诞悖谬,其中诋谤本朝之处,不一而足。夫钱谦益果终为明朝守死不变,即以笔墨腾谤,尚在情理之中;而伊既为本朝臣仆,岂得复以从前狂吠之语,列入集中? 其意不过欲借此以掩其失节之羞,尤为可鄙可耻! 钱谦益业已身死骨朽,姑免追究。但此等书籍,悖理犯义,岂可听其留传？必当早为销毁,其令各督抚将《初学》、《有学集》于所属书肆及藏书之家,谕令缴出,至于村塾乡愚,僻处山陬荒谷,并广为晓谕,定限二年之内尽行缴出,无使稍有存留。钱谦益籍隶江南,其书板必当尚存,且别省有翻刻印售者,俱令将全板一并送京,勿令留遗片简。朕此旨实为世道人心起见,止欲斥弃其书,并非欲查究其事。通谕中外知之。"三十五年(1770),上观钱谦益《初学集》,御题诗曰:"平生谈节义,两姓事君王。进退都无据,文章那有光？真堪覆酒瓮,屡见咏香囊。末路逃禅去,原为孟八郎。"四十一年(1776)十二月,诏于国史内增立《贰臣传》,谕及"钱谦益反侧贪鄙,尤宜据事直书,以示传信"。四十三年(1778)二月,谕曰:"钱谦益素行不端,及明祚既移,率先归命,乃敢于诗文阴行诋谤,是为进退无据,非复人类。若与洪承畴等同列《贰臣传》,不示差等,又何以昭彰瘅？钱谦益应列入乙编,俾斧钺凛然,合于《春秋》之义焉。"⑪

三人中,龙湫旧隐对牧斋的讥讽最像乾隆,而鹤槎山农和蘅梦庵主则批评归批评,对牧斋似乎还有一种微妙、纠结的爱慕。鹤槎山农对牧斋之才无疑是充满赞叹的,且对其于明季遭遇之多舛,深表同情。"独惜功名心未灰,耄年犹食熙朝禄",惋惜牧斋于大节有亏,沦为贰臣。全诗整体而言,言辞不算刻薄。至于此"牧斋外集",鹤槎山农认为宜珍重收藏。

蘅梦庵主之诗比上述二人之作较灵巧(许是采用绝句体之故),每一首宛如一个"处境"(situation),牧斋于此"六绝句"中比较形象化。"者是虞山劫后灰,断笺碎墨认心裁"、"绛云文笔本清腴,搜辑看从积蠹余"云云,表达了蘅梦庵主对此集牧斋遗文的珍爱。固然,蘅梦庵主对牧斋"初心偏大负"还是感到相当遗憾的。最妙的是诗其三,云:"党魁何事度透迟,一疏中兴愤不支。覆读老臣披沥语,居然朝局顾当时",对牧斋于南明弘光朝的怀抱,表达了同情和欣赏。诗其六表出,是集珍贵之处,在于牧

---

⑪ 《贰臣传·钱谦益传》,见王钟翰点校:《清史列传》(北京:中华书局,1987年),卷七九,第6577－6578页。

斋的著作"遗刻都归一炬中",经过乾隆朝的禁毁,"者是虞山劫后灰",无论人们对牧斋的人格操守评价如何,此物仍是值得珍重的,况且,它还是朱彝尊(竹垞,1629－1709)旧藏之物:"殷勤谁付钞胥手,小印红钤竹垞翁",本身就蕴藏着丰富的文化记忆,价值不言而喻。

对于牧斋,这一组文本蕴含着三个主要的情感元素:爱其才(明清之际诗文大家)、哀其遇(晚明时累受政治打击)、鄙其行(降清而为贰臣)。文本的形构(configuration)与感情、思想的抒发就在这三个元素的对抗、拉扯中完成。此固非清末对牧斋的发明,究其实,自清初以迄乾隆朝,人们书写牧斋就恒在这种状态下运行。然而,乾隆朝对牧斋批评的话语逻辑与原则确立在"鄙其行"一端——其力量始于皇权(imperial authority)的高压施展而终于"体制"(institution)的内化与规范,见诸"禁毁"(censorship)、《贰臣传》(historical condemnation)等——在此一"定论"的结构中,毫无"爱其才"、"哀其遇"的余地。如此看来,牧斋在清末蒋其章等消寒第二集以"被议论"、"被思考"、"被书写及刊登"的方式重新进入文人群体及公共空间,就某一意义而言,宣告了禁锢的结束(unbound),其意义不容小觑。话虽如此,乾隆帝对牧斋的诅咒与贬斥自从形成后,从未消退过,其对牧斋批评的内容、情绪色彩,乃至于实际语词(actual diction)构成十八世纪至今书写牧斋的重要典实或典故(allusion)。乾隆帝本来就将牧斋作为一政治事件处理(针对牧斋对"国朝"忠诚与否:"明祚既移,率先归命,乃敢于诗文阴行诋谤,是为进退无据,非复人类"),虽然宣称其目的在于道德伦理的扶持("千古纲常名教"、"世道人心")或史书修撰的完善("据事直书,以示传信"、"俾斧钺凛然,合于《春秋》之义"),此种说法实难让人信服。参与皇帝启动的话题太"重要"(self-important)或太过瘾了(自我陶醉),致使后世文士在书写牧斋的举措中,从不忘记使用此一"牧斋/乾隆"典故,使得关于牧斋的诗文、论说,总带有一层政治化的底蕴或阴影,书写行为本身陷入自觉或不自觉的"制约"(bound)。

在刊出上述三人诗作的同页,还有云来阁主的《读牧斋外集题词》二首,云:

剩有遗编在,斯人讵不传。
生平原厉节,老去漫逃禅。
事业余钩党,文章托杜笺。
谁知少陵叟,忠爱本缠绵。(其一)
不作中书死,其如褚彦回。
中兴遗一疏,此老故多才。
去国愁难遣,还山事可哀。
半生此心血,莫付劫余灰。(其二)

No. 220, p.2, 1873.1.11

揆诸蘅梦庵主的诗题,似乎鹤槎山农及龙湫旧隐乃消寒第二集与会者(但鹤槎山农其实不在场,请详下文),而当天云来阁主有无出席,无从确考。如云来阁主当天在场且曾赋诗,而蘅梦庵主诗题没有提及他,可能是他人诗先成,已下题如上,云来阁主后至后作,故不及之。又或者云来阁主当天其实并无与会,其作乃因上述诸作而赓作者(或系应蘅梦庵主之请而作)。果如是,则其诗题应读作"读'牧斋外集题词'"。

笔者于此,并非作无关痛痒的考辨,实欲顺此揭出,晚清报刊(新式活版印刷机印制物、活版印刷术[typography])对创作、传播、阅读经验带来的新变。要之,相对于传统雕版印刷(woodblock printing),新式报刊此一媒体(medium)可迅速、大量制作文本,并使之传播于读者受众群中。这首先方便编者(作为一积极的行动者[an active agent])组织作者群对某一共同主题从事创作,提供同时发表的纸墨、空间、场域,进而营造出一个关系密切的社群(community),或此"社群"的"观感"(impression)(如果此一"社群"其实并不存在;例如:设若云来阁主当日并无出席消寒第二集,其诗系后作,而其诗得以于1873年1月11日的《申报》与蘅梦庵主等的作品同页刊登)。

再者,《申报》乃一谋利的报刊(属商业行为),有其必须履行的专业伦理(professional ethics),如定期、准时出刊。如此,如某一主题的文本可增加刊物的销量(关乎利益),此种文本可能会持续地出现于刊物中;又或刊物遇到困难,如某日稿量不足,此种文本虽无利润价值,但可"补白",聊胜于无,依然会被刊出。

承上所言,如果乾隆皇帝于十八世纪屡屡批评钱谦益,使之持续出现在朝廷的诏令中(政治空间),是出于帝主对忠贞、臣节"话语"(discourse)构筑的需要,则晚清报刊登载关于钱氏的诗文,除了出于诸作者的创作及出版意欲外,就可能有报刊营利要求的因素存在——牧斋有市场价值(market value)。

从1873年1月11日起,到1873年3月5日,《申报》陆续刊载有关消寒雅集(共四会)的诗作,与此同时,赋咏"牧斋外集"的作品亦相继出现。关于牧斋的诗作,具录如后:

书牧斋外集后七绝四首和消寒第二集之作

弇山逸史

当年侧足小朝廷,马阮何人效荐腥。

残局自将收箸下,中兴疏要耸谁听?(其一)

晚托逃禅妙遁虚,骚坛祭酒集簪裾。

可怜序墨珍于璧,误却东阳老尚书。(其二)

寂寂山庄拂水搜,绛云不共墨云留。

自矜注杜高笺手,穿凿能逃一炬不。(自注:邵子湘杜诗臆评序谓钱注穿凿,欲尽焚杜注。)(其三)

何须外集手亲披,约略词人口沫时。

我最爱吟初白句,死无他恨惜公迟。(其四)

No. 225,p.3,1873.1.17

钱牧斋外集题词

慈溪酒坐琴言室主人

虞山旷世才,文章本华缛。

笺诗尊杜陵,解经师王肃。

所以诸名士,一时推耆宿。
共仰东林魁,高谈惊凡俗。
亦耻依权门,挂冠非不速。
掉头归故乡,立志何卓荦。
继复膺简命,卿贰参枚卜。
其时国运微,温周秉钧轴。
未几遭讦奏,免官又放逐。
闯贼沦京师,苍生同一哭。
南渡佐福王,江山剩一角。
马阮预政事,何异道傍筑。
君臣图苟安,大雠不思复。
春灯燕子笺,歌舞日继烛。
尔竟初心违,未闻进启沃。
空上中兴疏,国势日以蹙。
痴心恋栈豆,袖手观棋局。
王师天上来,南都已倾覆。
柳姬苦劝君,宁死不可辱。
如何首屈膝,迎降学陶谷。
名心偏未冷,犹贪熙朝禄。
慷慨巾帼流,相对亦愧恧。
未握中书政,不称其心欲。
及其乞身归,逢人常踧踖。
狂悖不自检,祸己诗文蓄。
回首少年场,老泪盈一掬。
末路躭禅悦,自诩得慧觉。
迹其生平事,品行颇不足。
名登贰臣传,朽骨尚觳觫。
一卷冰雪文,往事嗟陵谷。
古今重忠节,不在留篇牍。

遥指绛云楼,惟惜蘼芜绿。

No. 232, p.3, 1873.1.25

题虞山外集
　　鹭洲诗渔(小园)
首树东林帜,原推磊落才。
文章为世重,富贵逼人来。
遂使初心负,应多晚节哀。
可怜遗集在,弃掷等蒿莱。

No. 232, p.3, 1873.1.25

题钱牧斋外集五绝句
　　梦蕉居士
姓氏东林□党魁,虞山才调共相推。
一从庾信飘零后,万轴牙签付劫灰。(其一)
红豆联吟绝妙词,绛云楼上画眉时。
可怜此老偏多寿,竟把丹青让柳枝。(其二)
等闲残局变沧桑,屈膝迎降亦可伤。
毕竟愚忠何处矢,中兴一疏负君王。(其三)
归田赋就惜余生,拂水庄成托耦耕。
底事文章能惹祸,白头著作太无情。(其四)
杜诗惭愧手亲笺,竹垞搜藏有外编。
一卷心经空色相,才人末路例参禅。(其五)

No. 238, p.4, 1873.2.8

题钱牧斋外集(消寒第二集)
　　梦游仙史
秋风故国感沧桑,老去逃禅亦自伤。
罪案难消新著述,劫灰犹剩旧文章。

党魁初志东林社，偕隐余生拂水庄。

珍重一编休浪掷，竹垞而后义门藏。（朱竹垞、何义门两先生均有珍藏钤记。）

No. 254，p.3，1873.2.27

补题虞山外集录请同社诸吟坛削政
瑟希馆主

零落残编在，煌煌亦大观。

有才埋末路，垂老误儒冠。

著作千秋易，英雄一死难。

不如巾帼妇，名节尚能完。

No. 259，p.3，1873.3.5

《申报》早期所载诗词，"唱和"之作颇多，"消寒"雅集及"牧斋外集题词"诸诗亦属此类。鹤槎山农、龙湫旧隐、蘅梦庵主、云来阁主、弇山逸史、酒坐琴言室主人、鹭洲诗鱼、梦蕉居士、梦游仙史、瑟希馆主等作者，或真有雅集晤谈、即席吟咏之事，又或其实未曾赴会，其诗系后和、赓作、遥和者。例如，1872年12月25日所刊《消寒雅集唱和诗》诗中，有云来阁主人之作，其诗有自注云："浪迹海上半年矣，秋间旋里两阅月，殊有离群之感。昨甫解装，蘅梦庵主告余曰：'自子去后，吾因龙湫旧隐得遍交诸名士，颇盛文燕。'余甚羡之，复闻有'消寒雅集'，不揣拿鄙，愿附末座，因和蘅梦庵主原倡二章，即尘诸吟坛印可。"观此，知雅集当日，云来阁主并未出席，其诗系后作。

尤有甚者，上引1873年1月11日刊出第一批"牧斋外集题词"诗中，有鹤槎山农之作（且次诸什之前），而蘅梦庵主之诗题作《消寒第二集，出牧斋外集示客，并索题词。龙湫旧隐、鹤槎山农既各成长古，予亦继声得六绝句》，如此这般，难免予人鹤槎山农当日在场并即席赋诗的印象。然而，前此一日的《申报》刊有鹤槎山农《消寒第二集》一诗，内有句云"消寒未践分题约"，后夹注云："是集予以事阻未赴。"据之知蘅梦庵主所言，为情造文耳。又,1873年1月18日《申报》刊爱吾庐主人《和蘅梦庵主消寒第二集诗原韵》诗,云:"极目当头月一钩,天涯何日识荆州。关河迢递三秋感,风雪飘零万里游。终古灵丹长羡鹤,半生尘梦却羞鸥。知君第二消寒会,遥忆横江酹酒楼。"可知爱吾庐主人与蘅梦庵主并未谋面,其诗且系后作、遥和者。此外,酒坐琴言室主人、侣鹿山樵、昆池钓徒等相关诗作,亦系事后赓和。传统诗集中,同题唱和之诗并非产生于同时同地,而刊行时并排互见,例子固多(如清初王士禛《秋柳诗四首》的和作,即系显例)。⑫然而,新式报刊登载唱和及"虚拟"唱和诗,其效果却与古有别,可营造出更强大的凝聚力与"社群感"(sense of community),盖报刊出刊迅速、固定,又可在一段时间内持续刊布相关作品,而且版面布置灵活,传播网络广,这种种条件与资源都不是传统雕版印刷与书籍传播方式可以比美的。

　　细观此等"牧斋外集题词"诗,古体、律、绝、五言、七言都有,形式算得上多样,但耐读、有意境、有新意的却没几首,大概只有龙湫旧隐的七古长篇于规模、魄力较大,蘅梦庵主的六绝句亦不无巧思,余者,无甚足观。这些诗作的集体倾向是语意浅近,信笔而为,不以深刻为功。如上所述,此中诸作其实多非即席即兴而赋,发表前应该有斟酌、经营的时间,但其整体面貌如此,就不能不以新式报刊带来的机制(mechanism)、制约(convention)来理解了。报刊,说到底,是大众读物(虽然最初《申报》于格调、语言比较文雅,但没几年就不得不妥协,转向口语化),自然希望读者无阅读障碍(accessible),"凡有井水处,即能歌柳词",大概是它的指南(越多人看,销量就越好,利益就越大)。此批"牧斋外集题词"诗的语言特征有可能是《申报》编者刻意经营而成的,又或其作者意识到报刊的要求而自我配合而成。从此批诗作可以看出,对牧斋的书写,在晚清报刊这个新开发的文化生产场域(field of cultural production)中,正开始着一个大众化(popularize)、世俗化(secularize)、甚或庸俗化(vulgarize)的转向。

　　与上述现象同时发生的,是在这些诗的语言质地与思想倾向上,体现

---

⑫ 可参拙著:《秋柳的世界——王士禛与清初诗坛侧议》(香港:香港大学出版社,2013年)。

出"乾隆化"。始作俑者固是乾隆,其讽刺牧斋之诗云:"平生谈节义,两姓事君王。进退都无据,文章那有光?真堪覆酒瓮,屡见咏香囊。末路逃禅去,原为孟八郎。"上文所引《贰臣传·钱谦益传》中所载的乾隆谕旨、诏令,以及此一御制诗成为此等"牧斋外集题词"诗作的基本"声口"(tone, voice),渗透到具体语词及句构中,而对于牧斋的整体评价,诸诗亦与《贰臣传》所传达的思想高度一致。这个"摹拟"的特征,将《贰臣传·钱谦益传》及上述诸诗对读一过即可了然,兹不再赘。十八世纪乾隆之后,书写牧斋,在某一意义上来说,变得"容易",因为制作"典型化"、"形式化"(stylized)的作品有规矩方圆可循。与此同时,"君臣一体"的结果使得对牧斋其人其事的叙述亦趋向制式化,牧斋变成一"扁平人物"(flat character),单调乏味,而一众人等却继续"鞭打一匹死马"(beating a dead horse),似乐此不疲。"牧斋外集"于清末上海重现,本应是一件好玩兼而刺激的事儿。我们不知道此"牧斋外集"的内容为何,但即便内里披露了有关牧斋的、难得的新知新闻,此等作者也没向我们多报道,委实让人失望,也让人感叹皇权之无远弗及,即使在清末,在上海。

稍可注意的是,诸诗中对牧斋《中兴疏》一事的反复致意(此"牧斋外集",应含今传牧斋于南明弘光朝所上长疏《矢愚忠以裨中兴疏》)。⑬龙湫旧隐云:"中兴一疏皆空谈,岂于南都有裨益?"弇山逸史云:"残局自将收箸下,中兴疏要耸谁听?"酒坐琴言室主人云:"空上中兴疏,国势日以蹙。"梦蕉居士云:"毕竟愚忠何处矢,中兴一疏负君王。"皆是讥讽之言。蘅梦庵主云:"党魁何事度逶迟,一疏中兴愤不支。覆读老臣披沥语,居然朝局顾当时。"云来阁主云:"中兴遗一疏,此老故多才。"则颇有同情之意。诸人对此"中兴"的"凝视"(fixation),或具某种时代意义。清中叶后,同治皇帝在位期间(1862－1874),清朝国力稍振。1860年清政府与英法合作,而太平天国崩溃于1864年,中国在政治上出现了一段相对平静的时期,或称"同治中兴"。同治中兴期间,开展洋务运动,致力"自

---

⑬ [清]钱谦益著,[清]钱曾笺注,钱仲联标校:《牧斋外集》,卷二〇,《牧斋杂著》,《钱牧斋全集》(上海:上海古籍出版社,2003年),第808－816页。

强"、"求富",创办了一系列近代企业,包括福州船政局、江南制造总局、开平煤矿等等。不难想象,《申报》诗人赋咏"牧斋外集"之际,颇有意以今之"中兴"视昔牧斋"中兴"之举措。同治中兴自强的成绩既然可圈可点,其时之人难免看不起牧斋在南明小朝廷时"矢愚忠以裨中兴"之举(尤其是弘光朝亡不旋踵)。

上文论及,蘅梦庵主等人赋咏牧斋之作,蕴含三个主要的情感元素:爱其才、哀其遇、鄙其行。由上述的分析可以看出,从1873年1月11日到3月5日间在《申报》出现的牧斋并不光彩,真可谓此等诗人"消寒"之物事而已,他们主要是在"鄙其行"的指归下"消遣"牧斋的。虽然"爱其才"、"哀其遇"这两个元素在清末重归"书写牧斋"的视阈,但此际并未构成足够的力量,可以与"鄙其行"的"话语权"抗衡。多方书写牧斋的时机尚未到临,犹有待报刊在晚清进一步发展成可以容纳更多元内容的载体,甚或皇权的崩析瓦解,以及士人、作者思想的解放。这种种,都不是可以一蹴即就的。但无论如何,在十八世纪乾隆皇帝无所不用其极的禁毁、封杀之后,牧斋以某种姿态重现文坛,至少证明了他有被书写、思考(甚或市场)的价值。牧斋是驱不去的魅;1873年《申报》的诗人们只是处于一种自我压抑、克制的状态中而已。

三、走进近现代的《申报》——
牧斋的"六道轮回"

(一) 咏牧斋之诗

1883年3月7日《申报》刊珠江拙闲庐主人杜凤岐邠农甫《书岭南江左六家诗后》,第四首咏钱牧斋,云:

> 鼎革官仍领秩宗,东林党籍著高踪。
> 残生妄念逃禅悦,偕老怀惭让宠封。
> 翠袖佳人冗凤诰,白头江令晚龙钟。
> 流传只有空文藻,国史宁终弃蔡邕。

此诗成于龙湫旧隐等之雅集诗后十年,而口吻、构篇、内容大类"前贤",单调乏味。清人咏牧斋之诗,大率如此,千篇一律,无甚足观。

(二)笔记杂录中的牧斋

清初以降,文士所为笔记杂录(乃至诗话),每喜载牧斋遗事,大都陈陈相因,无重要材料可言,琐碎庸俗,读之可消永日,但无甚益处(大抵只有常熟人王应奎《柳南随笔》所载者稍可观)。此等笔记杂录,最喜着眼于二端:一为钱氏与柳如是的情事;一为钱氏因降清而受人讥讽。以下兹举数例,以见一斑。

《申报》"自由谈"创设于1911年8月24日,9月13日载《染香室野乘》,谈及牧斋:

> 蒙叟,钱谦益之号。谦益,又号受之及牧斋,自称东涧遗老,常熟人。晚年卜筑红豆山庄,与河东君吟咏其内,茗椀熏炉,绣床禅板,髣髴苏子之遇朝云也。尝有句云:"青袍便拟休官好,红粉还能入道无。筵散酒醒成一笑,鬓丝禅榻正疏芜。"

后七年,1918年11月25日的"自由谈·杂录"刊《澹有味斋杂录》,云:

> 钱虞山之笑史:钱牧斋易节后,动辄受人讥刺。两朝领袖之谑,至今以为佳话。或谓当清兵入关时,牧斋具满洲衣冠,匍匐往迎,恬不知耻。途遇一叟,手柄竹杖。见牧斋身穿异服,即举杖击其首曰:"我是个多愁多病身,打你这倾国倾城帽。"帽与貌同音,盖窜易《西厢》词句也,闻者为之绝倒。

约三十年后,1947年11月16日"自由谈"所载王百里的《两朝领袖》,合上述二者以为牧斋写照(当然,王百里并非始作俑者):

> 钱牧斋既娶柳如是,宠爱若神仙,为别筑精舍居之,颜其室曰"我

闻",取《金刚经》"如是我闻"之义也。一日挈之游虎邱,牧斋衣小领而大袖,遇一士人前揖,问此何服制,牧斋曰:"小领为新朝法服,大袖者所以示不忘于先朝也。"士人谬为改容曰:"公事新朝,尚不忘故国,用心良苦,真可谓两朝领袖矣!"牧斋大窘。

按钱谦益,身为礼部尚书,事急,不与弘光俱走,而与大学士王铎、都督越其杰等同以南京迎降,奴颜事敌,至此尚谓不忘先朝,恬不知耻,真可谓老而不死,若历史允许的话,大可与五朝元老的冯道并传。然冯道虽身事九君……犹有几分自知之明,故终其身只是糊里糊涂的做官吃饭,不敢出风头,较之钱谦益甘心事敌而尚欲钓誉沽名自命风雅者差胜一筹也。

类似的载记,前清时期的《申报》不是没有,但我只引上述数则,为的是突显一个现象,即,即便到了民国肇始以后,或到了上世纪四十年代(其实到今天也一样),人们对牧斋的"凝视"(gaze),依然停留在艳闻艳事(romance)与"示众受辱"(public shame)之上——前者其实关乎欲望(desire)及其不得满足或好奇;后者则关乎自我形象、权位之拥有与其失去,或/及对此之渴望与恐惧(不妨想想鲁迅的小说《肥皂》)。报刊,在平常岁月,说到底,最能煽动人心的、卖钱的,就是这些。而作者"翻炒"这些,既能满足自己(过一把当道德法官的瘾,如王百里),以及大众的渴求,又可赚几块稿费,何乐而不为?类似的牧斋轶事在报上刊出,即使时移世易,犹不绝如缕,无形中证明了"某种牧斋"的市场价值。又或者可以说,牧斋已变成一种"库存"(stock),报刊哪天哪期缺稿,大可把这些牧斋旧闻拿出来填填版面,再"消费"一下。牧斋可谓"不朽"(immortal)了,哀哉。

(三) 出版界中的牧斋

在十八世纪乾隆帝禁毁牧斋逾百年后,文网松弛,风气渐开,牧斋著作得以重新面世。1909年12月13日《申报》刊出的一则"杂著"颇可反映这个新发展:

大雅不作，世风陵夷。欧化初来，国粹寝失。有心世道者怼焉忧之，投资刊书，以饷学子。□承厚贶，披读一过，聊抒管见，以当介绍。《钱牧斋文钞》：虞山钱谦益，历仕两朝，依违首鼠，尚论者鄙之。然其为文也，汪洋恣肆，俊伟光明，腴而不缛，华而不浮，漱诸子之沥液，撷选□之芳润，洵能于方桐城、曾湘乡之前，别树一帜，为龚仁和一派鼻祖。书被禁锢，已历二百年[严按：不确，只百年]，承学之士，率以为憾。今得国学扶轮社诸君出沉沦而付诸铅椠，有功艺林为不少矣。读此书者，慎勿以人废言可也。

满清最后三年（宣统元年至三年，1909－1911），牧斋著作像复仇般一时涌现。1909年国学扶轮社出版《钱牧斋文钞》，1911年出版《钱牧斋诗集》、《牧斋晚年家乘文》；1910年上海文明书局出版《钱牧斋全集》，顺德邓氏风雨楼出版《投笔集笺注》；数种牧斋年谱亦同时问世。这是钱氏著作刊行的丰收期，远超于明末清初。这几种书都是大部头，而如此规模的出版，民国肇始初年反而少见，试观《申报》所刊若干"书讯"即可知一二：
1919年5月6日"本埠新闻"刊"志谢"一条：

文明书局近出版《唐诗鼓吹》一书，系钱牧斋、何义门评注抄本所翻印，昨承惠赠一部。又商务书馆赠第十卷等四号《小说月报》一册。书此并谢。

1923年9月3日"本埠新闻三·出版界消息"载：

昨得出版界新讯二则，汇列如下：
《寿亭侯关公集》。是书原辑者为钱牧斋氏，现由王大错君重纂，东方图书馆发行，内容甚佳。甲种二元半，乙种二元，丙种一元半。代发行所为棋盘街中华图书馆云。

《英译汉汉译英》。是书为戴符九与英国甘成德二君所译著，有益初学不浅，由伦敦 Macmillan & Co.发行云。

此所谓牧斋、何义门（焯）评注抄本《唐诗鼓吹》应即系近年出版的现代整理本《唐诗鼓吹评注》⑭的前身。《唐诗鼓吹》原书不著编辑者姓氏，而学者多认为此集为金代元好问所辑。此书有清初刊本，书前冠以牧斋所撰《唐诗鼓吹序》，而著录牧斋"评注"云云，坊贾托名耳，内里评点文字，非出牧斋手笔，故而是书实际上并不能算作牧斋的作品。至于所谓《寿亭侯关公集》，颇疑即牧斋逝世前一年间所编订之《重编义勇武安王集》（牧斋生前并未刊行），该书原为明人吕楠编撰，故严格而言，亦非牧斋著作。

话虽如此，《申报》1919年、1923年这二则"书讯"我还是看得兴味十足的。这倒不是因为上述二书怎么说都跟牧斋有相当的关系，而是因为看到《唐诗鼓吹》与《小说月报》、《寿亭侯关公集》与《英译汉汉译英》同时登场，华洋杂处以招徕顾客（或喜读旧诗者，或现代小说爱好者，或关帝信徒，或习英汉翻译者）。此种种"并置"（juxtaposition），毫无传统书志学（bibliography）的逻辑可言，让人感到报刊内容真五花八门，"现代"莫名其妙的有趣，又让人感到好奇，牧斋继续走向现代（及当代）深处，会有怎样的一番造化？

（四）学术演讲活动中的牧斋

牧斋其人其事渐以不同的方式"散播"（dissemination）。1923年8月11日《申报》"地方通信—松江"报道：

> 学术演讲会之第五日。十日为暑期学术演讲会之第五日，上午八时先由王理臣讲国语会话。九时由叶圣陶讲新文学。十时由周建人讲"生命与灵魂"。周君略谓人之生命，系食物吸养气而起燃烧作用，因是足能运动，脑能思想，并非另有灵魂，而人之死亡，即由内部机关损坏，呼吸停止，而手足不能运动，脑筋不能思想也，故人死者生命即完全消灭，并无灵魂之存在云云。至十一时由叶圣陶续讲新文学，提出新体小说两篇，精密研究，直至十二时暂行休息。下午一时

---

⑭ ［清］钱牧斋、何义门评注，韩成武、贺严、孙微点校：《唐诗鼓吹评注》（保定：河北大学出版社，2000年）。

半继续开会，先由吴研因讲"恋爱与贞操"，大意谓有恋爱然后有贞操，有贞操而后恋爱始能坚固，如古人司马相如与卓文君之不讲贫富、梁鸿孟光之不讲美丑、钱牧斋柳如是之不讲年龄，方为真的恋爱云。至二时半仍由叶圣陶续讲新文学而散。

看来1923年8月10日这天的"暑期学术演讲会"活动很紧凑，内容也丰富多元。讲者王理臣、叶圣陶、周建人（鲁迅三弟，生物学家）、吴研因，均为知名学者、教育家、新文学家。因讲"恋爱与贞操"而谈及牧斋、柳如是的吴研因（1886－1975）为近现代教育家，一生致力研究小学教育及编写教科书。观此活动纪要，吴氏讲钱、柳，不再着眼于二人"我爱你乌个头白个肉"、"我爱你白个头乌个肉"的艳闻秘事，转而为"钱牧斋柳如是之不讲年龄，方为真的恋爱"。时代、思想似乎是进步了。

（五）牧斋成为文艺创作的题材

《申报》1926年7月30日"最近之出版物"载：

《董小宛演义》廉价出售。清代顺治帝出家五台山为千古疑案，历家纪载，多谓帝悼董鄂妃之丧，敝屣万乘，入山披缁；所谓董鄂妃，即如皋冒辟疆之姬人董小宛。现由小说家胡憨珠君将其艳事轶闻编为《董小宛演义》：董小宛如何落籍秦淮、冒辟疆如何恋爱小宛、钱牧斋如何仗义、洪承畴如何弄奸、皇太后如何压抑、顺治帝如何多情，无一事无来历，无一语无根据，读《影梅盦忆语》与吴梅村《清凉山赞佛》诗者，不可不看此书，读《红楼梦》者，尤不可不看此书，其中人物，咸能暗合。该书现由棋盘街中段广益书局发行，价定六角，在此暑假期中，为优待顾客起见，特予六折出售云。

胡憨珠为其时著名报人，办"小报"，写游戏文章，其著《董小宛演义》乃通俗小说，鸳鸯蝴蝶派一路作品。明清改朝换代、清宫秘闻、英雄气短、儿女情长，依旧让人看得津津有味，即便已是民国岁月；而暑假期间以特大折扣推销小说以刺激莘莘学子（或其家长）的购买欲，今天的书商也采取同样策略。

1933年9月12日起,《申报》"自由谈"陆续刊登阿英(钱杏邨,1900-1977)的《爱书狂者之话》,颇有述及牧斋藏书之轶事者。《申报》连载的阿英书话,构成他日后脍炙人口的"谈书之书"(book about book)《阿英书话》的一部分,讲述牧斋购藏宋板书的几篇故事即为此系列书话的开端。

1940年12月17日"自由谈"开始连载小说《章台柳》;钱牧斋、柳夫人的旧事被编写为现代白话小说刊出。这部小说创作于中日战争期间,柳如是变身为抵抗外族入侵的女英雄,于"抗日"有功焉;至于牧斋先生,对不起,请继续扮演因水冷而无法投水自尽以殉明的不堪男人。

1948年6月12日"文化界小新闻"报道:"齐如山近编《章台柳》剧本,系用钱牧斋柳如是□□为题材。(天)"(笔者按:今传齐氏著作中无此剧本,《章台柳》或为其未成之作。)

(六)关于牧斋常熟旧宅荣木楼——牧斋、柳如是的记忆与鬼魅

钱氏半野堂、我闻室、绛云楼因钱柳姻缘的关系和各种载记的渲染,比较知名,但狐死首丘,牧斋最后是在钱家老宅荣木楼中撒手尘寰的。牧斋死而"家难"(陈寅恪语)作,灵坛未撤,柳夫人被迫自缢于荣木楼东偏的"梳妆楼"。嗣后钱家气数尽矣,走向没落,楼废,至雍正年间,被改建为昭文县署,自是楼房屡有兴革。时移世易,辛亥革命成功,合原常熟、昭文二县为常熟县,县政府暂借前昭文县衙为公署,后他迁。民国年间,此处又成为地方法院院址。荣木楼主体于1950年代被拆除,至2009年,当地大规模改造,钱氏故宅遗迹遂亦荡然无存。有意思的是,前此,柳如是缢死的梳妆楼虽历经清朝、民国、新中国,却一直被保存下来,原封不动(最后被封存在一家学校内,思之恐怖)。传说柳如是死后冤魂不散,屡屡作祟,甚吓人,清人袁枚(1716-1797)的《子不语》中就有《柳如是为厉》一篇,极尽渲染之能事。此梳妆楼成为常熟人不敢轻侮的禁地,敬而远之,称"大仙堂"。然而岁月、记忆无情,人心不古兼而可恶、无知,常熟人最终还是把这种种历史、人文遗迹夷为平地,建起商区。

民国改元,1912年2月23日《申报》"自由谈——尊闻阁词选"载有

"虞山初我"三诗,详味文辞,作者应为辛亥革命后常熟县政府最早期的一位官员,其《宵深治事不寐有感》云:

> 卌年蒙垢虞山面,今日迁乔尚旧枝。(前昭文署为钱蒙叟故居。)
> 庭树无声丛雀少,谤书有味一灯知。
> 雕零文学搜秦火,(近岁手辑邑中遗老著述,尚未成编。)朴野衣冠似汉时。
> 待补当年遗佚史,衙斋风雪辑残诗。

此诗典雅有味,对牧斋景仰之情自然流露,难能可贵。

诗人初我其实大有来头,乃常熟人丁祖荫(1871-1930),清末民初著名学者、文学家,于文教、出版、文献、藏书、吏治及地方公益事业贡献良多。辛亥革命时,常昭两县宣布独立,成立民政局(相当于县政府),丁氏于地方德高望重,被推为常熟县民政长(相当于县长)。作此诗时,丁氏正在县政府公署"深宵治事不寐"。建国之初,事务极繁,而丁氏却似心不在焉,遥想牧斋旧事,欲搜寻其劫余之"雕零文学"。果然,数年后丁氏陆续刊印《虞山丛刻》(乃虞山历代文人总集),内收有牧斋、柳如是、毛晋等人的作品,而今传清抄本《牧斋外集》二十五卷,亦由丁氏校并跋。

二十五年后,1937年7月27日的《申报》有"常熟"《新法院中闹鬼》一篇短文:

> 本邑法院于本年三月中成立,院址即前县府房屋。讵一十五晚九时许,各职员正在休憩纳凉时,突见第一法庭上电炬通明,似在审理案件。及往察看时,则黑暗如初。众皆骇怪,纷传鬼怪狐祟。按该院原为钱牧斋旧第,历任俱供奉钱及柳如是神位,称之为大仙,常燃香祝拜,但历任中屡有鬼话发生,主管人员,均不敢稍拂意。兹法院成立,以时代所趋,不应存此迷信,乃与大仙堂隔绝,因此又复闹鬼。据内部人传出,类此怪事,已屡有发生。

殁后将近三百年,牧斋、柳如是竟然又走进了"社会新闻"。在国史、官史无法(或无意)给予钱氏公允、全面的评价后,牧斋及柳夫人化为人们敬畏的"大仙","神位"受供奉祝拜,听来滑稽、怪异,但仔细想想,这又何尝不是他俩"不朽"的最强烈的证明?况且,这里本来是他俩的旧宅(虽然现在已变成新时代的法院),谁敢无礼、不敬,他俩就出来"作祟"一下,又何可深责乎?

(七)摆脱不了的魔咒,另一种"鬼"——"贰臣",今称"汉奸"

1937年常熟新法院闹鬼事件之后一年,牧斋被揪出来,失去了他"大仙"的地位。其时,中日战争已爆发,有人主张,要把中国历代"汉奸"的丑行揭露出来,写成专书。1938年11月17日《申报》刊出诗人王独清(1898-1940)的《〈历代汉奸传〉——妄想录》:

> 就我所知道的,在过去还像是没有过这样性质的著作。过去历史上固然有所谓奸佞传等等,但那不过是正史的一部分,不能算是专著。清朝底《贰臣传》,固然是专著,同时确也可以说是一代汉奸的传记,不过那却是清朝皇帝钦定的作品,性质和我所说的恰是相反的。……画出了小人底嘴脸,才更可以说明君子底行为。然以南明来说罢,假使我们知道了钱谦益、阮大铖等向清兵叩头的丑态,便会越发觉得当时不屈不挠的那般英雄和义士的可贵。

战后,1947年12月1日枪决"十大汉奸"之一殷汝耕(1883-1947)前几天,牧斋的名字又见报了。1947年11月25日《申报》"自由谈"刊风人《言是而非》:

> 言和行往往是不能一致的,讲起话来头头是道的人,实在倒要留心留心他的行为,钱牧斋的文章,慷慨激昂,连史可法也不及他。后人如果光读殷汝耕"亡国惨"的大作,又哪里想得到他会是华北的头号汉奸呢。(灯下杂记)

这个比拟发人深思——假如牧斋活在现代，抗日期间投降日本人，或当了"汪伪政权"五个月的官，战后，牧斋会不会也被枪毙？又或者回溯到十七世纪，设若1650年代郑成功北上复明成功，光复神州以后，郑氏会奉牧斋为国师，还是会斩了他的头？

　　无论如何，上文论及清初以降，在国族危急存亡的关头所牵动的历史记忆、政治话语、道德选择中，钱氏的行为每每被用为一种参照系，以之刻画、判断某人忠或不忠、诚抑伪、对国家有功还是有过，观上述王独清及凤人的言论即可见一斑。

四、结　　论

　　从上述的种种现象可以看出：

　　牧斋出现在《申报》，相当随机，无一定规律可言，也没有任一作者对牧斋长期关注及书写。1872－1949年的《申报》没有刊登过具有重大意义的、关于牧斋的作品。大抵而言，在升平岁月，诸作以述牧斋的轶闻艳事为主，但每当国家陷入祸乱或对外战争时，牧斋的"贰臣"身份、事迹及对此的批判又再成为人们书写的侧重。

　　相对于十八世纪乾隆君臣对牧斋所下的"不足齿于人类"的"定论"，《申报》所见有关牧斋的诗、文、小说呈现出"爱其才"、"哀其遇"、"鄙其行"三个元素的拉扯，比较多元，但说到底，这并非描画牧斋的重大进步，只是回复到清初至乾隆朝前的状态而已。在"大众"文化生产场域中，清末至新中国成立之前对牧斋的处理大抵如此，以后也可能延续这一模式。

　　也许由于《申报》是一份面向大众、计较利益的报纸，报上刊登的诗、文或多或少都有大众化、世俗化、庸俗化的倾向。曲高和寡、阳春白雪之作在报纸上偶然可见，但这绝对不是常态。《申报》上所见关于牧斋的作品无一具体论及牧斋的学问或文学造诣，这不无遗憾，但似乎亦"理所当然"，不必深责。

　　若说近现代《申报》诸作者书写牧斋有一集体倾向的话，那可能是我在上文论及的"乾隆化"，从对牧斋事迹的掌握、评价的侧重，到使用的具体语辞,都可见出上引《贰臣传·钱谦益传》的影响。毫无疑问,乾隆成功地创造了评论牧斋的一个强有力的"典范"(paradigm),影响深远。(直到今天,我开研究牧斋的课,和同学讨论时,也还有认为乾隆说得对的。这每每让我深深思考文学与言行、道德之间的关系,以及不同的意义场域所具有的能量、终极关怀、价值取向,不敢自以为是,"虽在父兄,不能以移子弟"。)

在现代中国,牧斋历经了另一次被"标签化"(labeled)——由于借古讽今、以古喻今、指桑骂槐、杀鸡儆猴的需要,"贰臣"牧斋在对日战争的语境中被等同于"汉奸","仕清"犹如"仕日",牧斋于是被置入了现代(甚或当代)国族主义(Nationalism)的话语与情绪中。此一概念性转化及糊涂账导致人们议论、书写牧斋的基准离开了明清之际实际的历史、政治、文化、个人情境,越行越远,每况愈下,更无法给予牧斋全面、公允的评论与认识。

固然,上述的种种不足以反映牧斋近现代时期接受史的全部。近现代中的牧斋还有一番更重要的造化,我暂称之为"典律化"(canonization)与"知识、学术化",这两个进程都不是在大众读物(如本文论述的《申报》)中达成的,而兹事体大,又是另一重公案,有机会,我会另文论述。

A Reevaluation of Wang Guowei's *Poetic Remarks in the Human World*

芮兰娜(Lena Rydholm)

瑞典　乌普萨拉大学

Introduction

My interest in Wang Guowei's 王国维 "world theory" (*jingjieshuo* 境界说) started when I was working on my doctoral dissertation on the generic features of *ci*-poetry in the 1990s. *Renjian cihua* 人间词话 (Poetic Remarks in the Human World) was one of several genre theories discussed in the work. Since then, I have continued to do research on theories and concepts of genre and style in China in ancient and modern times and on transcultural theories and concepts of genre. However, writing in the present day about Wang Guowei is quite a challenge. Since scholars have done so much research on his theories already (and some even believe that there is nothing more to say on this subject), my only option is to try to apply a different perspective when reevaluating Wang's theoretical system. I cannot claim the same profound expertise on the subject of Wang Guowei as Ye Jiaying 叶嘉莹 and others, but I may contribute an "*outsider's*" perspective on Wang's "world theory" and interpretations of it from the "*inside*" of my research on *ci*-poetry, on genre and style in China through the ages, and on transcultural theories and concepts of genre. Owing to limitations of space and the scope of this study, I will focus my comments on some of the key concepts in Wang's "world theory" in the first 8 paragraphs in the original, 64-paragraph version of *Renjian cihua*,① and on the interpretations of these concepts by Ye Jiaying, Fo Chu 佛雏 and Luo Gang 罗钢.②

Wang's "world theory" and its theoretical foundation: Western philosophy and aesthetics, or traditional Chinese aesthetics and literary criticism?

Wang Guowei (1877 – 1927) lived in a period of great turmoil in Chinese history, around the revolution of 1911 and the fall of the Qing dynasty. His "world theory," *jingjieshuo*, or *yijingshuo* 意境说 (Theory of artistic conception) as it is sometimes labeled, in *Renjian cihua*, is seen today by many scholars as a milestone in Chinese literary theory, aesthetics and poetics. However, as Wang was labeled a Qing loyalist, many of his works did not exert any major influence in revolutionary China or during the first three decades of the People's Republic of China, but his "world theory" has always attracted attention among scholars.③ After the Cultural Revolution

---

① Wang Guowei's 64 "remarks" on poetry were published in successive issues of the academic journal *Guocui xuebao* 国粹学报 in 1908 – 1909, and only in 1926, the year before Wang's suicide, were these paragraphs, for the first time, collected in a separate edition by Yu Pingbo 俞平伯, according to Ye Jiaying 叶嘉莹, *Wang Guowei ji qi wenxue piping* 王国维及其文学批评 (Wang Guowei and His Literary Criticism) (Beijing: Beijing daxue chubanshe, 2008), p.102. After Wang's death in 1927, additional "remarks" extracted from his other publications, drafts, handwritten unpublished material, and "remarks" that Wang had removed from the original manuscript before publication, were successively added to different editions; the most complete edition, according to Ye, is Wang You'an's 王幼安 revised edition *Renjian cihua* 人间词话 (Xianggang shangwu yinshuguan, 1961), which includes 142 paragraphs, Ye Jiaying, pp.102 – 103. In this paper, I will use the edition of Wang Guowei's, *Renjian cihua* 人间词话 (Poetic Remarks in the Human World) in Tang Guizhang 唐圭璋 ed., *Cihua congbian* 词话丛编 (A Collection of Remarks on Ci-poetry) (Beijing: Zhonghua shuju, [1986] 1990), vol 5, pp.4239 – 4254.

② English translations of quotations from Chinese sources in this paper were made by the author unless otherwise stated.

③ Ye, p.105.

and with the "reform and open door" policy of 1978, *yijing* research became a "hot subject"; 1,543 articles were published on this topic between 1978 and 2000.④ Although China was very different during the first three decades of the 20th century from what it was in the three decades after 1978, there are also many similarities with regard to the academic fields. In both periods, Western works of science were available in many different fields, and there was an eagerness to learn from the West in order to modernize China and develop science, technology, society and the economy. Chinese scholars in Wang's time, just like scholars today, struggled with how to deal with their recently gained knowledge of Western theories of literature, philosophy, aesthetics, linguistics and the like. The three general attitudes chosen by scholars in Wang's time (as well as today) were: basically to accept foreign theories and attempt to apply them directly to Chinese literature; more or less to dismiss Western theories and continue to adhere to traditional Chinese theories and concepts when discussing literature; or to try to combine Western theories and concepts with Chinese theories, concepts and literary practice by trying to use the best of both. What is interesting is that Wang Guowei, being well versed in Chinese literary traditions, poetics, and aesthetics, as well as Western literary theory, philosophy, and aesthetics, has been variously credited or criticized, by scholars for his "world theory" on all three accounts.

Firstly, many scholars have commended Wang for his efforts to introduce Western theories into the fields of Chinese literature and aesthetics. Ye Jiaying has credited Wang for being "the first person to use Western theories to appraise native Chinese literature" 第一位引用西方理论来批评中国固有文学的人物 and "to try to use new Western concepts in the context of ancient

---

④ According to Gu Feng 古风 in *Yijing tanwei* 意境探微 (Investigation of Artistic Conception) (Nanchang: Baihuazhou wenyi chubanshe, 2001), p.16 quoted by Luo Gang, "Yijingshuo shi Deguo meixue de Zhongguo bianti" 意境说是德国美学的中国变体 (Theory of Artistic vision: A Chinese Version of German Aesthetics), *Nanjing daxue xuebao* 南京大学学报 5 (2011): 39.

Chinese tradition."尝试以西方新观念纳入中国旧传统.⑤ Many of Wang's key concepts may be interpreted in the context of Kant's and Schopenhauer's philosophies. But according to Ye, Wang did not transfer an entire foreign theoretical system into *Renjian cihua*：

>［Wang Guowei］only picked out certain key concepts from Western theory that could be applied in China, and merged them with the spiritual essence of Chinese literature, thereby creating a theory of literary criticism of his own.
>
>［王国维］仅采纳其可以适用于中国的某些重要概念,而将之融合入中国文学的精神生命之中,从而建立起自己的一套批评理论来。⑥

Secondly, with regard to the possibility that Wang Guowei was simply adhering to Chinese theories and concepts, Xue Fuxing 薛富兴 has commended Wang for having "faithfully" (*zhongshide* 忠实地) carried on the legacy of *yijing* 意境 (artistic conception/vision) and for being the first scholar ever to give this core Chinese aesthetic ideal "a clear and logical form of expression" 以明确的逻辑表达形式.⑦ Xue claims that the traditional concept of *yijing* "most deeply, correctly and completely reflects the aesthetic ideals of the Chinese people" 最深刻、确切而全面地体现出中华民族的艺术审美理想.⑧ For these scholars, the key to understanding Wang's "world theory" lies in interpreting his theories based on ancient Chinese works on literature, philosophy and so on.

---

⑤ Ye, pp.101 and 107.
⑥ Ye, p.147.
⑦ Xue Fuxing 薛富兴, *Dongfang shenyun — yijinglun* 东方神韵——意境论 (Eastern Spiritual Expressiveness — The Theory of Artistic Conception) (Beijing: Renmin wenxue chubanshe, 2000), p.55, quoted by Luo Gang, (2011): 38.
⑧ Ibid.

Thirdly, for some scholars such as Luo Gang, Wang's "world theory" is in essence a foreign product. Interpreting Wang's "world theory" in the context of German philosophy and aesthetics (Kant, Schopenhauer, Nietzsche, Schiller, Groos), Luo claims in the very title to an article about Wang's theory that "*Yijing* theory is a Chinese variant of German aesthetics" 意境说是德国美学的中国变体.⑨ According to Luo Gang:

> Wang Guowei's "world" theory is an entirely "new" discourse in Chinese poetics that is based on "Kant's and Schopenhauer's philosophies," and that has never been a part of the history of Chinese poetics.
>
> 王国维的"意境"说所包涵的正是一种以"康德叔本华哲学"为基础的、在中国诗学史上从未有过的"新"的诗学话语。⑩

An obvious reason why many distinguished scholars have come to such different conclusions, interpretations and evaluations of Wang's "world theory" is that his theory is open to all these interpretations. As Ye Jiaying explains:

> Regarding the term "*jingjie*" that he [Wang] suggests, and what it actually means, since he himself never established a clear definition of it, consequently it gave rise to several different speculations and explanations among later scholars.
>
> 关于他所提出的"境界"一词,其含义究竟何指,因为他自己并未曾对之立一明确之义界,因之遂引起了后人许多不同的猜测和解说。⑪

---

⑨ Luo, (2011): 38–58.
⑩ Luo, (2011): 42.
⑪ Ye, p.176.

The ambiguity in *Renjian cihua* and the genre of "remarks on *ci*-poetry"

One reason often given for the lack of clear definitions and explanations of key concepts in *Renjian cihua* is Wang's choice of genre when presenting his theory. *Renjian cihua* is written in a traditional Chinese genre of literary criticism called *shihua* 诗话 ("remarks on *shi*-poetry"), in this case *cihua* 词话 (remarks on *ci*-poetry). In contrast to a "thesis" (*lunwen* 论文), the genre of "remarks" does not require a high level of reasoning or a deeply theoretical content; rather, it is characterized as consisting of random thoughts on poetry, written in the form of *biji* 笔记 (notes) in a fairly relaxed style.⑫ It often consists of a series of separate paragraphs, not necessarily in chronological or systematic order, with remarks on poems, poets, styles, genres and the like. Many "remarks" contain highly subjective and impressionistic literary criticism. Since the writers of these "remarks" were generally poets themselves, they valued writing in a literary style. Evaluations of poems and poets, or comparisons between individual styles, schools, or genre styles, often took the form of metaphor or quotations of a few representative lines in a poem to illustrate a point, rather than by a more systematic analysis of actual features in the poem. Since these critics belonged to the cultural elite and were therefore well versed in the Chinese literary heritage, everyone recognized the famous lines by the great poets; this meant that it was not a requirement to state the sources. If Wang Guowei had added the sources for each of his key concepts in the crucial first eight paragraphs of *Renjian cihua*, the situation concerning research on his "world theory" would have been very different today.

---

⑫ Liu Dezhong 刘德重 and Zhang Yinpeng 张寅彭, *Shihua gaishuo* 诗话概说 (Introduction to Remarks on *Shi*-poetry) (Beijing: Zhonghua shuju, 1990), pp.1-5.

So why did Wang Guowei, who has been credited for "using rather strict analyses, constructing a fairly coherent systematic poetics" 作出比较严密的分析,构成一个相当完整的诗论体系,[13] and as Ye Jiaying has pointed out (cited above) "trying to use new Western concepts in the context of ancient Chinese tradition,"[14] choose the fragmentary form of "remarks on *ci*-poetry" to expound his "world theory"? Was this a good way to introduce new ideas in an old form that Chinese scholars were used to, as many scholars think? Was he using an old genre, conventional style and diction to make new, foreign concepts seem more "familiar" and therefore easier to assimilate into Chinese literary theory? Or was this a way to avoid the more strict scientific requirements for a regular thesis? The core concept of "*jingjie*" and other key concepts in Wang's "world theory" were never given clear-cut definitions in *Renjian cihua*. Many scholars blame this on the limitations of the genre. Ye Jiaying, while commending Wang for his efforts to try to construct a new theory of literary criticism, states that:

> The only sad thing is that his [Wang's] theoretical content suffered the limitations of the genre in his remarks on *ci*-poetry, and he was therefore unable to give thorough and systematic explanations of the definitions of some of his central critical concepts and terms, as well as how to combine his theory with practical implementation.
>
> 只可惜他的理论内容为其词话之形式所拘限,因而对其中一些重要的批评概念和批评术语的义界,以及其理论与实践相结合的关系,都未能作周密的系统化的说明。[15]

---

[13] Fo Chu 佛雏, *Study of Wang Guowei's Poetry Theory* (Wang Guowei shixue yanjiu 王国维诗学研究), Beijing: Peking University Press, 1987, p.157.
[14] Ye, p.107.
[15] Ye, p.262.

On the other hand, maybe the genre cannot take full blame for Wang's failure to explain his key concepts clearly. There are apparently some inconsistencies in *Renjian cihua*, both concerning the key concepts in his "world theory" and in the lack of systematic application of them in his literary criticism. As Ye Jiaying has pointed out, statements that appear to be mutually exclusive appear in different paragraphs⑯. An additional complexity is that Wang uses the crucial term *jingjie* in three different ways in *Renjian cihua*, according to Ye Jiaying:

> [...] as a term referring to the "setting" or content" of a poem, as a critical term applicable to poetry generally (referring not only to the scene but also to the emotions conveyed), and as a critical term applied uniquely to *tz'u* [*ci*-poetry] (referring to suggestions and associations arising from the poem).⑰

Was Wang himself aware of this complexity and of the inconsistencies? It is not unusual in ancient Chinese literary theory that key concepts are not clearly defined, and that they are used with several different meanings in different contexts, even in the same text. When we read these works today, we tend to judge them, perhaps somewhat unfairly, by our present standards in research. Thus it is hard to tell whether our contemporary readings, analyses and interpretations provide any actual additional insight into Wang's complex theory and the author's original intent.

---

⑯ Ye, pp.215-217.
⑰ Chia-ying Yeh [Ye Jiaying], "Wang Kuo-wei's Song Lyrics in the Light of His Own Theories," in Pauline Yu ed., *Voices of the Song Lyric in China* (Berkeley, Los Angeles and Oxford: University of California Press, 1994), pp.257-261.

The key concepts in the "world theory" and general problems related to these categories

For the reader not so familiar with Wang's "world theory," I will firstly, briefly introduce the key concepts in the first eight paragraphs of *Renjian cihua* (point 1 – 5 below). Then I will add my comments on some general problems concerning these categories (as judged by present standards) before discussing the concepts in points 1 and 3 – 5 more thoroughly in the context of some influential interpretations of Wang's theory in the following sections.

Wang was very brief in his explanation of the key concepts of his "world theory" in the first nine paragraphs of *Renjian cihua*. These are generally considered to summarize his theory and to set the standard for his literary criticism of poems, poets, genres, styles, schools and periods in the remaining paragraphs (10 – 64). Wang's dialectical system in the first eight paragraphs is based on a number of pairs of complementary or "opposite" categories, qualities that should be distinguished in *ci*- and *shi*-poems. The key concepts and major pairs of alternative categories in §1 – 8 of *Renjian cihua* are: [18]

1. *you jingjie* 有境界 ("having a world") versus *wu jingjie* 无境界 ("not having a world").

2. *zao jing* 造境 ("invented world") versus *xie jing* 写境 ("described world"), connected to the *lixiangpai* 理想派 ("school of idealism") and *xieshipai* 写实派 ("school of realism") respectively.

3. *you wo zhi jing* 有我之境 ("the world with a self") versus *wu wo zhi jing* 无我之境 ("the world without a self").

4. *youmei* 优美 ("beautiful") versus *hongzhuang* 宏壮 ("sublime"),

---

[18] Wang, *Renjian cihua*, pp.4239 – 4241.

(the former emerging in "the world without a self," while the latter appears in "the world with a self").

5. *da jingjie* 大境界 ("big world") versus *xiao jingjie* 小境界 ("small world").

Wang's tone is very confident and his key concepts in these first paragraphs appear at first glance to constitute a coherent theoretical system. However, when studying them more carefully, it is evident that there are several inconsistencies and problems connected to these categories and their internal relationships (as judged by present standards, and also disregarding a possible "negative influence" of the genre of "remarks"). Owing to limitations of the scope of this study, I will briefly introduce only a few of the more general problems.

Firstly, concerning *references*, there are no sources in §1–8 to guide us as to the meanings of these key concepts, even though Wang has in fact included references (both Chinese and Western) in many subsequent paragraphs containing literary criticism. So, whether these key concepts/ categories are based on Chinese or Western concepts and theories, or a combination of these, remains open to interpretation.

Secondly, regarding the *explanations* provided for each of the pairs of alternative categories, these are too short, too general, too abstract, and often ambiguous in themselves. Hence there are many different interpretations, not only of the concepts, but also of Wang's explanations of them.

Thirdly, concerning *examples*, only in the case of "the world without a self" versus "the world with a self" (§3) and "the big world" versus "the small world" (§8) does Wang provide any concrete examples. However, these examples are presented (in accordance with traditional literary criticism) in the form of a few lines in *shi*- or *ci*-poems by famous poets to illustrate Wang's point. These few examples are not nearly enough to draw any definite conclusions about what exactly it is in these poetic lines that makes

Wang claim that they illustrate his particular categories (as is evidenced by all the speculations concerning these examples by later scholars). Perhaps to remedy this problem, Wang gives us two concrete linguistic examples (§7) concerning the concept of *jingjie* itself: claiming that a single character in one line in a poem by Song Qi 宋祁, the character 闹 (*nao*, "bustle"), and a single character in one line in a poem by Zhang Xian 张先, the character 弄 (*nong*, "play"), suffice to "make the world emerge" (*jingjie quanchu* 境界全出).⑲ But Wang does not explain *why* these two characters can "make the world emerge"; therefore these examples have also led to speculation among researchers (This issue is discussed on one of the following sections).

Another problem concerning Wang's choice of examples is that the poetic lines chosen to illustrate the categories "big worlds" versus "small worlds" are very similar to, and could also have been used to illustrate, what has generally has been conceived of as the two kinds of beauty in Chinese literary tradition: *yanggang zhi mei* 阳刚之美 ("the beauty of masculine strength"), and *yinrou zhi mei* 阴柔之美 ("the beauty of feminine softness"), partly distinguished by sheer size of imagery ("big" versus "small"). Therefore, although Wang does not make an explicit connection between his categories of "small worlds," and "big worlds" and the two kinds of traditional Chinese aesthetic beauty, many researchers have interpreted Wang's categories in the context of traditional Chinese aesthetics (see Fo Chu's interpretation, discussed in the following).

Concerning the categories lacking explicit examples in *Renjian cihua*, there is, for instance, the category "not having a world" (*wu jingjie*). To achieve "having a world" (*you jingjie*), Wang claims that poems have to contain both "genuine scenery" (*zhen jingwu* 真景物) and "genuine emotion" (*zhen ganqing* 真感情).⑳ This implies that there are three possible

---

⑲ Wang, *Renjian cihua*, p.4240.
⑳ Wang, *Renjian cihua*, p.4240.

ways to fail (by "not having a world"): 1. "fake scenery" + "genuine emotion"; 2. "genuine scenery" + "fake emotion" and finally: 3. "fake scenery" + "fake emotion." However, it would be very difficult to distinguish these options in actual literary criticism and Wang did not attempt to do this himself.

Fourthly, concerning the *choice of categories*, Wang constructed a theory based on a limited number of categories, even though there are, as in Fo Chu's words: "myriads of different styles" 风格千差万别.[21] Wang's theory is clearly too simplistic and the categories may be chosen rather arbitrarily. At first glance, Wang's system may appear to be a coherent dichotomy with two categories that are mutually exclusive among all of these pairs, but one exception is the categories of "described world" versus "invented of the world." These categories always contain, to some extent, parts of the other, since according to Wang: "the invented world must be in adherence to Nature, and the described world must approach the ideal" 所造之境,必合乎自然,所写之境,亦必邻于理想.[22] Hence, these two categories are, as Wang himself also concedes, "very difficult to distinguish from each other" 二者颇难分别[23]; perhaps consequently, he gives us no examples of lines in poems to help us distinguish between them.

In addition, some of Wang's pairs of categories consist of natural antonyms, such as "big" versus "small," while there is no clear evidence that other pairs of categories are natural "opposites." For instance, some scholars claim that the categories "the world without a self" and "the world with a self" have completely different theoretical bases and therefore are incompatible, and cannot be used as complements, alternatives or "opposites" of each other (see Luo Gang's theories, discussed below).

---

[21] Fo, p.235.
[22] Wang, *Renjian cihua*, p.4239.
[23] Wang, *Renjian cihua*, p.4239.

Fifthly, regarding the *cross-connections between pairs of categories*, for some of these pairs of alternative or complementary categories, Wang explicitly established cross-connections: "the world without a self" generates the "beautiful" kind of aesthetic beauty, while "the world with a self" generates the "sublime" kind. The explanation of these limitations has been questioned by many scholars; they are particularly critical of the presumed inevitable connection between "the world with a self" and the "sublime" (see Fo Chu's theories discussed in the following).

Sixthly, concerning the *implementation of his theoretical system in actual literary criticism*, it is very hard to put Wang's categories into practice when discussing actual poems. Judging by Wang's own examples, the same categories do not apply to an entire poem but only to particular lines within the poems. Hence every line in every poem has to be evaluated separately. And since the criteria, Wang's categories, are too abstract and unclear, and the examples so few, this will be a highly subjective process of evaluation. Critics may come to completely different conclusions depending on whether they interpret Wang's key concepts as being based on Chinese or on Western theories, or on combinations thereof.

In addition, in Wang's actual literary criticism in § 10 – 64 in *Renjian cihua*, when evaluating poems, poets, styles, genres, periods and the like, with few exceptions he does not use the concepts/categories he initially sets up in his theoretical system, but rather returns to using traditional Chinese concepts, such as "spiritual expressiveness" (*shenyun* 神韵) or introduces new categories, such as "veiled" (*ge* 隔) versus "not veiled" (*bu ge* 不隔). His actual literary criticism is as subjective and impressionistic as that of many of his predecessors. He is using examples in the form of metaphors, or more often in the form of lines in specific poems to illustrate his point.

Finally, some statements in his literary criticism of certain poems and poets appear to be in contradiction to his initial theoretical system and criteria of evaluation, as in the case of Wang's different attitude towards the use of allusions in Ouyang Xiu's 欧阳修 and Xin Qiji's 辛弃疾 *ci*-poetry,㉔ and in his evaluation of Li Yu's *ci*-poetry (as discussed below).

　　Are the problems related to putting his theory to practice evidence that his theoretical system only "works" in theory but not in practice? Are the key concepts so abstract and unclear and the entire system so incoherent that it is impossible to implement it? Or is it because his concepts/categories in §1-8 were adopted straight from Western theories and prove to be difficult to apply to Chinese *ci*-poetry? According to Luo Gang, Wang's "world theory" is deeply inconsistent and divided, and Wang has failed to construct a coherent theory using key concepts inspired by Western theory such as "the world with a self" and "the world without a self."㉕ In his recent articles, Luo has torn Wang's castle down brick by brick, aiming to show that the pieces (pairs of complementary categories etc.) do not fit together at all 七宝楼台拆碎不成片断.㉖ Other scholars who give Wang Guowei much more credit have aimed at establishing theoretical foundations and explanations for each of Wang's concepts and to (to continue the analogy) try to identify the kind of "glue" that holds all the pieces together.

　　In the following sections, I will discuss both the "pieces" and the "glue" in Wang's system in the context of three interpretations of Wang's

---

㉔ Ye, pp.215-217.
㉕ Luo Gang, "Qibao loutai, chaisui bu cheng piandian-Wang Guowei "you wo zhi jing, wu wo zhi jing" shuo tanyuan" 七宝楼台拆碎不成片断——王国维"有我之境、无我之境"说探源(The Precious Building Will Be Nothing if Dismantled—On the Origin of Wang Guowei's Theory of "The World With I and The World Without"), *Zhongguo xiandai wenxue yanjiu congkan* 中国现代文学研究丛刊 2 (2006a): 170.
㉖ As in for instance in Luo Gang's title to an article (2006a), and also in his: "'Ci zhi yan chang' — Wang Guowei yu Changzhou cipai zhi er" "词之言长"——王国维与常州词派之二(Meaning of Ci Is Beyond Its Words: Wang Guowei and the Changzhou Poetry School II), *Qinghua daxue xuebao* 清华大学学报(哲学社会科学版) 25.1 (2010). Both articles are in Luo's book *Chuantong de huanxiang: Kua wenhua yujingzhong de Wang Guowei shixue* 传统的幻象：跨文化语境中的王国维诗学 (Wang Guowei's Cross-cultural Poetics) (Beijing: Renmin wenxue chubanshe, 2015).

theories before presenting my reevaluation. As stated above, due to the intentional or non-intentional ambiguity of the key concepts in Wang's "world theory," there is an abundance of different interpretations based on either Chinese or Western theories, or different combinations of them.㉗ Scholars have also searched for answers in the statements by Wang in his essays written prior to *Renjian cihua*, and in the hand-written original manuscript of *Renjian cihua*. Some scholars have combined these efforts with investigations into his personal life and character as initially a talented but rather depressed young scholar taken in by Schopenhauer's dismal view of the futility and endless suffering of life, Kant's idea of the genius and so on.㉘ Many of these studies are remarkably thorough, and the scholars display a deep knowledge of both Chinese and Western theories and present strong arguments in favor of their conclusions; such is the case with the three scholars I limit my comments to in this article: Ye Jiaying, Fo Chu and Luo Gang. However, this does not prevent these three scholars from coming up with different interpretations of some of the key concepts. Owing to the limited scope of this study, I will limit my discussion to: the origin and meaning of the concept of "world" *jingjie*; the value of "genuine" scenery and emotions; the significance of distinguishing "world with a self" versus "world without a self"; and finally: the potential connection between the "beautiful" and "small worlds" and the traditional Chinese value of "the beauty of feminine softness," and between the "sublime" and "big worlds" and the traditional value of "the beauty of masculine strength."

㉗ Ye Jiaying discusses some of the interpretations in her *Wang Guowei ji qi wenxue piping*, pp.173 -185.

㉘ For an exceptionally penetrating biography of Wang's life and his scholarship, see Joey Bonner, *Wang-Kuowei: An Intellectual biography*, Harvard East Asian Series 101 (Cambridge, MA and London: Harvard University Press, 1986).

Fo Chu's, Luo Gang's and Ye Jiaying's interpretations of the concept *"jingjie"*

In Fo Chu's influential *Wang Guowei shixue yanjiu* 王国维诗学研究 (A Study of the Poetics of Wang Guowei), the term *"jingjie"* 境界 is used interchangeably with the traditional Chinese term *yijing* 意境 (artistic conception). According to Fo, the history of the *jingjie* or *yijing* theory in Chinese poetics goes back 2000 years, to the *Yijing* 易经 (*Book of Changes*), being more frequently referred to as *yijing* or *jingjie* from the Song dynasty onwards.㉙ However, he also states that "The ancient [scholars'] treatises on the poetic world, in general only captured fragments and failed to see the whole picture" 前人有关诗境的论述, 往往"明而未融".㉚ As a result, the concept was used with different meanings, in different contexts, by scholars through the ages.㉛ It was not until Wang's *Renjian cihua* that the crucial concept of *jingjie* (*yijing*), "as the unique and representative aesthetic construct inherent in poetry" 作为诗的具有独创性与典型性的审美意象, became the center of and was developed into a "coherent system of poetics" 完整的诗论体系 and all of its constituent parts were defined.㉜ However, according to Fo, Wang's "world theory" also has roots in Western poetics, philosophy and aesthetics as well as in traditional Chinese literary theory, and is therefore a "Chinese-Western compound of a brand-new character" 中西 "化合" 的崭新性质.㉝ In his thorough study, Fo Chu attempts to identify the influence of the philosophical systems and aesthetics of Kant and Schopenhauer in Wang's "world theory" and to show how they are integrated

---

㉙ Fo, p.157.
㉚ Fo, p.157.
㉛ See Fo Chu's historical overview of this concepts historical development, pp.149–158.
㉜ Fo, pp.157–158.
㉝ Fo, p.149.

with traditional Chinese poetics in order to provide explanations for Wang's categories.㉞ According to Fo, many of the key concepts in Wang's poetics, such as "the world with a self" and "the world without a self," can be traced to Schopenhauer's theory of the aesthetic experience as a way to gain knowledge of (Plato's) Ideas as discussed in the following passage.㉟ After discussing Wang's "world theory" in light of both Chinese and Western theories, Fo comes to a conclusion about Wang's *jingjie*:

> At this point, a preliminary understanding of Wang's "*jingjie*" (artistic conception, *yijing*) appears to be: It is a kind of representative and unique organic aesthetic framework that the poet, through calm [disinterested] observation of some object of description (nature, human life), has grasped and reproduced, and which in its content unites "ideals" [Platonic Ideas] and "the natural world," "one's own emotions" and "the emotions of humanity," "the true" and "the good"; and which in its form of expression unites "the particular" and "the universal," "immediate perception" and "a deeper level of perception."
>
> 至此,王氏的"境界"(意境),似可初步理解为:诗人在对某种创作对象(自然,人生)的静观中领悟并再现出来的,在内容上结合着"理想"与"自然"、"一己之感情"与"人类之感情"、"真"与"善",在表现形式上结合着"个象"与"全体"、"生动的直观"与"深微的直观"的,具有典型性与独创性的一种有机的艺术画面。㊱

According to Fo, through the concept of *jingjie*, Wang Guowei has defined the essential "aesthetic characteristics of all forms of lyrical literature" 一切抒情

㉞ Fo, pp.173 – 269.
㉟ Fo, pp.224 – 236.
㊱ Fo, p.194.

文学的艺术特质.㊲ Fo obviously thinks that, through Wang's "world theory," the concept of *jingjie* has a universal claim. Apparently Fo Chu assumes that the concept of *jingjie* (or *yijing*) is an ontological entity, an existing category that incorporates all essential aesthetic characteristics of all lyrical poetry, and through Wang's "world-theory" its true meaning and content was finally revealed. This is, in my view, a highly unrealistic expectation (as discussed in my concluding remarks).

Luo Gang interprets Wang's "world theory" mainly on the basis of Kant's and Schopenhauer's epistemological idealism and aesthetics, but he also identifies deep influence from Schiller, Groos and others.㊳ Luo claims that the first time Wang used *jingjie* in an aesthetic sense of the word was in an essay in 1904, when translating the word "state" [*staat*] as "*jingjie*," in a quotation from Friedrich von Schiller, discussing the relationship between "the material state," "the moral state" and "the aesthetic state" in the context of his psychological Theory of Play.㊴ This, according to Luo, shows that Wang wanted to make a clean break from traditional Chinese aesthetics, and that Wang's concept of *jingjie* has its roots in Schiller's "aesthetic state." ㊵ As Luo Gang is also careful to point out, Wang never provided us with a clear definition of the concept of *jingjie*, but an explanation may be found in Wang's preface to his *ci*-poetry collection (published a year before *Renjian cihua*):

> It is actually the case that whether or not a literary work has artistic conception (*yijing*) depends on the ability of perception (*neng guan*)

㊲ Fo, p.194.

㊳ Luo Gang, "Zhu yi 'nao' zi, er jingjie quan chu — Wang Guowei 'jingjieshuo' tan yuan zhi san" 著一"闹"字,而境界全出——王国维"境界说"探源之三 (One Word, The Whole State: Discovering Wang Guowei's Theory of "Jing-Jie" III), *Wenyi yanjiu* 文艺研究 3 (2006b): 60–68.

㊴ Luo, (2006b): 61–62.

㊵ Luo, (2006b): 62.

[...] If a literary work is excellent or not, may also be regarded as nothing else than whether it contains or does not contain artistic conception and whether its [artistic conception, *yijing*] is deep or shallow.

原夫文学之所以有意境者,以其能观也。……文学之工不工,亦视其意境之有无与深浅而已。㊶

According to Luo, Wang simply replaced *yijing* with *jingjie* in *Renjian cihua*. For Luo, the key to understanding the concept of *jingjie* lies in the expression *neng guan* 能观 ("the ability of perception"), which is traceable back to Schopenhauer's aesthetics and the concept of "perceptive intuition" (*zhiguan* 直观).㊷ Luo then goes on to claim, as cited above, that "Wang Guowei's "*yijing*" theory is an entirely "new" discourse in Chinese poetics that is based on "Kant's and Schopenhauer's philosophies," and that has never been a part of the history of Chinese poetics."㊸ But this statement does not prevent Luo Gang from continuing to use the term *jingjie* interchangeably with the conventional Chinese term *yijing*, although obviously in his view they should have nothing in common and many contemporary readers will interpret the term *yijing* in the context of traditional poetics. To further complicate the matter, the traditional concept of *yijing* also lacks a clear-cut definition and its frame of reference has changed considerably through the ages.㊹

For Luo, Wang's "world theory" is a foreign import, and is to some extent also connected with cultural imperialism. Luo Gang attempts to apply a

---

㊶ Wang Guowei, "Renjian ci yigao xu" 人间词乙稿序 (Preface to Ci-poetry in the Human World, Second Draft), quoted by Luo Gang, "Yanjing de fuhaoxue quxiang-Wang Guowei 'jingjieshuo' tan yuan zhi yi" 眼睛的符号学取向—王国维境界说探源之一 (The Semiotic Orientation of the Eye — On the Origin of Wang Guowei's Theory of "Jing-Jie" I), *Zhongguo wenhua yanjiu* 中国文化研究 4 (2006c): 63.
㊷ Luo, (2006c): 63-68.
㊸ Luo, (2011): 42.
㊹ Fo, pp.149-158.

postcolonial perspective to Wang's "world theory" based on Edward Said's *Culture and Imperialism*. According to Luo, there is an inherent "conflict and tension" 对立和紧张 in Wang's poetics between the Western and the Chinese discourses on poetics, and the Western discourse and theories clearly dominate.㊺ Chinese traditional poetics and aesthetic ideals are "repressed, banished and marginalized" 被压抑、被驱逐和被边缘化, which is evident when considering some of Wang's paragraphs in the original manuscript that were deleted prior to publication. According to Luo, this was mainly because their contents were in conflict with Schopenhauer's aesthetics (the core of Wang's "world theory").㊻ However, Luo's conclusion is, in my view, a gross simplification of Wang's complex theory and I doubt that there is such a hidden agenda. Even if some, or even all, of Wang's key concepts in § 1 – 8 were entirely of foreign origins, he refrained from systematically "forcing" them upon the Chinese poems in his literary criticism in § 10 – 64.

As stated above, Fo Chu and Luo Gang, like many other scholars, continued to use Wang's term *jingjie* interchangeably with the traditional Chinese concept of *yijing*, even though they both interpret it in the context of Schopenhauer's aesthetics. Ye Jiaying, however, points out that Wang used the term *yijing* in several of his early works and easily could have continued to do so in *Renjian cihua*, especially since this concept would have been familiar to Chinese readers.㊼ Ye believes that Wang intentionally chose the term *jingjie* to show that its meaning is not the same as the traditional term *yijing*.㊽ It seems reasonable to me to assume that Wang had his reasons when choosing the term *jingjie* instead of *yijing* in *Renjian cihua*, to mark the difference between his theoretical system and earlier *yijing* theories.

㊺ Luo, (2010): 72.
㊻ Luo, (2010): 72.
㊼ Ye, p.177.
㊽ Ye, p.177.

In Ye Jiaying's influential *Wang Guowei ji qi wenxue piping* 王国维及其文学批评 (Wang Guowei and His Literary Criticism), Wang's concept of *jingjie* is based on empiricism and not simply derived from Western philosophers; rather, both the term itself and its meaning have roots in Buddhism's notion of experience and the relationship between sensory perception and cognitive awareness.⁴⁹ Ye explains that although Wang's concept of *jingjie* is "not completely identical" 不尽相同 to the meaning of the Buddhist term *jingjie*, the concepts are identical in the sense that a *jingjie* is created out of both internal (cognitive, emotional) perception and external (sensory) experience: ⁵⁰

> Whenever a writer is able to give a distinct and genuine expression to [his/her] own "world" of perception in a work, making the readers achieve the same distinct and genuine feeling, only then is it a work "having a world." So to achieve "having a world" in a literary work, the author must first obtain a distinct and genuine emotional response towards the object of description. And regarding this object, it can consist of external scenery and objects, or it could consist of inner emotions; it could consist of a real world, experienced through the senses; or it could be an invented world, emerging only in the mind. In any case, the author must have a genuine feeling [emotional response] towards it [the object of description]; only then can it be said to be "having a world."

> 凡作者能把自己所感知之"境界",在作品中作鲜明真切的表现,使读者也可得到同样鲜明真切之感受者,如此才是"有境界"的作品。所以欲求作品之"有境界",则作者自己必须先对其所写之对象有鲜明真切之感受。至于此一对象则既可以为外在之景物,也可

---

⁴⁹ Ye, pp.179–181.
⁵⁰ Ye, p.181.

以为内在之感情;既可以为耳目所闻见之真实之境界,亦可以为浮现于意识中之虚构之境界。但无论如何却都必须作者自己对之有真切之感受,始得称之为"有境界"。(51)

However, this does not meant that Ye does not acknowledge an influence from Kant's and Schopenhauer's epistemological idealism in Wang's "world theory"; on the contrary, just like Fo and Luo, Ye interprets for instance the key categories of "world with a self," "world without a self," "beautiful" and "sublime" in the context of Kant's and Schopenhauer's aesthetics (discussed in the following).(52)

For Luo, Fo and Ye, the concept of *jingjie* is based on the author's experience and perception of the natural world and its "external" objects or on the author's "inner" emotions and thoughts. However, regarding Wang's theoretical foundation and sources of inspiration for his key concepts, there are obviously several options, all of which may seem equally well motivated. For Fo, the emphasis lies in the author's ability to perceive the Platonic Ideas, but these are not explicitly mentioned in *Renjian cihua*. For Luo, as mentioned above, the key to understanding the concept of *jingjie* rests in Schopenhauer's concept of "perceptive intuition" (*zhiguan*). However, the ability of perception (*neng guan*) is mentioned by Wang in the context of explaining the difference between "the world without a self" and "the world with a self" in § 3, not as a defining feature of the concept of *jingjie* itself (in *Renjian cihua*). Hence, Luo has to refer to the preface of Wang's own *ci*-collection written prior to *Renjian cihua* to support his interpretation (cited above). But what if Wang had actually changed his mind when he wrote *Renjian cihua*? It seems reasonable to assume that perception is a very important part of Wang's "world theory" (as is evident in § 3, where he

(51) Ye, p.181.
(52) Ye, pp.189 - 190.

discusses "the world without a self" and "the world with a self"). However, in *Renjian cihua*, it seems to me that his focus had shifted slightly compared to his earlier writings. Ye Jiaying particularly stresses the "genuine" quality of the experience and expression of it ("genuine feelings" in a more common sense of the word), as the core of *jingjie*. And the "genuine" quality of the emotions described, is stated by Wang himself in §6 of *Renjian cihua* to be a defining feature of "having a world":

> World does not refer only to scenery. Joy, anger, sorrow and happiness also constitute a world inside the human heart. Therefore those [poems] that are able to describe true scenery (*zhen jingwu*) and true emotions (*zhen ganqing*), may be said to have a world (*you jingjie*). Otherwise it may be said that [the poems] do not have a world (*wu jingjie*).
>
> 境非独谓景物也。喜怒哀乐,亦人心中之一境界。故能写真景物、真感情者,谓之有境界。否则谓之无境界。(53)

As Ye Jiaying describes in her book, Wang's scholarship changed considerably with time. Initially, Wang was impressed by German philosophy, especially Schopenhauer's pessimistic idealism, but he eventually felt disillusioned with it and turned to literary studies, according to himself, for consolation.(54) He turned to writing *ci*-poetry, this classical form of lyrical Chinese poetry, and to writing *ci*-criticism and *ci*-theory in the traditional form of "remarks." When writing *ci*-poems himself, he might have become increasingly aware of the problem of applying Schopenhauer's aesthetics to

(53) Wang, *Renjian cihua*, p.4240.

(54) Wang Guowei, "Zixu er" 自序二 (Second Preface), *Jing'an wenji xubian* 静安文集续编 (Jing'an's Extended Collected Works), in *Wang Guantang xiansheng quanji* 王观堂先生全集 (The Complete Works by Wang Guantang) (Taibei wenhua chuban gongshi, 1968), vol 5, p.1827, quoted by Ye, p.25.

Chinese lyrical poetry, especially with regard to expressing personal, subjective and genuine feelings, which, as discussed in the following section, had long been an important aesthetic value in *ci*-poetry.

The value of the "genuine" in Wang's "world theory" and in *ci*-poetry

Let us assume, as Ye Jiaying did, and as Wang Guowei claimed in §6 of *Renjian cihua*, that a most basic requirement for creating a world *jingjie* is genuine emotion (experiencing it and expressing it in the form of poetry). This line of thought in Wang's *Renjian cihua* is neither new nor "foreign." The expression of true and genuine emotions in *ci*-poetry (or at least the impression of genuine emotions) has been an aesthetic value of this genre even though, or perhaps because, this was not so easy to achieve in the genre, as discussed by Stephen Owen in "Meaning of the Words: The Genuine as a Value in the Tradition of the Song Lyric."(55) Owen discusses how this problem is inherent in the *ci*-genre since it emerged as song lyrics created to be performed by hired singing girls, repeating the words again and again in a parrot-like fashion to different customers, without expressing any true emotion of their own.(56) When the literati poets started to use *ci*-poetry for self-expression, the expression of genuine emotion increasingly became a value in the genre.

According to Owen, "The song lyric sought means to embody and convey apparently genuine and particular phases of feeling in categorical words."(57) But how would poets be able to use the limited, common categorical language

(55) Stephen Owen, "Meaning of the Words: The Genuine as a Value in the Tradition of the Song Lyric," in Pauline Yu ed., *Voices of the Song Lyric in China*, pp.30 – 45.

(56) Owen, pp.30 – 45.

(57) Owen, p.57.

to embody the subjectivity and "particularity" of feeling and of experience? Owen presents several strategies that *ci*-poets could employ to convey "genuine" and "particular" feelings in *ci*-poetry; one of these methods he calls "quotation."(58) Kang-I Sun Chang was the first to draw attention to the huge importance of distinguishing the functions of, and interplay between, "substantial words" (*shici* 实词) and "function words" (*xuci* 虚词) in lines of *ci*-poetry in order to reflect the subjective attitude of the persona.(59) Owen's method of "quotation" may be seen as a development of this line of thought. He claims that the poets made personal and subjective comments on conventional poetic images by framing them with vernacular expressions or function words (*xuci*):

> [...] the nature of such "poetic" elements is qualified by the way in which they are embedded in more discursive language, often including particles (*hsü-tz'u*) or vernacular elements.(60)

Owen chooses examples from the poem "Yu meiren" 虞美人 by Li Yu 李煜, which happens to be the poet praised by Wang Guowei for being a "subjective poet" (*zhuguan zhi shiren* 主观之诗人) and expressing genuine emotions in *ci*-poems as if "written in blood" 以血书者也.(61) Owen convincingly shows how the poet skillfully frames the conventional poetic images in his poem with subjective qualifications consisting of function words and vernacular expressions etc., thereby generating an impression of subjectivity, a particularity of feeling and genuine emotion.(62) For lack of space, one single

---

(58) For this and the other strategies, see Owen, pp.57 – 69.

(59) Kang-i Sun Chang, *The Evolution of Chinese Tz'u Poetry: From Late Tang to Northern Sung* (Princeton: Princeton University Press, 1980), p.24.

(60) Owen, p.62.

(61) Wang, *Renjian cihua*, p.4243.

(62) Owen, pp.62 – 69.

example from Li Yu's poem, analyzed by Qwen, has to suffice. In the line "To my homeland *I dare* not turn my head in the bright moonlight"故国不堪回首月明中, "homeland" and "turn my head in the bright moonlight" are conventional poetic images, but by means of the *bu kan* 不堪 ("dare not," or rather "cannot bear/stand/endure"), it turns into "the *thought* of a poetic gesture, a subjective relation to a poetic gesture."(63) In this way, the poet adds his subjective reflection and comment on these conventional images, giving the line an impression of genuine experience and emotion.

In §6 (cited above), Wang stated that: "World does not refer only to scenery. Joy, anger, sorrow and happiness also constitute a world inside the human heart."(64) Based on this statement, many scholars equate Wang's *jingjie* 境界 with the traditional concept of *yijing* 意境 and separate this word into its two parts: *jing* 境, referring to "scenery" (*jingwu* 景物) and *yi* 意, referring to the "emotions" (*ganqing* 感情) or simply an attitude expressed towards this "scenery."(65) In 1906, Wang wrote about scenery and emotion constituting the core of literature:

> Literature has two basic elements, one is scenery (*jing*) and one is emotion (*qing*). The former focuses on descriptions of the facts of nature and human life, while the latter is concerned with the mental attitude of the persona towards these facts. Therefore the former is objective while the latter is subjective; the former is knowledge and the latter emotional

---

(63) Owen, p.67.

(64) Wang, *Renjian cihua*, p.4240. Many scholars think that Wang's discussion in §6 of *Renjian cihua* is derived from Wang Fuzhi's 王夫之(1619–1692) ideas about *qing jing jiaorong* 情景交融 (fusion of emotion and scenery) in poetry, an idea that may be substantiated by for instance, the following statement by Wang Guowei: "In the past when people debated *shi*- and *ci*-poetry, they distinguished between words [describing] scenery *jing* and words [describing] emotion *qing*. They did not understand that all words [describing] scenery are in fact also words [describing] emotion." Wang, *Renjian cihua*, p.4257. But this paragraph was deleted from the manuscript by Wang before publishing *Renjian cihua*, so apparently he had changed his mind on this point.

(65) This and other interpretations of *jingjie* are discussed by Ye, pp.176–185.

[...], so literature is nothing but the result of an account of knowledge and emotions.

> 文学中有二原质焉,曰景,曰情。前者以描写自然及人生之事实为主,后者则吾人对此种事实之精神的态度也。故前者客观的,后者主观的也,前者知识的,后者感情的也。……要之,文学者,不外知识与感情交待之结果而已。⑥⑥

The method Owen calls "quotation" seems to be the corresponding method to achieve exactly this on the text-linguistic level. It would be anachronistic to claim that Wang already implemented the strategy of "quotation" in his analysis of poems. But perhaps Wang Guowei had similar ideas in his mind when he claimed in §7 (as mentioned above) that the single character 闹 (*nao*, "bustle"), and 弄 (*nong*, "play") in the following lines makes the *jingjie* in these poems emerge:

> In the line "The spring bustles at the red blossoms of the apricot trees," because of the use of the word "bustle" (*nao* 闹), a *world* (*jingjie*) fully emerges; likewise, in the line "The moon arises through the clouds as the flowers joyfully play with their shadows," because of the use of the word "play" (*nong* 弄), a *world* comes forth.⑥⑦
>
> "红杏枝头春意闹",著一"闹"字,而境界全出。"云破月来花弄影",著一"弄"字,而境界全出矣。⑥⑧

---

⑥⑥ Wang Guowei, "Wenxue xiaoyan" 文学小言 (Comments on Literature), in *Wang Guowei yishu: Jing'an wenji xubian* 王国维遗书静安文集续编 (Writings of the Late Wang Guowei: Jing'ans Extended Collected Works) (Shanghai guji shudian, 1983), vol 3, p. 626, quoted by Luo, (2006c): 74.

⑥⑦ English translation by Ching-I Tu, *Poetic Remarks in the Human World by Wang Guowei*, Ching-I Tu trans., (Taipei: Zhonghua shuju, 1977), pp.4-5.

⑥⑧ Wang Guowei is citing Song Qi's *ci*-poem written to the tune of "Yulou chun" 玉楼春 and Zhang Xian's *ci*-poem written to the tune "Tianxianzi" 天仙子, *Renjian cihua*, p.4240.

The use of these two characters in the poetic lines by Song Qi 宋祁 and Zhang Xian 张先 has provoked criticism among earlier scholars, who obviously did not appreciate the use of vernacular language in poetry. Qing dynasty scholar Li Yu 李渔, for instance, claimed that the character 闹 was "extremely crude and vulgar" 极粗极俗.(69) Wang Guowei, however, did not disapprove of the use of vernacular language in poetry (nor in drama or novels), since he so highly valued the "genuine" quality of the expression. Other scholars have also praised these lines and these characters for adding a sense of sound and movement or bringing these conventional poetic images to life. Feng Youlan 冯友兰 has also interpreted Wang's statement in the context of the two parts of the *yijing* 意境 concept, claiming that without the characters 闹 and 弄, these two lines contain only scenery (*jing* 境), a description of "an objective situation" (*keguan qingkuang* 客观情况), while these two characters in their respective lines cause the *yijing* to emerge through adding the "emotion" (*yi* 意): "*Yi* is the understanding and emotion [of the poet] towards an objective situation" 意是对客观情况的理解和情感.(70)

The words "*nao*" and "*nong*" in these two poetic lines add a subjective comment to the conventional poetic images in these lines, generating an impression of subjectivity, a particularity of feeling, and genuine feeling or experience in a way that resembles Owen's strategy of "quotation." As Ye Jiaying points out: "The two characters [闹 and 弄], are the ones that display the poet's vivid and truly distinct emotion, a kind of self-experience" 有此二字然后才表现出诗人对那些景物的一种生动真切的感受,一种自我的经验.(71) However, it is obviously not possible to analyze every line in *ci*-poetry according to the strategy of "quotation"; it is merely one of several

(69) Li Yu 李渔, *Kuici guanyan* 窥词管见 in Tang Guizhang ed., *Cihua congbian*, vol 1, quoted by Luo, (2006b): 61.

(70) Feng Youlan 冯友兰, *Zhongguo zhexueshi xinbian* 中国哲学史新编 (Renmin chubanshe, 1989), vol 6, p.192 quoted by Luo, (2006b): 61.

(71) Ye, p.182.

strategies that poets may use to convey an impression of genuine experience or emotion in *ci*-poetry.

Fo Chu's, Luo Gang's and Ye Jiaying's interpretation of the concepts of "the world without a self" versus "the world with a self"

In the fourth paragraph of *Renjian cihua*, Wang states:

> Worlds without a self (*wu wo zhi jing*) can only be achieved in the midst of stillness (*jing*). Worlds with a self (*you wo zhi jing*), is obtained when movement (*dong*), turns into stillness (*jing*). Therefore one is beautiful (*youmei*) and one is sublime (*zhuangmei*).
>
> 无我之境,人唯于静中得之。有我之境,于由动之静时得之。故一优美,一宏壮也。⑦②

Ye Jiaying traces the concepts of a "world with a self" (*you wo zhi jing* 有我之境) and "world without a self" (*wu wo zhi jing* 无我之境) back to an earlier essay by Wang, in which he explains Schopenhauer's concepts of "beautiful" and "sublime."⑦③ Ye sums up her interpretation of Wang's "world with a self" and "world without a self," as follows:

> "The world with a self" actually refers to the world (*jingjie*), that occurs when the I [the observing subject] possesses the will of the "I," and therefore it [the I] and the external object [the contemplated

---

⑦② Wang, *Renjian cihua*, p.4240.
⑦③ Wang Guowei's "Shu Benhua zhexue ji qi jiaoyu xueshuo" 叔本华哲学及其教育学说 (Schopenhauer's Philosophy and Educational Theory) is quoted by Ye, p.189. Ye also discussed these concepts in the context of § 3 of Wang's *Renjian cihua*.

> object] have some kind of conflicting interests; and the "world without a self" then refers to the world (*jingjie*), when the I [observing subject] has obliterated its own will, and thereby it [the I] and the external object [the contemplated object] have no conflicting interests.
>
> "有我之境",原来乃是指当吾人存有"我"之意志,因而与外物有某种对立之利害关系时之境界;而"无我之境"则是指当吾人已泯灭了自我之意志,因而与外物并无利害关系相对立时的境界。(74)

Schopenhauer's ideas in *The World as Will and Representation* (1818) about the aesthetic method in which the "pure, will-less subject of knowledge" perceives the Platonic Idea of the object (in §38), and his description of the difference between "beautiful" and "sublime" (in §39) could be suitable explanations of Wang's statements in §4.(75) The "world without a self" occurs then when observing objects that the observing subject immediately finds pleasing and thereby "beautiful" (*youmei* 优美). Thus there are no strong emotions involved (aversion, fear etc.); in a state of stillness and calmness (*jing* 静) the observing subject easily turns into a "pure, will-less, timeless subject." But Wang's "world with a self" emerges in a different way, when the observed object, as in Schopenhauer's theory, appears to be in conflict with the will of the "I" in the sense of being perceived as threatening or difficult to grasp, hence giving rise to strong emotions, aversion or fear, that have to be subdued before the observing subject "grasps" or "gains control" of the contemplated object in the mind.(76) Thus there is, as Wang describes, literally "movement" (*dong* 动) in the mind, and the beauty finally experienced when the observing subject calms down, feels safe and in control,

(74) Ye, p.189.

(75) Arthur Schopenhauer, *The World as Will and Representation* (New York: Dover Publications, [1818] 1966), vol 1, pp.195–207.

(76) See Schopenhauer, pp.200–207.

and becomes a "pure, will-less, timeless subject", is "sublime" (*hongzhuang* 宏壮).

Fo Chu also claims that "the world with a self" and "the world without a self" are adopted from Schopenhauer's theory of how the poet [the genius] should become an objective "will-less and pure subject" (*chuncui wu yu zhi wo* 纯粹无欲之我), free from subjectivity and dependency on the external world; he is thereby able to perceive and to gain knowledge of the Ideas (Plato's Ideas) of the observed object.(77) But as Fo Chu points out, although Wang embraces Schopenhauer's theories of becoming an objective "pure subject," ridding himself of desires and emotions, he still praises *ci*-poems written by Li Yu, the last emperor of the Southern Tang dynasty, which are highly emotionally expressive.(78) This is obviously a crucial point of tension between Schopenhauer's theories and Wang's literary criticism. Fo Chu claims that Wang is able to solve this apparent contradiction by uniting "objective knowledge" and "subjective emotion,"(79) since Li Yu, in Wang Guowei's own words, is: "reminiscent of Shakyamoni and Jesus Christ, [and he] seemed to have borne the guilt of mankind" 俨有释迦、基督,担荷人类罪恶之意.(80) In that sense, Li Yu is not just complaining for himself and his own destiny; he represents the emotions of the collective, the grief of mankind, and thereby, in Fo's words: "Li Yu reaches the highest level of objectivity in lyrical expression, even in spite of being highly individual" 后主抒情的高度客观性,虽然又是高度个性化了的.(81) Ye Jiaying's explanation of Wang's praise of Li Yu is similar to Fo's and, in addition, she quotes a statement by Wang in an earlier essay: "Truly great poets can take the emotions of mankind and

(77) Fo, pp.224 – 236 and Schopenhauer, pp.195 – 200.

(78) Fo, pp.174 – 175.

(79) Fo, p.174, referring to the paragraph in Wang's "Wenxue xiaoyan," in *Wang Guowei yishu: Jing'an wenji xubian*, vol 3, p.626 (already cited above).

(80) Wang Guowei, *Renjian cihua*, p.4243, also quoted by Fo, p.175. English translation by Ching-I Tu, pp.11 – 12.

(81) Fo, p.175.

make them their own emotions" 真正之大诗人则又以人类之感情为其一己之感情.(82)

Luo Gang, just like Ye Jiaying and Fo Chu, believes that the concept of "world without a self" is based on the aesthetics of Schopenhauer: "Wang Guowei's so called 'without a self' is in fact Schopenhauer's 'pure, desire-less self'" 王国维所谓"无我",其实就是叔本华的"纯粹无欲之我".(83) On the contrary, "the world with a self" is a concept which Wang first started to use in *Renjian cihua*, according to Luo, that lacks theoretical support in Schopenhauer's aesthetics, and is even contrary to its basic ideas.(84) Therefore, in Luo's view, "the world without a self" and "the world with a self" are incompatible. But since Wang constructed his system around dualities, the "world without a self" required an alternative category, an "opposite," and therefore Wang created the concept of a "world with a self," which is thereby, according to Luo, an empty category or what Derrida calls a "supplement" (*buchong* 补充).(85)

Although Luo Gang, as many other scholars, has rightly pointed out that there are inconsistencies in Wang's theory concerning the concepts of "the world with a self" and "the world without a self" and their internal relationship, it does not necessarily follow that "the world with a self" is simply a kind of filler inserted just to make up an even number of categories. On the contrary, it may be a category added to cater to vital aspects of Chinese lyrical poetry, highly valued in the Chinese literary tradition and by Wang Guowei himself. As Luo Gang himself points out, Schopenhauer's idea of the poet obliterating desires and emotions in order to become completely

(82) Wang Guowei, in "Renjian shihao zhi yanjiu" 人间嗜好之研究 (A Study of Man's Pastimes), in *Jing'an wenji xubian*, *Wang Guantang xiansheng quanji*, vol 5, p.1801, quoted by Ye Jiaying, p.260.

(83) Luo, (2006a): 144.

(84) Luo, (2006a): 161 - 162 and 164.

(85) Luo, (2006a): 164.

"objective" is contrary to Wang's praise of subjective poets, such as Li Yu, and this may also be a reason for creating the category of "the world with a self." (86) For Wang Guowei, the expression of genuine emotions in poetry is of vital importance, since he praises the highly subjective (*zhuguan*) and emotionally expressive poetry of Li Yu. He also makes a basic requirement for a poem to achieve a *jingjie* (in §6 cited above), claiming that only "those [poems] that are able to describe true scenery (*zhen jingwu*) and true emotions (*zhen ganqing*), may be said to have a world (*you jingjie*)." (87) It is possible that Wang tried to reconcile and combine "Western" aesthetics with "Chinese" aesthetics and literary practice by using these two complementary categories of a "world without a self" (from Schopenhauer's aesthetics) and a "world with a self" (the expression of genuine emotion as a value in Chinese lyrical poetry, and especially in *ci*-poetry). If so, the category of "world with a self" is not just a "supplement," or some kind of empty filler, but a most crucial part of Wang's theory, which distinguishes it from both Kant's and Schopenhauer's aesthetics and from traditional Chinese literary theories and truly makes it, in Fo's words already cited above, "a Chinese-Western compound of a brand-new character." Luo Gang, however, appears to be right in that these different pieces do not fit together as well as one might wish. I shall return to this issue in my concluding remarks.

Kant's and Schopenhauer's "beautiful" and "sublime," and categories of "*the beauty of masculine strength*" and "*the beauty of feminine softness*" in Chinese aesthetics

Although there is some disagreement among scholars about how to

---

(86) Luo also refers to Ye Jiaying in this context, see Luo, (2006a): 163 – 164.

(87) Wang Guowei, *Renjian cihua*, p.4240.

interpret the "worlds without a self" and the "worlds with a self," most scholars today seem to agree that the two aesthetic qualities, "beautiful" (*youmei* 优美) and "sublime" (*hongzhuang* 宏壮) in §4 of *Renjian cihua* originate in Schopenhauer's philosophical system in *The World as Will and Representation*. Schopenhauer had developed Kant's concepts of the "beautiful" and the "sublime" in *Critique of Judgement* (1790) and integrated these two kinds of beauty in his theory of the aesthetic experience. Both the "beautiful" and the "sublime" are, for Schopenhauer, sources of aesthetic pleasure; the difference between them is found in the relationship between the observed object and the observing subject's will (as discussed in a previous section about the worlds with and without self). Ye Jiaying and Fo Chu trace influences back to Burke, Kant and Schopenhauer's aesthetics when explaining Wang's concepts of "beautiful" and "sublime" (and refer to Wang's statements in essays written prior to *Renjian cihua*).⑧⑧

However, one question concerning these concepts has puzzled many scholars: Why did Wang connect the "world without a self" with "beautiful," and connect "the world with a self" with "sublime"? Luo Gang (who also believes that Wang derived "beautiful" and "sublime" mainly from Schopenhauer), claims that Wang failed to establish an inevitable connection between "the world with a self" and "sublime" (*hongzhuang*), and in addition failed to provide adequate examples of this connection in actual poems.⑧⑨ This is not surprising, since Luo claimed that Wang failed to explain a true purpose behind the category of "the world with a self" in the first place (as discussed above). Other scholars (like Fo Chu), have further reasons for questioning Wang's cross-connections between the pairs of categories; they associate Kant's and Schopenhauer's "sublime" and "beautiful," with the two kinds of beauty in traditional Chinese aesthetics, *yanggang zhi mei* 阳刚之美

---

⑧⑧ Ye, p.131 and Fo, pp.126 – 130 and 241.
⑧⑨ Luo, (2006a): 164 – 169.

("the beauty of masculine strength") and *yinrou zhi mei* 阴柔之美 ("the beauty of feminine softness"). As Ye Jiaying points out, these aesthetic categories are not identical, but the imagery in the poetic lines that traditional Chinese literary critics use to exemplify these two kinds of beauty are very similar to the imagery used in Kant's examples.(90) Big mountains, stormy winds, and the like are objects giving rise to "sublime," while flowers are examples of "beautiful" in Kant's aesthetics; these images also appear in the examples of the Chinese critics, but as examples of "the beauty of masculine strength" versus "the beauty of feminine softness."(91) Hence, Ye points out that even though Wang's concepts of "beautiful" and "sublime" originate from Kant, it is quite possible that Wang was influenced by the traditional values of "beauty of feminine softness" and "beauty of masculine strength."(92)

However, the concepts of "sublime" and "beautiful" in Western aesthetics have had a long and heterogeneous development since the discussions on the sublime related to rhetoric by Dionysus Longinus, through the distinction between these two categories by Dennis, Addison, Burke, Kant, Schopenhauer and others in the 18th century. Kant is often held mainly responsible for engendering the "beautiful" and "sublime" (especially in his early work *Observations on the Feeling of the Beautiful and Sublime*, 1764). However, Kant's complex theory of "beautiful" and "sublime" in *Critique of Judgment* (1790) involves several other categories such as "pleasant" and "good", and subdivisions of the "sublime" beauty, such as the "mathematically sublime" (innumerable objects) and "dynamically sublime" (threats from Nature etc.).(93) Kant's theory is not based on a single, major

(90) Ye, pp.141 – 142.

(91) Ye, pp.141 – 142.

(92) Ye, p.142.

(93) Immanuel Kant, *Kritik av omdömeskraften* (*Critique of Judgment*) (Stockholm: Thales, [1790] 2003), pp.100 – 136.

distinction between "male/masculine" versus "female/feminine" properties (nor is Schopenhauer's version). To sum up very briefly the major features of Kant's concepts in § 17 – 29, the "beautiful" refers to what is small and limited, has a distinct form, easily comprehended, purposiveness, and is immediately pleasing at sight and in quiet contemplation. In contrast, the "sublime" refers to what is big, limitless, formless, and appears to be without purpose, almost incomprehensible, even possibly threatening; it therefore involves a "movement," an effort to process and to grasp it in our minds.(94)

The two kinds of beauty in Chinese aesthetics, on the contrary, were in essence gender constructs from the start. The two kinds of feminine and masculine beauty originate in the concepts of *yin* and *yang*, two complementing principles or forces in nature, generating all phenomena in the universe, which is a fundamental thought in Chinese cosmology and philosophy developed from *The Book of Changes*. The *yin* 阴 represents femaleness, darkness, passivity and softness (*rou* 柔) and the like, while the *yang* 阳 represents maleness, brightness, activity and strength (*gang* 刚) and the like. These categories also became an important part of Chinese aesthetics, literary theory and criticism, as the two kinds of beauty: "the beauty of feminine softness" and "the beauty of masculine and strength."

The distinguishing features of "feminine" and "masculine" aesthetic qualities in literature became especially relevant in the *ci*-poetry genre. It became a paradigm in *ci*-theory and criticism, with regards to genre features, styles and schools. Since *ci*-poetry emerged as song lyrics performed by singing girls in the entertainment quarters and so on, this genre was associated with the boudoir theme. Many lyrics dealt with love and eroticism, including descriptions of the physical appearance of beautiful women expressing tender

(94) Kant, pp.87 – 136.

emotions, flirting, longing, loneliness and nostalgia and the like. Through cultural stereotyping, themes of love and sex were associated with women, with femaleness, and with "femininity," despite the fact that most *ci*-poets were men. Grace Fong has discussed the "femininity" in *ci*-poetry as being a male construction of femininity with women as erotic objects, subjected to the male gaze and male values.⑨⑤ In contrast, themes like politics, philosophy, patriotism and warfare represented the "masculine" quality and maleness. These "masculine" themes emerged as the genre matured in the hands of literati poets like Su Shi 苏轼, Xin Qiji 辛弃疾, and others who are considered to represent a masculine style in *ci*-poetry. In the Ming dynasty, Zhang Yan 张綖 (1487 -?) claimed that there were two major styles in *ci*-poety and labeled them "delicate restraint" *wanyue* (the "feminine" style represented mainly by the female poet Li Qingzhao 李清照) and "heroic abandon" *haofang* (the "masculine style" represented mainly by Xin Qiji).⑨⑥ Zhang Yan's ideas were developed by Wang Shizhen 王士禛 (1634 – 1711) in the Qing dynasty in an unfortunate way, according to Wu Xionghe 吴熊和:

> In early Qing, Wang Shizhen in *Plucked Flowers and Herbs* mixed up the concepts of "school" (*pai* 派) and "style" (*ti* 体), [in Zhang Yan's *Shiyu tupu* 诗余图谱 (Graphic Prosodies of Song Lyrics)], [...] From that day onwards, people divided the *ci* from the Tang and Song dynasties into two schools of delicate restraint (*wanyue* 婉约) and heroic abandon (*haofang* 豪放), and also used these [as the basis] for criticism of individual poets and for writing the history of *ci*; and it became the traditional method [paradigm] in *ci* whose influence continues in our

---

⑨⑤ Grace S. Fong, "Engendering the Lyric: Her Image and Voice in Song," in Pauline Yu ed., *Voices of the Song Lyric in China*, pp.107 – 144.
⑨⑥ Wu Xionghe 吴熊和, *Tang Song ci tonglun* 唐宋词通论 (A General Introduction to Tang and Song Ci-poetry) (Hangzhou: Zhejiang guji chubanshe, [1985] 1999), pp.158 – 159.

days.

清初王士祯《花草蒙拾》始混一"派"、"体",以张綖的话改说词派,……从此,唐宋词分为婉约、豪放两派,并以此来评论词人,撰述词史,成为一种传统的作法,其影响一直至于现在。(97)

Wang Shizhen's theories in the very same work, *Plucked Flowers and Herbs*, about "spiritual expressiveness" (*shenyun* 神韵) in poetry, exerted great influence on literary theories during the Qing dynasty. Wang Guowei was very familiar with this work, and in paragraph nine of *Renjian cihua* he claimed his own concept of *jingjie* to be superior to Wang Shizhen's "spiritual expressiveness." In addition, Wang Guowei may also have disapproved of Wang Shizhen distinguishing two styles/schools in *ci*-poetry based on "masculine" and "feminine" aesthetic qualities either (as discussed in the following).

An obvious similarity between Kant's or Schopenhauer's aesthetics and traditional Chinese aesthetic concerns the imagery used to distinguish kinds of beauty (as discussed by Ye Jiaying above). Kant and Schopenhauer's "sublime" tends to be induced by "big" objects, just as in the case of the Chinese category of "the beauty of masculine strength" (which constitutes the essence of the "heroic abandon"-style in *ci*-poetry); while Kant and Schopenhauer's "beautiful" is often induced by "small" objects, just as in the case of the Chinese concept of "the beauty of feminine softness" (which constitutes the essence of the "delicate restraint"-style in *ci*-poetry). Hence, when Wang devotes an entire paragraph in *Renjian cihua* to discussing the sheer size of the "world" (*jingjie*), both Kant and Schopenhauer's categories of "beautiful" and "sublime" and the Chinese aesthetic categories of "the beauty of feminine softness" (and along with it the style of "delicate

(97) Wu, p.158.

restraint") versus "the beauty of masculine strength" (and along with it the style of "heroic abandon"), will inevitably be taken into account by many Chinese scholars when interpreting Wang's statement (whether Wang intended so or not). In Wang Guowei's §8:

> There are big and small worlds (*jingjie*), but this is not to be used for distinguishing excellent from poor. In what way does not "The fish comes out in the drizzle; the swallow flies in the breeze" compare with "The setting sun shines on the huge banners, the horse neigh in the rustling wind"? In what way does not "The pearled curtain hangs idly on the little silver hook" compare with "The pavilion has disappeared in the mist, the ford is lost in the moonlight"?[98]
>
> 境界有大小，不以是而分优劣。"细雨鱼儿出，微风燕子斜"，何遽不若"落日照大旗，马鸣风萧萧"。"宝帘闲挂小银钩"，何遽不若"雾失楼台，月迷津渡"也。[99]

Fo Chu immediately makes a connection between size and kinds of aesthetic beauty:

> In this paragraph [8] the distinction between big and small is clearly related to the beautiful (*youmei*) and the sublime (*hongzhuang*) (i.e "*chonggao*" or "*zhuangmei*"), even if in a strict sense, the categories do not correspond. If you look at the examples used you can also see that: the lines with "fine rain" are "small" and therefore belong to the beautiful; while the lines with "setting sun" are "big" and approach the sublime.

---

[98] English translations of the poetic lines in this quotation form Wang's §8 were made by Ching-I Tu, p.5.
[99] Wang Guowei, *Renjian cihua*, pp.4240 - 4241.

此处境界大小之分，跟优美、宏壮（即"崇高"或"壮美"）之别，颇有关系，虽然不是严格的对应关系。观其举例，亦约略可见："细雨"二句，"小"而属于优美；"落日"二句，"大"而接近壮美。⑩

However, it turns out that Fo Chu has his own interpretation of the concept of "sublime." First, he repeats the line from Du Fu's poem (cited by Wang in §8) as an example of "big worlds": "The setting sun shines on the huge banners, the horse neighs in the rustling wind."⑩ This poem about the horrors of the battlefield can, according to Fo, incite fear (*kong* 恐), but on the other hand also "'arouses' heroic (*hao* 豪) spirit and strong courage" "兴人气为之豪、胆为之壮, and therefore this line is a perfect example of what Kant means by "sublime."⑩ In contrast, a poem by Jia Dao 贾岛 also containing a line with a setting sun in the wilderness (not cited by Wang): "Strange birds cry on the vast plain, the setting sun scares the traveler" 怪禽啼旷野，落日恐行人⑩, cannot contain a strong and "sublime beauty" (*zhuangmei* 壮美), according to Fo, since it only instigates "physiological fear" 生理上的畏惧。⑩ Qin Guan's 秦观 line "The pearled curtain hangs idly on the little silver hook" (cited by Wang in §8), on the other hand, contains a "small world" and therefore, according to Fo, belongs to the category of "beautiful" (*youmei* 优美); it even constitutes "a typical example of a 'girlish poem'" 典型的"女郎诗。"⑩ Fo then proceeds to connect "sublime" and "*big*" with the traditional categories of "the beauty of masculine strength" (*yanggang zhi mei*), and connect the "beautiful" and

---

⑩ Fo, p.241.
⑩ Du Fu 杜甫, "Hou chu sai" 后出塞, quoted by Wang Guowei, *Renjian cihua*, p.4240 and by Fo, p.242.
⑩ Fo, p.242.
⑩ Jia Dao 贾岛, "Mu guo shancun" 暮过山村, quoted by Fo, p.242.
⑩ Fo, p.242.
⑩ Fo claims to be "borrowing" the term *nülangshi* 女郎诗 ("girlish poem") from Yuan Haowen 元好问, and according to Fo "not in a derogatory sense" 不带贬义, Fo, p.243.

"small" with the traditional category of "the beauty of feminine softness" (*yinrou zhi mei*):

> In nature and in life, the two large categories of "beauty," the "beautiful" (*youmei* 优美) and "sublime" (*hongzhuang* 宏壮), are objective reality. Artists' and poets' characters and individual creativity can always be distinguished as bordering on strength (*gang* 刚) (the "big" and sublime) or on softness (*rou* 柔) ("small" and beautiful). Thus the world (*jingjie*) of successful works is always characterized by [a quality of both] strength (*gang*) and softness (*rou*) that is "blended but is more inclined to one side than the other." [...] All the worlds in *shi* and *ci*-poetry and in all forms of literature and art, that are able to aesthetically reflect an aspect of societal life and natural scenery, will either measure up sufficient strength to label it [the world] "strong" (*gang*) or enough softness to label it [the world] "soft" (*rou*), and through this the "natural forces" of "mankind" become evident, so we should affirm both these kinds of beauty.
>
> 自然人生中既有"优美""宏壮"两大类的"美"的客观存在,艺术家、诗人的气质、创作个性总有个毗刚("大"而宏壮)毗柔("小"而优美)之分,因而成功的作品境界也总有个刚与柔"糅而偏胜"的表征。……凡诗词以至一切文艺之境,能艺术地反映社会生活与自然风光的某一侧面,达到刚足以为"刚",柔足以为"柔",从中见出"人"的某种"本质力量"者,就应肯定其各自的美。[106]

In Fo's view, evidently, the major defining quality of "beautiful" (*youmei*) is "the beauty of feminine softness" (*yinrou zhi mei*), the conventional aesthetic beauty in the style of "delicate restraint" (*wanyue*) in *ci*-poetry;

---

[106] Fo, p.243.

while for the "sublime" (*zhuangmei*) the major quality is "the beauty of masculine strength" (*yanggang zhi mei*), the core of the style of "heroic abandon" (*haofang*); both are deeply rooted in the theories of femaleness/femininity and maleness/masculinity, the *yin* and the *yang*. It is inconceivable to Fo that a poem like Jia Dao's (cited above), which arouses "physiological fear," can be "sublime," since masculine beauty is connected with strength (*gang*), courage (*danzi*) and heroism (*hao*), not weakness and fear. But according to Schopenhauer (§39), the greater the terror or perceived threat, the greater the impression of the sublime will be.[107]

Since Fo distinguishes the categories of "beautiful" and "sublime" by "feminine" versus "masculine" qualities, it becomes impossible for him to accept Wang's inevitable connection between "the world with a self" and "sublime":

> Regarding the "world with a self," there are myriads of different styles, depending on the differences between the authors' breadth of mind and the quality of the content in their works. It [the style] can be sublime, and it can be beautiful, and it can definitely not at all be regarded as solely "sublime." This is self-evident. For example, a line like "The west wind furls up the curtain, I'm thinner than the yellow chrysanthemums" belongs to "the world with a self," but how could the "beauty" of a lyrical persona who is "thinner" than "yellow chrysanthemums" possibly be considered "sublime"?

> 至于"有我之境",风格千差万别,因作者的人品胸襟、作品内容素质的不同,可以宏壮,也可以优美,而绝不可一概归之于"宏壮",这是自明的事。譬如"帘卷西风,人比黄花瘦",属"有我之境",怎能把一位与"黄花"比"瘦"的抒情主人公的"美",归之于"宏

---

[107] Schopenhauer, pp.203–205.

壮"呢?[108]

The line that Fo claims to be incompatible with "sublime" in the quote above is one of the most famous lines in the poem to the tune of "Zuihua yin" 醉花阴 written by Li Qingzhao (thus it needs no reference). It is not difficult to see why Fo chose it: in its imagery it includes flowers; the persona is "thin" and therefore weak and "soft" (*rou*), not "strong" (*gang*); the poem has a female persona, it was written by a female poet, and, in addition, it was written by Li Qingzhao, *the* female poet that Zhang Yan (criticized by Wu Xionghe above) appointed the major representative of the "feminine" style/school of "delicate restraint" in *ci*-poetry. In Fo's view, this poem must exemplify the essence of the "feminine" and of "femaleness" in the "the beauty of feminine softness" in the *ci*-style of "delicate restraint" in Chinese literary tradition. Fo Chu apparently equates the traditional "beauty of feminine softness" with Kant or Schopenhauer's concept of "beautiful" (and also equates "the beauty of masculine strength" with Kant or Schopenhauer's concept of "sublime"). In Fo's view, it is evidently inconceivable that "sublime" could incorporate any kind of what would be considered "feminine" qualities in traditional Chinese aesthetics, or any kind of "unmanly" feelings of cowardice, weakness and fear. This is, in my view, the major reason for Fo Chu having difficulty with accepting Wang's connection between "sublime" and "the world with a self." "Sublime" in Fo's view, must obviously be connected with "maleness/masculinity," and thereby has to be associated with "big," "strong," "courageous" and "heroic" imagery and sentiments, as in the discourses on "the beauty of masculine strength," and in the style of "heroic abandon" in *ci*-poetry.

However, in *Renjian cihua* Wang Guowei did not explicitly connect the

---

[108] Fo, p.235.

"big" worlds with "sublime," nor did he connect the "small" worlds with "beautiful." There is no mention in §8 of "sublime" and "beautiful," nor is there any mention of the traditional Chinese "feminine" or "masculine" kinds of beauty. The "beautiful" and "sublime" are stated only to be connected with the "worlds with a self" and "the worlds without the self" in §4 (also cited above). As Ye Jiaying has already pointed out (concerning Wang's §8), "there is in fact no inevitable relationship between the big and small worlds and the worlds with a self and the worlds without a self" 境界之大小与有我无我实在也并无必然之关系.[109]

On the other hand, Wang could not have been completely unaware that the poetic lines he used in §8 to exemplify the "big" versus the "small" worlds would be associated easily with the two kinds of beauty in Chinese aesthetics and especially with the *ci*-styles of the "masculine" "heroic abandon" and "feminine" "delicate restraint." Maybe Wang deliberately wanted to break away from the gender-stereotyping that had become so prevalent in Chinese *ci* theory since Wang Shizhen's "by mistake" (according to Wu Xionghe cited above) created a paradigm in literary criticism and theory, both with regards to styles/schools in *ci*-poetry. Wang claimed in §8 (cited above): "There are big and small worlds (*jingjie*), but this is not to be used to distinguishing excellent from poor"[110]; this could be a direct critique aimed at scholars, such as Wang Shizhen, using the categories of delicate restraint (and along with it "feminine softness") and heroic abandon (and "masculine strength") to evaluate styles or schools in *ci*-poetry (or *shi*-poetry). Wang gives us some reasons to draw these conclusions. Firstly, Wang compared two lines in poems by the poets Du Fu 杜甫 (two *shi*-poems) and Qin Guan 秦观 (two *ci*-poems), one line containing a "big world", and one line with a "small world", by each of these two poets. Here, he is clearly

---

[109] Ye, p.202.
[110] Wang, *Renjian cihua*, pp.4240-4241.

showing that it is not possible to divide poets strictly into the two schools of "heroic abandon" and "delicate restraint," since many poets wrote lines of both "kinds." Finally, Wang did not use the categories of "heroic abandon" and "delicate restraint" in his "world theory," nor did he use it in his actual literary criticism to distinguish group styles in poetry or to divide poets into schools in *Renjian cihua*.

However, my interpretation here, as is the case with most interpretations of Wang's statements in *Renjian cihua*, cannot be substantiated by any indisputable evidence and may also be influenced by my contemporary Swedish cultural values. In any case, it is safe to say that there are substantial differences between Kant and Schopenhauer's two kinds of beauty and Fo Chu's interpretations of these concepts in the context of Wang's "world theory." In addition, there are also substantial differences between Kant and Schopenhauer's two kinds of beauty and the traditional Chinese categories and styles of "feminine softness" versus "masculine strength." Finally, there are also differences between Kant and Schopenhauer's definitions of "beautiful" and "sublime." However, discussing all these differences (and similarities) further is beyond the scope of this study.

Concluding remarks: The influence and attraction of Wang's "world theory"

Why is it that Wang's "world theory" has aroused so much interest and has been considered a milestone in Chinese literary theory when no one knows exactly what he meant? It seems that the obscurity of Wang's text has contributed to the impression that his "world theory" embodies profound wisdom about the nature of Chinese poetry, awaiting the correct interpretation and explanation. From my perspective, what scholars from Wang's time to the present, struggling to interpret his "world-theory," have really been searching for in *Renjian cihua* are the answers to one or several of the following questions:

1. *What is the essence of ci-poetry?*
2. *What is the essence of Chinese poetry?*
3. *What is the essence of all poetry "in the human world"?*
4. *Did Wang find a way to successfully reconcile Western theories and concepts with Chinese literary theories and concepts and apply it to ancient Chinese literature?*

For Fo Chu (in his *Wang Guowei shixue yanjiu*) the answer to questions 1 - 3 is simple: Wang solved all these problems at once; the concept of *jingjie* has a legitimate universal claim: "*Jingjie* (*yijing*) constitutes the very essence of poetry (and even all literature)" 境界(意境)——这是诗(以至一切文学)的本质之所在.⑪ According to Fo Chu, the scholars of ancient China were to various extents aware of this ontological category, but it was not until Wang Guowei wrote his *Renjian cihua* that this crucial concept was developed into a coherent system of poetics and its constituents parts were defined. Luo Gang, on the other hand, is more concerned with question 4. In some of his recent articles (such as "Qibao loutai, chaisui bu cheng piandian ..." and "Yijingshuo shi Deguo meixue de Zhongguo bianti," discussed above), he has done his best to remove Wang from his pedestal by trying to establish that he failed to create a logically consistent and coherent theory based on Western aesthetics.⑫ In Luo's view, perhaps Wang was unaware of these inconsistencies himself, but it is also likely that he was aware of this and tried to conceal the problem by adjusting his manuscript before publication.⑬ Some of the inconsistencies in *Renjian cihua* may be attributable to Wang himself not being entirely clear about how to piece his concepts of various origins

---

⑪ Fo, p.148.
⑫ Luo, (2006a): 141 - 172.
⑬ Luo, (2006a): 169 and 142.

together, but, then again, maybe there is no perfect way to put these pieces together! Finally, Ye Jiaying deals in a much more systematic and balanced way with all of these 4 questions in her book *Wang Guowei ji qi wenxue piping*. She is in no way trying to conceal the inconsistencies in Wang's "world-theory," but is also giving Wang the credit he deserves.

My final evaluation of the substance in Wang's "world theory", as well as of these three scholars' interpretations of it, is based on my reservations about universal theories and paradigms in literature that I have come to acquire through my work on transcultural theories and concepts of genre and style.⑭ Regarding the essence of "literature," Terry Eagleton sums it up well:

> [...] the suggestion that "literature" is a highly valued kind of writing is an illuminating one. But it has one fairly devastating consequence. It means that we can drop once and for all the illusion that the category "literature" is objective in the sense of being eternally given and immutable. [...] Any belief that the study of literature is the study of a stable, well-definable entity, as entomology is the study of insects, can be abandoned as a chimera.⑮

Poetry is indeed a "highly valued kind of writing," but literary theory is not a natural science. It does not deal with "a stable, well-defined entity," but with human intellectual and social constructs, with *ideas about poetry in*

---

⑭ See for instance Lena Rydholm, "Chinese Theories and Concepts of Fiction and the Issue of Transcultural Theories and Concepts of Fiction," forthcoming in *True Lies Worldwide: Fictionality in Global Contexts*, Anders Cullhed and Lena Rydholm, eds., (Walter de Gruyter, 2014).
⑮ Terry Eagleton, *Literary Theory: An Introduction* (Oxford, Malden, Melbourne and Berlin: Blackwell Publishing Ltd, 2003), p.9.

people's minds,⑯ that change irregularly over time, and vary in different cultures. Therefore, even if we could have asked Wang himself exactly what he meant, his answer would not have revealed the true essence or "soul" of *ci*-poetry (question 1), nor of Chinese poetry (question 2), nor of all poetry "in the human world" (question 3). Any theory of poetry reflects to a certain extent the ideological, cultural and aesthetic values and literary traditions of the society and culture in which it is created, as do subsequent interpretations of it (including mine).

Kant and Schopenhauer's aesthetics are not universally applicable as "laws of nature," nor are they particularly suited to explain the "essence" of ancient Chinese *ci*-poetry. Wang may initially have thought that Kant or Schopenhauer had all the answers to questions 1 – 3, but in time he was disillusioned. When he tried to apply "Western" theories to ancient Chinese *ci*-poetry it turned out to be quite a difficult task. For instance, it is problematic to combine Schopenhauer's will-less, desire-less, "pure" objective subject with Li Yu's highly subjective and emotionally expressive poetry and with the traditional value of expressing "genuine" emotions in *ci*-poetry, both of which Wang obviously treasured. Moreover, Kant's or Schopenhauer's two kinds of beauty, "beautiful" and "sublime," also become problematic in the context of the strongly gender-based cultural stereotypes of "the beauty of masculine strength" and "the beauty of feminine softness" in the discourse on *ci*-poetry and the conventional styles/schools of "heroic abandon" and "delicate restraint" in *ci*-poetry. Even though Wang may have tried to break away from these paradigms in *ci*-discourse, he did not manage to convince even modern scholars, such as Fo Chu, that Kant and

---

⑯ Anders Pettersson claims that the novel does not have a material existence, but rather a social existence, that "*ideas about such literary genres as the nove*l exist in people's minds," see Pettersson, "Conclusion: A Pragmatic Perspective on Genres and Theories of Genre," in Gunilla Lindberg-Wada ed., *Literary History: Towards a Global Perspective.* volume 2. *Literary Genres: An Intercultural Approach* (Berlin and New York: Walter de Gruyter, 2006), p.295.

Schopenhauer's categories of "beautiful" and "sublime" are in any way better, or even compatible with, Chinese aesthetics and literary practice (question 4). And the reason is simply that they are, to a large extent, not really compatible. As Sesemann explains:

> If beauty is a certain value ascribed to works of art or phenomena of natural and human life, then it depends not only on the nature of these object itself, but also on the subject who perceiving the object apprehends and appreciates its beauty. But the evaluating subject is an inconstant, changeable factor: it is in all cases an individual human being belonging to a specific historical epoch and culture. His criterion of valuation is determined first of all by the characteristics of that epoch or culture, its social system, its worldview, its customs, and its practical needs and aspirations. When culture changes, so do its criteria of valuation (its standards), and so does its attitude towards morals, the law and beauty. What one epoch evaluates positively, another does not recognize at all, replacing it with a new and perhaps contrary value. In a word, the history of humankind testifies to the fact that all moral, legal, and artistic criteria are relative and have validity for only one or another historical period, one or another cultural sphere.[117]

Since 1978, "Western" theories and models in the humanities and social sciences have been pouring into China; increasingly it has become evident that many of them are not really applicable to Chinese reality and experience. Many of today's scholars seek ways to integrate "the best parts" of Chinese literary traditions with "Western" literary theories and concepts, hence Wang's "world theory" is of great interest (especially with regard to question

---

[117] Vasily Sesemann, *Aesthetics* (Amsterdam and New York: Rodopi, 2007), p.2.

4) since it was presumably the first attempt to do so. However, some of the inconsistencies in Wang's theory, which all three scholars discussed above have noticed and dealt with in different ways, can probably be attributed to the problems of trying to integrate "Chinese" and "Western" theories and concepts and attempting to apply them to ancient Chinese poetry (question 4). This may be regarded by some as a failure, but if Wang failed to integrate these two parts it was rather because it was an impossible task; Kant and Schopenhauer's aesthetics were developed mainly on the basis of "Western" poetry, and were not really adjusted to Chinese *ci*-poetry and to the traditional aesthetic values connected with this genre.

So, in my view, I am afraid those seeking answers in *Renjian cihua* to any or all of the four questions listed above, will be disappointed. *Renjian cihua* cannot provide us with a definition or final explanation of the essence of *ci*-poetry, nor of the essence of "Chinese" poetry, nor of the "soul" of poetry in the entire "human world", nor can Wang provide the final solution to the problem of integrating "Chinese" and "Western" literary theory and aesthetics that many scholars sought in Wang's time and still seek today. However, when attempting to integrate theories and concepts created in different cultures at different times and to apply them to a specific corpus of texts (Chinese lyrical poetry), some distinguishing features of both literary traditions are revealed. Wang's attempt has provided us with new perspectives on, and deeper insights into, both Kant and Schopenhauer's aesthetics, as well as of the aesthetic values in the Chinese literary tradition, especially in lyrical poetry, *ci*-poetry and *ci*-theory.

Wang's "world theory" was also in part a reaction to, and a critique of, contemporary scholars, poets and influential schools, as well as old paradigms in Chinese literary theory. As Ye Jiaying describes, Wang advocated a pure literature, independent of morals and politics in society and without utilitarian purposes.⑱ Hence, he was opposed to the traditional, mainstream Confucian bureaucrats/poets didactic view of the function of literature *Wen yi zai Dao* 文以载道 (Using literature as a vehicle for the Dao [the Confucian way]).⑲ He was also opposed to contemporary scholars and reformists' claim, as exemplified by Liang Qichao 梁启超 (1873 – 1929), that literature instead should become a vehicle for contemporary politics.

Wang Guowei advocated the expression of genuine emotions, even at the expense of what was considered immoral, crude or vulgar in language or content. In Wang's view, poems by some of the best *ci*-poets of the Five Dynasties and the Northern Song dynasty, which have been considered "lewd" (*yin* 淫) or "vulgar" (*bi* 鄙) because of their content, are still quite "sincere and moving" (*qinqie dongren* 亲切动人) and "full of vitality" (*jingli miman* 精力弥漫), due to being in essence "genuine" (*zhen* 真). ⑳ Wang was also among the first scholars to seriously study the genres of drama and novels, and thereby contributed to elevating the status of these genres, previously despised by mainstream Confucian scholars because of their popular origins, vernacular language and vulgarities etc. As Ye Jiaying describes, Wang was opposed to all forms of imitation, copying, fabricating, and using excessive embellishments and allusions. ㉑ Hence he was opposed to influential schools of *ci*-poetry of his time, as Bonner explains:

> He [Wang] heartily dislikes both the Che-hsi school, which championed the sort of poetic elegance and refinement found in the lyrics of Chiang K'uei and Chang Yen, and the popular Ch'ang-chou school,

---

⑱ Ye, pp.122 – 127.

⑲ Ye, p.124. Zhou Dunyi's 周敦颐 (1017 – 1073) famous slogan "Literature is a vehicle for the Dao." The didactic view of the purpose of literature was introduced by James. J. Y. Liu in *The Art of Chinese Poetry* (Chicago and London: The University of Chicago Press, 1962), pp.65 – 69.

⑳ Wang Guowei, *Renjian cihua*, p.4254. English translation of the concepts by Ching-I Tu, p.44.

㉑ Ye, p.124.

whose proponents had a weakness for interpreting lyrics allegorically. Indeed, Wang Kuo-wei appears to have been one of the very few (perhaps the only) lyricist-critic to have escaped the enveloping influence of the Ch'ang-chou school during the late Ch'ing dynasty.[122]

Ye Jiaying has also discussed the conflict between Wang's views of *ci*-poetry and the influential Changzhou school of *ci*-poetry.[123] Even if Wang, in his actual criticism of poems and poets, as Bonner puts it, "is clearly not very original"[124], his "world theory" is quite unique. It was a new kind of Chinese-Western hybrid, inspired by both Chinese and Western theories, but identical to none. As Ye Jiaying pointed out, he makes the first serious attempt to apply concepts with roots in Western aesthetics to ancient Chinese poetry. In addition, his theory clearly breaks off from the paradigms in traditional Chinese aesthetics and Confucian morals and paradigms in literature, as well as from contemporary aesthetic ideals and the demand for a politicization of literature that reflected the changes in society at the time. In that sense, he managed to create a theory that, to a certain extent, transcended both times and cultures, and was therefore not completely limited by, in Sesemann's words: "the characteristics of that epoch or culture, its social system, its worldview, its customs, and its practical needs and aspirations."[125] In that sense, Wang was an outstanding scholar in Chinese history who contributed to the development of Chinese literary theory, poetics and aesthetics, and his "world theory" may be considered a "milestone" in Chinese literary theory.

---

[122] Bonner, p.122.
[123] Ye, pp.256 - 257.
[124] Bonner, p.122.
[125] Sesemann, p.2.

"铁花吟社"考

朱则杰

浙江大学

"铁花吟社",这里指清朝光绪年间活动于浙江杭州的一个诗社。社名中的"花"字,有时也写作"华";"吟社",个别地方即写作"诗社"。关于该社的基本情况,前人曾经做过一些介绍。例如吴庆坻《蕉廊脞录》卷三,计有如下两条:

> 吾杭自明季张右民与龙门诸子创"登楼社",而"西湖八社"、"西泠十子"继之。其后……光绪戊寅(四年,1878),族伯父筠轩先生创"铁华吟社",首尾九年。先生殁,而湖山啸咏,风流阒寂矣。
>
> ——"杭州诸诗社"条①

> 族伯父筠轩先生自江西告归,与里中诸老结"铁华吟社",起戊寅,讫乙酉(光绪十一年,1885)。湖山踢宕,余亦常侍末坐。社集以湖上为多,因于"永赖祠"侧"遗安室",榜曰"铁华吟社"。先生自为跋云:"昔童参政创'西湖八社',凡南、北山胜处,悉丽坛坫。吾社乃僻在一隅,隘矣!然柔舻轻舆,惟意所适;举湖山之寥廓幽邃,以供吾侪之啸咏,有日贡其奇而不竭者,是'八社'广而吾社未尝隘也。同社诸君抗怀往事,有内史今昔之感,谓宜署榜,以诏来兹,于是乎书。

---

① 吴庆坻《蕉廊脞录》,北京:中华书局1990年3月第1版,第96页。本文注引同一著作,第二次起版本从略,以省篇幅。

光绪十年(甲申,1884)上巳。"

——"铁华吟社"条②

又如丁立中《先考松生府君年谱》,也有这样两条:

> 二月,始结"铁花吟社"。(首倡者为吴筠轩丈。会无定期、定所,迭为宾主,月必一举。前后凡百集,与会者先后五十余人。与府君时相唱和者,则永康胡月樵丈凤丹、仁和沈辅之丈映钤、江夏王琳斋丈景彝、元和江秋珊丈顺诒、蒙古恺庭丈盛元,暨应敏斋姨丈、吴君子修、高君白叔、张君子虞也。兄修甫亦随侍。筠轩丈编集社诗,秦淡如观察选定四卷,未及刊而卒。)

——卷二光绪"四年戊寅(1878)四十七岁"③

> 九月,重举吟社于湖上。(先是戊寅二月,吴筠轩观察约同人创举"铁花吟社",至是重建。庞祠旁有隙地,因构屋数椽,为春秋佳日联吟处。合前后凡百集。后因吟友凋谢,遂辍咏。)

——卷三光绪"九年癸未(1883)五十二岁"④

从这些介绍,可以大致知道该社的创始人物、活动时间、集会情形、主要成员,以及结社地点、社诗总集等等。但是,其中不少叙述,或者语焉不详,或者不符实际,甚或自相抵牾。因此,这些介绍实际上只能作为一种线索,而有关具体情况,则需要进一步仔细考察,同时也对原有的某些错误提法予以更正⑤。

---

② 吴庆坻《蕉廊脞录》,第79-80页。
③ 丁立中《先考松生府君年谱》,《北京图书馆藏珍本年谱丛刊》第172册,第222-223页。
④ 丁立中《先考松生府君年谱》,第258页。
⑤ 本篇初稿,曾于2010年4月提交给当年7月初在北京大学召开的"中国古代诗学与诗歌史学术研讨会",后因家事而未能赴会,也未见正式出版会议论文集。2012年3月从《清代诗文集汇编》读到王景彝《琳斋诗稿》之后,据以改写了部分相关内容。初稿所用各家别集,《清代诗文集汇编》也多有收录,但不再更换为该本,以图省事,非体例不统一也。其他各篇偶尔也有这种情况,读者鉴之。

一、社诗总集

　　诗人结社集会而创作的作品，往往汇编为总集。利用这类总集来考察诗社情况，本来最为便捷。"铁花吟社"的社诗总集，很可能已经失传。但尽管如此，为了下文叙述方便，我们还是先从有关总集说起。

　　"铁花吟社"的社诗总集，原来应该有过两种。前及社员之一丁丙（松生其号），其所辑《武林坊巷志》一书，末尾附录《武林坊巷志参考书目》中，就同时列有王景彝（琳斋其字）辑《铁花吟社诗存》和吴兆麟（筠轩其号）辑《铁花吟社诗稿》各一种[⑥]。《武林坊巷志》正文内，曾经多次据该二书转录相关作品（参见下文），可以确证其都是"铁花吟社"的社诗总集。

　　这里需要说明的是，《武林坊巷志》原先还只是一部稿本，上世纪八十年代才整理为校点本[⑦]。因此，其正文内录及《铁花吟社诗存》和《铁花吟社诗稿》的时候，于其书名"诗存"和"诗稿"，不少地方笼统写成"诗集"，例如"丰下坊三"所属"重阳庵"条[⑧]；甚至简单写成"诗"，例如"平安坊五"所属"白洋池"条[⑨]；或者简单写成"集"，例如"丰下坊四"所属"三官庙、文昌阁"条[⑩]。这样，赖以区分该二书的"存"或"稿"字，就失去了着落；我们在征引有关材料的时候，也只能一仍其旧。另外，上及《武林坊巷志参考书目》，据校点者交待，原稿本"按韵排列"，"今改为按笔画顺序排列"[⑪]。这两种排列方式，都无法使读者知道该二书的成书先后。至于它们的卷数以及其他相关信息，自然更是依例省略了。

　　前引丁立中《先考松生府君年谱》卷二光绪"四年戊寅（1878）四十七岁"条，提及"筠轩丈编集社诗"，这应该是指《铁花吟社诗稿》。其所说

[⑥] 丁丙《武林坊巷志》，杭州：浙江人民出版社1990年3月第1版，第8册第818页。
[⑦] 参见《武林坊巷志》卷首《出版说明》，第1册第1-2页。
[⑧] 丁丙《武林坊巷志》，第2册第769页。
[⑨] 丁丙《武林坊巷志》，第6册第304页。
[⑩] 丁丙《武林坊巷志》，第3册第284页。
[⑪] 丁丙《武林坊巷志》，第8册第761页。

"秦淡如观察选定四卷,未及刊而卒",如果可信,那么该书最后曾经由秦缃业(淡如其号,一般写作澹如)"选定",规模为"四卷"。秦缃业原籍江苏无锡,曾长期在浙江为官,并主持"西泠酬倡";后病归,"光绪九年(癸未,1883)十月十二日卒于家"⑫。该书的"选定",应该不晚于此时⑬。《武林坊巷志》所录确切出自该书者,创作时间也确实未见有晚于此时的。只是下距吟社结束以及吴兆麟谢世(详后),还有数年之久,该书却一直没有付刻。

王景彝所辑《铁花吟社诗存》,则从《武林坊巷志》所录确切出自该书者来看,所收吟社集会唱和之作,至少已到第五十七集(详后),时间应该在光绪十一年乙酉(1885)。这较之于秦缃业"选定"的吴兆麟辑《铁花吟社诗稿》,下限明显要远得多。

不过,《武林坊巷志》在转录该吟社同一次集会唱和之作的时候,经常与《铁花吟社诗稿》或《铁花吟社诗存》同时,另外取材于有关作家的别集。例如"丰上坊一"所属"杭州府学宫"条,既据《铁花吟社诗稿》录夏曾传《己卯(光绪五年,1879)六月十一日,松生先生招集尊经阁,观曝文澜阁遗书》、高云麟"前题",又从王景彝《琳斋诗稿》录"前题"⑭;"南良坊二"所属"金衙庄"条,既据《铁花吟社诗存》录吴庆坻《立夏后三日,皋园补饯春,率成二律》等,又从吴兆麟《铁花山馆诗稿》录《立夏后三日,集皋园》⑮。还有些集会唱和之作,甚至全部取材于有关作家的别集。例如"丰下坊三"所属"石观音阁"条,所录吟社第十四集"光绪己卯腊八日,铁花社友重集吴山石观音阁之静远楼"有关作品,即分别采自沈映钤《退庵诗稿》、王景彝《琳斋诗草[稿]》、吴兆麟《铁花山馆集[诗稿]》等⑯。由此看来,无论是《铁花吟社诗稿》还是《铁花吟社诗存》,也无论是否经过秦

---

⑫ 孙衣言《秦君澹如墓志铭》,可见《碑传集补》卷十七,《清代碑传全集》本,上海:上海古籍出版社1987年11月第1版,下册第1366页。
⑬ 王景彝《琳斋诗稿》卷六《挽秦澹如都转》二首之二,尾联有云:"可惜一编铁花集,未曾作序弁其端。"又自注说:"同人拟刻铁花社稿,请公作序,乃先归道山,惜哉!"见《清代诗文集汇编》第660册,第236页。
⑭ 丁丙《武林坊巷志》,第1册第537-538页。
⑮ 丁丙《武林坊巷志》,第5册第539-540页。
⑯ 丁丙《武林坊巷志》,第2册第825-826页。

缃业那样的"选定",其所收社诗很可能都是不完整的。至于《武林坊巷志》一书,由于本身地域范围、版面篇幅以及编者阅历等多种因素的限制,所录该吟社作品不可能完整,这就更加属于正常现象了。

当然,借助《武林坊巷志》的"参考书目"和有关正文,我们还是可以了解到该吟社诗歌总集的大致情况,看到不少其他典籍中可能失载的相关作品。特别是从丁氏后人丁仁《八千卷楼书目》,到《清史稿艺文志及补编》《清史稿艺文志拾遗》等书目文献,以及近年国内几家大图书馆的电子书目,都不见有《铁花吟社诗稿》和《铁花吟社诗存》的著录或收藏,这就更显出《武林坊巷志》的意义。如果从总集研究的角度来看,它可以为该二书提供钩沉与辑佚的线索[17]。而对于考察"铁花吟社",其作用自然也是相当大。

二、集会唱和

"铁花吟社"始倡于吴兆麟。胡凤丹(月樵其号,字枫江)《退补斋诗存二编》卷九,有《筠叟来书,欲联吟社,并赠以诗,六叠前韵奉答》一题[18]。据其本卷"今体诗"内部编年,以及上一题《再和筠叟人日赋雪诗,五叠前韵》、下一题《戊寅元宵前二日,雨后初晴,七叠前韵,简筠叟》,可知作于光绪四年"戊寅"(1878)正月初七至十三日之间。其题内所说吴兆麟"欲联吟社"的"来书",虽然今未得见,但应该就写于这个时间段内。这可以看作结社的前奏。

"铁花吟社"正式的集会唱和,始于同年的二月初一日。吴兆麟《铁花山馆诗稿》卷六《二月朔日,招沈辅之、盛恺庭(元)、应敏斋、胡月樵、丁松生(丙)、家子修集铁花山馆,以"东风二月禁门莺"分韵,得"风"字,恺庭以疾不至》[19],标题下即明确注称"铁花吟社第一集"。同集各家作品,

---

[17] 另王景彝《琳斋诗稿》内,除前引《挽秦澹如都转》之外,卷五《慰同社吴子修、丁修甫两孝廉春闱报罢》三首之二下截祝愿:"吟钵重开社,清尊未了缘。刊成铁花集,再作玉堂仙。"这里的"铁花集"显然也是泛指社诗总集。见第230页。
[18] 胡凤丹《退补斋诗存二编》,《续修四库全书》第1552册,第486页。
[19] 吴兆麟《铁花山馆诗稿》,光绪六年庚辰(1880)刻本,第8a–9a页。

按照分韵次序，第一为沈映钤（辅之其字）《吴筠轩同年招集铁花山馆，分韵赋诗，余得"东"字》，载其《退庵剩稿》[20]；第二即吴兆麟，得"风"字；第三为盛元（恺庭其号，或作恺廷、恺亭、凯庭、凯亭），本次"以疾不至"，吴兆麟为之代作，题为《代盛恺庭分得"二"字》，即《铁花山馆诗稿》同卷下一题[21]；第四当为应宝时（敏斋其号），据下引丁丙诗可知其同样"不至"，作品也未详，分韵则应得"月"字；第五为胡凤丹《吴丈筠轩开铁华诗社，第一集，分得"禁"字》，载其《退补斋诗存二编》卷四"古体诗"[22]；第六为丁丙《二月朔，吴筠轩丈（兆麟）招同沈辅之观察（映钤）、胡月樵都转（凤丹）、吴子修孝廉（庆坻）为铁花吟社，迟盛恺庭太守（元）、应敏斋方伯（宝时）不至。以元人"东风二月禁门莺"之句分韵，得"门"字》，载其《松梦寮诗稿》卷四[23]；第七也是最末为吴庆坻（子修其字）《二月朔，族伯筠轩观察招同沈辅之、盛恺庭、应敏斋、胡枫江、丁松生诸丈为铁花吟社，拈元人"东风二月禁门莺"句，序齿分韵，得"莺"字》，载其《补松庐诗录》卷一[24]。从吴庆坻题内"序齿分韵"云云，还可以知道本次分韵的原则是根据各人的年齿长幼。

此后历次集会，大部分可以从吴兆麟《铁花山馆诗稿》获得线索。该书凡八卷，包含五个小集。有关"铁花吟社"者，见于卷六《初衣集》之"下"，卷七、卷八《初衣续集》之"上"、"下"。原书的牌记，署为"光绪六年，岁次庚辰（1880），秋九月梓"，但实际所收作品，讫于光绪八年（1882）"壬午冬"[25]。凡此前时间段内的集会唱和之作，标题之下都顺次注有"铁花吟社第×集"的字样（下引从略），最后已至第三十九集。中间偶尔有几次空缺，似乎是由于吴兆麟因故缺席或者没有作品的缘故，但也不排除个别漏记的可能（部分参见下文）。根据《初衣集》、《初衣续集》卷首自识，同时结合内部作品排序，个别再参考其他社员相关作品，可以为《铁花山

---

[20] 沈映钤《退庵剩稿》，《会稽徐氏铸学斋丛书》本，第38b-39a页。
[21] 吴兆麟《铁花山馆诗稿》，第9a-b页。
[22] 胡凤丹《退补斋诗存二编》，第454页。
[23] 丁丙《松梦寮诗稿》，《续修四库全书》第1559册，第447-448页。
[24] 吴庆坻《补松庐诗录》，宣统三年辛亥（1911）湖南学务公所排印本，第10a-b页。
[25] 参见《初衣续集》卷首自识，第1a页。

馆诗稿》所涉这三十九次集会整理出一份年度表：

1. 光绪四年戊寅(1878)(卷六)

第一集(见上文),至第七集《月樵招集退补斋,索题边颐公芦雁画幅》㉖,凡七次。

2. 光绪五年己卯(1879)(卷七)

第八集《辅之招赏牡丹》二首㉗,至第十四集《腊日集吴山石观音院新构江楼》四首㉘,凡七次(内缺第十二集、第十三集两次)。

3. 光绪六年庚辰(1880)(卷七)

第十五集《上元前三日,王琳斋(景彝)招饮,即次其送子修赴都诗韵》二首㉙,至第二十四集《嘉平十九日,集吴山四景东轩,为寿苏之饮》二首㉚,凡十次(内缺第十六集一次)。

4. 光绪七年辛巳(1881)(卷七)

第二十五集《咏雁山茶,为郭子旀所赠》㉛,至第二十八集《太虚楼分韵,得"者"字》㉜,凡四次(内缺第二十六集、第二十七集两次)。

5. 光绪八年壬午(1882)(卷八)

第二十九集《人日慧云寺观梅二首,用功甫韵》㉝,至第三十九集《澹园探梅,次张子虞(预)韵》二首㉞,凡十一次(内缺第三十集、第三十一集、第三十四集三次)。

这些集会,《铁花山馆诗稿》有关作品标题中大都没有具体的日期。但从其他社员诗集,和前述《武林坊巷志》所录《铁花吟社诗稿》、《铁花吟

㉖ 吴兆麟《铁花山馆诗稿》,第22b–23a页。
㉗ 吴兆麟《铁花山馆诗稿》,第1a–2a页。
㉘ 吴兆麟《铁花山馆诗稿》,第4b–5a页。
㉙ 吴兆麟《铁花山馆诗稿》,第5b–6a页。
㉚ 吴兆麟《铁花山馆诗稿》,第18a页。
㉛ 吴兆麟《铁花山馆诗稿》,第18b–19a页。
㉜ 吴兆麟《铁花山馆诗稿》,第32a–33a页。
㉝ 吴兆麟《铁花山馆诗稿》,第2b–3a页。
㉞ 吴兆麟《铁花山馆诗稿》,第31a–b页。

社诗存》等书的某些对应作品中，可以考核出很大的一部分。特别是与吴兆麟一样编有社诗总集的王景彝，其自撰别集《琳斋诗稿》，卷首《自序》格外强调"诗以存其事"，"诗以存其人"，"诗以存其忧"，"诗以存其乐"，"诗以存其真"㉟；又《凡例》第四款，特意说明集内作品自道光十七年丁酉(1837)起均"编甲子"㊱。因此，该集内部涉及"铁花吟社"的集会活动，虽然一般不注"第×集"，但基本上都有明确的时间记载。具体例证，下文将多有叙述。可惜的是，王景彝本人从第十二集开始才加入"铁花吟社"(详后)；又其原籍为湖北江夏(今武汉)，结社期间曾数次离杭返乡，所缺集会次数同样也有不少。不过尽管如此，至少前面这三十九次集会，以《铁花山馆诗稿》为主，再辅以《琳斋诗稿》，有关情况还是可以了解得差不多。

关于这三十九次集会，目前所见其他社员诗集，以及《武林坊巷志》所录《铁花吟社诗稿》、《铁花吟社诗存》等，有关作品也都像王景彝《琳斋诗稿》一样极少标明"第×集"。而大概正是因为少而不系统，所以有些地方虽然提到了，却又不如《铁花山馆诗稿》来得可靠。例如丁丙《松梦寮诗稿》卷四《湘乡蒋果敏公祠落成，二月十八日，梅中丞奉公位入祠，率僚属绅耆致祭，敬赋百韵》，自注谓"谒祠之暇，敏斋方伯即举吟社第三集"㊲；而据《铁花山馆诗稿》卷六《谒蒋果敏公(益澧)祠》题注㊳，以及另外各家诗集相关作品排序，实际则是第二集。胡凤丹《退补斋诗存二编》卷四《铁华第六集，吴子修孝廉以应方伯适园红树命题，分得"于"字》㊴，题内所谓"第六集"，据《铁花山馆诗稿》卷六《集敏斋适园，咏枫树，分韵得"叶"字》题注㊵，以及吴庆坻《补松庐诗录》卷一《铁华吟社第五集，招同诸老集应氏适园看红叶，分韵得"花"字》标题等㊶，实际则是第五集。

同样，关于这三十九次集会的时间乃至年份，目前所见其他社员诗集

㉟ 王景彝《琳斋诗稿》，第54页。
㊱ 王景彝《琳斋诗稿》，第55-56页。
㊲ 丁丙《松梦寮诗稿》，第449页。
㊳ 吴兆麟《铁花山馆诗稿》，第10a页。
㊴ 胡凤丹《退补斋诗存二编》，第455页。
㊵ 吴兆麟《铁花山馆诗稿》，第18b页。
㊶ 吴庆坻诗见《补松庐诗录》，第12a页。其他各家作品另可参见下文。

也有明显存在错误的。例如第二十八集"太虚楼分韵"有关作品,丁立诚(修甫其字)《小槐簃吟稿》卷二《嘉平二十四日太虚楼雅集,以王百谷诗"莫道风流无继者"七字分韵,拈得"流"字》㊷,编在光绪八年"壬午"(1882)。但据上文所列年度表,该次集会显然发生在光绪七年辛巳(1881)。王景彝《琳斋诗稿》卷五《("嘉平"即十二月)二十四日,盛恺亭观察招铁花社友饮吴山太虚楼,拈得"风"字》㊸、丁丙《松梦寮诗稿》卷四《腊月二十四日,恺庭丈招集吴山太虚楼,分得"无"字》㊹,编年均与吴兆麟《铁花山馆诗稿》一致;并且王景彝该诗自注还提到:"是年十二月十六日立春。"这就更进一步说明只能是光绪七年辛巳(1881)。

　　需要特别指出的是,类似的错误或疏忽,在王景彝的《琳斋诗稿》之内也未能尽免。例如卷五《读吴筠轩钟馗出猎诗,跋后》,末尾两句云:"三十二集中,一篇大文字。"又自注说:"此'铁花社'之第三十二集也。"㊺但据吴兆麟《铁花山馆诗稿》卷八,标注"第三十二集"的题目是《凤林寺芍药,莳菜圃中》㊻;而《同人分咏钟馗故实,得"出猎"》一题㊼,次于"第三十三集"之作《戴园分韵,得"未"字》之后㊽,是否算作漏记的第三十四集不便臆测,但绝对不会是"第三十二集"。此外如误第三十八集为"三十九集",则可参见下文。这也就是说,在考察"铁花吟社"集会情况的时候,即使像王景彝的《琳斋诗稿》,乃至吴兆麟的《铁花山馆诗稿》,也都不可以完全相信,而必须做仔细的辨析。

　　"铁花吟社"第三十九集之后的集会,从目前所见各家唱和之作来看,能够知道准确时间的倒不少,但能够同时知道为第×集的却不多。本篇下文所涉,大致有第四十二集、第四十三集、第五十七集等。而特别值得关注的第六十集,恰巧能够考核确切。丁丙《松梦寮诗稿》卷五"丙戌"年第一题,为《新正五日,吟社六十集,王小铁丈(堃)招集小止观斋,用陶

㊷　丁立诚《小槐簃吟稿》,《武林丁氏家集》本,第 13a–b 页。
㊸　王景彝《琳斋诗稿》,第 202 页。
㊹　丁丙《松梦寮诗稿》,第 454 页。
㊺　王景彝《琳斋诗稿》,第 212 页。
㊻　吴兆麟《铁花山馆诗稿》,第 16a 页。
㊼　吴兆麟《铁花山馆诗稿》,第 18b–21a 页。
㊽　该题见《铁花山馆诗稿》,第 17b–18b 页。

诗游斜川韵》⁴⁹，可知这次集会乃在光绪十二年"丙戌"（1886）正月初五日。王景彝《琳斋诗稿》卷六也有《新岁五日，王小铁太守集社友小观止［止观］斋，即事，次陶游斜川韵》⁵⁰，编年与之相同。又丁申、丁丙兄弟合辑《国朝杭郡诗三辑》，卷五十二第一家所录吴兆麟本年所作《八十自述》六首，其六末尾自注也提到："同人于戊寅岁结'铁花吟社'，今已届第六十集矣。"⁵¹同样可以佐证。

而据《国朝杭郡诗三辑》该处吴兆麟名下所附诗话，就在这年冬天，吴兆麟"疾作"；至次年"岁首之二日，遽捐馆舍"⁵²。又卷九十二盛元名下所附诗话，提及盛元"与筠轩丈相隔三日同返道山"，因此"重披吟社旧稿，不禁怃然"⁵³。再加上年齿最长的沈映钤早在光绪七年辛巳（1881）即已"前卒"，"老成凋丧"⁵⁴，其他社员也多有谢世或远走他乡者（部分参见下文），吟社的集会唱和活动在光绪十二年丙戌（1886）年内也就结束了。目前所知第六十集之后的作品，只有《武林坊巷志》"丰下坊四"所属"赵恭毅公祠"条从所谓《铁花吟社诗集》转录的王景彝等人《光绪丙戌二月二十日，宗小梧招集吴山赵公祠》一题⁵⁵，时间上距"新正五日"不过一个多月，大概只能算是一个尾声。

根据上述考察，"铁花吟社"的集会唱和活动，始于光绪四年戊寅（1878），终于光绪十二年丙戌（1886）。这也就是本文开头所引吴庆坻《蕉廊脞录》卷三"杭州诸诗社"条所说的"首尾九年"⁵⁶。但同卷"铁华吟

---

⁴⁹ 丁丙《松梦寮诗稿》，第460页。
⁵⁰ 王景彝《琳斋诗稿》，第252页。
⁵¹ 丁申、丁丙《国朝杭郡诗三辑》，光绪十九年癸巳（1893）刻本，第4b-5a页。写作时间另参下文。
⁵² 丁申、丁丙《国朝杭郡诗三辑》，第1b页。
⁵³ 丁申、丁丙《国朝杭郡诗三辑》，第21b页。另关于两人谢世时间及享年，可参拙著《清诗考证》第一辑之四《〈清人诗文集总目提要〉订补》第四十九条"吴兆麟"，北京：人民文学出版社2012年5月第1版，上册第163－165页。本篇下文，尚有补充。
⁵⁴ 同前《国朝杭郡诗三辑》吴兆麟名下所附诗话。另参拙作《〈清人诗文集总目提要〉订补——以"潜园""东轩""铁花"三吟社成员为中心》第八条"沈映钤"，将载浙江大学中文系《中文学术前沿》第四辑，页次未详。
⁵⁵ 丁丙《武林坊巷志》，第3册第344－345页。其中王景彝诗亦见《琳斋诗稿》卷六，第255页。另其下还有一题《题宗小梧顾曲图（社题）》二首，当系同一次集会所作。
⁵⁶ 另可参见卷五"铁华山馆诗稿"条："家筠轩先生……创'铁花吟社'，首尾凡九年。"第166页。

社”条称“起戊寅,讫乙酉”,这个“乙酉”亦即光绪十一年(1885)却是错误的,那样算起来首尾就只有八年了。盖古人时常以单个干支来纪年份,而干支却往往容易误记。后人如果不谨慎,或者说不去具体考察,那就很容易受其误导,以讹传讹。例如陈宝良先生《中国的社与会》第四章第一节《文人的雅聚:诗文社》第七部分《宣南诗社与南社》,在叙及“铁花吟社”时,称其“迄于光绪十一年(1885)”(57),这就明显是受了《蕉廊脞录》该处的误导。至于本师钱仲联等六位先生总主编的《中国文学大辞典》最新分类修订本“铁花吟社”条,开头就称其“活动时间约在清咸丰前后”(58);“咸丰”到光绪,中间还隔一个同治,这里的错误自然更加严重了。

“铁花吟社”集会唱和的频率,最末光绪十二年丙戌(1886)第六十集以下忽略不计,前面光绪四年戊寅(1878)至八年壬午(1882)凡五年三十九次,其中最多一年十一次,最少一年四次,平均每年接近八次;后面光绪九年癸未(1883)至十一年乙酉(1885)凡三年二十次,平均每年接近七次,基本上相差不大。因此,前及《国朝杭郡诗三辑》卷五十二吴兆麟名下所附诗话称“月必一会”(59),又本文开头所引丁立中《先考松生府君年谱》称“月必一举”,以及称“前后凡百集”或曰“合前后凡百集”,这些提法都是不准确的。前述光绪七年辛巳(1881)十二月二十四日举行的第二十八集,吴兆麟《太虚楼分韵,得“者”字》自注提及“商定来年社事,月一举行,七人轮值,周而复始”(60),这里的“月一举行”只有其前后的两个年份基本做到。《武林坊巷志》“南良坊二”所属“庾园”条(“庾园”又名“澹园”)从《铁花吟社诗存》所录江顺诒(秋珊其号,字子谷)《高白翁招集澹园探梅,作铁花吟社三十九集。张子虞兄诗先成,同人皆次其韵》二首,其一起句云:“两月湖山会渐稀。”又自注说:“自十月二十四日三十八集后,至今十二月十七日,白叔始举行三十九集。”(61)可见本来确实应当每月举

---

(57) 陈宝良《中国的社与会》,杭州:浙江人民出版社 1996 年 3 月第 1 版,第 297 页。

(58) 钱仲联等《中国文学大辞典》,上海:上海辞书出版社 2000 年 9 月第 1 版(2007 年 6 月补订),下册第 1428 页。

(59) 丁申、丁丙《国朝杭郡诗三辑》,第 1a 页。

(60) 吴兆麟《铁花山馆诗稿》,第 33a 页。

(61) 丁丙《武林坊巷志》,第 5 册第 474 页。这里关于第三十八集的日期“二十四日”,王景彝该集之作标题作“二十二日”,详见下文。

行一次,但这同样仅仅是一种理想,实际上却并没能完全实现。

此外,前引丁立中《先考松生府君年谱》,还称光绪九年癸未(1883)"九月,重举吟社于湖上"。然而事实上,此前集会唱和次数最多的一年,恰恰就在八年壬午(1882),其下年自然不存在"重举"的问题。这里的所谓"重举",很可能与社址有关。盖该吟社集会唱和,第一次在吴兆麟所居"铁花山馆",又系吴兆麟倡始,因此即取以名社。其后各次,从目前所见有关作品来看,地点十分分散,并不固定。而大约在九年癸未(1883),或吴兆麟"自为跋"的"十年(甲申,1884)上巳"稍前,才在西湖北山"凤林寺"西面的"'永赖祠'侧'遗安室',榜曰'铁华吟社'"[62],作为名义上的社址。《先考松生府君年谱》该条及其注释所谓"至是重建",猜想就是指此而言。而总体来看,"铁花吟社"的集会唱和活动,还是《先考松生府君年谱》前一条所说的"会无定期、定所"最为符合实际。

现在再来说丁丙的一段叙述。丁丙曾陆续辑刻大型地方文献丛书《武林掌故丛编》,其第十集收录明清之际"武林三严"之一严武顺所撰《月会约》一卷,末尾添有这样一篇跋语:

> 余携侄修甫(立诚),从沈辅之(映钤)、吴筠轩(兆麟)、盛恺庭(元)、秦澹如(缃业)、王小铁(堃)、王琳斋(景彝)诸丈,应敏斋(宝时)、胡月樵(凤丹)、李黼堂(桓)、龚幼安(嘉儁)、戴少梅(燮元)、夏薪卿(曾传)、宗啸吾(山)、江秋珊(顺诒)、张子虞(预)、高白叔(云麟)、边竹潭(保枢)、吴子修(庆坻)诸公,月举"铁华吟社",至今已六十余集。因刊《武林怡老会诗集》、《西湖八社诗帖》,以追胜韵。此《月会约》,亦胜国遗老觞咏故事也。张卿子先生《衰晚编》,有《无敕席上出李长蘅所画月会图》诗,云:"月会湖山迹已湮,传来醉墨尚清真。欲询好事凭谁说,喜独留翁卷上人。"知当时尚有《月会图》也,惜无从得见耳。数年来,沈、秦、王[堃]、吴、盛五老,夏、江、宗三君,先后归道山。虽社迹未湮,好事足说,人琴之感讵能已耶? 光绪

---

[62] 前引吴庆坻《蕉廊脞录》卷三"铁华吟社"条;另参见同卷"永赖祠"条,第91页。

丁亥(十三年,1887)清明,是约刊成,特书简后。松生丁丙。(63)

这篇跋语的写作时间,距离"铁花吟社"结束不久。其回忆"月举'铁华吟社'"的所谓"月举",显然只是一个大致的说法,而并不等于"月必一举"或者"月必一会"。又虽然"社迹未湮",但社事显然已成过去,其原因则主要也就是吟社成员特别是"老成"的成批"凋谢"。而丁丙在这里不惮其详列举的诸家姓氏,恰好又关系到我们下文的考察。

三、先后成员

道光年间杭州的"东轩吟社",其社诗总集《清尊集》卷首所载《清尊集目》,含有一份基本的作者总目,为我们考察吟社成员提供了极大的便利(64)。"铁花吟社"的社诗总集,据知这个体例本来就仿效《清尊集》(详后),却可惜并没有流传下来。上引丁丙跋《月会约》语,也仅仅是一个单纯的名单而已。因此,现在我们以所见历次集会唱和的作品作为第一手材料,原则上依照入社的时间先后,对目前所能知道的该吟社成员逐一予以确认。

(一)第一集七人:根据上文所述,按照年齿长幼排序,依次为沈映钤、吴兆麟、盛元、应宝时、胡凤丹、丁丙、吴庆坻。其中吴兆麟,是严格意义上的社长。例如丁丙《松梦寮诗稿》卷五《九月二十四日,集固园看菊,分得胡书农学士邱氏草堂看菊韵》"铁花社长老好事,还来就菊亲桑麻"(65),《武林踏灯词》六首之二"龙头毕竟何人夺?应让三元八秩翁"自注"谓筠翁社长"(66),就一再明确称之为"社长"。其他六人,从后来的集会唱和来看,也都是骨干成员。此集之后,则均为陆续新增者。

(二)第五集一人:夏曾传(薪卿其字)。丁丙《松梦寮诗稿》卷四有

(63) 严武顺《月会约》,《武林掌故丛编》(第十集)本,第8a-b页。
(64) 参见拙著《清诗考证》第二辑之十六《〈清尊集〉与"东轩吟社"》,上册第665-682页。
(65) 丁丙《松梦寮诗稿》,第458页。
(66) 丁丙《松梦寮诗稿》,第460页。

《吴子修邀同沈辅之、吴筠轩、胡月樵三丈，夏薪卿文学(曾传)，集应氏适园看红叶，以“霜叶红于二月花”分韵，得“二”字》一诗(67)；联系前面所说吴兆麟《集敏斋适园，咏枫树，分韵得“叶”字》题注、吴庆坻《铁华吟社第五集，招同诸老集应氏适园看红叶，分韵得“花”字》标题，和所订正的胡凤丹《铁华第六[五]集，吴子修孝廉以应方伯适园红树命题，分得“于”字》，以及沈映钤《退庵剩稿》内《应氏适园看枫叶(分得“霜”字)》二首(68)，可知其同为第五集之作。又从该次集会各家分韵情况(猜想仍然是“序齿分韵”)推测，夏曾传年齿仅长于吴庆坻；吴庆坻《补松庐诗录》卷二《题许迈孙丈榆园今雨图》自注，曾称之为“表兄”(69)。但他与吴庆坻一样，也曾主持过吟社集会活动，例如丁丙《松梦寮诗稿》本卷稍后有《四月十一日，薪卿招集吴山文昌庙，观宋刻文昌像碑》一题(70)，即可为证。可惜英年早逝，《国朝杭郡诗三辑》卷九十一第一家夏曾传名下所附诗话，就说他“入‘铁花吟社’，未几卒于吴中”(71)。

(三) 第十一集一人：高云麟(白叔其字)。《武林坊巷志》“东西坊二”所属“双陈巷”条，曾同时从沈映钤《退庵剩稿》、夏曾传《薪卿诗草》、吴兆麟《铁花山馆集》转录《高白叔中翰招饮友石书堂，率成四律，怀旧思古，情见乎辞》、《白叔丈招集友石斋，观罗汉松，作此呈同社诸长者》、《高白叔招集友石山房，咏罗汉松》各一题(72)。其中吴兆麟诗，原见《铁花山馆诗稿》卷七，题作《罗汉松，为高白叔(云麟)赋》(73)，据题注属于第十一集。《铁花山馆诗稿》内的作品标题，于人物字号首次出现时都注有其名，因此高云麟很可能就是从这次集会开始入社，并且做主人。

(四) 第十二集一人：王景彝。《武林坊巷志》“平安坊五”所属“水星阁”条，从《铁花吟社诗存》同时录有王景彝《光绪己卯(五年，1879)五月二十一日，敏斋招同人集水星阁》、《梅筱岩中丞开通杭城中、东河道，

(67) 丁丙《松梦寮诗稿》，第 450－451 页。
(68) 沈映钤《退庵剩稿》，第 41a－b 页。
(69) 吴庆坻《补松庐诗录》，第 22a 页。
(70) 丁丙《松梦寮诗稿》，第 451－452 页。
(71) 丁申、丁丙《国朝杭郡诗三辑》，第 1a 页。
(72) 丁丙《武林坊巷志》，第 7 册第 190－191 页。
(73) 吴兆麟《铁花山馆诗稿》，第 3a－b 页。此外沈映钤诗，原见《退庵剩稿》，第 42a－b 页。

敏斋方伯赞成之。时社会集水星阁,分咏其事》,高云麟《敏斋应丈招集水星阁纳凉》、《武林北门内旧无横河,中丞南昌梅公创议开凿,杭人便之。己卯五月下旬,余以社期诣水星阁……爰慨焉作歌以纪。是日同社至者八人,以"群贤毕至,少长咸集"为韵,分得"集"字》各两题(74)。其中王景彝前一题,亦见《琳斋诗稿》卷三,编年相同,题作《五月二十一日,应敏斋方伯招入铁花吟社。是日同集水星阁,到者八人。敏斋作主人,外则沈辅之、吴筠轩、盛凯庭三观察,丁松生大令,夏薪卿茂才,吴子修孝廉,高白叔中翰及余也》(75)。从时间推测,此次集会应该就是吴兆麟《铁花山馆诗稿》缺漏的第十二集(76),王景彝首次被"招入"社。另外《琳斋诗稿》同卷稍后第十四集之作《腊八日,应敏斋方伯招铁花社友集吴山石观音阁静远楼吃腊八粥,即事偶成》二首之一"水星阁下记同游……八人重聚又高楼"云云,自注曾经忆及第十二集:"五月廿一日,敏斋曾于水星阁集社,到者亦八人。"(77)而前及《武林坊巷志》"丰下坊三"所属"石观音阁"条从《琳斋诗草》转录此诗,自注"五月廿一日"误作"六月十日"(78)。

（五）第十六集一人：李桓(黼堂其号,一作黻堂)。《武林坊巷志》"丰下坊四",所属"三官庙、文昌阁"条,从所谓《铁花吟社集》录有王景彝《光绪庚辰(六年,1880)仲春十三日,高白叔中翰邀铁花吟社友共酿[集]吴山之养和楼。此地循山而下,结屋于山阴之足,面向西湖,幽极静极,为从前所未到。成沁园春一词,以纪其胜》(79);又"吴山"条,从王景彝《琳斋诗稿》转录《二月十三日,高白叔邀铁花社友共集养和楼,次丁松生正月十二日小集韵》二首(80)。诗原见《琳斋诗稿》卷四(81),编年及日期与词相同;从时间推测,两者应该都是第十六集的作品,而后者之一尾联云:"谪

---

(74) 丁丙《武林坊巷志》,第6册第245－247页。
(75) 王景彝《琳斋诗稿》,第156页。
(76) 《铁花山馆诗稿》卷七该位置有《题应敏斋申江舆诵图》,不知是否与本次集会有关,见第3b－4a页。
(77) 王景彝《琳斋诗稿》,第157页。
(78) 丁丙《武林坊巷志》,第2册第824页。此外标题节略及个别文字出入可置不论。
(79) 丁丙《武林坊巷志》,第3册第284页。
(80) 丁丙《武林坊巷志》,第3册第137页。
(81) 王景彝《琳斋诗稿》,第163页。

仙今与会，宜有众仙陪。”自注说：“时社中新增李黻堂中丞。”需要注意的是，《武林坊巷志》“南良坊二”所属“葵巷”条，曾同时从沈映钤《退庵剩稿》特别是《铁花吟社诗存》录有多首关于沈映钤招赏牡丹的作品(82)。据吴兆麟《铁花山馆诗稿》卷七，此事先后有过两次，分别发生在光绪五年己卯(1879)、六年庚辰(1880)，依次题作《辅之招赏牡丹》、《辅之园内牡丹作金带围，诗以颂之》(83)，属于第八集、第十七集。《武林坊巷志》该处最后所录李桓《沈辅之观察招赏牡丹，赋此答谢，并呈梁敬叔观察、何昌来司马》一诗(84)，亦见李桓《宝韦斋类稿》卷九十《诗录二》，题作《沈辅之、梁敬叔两观察，何昌来司马，分日招赏牡丹，赋此答谢，兼柬同社诸君子》(85)，编年在“庚辰”，可知其属于第十七集。至于题内梁、何二人，则似乎只是李桓另外的朋友，而不能确定为“铁花吟社”的成员。又大约第二十六集之后，李桓本人也返回家乡湖南湘阴，并从事刊印所辑大型清代人物传记资料汇编《国朝耆献类征》。

（六）约第十六集前后二人：杜文澜、边保枢（竹潭其字，一作竹淡）。《武林坊巷志》“平安坊一”所属“忠清里”条，从《铁花吟社诗存》同时录有杜文澜《游应氏适园（五福降中天）》一词，边保枢《吴筠轩、高白叔招饮应敏斋适园，分得“仰”字》、《松化石，为应敏斋方伯赋》、《南天烛》诸诗(86)。其中杜文澜，“卒于光绪七年（辛巳，1881）七月某日”(87)。边保枢诸诗，从分韵情况推测，也与前述第五集并非同时所作；并且《武林坊巷志》“南良坊二”所属“葵巷”条从《铁花吟社诗存》所录吴兆麟《应敏斋置酒沈乐园鹾尹花圃，为吟社第五十七集》二首，其二尾联自注也还提及边保枢(88)。现在以排序方便起见，姑且将两人入社时间一起置于第十六集前后。

（七）第二十六集一人：丁立诚（修甫其字）。丁立诚是丁申之子，亦

(82) 丁丙《武林坊巷志》，第5册第594－596页。
(83) 吴兆麟《铁花山馆诗稿》，第1a－2a页、第7a－b页。
(84) 丁丙《武林坊巷志》，第5册第596页。
(85) 李桓《宝韦斋类稿》，光绪十四年戊子(1888)长沙芋园续刻本，第23b－24a页。
(86) 丁丙《武林坊巷志》，第5册第271页。
(87) 俞樾《江苏候补道杜君墓志铭》，可见《碑传集补》卷三十八，下册第998页。
(88) 丁丙《武林坊巷志》，第5册第596页。

即丁丙的侄子。其《小槐簃吟稿》内最早明确涉及"铁花吟社"的作品,为卷二《闰七夕词,铁花吟社作》凡七首[89],其七末尾自注说:"是日同游文澜阁,观《四库全书》。"[90]而王景彝《琳斋诗稿》卷四有同题之作《闰七月七日,吴筠轩观察邀铁花社友泛舟西湖,并观新建文澜阁》[91],据前后作品推测应该属于第二十六集。

（八）第三十三集三人：金×(字藩仲,一作蕃仲)、赵×(字立生,或作立三、立山)、江顺诒。《武林坊巷志》"东西坊二"所属"观巷"条,曾同时从王景彝《琳斋诗稿》、丁丙《当归草堂诗草》转录《四月二十七日,高白叔集铁花社友于戴氏庞园,即事赋诗,拈得"芳"字》二首、《四月二十七日,高白叔招集庞园,戴文节赴义处也,分得"首"字》各一题[92],自注分别说:"此次新增金藩仲、赵立生、江子谷三君。"[93]"江秋珊、金藩仲、赵立三诸公,皆新入社。"[94]此外吴兆麟《铁花山馆诗稿》卷八同题之作《戴园分韵,得"未"字》[95],系于第三十三集,自注也提到:"金君蕃仲,僦居园中。"[96]"赵君立山,为意林先生后人。""江君子谷。三君皆新入社。"[97]这里"藩仲"或"蕃仲"、"立生"或"立三"、"立山",应当分别是金×、赵×的表字,其名俟考。又两人表字各因音近而写法歧出,可知有关作者对他们实际上都不太了解。甚至丁丙《松梦寮诗稿》卷五本题[98],以及王景彝《琳斋诗稿》卷五第三十九集之作《澹园即事,并喜晤张子虞孝廉(名预)》"今年社比去年新,不但得句兼得人"之后回忆第三十三集时[99],自注还都将该两人删去而只保留江顺诒一人,更可见其于"铁花吟社"无足轻重,很可能此后也不再参加例行活动。至于江顺诒,则原先曾是"西泠酬倡"的重要

[89] 丁立诚《小槐簃吟稿》,第 7b－8a 页。
[90] 丁立诚《小槐簃吟稿》,第 8a 页。
[91] 王景彝《琳斋诗稿》,第 191 页。
[92] 丁丙《武林坊巷志》,第 7 册第 167－168 页。
[93] 丁丙《武林坊巷志》,第 7 册第 167 页。属二首之二。
[94] 丁丙《武林坊巷志》,第 7 册第 168 页。
[95] 吴兆麟《铁花山馆诗稿》,第 17b－18b 页。
[96] 吴兆麟《铁花山馆诗稿》,第 17b－18a 页。
[97] 吴兆麟《铁花山馆诗稿》,第 18a 页。
[98] 丁丙《松梦寮诗稿》,第 456 页。
[99] 王景彝《琳斋诗稿》,第 224 页。自注"五月,江秋珊入社","五月"应作"四月"。另上引第三十三集之作,原见同卷,第 211－212 页。

作家，此起乃加入“铁花吟社”，后来活动一直相当活跃。

（九）第三十七集、第三十八集之间一人：宗山（啸吾其字，一作啸梧、小梧）。《武林坊巷志》“松盛坊三”所属“东平庙巷”条，从《铁花吟社诗存》同时录有吴兆麟《秋珊道兄招集“万花红摊［拥］一诗人之屋”赏菊，即席》、王景彝《江氏窳园看菊，放歌》、江顺诒《十月二日，邀同吴筠轩观察、王琳斋刺史、宗小梧司马、丁修甫孝廉“万花红摊［拥］一诗人之屋”看菊。琳翁先成长歌一首，即步其韵》各一题(100)。其中吴兆麟诗，亦见《铁花山馆诗稿》卷八，题作《秋珊“万花红拥一诗人之屋”赏菊，分韵》，凡四首(101)，其四自注说：“小梧宗君来，席间谈及淀园被焚后奉派往检残书事，并许入社。”(102)王景彝诗，亦见《琳斋诗稿》卷五，题作《江秋珊窳园看菊，放歌》(103)，自注也说：“主人见人少，补邀宗小梧司马来。此君倜傥不群，大可助兴。”(104)唯《铁花山馆诗稿》内，本题次于第三十七集《丁园访菊，用清尊集花宜先生赏菊诗韵》（“丁园”系“固园”原名）、第三十八集《宛在楼即事》六首之间(105)；《琳斋诗稿》内，本题正文明确叙及“是日十月第二日”，而同样前有《九月二十四日，吴筠轩观察集铁花社友固园看菊，即以命题。因武林清尊集中已有此题，一时诸君子角奇竞异，咳唾皆珠，同人因约分次前韵，以续古芬。余拈得张仲雅五古，韵乃“十药”也》(106)，后有十月《二十二日，余集铁花社友于吴山赵公祠宛在楼，作三十九［八］集，拟题目三：一，六朝宫词；一，咏蟹七排二十韵；一，宛在楼即事五绝》(107)，可见本次集会乃系临时所增。宗山系镶黄旗汉军，原先也曾是“西泠酬倡”的重要作家，此起同样加入“铁花吟社”。唯前引王景彝《澹园即事，并喜晤张子虞孝廉（名预）》“今年社比去年新，不但得句兼得人”之后回忆所得诸人时，称“九月，宗小梧入社”，则“九月”应作“十月”。

---

(100) 丁丙《武林坊巷志》，第4册第471－473页。

(101) 吴兆麟《铁花山馆诗稿》，第27a－b页。

(102) 吴兆麟《铁花山馆诗稿》，第27b页。

(103) 王景彝《琳斋诗稿》，第220－221页。

(104) 王景彝《琳斋诗稿》，第220页。

(105) 两题分别见《铁花山馆诗稿》，第26b－27a页、第27b－28a页。

(106) 王景彝《琳斋诗稿》，第219页。

(107) 王景彝《琳斋诗稿》，第221－223页。

(十)第三十九集一人：张预(子虞其字,号虞庵)。《武林坊巷志》"南良坊二"所属"庾园"条,先后从《铁花山馆诗稿》,和《铁花吟社诗存》,录有吴兆麟、和王景彝、江顺诒、宗山、高云麟、吴庆坻、张预等人诗歌多首[108],均为第三十九集之作。其中吴兆麟诗,如前及《铁花山馆诗稿》卷八《澹园探梅,次张子虞(预)韵》二首之二,颈联自注提及："子虞初入社。"[109]又张预本人《腊日自庐州还,白叔同年招入铁花吟社,集于横河周氏澹园,偶成长句二首》[110],题内说得也很清楚。而就在接下去的光绪九年癸未(1883),张预以二甲第六名考中进士,选庶吉士,就不再能够继续参加吟社活动。又其别集《崇兰堂诗初存》凡十卷,刻于光绪二十年甲午(1894),所收编年诗歌却只到七年"辛巳"(1881),则当时尚未入社,自然也没有关涉吟社的唱和之作。

(十一)第四十二集一人：秦缃业。其《虹桥老屋遗稿·诗》卷四,有《铁华吟社四十二集,盛恺庭观察招游凤林寺,看芍药,口占四绝句》[111],可知其曾经参加本次集会。王景彝《琳斋诗稿》卷五同题之作光绪九年癸未(1883)《三月二十七日,盛恺亭观察集铁花社友于湖舫,同往凤林寺看芍药》四首,其四起句"淮海诗人玉局仙"自注也说："时秦澹如都转同游,有诗。"[112]同年十月秦缃业谢世,丁立诚《小槐簃吟稿》卷二有挽诗《哭秦澹如观察(缃业)》,颔联自注说："社中自芍药四绝句后,无继作。"[113]这里所谓"芍药四绝句",显然就是指秦缃业该组诗歌。不过,《武林坊巷志》"平安坊五"所属"白洋池"条,曾从所谓《铁花吟社诗》录有秦缃业《张功甫牡丹会歌》古诗一首[114];而对照王景彝《琳斋诗稿》本卷下一题《四月初四日,铁花社第四十三集,适余主社,集同人于吴山之赵公祠,率拟五题：一,张功甫牡丹会；一,宋嫂鱼羹；一,金奴杨梅；一,新绿；一,蔷薇。不拘

---

[108] 丁丙《武林坊巷志》,第 5 册第 472－477 页。
[109] 吴兆麟《铁花山馆诗稿》,第 31b 页。另外王景彝诗,参见上文；吴庆坻诗,亦见《补松庐诗录》卷一,题作《澹园社集,用虞庵原均韵》二首,第 21a－b 页。
[110] 丁丙《武林坊巷志》,第 5 册第 476 页。
[111] 秦缃业《虹桥老屋遗稿》,光绪十五年己丑(1889)刻本,第 14a－b 页。
[112] 王景彝《琳斋诗稿》,第 228 页。
[113] 丁立诚《小槐簃吟稿》,第 15a 页。
[114] 丁丙《武林坊巷志》,第 6 册第 304 页。

体韵，多少随意，所到期于遣兴，犹真率会之遗意也》⑮，可知秦缃业至少在第四十三集还有“继作”。《琳斋诗稿》卷六《挽秦澹如都转》二首之一颈联下句自注，谓“今春同游凤林寺赏芍药，公有三绝句，竟成绝响”⑯，则不但称“绝响”不妥，而且“三绝句”实际应作“四绝句”。

（十二）第五十七集一人：王堃（小铁其号）。《国朝杭郡诗三辑》卷六十五所录王堃诗，有《闲园赏牡丹，即席酬答应敏斋同年》，自注提及“主人沈乐园，闭门谢客”⑰；联系前引吴兆麟《应敏斋置酒沈乐园鹾尹花圃，为吟社第五十七集》一题，可知其当系本次集会之作。又上文叙述的第六十集，还说明王堃后来也曾主持过集会活动。

（十三）第六十集后二人：龚嘉儁（幼安其字）、戴燮元（少梅其字）。前述《武林坊巷志》“丰下坊四”所属“赵恭毅公祠”条，从所谓《铁花吟社诗集》转录、目前所知第六十集之后的作品凡三首。其中第一首王景彝《光绪丙戌二月二十日，宗小梧招集吴山赵公祠》，正文提到“新增三诗伯”，自注说：“谓龚幼安、王小铁、戴少梅三太守。”⑱第二首、第三首，即分别为龚嘉儁、戴燮元的“同作”⑲。龚嘉儁诗，先后叙及“铁岭司马”宗山、“二王”王堃和王景彝、“高生”“白叔”、“筠轩前辈”，可见该次集会到场人数也还不算太少。戴燮元诗自注所谓“社中诸老，致仕者多”，则大体概括了“铁花吟社”成员的社会身份。即如王堃、龚嘉儁、戴燮元三人，也曾分别官为云南澄江、浙江杭州、山东登州知府。又除了王堃以外，龚嘉儁、戴燮元分别为云南昆明、江苏丹徒（今镇江）人。这正如开头的第一集内应宝时、胡凤丹均原籍浙江永康一样，说明该吟社成员之内，外地寓贤确实占有不小的比例。而外地寓贤与本地土著的融合，以及满汉诗人的融合，乃至不同社团成员的融合，可以说都是“铁花吟社”在成员构成方面的特点。只是当“三太守”一起出现之时，吟社也已经步入尾声了。

以上合计，能够确认的“铁花吟社”成员，凡得二十三人。这个数字，

---

⑮ 王景彝《琳斋诗稿》，第 228－229 页。

⑯ 王景彝《琳斋诗稿》，第 236 页。

⑰ 丁申、丁丙《国朝杭郡诗三辑》，第 13a－b 页。

⑱ 丁丙《武林坊巷志》，第 3 册第 344 页。

⑲ 丁丙《武林坊巷志》，第 3 册第 344 页、第 344－345 页。

核之前引丁丙跋《月会约》所列二十人的名单，已经多出杜文澜、金×、赵×凡三人。但较之于前引丁立中《先考松生府君年谱》所说的"与会者先后五十余人"，却还不到一半。不过，丁立中的这个提法，可能包括了某些偶尔在场，但不入社的其他人物。例如王景彝《琳斋诗稿》卷三，有光绪五年己卯（1879）所作《六月十一日，杭绅丁松生大令招赴曝书宴。时集郡学明伦堂，与宴者十四人。除主人及敏斋、凯亭、薪卿、白叔、子修已晤外，初晤者金少伯、陆点青、范荫侯、邹典三、徐印香、张寅伯诸君子也》[120]。前述《武林坊巷志》"丰上坊一"所属"杭州府学宫"条，既从《琳斋诗稿》转录此题，又同时从《铁花吟社诗稿》录有夏曾传、高云麟同题之作各一首，可见这次"曝书宴"也算是"铁花吟社"的一次集会。而从时间推测，此次集会应该就是吴兆麟《铁花山馆诗稿》缺漏的第十三集[121]。然而，这里提到的六位"初晤者"以及另外一位未详谁氏者，前后都未见有过社诗作品，也不像前述金×、赵×一样明确说是"入社"，所以都不宜认定为"铁花吟社"的成员。同时，丁立中该提法，本身也还很可能含有"合前后凡百集"那样的夸大成分。只是就我们的工作来说，目前接触到的吟社集会还缺少约四分之一，未能寓目的相关作品比例更大，因此在成员的寻找上确实还有着不小的余地。

此外，今人陆草先生《中国近代文社简论》一文，第二部分《大陆各地的文社》叙及"铁花吟社"时，称其"成员有俞樾、吴庆坻、盛元、吴筠轩、夏曾传、丁丙等"[122]。这里的所谓俞樾，有关各处包括其本人《春在堂诗编》等，都未见有参加该社的线索。而前及吴庆坻《蕉廊脞录》，附录姚诒庆为吴庆坻而撰的《清故湖南提学使吴府君墓志铭》，其中有这样一段文字："时德清俞樾主诂经精舍久，公既游其门，与诸耆旧联'铁花吟社'，月再集者十年。"[123]这里"月再集者十年"的提法毋论，其叙述过程即不免混

---

[120] 王景彝《琳斋诗稿》，第 156–157 页。
[121] 王景彝此诗标题仅列举十二人，其中没有吴兆麟；加作者本人之外尚缺一人，不知是否"主人"包含丁丙及其兄丁申二人。而吴兆麟《铁花山馆诗稿》卷七该位置有《题丁竹舟（申）、松生书库抱残图》四首，不知是否与本次集会有关，见第 4a–b 页。
[122] 《中州学刊》2001 年第 4 期，第 140 页。
[123] 吴庆坻《蕉廊脞录》卷末，第 262 页。

乱,容易使读者误以为俞樾也在该社之内。

附带说说前述两位成员的生卒年问题。

一是盛元。盛元为杭州驻防正蓝旗蒙古人。盛昱辑《八旗文经》卷五十九所附杨钟羲撰《作者考丙》盛元小传,称其于"光绪丁亥卒,年六十八"[124]。恩华辑《八旗艺文编目》卷二史类地志项"营房小志"条盛元小传,亦同此说[125]。这里"丁亥"为光绪十三年(1887);联系前面所引《国朝杭郡诗三辑》卷九十二盛元名下所附诗话"与筠轩丈相隔三日同返道山",可知其卒于该年正月初五日,公历为1月28日。而其出生,如据"年六十八"逆推,则为嘉庆二十五年庚辰(1820)。但是,前及丁丙《松梦寮诗稿》卷五光绪八年"壬午"(1882)所作《九月二十四日,集固园看菊,分得胡书农学士邱氏草堂看菊韵》,内有"寿花寿客不期遇,尊前各祝年无涯"两句,上句自注提到:"恺丈正七十。"[126]又王景彝《琳斋诗稿》卷五,有同年十一月所作《二十一日,移尊为盛恺亭观察寿》一首,题注也说:"时年七十。"[127]丁立诚《小槐簃吟稿》卷二同年诗歌,也有《寿恺庭丈七十》四首[128],并且其四颔联云:"高悬南极一星耀,恰后弥陀十日生。"[129]如此则盛元应当出生于嘉庆十八年癸酉(1813),生日是该年的十一月二十七日(比阿弥陀佛生日晚十天),公历为12月19日。此外,《小槐簃吟稿》同卷稍后光绪十三年"丁亥"(1887)诗歌,第一题为《哭三先生诗》三首,其一小题为《吴筠轩先生》,自注叙及"年八十一,正月二日卒"[130];其二小题即《盛恺亭先生》,自注说:"今正月五日殁,年七十有奇。"[131]又《琳斋诗稿》卷六本年诗歌,有《挽吴筠轩、盛恺亭两观察》一首,其中两句及其自注叙述尤其具体:"生年齐大耋(筠轩年八十一,恺亭年七十五),殁日隔

---

[124] 盛昱《八旗文经》,光绪二十七年辛丑(1901)武昌刻本,第13b页。
[125] 恩华《八旗艺文编目》,沈阳:辽宁民族出版社2006年5月第1版,第21页。
[126] 丁丙《松梦寮诗稿》,第458页。
[127] 王景彝《琳斋诗稿》,第223页。
[128] 丁立诚《小槐簃吟稿》,第12b–13a页。
[129] 丁立诚《小槐簃吟稿》,第12b页。
[130] 丁立诚《小槐簃吟稿》,第19b–20a页。
[131] 丁立诚《小槐簃吟稿》,第20a页。

三宿(筠殁于光绪丁亥正月初二日,恺即殁于初五日)。"[132]这就进一步证明,盛元享年确实应该是七十五岁。至于杨钟羲所说的"年六十八",疑其出自李桓《宝韦斋类稿》卷九十《诗录二》内《得次孙,志喜》颈联上句"耆儒邂逅诚逢吉"自注:"甫试啼,而老友盛恺庭观察至,年六十有八。"[133]但该诗编年在光绪六年"庚辰"(1880),正是盛元当时的年龄,而并非最终的享年[134]。

二是江顺诒。江顺诒主要以词学名世。关于他的生卒年,通常定为"1822－1889",亦即道光二年壬午至光绪十五年己丑,享年六十八岁[135]。其生年依据,是江顺诒的一套"自寿"散曲,小序开头说:"仆今年六十矣,例得称'翁'。"末尾署款,为"光绪辛巳(七年,1881)秋"[136]。但是,"铁花吟社"第三十六集之作,吴兆麟《铁花山馆诗稿》卷八《饮江秋珊花坞夕阳楼,即席有赠》八首,其四"湖山坛坫慕髯翁,六十称翁意趣雄"云云[137],即概括江顺诒该小序大意而成;丁丙《松梦寮诗稿》卷五《江秋珊(顺诒)招赏园桂,登华坞夕阳楼,观敬亭放歌,瓮梦诸图。时秋珊正六十,并示自寿新曲》八首[138],标题也是这个意思。第三十七集丁丙作品,即前引同卷《九月二十四日,集固园看菊,分得胡书农学士邱氏草堂看菊韵》,自注"恺丈正七十"之后,接下去也说:"秋翁正六十。"[139]又王景彝《琳斋诗稿》卷五有《江秋珊六十寿》一律[140],排在第三十六集、第三十七集作品之间。而这两次集会唱和,时间都在光绪八年"壬午"(1882)秋天。此外,《武林坊巷

---

[132] 王景彝《琳斋诗稿》,第262页。
[133] 李桓《宝韦斋类稿》,第22a－b页。
[134] 后承门下2010级博士研究生李杨同学见教,在杨钟羲之前,三多辑《柳营诗传》卷二盛元名下所附按语已经误其享年:"光绪丁亥春卒,寿六十八。"见光绪十六年庚寅(1890)刻本,第4b页。又根据《柳营诗传》卷首《凡例》第二款所说"各传悉遵梦薇师《志》中节录"(第1a页),检得王廷鼎(梦薇其字)纂《杭防营志》卷三《人物·二》"乡贤"盛元小传,其中叙为:"公卒于光绪十三年正月初三日,年六十八。"见光绪十六年庚寅(1890)稿本,第12b页。如此则作俑者乃王廷鼎,并且连其忌日亦误。
[135] 参见朱德慈《近代词人考录》第一部分《悉其生平　知其词集》"江顺诒"条,北京:中国社会科学出版社2004年12月第1版,第84页。
[136] 凌景埏、谢伯阳《全清散曲》,济南:齐鲁书社1985年9月第1版,中册第1700页。
[137] 吴兆麟《铁花山馆诗稿》,第23b页。
[138] 丁丙《松梦寮诗稿》,第456－457页。
[139] 丁丙《松梦寮诗稿》,第458页。
[140] 王景彝《琳斋诗稿》,第219页。

志》"西壁坊"所属"奎元巷"条,从《铁花吟社诗存》录有第三十七集江顺诒同作四首,其二颔联云:"才歌自寿翻新调,又共登楼咏夕阳。"[141]可知其"自寿"散曲实际也应该是作于这一年。其小序末尾所署的"辛巳",很可能会是"壬午"的误记(当然也不排除提前一年预作的可能)。假如这个推测不误,那么江顺诒的生年应当是道光三年癸未(1823),小于盛元正十岁。至于其卒年,则据丁立诚《小槐簃吟稿》卷二《挽秋珊》一题编在光绪十年"甲申"(1884)末(倒数第二题)[142],王景彝《琳斋诗稿》卷六《挽江秋珊大令》三首编在光绪十一年"乙酉"(1885)初(第五题)[143],应当就在光绪十年甲申(1884),享年为六十二岁。

四、余　论

前面提及道光年间的"东轩吟社",是此前杭州历史上规模最大、建设最好的一个诗社,前后绵延整十年,集会唱和超过一百次,成员多达八十余人,并且绘有《东轩吟社图》,编有社诗总集《清尊集》。"铁花吟社"在很多方面,与该社存在着密切的联系。

首先最显而易见的是人际关系。"铁花吟社"中的骨干成员吴庆坻、夏曾传,即分别是"东轩吟社"骨干成员吴振棫、夏之盛的嫡孙;社长吴兆麟,自然也与吴振棫同族。其次如同上文所示,"铁花吟社"有不少唱和之作,与"东轩吟社"的唱和之作直接相关。最典型的是前述第三十七集"固园看菊",王景彝诗歌标题中就说:"因武林《清尊集》中已有此题,一时诸君子角奇竞异,咳唾皆珠,同人因约分次前韵,以续古芬。"具体则如王景彝"拈得张仲雅五古,韵乃'十药'也"、丁丙《九月二十四日,集固园看菊,分得胡书农学士邱氏草堂看菊韵》,分别对应《清尊集》卷五《十月十二日,小米招集邱氏草堂看菊》一题张云璈(仲雅其字)、胡敬(书农其

---

[141] 丁丙《武林坊巷志》,第1册第304页。
[142] 丁立诚《小槐簃吟稿》,第17a页。
[143] 王景彝《琳斋诗稿》,第246-247页。

号）两诗⑭；吴兆麟《丁园访菊，用清尊集花宜先生赏菊诗韵》，对应《清尊集》卷十四《闰重阳后一日，仲云招集小罗浮山馆看菊》一题吴振棫（花宜其号）诗⑭。第三就是如这里王景彝诗自注，说"筠丈出《清尊集》……其端只载年岁、乡贯，不书科名、官爵"，认为"皆可为法"；吴兆麟诗自注，则表明当时即已付之行动："各书年齿，以便排比社作。"⑭此外如前述第一集，胡凤丹诗有云："百集继清尊，先把诗脾沁。"丁丙诗亦云："杂事续南宋，新吟步东轩。"说明一开始就希望步武"东轩吟社"。前引吴兆麟《八十自述》六首之六末尾自注，在提到"同人于戊寅岁结'铁花吟社'，今已届第六十集矣"之后，接下去还说："乡先辈'清尊诗社'，集至盈百，诗极繁富，正未知能企及否。"⑭这就更加表达出对"东轩吟社"的向往，亦即尾联所云："清尊成矩在，仰止意何穷？"⑭

"铁花吟社"创立之时，上距"东轩吟社"结束已经四十余年，相去大约两代人。它一方面继承了"东轩吟社"的诸多传统，另一方面也有自己新的发展。例如上文所述历次集会唱和明确标以序号，这在"东轩吟社"就没有做到。又由于"东轩吟社"活动在道光二十年庚子（1840）第一次鸦片战争爆发之前，而"铁花吟社"活动于光绪年间，并且此前杭州还经历过几次太平天国的战事，因此有关创作即使表面平和，内里也不免带有更多的愤激。而作为一个诗社，其前后绵延九年，集会唱和达到六十次以上，成员至少二十余人，并且有过两种社诗总集，这在全国范围内也并不多见。如就杭州地区而言，则尽管它最终未能"企及""东轩吟社"，但在鸦片战争之后的整个清代末期，更无疑最为突出。从这个意义上来说，丁丙《松梦寮诗稿》卷五《和筠轩丈重游泮水诗韵》四首之二尾联上句所云"铁花会继清尊集"⑭，的确当之无愧。

"铁花吟社"结束的光绪十二年丙戌（1886），当初第一集七位成员中

---

⑭ 汪远孙《清尊集》，道光十九年己亥（1839）钱塘振绮堂刻本，第 11b–13a 页。
⑮ 汪远孙《清尊集》，第 6b 页。
⑯ 吴兆麟《铁花山馆诗稿》，第 27a 页。
⑰ 丁申、丁丙《国朝杭郡诗三辑》卷五十二，第 5a 页。
⑱ 丁申、丁丙《国朝杭郡诗三辑》卷五十二，第 4b 页。
⑲ 丁丙《松梦寮诗稿》，第 460 页。

年龄最小的吴庆坻进士及第,外出为官。清朝灭亡以后,乃寓居上海,"与金坛冯煦、恩施樊增祥、嘉兴沈曾植、贵筑陈夔龙、番禺梁鼎芬等,结'超社'、'逸社'","复与沪上诸名流结'淞社'"⑭,这未尝不可以看成是"铁花吟社"的余响。

---

⑭　吴庆坻《蕉廊脞录》附录姚诒庆《清故湖南提学使吴府君墓志铭》,第263页。

Allusive Memories: Qing Loyalist Chen Zengshou's Allegorical *Ci* Lyrics[*]

林 立

新加坡国立大学

Introduction

The fall of the Qing dynasty (1644 – 1911) led to the emergence of a disreputable group called *yilao* 遗老 ("old remnants," although not all of them were old),[①] imperial clansmen and scholar-officials who remained loyal to the Qing, or in a broader sense, to the monarchical system. The appellation of *yilao* has a very long history, originally simply referring to civilians and officials who survived a fallen state or regime.[②] But since the establishment of the Republic, it has acquired pejorative meanings associated with conservatism, backwardness and all the maladies of imperial China.[③]

---

[*] I would like to express my gratitude to Allen Haaheim for editing this article.

[①] There is also a less common term, *yishao* 遗少, to refer to the younger Qing loyalists.

[②] The term is seen in the *Lüshi chunqiu* 吕氏春秋 (*Mister Lü's Spring and Autumn Annals*), where King Wu of Zhou asks the Shang dynasty *yilao* about factors that contributed to the fall of the Shang. See *Lüshi chunqiu* (Shanghai: Zhonghua shuju, 1935, *Sibu beiyao* edition), *juan* 15, p.99. Sima Qian's, *Shiji* 史记 (*Records of the Grand Historian*) also records that he inquired into the *yilao* of the Feng county about the stories of several Han generals. See *Shiji* (Beijing: Zhonghua shuju, 1994), *juan* 95, p.2673.

[③] Yet the Qing loyalists still used the term in a positive way, frequently labelling themselves *yilao*. For a discussion of how the term became pejorative in the hands of the Republicans, see Lin Zhihong 林志宏, *Minguo nai diguo ye: Zhengzhi wenhua zhuanxing xia de qing yimin* 民国乃敌国也: 政治文化转型下的清遗民 (*The Republican is the Enemy State: Qing Loyalists Within the Transition Period of Political and Cultural Changes*) (Taipei: Lianjing, 2009), pp.258 – 264.

Refusing to recognize the new political entity, these *yilao* regarded the Song and Ming loyalists and other famous recluses (such as Boyi, Shuqi and Tao Qian) in Chinese history as exemplary models.④ Conventional historians treat Qing *yilao* predecessors with high respect, commonly addressing them as *yimin* 遗民, a more respectable term for loyal adherents to a fallen dynasty.⑤ Yet the Qing *yilao* are generally condemned because the imperial house to which they pledged loyalty was not Han Chinese. Most important, the monarchical system, together with many social and cultural practices they steadfastly held in esteem, were no longer welcomed in the new era; indeed they were soundly rejected as the principal sources of China's weaknesses that must be uprooted.⑥

With these value judgments in mind, it is not surprising that any *yilao* literary production—including poetry, prose essays and biographies—that express reminiscences of the Qing are censured and derided by Republicans and scholars in present China. There is still no systematic and thorough study of *yilao* literature, although in Taiwan there have been two books that deal with loyalist political activity, socio-cultural behavior, and mentality from a historical point of view, while similar study in Mainland China is rising.⑦ Renowned loyalist poet-scholars such as Wang Guowei 王国维(1877 –

---

④ For detailed studies of Song and Ming loyalists, see Frederick W. Mote, "Confucian Eremitism in the Yuan Period," in Arthur F. Wright ed., *The Confucian Persuasion* (Stanford, CA.: Stanford University Press, 1960), pp.202 – 240; Jennifer W. Jay, *A Change in Dynasties: Loyalism in Thirteenth-Century China* (Bellingham, WA.: Centre for East Asian Studies, Western Washington University, 1991); Lynn A. Struve, "Ambivalence and Action: Some Frustrated Scholars of the K'ang-hsi Period," in Jonathan D. Spence and John E. Wills Jr. eds., *From Ming to Ch'ing: Conquest, Region, and Continuity in Seventeenth-Century China* (New Haven, CT.: Yale University Press, 1979), pp.321 – 365.

⑤ To maintain a more neutral stance in historical and literary study, some scholars now also prefer to call the Qing loyalists *yimin*, as the title of Lin Zhihong's book shows.

⑥ See Jennifer W. Jay, pp.263 – 264. Also Lin Zhihong, pp.369 – 370.

⑦ These two books are Lin Zhihong's *Minguo nai diguo ye* and Hu Pingsheng's 胡平生 *Minguo chuqi de fubipai* 民国初期的复辟派 (*Restorationists of Early Republican China*) (Taipei: Taiwan xuesheng shuju, 1985). Representative Mainland scholars include Wang Lei 王雷, Fu Daobin 傅道彬 and Shao Yingwu 邵盈午.

1927), Chen Sanli 陈三立 (1858 – 1937), Shen Zengzhi 沈曾植 (1850 – 1922), Zhu Zumou 朱祖谋 (1857 – 1931) and Kuang Zhouyi 况周颐 (1859 – 1926) may have received extensive attention from literary critics, but their loyalty to the Qing is usually toned down or even dismissed.⑧ Most literary selections and analytical studies also customarily exclude works that have clear loyalist sentiments.⑨ This biased treatment of *yilao* literature, based on authorial status and theme, no doubt creates some misunderstanding and lacunae in the study of Republican literary history. As the Qing has now been overthrown for one hundred years, perhaps it is time for us to get over the ideological hurdles and tackle the *yilao* work with an open mind.

From literary perspectives, many *yilao* poems do consist of tremendous artistic quality. In his critical study of Chen Sanli and *shi* poets of the "old schools," Jon Kowallis argues that through the ingenious skill of these poets, the traditional poetic form can still be used to articulate a complex and sophisticated response to modernity.⑩ Wang Guowei and Zhu Zumou's *ci* lyrics, with their emotional subtlety and stylistic refinement, also have been highly praised by scholars such as Chia-ying Yeh and Shengqing Wu, although their works during the Republican era are not within the research scope of these scholars (in fact Wang almost stopped writing *ci* after the

---

⑧ For example, many scholars since the early Republican era, the most notable among them Chen Yinke 陈寅恪, have argued that Wang Guowei should not be seen as a loyalist. Chen interprets Wang's famous suicide in Lake Kunmin in the Summer Palace as self-sacrifice for Chinese culture, not for "the rise and fall of a family house" 一姓之兴亡. See Chen, "Wang Jing'an xiansheng yishu xu" 王静安先生遗书序 ("Preface to Mister Wang Guowei's Posthumous Writings"), in *Chen Yinke shixue lunwen xuanji* 陈寅恪史学论文选集 (*Selected Essays of Chen Yinke's Historical Studies*) (Shanghai: Shanghai guji chubanshe, 1992), pp.501 – 502.

⑨ One exception is Zhuo Qingfen's 卓清芬 *Qingmo sidajia cixue ji cizuo yanjiu* 清末四大家词学及词作研究 (*A Study on the Ci Studies and Ci Lyrics of the Four Great Lyricists of the Late Qing*) (Taipei: Guoli Taiwan daxue chuban weiyuanhui, 2003).

⑩ Jon Kowallis, *The Subtle Revolution: Poets of the "Old Schools" During Late Qing and Early Republican China* (Berkeley, Calif.: Institute of East Asian Studies, University of California, 2006).

Qing). ⑪ But there are many others whose works still remain obscure to us, or have not yet gained due recognition. Chen Zengshou 陈曾寿 (1878 – 1949) is one of these writers.

Chen Zengshou first established his reputation as a poet through his *shi* poetry. He was dubbed as one of the "three Chens" of the Tongguang School 同光派, which championed the style of Song dynasty *shi* poetry. The other two are Chen Sanli and Chen Yan 陈衍 (1856 – 1937). ⑫ Chen Sanli particularly admired Chen Zengshou's work and said that it would "make my and Taiyi's [Zheng Xiaoxu 郑孝胥] poetry unavoidably become that of the vulgar old chaps" 遂使余与太夷之诗或皆不免为伧父. ⑬ Later in his forties, that is, after the fall of the Qing, Chen Zengshou started to compose *ci* lyrics more diligently than before and eventually built up his fame in the *ci* circle. ⑭ Zhu Zumou, generally acknowledged as the *ci* leader of early Republican era, regarded Chen Zengshou and Chen Xun 陈洵 (1871 – 1942) as the two most

---

⑪ See Chia-ying Yeh and James Hightower, *Studies in Chinese Poetry* (Cambridge, Mass.: Harvard University Press, 1998), Part 3, pp.465 – 524; and Shengqing Wu's study of Zhu Zumou's *ci* in her "Classical Lyric Modernities: Poetics, Gender, and Politics in Modern China (1900 – 1937)" (Ph. D. dissertation, University of California, Los Angeles, 2004), pp.99 – 180.

⑫ Shen Zhaokui 沈兆奎, "Cangqiuge shi xuji ba" 苍虬阁诗集续跋 ("Postscript to the *Sequel of the* Shi *Poetry of the Verdant Dragon Tower*"), in Chen Zengshou, *Cangqiuge shi xuji* 苍虬阁诗续集 (n.p.: 1949), end page 1. The Tongguang School or "Tongguang Style" (*Tongguang ti* 同光体) is named after the Qing reign eras of Tongzhi and Guangxu. It was first employed by Chen Yan and Zheng Xiaoxu 郑孝胥 (1860 – 1938). See Chen Yan, *Shiyishi shihua* 石遗室诗话 (*Poetry Discourse of the Stone Remnant Studio*), in Zhang Yinpeng 张寅彭 ed., *Minguo shihua congbian* 民国诗话丛编 (*Collected Edition of Shi Poetry Discourses of the Republican Era*) (Shanghai: Shanghai shudian, 2002), *juan* 1, p. 18. For a study of the school and its members, see Kowallis, *The Subtle Revolution*, pp.153 – 231.

⑬ Chen Sanli, "Cangqiuge shicun xu 苍虬阁诗存序 ("Preface to the *Collected* Shi *Poetry of the Verdant Dragon Tower*"), in Chen Zengshou, *Cangqiuge shicun* 苍虬阁诗存 (Jiangning: Zhenshanglou, 1921), preface. For a detailed discussion of Chen's *shi* poetry, see Zhang Yinpeng and Wang Peijun 王培军 collated, *Cangqiuge shiji* 苍虬阁诗集 (Shi *Poetry Collection of the Verdant Dragon Tower*) (Shanghai: Shanghai guji chubanshe, 2009), preface, pp.1 – 35.

⑭ Ye Gongchuo 叶恭绰 (1880 – 1968) remarks that Chen Zengshou started to compose *ci* at forty years old. See Ye, *Guang qiezhong ci* 广箧中词 (*Expanded Version of the Ci Lyrics in the Bamboo Satchel*) (Hangzhou: Zhejiang guji chubanshe, 1998), p.679 below.

important *ci* writers of the time,⑮ and commented that "while others expend their utmost efforts and are still unable to articulate what they want, Renxian [Chen Zengshou] conveys it fully in one single phrase" 他人费尽气力所不能到者,苍虬以一语道尽。⑯ In Qian Zhonglian's 钱仲联 select list of renowned *ci* writers, modeled after the 108 heroes named in the sixteenth-century novel *Shuihu zhuan* 水浒传 (*The Water Margin*), Chen Zengshou ranks twelfth among his contemporaries.⑰

Although Chen Zengshou was not the most accomplished and prolific *ci* writer in the twentieth century, his work does possess a unique quality of lyrical openness that, while subtly revealing his memories of the Qing and loyalist identity, can invite a broad range of interpretative possibility as well as inspire the reader's imagination. This authorial characteristic finds its origin in traditional allegorical poetry, but to some extent, it also, interestingly, has a "modern" flavor if one studies it from the perspective of reader-response criticism.

Since the 1990s, as more Chinese scholars have turned their attention to traditional literature of the late Qing and early Republican era, there have appeared two studies that specifically examine Chen Zengshou's *ci* lyrics. These include an article penned by Chen's nephew Chen Bangyan 陈邦炎 in 1996, and one Master's thesis.⑱ Although these studies aptly point out the

---

⑮ Long Yusheng 龙榆生, "Chen Haixiao xiansheng zhi cixue" 陈海绡先生之词学 ("The *Ci* Studies of Mister Chen Xun"), in *Long Yusheng cixue lunwen ji* 龙榆生词学论文集 (*Collected Essays of Long Yusheng's Ci Studies*) (Shanghai: Shanghai guji chubanshe, 1997), p.478.

⑯ Quoted in Chen Zengshou's own preface to his *Jiuyueyi ci* 旧月簃词 (*Ci Lyrics of the Old Moon Lodge*) (Taiwan: Chen Bangrong, Chen Bangzhi and Shen Zhaokui, 1950), front p.4.

⑰ Qian Zhonglian, "Jin bainian citan dianjiang lu" 近百年词坛点将录 ("A List of Renowned *Ci* Lyricists in the Past Hundred Years"), in Qian's *Mengtiao'an Qingdai wenxue lunji* 梦苕庵清代文学论集 (*Mentiao Hut's Essays on Qing Dynasty Literature*) (Ji'nan: Qilu shushe, 1983), p.162.

⑱ See Chen Bangyan, "Chen Zengshou jiqi jiuyueyi ci" 陈曾寿及其旧月簃词 ("Chen Zengshou and His *Ci* Lyrics of the Old Moon Lodge"), in Chia-ying Yeh and Chen Bangyan eds., *Qingci mingjia lunji* 清词名家论集 (*Essays on Renowned Ci Lyricists of the Qing*) (Taipei: Zhongyang yanjiuyuan zhongguo wenzhe yanjiusuo choubeichu, 1996), pp.293 – 326. Zeng Qingyu 曾庆雨, "Modai yimin Chen Zengshou jiqi yonghua ci" 末代遗民陈曾寿及其咏花词 ("Qing Loyalist Chen Zengshou and His *Ci* Lyrics on Flowers") (M.A. Thesis, Tianjin, Nankai University, 2006).

thematic and stylistic features of Chen's work, they take neither Chen's loyalist sentiment and hidden memories nor the question of how these are presented as their main concerns. Regarding Chen's loyalist identity, they nevertheless note with sympathy that, being deeply influenced by Confucian political ethics, familial tradition and his own life experiences, Chen could hardly avoid this historical and personal "tragedy" in that turbulent transitional period.[19]

Through textual analysis of Chen Zengshou's allegorical *ci* lyrics, this article attempts to rediscover Chen's achievement in *ci* writing, and to argue how authorial tactics such as indeterminacy and veiled representation of memories may enhance the aesthetic appeal of Chen's work. At the same time, my study provides a further example that classical-style poetry writing, rather than becoming obsolete, continues to be an effective vehicle of literary expression. As is shown by growing awareness in academia, it has proven to be compatible with "modernity" in the hands of ingenious writers despite the overwhelming success of the new literature movement.

I. Chen Zengshou's Life and His *Ci* Career

A native of Hubei province, Chen Zengshou (style name Renxian 仁先, aka Cangqiu 苍虬) was born in an eminent, elite family. His great grandfather was Chen Hang 陈沆 (1785 – 1826), a scholar-poet renowned for his study of the *Shijing*. Chen Zengshou obtained his *jinshi* degree in 1903, and was appointed as the Secretary of the Board of Punishment (*xingbu zhushi* 刑部主事). His highest position in the Qing was the Investigating Censor (*jiancha yushi* 监察御史) in Guangdong.[20] Indeed, his contemporaries held

---

[19] See Chen Bangyan, p.304; Zeng, p.78.
[20] Chen Zuren 陈祖壬, "Qishui Chengong muzhiming" 蕲水陈公墓志铭 ("Inscription on the Tombstone of Chen Zengshou from Qishui"), in Chen Zengshou, *Cangqiuge shi xuji*, p.1; Chen Bangyan, p.293.

him in high regard. It can be said that he had a very promising future in the officialdom, aspiring to "bring peace and order to the state and comfort to his countrymen."㉑

A typical *yishao* 遗少 (young remnant), Chen Zengshou was only thirty-four years old when the Qing collapsed.㉒ He followed the Confucian doctrine of not serving different regimes and withdrew to the foreign concession territories in Shanghai. After taking part in Zhang Xun's 张勋 (1854 – 1923) unsuccessful plot to restore the Qing in 1917, he lived in seclusion in Hangzhou to wait upon his mother, but maintained close contact with Puyi 溥仪 (1906 – 1967), the last emperor. A year after Puyi was forced to leave the Imperial Palace in Beijing in 1924, he went to Puyi's new settlement in Tianjin to pay tribute to him, and returned to Hangzhou afterward. He moved back to Shanghai in 1927 for economic reasons, making a living by tutoring students, selling his own writings, calligraphy and paintings. He left for Tianjin again in 1930 to accept Puyi's appointment as the tutor for Empress Wanrong 婉容.

Under Japanese support, Puyi established the "puppet" state Manchukuo in Changchun in 1932. Unwilling to be controlled by the Japanese, Chen Zengshou strongly opposed Puyi's decision, but still followed him to Changchun for his installation as ruler. He went back to Tianjin five days later, citing poor health. Finally, unable to turn down Puyi's continuous summons, in the same year he agreed to serve as the Director of the Inner Palace (*neitingju* 内廷局), a bureau supposed to be independent of the Manchukuo government. He quit in 1937 when the Japanese intervened in the

---

㉑ 论议风采倾一时,物望翕然赴之……隐用澄清康济自任。See Chen Zuren, "Cangqiuge Shixu" 苍虬阁诗序 ("Preface to the *Shi Poetry of the Verdant Dragon Tower*"), in Chen Zengshou, *Cangqiuge shi* 苍虬阁诗 (Taipei: Wenhai chubanshe, 1974), p.7.

㉒ Wang Kaijie 王开节 recalled in 1967 that after the Qing was overthrown, Chen Zengshou lived in seclusion and was renowned as a *yishao* 逸少 (young recluse). See Wang's biographical record of Chen, in *Cangqiuge shi*, p.440.

administration of the imperial tombs in Shenyang, and from then on stayed in Beijing until 1947.㉓

At the end of the Anti-Japanese War, Puyi was captured by the Red Army of the USSR. Unable to find Puyi, Chen Zengshou wrote a *ci* lyric to the tune of "Pu sa man" 菩萨蛮 (Bodhisattva Barbarian) to express his concern and despair. This is his second last *ci* lyric in his collection:

Drifting to the skies — far, far away the river flows.
浮天渺渺江流去
The river flows — it sends me to return to nowhere.
江流送我归何处
The cold sun hides at the Yu Abyss.
寒日隐虞渊
The Yu Abyss, where can it be found?
虞渊若箇边

The boat is hard to turn around.
船儿难倒转
The soul stretches beyond the freezing skies.
魂接冰天远
We are going to meet when the seas run dry.
相见海枯时
But an immortal's lifespan is hard to match.
乔松难等期㉔

㉓ Chen Bangyan, pp.294 - 305. See also Zhou Junshi 周君适 (Chen Zengshou's son-in-law), *Puyi he manqing yilao* 溥仪和满清遗老 (*Puyi and Qing Loyalists*) (Taipei: Shijie wenwu chubanshe, 1984), pp.141 - 147. Zhou says Chen left Beijing in 1948.

㉔ Chen Zengshou, *Jiuyue yici*, p.23a.

The subtitle of the lyric is "Written on a Boat in the Twelfth Month of the Year Dinghai" 丁亥十二月舟中作. This was 1947, when Chen Zengshou returned to Shanghai to live with his younger brother Chen Zengze 陈曾则. Thus, the piece was probably inspired by the actual scene that Chen saw on his southward journey. Here in the conventional vein, the flow of the river stands for the relentless passage of time, and the spatial vastness in the first two lines intensifies Chen's loneliness and sense of displacement. The sun is traditionally an emblem of the emperor, and the Yu Abyss is the mythical place where the sun sets. Thus, lines three and four together imply Puyi's downfall and disappearance. The second stanza recapitulates the opening lines with the boat imagery; its failure to turn around means that the Qing can no longer be restored. Yet Chen's mind is still with Puyi, who was then imprisoned in Siberia. Although he pledges to meet Puyi again, he also realizes that time is not waiting for him: he cannot live as long as the immortals Wang Ziqiao 王子乔 and Chi Songzi 赤松子. Indeed, Chen was unable to see Puyi again. He died in Shanghai on September 1, 1949, two months after the Communist takeover of the city.㉕

Strewn together with metaphorical imagery, the usual allegorical voice in Chen's lyrics is also clearly present in "Pu sa man." But it lacks the greater emotional subtlety that is particularly appealing in his best work. The appearance of the word *nan* 难 (difficult) twice in second stanza and the overall dejected tone make the piece emotionally straightforward. Nevertheless, "Pu sa man" expresses a perfect conclusion for Chen's own life as a loyalist (his last *ci* lyric takes his illness as the main theme and does not have much loyalist sentiment).㉖ It also can be taken as the final elegy for the Qing dynasty, as Chen was the last well-known loyalist writer. With his death,

---

㉕ Chen Bangyan, p.305.
㉖ Chen's final extant *ci* lyric is "Huan xi sha" 浣溪沙 (Sand of Silk Washing Stream), written in the seventh lunar month of 1949. See Chen, *Jiuyueyi ci*, p.23a.

loyalist literature also came to its end.

It has been noted that Chen Zhengshou was not an ambitious politician like his loyalist fellow Zheng Xiaoxu 郑孝胥 (1860 – 1938). His loyalty to Puyi was simply based on his faithful, emotional attachment to the last emperor, not on the motivation of seeking political benefits and fame.㉗ This can be seen in his refusal to serve in the Manchukuo government and his unswerving devotion to Puyi. Chen Zengze believes that his brother's "loyal love" (*zhong'ai* 忠爱) was a result of his "natural disposition" (*tianxing* 天性), for he was not adept in obsequious acts and power struggles. The emperor, in return, also knew Chen well and was unwilling to see his resignation.㉘ Such unadulterated commitment to Puyi fills his lyrics with a sense of sincerity and poignancy, a key factor that makes his work particularly appealing.

As mentioned earlier, Chen Zengshou started writing *ci* seriously in his forties. But he was neither not a prolific lyricist, nor did he save all his works. Another of his younger brothers writes that Chen Zengshou "put his greatest effort into *shi* writing. He wrote *ci* only when the mood struck him, and did not keep his drafts."㉙ There are only one hundred and three *ci* extant, of which ninety-seven are included in his *Jiuyueyi ci* 旧月簃词 (Ci *Collection of the Old Moon Lodge*), published in 1950 by his two sons in Taiwan.㉚ At least half of his lyrics were written during his withdrawal to Hangzhou after Zhang

---

㉗ Zhang Yinpeng, introduction to *Cangqiuge shiji*, pp.3 – 7.
㉘ Cheng Zengze, preface to *Cangqiuge shi*, pp.11, 13.
㉙ 于诗致力至深,词则伫兴而作,不自存稿。Chen Zengren 陈曾任, preface to *Jiuyueyi ci*, in *Cangqiuge shicun*.
㉚ There are four different editions of Chen Zengshou's *Jiuyueyi ci*. The earliest was published in 1921, appended to Chen's *Cangqiu ge shicun*. It consists of forty-two pieces. The second was published in Zhu Zumou's *Canghai yiyin ji* 沧海遗音集 in 1933, and has twenty-nine pieces added. Both are in one *juan*. The 1950 edition is in two *juan*, and has twenty-six more pieces. But six pieces found in the Xushe 须社 collection *Yangu yuchang* 烟沽渔唱 (*Fishing Songs by the Misty Ford*) are not included. The latest edition, published in 2009 with his *shi* poetry in Shanghai, is a punctuated reprint of the 1950 version. In this article all citations of Chen Zengshou's *ci* refer to the 1950 edition.

Xun's failed restoration plot. The frequent gatherings with lyricists like Zhu Zumou and Kuang Zhouyi at this time also stimulated his *ci* writing and refined his taste. As he recalls, after getting acquainted with Zhu, he came to believe his *ci* were tainted with flimsiness and frivolity, and asked Zhu to polish them.㉛ After Chen moved to Shanghai in 1927, he developed an even closer relationship with Zhu.㉜

Zhu Zumou, as mentioned, also valued Chen's work highly, and included his *Jiuyueyi ci*, then consisting of seventy-one pieces, in Zhu's edited *ci* anthology *Canghai yiyin ji* 沧海遗音集 (*Collection of Remnant Sounds of the Vast Ocean*), which Zhu's disciple Long Yusheng 龙榆生 (1902–1966) published in 1933, two years after Zhu's death. Zhu includes the *ci* of such eminent scholars as Wang Guowei and Shen Zengzhi among the eleven anthologized authors, claiming they were all Qing loyalists whose *ci* collections had not been printed before.㉝ Though Zhu did not leave a preface explaining the purpose of his project, he evidently intended to promote loyalist personal integrity and uprightness by preserving their *ci*, just as the Song-Ming *yimin* anthologists did.㉞ Chen Zengshou's loyalty and the high aesthetic caliber of his *ci* clearly fulfilled Zhu's criteria.

㉛　始知所为词有涉于纤巧轻倩者. Chen Zengshou's own preface to *Jiuyueyi ci*, front p.4.

㉜　Chen Bangyan, p. 298. See also Zhou Jianshan 周兼善, "Shilun Zhu Zumou yu Chen Zengshou de wangnian ciyou jiaoyi" 试论朱祖谋与陈曾寿的忘年词友交谊 ("The Cross-Generation Friendship between Zhu Zumou and Chen Zengshou"), in Wong Kuan Lo 黄坤尧 ed., *Xianggang jiuti wenxue lunji* 香港旧体文学论集 (*Collected Essays on Hong Kong's Traditional Literature*) (Hongkong: Xianggang zhongguo yuwen xuehui, 2008), pp.180–192.

㉝　See Long Yusheng's postscript to the content list in *Canghai yiyin ji*, archived in Academia Sinica's Fu Si-Nian Library. See also Long Yusheng, "Zhu Qiangcun xiansheng yongjue ji" 朱彊村先生永诀记 ("A Note on my Forever Parting with Mister Zhu Zumou"), in *Wenjiao ziliao* 文教资料 (*Cultural and Educational References*), 5 (1999): 56. In fact, Wang Guowei and Shen Zengzhi's *ci* collections had already been published in 1917 and 1924 respectively. Chen Zengshou also had some of his lyrics printed in 1921.

㉞　For the publication tradition of the Song-Ming *yimin*, and the purpose and process of the publication of *Canghai yiyin ji*, see my article, "Qing yimin de zhiye: lun *Canghai yiyinji* de chengshu guocheng yu bianhui mudi" 清遗民的志业: 论沧海遗音集的成书过程与编汇目的 ("Legacy of the Qing Loyalists: the Publication of *Canghai yiyinji* and its Compilation Purpose"), in *Hanxue yanjiu* 汉学研究 (*Chinese Studies*), 28.4 (2010): 171–199.

Chen left Shanghai for Tianjin in 1930, immediately joining the loyalist *ci* society Xushe 须社 upon his arrival. Xushe held a welcoming banquet for him in the autumn of the same year. Their collected *ci* work for this event uses the tune tile "Huan jing le" 还京乐 (The Joy of Returning to the Capital), perfectly appropriate for Chen Zengshou's reunion with Puyi and the loyalist restoration party, with the subtitle "Rejoice at Cangqiu's Arrival from Shanghai: Writing Together in a Banquet Gathering."㉟ Twelve pieces penned by eleven writers for this event are preserved in Xushe's *ci* collection *Yan'gu yuchang* 烟沽渔唱 (*Fishing Songs by the Misty Ford*).㊱ Most of these pieces use the same rhyme pattern and shared diction to express loyalist agonies and anxieties, hope for mutual consolation, as well as of course lamenting the falling of the dynasty. Through such harmonious literary correspondence, their loyalist identity and memories of the past were further consolidated and acknowledged by each other.㊲

Chen Zengshou published a total of fifteen *ci* lyrics in *Yan'gu yuchang*, of which six are not included in his *Jiuyueyi ci* (thus, as mentioned above, his total of one hundred and three extant lyrics).㊳ After having one hundred meetings, Xushe finally disbanded in 1931, as some members had passed

---

㉟ In his previous mail contact with the society, Chen had already written one lyric in the tune title "Shi hu xian" 石湖仙 (Fairy of the Stone Lake), which was assigned for their sixty-ninth gathering. At that time he was still in Shanghai, See Zhu Zumou and Xia Suntong 夏孙桐 eds., *Yan'gu yuchang* (Tianjin: Xushe, 1933), *juan* 4, pp.16b – 17a.

㊱ 喜苍虬至自海上燕集同赋. This is the seventy-second gathering of Xushe. See *Yan'gu yuchang*, *juan* 4, pp.19a – 21b.

㊲ For the history of Xushe and an analysis of how the members used *ci* compositions to help establish and maintain their loyalist identity and memories, see my article, "Qunti shenfen yu jiyi de jiangou: Qing yimin cishe xushe de changchou" 群体身份与记忆的建构：清遗民词社须社的唱酬 ("Constructing Group Identity and Memories: The Qing Loyalist Ci Society *Xushe* and Its Corresponding Poems"), in *Zhongguo wenhua yanjiusuo xuebao* 中国文化研究所学报 (*The Journal of the Institute of Chinese Studies of the Chinese University of Hong Kong*), 52 (Jan 2011): 205 – 245.

㊳ These six pieces and their page numbers in *Yan'gu yuchang* are: "Shi hu xian" 石湖仙 (4.15b – 16a), "Huan jing le" 还京乐 (4.20a – 20b), "Sheng sheng man" 声声慢 (5.45a), "Feng ru song" 风入松 (5.46a – 46b), "Shui long yin" 水龙吟 (5.50a) and "Lang tao sha" 浪淘沙 (6.13a – 13b).

away, and others left Tianjin to help Puyi establish Manchukuo. Chen Zengshou continued to write some twenty pieces of *ci* (included in his *ci* collection) afterwards. But the tone of these later poems is even more downhearted, probably because he did not see any bright future in the Manchukuo and he could not do much for his liege-lord.

II. The Changzhou School and Chen Zengshou's *Ci* Aesthetics

Chen Zengshou's late devotion to *ci* writing is an interesting phenomenon which should be studied in the context of the late Qing and early Republican *ci* circle. It has been noted that, like other traditional literary genres, many a loyalist used *ci* to express their personal melancholy and lament the passing of the Qing. Zhao Zunyue 赵尊岳 (1895 - 1965), for example, mentions that after the year of Xinhai 辛亥 (1911, the year the Qing collapsed), his mentor Kuang Zhouyi "was deep in sorrow and dejected, and his *ci* have become more exquisite and extremely bitter. This was because he vented his memories of the former state and his reflections on the great change all through *ci*, and these were written in the mode of ornateness and romantic affections, thus making his style superior and his *ci* more sorrowful."㊴

Apparently, *ci* was considered by loyalists such as Kuang not only as a vehicle of literary expression, but also of identity construction. They even regarded *ci* a more effective genre than *shi* poetry in conveying their minute feelings and hidden memories. Wang Guowei and many late Qing and early Republican *ci* scholars agree that *ci* is aesthetically subtle and restrained, and

---

㊴ 辛亥后,幽忧憔悴,于词益工,凄厉迥绝。盖故国之思,沧桑之感,一以寓声达之,而又辄以绮丽缘情之笔出之,遂益见其格高而词怆.See Zhao Zunyue, "Huifeng cishi" 蕙风词史 ("The *Ci* History of Kuang Huifeng"), in *Cixue jikan* 词学季刊 (Ci *Studies Quarterly*), 1: 4 (1934): 79.

is thus particularly suitable for allegorical expression.⑩ Borrowing the Changzhou *Ci* School leader Zhang Huiyan's 张惠言（1761－1802）definition of *ci*, Zheng Wenzhuo 郑文焯（1856－1918）, for example, once claimed that the distinguishing characteristic of *ci* is that it "holds meanings within while uttering words without, the principle (*li*) is hidden and pattern (*wen*) prized" 词者意内而言外，理隐而文贵。㊶

Zhu Zumou further elaborates this uniqueness of *ci* in his preface to Zheng's *ci* collection when he asserts that the collapse of world order and degeneration of moral ethics cannot be fully described in poetic forms such as the long song (*changyan* 长言, which usually refers to ancient heptasyllabic *shi* verse). At this critical moment, "when heaven's pattern is about to fall, it uses *ci* as the natural human voice (*renlai* 人籁)."㊷

Members of the Xushe also acknowledged the allegorical function of *ci*. In the preface to *Yan'gu yuchang*, Yuan Siliang 袁思亮（1880－1940）maintains its extraordinary capacity for allegory：

> In its minuteness, undulation, mournfulness and bitter-sweetness of sound; and for describing the familiar while implicating the profound, so that something seems it can be understood, and yet also seems it cannot be understood, no [form] is better than *ci*.

---

⑩ Wang Guowei's famous description of *ci* maintains that the genre is "subtle, refined and with feminine beauty. It can express what *shi* poetry cannot express, but cannot express everything in the way that *shi* poetry can express." 词之为体，要眇宜修。能言诗之所不能言，而不能尽言诗之所能言。See Wang Guowei, *Renjian cihua shangao* 人间词话删稿（*Deleted Manuscript of Ci Discourse in the Human Realm*）, in Tang Guizhang 唐圭璋 ed., *Cihua Congbian* 词话丛编（*Collected Edition of Ci Discourses*）（Beijing：Zhonghua shuju, 1993）, Vol. 5, p.4258.

㊶ Ye Gongchuo compiled, "Zheng Dahe xiansheng lunci shoujian" 郑大鹤先生论词手简（"Manuscripts of Mister Zheng Wenzhuo's *Ci* study"）, in *Cihua congbian*, Vol. 5, p.4330. Zhang Huiyan's definition of *ci* is "holding meanings within while uttering words without." See Zhang, "*Cixuan* xu" 词选序（"Preface to *Ci* Selection"）, in *Cihua congbian*, Vol. 2, p.1617.

㊷ 斯文之将坠于天，其以词为人籁。In Zheng Wenzhuo, *Tiaoya yuji* 苕雅余集（*Sequel to the Collected Ci of Elegant Trumpet Creeper*）（Wuxing：Zhushi wuzhu'an, 1915）, preface, pp.2a－2b.

声之幼眇跌宕、悱恻凄丽，言近而指远，若可喻、若不可喻者，莫如词。㊸

Though Chen Zengshou does not ever explain why he started writing *ci* more vigorously after 1911, very likely it is the allegorical tradition and the distinguished characteristic of *ci* that attracted him, and he found it a perfect alternative to *shi* when he tried to articulate his ineffable trauma.

The loyalist-lyricists' concept of *ci* writing was in fact greatly influenced by the Changzhou *Ci* School of the late eighteenth to the nineteenth century. Zhang Huiyan, as mentioned above, especially promotes the allegorical function of *ci*, putting the genre on a par with the Confucian classics *Shijing* and Qu Yuan's "Li sao" 离骚 (Encountering Sorrow).㊹ Taking the late Tang poet Wen Tingyun's 温庭筠 (ca. 812 – ca. 870) "Pu sa man" series as an example, Zhang argues that Wen's lyrics actually allegorize his own political aspiration and failure, though on the surface they are mostly about lovelorn women. For Zhang, since the term "*ci*" means "holding meanings within while uttering words without," it is therefore in general the expression of "the hidden, resentful and ineffable feelings of worthy men" 贤人君子幽约怨悱不能自言之情。㊺ Zhang's follower Zhou Ji 周济 (1781 – 1839) later distinguished two different kinds of allegorical writing: One is explicit, the other implicit. In his words, "Without allegory (*jituo* 寄托), a *ci* lyric cannot enter [the reader's mind]; if too concentrated on allegory, [its meanings] cannot be extended" 词非寄托入，专寄托不出。㊻ He explains elsewhere that for novice writers, deliberately writing *ci* in the allegorical mode can help

---

㊸ *Yan'gu yuchang*, preface, p.1a.
㊹ For a detailed discussion of the Changzhou School and its *ci* theory, see Chia-ying Yeh Chao, "The Ch'ang-chou School of *Tz'u* Criticism." *Harvard Journal of Asiatic Studies*, 35 (1975): 101 – 132.
㊺ Zhang, "*Cixuan* xu," pp.1609, 1617.
㊻ Zhou Ji, "Song sijia cixuan mulu xulun" 宋四家词选目录序论 ("Preface to the *Catalogue of the Selected* Ci *Lyrics of the Four Great Masters of the Song*"), in *Cihua congbian*, Vol. 2, p.1643.

them "produce splendid pieces" (*feiran chengzhang* 斐然成章), but once they have become skilled writers, they should shun (explicit) allegory. By following this trajectory, the author allows readers to gloss the piece according to their own interpretation, much as in Zhou Ji's expression, "the benevolent see benevolence; the wise see wisdom" (*renzhe jianren, zhizhe jianzhi* 仁者见仁,知者见知).㊼ Chen Tingzhuo 陈廷焯 (1853 - 1892), another major theorist of the Changzhou School, also emphasizes that a lyricist should not "disclose even a single word" (*yiyu daopo* 一语道破) of his real intention, so that his *ci* style will be lofty and the temperament of his work profound.㊽

Zhou Ji's idea was extended by Tan Xian 谭献 (1832 - 1901) to include the reader as a "co-author" of *ci* lyric. Tan suggests that since the lyricist expresses meaning indirectly (*cechu qiyan* 侧出其言), the reader can also gloss the piece freely, even if his conclusion goes against the author's original intent. In his words, "The author's mind need not be as such, but the reader's mind does not necessarily have to be otherwise."㊾ This innovative opinion reminds us of Roland Barthes's (1915 - 1980) famous dictum "Death of the Author,"㊿ and what makes it even more remarkable is that it occurred more than half a century earlier.

Both Zhou Ji and Tan Xian's *ci* critiques are thus noteworthy in two ways: First, they inherit the traditional idea of free interpretation of the classics, such as the Han scholar Dong Zhongshu's 董仲舒 (179 BC - 104 BC) proposition that there is "no precise exegesis of the *Shijing* poetry" (*shi wu*

㊼ 初学词求有寄托,有寄托则表里相宜,斐然成章。既成格调,求无寄托,无寄托,则指事类情,仁者见仁,知者见知。Zhou Ji, "Jiecunzhai lunci zazhu" 介存斋论词杂著 (*Miscellaneous Ci Discourses of the Jiecun Studio*), in *Cihua congbian*, Vol. 2, p.1630.

㊽ 匪独体格之高,亦见性情之厚。Chen Tingzhuo, *Baiyuzhai cihua* 白雨斋词话 (*Ci Discourse of the White Rain Study*), juan 1, in *Cihua congbian*, vol. 4, p.3777.

㊾ 作者之用心未必然,而读者之用心何必不然。Tan Xian, "*Futang cilu* xu" 复堂词录序 ("Preface to *Futang's Copies of* Ci"), in *Cihua congbian*, Vol. 4, p.3987.

㊿ Roland Barthes, "The Death of the Author," in *Image-Music-Text*, trans. Stephen Heath (London: Fotana, 1977), pp.142 - 148.

da gu 诗无达诂).(51) Second, they resemble Western reader-response criticism, advocated by such a scholar as Wolfgang Iser (1926 – 2007), who suggests that it is precisely the indeterminable elements that "enable the text to 'communicate' with the reader," inducing him to "participate both in the production and the comprehension of the work's intention."(52)

Among the *ci* lyrics written by Qing loyalists, we find both explicit and implicit expression of memory. Works that have diction such as "former dynasty" (*qianchao* 前朝), "former state" (*guguo* 故国), "royal capital" (*dili* 帝里), "remnant people" (*yimin*) and stock allusions about dynastic change such as "wild millet and wheat sprouts" (*shuli maixiu* 黍离麦秀) and "bronze camels [in front of the palace gate] buried in thorns and brambles" (*tongtuo jingji* 铜驼荆棘), clearly indicate loyalist sentiments. Others, just as numerous poems before them, use the allegorical relationship between husband and wife, or male and female lovers, to refer to the emperor and his displaced ministers. Still others are metaphorical descriptions of external objects, such as the setting sun, plants and flowers (usually withered, secluded or steadfast), standing for the perished dynasty or the chaste and unyielding loyalist spirit.(53) Yet among their many allegorical works, the degree of ambiguity is varied. Somc are certainly confined to one type of reading, while others are open to multiple interpretations. Chen

(51) Dong Zhongshu, *Chunqiu fanlu* 春秋繁露 (*Luxuriant Dew of the Spring and Autumn Annals*) (Shanghai: Zhonghua shuju, 1935, *Sibu beiyao* version), *juan* 3, p.21.

(52) Wolfgang Iser, *The Act of Reading: A Theory of Aesthetic Response* (Baltimore and London: The Johns Hopkins University Press, 1987), p.24.

(53) The latter type of *ci* follows the example of the traditional "poetry on objects" (*yongwu shi* 咏物诗). The most direct influence is from the *yongwu ci* which started to flourish in the Southern Song and was especially favored by the Song loyalists, who compiled their *yongwu ci* in the *Yuefu buti* 乐府补题 (*Supplementary Titles of the Music Bureau Songs*) to record their laments. For a detailed study of *yongwu ci*, see Shuen-fu Lin, *The Transformation of the Chinese Lyrical Tradition: Chiang K'uei and Southern Sung* Tz'u *Poetry* (Princeton, NJ.: Princeton University Press, 1978), and Kang-i Sun Chang, "Symbolic and Allegorical Meanings in *Yue-fu Pu-ti* Poem Series." In *Harvard Journal of Asiatic Studies* 46.2 (1986): 353 – 385.

Zengshou's finest allegorical *ci*, though mostly identifiable with his loyalist complex, are at the same time also indeterminable texts that can be read differently and strike a sympathetic chord with non-loyalist readers.

That Chen Zengshou could produce such ambiguity in his lyrics is closely related with his own *ci* aesthetics. According to his younger brother, when Chen was about twenty, he was particularly fond of the Song great *ci* writers Su Shi 苏轼 and Xin Qiji's 辛弃疾 works, which are generally acknowledged as the quintessence of the heroic and abandoned *ci* style (*haofang ci* 豪放词). Yet he also liked to chant the heart-rending pieces of the woman writer Li Qingzhao 李清照, one of the best representatives of the delicate and restrained (*wanyue* 婉约) *ci* style.(54) In 1936, now almost 60, in the preface to a *ci* selection (now lost) he edited, he elucidates in a highly lyrical way his original conception of *ci*:

> The spring cup of wine among the flowers soon finds its reflection on the green shades of leaves; the cicada chirping by the autumn bed all of a sudden senses the chill of rain. While tossing to and fro the wandering soul in a traveler's lodge, recollecting strands of private feelings in idleness, the remote and misty vision of a thousand generations, and the sense of warmth and chill in one single thought all come together. At this moment, when one intends to compose a rhymed verse, he will find the *shi* regulations too rigid; when one intends to utter a long song, his tender feelings may be inconstant. To seek and grasp the flash of inspiration, to hum and repeat softly one's story, subtly transmitting the sound of melancholy and matching in irregular beats the undulated rhythm—is it not *ci* only that can achieve these?

---

(54) Chen Zengze 陈曾则, preface to Chen Zengshou's *Jiuyueyi ci*.

花间春戋,俄照绿阴;虫畔秋床,骤闻凉雨。荡羁魂于别馆,回幽绪于闲悰。缥渺千生,温凉一念。于斯时也,欲拈韵词,苦诗律之拘严;欲叙长言,奈柔情之断续。求其追摄神光,低徊本事,微传掩抑之声,曲赴坠抗之节,其惟词乎。(55)

Like other loyalist lyricists such as Zhu Zumou and members of the Xushe, Chen Zengshou also found that *ci* has its own unique generic attributes which one cannot find in either the *shi* or long song. These attributes include the uneven line length and rich tonal variations, which allow greater metrical freedom on the one hand, and on the other, more capability than the other two poetic genres in capturing one's fragmented and instantaneous innermost feelings. Though here he does not emphasize the allegorical function of the *ci*, he does realize that one's evaluation and interpretation of a particular work changes with time and emotional state. Thus there are pieces that one "likes in the beginning but dislikes in the end, or does not comprehend at first but understands at last."(56) Such an awareness of the shifting significance and meanings of a given piece of *ci* lyric very much echoes that of the late Changzhou School theorists we have introduced above.

III. Chen Zengshou's Allegorical *Ci*

Among Chen Zengshou's extant *ci* lyrics, many are descriptions (or recollections) of his excursions around the area of Hangzhou's West Lake, where he stayed from 1917 to 1927, and external objects, especially flowers

---

(55) Chen Zengshou, "*Jiuyueyi cixuan* xu" 旧月簃词选序 ("Preface to the *Selected* Ci *Lyrics of the Old Moon Lodge*"), in *Tongsheng yuekan* 同声月刊 (*Tongsheng Monthly*), 2.6 (1942): 129.

(56) 情以境迁,境以时易。故有始欣而终厌,初昧而晚觉。Chen Zengshou, "*Jiuyueyi cixuan* xu," p.129.

such as plum blossom and chrysanthemum.(57) These are mostly written in the so-called delicate and restrained style, quite close to the lyric of such Southern Song lyricists as Jiang Kui 姜夔 (1155 – ca. 1221). But Chen's works are perhaps more sophisticated in terms of allegorical expression.(58) As a Buddhist lay devotee (upāsaka), Chen's lyrics also demonstrate a strong sense of Chan meditation and ethereality, aided by the abundant use of Buddhist allusions and diction. It was said that, though Chen had been devoted to Buddhism since a young age, the Qing's downfall further deepened his Buddhist belief. He was so immersed in religious practice that he even called himself a sycophant of the Buddha (*ningfo* 佞佛).(59) Obviously, Buddhist worship was an effective way to help assuage his trauma. As we will see later, some of his allegorical lyrics are interspersed with Buddhist inspirations.

We first examine one of Chen Zengshou's lyrics on objects. It is about a pot of transplanted chrysanthemums, one of Chen's favorite plants, but now it is in an unfavorable situation.(60) Composed in 1915, the piece follows the tune pattern of "Mu lan hua man" 木兰花慢 (Slow Version of Magnolia Flower), subtitled "The Transplanted Chrysanthemum from the Old Capital Looks Withered and Piteous. Stirred, I Wrote this Piece" 旧京移菊憔悴可怜感赋:

By a cool, shady corner of the wall,

---

(57) See Chen Bangyan, pp. 313 – 318; Zeng Qingyu's calculation shows that there are approximately thirty lyrics with titles referring to flowers in Chen's collection (p.19). For more details about the stylistic features and significance of Chen's lyrics on flowers, see Zeng, "Modai yimin Chen Zengshou jiqi yonghua shi," pp.19 – 74.

(58) In his lyric "Zhe gu tian" 鹧鸪天 (Partridge Skies), Chen Zengshou claims, "I particularly love to quietly chant Baishi's (Jiang Kui) *ci*,/Just because my soul and dreams are used to living in seclusion" 偏爱沉吟白石词, 只缘魂梦惯幽栖. See Chen, *Jiuyueyi ci*, p.22a.

(59) Chen Zengze, preface to "*Cangqiuge shi xuji*," preface pp. 1b – 2a; Chen Zuren, "Qishui Chen'gong muzhiming," in *Cangqiuge shi xuji*, p.1b.

(60) Chen Yan has noted that "there is no one at present who loves chrysanthemums as much as Chen Renxian" 今人之爱菊者,殆莫如陈仁先。Chen Yan, *Shiyishi shihua*, *juan* 24, p.328.

冷墙阴一角

    knotted in deep sorrow,

结幽怨

    its old veins are still verdant.

旧痕青

Since the arduous transplantation,

自辛苦移根

    the wounded butterfly that yearns for the fragrance,

恋香残蝶

    also becomes forlorn in its dreams.

梦也伶俜

It feels ashamed — to stay next to the new plants in other plots,

羞凭。别畦新绿

    even if for years they've happily occupied the stairs and yards.

算年年称意占阶庭

An inch of its frosty look is yet to show,

一寸霜姿未展

    The west wind's chill has gone through the windows.

西风凉透窗棂

Lofty and tall — I turn to the painting, recalling shadowy affairs

亭亭。还向画图寻影事

    to comfort this rootless soul.

慰飘零

Feeling sad about the mute cicada, the thick dew,

怅蝉休露满

    a scented heart completely cast away,

芳心委尽

    and earnest words come to no avail.

枉致丁宁

Slightly drunk — I cleanse it just when evening is near,

微酲。晚来乍洗

but no more fresh tears to mourn its cold perfume.

剩无多清泪奠寒馨

A wanderer cannot tell what his next life would become.

流浪他生未卜

I may pass by again, the flower market on Slanting Street.

斜街花市重经 (61)

The transplanted chrysanthemum is apparently a reflection of Chen Zengshou's own situation and emotional state. Chen took the potted flower with him when he was relocated from Beijing to Shanghai after Puyi's abdication from the throne. The plant follows him to a new place and witnesses his ups and downs as a true life companion. Thus the subtitle of the lyric portrays the flower as unhappy rather than Chen. The flower then plays this part in the first stanza, but in the second, Chen instead becomes the "follower," whose melancholic response is caused by the haggard and piteous appearance of the flower.

In the first stanza, the imagistic unity between the object and the author is achieved through physical and psychological descriptions that can be shared by both. On the surface it is the chrysanthemum that draws all the attention, but it is not difficult to unveil the author's hidden message: Although he is neglected and is in "deep sorrow," he still preserves his personal integrity, and refuses to join others in the new government ("new plants in other plots"). He laments that before he can put his talent to good use ("frosty look is yet to show"), time has already moved on. The "west wind" in the closing line of this stanza may refer to Western republicanism and civilization,

(61) Chen Zengshou, *Jiuyueyi ci*, p.2b.

which for the loyalists were the vital destructive forces of traditional culture and values.

Chen's own voice immediately appears in the opening of the second stanza after the reduplicative word *tingting* 亭亭. Instead of looking at the withered chrysanthemum, he turns to a painting, which may contain a portrayal of the flower at its most flourishing stage, to find comfort for his "rootless soul." "Shadowy affairs" (*yingshi* 影事) is a Buddhist term denoting worldly affairs, which are as transient and insubstantial as shadow.[62] Chen then continues to express his mourning for the dispirited flower and the desolate environment. All he wishes at the end is to revisit Beijing's Slanting Street. Probably it was the place where he obtained the flower.[63] But he also doubts this possibility. As a wanderer, he does not know where his next step will take him.

There is not much ambiguity in this piece, but it is still possible to render it differently in association with a reader's own situation. For those who are unhappily relocated, or are discontented with their living and working conditions, this piece would still be able to create some emotional engagement. There is almost no piece of diction or phrase in the *ci* proper that would limit the transferability/universality of the piece. The toponyms "old capital" in the subtitle and "Slanting Street" at the end may disturb one's imagination, but they are not necessary associated with loyalist sentiment. We

---

[62] "Though all senses of seeing and hearing, awareness and knowledge are extinguished, and quietude and ease are kept within one's mind, there remains the Dharma dust that can distinguish the shadowy affairs" 纵灭一切见闻觉知,内守幽闲,犹为法尘分别影事。Shramana Paramiti, translator, *Dafo dingshou lengyanjing* 大佛顶首楞严经 (*Shurangama Sutra*) (Ningbo: 1924), *juan* 1, p.17a.

[63] One of Zhu Yizun's 朱彝尊 (1629 – 1709) poems tells us that there was indeed a flower market on Slanting Street in Beijing. See the second piece of his "Eryue zi guteng shuwu yiyu huaishi xiejie fushi sishou" 二月自古藤书屋移寓槐市斜街赋诗四首 ("Moving Home in the Second Month From the Ancient Vine Study to Slanting Street in Huaishi, Four Poems"), and also his "Ruxue xundao Nijun muzhiming" 儒学训导倪君墓志铭 ("Inscription on the Tombstone of Ni Woduan, the Instructor of Confucian Studies"), in Zhu Yizun, *Baoshuting ji* 曝书亭集 (*Literary Collection of the Sunning Book Pavilion*) (Taipei: Taiwan shangwu yinshuguan, 1983, *Siku quanshu* edition), *juan* 14, p.556; *juan* 78, p.512.

may compare Chen's piece with the first stanza of Zhu Zumou's "Jin lü qu" 金缕曲 (Song of Golden Threads, 1912), also a lyric on a specific object, to see why Chen's is more easily accessible:

> The tree that I planted in the former dynasty
> 手种前朝树
>   is around a corner of an empty corridor in sunset.
>   带虚廊斜阳一角
>   Looking at people, it utters no word.
>   阅人无语
> It was saved from the west door neighbor's axe and hatchet,
> 乞向西邻斤斧底
>   and was remitted together with the bamboo shoot.
>   曾共箨龙赦取
> How lofty and lavish it used to be.
> 看玉立、亭苕如许
> Now, frail by the railing of a well,
> 今日离披银床畔
>   would its deserted root be willing to lean against the dragon gate?
>   问孤根、肯傍龙门否
> One leaf after another, it resists the winds and rains.
> 一叶叶,战风雨 (64)

This lyric resembles Chen Zengshou's in its portrayal of the plant's weakening appearance and uncompromising spirit. It is also a self-expression of Zhu Zumou's loyalty to the Qing, particularly indicated in the second last line of the stanza. The "west door neighbor," like Chen Zengshou's "west wind,"

(64) Zhu Zumou, *Qiangcun yuye* 彊村语业 (*The Verbal Sins of Zhu Qiangcun*) (Shanghai: Shanghai guji chubanshe, 1995, *Xuxiu siku quanshu* version), *juan* 2, pp.550 – 551.

perhaps stands for the Western powers who seized Beijing during the Boxer Rebellion. Zhu was known for his vociferous opposition to Empress Dowager's (Cixi 慈禧, 1835 – 1908) use of the Boxers to challenge the Western powers, and because of his outspokenness, he was almost punished.[65] The bamboo shoot may be a metonym of young Puyi, who not only survived the dynastic change, but was also allowed to stay in the Forbidden City after his abdication. "Dragon gate" (*longmen* 龙门) in the second last line is the residence of high officials, from whom aspiring young people would strive to win recognition. This line thus corresponds to the "new plants in other plots" in Chen's lyric, implying that Zhu would not curry favor from the Republicans. In general, Zhu's piece is also an allegorical text, however, the "former dynasty" (*qianchao* 前朝) in line one seems to immediately kill any imaginatively alternative interpretations that may follow. We cannot further extend the meanings of the lyric; it can only be read within the loyalist perspective. One may argue that *qianchao* can be read as *qianzhao* (former dawn), so that the piece would have greater accessibility. But Zhu's preface to the lyric removes this possibility: "The *tong* (paulownia) tree by the well has been planted for seven years already. Zhou Wujue stroked it and sighed, 'This is a tree planted with your own hands in the former dynasty.' These words are particularly evocative, and I used them to open this lyric."[66] Thus the tree could not have been planted in the "former dawn" as it has been grown for seven years.

The meaning of "former dynasty" is so clear that it no doubt helps manifest and construct Zhu Zumou's loyalist identity, but it may also arouse the distaste of some unsympathetic readers. This conjecture can be verified

---

[65] Xia Suntong 夏孙桐, "Qing gu guanglu dafu qian libu youshilang zhugong xingzhuang" 清故光禄大夫前礼部右侍郎朱公行状 ("Posthumous Biography of Zhu Zumou, the Former Right Attendant of the Ministry of Rites and Grand Master for Splendid Happiness of the Qing"), in *Cixue jikan*, 1 (1933): 192 – 194.

[66] 井上新桐植七年矣。周无觉抚之而叹曰：此手种前朝树也。斯语极可念，拈以发端。

through *ci* works composed in earlier periods. The "Yu mei ren" 虞美人 (Lady Yu the Beauty) penned by Li Yu 李煜 (937 – 978), the last ruler of the Southern Tang, for example, also laments the collapse of a state. But, as scholars have pointed out, one of the major reasons that the piece has been so widely accepted by general readers in the past and the present is because it avoids words that have limited connotation.⑥⑦ Through the use of such quotidian imagery as "spring flowers and autumn moon" (*chunhua qiuyue* 春花秋月), "east wind" (*dongfeng* 东风) and "a full river of spring waters" (*yijiang chunshui* 一江春水), together with universally shared diction such as "past events" (*wangshi* 往事), it wins the acceptance of all those who are aware of the impermanence of time. Even "carved railings and marble stairs" (*diaolan yuqi* 雕栏玉砌), which refer to a royal palace, can be "redefined" as any elegant mansion, and the toponym "former country" (*guguo* 故国), with some temporal distance, also appeals to those who experience dislocation. However, similarly grieving over his fallen state, Li Yu's "Po zhen zi" 破阵子 (Breaking Through the Ranks) was criticized by Su Shi because of the last two lines, which read, "Most panic-stricken was the day to leave the ancestral temple/While the entertainers still played the farewell songs/I faced my palace ladies, weeping."⑥⑧ What provokes Su Shi is that, rather than apologizing to his people for losing the country, in this *ci* Li Yu only cares

---

⑥⑦ Chia-ying Yeh states that the first two lines are so excellent that they can touch the heart of every one under heaven. Yeh, *Jialing lunci conggao* 迦陵论词丛稿 (*Collected Essays of Jialing's* Ci *Studies*) (Shanghai: Shanghai guji chubanshe, 1980), p.106. Zhan Antai 詹安泰 also argues that this *ci* can appeal to people in different times and from different social classes. Zhan, *Li Jing Li Yu ci*, 李璟李煜词 (*The Ci Lyrics of Li Jing and Li Yu*) (Beijing: Renmin wenxue chubanshe, 1982), p.28. For "Yu mei ren," see Wang Zhongwen 王仲闻 collator, *Nantang erzhu ci jiaoding* 南唐二主词校订 (*Collated Edition of the* Ci *Lyrics of the Two Kings of the Southern Tang*) (Beijing: Zhonghua shuju, 2007), p.11.

⑥⑧ 最是苍惶辞庙日,教坊犹听别离歌。挥泪对宫娥。Wang Zhongwen, *Nantang erzhu ci jiaoding*, p.62.

about his palace ladies and music.⁶⁹ Su Shi's censure is certainly based on traditional moral beliefs, leading him to conclude that Li Yu's downfall was precisely a result of his indulgence in women and music. But if only the one word, "palace ladies" (*gong'e* 宫娥) did not appear in the poem, Su would most likely not fault the *ci* in this way. Evidently, because of its inflexible moral connotation, "palace ladies" cannot be easily redefined as beautiful women in general. It rigidly fixes the meaning of the piece, excluding any alternative reading.⁷⁰

From these examples, we may now have a better idea how diction can affect the accessibility and acceptability of a poem. Avoiding words such as "former dynasty," it seems that Chen Zengshou's *ci* on the chrysanthemum, while alluding to his loyalist identity, is arguably more open for interpretation than Zhu Zumou's "Jin lü qu." If one still finds the authorial intention of Chen's "Mu lan hua man" too obvious because of the word "old capital" in the preface, then the following lyric may completely dispense with such a problem, even if there is also a toponym in its subtitle:

Ta shuo xing: Baitang kanmei 踏莎行・白堂看梅
(Treading the Sedge: Watching a Plum Tree at White Hall)

Clouds of the wild south pile up on the rocks;
石叠蛮云

---

⑥⑨ 顾乃挥泪宫娥,听教坊离曲。Su Shi, *Dongpo zhilin* 东坡志林 (*Miscellaneous Records of Dongpo*), *Siku quanshu* edition, *juan* 7, p.64. There are also scholars who speak in favor of this lyric, and some others question its authenticity. For details, see Tang Guizhang, *Nantang Erzhu ci huijian* 南唐二主词汇笺 (*Collected Annotations on the* Ci *Lyrics of the Two Kings of the Southern Tang*) (Taipei: Zhengzhong shuju, 1971), pp.21–22.

⑦⓪ The Song Emperor Hui Zong's "Yan shan ting" 宴山亭 (Banquet at the Hill Pavilion), written after he was captured by the Jurchen, is denounced by Wang Guowei for being selfishly expressing one's own lament. Probably it is also the word "palace ladies" (*gongnü* 宫女) presented in this *ci* that led to Wang's disapproval. For the *ci*, see Tang Guizhang ed., *Quan song ci* 全宋词 (*Complete* Ci *Lyrics of the Song Dynasty*) (Beijing: Zhonghua shuju, 1995), vol. 2, p.898. For Wang's comments, see his *Renjian cihua*, in *Cihua congbian*, vol. 5, p.4243.

White snow rests by the hallway.
廊栖素雪
A courtyard is locked in sorrow; footsteps blocked by the mosses.
锁愁庭院苔綦涩
No one is here; only the sounds of the bell come in dusk.
无人只有暮钟来
In stillness, it softly tolls with springtime's ebbs and flows.
定中微叩春消息
Chilly fogs seal its fragrance.
冷雾封香
Roseate mists dim its shades.
绀霞迷色
Who would care about its worn-out look and quiet tears?
慵妆悄泪谁能惜
All its life it stays with the hazy, yellow moon,
一生长伴月昏黄
Not knowing the cool, fresh jade green beyond the gate.
不知门外泠泠碧(71)

This lyric was written sometime between 1913 and 1915. We do not know the location of White Hall, or its significance. To Chen Zengshou, White Hall may have some special meaning, but it is no more than a general toponym to us. This lack of information, instead of obscuring the meaning of the lyric, removes any obstacles to free interpretation.

The lyric on the surface is yet another work on an external subject, but like Chen's "Mu lan hua man," it also has strong allegorical overtones. The first three lines provide the backdrop for the plum tree. Isolated from the

(71) Chen Zengshou, *Jiuyueyi ci*, pp.1b－2a.

outside world and with no visitor, it can only sense the "ebbs and flows" (*xiaoxi* 消息, or news) of springtime through the sounds of an evening bell. Allegorically, the tree is Chen himself: no one comes to his aid or cares about his situation. He would very much like to know the progress of the restoration plan. But what he hears is rather insubstantial, as faint and remote as the sounds of the bell. The word "stillness" (*ding* 定) is a Buddhist term, which means to hold onto one's mind without being affected by worldly affairs.[72] Chen may use it to refer to his steadfastness.

The opening of the second stanza delineates the plum flowers' dismal appearance, followed by a personified statement of its unique conditions in the closing couplet. We may render the secondary meaning of the passage as follows: Chen feels that in the new era his talents and aspiration are all wasted and unnoticed, like the fragrance and shades of the plum flowers being concealed by fogs and mists. Nevertheless, he will not change his position and personality. He will remain attached to Puyi (the hazy, yellow moon) all his life and disregard any temptation (the cool, fresh green beyond the gate) from the Republican government.

However, since there is no explicit reference to the Qing and Puyi in the whole "Ta shuo xing," one need not commit to the above allegory. The description of the plum tree and its setting is open enough to provide sufficient room for general readers to accommodate their own emotional response. This sense of universality resembles Li Yu's "Yu mei ren," except that some diction and phrases in Chen's piece, such as those in the first three lines of each stanza, may lack the immediacy of "Yu mei ren." Particularly appealing is the concluding couplet. It seems that anyone devoted to a certain belief,

---

[72] A passage in the *Compendium of the Origins of the Five Lamps* reads, "When the six roots of sensation engage in the human realm, the mind does not follow the worldly change. This is called *ding*" 六根涉境,心不随缘名定。See Shi Puji 释普济, *Wudeng huiyuan* 五灯会元 (*Compendium of Five Lamps*, Siku quanshu edition), *juan* 4, p.160 below.

principle or feeling can borrow these lines as a reflection of his own situation and experience.

The ingenuity of "Ta shuo xing" (and Chen's similar works) precisely lies at this thematic openness and stylistic sophistication. It not only fulfills the highest standard of the Changzhou *ci* school — which prefers allegorical lyric written in an unintentional and ambiguous way, as Zhou Ji does — but also, without explicitly revealing authorial intention, has the artistic infectiousness to make the reader feel that Chen's loyalist sentiment is respectable, just as Qu Yuan's devotion to his king of Chu moves us. Its acceptance by non-loyalist readers can at least be proved by its being selected in the Mainland scholar Qian Zhonglian's 钱仲联 *Three Hundred Ci Lyrics of the Qing Dynasty*. In the introductory passage to Chen Zengshou's work, Qian points out that Chen "often expresses *yilao* emotion" in his *ci*.⑦③ For Qian's high scholarly caliber, he should have noticed the loyalist message in "Ta shuo xing." But rather than pinpointing it as such an allusive piece, he simply takes it as a lyric on an external object, and thus comments on the closing couplets of the two stanzas: "From a figurative stance, it vividly conveys the spirit of [the plum tree]. Seldom can a lyricist who writes about plum tree attain such a superb and extraordinary level."⑦④ It is almost certain that, if there were even one explicitly loyalist word in the piece, Qian would not have included it in his collection for ideological reasons. Nor would he have made such a straightforward interpretation of the poem.

Other than using external objects to allude to *yilao* sentiment, at times loyalist-lyricists also express their devotion to Puyi and the Qing in the guise of male and female lovers, with the lyricists taking the feminine role. This literary trope had been used repeatedly by traditional *shi* poets since Qu

---

⑦③ 遗老心情,常有流露。Qian Zhonglian, *Qingci sanbaishou* 清词三百首 (Changsha: Yuelu shushe, 1992), p.439.

⑦④ 虚处传神,词家写梅,很少有此高秀绝尘的境界。Qian, p.440.

Yuan's "Li sao," and became prevalent in *ci* writing after the Changzhou school's successful attempts to promote the allegorical function of the genre. The turbulent, perilous atmosphere of the late Qing is also said to have contributed to its acceptance among *ci* writers. In her study of Zhu Zumou's pre-Republican *ci*, Shengqing Wu opines that the male lyricists' general adoption of the poignantly passive female role in their works "indicates a psychological compulsion as well as an attempt to recuperate from the traumatic events of the time." Since they were "deprived of opportunities for a more active public role," *ci* poets like Zhu Zumou resuscitated the "Li sao" tradition and fashioned it "into a new literary femininity in reaction to the redefinition of manhood in the modern times." The Changzhou school theory, on the other hand, also legitimized lyricists playing a feminine persona in *ci* writing, making it an established generic characteristic of the *ci*.⑦⑤ After the fall of the Qing, the loyalist-lyricists undoubtedly felt even more "emasculated." To express loyalist sentiment through romantic disguise and to assume a female role in the *ci* would not only become more natural for them, but arouse the sympathy of a broader range of readers. For romantic love, like the lament for the impermanence of time and dislocation, is also a subject with universal appeal. The unmitigated sense of loss and helplessness, the fidelity to and yearning for reunion with the other half — traditional characteristics of a female lover — are evidently more accessible than the stark expression of *yilao* sentiment.

Chen Zengshou is a master of this literary trope. In his lyrics there are many such lines as the following:

I believe this relationship has been cut off in this life,
已分今生从断绝

---

⑦⑤ Wu Shengqing, "Classical Lyric Modernities," pp.129, 133-134.

But helplessly I think about it again.
无端又着思量

I don't regret not accomplishing the Dao,
学道不成仍不悔
This heart is hard to turn cold, yet even harder to turn warm.
此心难冷更难温
One thread of it, like smoke, still lingers above the incense burner.
一丝还娴博山云

Lately parting thoughts are as deep as the sea,
新来别思海同深
Now I regret that we seem to have not seen each other before.
始恨从前如未见(76)

There is no evidence that Chen Zengshou ever had a romantic affair outside of his marriage.(77) The rich romantic expression in his lyrics, such as the lines quoted above, thus easily make us speculate that, in many cases, they are metaphorical statements of his loyalty to Puyi. The following lyric, according to Zeng Qingyu, is a lament for Chen's deceased wife (name unknown), or a *daowang ci* 悼亡词,(78) but one may read it differently:

---

(76) "Lin jiang xian," "Huan xi sha" and "Mu lan hua," in Chen Zengshou, *Jiuyueyi ci*, pp.4b, 10b–11a, 20a.

(77) Zeng Qingyu points out that this is because the *li* teachings of Song Neo-Confucianism, which advocates the rejection of human desire, influenced Chen in his youth. Chen, fully occupied by the pain of dynastic change, also had no room for romantic love. See Zeng, "Modai yimin Chen Zengshou jiqi yonghua shi," pp.37–38.

(78) Zeng Qingyu mentions that a *shi* poem entitled "Shaozhuang" 少壮 ("The Prime of Life") by Chen was also a "daowang" work. See Zeng, p.38. For the oem, see Chen Zengshou, *Cangqiuge shiji*, p.238.

"Die lian hua" 蝶恋花
(Butterflies Love Flowers)

On the road of myriad transformations we traveled together.
万化途中为侣伴
For a thousand lovely springs
窈窕千春
I thought we would be blessed by heaven.
自许天人眷
But our journey is but an instant; we haven't even joined and parted.
来去堂堂非聚散
Tears dried up; how can my heart be changed?
泪干不道心情换

A bad dream in mid-age, I strive to cut it off.
噩梦中年拼怨断
All has become bleak and mournful,
一往凄迷
Things are as transient as the drifting clouds.
事与浮云幻
Just when the heavy makeup is removed, by the red candle
乍卸严妆红烛畔
I only remember, clearly, the first time we met.
分明只记初相见⁷⁹

The absence of verb tense and personal pronouns makes this lyric highly ambiguous, with the closing couplet particularly perplexing. We do not know

---

⁷⁹ Chen Zengshou, *Jiuyueyi ci*, p.19b.

the gender of the speaker, whether it is Chen Zengshou himself or a female persona. If we take this lyric as a *daowang ci*, then it should be spoken in Chen's own voice, and the person who removes heavy makeup is his deceased wife. The penultimate line relates the specific memory of meeting his wife.

But rather than this straightforward interpretation, we may take the lyric as loyalist allegory. In that case, Chen is speaking in the female voice, and the closing couplet becomes an implication of Chen's refusal to serve the Republican government, a decision made at the time of writing, for he still keeps in mind the favor he accepted from the Qing. This rendition is possible by availing of the convention originating in Qu Yuan's "Li sao" that takes the woman dressing up for her lover as a metaphor for a scholar-official's (the poet's) desire to win appreciation from his ruler. One late example is the Changzhou school leader Zhang Huiyan's exegesis of Wen Tingyun's first of his fourteen-piece "Pu sa man," in which a woman adorning herself in her lonely chamber is read as a frustrated scholar cultivating himself to obtain the ruler's attention.[80] Chen's lyric, conversely, ingeniously reverses the thrust of the metaphorical action so that Chen, by having the woman remove her makeup, signifies his turning away from public office.

Furthermore, the entire piece of Chen's "Die lian hua" can be interpreted allegorically. At the opening, "to travel together," or literally "to become companions" (*wei lüban* 为侣伴), can be read as Chen's association with Puyi. At first he assumed that this lord-minister relationship would be life-long, but soon this hope was terminated by dynastic change. He attempts to rid himself of this bad dream, while all the past events he experienced before only become sad and illusory memories.

Reading this lyric allegorically does not mean it must be rejected as a *daowang ci*, as Zeng Qingyu does. However, the question remains why Chen

---

[80] Zhang Huiyan, "Zhang Huiyan lunci," in *Cihua congbian*, Vol. 2, p.1609.

Zengshou did not add any subtitle or preface for the piece to make known his intent. Was it uncomfortable for him to openly grieve for his wife in the lyric? Or did he think it is unnecessary or inappropriate to do so? *Daowang* poetry had been a well-accepted subgenre in Chinese poetry since Pan Yue 潘岳 (247 - 300). The Qing lyricist Nalan Xingde 纳兰性德 (1655 - 1685), for example, is particularly renowned and praised for his heart-rending *daowang ci*. Thus, Chen Zengshou should have no problem frankly admitting to mourning for his wife in "Die lian hua," unless there are some other reasons.

At any rate, a possible explanation for the absence of a subtitle and any clear statement of the lyric's purpose is that, whether it is a *daowang ci* or not, Chen deliberately made the content ambiguous. He might have found his model in Li Shangyin's 李商隐 famous "Wuti shi" 无题诗 (poems without title or left untitled), some of which are said to be written for Li's deceased wife or for other allegorical reasons. The omission of substantial titles no doubt has contributed to unending debate on the "true" meanings of the poems, and arguably this omission was deliberately made by the author himself.[81] Bearing Li Shangyin's examples in mind, Chen Zengshou should have fully understood how others would read his "Die lian hua" and lyrics alike. He might have expected that these works would lead to some interpretative uncertainty, or even misreading.

Here is another *ci* of Chen Zengshou that has no subtitle and may invite different judgments from the readers. Again, the gender of the speaker is unclear:

"Zhe gu tian" 鹧鸪天

(**Partridge Skies**)

The swallows were annoyed by the curtain kept unhooked.

---

[81] For a discussion on the absence of titles in Li Shangyin's "Wuti shi," see Stephen Owen, *The Late Tang: Chinese Poetry of the Mid-Ninth Century (827 - 860)* (Cambridge, Mass.: Harvard University Asia Center, 2006), pp.380 - 381.

燕子嗔帘不上钩
Even the blue sky had regrets; as we laughed at the Herdboy.
碧天有恨笑牵牛
We thought our life would be as perfect as the full moon;
今生只道圆如月
Even a short separation would startle us like the autumn chill.
小别犹惊冷似秋

Heavens easily grow old,
天易老
And waters aimlessly flow.
水空流
My sense of love has ceased long before death.
闲情早向死前休
As the smoke of incense cuts the shadows of past years off,
炉香隔断年时影
My new sorrows and old sorrows may not be the same.
未必新愁是旧愁 (82)

First we have the primary stratum of meaning of the lyric. The first couplet describes the joyful moments in the past that the speaker shared with his/her lover. Their intimacy even made the swallows envious, and the mythical Herd Boy and Weaving Maid, who have their reunion only once a year on the Milky Way, were no match for their love. They are so closely attached to each other that even a short parting would be unbearable. The second stanza abruptly shifts from past to present, and from joy to grief, with the implication that one of them may have passed away. From then on, the bereaved cannot fall in love

(82) Chen Zengshou, *Jiuyueyi ci*, p.22a.

again. Most intricate is the ending couplet. The speaker no longer sees his/her lover's figure through the smoke of incense as before. Rather, it seems that the smoke has not only cut off their relationship, but also all memory of the past from the present. This new sorrow that the speaker just realizes is obviously different from the old sorrow momentarily caused by separation. We may even say that the two types of sorrow are symbolically set apart from each other by the smoke in the previous line.

It is not known whether Chen Zengshou had any secondary meaning in mind when he composed "Zhe gu tian," and if he did, what was it about. In any case, it is possible to link up the piece with Chen's loyalism. Since the work was written after 1938, when Chen quit his position at Puyi's court in Manchukuo because of the Japanese intervention, it may not be too farfetched to provide the following interpretation: Chen uses the intimate relationship of lovers to refer to his closeness to Puyi. Although he eventually left Manchukuo, his devotion to Puyi would never change. The smoke of incense at the end may refer to some obstacle (perhaps the Japanese or a slanderer in the court) that kept him and Puyi apart. Such a disappointment, different from the sorrow of seeing the Qing collapsed, was new to Chen.

Like "Die lian hua," "Zhe gu tian" provides yet another example of how a lyric on romantic love may lead to an allegorical reading, provided that the author had the corresponding life experiences that can be fit into the reader's arguments. This interpretive plurality is further aided by the absence of subtitle or informative subtitle in the lyric. Had Chen Zengshou added *daowang* as a subtitle for both "Die lian hua" and "Zhe gu tian," readers would have no choice but to understand these works as a lament for his wife. Such an overt disclosure of authorial intention no doubt goes against the Changzhou School theory as well as Chen's own *ci* aesthetics.

But while they vigorously promote implicit allegory and ambiguity in *ci* writing, the Changzhou School theorists never point out that the omission of a subtitle is one of the major factors of interpretative indeterminacy. It was Wang Guowei, a non-Changzhou School theorist, who first noticed the limitation of titles and subtitles in poetry. In his *Renjian cihua* 人间词话（Ci *Discourse in the Human Realm*）, Wang maintains:

> The three hundred poems of the *Shijing*, the Nineteen Ancient Poems and also the *ci* of the Five Dynasties and Northern Song all have no titles. It is because titles cannot fully reveal the meanings of the *shi* and *ci*. The Ci *Selection of the Flower Hut* (*Hua'an Cixuan*) and the *Thatched Hut* Shi *Gleanings* (*Caotang shiyu*) were the first to set up titles to each and every *ci* tune. They even invented titles for untitled lyrics of the former authors. Doing so is like looking at an excellent landscape painting. Is it possible for one to immediately point out that it is about a certain mountain and a certain river? Once there is a title for a *shi* poem, it is dead, and once there is a title for a *ci*, it is also dead. However, scholars of average intelligence seldom understand this [truth] and lift themselves up to it.
>
> 诗之三百篇、十九首，词之五代北宋，皆无题也。诗词中之意，不能以题尽之也。自花庵、草堂，每调立题，并古人无题之词亦为之作题。如观一幅佳山水，而即曰此某山某河，可乎。诗有题而诗亡，词有题而词亡。然中材之士，鲜能知此而自振拔者矣。(83)

For Wang, a title not only cannot help readers comprehend the full meaning of a poem, it also kills their imagination, putting an end to the poem's interpretive openness. An excellent example which can duly support Wang's argument is, once again, Wen Tingyun's "Pu sa man." It is precisely because there is no subtitle in the series that Zhang Huiyan was allowed to interpret the

(83) Wang Guowei, *Renjian cihua*, in *Cihua congbian*, Vol. 5, p.4252.

lyrics according to his own will. If Wen wrote clearly in a subtitle (for example, "Zeng ji" 赠妓 or "For a Courtesan") that these are about his relationships with female entertainers — anecdotes about his frequent visits to entertainment quarters are recorded in his biography — Zhang would never have had the audacity to compare these "immoral" pieces to the reputable *Shijing* and "Li sao." In view of the interpretive straitjacketing that a specific title can bring to a poem, and because of his preference for the *ci* of the Five Dynasties and Northern Song, Wang left almost all of his lyrics untitled.[84] This deliberate omission eventually makes his lyrics highly ambiguous, with simple diction and expression on the one hand, and yet seemingly allegorical on the other.[85] In other words, by not specifying what the poem is "really about" in a subtitle forces open-ended allegorical interpretation, and at the same time also attempts to preclude any set allegorical interpretation. The result is that the whole poem is preserved: the text and its non-allegorical, face-value meaning, along with open-ended allegorical interpretation. The process via open-ended allegory gives the reader an "escape route" which might be political or moral. Confucian critics would not be able to suppress questionable subject matter and focus on other qualities of the poem, but, unable to escape its surface meaning, would be forced to discard the entire poem as "vulgar." This is similar to the process through which various *Shijing* poems were morally justified, thus making them acceptable to the Confucian literary traditions and helping their preservation therein.

We do not know whether Chen Zengshou ever read Wang Guowei's *Renjian cihua*, or whether he shared Wang's point of view regarding the use of

---

[84] Chen Yongzheng 陈永正 remarks that, in Wang Guowei's *ci* collection, there are only two or three pieces on external objects and four late pieces written for social exchange that have subtitles. See Chen, *Wang Guowei shici quanbian jiaozhu* 王国维诗词全编校注 (*Complete Annotated Collection of Wang Guowei's Shi and Ci Poetry*) (Guangzhou: Zhongshan daxue chubanshe, 2000), p.446.

[85] For a detailed study of Wang Guowei's *ci* and their various interpretations, see Chia-ying Yeh, "Wang Kuo-wei's Song Lyrics in Light of His Own Theories" and "Practice and Principle in Wang Kuo-wei's Criticism," both in Chia-ying Yeh and James Hightower, *Studies in Chinese Poetry* pp.465 – 505.

subtitles in the *ci*. Out of the ninety-seven pieces in Chen's *ci* collection, there are twenty-six pieces without subtitles or prefaces. This is certainly not a significant proportion compared to Wang Guowei's untitled *ci*. Yet meanwhile we must note that, even if some of Chen's works are written with strong and explicit loyalist sentiments, his allegorical pieces are mostly open for interpretation. Whether with subtitles or not, it is this thematic indeterminacy — together with the emotional sincerity and aesthetic subtlety — that make his allegorical pieces one of the most touching among loyalist poetry. Although at the present Chen Zengshou's repute as a *ci* lyricist of the early twentieth century is lower than Zhu Zumou or Wang Guowei, he may earn higher recognition if his *ci* can be studied in greater depth and transmitted more widely.

Conclusion

The allegorical lyrics examined here perhaps represent the most remarkable — if not the best — works in Chen Zengshou's *ci* collection. They possess an indeterminate quality that can transcend the specific historical context in which they were written, and invite the reader to participate in the remaking of their multiple meanings. Through the authorial tactic of veiled representation of memories, they not only succeed in crossing ideological and social boundaries, but also seem to have helped Chen Zengshou to reshape his image as a *yilao*, making him more acceptable to readers of non-loyalist background. As a historical figure, Chen may be seen by some conventional historians as an obstinate conservative, a die-hard supporter of monarchism, and perhaps even a traitor to the Han people. But as a literary writer, he may have won sympathy from many a reader, and redeemed his name and honor by the aesthetic allure of his work.

The thematic ambiguity in Chen Zengshou's allegorical lyrics also prods us to rethink the concept of "modernity" in the writing of classical-style poetry. The late Qing philosopher and reformer Liang Qichao 梁启超 (1873 – 1929) and others once believed that to revitalize this traditional genre, writers should employ new terms and vocabulary (*xin mingci* 新名词) borrowed from Western civilization. They put this theory into their practice of *shi* writing, and called what they did as *shijie geming* 诗界革命 (Revolution of the *Shi* Poetry Circle). But the result was a dry and dreary poetry — even Liang himself later denounced it. Instead, he realized that what one should reform is the "spirit" (*jingshen* 精神) of poetry, not its form, and true revolution is to use the old writing style to embody new concepts (*yi jiu fengge han xin yijing* 以旧风格含新意境).⑧⑥ Precisely matching Liang's later argument, Chen Zengshou's allegorical *ci* are able to address the problems of the time while both deftly adopting the traditional literary tropes and without using any new vocabulary. His *ci* examples as well as the Qing *ci* theories examined above prove that what is traditional is not necessarily outmoded, but rather may find its counterparts in Western civilizations and can be refashioned to become "modern."

Chen Zengshou also composed many corresponding lyrics with other loyalist-lyricists, in particular Zhu Zumou. These have to be studied in the context of the *yilao* social network and in the scope of their desire to construct a collective memory and identity through *ci* writing. In his collection we also find some twenty pieces of *yongwu ci*, including the two studied here, as well as others with Buddhist connotations or on memories of his reclusive life in Hangzhou. In addition, there is an extensive volume of *shi* poetry by Chen that has not been studied at all. To understand Chen more thoroughly as a loyalist and as a writer, all these certainly have to be taken into account. This article thus merely serves as an introduction to Chen's complete work as well as the entire corpus of Qing *yilao* literature. But at least I hope that it shows how

---

⑧⑥ Liang Qichao, *Yinbingshi shihua* 饮冰室诗话 (Shi *Poetry Discourse at the Ice Drinker's Studio*) (Beijing: Renmin wenxue chubanshe, 1982), pp.49 – 51.

Chen Zengshou used the traditional lyric form ingeniously to deal with the dilemma he faced in the new era, and that his is a significant work that cannot be overlooked in the history of classical poetry of the twentieth century.

谈陈寅恪与钱钟书二人对汪精卫之诗与人的评说

叶嘉莹

南开大学　加拿大皇家科学院院士

台湾中央大学汪荣祖教授最近计划要编一册我近年的有关汪精卫的一些讲稿，及至今年六月汪教授把他编成的这一册《五讲》的定稿，及他亲自为这一册书稿撰写的《前言》传送下来时，我自己披阅之下实在觉得非常汗颜，深感有负汪教授之一番盛意，遂决定为这一系列不成章法的荒疏零乱的讲稿，写一篇略成系统的后记以为补救。而现在当我在撰写这一篇《后记》时，为了想进一步了解当时的一些学界名人对于汪氏的诗与人到底有些什么样的评价，所以也曾参考了当日几位名家对于汪氏之评说的诗文之作。只不过以为此一篇文稿之主旨重在"反思"，为了避免论说的文字过于支离烦琐，所以未暇对这些名家的评说多所征引，现在就想藉此写作《后记》的机会，对于当时两位名家有关汪氏之评说，择其要者，略述于后。

首先我们要提出来一谈的，是钱钟书先生的一首七言律诗。现在就让我们先把这首诗抄录下来一看：

题某氏集

扫叶吞花足胜情，钜公难得此才清。
微嫌东野殊寒相，似觉南风有死声。
孟德月明忧不绝，元衡日出事还生。
莫将愁苦求诗好，高位从来谶易成。[①]

[①] 《槐聚诗存》，北京：三联书店2001年版，第67页。

这首诗编录在钱氏《槐聚诗存》之一九四二年的作品中，原来钱氏夫妇自一九三八年秋由欧返国，钱先生在香港上岸，转往西南联大任教。夫人杨绛则带着女儿回到上海。当时钱氏夫妇二人的故乡都已经沦陷，他们两家的家人都分别赁居在上海的租界内。钱氏到昆明后曾在西南联大开了三门课，而到第二年夏天就辞去了西南联大的教职。他曾先回上海与家人小做团聚，然后就由他父亲钱基博先生安排，随他父亲到湖南宝庆蓝田的国立师范学院去任教了。一九四一年夏他又回到上海小住，本来西南联大想再邀他回去任教，可是不久后就发生了珍珠港事件，太平洋战争爆发，钱氏就困在了上海。这首诗就是一九四二年他困居在上海时的作品。至于"某氏集"则正是指的当时才出版不久的汪精卫的《双照楼诗词稿》。所以此诗开端即曰："扫叶吞花足胜情，钜公难得此才清。""扫叶"二字所指的就正是《双照楼诗词稿》所收的《扫叶集》。至于所谓"吞花"，则其所指固应正是汪氏此集中所收录的《重九登扫叶楼》一诗。因为钱诗所用的"吞花"一辞，原来就正是暗指九月九日饮菊花酒之习俗。据孙思邈《千金月令》谓："重阳之日必以肴酒登高眺远。……酒必采茱萸甘菊以泛之。"②潘尼《秋菊赋》亦有"泛流英于清醴"③之句，陶渊明《饮酒》诗二十首之七，亦有"秋菊有佳色，裛露掇其英。泛此忘忧物，远我遗世情"④之言。而唐人冯贽所编之《云仙杂记》则其中乃有"吞花卧酒"⑤一则之标题。钱诗好用典，此诗开端之"扫叶吞花足胜情"一句指汪氏之《重九登扫叶楼》一诗，殆无可疑。至于次句则是对汪氏之诗的赞美，亦无可疑。颔联"微嫌东野殊寒相，似觉南风有死声"两句写汪氏之诗风，上一句用的是苏轼评唐人诗"郊寒岛瘦，元轻白俗"⑥之语，下一句用的是《左传·襄公十八年》所记的一则故实，谓晋楚将战，晋国乐师师旷以乐歌占之，曰："吾骤歌北风，又歌南风，南风不竞，多死声。楚必无功"⑦之

---

② 见《说郛》卷六十九上引，文渊阁《四库全书》本。
③ 见《六臣注文选》卷三十陶渊明《杂诗二首》引，北京：中华书局1987年影印本。
④ 《陶渊明集》，逯钦立校注本，北京：中华书局1979年版，第90页。
⑤ 《云仙杂记》卷五，文渊阁《四库全书》本。
⑥ 《苏轼文集》卷六十三，北京：中华书局1986年版，第1939页。
⑦ 杨伯峻《春秋左传注》（修订本），北京：中华书局1981年版，第1043页。

言,两句盖谓汪氏之诗多寒苦之言,而其声情则有败亡之象。颈联"孟德月明忧不绝,元衡日出事还生"两句,上句用的是曹操《短歌行》中"明明如月,何时可掇,忧从中来,不可断绝"之诗句,世之说曹诗者以为曹氏此诗"即汉高《大风歌》'思猛士'之旨",又谓其"意在延揽英雄以图天下"⑧。下句用的则是唐代宪宗时宰相武元衡之故实,原来唐宪宗元和年间曾有淮蔡节度使吴元济之乱,当时朝中大臣或主和或主战。武氏主战,为人所忌。武氏尝于夏夜赋诗,曰:"夜久喧暂息,池台惟月明。无因驻清景,日出事还生。"⑨次日凌晨武氏外出赴早朝途中乃被人暗杀而死⑩。钱氏此联上句盖指汪氏伪政府成立后曾招揽人才,下句则也是谓其有败亡之象。夫一九四二年既已是太平洋战争爆发后之第二年,日军之形势既已不被看好,则与日合作之汪伪政府之前途无望,当然更是可想而知的了。至于汪政府招揽人才之事,则在钱氏诗集中还可找到两处诗证。一处是也写于一九四二年的一首题为《得龙忍寒金陵书》的七言律诗,诗曰:

一纸书伸渍泪酸,孤危契阔告平安。
尘多苦惜缁衣化,日暮遥知翠袖寒。
负气身名甘败裂,吞声歌哭愈艰难。
意深墨浅无从写,要乞浮提沥血干。⑪

龙忍寒所指的当然是自号为"忍寒"的词学家龙榆生先生。考之龙氏生平,龙氏于一九二八年经其师陈石遗(衍)之介绍,获聘于暨南大学任教,因而和朱强村(祖谋)来往日密,并开始专力于词学之教学与研究,一九三九年虽曾一度赴广州中山大学任教,但不久就又返回了上海。一九四〇年因词学之相知被汪氏政府聘为立法委员,并任中央大学教授。他在

---

⑧ 见黄节《汉魏乐府风笺》卷十,北京:人民文学出版社 1958 年版,第 89 页。
⑨ 武元衡《夏夜作》,《全唐诗》卷 317,北京:中华书局 1960 年版。
⑩ 参看《旧唐书》卷 158、《新唐书》卷 152《武元衡传》。
⑪ 《槐聚诗存》,第 63 页。

上海创办《同声月刊》推广词学,都曾得到汪氏的相助,张晖所编《龙榆生年谱》曾对二人之交往有较详之叙述。及至一九四六年龙氏被以《惩治汉奸条例》判处徒刑,夏承焘先生在其一九四七年四月五日的日记中还曾记有"夏映翁谓榆生被鞫时,尝为精卫雪枉,并自称于精卫感恩知己"。从钱氏此诗中所写的"身名甘败裂"、"歌哭愈艰难"等句,也可见出钱氏对于汪政府中人物是有着同情和了解的。至于钱诗尾联两句则是极写这些人物内心中难言之痛苦,以为其非笔墨所可以传述。末句所用之故实盖出于《拾遗记》,谓浮提国有二人善于书法,曾以金壶漆墨助老子写《道德经》,及壶中墨尽,二人乃刳心沥血以代墨,甚而至于心血枯竭。此二句对龙榆生之同情可谓写得极为深至,而龙氏则正是被汪氏所知赏延用的一个人才。至于另一个诗证,则是《槐聚诗存》中所收的另一首题为《剥啄行》的七言古诗,此诗甚长,本文不暇全引,但从此诗开端之"到门剥啄过客谁,遽集于此何从来?具陈薄海苦锋镝,大力者为苍生哀"⑫数句来看,固应是汪政府有人来邀请钱氏者。此虽可为汪政府延揽人才之一证,然而以钱氏之明智的理性,当然决不可能接受汪氏伪政府之延聘。所以钱氏此诗后面乃写有"要能达愿始身托"及"出门定向先无乖"之言。从钱氏这些诗,我们大概可以看到钱氏对汪氏之诗才虽颇为赞赏,对汪氏之用心亦颇能理解,但对其行事之抉择则是难以苟同的。

其次我们要提出来一谈的,则是陈寅恪先生的一首七言律诗,现在也让我们把这一首诗抄录下来一看:

阜　昌

甲申冬作,时卧病成都存仁医院

阜昌天子颇能诗,集选中州未肯遗。
阮瑀多才原不忝,褚渊迟死更堪悲。
千秋读史心难问,一局收枰胜属谁。
世变无穷东海涸,冤禽公案总传疑。⑬

---

⑫ 《槐聚诗存》,第72页。
⑬ 《陈寅恪诗集》,北京:清华大学出版社1993年版,第34页。

此诗之为咏汪氏之作，盖从诗题可知。原来陈氏为诗喜用隐语，此诗题之"阜昌"二字即暗指汪氏之政权。盖"阜昌"二字乃是南宋叛臣刘豫所建伪齐之年号，而刘豫有诗七绝数首曾被收入于《中州集》中。故陈氏此诗乃以此一联暗指能诗之汪精卫，用典不可谓不洽，但此诗之首联实在只是一个暗指之隐语，并无明显的褒贬之意。陈氏自题此诗写于"甲申"（一九四四）年之冬日，而汪氏正是在一九四四年十一月十日在日本逝世的。原来胡适于此年十一月十三日谈到汪氏之死的一段日记说："日本宣布汪精卫死在日本病院里。可怜！"又说："精卫一生吃亏在他以'烈士'出身，故终身不免有'烈士'的 complex（情结）。他总觉得，'我性命尚不顾，你们还不能相信我吗？'"⑭可见汪氏之死当时原曾引起过一些极具才识之学者的悼惜。所以陈氏此诗下面紧接的颔联二句，就明白地表示了悼惜之情，上句的"阮瑀多才原不忝"是将汪氏之才比之于建安七子中之阮元瑜，谓之"原不忝"，自是对汪氏之才华的赞美与肯定之辞，至于下句的"褚渊"句，则出于南朝宋齐之间的故实，原来褚渊之父湛之乃是南朝宋武帝刘裕时之骠骑将军，尚武帝之女始安公主。褚渊少有世誉，美仪貌，善容止，俯仰进退，咸有风则。尚文帝义隆之女南郡公主，仕宦通达，好读书，渊父湛之卒，渊推财与弟，惟取书数千卷。及文帝卒，由其第三子刘骏继位，是为孝武帝。孝武卒由其长子子业继位。子业昏戾无道，被群臣废立。改立文帝之第十一子彧，是为明帝。明帝卒，长子德融立，而性游惰，喜怒无常，出入无定，省内诸阁，夜皆不闭。且天性好杀，诸宿卫畏相逢值，并皆逃避，一夕醉饮，遂被弑。迎立明帝之第三子仲谋，是为顺帝。而当时齐王萧道成之势力已成，顺帝年幼，即位不过三年，乃逊位于齐王。褚渊生于刘宋之世，历见诸帝之兴废，而对萧道成则早知其非寻常之人。史传曾载云，渊一日与从弟照同乘而出，路逢萧道成，乃举手指萧谓照曰："此非常人也。"史传又载云，有一次渊将出为吴兴守，萧道成与之赠别，渊又谓人云："此人材貌非常，将来不可测也。"⑮及顺帝逊位，迁居丹阳宫，齐王萧道成践祚，次年逊帝殂于丹阳宫。萧氏践祚后是为南齐

---

⑭ 《胡适日记全编》，合肥：安徽教育出版社2001年版，第563页。
⑮ 《南齐书》卷二十三《褚渊传》，北京：中华书局1972年版，第426页。

太祖,褚渊进位司徒,渊固辞不受,仍任旧职侍中及中书监如故。太祖每议朝廷之事,多与咨谋,每见从纳,礼遇甚重。及太祖崩,世祖即位,渊寝疾,表请逊退。褚渊殁后,家无余财,负债至数十万。而世人以渊身仕两朝,颇以名节讥之。我之所以不辞繁琐地征引了这些史实,只是想要藉此说明陈寅恪先生为诗之隐曲深切的特色。盖陈氏之用褚渊之故实,实在与汪精卫之故实有暗合者数处。其一,史称褚氏"美仪貌,善容止",此与世人多称美汪氏之风仪者,固有暗合之处。其二,褚氏不恋钱财而好读书,故当其父卒乃推财与弟,而惟取书卷,而且身殁之后家无余财,此与汪氏之以"淡泊"为"仁心"之所出,且曾因其妻子购买了一套西式餐具而暴怒,而且在任行政院长时绝不过问钱财之事,其作风亦有暗合之处。三则褚渊迟死,乃卒于南齐取代刘宋之后,未免留下了身仕南齐之失节的污点,而汪氏则在其行刺摄政王时,未能达成其"引刀成一快"的作为烈士之壮举,而终于在抗战最艰苦之阶段以一念之仁心组织了伪政府,遂留下了千古也难以洗刷之"汉奸"的恶名,此种迟死之不幸盖亦与褚渊因迟死而遭受失节之讥的事有相似之处。而陈氏乃结之曰"更堪悲",则其中固深有一份惋惜之意在也。至于陈诗颈联之"千秋读史心难问,一局收枰胜属谁",从表面看此二句自是陈氏以一位史学家的眼光综千古而观之的一种超越了古今得失胜负的慨叹。但私意以为其重点,实应在每句结尾之末后三字,也就是"心难问"和"胜属谁"。如果就其狭义者言之,则"心难问"似应是指汪氏之成立伪府,虽然从表面看来,众人皆目之为"汉奸",但究其本心则正未易言,至于"胜属谁"则似应指当时属于胜利者之蒋氏,但谁知胜利的接收竟会落入被议为"劫收"的下场,而且战乱与失败也正复接踵而至。而且若就其广义者言之,则千古以来每一世代之争夺战乱其参预这些战乱者之居心,固应皆有其"难问"之处,而每一世代之胜利者也都并不能一劳永逸而得到长治久安,人世之愚昧和苦难也就一直在此千秋兴废和每一局棋枰中,一直继续着周而复始的搬演。至于尾联结语所云之"世变无穷东海涸,冤禽公案总传疑",则是在"千秋读史"之慨叹后,又回到了此诗所咏之"能诗"之"阜昌天子"的主题。而如我在前文所云此处之"阜昌天子"只是典故之借用,而在事实上则"阜昌天子"

之所为实与汪氏之所为有着绝大的差别。据《宋史》刘豫本传所载："金人南侵，豫弃官避乱仪真。……建炎二年……除知济南府。时盗起山东，豫不愿行……是冬，金人攻济南……因遣人啖豫以利……遂蓄反谋，杀其将关胜，率百姓降金。"⑯从这些记叙，我们可以清楚地看到，刘豫原是一个但图私利，畏难惧死，甚至不惜杀人投敌的真正的属于汉奸的小人，所以陈诗首二句之用典，应该只是借用；至于颔联之用阮瑀与褚渊之典，则是取其有部分相近之处；颈联是整体的悲慨；而直到尾联方又回归到首联曾借用之典故所暗指的伪朝的能诗之主——也就是一九四四年冬刚刚病死在日本的汪精卫。此联上一句用的就是"精卫"的典故，据《山海经》之所记载，谓炎帝之女既已溺死，化为精卫，乃"常衔西山之木石，以埋于东海"⑰。然则陈氏此联二句，上一句所言自当是谓"世变无穷"终有"石烂海枯"之日，而承之以下句，则是谓纵然经历有无穷之世变直至海枯石烂之日，但"冤禽"之"冤案"也仍是一桩难以昭雪的传疑。盖以"冤禽"之"案"在当日的现实利害之中，自然难以昭雪，而在无穷的世变之后，则当日的利害之顾忌纵使消除，但石烂海枯之后又更有何人念及其冤而为之昭雪乎。统观全篇，陈氏此诗实在是俯仰古今感慨极深的一篇作品。若以之与前面所述及之钱钟书先生的那一篇《题某氏集》相较，则钱诗之以"东野"对"南风"、以"孟德"对"元衡"不仅表面之对偶工洽，而且以"东野"句写汪氏之诗风，"孟德"句写汪氏之求才，用意亦颇为洽切。只是尾联之"愁苦求诗好"既与"东野殊寒相"之用意嫌复，"高位谶易成"也与"南风有死声"之用意嫌复，何况汪氏之诗更决不是欲以"愁苦"来"求诗好"的作品，而且全诗也缺少了一些感发的情致。因此从总体来看，则钱氏之诗便似较陈氏之诗稍逊一筹了。不过勿论陈氏与钱氏之诗孰胜，总之此二人之诗，实在都和胡适的日记一样，都并没有指称汪氏为汉奸而加以辱骂之意，也都表现了一种作为理性之学者的风度，自然都是值得我们尊敬的。

---

⑯ 《宋史》卷四百七十五，北京：中华书局1977年版，第13793页。
⑰ 袁珂《山海经校译》，上海：上海古籍出版社1985年版，第69页。

把沧海桑田作艳吟：吕碧城（1883–1943）海外词中的情欲空间[*]

吴盛青
香港科技大学

一、裁红刻翠的文本与性别的政治

吕碧城在一篇题为《女界近况杂谈》的文章中写道：

> 兹就词章论，世多訾女子之作，大抵裁红刻绿，写怨言情，千篇一律，不脱闺人口吻者。予以为书写性情，本应各如其份，惟须推陈出新，不袭窠臼，尤贵格律隽雅，情性真切，即为佳作。诗中之温李，词中之周柳，皆以柔艳擅长，男子且然，况于女子写其本色，亦复何妨？若语言必系苍生，思想不离廊庙，出于男子，且病矫揉，讵转于闺人，为得体乎？女人爱美且富情感，性秉坤灵，亦何羡乎阳德？若深自讳匿，是自卑抑而耻辱女性也。古今中外不乏弃笄而弁以男装自豪者，使此辈而为诗词，必不能写性情之真，可断言矣。至于手笔浅弱，则因中馈劳形，无枕葄经史、涉历山川之工，然亦选辑者寡视而滥取之

---

[*] 本文是在笔者的英文论文的基础上改写而成。见"'Old Learning' and the Femininization of Modern Space in the Lyric Poetry of Lü Bicheng," *Modern Chinese Literature and Culture*, vol. 16, no. 2 (Fall, 2004), pp.1–75；收入 *Modern Archaics: Continuity and Innovation in the Chinese Lyric Tradition, 1900–1937* (Cambridge, MA: Harvard University Asia Center, 2013)，第五章。囿于篇幅，本文只改写了其中的第一、第二部分。关于吕碧城词中的怀古与文化翻译的问题，另文单发。中英文版的写作承蒙方秀洁（Grace Fong）、胡志德（Ted Huters）、邓腾克（Kirk Denton）、王德威、张宏生、林宗正等前辈及友朋的指正。论文在2004年发表之后，在中文语境里出现近似的分析表述。为免生歧义，本文有些地方标注了英文期刊论文的页码。

咎,不足以综概女界也。①

该文写于二十世纪的二十年代后期,对于理解吕碧城的诗歌以及当时代的女性写作至关重要。这段话的一个关键问题是"本色"与"差异"的概念关系。她说:"况于女子写其本色,亦复何妨?"如何定义"本色"?"女子爱美而富情感"这个断语在当今性别话语的语境中很容易被误认为是本质主义的表述。在传统的等级构成中,社会文化的宰制与男性欲望形塑了女性"本色"特质。在将自己转化为写作主体的时候,女性是逃避还是复制诸如钗横鬓乱、柳腰扶动、搓香滴粉等来自男性的香艳化的观照?女性作家是重复传递闺怨闺情,还是致力于描绘自己身体的经验与感受,还是弃笄而弁以男装自豪?在诗词中又如何建构自己的性别主体?正是面对这一系列的困境,吕碧城提倡写"性情之真",指向一种原初的、返璞归真的境界,几未被男性染指的文化再现系统。但可以十分肯定地说,这个未被男性染指的文化再现系统是根本不存在的,这里的"性情之真"也带有了几分虚妄的意味。与晚清以降的女权主义运动崇尚平权为国族呐喊的立场不同的是,她从一开始就反对摈弃女性特征,强调性别"差异",从差异性出发来书写自我的经验世界。吕碧城的基本策略是深入父权话语的内部,利用不同的性别气质的同时,捍卫与发扬女性的性别主体意识与表现特征,在文本中铭刻性别化的自我。

法国女性主义学者西苏(Helen Cixous)提出过著名的"阴性书写"的概念,从阴性的边界(feminine border)进行写作。她说:"只有通过写作,通过出自妇女并且面向妇女的写作,通过接受一直受到阳具统治的言论的挑战,妇女才能确立自己的地位。这不是那种保留在象征符号里并由象征符号来保留的地位,也就是说,不是沉默的地位。妇女应该冲出沉默的罗网。她们不应该受骗上当去接受一块其实只是边缘地带或闺房后宫

---

① 吕碧城《女界近况杂谈》,收入《吕碧城诗文笺注》(上海:上海古籍出版社,2007年),第473–477页;引文见第476–477页。

的活动领域。"②她深受德里达的解构主义思想的影响,提倡用诗性的语言,打破"阳具中心"的逻辑。西苏还强调身体经验,接近原本的力量来改写或重写阳性文本,认为"这行为还将归还她的能力与资格、她的欢乐、她的喉舌,以及她那一直被封锁着的巨大身体领域"。③吕碧城显然没有着力描写被封锁的身体经验,但她同样强调阴性经验与隐喻语言之间的关系,致力于表现女性内心的情意丰融。将西苏的理论与吕碧城的观点并置,并不是说吕碧城的思考达到甚或应和了法国女性主义者七十年代的主张,而是透过西苏理论的棱镜,进一步理解吕碧城对性别差异与写作关系的思考。当女诗人参与到这个由父权建构的语言表意系统,她们可以参与到男性欲望的流通与游戏中,对建构的阴性气质(constructed femininity)与固有的形象进行模仿、展演与循环复制,成为这种文化的代言;抑或是翻陈出新,用迥异的语言,有差异性的视角、女性主体的位置,来呈现自我的生命经验感受。④

同时,我们需要将吕碧城的这段议论置于晚清民初的闺秀写作传统中。裁红刻翠,熏香摘艳,幽怨感伤的风格,在廿世纪初遭到革新派的炮轰。例如,梁启超(1873 - 1929)在其名篇《论女学》中云:"古之号称才女者,则批风抹月,拈花惹草,能为伤春惜别之语,成诗词集数卷,斯为至矣。"⑤国势阽危,梁任公以启蒙为大宗,对才女的写作偏向纤细琐屑的内容,缺乏国族意识,不与社会变革挂钩进行挞伐,而女学的不兴更是背负

---

② 埃莱娜·西苏《美杜莎的笑声》,黄晓红译,收入张京媛《当代女性主义文学批评》(北京:北京大学出版社,1992年),第188 - 211页,引文见第195页。Hélène Cixous, "The Laugh of the Medusa," trans. Keith Cohen and Paula Cohen, *Signs* 1 (1976), pp.875 - 899.

③ 埃莱娜·西苏《美杜莎的笑声》,第193 - 194页。强调性别"差异"的法国女性主义学者还有露丝·伊利格瑞(Luce Irigary)、朱利安·克里斯蒂娃(Julia Kristeva)。

④ 所谓阴性气质特指在词中所表述的幽怨委婉的多与女性相关的气质,强调这种气质是文化塑造的结果,而不是性别生理特征的直接呈现。当代学者毛琳·罗伯森与方秀洁都曾有文详细论述帝国晚期的才女对此类男性写作传统的挑战、合作与妥协。Maureen Robertson, "Voicing the Feminine: Constructions of the Gendered Subject in Lyric Poetry by Women of Medieval and Late Imperial China." *Late Imperial China* 13, no.1 (June 1992): 63 - 110; "Engendering the Lyric: Her Image and Voice in Song." In *Voices of the Song Lyric in China*, edited by Pauline Yu (Berkeley: University of California Press, 1994), pp.107 - 144.

⑤ 梁启超《论女学》,《饮冰室文集点校》(昆明:云南教育出版社,2001 [1926]年),卷1,第42 - 47页。

国运不兴的大责任。晚清有识之士对才女写作的深刻不满,显示了当时代的女性意识被功利地置于国家与现代性的话语之下的处境。而五四时期的修辞策略更是将中国文化传统性别化,特别是抒情诗歌的传统被女性化。正如胡缨所言,"传统与现代性也因此被赋予了性别,过去成为了女性,而未来是男性的"。⑥ 将抒情传统降格为女性,强调其柔美卑弱的气质,与未来新中国化身为阳刚的男青年的形象是相辅相成的。梁启超在1900年的名篇《少年中国说》中,预想了"奇花初胎,矞矞皇皇"的新中国的未来。"少年"成为进步话语的核心象征与国族想象,青春的人格化表述。⑦ 五四时期高举的两面大旗以及代表普世价值是两位舶来的先生,"德先生"、"赛先生"。这两位民主与科学先生是"新青年"的代言,与此相对,本土的诗歌传统成了多愁善感的"诗小姐"。从这些激进的五四知识分子来看,过时的程式,华美的辞藻,细屑的情感,繁复的典故,以及守成的政治文化立场是注定要被送入历史的垃圾堆。新文学发端时期的大张旗鼓已是今人耳熟能详的故事,而这种批评在二十年代迅速升级,革命文学的风起云涌更是将闺秀传统继续边缘化。⑧

正是在这样一个将现代文学与激昂蹈厉的政治文化相结合的语境之下,吕碧城表达了自己不同的见解,指出"女性精神"在当时文坛的缺失,强调描写私人情感的合法性与重要性。文中,她不仅捍卫艳思丽藻与诗歌形式的重要性,还强调女性情感与经历是女诗人可资利用的资源。类似西苏的从"女性诗意的边缘"出发,吕碧城在此强调的是将女性气质带入文本,以此作为一种主要的写作策略去表达性别与文本的差异。同时,

---

⑥ Joan Judge(季家珍)与 Hu Ying(胡缨)均指出过晚清维新派与激进的女子都大声疾呼,与"才女"传统的决裂,塑造新公民与新的国民之母。见 Joan Judge, "Reforming the Feminine: Female Literacy and the Legacy of 1898," 收入 Rebecca E. Karl and Peter Zarrow 编: *Rethinking the 1898 Reform Period: Political and Cultural Change in Late Qing China* (Cambridge, MA: Harvard University Asia Center, 2002), 158–79, and Hu Ying, "Naming the First 'New Woman'",收入该书,第 180–211 页,引文第 189 页。

⑦ 宋明炜《"少年中国"之"老少年"——清末文学中的青春想象》,《中国学术》第 27 期(2010),第 207–231 页。

⑧ 在白话写作中,30 年代即有所谓的"闺秀派"(如冰心、绿漪)、"新闺秀派"(如凌淑华)等。见毅真《几位当代中国女小说家》,收入《当代中国女作家论》(上海:上海光华书局,1933 年)。

吕碧城明确表达了对换装的看法,认为以男装自豪者,是对富于活力的女性资源的摒弃。有别于对女性特征的全然拒斥或是全盘接受,吕碧城提倡一种更为流动开放的现代阴性气质,用异质的元素搅动"中心"的秩序。吕碧城犀利地指出当时女性写作存在的问题,认为其局促的视野、偏狭的题材是现实生活的桎梏所致,所以强调女性可以通过大量的阅读与旅行来增广识见,开拓襟抱。⑨ 由此,犹如星斗罗胸,骊珠在握,不蹋蹋于古人门户。⑩ 在为婉约柔靡的花间脂粉之气正名的同时,她也拒绝将个人主观情感受制于大时代的集体律令之下。"言语必系苍生,思想不离廊庙",⑪在她眼中是不切实际的浮夸之言,同时隐约地感受到在将个体的性别特征置于国家与革命的话语之下的时候,父亲、丈夫、国家之间往往会做同义转换。

吕碧城的女性主义立场不仅与性别政治有关,同时也涉及关于现代性问题以及空间政治的差异问题。关于西方现代性的讨论中,学者指出在现代性的指令下,全球视野里的不同空间都要受制于以"进步"为名义的时间的指令。激进主义者对才女及其写作的批评也可被视作是旨在不同性别、文化与国度的空间中消弭差异,以期振兴家国、变革社会,与普世的现代性同步协调。我们可将吕碧城的写作看做是"女性空间"的表达(用伊莲娜·肖沃特提出的概念)。⑫ 拒绝将文学与现代化直接挂钩,或

---

⑨ 可参见徐志摩《关于女子(苏州女中讲稿)》中对当时女性写作的批评。1929年10月《新月》第2卷第8期,第20-37页。张宏生在讨论清词时指出,清代以前的女性词题材不出闺阁,有风格单一的拘囿。张宏生《清代词学的建构》(南京:江苏古籍出版社,1998年),第170页。

⑩ 吕碧城《答铁禅》,《吕碧城诗文笺注》,第188页。

⑪ 此系吕碧城一贯的思路。在《论提倡女学之宗旨》中,呼应当时代的思路,将女学与国族建设之间建立必要的联系,也就是说"普助国家之公益"成为倡导女子教育的合法前提。但同时,她没过跳过争取女性权益这一关键环节,强调个人独立的权利,使女子"得与男子同趋于文明教化之途"。而且"一身"的独立是"根核",高声疾呼女子要"先树个人独立之权":"各唤醒酣梦,振刷精神,讲求学问,开通心智,以复自主之权利,完天赋之原理而后已。"吕碧城《论提倡女学之宗旨》,见李保民《吕碧城诗文笺注》,第125页,引文见第125、129页。

⑫ Elaine Showalter, "Women's Time, Women's Space." "Women's Time, Women's Space: Writing History of Feminist Criticism." *Tulsa Studies in Women's Literature*, no. 1/2 (Spring-Autumn, 1984), pp.29-43. 在描述梁启超的"空间转向"(spatial turn)的历史思考时,唐小兵认为在梁任公后期,对西方现代性及其强迫一致的进步的时间与透明的空间性指令的失望之余,诉诸于"活跃的人类学空间"(a dynamic anthropological space)来强调中国文化的差异以及本土性。Xiaobing Tang, *Global Space and the Nationalist Discourse of Modernity: The Historical Thinking of Liang Qichao* (Stanford: Stanford University Press, 1996), p.8.

是将自我置身于国民性（nationhood）之下，吕碧城将性别差异作为宝贵的资源，作为一种容纳多元的地点，自觉抵抗现代性的将空间与经历同质化、平面化的过程。她主张的不是要洗尽脂粉，脱尽闺阁气质，而是重构现代意义上的阴性气质。

面对一个高度发达的抒情传统，无论男女，吟诗赋情往往会内化父权话语，受熟烂的表达格式与语言的牵制。吕碧城所面临的巨大挑战即是如何用男性主导的语言与精粹的文类格式来表达现代独立女性的经历，将传统的重负转化成资源与动力。[13] 她的好友，诗人费树蔚（1883–1935），提及吕碧城在给他的信中如是表达了她为何要出版词集的原因：

> 词家盛于两宋，而闺秀能有几人？《漱玉》、《断肠》未为极则。际兹旧学垂绝，坤德尤荒，斯文在兹，未敢自薄，既为闺襜延诗书之泽，亦冀史乘列文苑以传。[14]

吕碧城生于诗书之家，禀赋灵慧之才，显然受明清才女文化的泽惠，但是不同于单士厘（1863–1945）等对才女诗词的编纂推广，野心勃勃的吕碧城志不在此。虽然频频被比作现代李清照、朱淑真，她决意深入父权的话语机制的内部，僭取男性为发言主体的论述场域，要与整个诗学传统争一高低，所谓的"既为闺襜延诗书之泽，亦冀史乘列文苑以传"。康有为曾云，"一代才人孰绣丝，万千作者亿千诗"。[15] 面对这样的文本的重负，在文本中铭刻性别差异，成为她参与到以男性为中心的群星璀璨的文学经典的重要手段。高扬的女性主义意识使得她重新审视这个抒情传统。她看到现代女性经历的有利位置与以男性为主导的抒情传统之间的空隙，一个她得以施展才华的空间。吕碧城眼中的"佳作"是既要"推陈出新，

---

[13] 参见刘纳关于当时女性对男性模拟的女性话语的"二度模拟"以及辛亥前后的"新"闺音的精辟讨论。刘纳《嬗变——辛亥革命时期至五四时期的中国文学》（北京：中国社会科学出版社，1998年），第99页。

[14] 引自吕碧城著、李保民笺注《吕碧城词笺注》（上海：上海古籍出版社，2001年），第523页。

[15] 康有为《与菽园论诗，兼寄任公、孺博、曼宣》，见《康南海先生诗集之十一》，收入《康有为全集》第十二集，姜义华、张荣华编校（北京：中国人民大学出版社，2007年），第311页。

不袭窠臼",又必须"格律隽雅,情性真切"。吕碧城并不因循守旧、故步自封,她尝试过白话写作。但终其一生,她选择用雕绘炫目的文言,隽雅格律,僻典旧语来表达摩登时尚的自我。⑯ 本文以吕碧城的海外山水词为中心,考察作为浩瀚诗学的迟来者,她是如何通过现代/古典辩证的立场,用渗透了父权意识的文言来书写现代女性的个体化的体验,如何在与压抑性的父权体制与意识形态的分离或对抗中,将一系列文本与语言的压力转化成为融化古今、新旧的优势。同时,本文关注的不仅仅是将性别意识作为新的文化价值来张扬,而是性别化意义在文本以及更大的文化现实中如何被激发出来。这种现代观念与古老诗意是相得益彰,还是会发生错位与不协?发掘与探讨吕碧城的意义并不局限于将她作为文学史上的遗珠介绍入文学经典的系列,或是将她作为二十世纪风华绝代的"才媛"典范来膜拜,而是她融新入旧的探索与卓越成就促使我们对古典诗词与现代经验有更复杂、细微的辩证,以期重新思考以白话为正宗的现代文学研究的基本概念与范式。

二、阿尔卑斯山顶的女性乌托邦

以下这首词作于1901年,系吕碧城早年代表作。

《祝英台近》

绾银瓶,牵玉井,秋思黯梧苑。

蘸渌搴芳,梦堕楚天远。

最怜娥月含颦,一般消瘦,又别后、依依重见。

---

⑯ 吕碧城写作生涯中的一个重要的事实,即她以第一人称写过一篇日记体作品《纽约病中七日记》,系目前所见的吕碧城唯一的一篇白话作品。李保民认为这篇作品与庐隐的《美石的日记》在形式与语言风格上有惊人的相同点,都体现了新文学的"平易、写实、新鲜、通俗的特点"(页17)。而她在《国立机关应禁用英文》中强调"字句皆锻炼而成,词藻由雕琢而美"(页459)。《纽约病中七日记》,《国立机关应禁用英文》,收入《吕碧城诗文笺注》,第212-224页,第458-460页。

倦凝眄,可奈病叶惊霜,红兰泣骚畹。

滞粉黏香,绣屧悄寻遍。

小栏人影凄迷,和烟和雾,更化作、一庭幽怨。⑰

这个弥漫着伤感与梦魇气息的空间里有重叠的文本与女子的身影晃动:白居易笔下井底引银瓶中的女子,庚子事变中坠井而死的珍妃,楚骚传统中("楚天远"、"骚畹")承载兴寄的女性形象。吕碧城在此沿用文人的声音与男性凝望的视角,追寻"绣屧"的痕迹,抒写与"娥月"相逢时的迷离惝恍。不到二十岁,词体的章法路数,她已驾轻就熟,且是"句法善于伸缩"能手,⑱但亦步亦趋,尚未衍化出自己的声音(voice),而是沿用文类惯例,来想象那些缠绵幽恨、生死离别。将之放在常州词派的强调"比兴"的写作传统,钱仲联先生认为它可能是伤悼珍妃被推坠井中死难事。⑲我有另文专述珍妃之死、庚子事变与晚清词坛比兴寄托的关系,⑳此处意在强调以比兴见深致,对南宋尤其吴文英的词风的心追手模,是一代晚清词学的风尚。少年吕碧城填词,受晚清词风沾溉,精致雕润、繁丽丰腴成为她贯穿一生的修辞风格。但是她的总体创作风格与主题,与晚清词坛的遗民(如朱祖谋、陈曾寿、陈洵等)的写作路数大相径庭,并不取径后期常州风靡的兴寄深微,"以寄托入,以无寄托出"的主张。㉑ 寓居他乡,她的词中多的不是家国沧桑之喻,而是个人情怀的深刻抒发,尤其是性别化

---

⑰ 《吕碧城词笺注》,第66页。本文关于吕碧城诗歌中的典故出处多受益于李保民的笺注。蔡佳儒在阅读了笔者的英文论文之后,指出拙文在将吕碧城的早年作品与后期的作品作比较后指出新的行旅经验令她摆脱婉约词风的窠臼有片面之处,并认为吕氏在前后期婉约与豪放两种风格兼有,有一脉相承的延续。感谢蔡佳儒的指正并认同她的看法。吕碧城前后期两种词风兼有,但在此处引用《祝英台近》作为论述的铺垫,基于两种考量:其一,吕碧城涉历欧洲山水的经验为她的词作所带来的新变,这种意义需要文学史的研究者小心辨识。其二,用此做例,亦为行文的策略,戏剧化地呈现此种新变。蔡佳儒《新女性与旧文体——吕碧城研究》,国立暨南大学硕士论文,2007年,第76-77页。
⑱ 樊增祥,载《吕碧城集》(卷二),转引自"集评",黄兆汉、林立编《二十世纪十大家词选》(台北:台湾学生书局,2009年),第164页。
⑲ 见《吕碧城词笺注》,第66页。樊增祥眉批:"稼轩'宝钗分,桃叶渡'一阕,不得专美于前。"樊增祥与吕家是世交,对吕碧城青眼有加,倍加呵护,难免溢美。转引自《吕碧城词笺注》,第68页。
⑳ Shengqing Wu, Modern Archaics,第一章,pp.45-107.
㉑ 关于晚清民国词坛风行的"寄托"的修辞风格,参见 Modern Archaics, pp.50-57.

的主体意识在词中的张扬。

综观其一生,只身重洋,三度去国,饱览异国的山川景物、地方风情。㉒ 万里迁徙于她而言,不是羁旅行役,也不是随夫迁徙,更不是为生计所迫,颠沛流离,㉓而是留学考察,增广识见,或是自娱自乐自助的更具现代意义上的旅行。转徙放任间,她还积极搭建新的文化舞台,研读佛经,致力于写作与翻译,并参加万国保护动物协会与护生活动。㉔ 在其第二次出国期间(1926－1933),尤其在 1928 年、1929 年与三十年代初,吕碧城的诗学才情喷发,留下《海外新词》与游记《鸿雪因缘》(又名《欧美漫游录》)。㉕ 本文所讨论的词作,多创作于这个时期。其诗歌在二十年代末,在主题、诗学情绪、空间向度上都有耳目一新的拓展。窥异猎奇,展现前代诗歌未有的景物,固然是其一大特色,而本文更为关注的是吕碧城如何用女性主义的意识,恢弘佚荡的想象力,对自然山水与文化空间进行的改写。

在当代的批评术语中,"空间"(space)的概念不仅仅指物质与社会的空间,也是"再现了的空间"。而作为实践的空间,预设了空间中的人的能动性(agency)以及人与空间的关系。㉖ 无论征人灞桥折柳,还是佳人妆楼颙望,还是绣阁园亭,屏风钩帘,鸳鸯绣被,都是我们耳熟能详的词中场景。正如马克思主义者列斐伏尔(Henri Lefebvre)指出的,社会关系

㉒ 其生平事迹,见李保民编纂的《年谱》,见《吕碧城词笺注》,第 566－590 页,以及《欧美漫游录》中的相关论述。关于其传奇的一生,近年涌现大量相关研究与表述,当代对吕碧城的重新发现当首先归功于李保民先生。英文研究见 Grace Fong, "Alternative Modernities, or a Classical Woman of Modern China: The Challenging Trajectory of Lü Bicheng's (1883－1943) Life and Song Lyrics." *Nan Nü: Men, Women and Gender in China* 6, no.1 (2004), pp.12－59.

㉓ 高彦硕总结明清妇女出游的几种形式,即"从宦游"、"赏心游"、"谋生游"以及用文字来"卧游"。氏著:《"空间"与"家"——论明末清初妇女的生活空间》,《近代中国妇女史研究》第三期,中研院近代史研究所,1995 年,第 30－49 页。

㉔ 关于吕碧城的游踪与护生活动,近年有不少深入讨论,如罗秀美《自我、空间与文化主体的流动/认同——以女词人吕碧城(1883－1943)的散文为范围》,《兴达中文学报》第三十二期(2012),第 33－48 页。

㉕ 《海外新词》、《欧美漫游录》收入 1929 年中华书局版《吕碧城集》等。本文主要使用李保民笺注的《吕碧城词笺注》与《吕碧城诗文笺注》。

㉖ Henri Lefebvre, *The Production of Space*. Translated by Donald Nicholson-Smith. Oxford, UK: Blackwell, 1992. 关于列斐伏尔的空间实践、空间再现、再现空间的讨论,见王志弘《多重的辩证:列斐伏尔空间生产概念三元组演绎与引申》,见《地理学报》,第 55 期(2009),第 1－24 页。

与空间是生产者与被生产者的辩证关系。将空间与性别关系相联系,重重深闺里的女子,思春、等待、结怨以致断肠,在社会中的等级化的性别宰制中处于被动、边缘的状态。而这类生活在局促封闭的空间中的传统女性,定义与传播了女性气质与特征,诸如静止、柔顺、幽怨。词中的空间,一定意义上而言,亦是社会文化空间的内外之别、公私之分的反映。换言之,性别的差异亦成为了空间的差异。这些特定的空间密码也进一步形塑了词中的温柔善感的女性形象,婉转曲深的感情表达方式,成就"要眇宜修"的总体风格。[27]

晚清以来随着新的地理大发现,康有为提出"新世瑰奇异境生,更搜欧亚造新声";丘逢甲扬言"直开前古不到境,笔力纵横东西球";黄遵宪以自信的姿态说要"吟道中华以外天";吕碧城亦云,"花草风流,彩笔调和两半球"。[28] 这些讲的都是晚清以来文人的境外流动,以及在古典诗词的空间再现上的开拓宏愿。这种现代性体验结合了精粹的汉诗形式,展现新地景与新境界的同时,也将中国诗歌的生产现场带到了境外。比吕碧城年轻一辈的潘飞声、吴宓、钱钟书等,留学欧美,游踪遍印欧美,都是古典诗歌在世界范围内的版图流动与生产的实践者。高嘉谦概括了近代汉文学的域外写作的存在样态:"飘零而自足,保守却求变。"[29]而吕碧城的迥异之处,在于以其身体力行的实践,耳目所历,她不仅仅描绘古典诗歌未有之物,未辟之境,更在诗词文类(以词、游记为主)中形塑更为流动与活跃的阴性特征。她将这种性别的差异铭刻入文学空间的再现中,挑战习以为常的关于性别、空间与语言的观念。在词中吕碧城反反复复地铭刻一个女性行旅者空间迁移的经验,一个感性与感知的主体与外部世

---

[27]　参见 "Old Learning" and the Femininization of Modern Space in the Lyric Poetry of Lü Bicheng," pp.2 – 5.

[28]　康有为《与菽园论诗》,见王运熙主编,《中国文论选・近代卷》上册(南京:江苏文艺出版社,1996年),第36页。丘逢甲《说剑堂题词为独立山人作》,见《岭云海日楼诗钞》(上海:上海古籍出版社,1982年),第84页;黄遵宪《奉命为美国三富兰西士果总领事留别日本诸君子》,见《人境庐诗草笺注》(上海:上海古籍出版社,1981年),第340页。以上引文受惠于郭延礼的讨论,《中西文化碰撞与近代文学》(济南:山东教育出版社,1999年),第30 – 31页。吕碧城《减字木兰花》,《吕碧城词笺注》,第271页。

[29]　高嘉谦《汉诗的越界与现代性:朝向一个离散诗学(1895 – 1945)》,台北:国立政治大学中文所博士论文2008年,第108页。

界的互相激荡。她如是描绘自我的行迹:"忍却凌波步"(《摸鱼儿》),"云鬟荡影,缟袂兜春,沾遍杏烟樱粉"(《澡兰香》),"裙屐远游至"(《梦芙蓉》),"艳尘空指前游地,黯销凝、屧香粘蕊"(《玲珑四犯》),"寻寻觅觅,印遍芳洲迹"(《清平乐》)。㉚而《欧美漫游录》中,留下了大量只身独游的趣闻轶事,无疑显示了其开放豁达、世界主义的文化襟抱,也是她浪迹天涯的个人生命主体性的体现。

花园、闺房、庭院是闭锁的空间,一丝一毫的细微风物对应人的敏感纤柔、闲愁别绪;而冰雪奇峰,境界阔大,映照崇高,彰显襟抱。景色与人的情绪的互为激发,形成吕碧城此一时期激励劲远、气势纵横的词风。远足、登临、航海、飞行的经历,异国山水的钟灵毓秀,风情万种,激发了她在自己文化空间中不可想象的东西。吕碧城将之变成了展现性别意识的宏大舞台,道古今闺阁词人所未能道。吕碧城自己也强调了旅行的意义,在给友人的一封信中说,"昔太史公游名山大川,所为文轶宕有奇气",将司马迁视为楷模。长期隐居在日内瓦河畔,她在《重游瑞士》中写道:"倘遇阴霾,城市中称为恶劣气候者,此则松风怒吼,雪浪狂翻,如万骑鏖兵,震撼天地,心怀为之壮焉。"㉛春秋代序里的物色之动,牵引诗人心绪的摇动,是刘勰所谓的"诗人感物,联类无穷"。但是吕碧城那里,波谲云诡,震撼天地的奇景令她更为振奋,激荡她的奇情逸思,暗示诗人的天性气质与自然景物的某种气息相投。

瑰丽雄伟的自然山岳引发其瑰奇超迈的艺术想象力,勃郁喷薄的诗兴激情。以下这首词,境界恢弘瑰丽。与此相应,一个高亢欢腾毫不犹疑的女性声音也由此呈现。

玲 珑 玉

阿尔伯士雪山游者多乘雪橇飞越高山,其疾如风,雅戏也。

㉚ 《吕碧城词笺注》,第 98、110、134、168、201 页。有时她也无法挣脱习语的束缚,常运用如"凌波步"、"屧香"等词汇。

㉛ 《答铁禅》、《重游瑞士》,见《吕碧城诗文笺注》,第 188、457 页。

谁斗寒姿,正青素、乍试轻盈。
飞云溜屧,朔风回舞流霙。
羞拟凌波步弱,任长空奔电,恣汝纵横。
峥嵘,诧瑶峰、时自送迎。

望极山河幂缟,警梅魂初返,鹤梦频惊。
悄碾银沙,只飞琼、惯履坚冰。
休愁人间途险,有仙掌、为调玉髓,迤逦填平。
怅归晚,又谯楼、红灿冻檠。

　　李保民指出,"咏滑雪竞技场景,别开生面,殆为历代词家所未曾道"。[32] 此系 1932 年在瑞士养病时作。一种阅读此诗的方式,即是将之看作是对女性典型形象与女性气质的有意识的反动。三位天神,青女、嫦娥、飞琼被借用来指代"试轻盈、惯履坚冰"的张扬女子。"凌波"语出曹植《洛神赋》中"凌波微步,罗袜生尘",美人洛神的轻盈的步子与令男子忘餐的"华容婀娜",成为代代相沿的女性想象。而吕碧城明确写道:"羞拟凌波步弱",表达对凌波步弱的不满。代之而起豪放超迈之语:"任长空奔电,恣汝纵横"、"峥嵘"。许飞琼成了惯履坚冰的好手。凭借雪橇("仙掌"),"休愁人间途险",情绪舒展活泼,致力奔腾,冰场嬉戏的女子成了个性化的自由主体的代言。

　　中国文人自古雅好登山临水。景物关情,寄兴写意,他们笔下描写的不仅是地理,更是精神超越的空间,表达的往往是澄澈贞定、哀而不伤的情绪。吕碧城开拓性的努力即是将以李白为代表的放任天地间的阔大空间带入词中,并同时融化苏东坡的"大江东去"、辛弃疾英雄无觅的"千古江山"等苍雄激越之音,跨越文类与词风的界限,将擅写幽怨之绪的词体变成了传达山川崇高感的文体。吕碧城的好友潘伯鹰(笔名孤云)指出:"夫写景之作,而以奇纵之气贯之振之,又以太白长篇之妙纳之于倚声之

---

[32] 《吕碧城词笺注》,第 304—305 页。

体,岂非词中至难至奇之境,实某所仅见也。"㉝龙榆生曾敏锐指出现代词学之路,"似应以周、吴之笔法,写苏、辛之怀抱"。㉞吕碧城的词风探索显示的正是现代词学对巨变中的时代所作的调适与回应,以诗入词,取景高远,声调亢阳。

吕碧城的写景之作多意义显豁,且有些"狂怪",显然有悖于含蓄蕴藉的传统期待。㉟豪放与婉约变奏,芳馨与神骏兼有;既有幽怨柔美之音,也有铜琶铁板之声。㊱将这两种词风以及与此相系的性别气质相绾合,或可用德里达的"增补逻辑"(the logic of the supplement)来进一步理解她的创新。增补逻辑打乱了形而上的简洁的二元对立,不是 A 对抗 B,而是 B 被填充到 A 那里,同时代替 A。㊲或许我们可以认为阴性气质与阳性气质处在这一逻辑中,需要无限地增补,不是非此即彼,而是互相依赖、互为补充、不断衍异的状态。增补物有增加与替代的双重意思,㊳搅动了二元对立中的权力关系,中心与边缘的配置,从而使得性别气质呈现更为流动开放的态势。吕碧城的实践,不是传统的诸如柔中带刚,或是刚柔相济之类的词汇所能概括的,而是通过一种活跃、主动的"增补",在将柔美与豪放进行融合的前提下重新定义现代女性气质。在与男性文化价值的对话协商中,在性别定义的位移中,发展出一套意涵丰富的情意符码。

潘伯鹰指出,吕碧城的海外词,"奇横开阖,气势飞舞"具有"豪纵感激之气"。认为吕碧城的词中奇丽之观,超然独骛,超越了李清照为代表的传统闺音。"易安之词,类皆闺襜之音,故'绿肥红瘦','人比黄花瘦'之语,为千古绝唱。然咏叹低徊,不出思妇之外。至若碧城,则以灵慧之

㉝ 转引自《吕碧城词笺注》,第 554 页。
㉞ 龙榆生《龙榆生词学论文集》,第 487 页。
㉟ 如沈义父在《乐府指迷》中指出的著名的词的四大标准,其中两项为:"用字不可太露,太露则直突而无深长之味;发意不可太高,高则狂怪而失柔婉之意。"唐圭璋编《词话丛编》(北京:中华书局,1986 年)第 1 卷,第 277 页。
㊱ 见"集评"部分,黄兆汉、林立编《二十世纪十大家词选》,第 164-168 页。
㊲ Johnson, "Translator's Introduction," in Jacques Derrida, *Dissemination* (Chicago: University of Chicago Press, 1981), p. xiii.
㊳ 德里达著、汪家堂译《论文字学》(上海:上海译文出版社,2005 年),第 266 页。

才,负磊之气,下笔为文章,无论赋景写怀,皆豪纵感激,多亢坠之声"。㊴他甚至批评了李清照的怨悱之声,认为作为现代女性,吕碧城领风气之先,跨国漫游,开拓自己的视野,丰富情感的内涵,这些都是李清照及传统女性无缘享有的特权。潘伯鹰的观察将吕碧城放入女性词人的脉络,指出了其在文学史上的突出意义。吕词写作与女性诗词传统的关系的微妙之处在于,一方面,与许多前代与同时代的女词人相较,她轻而易举地跳出女性文学这一脉络,向经典的文学史靠拢;而这一过程中,她又是利用性别差异中的抒写来突显自己在以男性为主导的文学史上的迥异位置。

同时,潘伯鹰的揄扬亦有盲点,并未看到吕碧城域外山川想象的错综复杂。如前所引,《玲珑玉》中调动的典故都与神话中的女性有关,在这个排他的空间里,一个全新的女性的视野与主体性也愈加显豁。这一时期的抒写中,阿尔卑斯山变成了仙女们雅集赓酬的空中乐园,有中国的人文历史与异域山水的拼贴、衔接、叠置。"玉冠诸娣倚青旻"(《临江仙·前调》),雪额是女子头上的玉冠。"灵娲游戏,把晶屏事儿,排成巇险"(《念奴娇》)说冰山像水晶排成的屏风,竟是女娲游戏的结果。航行在大雪风飞的英吉利海峡,"打孤舸,漫空飞舞婆娑。落瑶簪、妆残龙女,挥银剑、舞困天魔"(《多丽》)。漫空飞舞的雪花是天落瑶簪,龙女挥剑而斗,宫女赞佛而舞。㊵ 这些奇思妙想均有中华旧典坟的出处,但是碧城像是手执魔杖,轻轻点拨,就将异域的湖光山色作为新奇的现实地理进入中国诗歌的视野,更高调地转义成为现代女性主体的存在版图。

在此,风流蕴藉的女性占有绝对的主导,以道教传统中众仙女的原型形象被投射成为同性乐土的想象。而我们又该如何来理解这一以女性为中心的世界图景?身陷现实困境,它可以是策略性地展示对性别政治的一种回应与逆转,是其不羁的想象驰骋,狂欢逾矩的结果,而异域的山水提供的正是挣脱本土文化重重束缚的"仙境"式的大舞台。而另一方面,这种调动传统资源的乐土想象,在某种意义上而言,肯定而不是削弱了男

㊴ 转引自《吕碧城词笺注》,第553–554页。
㊵ 《吕碧城词笺注》,第331、162、316页,同时见李保民的笺注。

女的二元对立,跟吕碧城所批评的"换装"(cross-dressing)有殊途同归的可能。诉诸传统女性的极端反面,"换装"采用的是用性别颠倒的方式来跨越性别的桎梏,滑向二元论的陷阱,而初衷显然是要挑战与挣脱二元论的束缚。同理,吕碧城在思辨上将中心与边缘作了置换。她的奇情壮采,对知识整体性的占有,将磅礴宇宙无遮蔽地投射成为女性乌托邦。这片女性乐土,排斥性别社会中内在的多元与复杂性,同样有可能不经意间落入二元对立的窠臼。

而更为有趣的是,雪山的景色成为她冶游行乐的空间场域,这类女性共同体的描写有时会被染上些微性爱色彩。她谱筑了阿尔卑斯山顶的艳冶情色欲望流动的氛围。

新雁过妆楼(寓雪山之顶,漫成此阕):

万笏瑶峰,迎仙客、半空飞现妆楼。
素鸾骖到,霓帔冷袭天飔。
云气岚光相沆瀣,更无余地著春愁。
思悠悠。魂消冰雪,乡杳温柔。

婵娟凭谁斗影?梦霜姚月妃,裙屐风流。
相逢何许,依约群玉山头。
鸿泥轻留爪印,似枕借、黄粱联旧游。
闲吟倦,但眼迷银缬,寒生锦裯。[41]

瑶峰之顶,一群仙客飞至。仙女(婵娟、青女、嫦娥以及有瑶台会的西王母),当然还有女诗人,在群山之巅展行乐之姿。明确不含混的女性发声者,将山峰变成充满诱惑力的女子的居处、仙源、温柔乡。"风流"一词,让人浮想联翩,既可以是自由无羁的生活风情的展现,也可以是放浪形骸

---

[41] 《吕碧城词笺注》,第128页。

的委婉表述。鉴于吕碧城风流逸荡,未嫁的一生,常常超规逾矩,这里是否隐含了某种同性之爱的可能? 这类想象是不遮掩的普遍意义的姐妹情谊的表达,还是同性之爱的晦暗不明的流露? 是作者"真实"主体性的传达,还是文类与习语陈规留下的文本效果?[42] 即便吕碧城力争传达一个明确的女性声音,并卓然有效,偶尔她也会袭用爱慕的眼光,缠绵的声音,绮罗香泽的句子,去描写另一位女性,客观上造成了同性之爱的印象,而女性书写者的身份显然强化了这种印象。尤其是中国游仙传统中(如《九歌》)很早就有"求女"的情节,男性文人想象与仙女遇合、演绎一场风流是或隐或显的主题之一。会仙的主题在唐代就有表达艳情的倾向。[43] 吕碧城在此仅仅是在调动这一已然经典化的文本的传统来类比她畅游阿尔卑斯山如履仙境的感受,还是说渴望与仙女的遇合是作者"真实"的情感意图的隐晦流露。在此只能存疑了。

以下这首《破阵乐》中亦有有趣的性别关系的呈现,描写一个互动的人与山灵的浪漫关系。在这首词中,山川暗示为男性,而说话者则显然是女性。

破 阵 乐

欧洲雪山以阿尔伯士为最高,白琅克次之,其分脉为冰山,余则苍翠如常,但极险峻,游者必乘飞车 Teleferique,悬于电线,掠空而行。东亚女子倚声为山灵寿者,予殆第一人乎?

浑沌乍启,风雷暗坼,横插天柱。

骇翠排空窥碧海,直与狂澜争怒。

光闪阴阳,云为潮汐,自成朝暮。

---

[42] 关于同性之爱的可能,系方秀洁老师在评审报告中提供的思路。鉴于吕碧城一生流荡天下,严格保护个人生活的私密性,留下重重谜团,方老师建议说其中是否有同性之爱的表达。没有进一步的材料来佐证对其私人情感生活与性爱取向的揣测,而在此笔者倾向说,同性之爱的表达是擅写缠绵的词体,游仙传统与表达语汇的惯性所造成的文本效果。例如,1918 年写于南京汤山温泉的《绮罗香》中,在引用了《阿房宫赋》、华清赐洗浴等典故后,作者写道:"竞联翩、裙展风流,证盘铭古意。"《吕碧城词笺注》,第 68 页。碧城词中的"风流",俯拾皆是。

[43] 见李丰楙著《〈汉武内传〉研究》,收入《仙境与游历:神仙世界的想象》(北京:中华书局,2010 年),第 245 页。

> 认游踪、只许飞车到,便红丝远系,飚轮难驻。
> 一角孤分,花明玉井,冰莲初吐。
>
> 延伫。拂藓镌岩,调宫按羽,问华夏,衡今古。
> 十万年来空谷里,可有粉妆题赋。
> 写蛮笺,传心契,惟吾与汝。
> 省识浮生弹指,此日青峰,前番白雪,他时黄土。
> 且证世外因缘,山灵感遇。㊹

开篇即气势雄浑,奇横开阖,将山川的混沌与开天辟地相较,立刻将地理的风景置于大历史的布景下。"骇翠排空窥碧海,直与狂澜争怒。光闪阴阳,云为潮汐,自成朝暮。"以情写景,突出的是它的闳丽壮阔,波诡云谲。玉井,原为星宿名,在此借指冰雪覆盖的山顶,㊺而有君子之德的莲花显然是自喻。换头"延伫",有一个行旅者的自我身姿,而在"十万年来空谷里,可有粉妆题赋",更是顾盼自豪,再次声明女性作者的身份,自矜于自己作为女性与杰出诗人的双重身份。小序中,吕碧城自信地认为自己是写阿尔卑斯山的第一东亚女诗人,这种说法的真实性显然有待确证,但其得意之情溢于言表。

而这首词中,有意思的是"红丝"一典的运用。红丝,在此被指为"飞车"(Teleferique)。她将飞车想象为红线,暗示一种女性自我面对山灵他者时的浪漫关系。这里的权力关系,不是传统的窥视者、观察者,或是被物恋化的女性,而是心灵的融洽与交流。"写蛮笺,传心契,惟吾与汝。"词中的发声者以平等的地位,倾慕的口吻,对她的知己诉说心灵体验,有横贯前世今生来年的恢弘的时间向度,陵谷变迁历经万劫中,还有一以贯之的奇情窈思。杜甫说,"一重一掩吾肺腑,山鸟山花吾友于"(《岳麓山道林二寺行》);辛弃疾云:"一松一竹真朋友,山鸟山花好弟兄"(《鹧鸪

㊹ 《吕碧城词笺注》,第 250-251 页。
㊺ 韩愈有诗云:"太华峰头玉井莲,开花十丈藕如船。"见李保民《吕碧城词笺注》,第 215 页。

天·博山寺作》)。这个将大自然当作知己的文人传统赓续绵延,而在此山水有灵,情意缱绻的女词人感遇山灵,将山川拟想作知己,甚至爱人,也未尝不可理解为是词人未达成的情感愿景的投射,一种不愿为外人道的"仙情"。㊻

1816年的夏天,拜伦、雪莱、玛丽(雪莱的女朋友后成为他太太),以及玛丽的妹妹一行人来到瑞士,尽享一方好水,在日内瓦湖边度过了一个才情喷发的夏天。拜伦说他试图将自己可怜的身份特征迷失在阿尔卑斯山的雄伟、力量与荣耀之中。㊼ 一百年后,吕碧城来到这里,极丽绝秀的阿尔卑斯山让她才情激荡。山水的独特性质刺激了不同国度的诗人瑰丽的文学想象力,可以从几方面来理解。首先,阿尔卑斯山川,日内瓦湖泊,成为了新的灵境圣域。"仙源",吕碧城早年已经频繁使用这个带有道家意味的词汇来指摇动她心思的自然山水。㊽ 这恐怕是吕碧城词集中使用频率最高的词汇之一。仙源想象,是怡情山水,幽栖自然的自我表态,也成为了历代文人的精神原乡想象与理想乐土的象征符码,生发出一系列复杂的表意形式。而从《桃花源记》衍生出的"桃源仙境"的理想图式更是成为文人避世求道的乐土想象。㊾ 吕碧城一生流离天下,正如其自我形容的:"好逐仙源天外去。"㊿身居海外"仙源",㊑处处"飞仙",㊒将其行踪亦比附为"仙踪"、"仙屦"、"仙游"。㊓ 除此之外,她的海外词中还有"仙都"(《澡兰香》)、"瑶峰"(《青玉案》)、"仙乡"(《菩萨蛮》)、"仙阙"(《好事近》)、"仙境"(《念奴娇》)、"灵源"(《月下笛》)等,来比附绮丽的域外胜景。㊔ 如果说早期描写故国山川洞天是仙道游观传统影响的延续

㊻ 《采桑子》,《吕碧城词笺注》,第240页。
㊼ Fergus Fleming, "The Alps and the Imagination," in *Ambio*, Special Report No 13. The Royal Colloquium: Mountain Areas: A Global Resource (Nov., 2004), pp.51–55.
㊽ 早年她用"仙源"喻指庐山胜景、汤山温泉,《沁园春》、《绮罗香》,见《吕碧城词笺注》,第36、87页。其他例子如《陌上花》、《浣溪沙》,第44、80页。
㊾ 郑文惠《乐园想象与文化认同——桃花源及其接受史》,《魏晋南北朝文学思想学术研讨会论文集》第六辑(台北:里仁书局,2010年),第159页。
㊿ 《浪淘沙》,《吕碧城词笺注》,第71页。
㊑ 《丑奴儿慢》、《洞仙歌》、《六幺令》、《尾犯》,《吕碧城词笺注》,第148、218、283、284页。
㊒ 《解连环》、《蝶恋花》,《吕碧城词笺注》第143、187页。
㊓ 《绛都春》、《玲珑四犯》、《浣溪沙》,《吕碧城词笺注》第144、132、239页。
㊔ 《吕碧城词笺注》,第109、119、122、130、162、247页。

的话,那么在这个文化空间的大转换中,吕碧城将仙境喻体与异域山水作了巧妙的空间嫁接。㊺ 周游八荒的梦幻神游,多数情况下坐实指代她在瑞士的游历,"知是仙游是梦游"。㊻ 在成就自我身体与精神的远举的同时,她也赋予了这片异域山川玄幻空灵的文化特质。

同理,吕碧城常自比玉井白莲、仙葩、湘灵,仙胎奇骨,冰清玉洁,同时也是他人眼中饮露吸风藐姑射仙女,侠骨仙心。㊼ 冰雪覆盖的阿尔卑斯山峰成为了天堂月宫,仙女居处,明亮莹洁的特质与仙宫仙人的某种契合,成为她物类关联的想象取譬的灵感源泉。现象学家爱德华·凯西指出,山川本身具有表现力,认为"情绪与表达的关系紧密,因而毫不讶异地发现景观的表情性与它内在的情绪性相关"。一些奇诡的山川地景,激发独特的情绪擭获了观者,与境地有情感上的交流与回应。同时,凯西指出境地能够打动我们的很重要的一种力量,是与它特有的一种视觉性的形式有关。视觉性并不仅仅指它的形构,而是比较接近与"光亮"的东西——从物体本身发出的光亮,而不是外在事物反射上去的。境地通过内部发射出来的光泽之类的视觉性,感染、打动、支配、包容观者。㊽ 严志雄将凯西的"光泽"理论与传统文论里的"气"与"神"概念相联系,分析了境、物、我、神之间的关系,指出石涛用笔触表现山川形神的形态、表情与情绪,达到物我、境我两忘的不露行迹的境界。画家作为主体,与山川客体,神遇而迹化,从而消弭主客体的界限。㊾ 阿尔卑斯山脉正是这样一个开放性的视域,一个召唤的场域,暂时隔绝现世凡尘的人伦关系,一种全新的生命图景构成自我与自然的交流、感应、冥冥之中的相通。虽然她笔下,常常点染仙风道骨的气息,但与前人不同的是,吕碧城拒绝由此而带

㊺ 例如,她写道"仙源长寄转无聊"(《浣溪沙》),李保民指出仙源"喻指湖光山色掩映下的日内瓦风景胜地"。《吕碧城词笺注》,第213页。

㊻ 《浣溪沙》,《吕碧城词笺注》,第239页。

㊼ 见樊增祥《金缕曲》与费树蔚《信芳集序》中对吕碧城的赞叹,《吕碧城词笺注》,第530、523页。

㊽ Edward S. Casey, *Remembering: A Phenomenological Study* (Bloomington, I: Indiana University Press, 1987), pp.199-200.

㊾ 严志雄《体物、记忆与遗民情境——屈大均一六五九年咏梅诗探究》,见《中国文哲研究集刊》,vol.21 (2002),第43-88页,尤见第67页。

来的哲思上的超越,而是着力于描写登山揽胜、临水抒情的当下兴奋的感受。主体与山灵的相遇,写的是有"我"之境,拒绝踏上传统的从"外游"、"内观"到"游观相冥"的超越飞拔之途。⑥⑩ 她明确表达过,自己居住世外仙境,湖山美丽,她没有常人以为的屈原泽畔行吟的幽愤。⑥⑪ 阿尔卑斯山与仙源的文化镶嵌图景,成了女性乌托邦的乐土,获致自由、激昂的生命情绪,将这个涵摄集体想象的文人文化象征形式改造成为深具现代女性张扬的个性意识的符号标识。她的仙源想象,是用文化的特殊的经验结构涵摄了新的地理空间,从而不仅改造了异域他者的空间,同时也偷梁换柱,更新了超尘脱俗或哀婉感伤的抒情传统的感觉结构,使之成为一个崭新的性别意义张扬的场域。⑥⑫ 词中她常表达她践跻此境带来的欣然、眩晕、狂喜,生发一种接近西方浪漫主义诗歌中的"崇高"(sublime)感受。如备极赞誉的《瑞鹤仙》中写观海日将沉:"明霞照海,渲异艳,远天外。伫单轮半弹,迅颓羲驭,哀入骠姚壮彩。"⑥⑬雄奇瑰丽的夕阳晚景被注入了沉郁悲凉的大情绪。

诚如凯西指出的,境地的光泽能感染我们,冰雪山川自有其"光泽",我们甚至可以在此从字面意义上去(literal)理解这种"光泽"。"夕阳正恋瑶峰,赤晶认取"(《绛都春》),吕碧城将夕阳中的山峰比作荧光闪闪的红玛瑙;"淡掠烟波描梦影,净调冰雪炼仙颜。一生常枕水精眠"(《浣溪沙》),她描写日内瓦湖的雪山四照;《齐天乐》则写她面对白琅克冰山,晨观日出山顶的情景:"曜灵初破鸿蒙色,长空一轮端丽。霞暖镕金,云苏泻玉,蓦发天硎新砺。冰峦峻倚,更反射皑皑,银辉腾绮。"⑥⑭从物理的现象上去描摹雪山、雪湖的晶莹剔透,造物的匠心独运,都是与光有关的视

---

⑥⑩ 参见刘苑如的导论《从外游、内观到游观》,刘苑如主编《游观:作为身体技艺的中古文学与宗教》(台北:中研院文哲所,2009),第 12 页。吕碧城笔下的有"我"的境界也可被视作现代语境中个人意识滋长的表征。

⑥⑪ 吕碧城《减字木兰花》,《吕碧城词笺注》,第 271 页。

⑥⑫ 宗教思想在吕碧城的人生中扮演了重要角色。在 1916 年、1917 年间她曾从陈撄宁研习道教,晚年皈依佛教。佛教思想对其后期的词的写作影响深刻,但是在二十年代末,吕碧城还未完全将词变成表达佛学思想的工具,更多的是表达个人的情绪感受。参见侯杰、秦方《男女性别的双重变奏——以陈撄宁和吕碧城为例》,《山西师大学报》2003 年第 3 期,第 118-122 页。

⑥⑬ 《瑞鹤仙》,《吕碧城词笺注》,第 450 页。

⑥⑭ 《吕碧城词笺注》,第 144、152、162、248 页。

觉经验,是境地魅力彰显的时刻,但同时这些"光泽"又与内心襟抱的莹洁孤高互为映照。"说与山灵无愧,有襟怀同洁。"纯洁、透明、莹洁的物理特征,成为她探索女性内心性(interiority)的拟喻与象征。

此节最后将汪精卫一首写于1914年的词比较来读,或许更能看到吕碧城迥异的风格与视角:

百 字 令

甲寅 七月,登瑞士碧勒突山绝顶,遇大风雪。

冰心一片,好携来长在,玉壶中住。

应是仙峰天外秀,不受人间尘土。

四远微茫,一筇缥缈,白了山中路。

披烟下望,青青鬒黛无数。

还笑初试荷香,又吟柳絮,万象更如许。

石蹬幽萝神自峭,惯与长松为侣。

水佩生寒,风裳自卷,人与花同舞。

明湖珑大,酡颜应为君驻。⑥

高山峻岭,烟雾缭绕,亦是汪精卫眼中的仙境、仙峰。风雪中的山川是冰心、玉壶,与吕碧城的想象类似。阿尔卑斯山在他充溢欲望的凝视下化身美丽的女子。"青青鬒黛无数",鬒黛作为女子黑发髻,借代美丽女子。而"水佩生寒,风裳自卷,人与花同舞",则化用了李贺《苏小小墓》中的句子,显示人与花的神荡魂摇。同为廿世纪一流词人,汪精卫在此显示了男性的书写主体对山水性别化的常见操弄。从性别的角度来理解中国文化中人与自然的关系,将宜人的山水风光想象为女性,这样的例子比比皆

---

⑥　柳亚子编《南社词集》(上海:开华书局,1936年)卷1,页122。笔者当年参考了汪精卫1943年在香港出版的《双照楼诗词稿》(出版社不详),发现两个版本差异很大。在此沿用南社版本,并根据语境将"丑颜"(醜颜)改做"酡颜"。关于汪精卫诗与吕碧城诗的对比阅读以及汪诗的衍文的讨论,见"Old Learning and the Femininization of Modern Space in the Lyric Poetry of Lü Bicheng," pp.43–44.

是。山水与女子一样,成为被凝望、被想象的客体。钱钟书先生举例说,"欲把西湖比西子,淡妆浓抹总相宜",将西湖比作西子,苏东坡是始作俑者。⑥6 正是在这样的文化语境之下,吕碧城的性别想象与对自然山水的再现可以被认为是对传统将女性风物化的一种反动,阿尔卑斯山高调地成为了女性主体附着的空间。

缪钺曾如此概括典型"词境":"以天象论,斜风细雨,淡月疏星,词境也;以地理论,幽壑清溪,平湖曲岸,词境也;以人心论,锐感灵思,深怀幽怨,词境也。"⑥7后来的抒写者更多地受制于这些词境,以及丝丝相连的文化表意系统。翻陈出新,或是另觅新径,是晚清民国旧体诗人背对传统面对现实所遭遇的大挑战。吕碧城在《解连环》中说:"做几多、画本诗材,把岚翠闲收,湖漪轻剪。"⑥8岚翠湖漪是她手中的锦绣女红,举重若轻。她用身体亲履的漫游经历,用细腻易感的心灵去体认感知想象阿尔卑斯的山川空间。多位评论家已指出她对中国文学的重要贡献,在于"描绘海外风光,缕述异国事物,其诗开拓前人未有之境界……"⑥9所言凿凿,但吕碧城更突出的贡献在于有意识地抵抗词中性别意识的编码,超越词作为内在、家居的空间与幽怨愁绪的表现,确立女性自我与自然世界的崭新的关系。空间是被实践的地方,个人的情绪受山水风景的沾溉,而个体的感受又改变并重新擘画了场域,将地点(location)变成表情达意的空间。阿尔卑斯山以及域外山水,不仅作为独立的风景被高调抒写,更被形塑成为性别化想象的人间乐土与情色欲望的心灵版图。情现于词,如陈完形容之:"把沧海桑田作艳吟。"⑦0

如是,吕碧城用传统故实、表达结构,以高扬的女性主义意识,以情为主切入地景的感觉方式,有选择地转述、改写异域文化,搭建起一个蔚为璀璨的欧洲山水的诗学景观。在前人论述的其写古人未有之境界的基础

---

⑥6 钱钟书《宋诗选注》(北京:人民文学出版社,2000年[1958年]),第68页。朱自清在《欧游杂记》说瑞士湖水的淡蓝,"宛然是西方小姑娘的眼","有点像颦眉的西子"。朱自清《欧游杂记》(上海:开明书店,1934年),第43页。
⑥7 缪钺《诗词散论》(上海:开明书店,1948年),第12–13页。
⑥8 《吕碧城词笺注》,第142页。
⑥9 朱庸斋《分春馆词话》卷三第82则,转引自《二十世纪十大家词选》,第167页。
⑦0 陈完《沁园春》,收入《吕碧城词笺注》,第541页。

上,本文旨在强调吕碧城以性别的差异性,柔美与阳刚兼收的艺术风格特征,重新擘画词中的美学空间。这些烙有深刻个体痕迹的抒情之作,文采玮烨间奇情艳思的流荡,建构起一个跨越国界的女性共同体的审美想象。[71] 在文学史上长期沿用的新旧交替、传统与现代的势不两立等观念的牵肘之下,吕碧城的海外新词,古色今香,雄辩地展示了文学现代性的繁复诡异的多重面向,现代经验与古老形式的彼此角力与拉锯。

1938年冬,吕碧城重返阿尔卑斯雪山。经历了生命的水卷云逝,她写道:"收将万变沧桑史,证与寒山独往人。"[72]在天地间兀傲独立的女词人,无疑成为那个时代个人主体意识的豪壮表达。

---

[71] 这一点在吕碧城的怀古词中亦表现明显。透过选择性地激活记忆,来叩问女性在历史中的境遇、意义与所经历的创伤,强调女性之间的互通声气。参见英文论文第三部分。

[72] 《鹧鸪天》,《吕碧城词笺注》,第458页。

流沙上的绮楼：
柳亚子与南社的文学民族主义

杨治宜

德国　法兰克福大学

　　二十世纪中国历史上，民族主义思潮是贯穿始终的一条重要暗流。从辛亥革命的"驱除鞑虏，恢复中华"到五四运动的"外争国权，内惩国贼"，从"亡国灭种"的痛心疾首到"中国人民站起来了"的扬眉挺胸，如何重新定义中华民族这个"想象的共同体"，洗刷民族耻辱，建造民族认同，乃至实现民族"复兴"，都是执政党建构自身理论合法性所需要回答的核心问题。文化思想层面的诸多现象也与这一政治主题息息相关。本文即试图通过分析新文化运动所倡导的白话诗歌与南社所倡导的文言诗歌之争，探讨功利主义（utilitarianism）与文化主义（culturalism）这两种文学民族主义的立场；通过南社内部的唐宋诗之争讨论文化主义立场内部的矛盾；并通过南社主任柳亚子（1887－1958）对白话诗歌的态度转变讨论文化主义阵营的分化与失败。

一、从文化主义到民族主义说

　　西方汉学界讨论中国现代思想史时，有一个重要的主题，即列文森（Joseph R. Levenson）所谓的"从文化主义到民族主义"（culturalism-to-nationalism），也就是从中国传统文化的普遍主义天下观，过渡到现代中国面对西方文化竞争时所采取的、带有一定自我保护意义的特殊主义立场。"文化主义"一词，并不见用于汉学之外的领域。用列文森氏的经典表述:"竞争感是民族主义的核心;没有人会鼓吹'吾国吾民'除非他意识到还存在着其他国家、各有其忠诚的国民以及能够威胁自身的危险能力。但正宗老派的中国文化主义者却是没有竞争观念的。中国文明就是世上独一无二的文明:我思,故我为中国人。"①在这一体制下,政治精英所效忠的不是某个特定政权或民族,而是定义了某种统治方式的系列原则,譬如儒家思想。②

十八、十九世纪,正当中国尚自居天朝上国的光荣迷梦时,西欧诸国却纷纷进入了民族主义和现代性的携手并起阶段。纯粹就逻辑而言,民族主义和现代性应当是互相矛盾的,因为现代性不可避免地意味着地区差异的消融,乡土俗文化为普遍主义的精英文化所取代,也即意味着民族主义情感所诉诸的"民族特性"、"原始根蒂"(primordial roots)等因素的消融。但事实常与逻辑相反。民族主义的兴起恰恰遵循了十八世纪的英法、十九世纪的欧洲大陆和二十世纪的前殖民地半殖民地国家这一现代化的步骤。建立民族国家、寻求民族自决,这种政治上的民族主义要求因此与建立政治、经济、文化的现代性相为表里。在恩斯特·格尔纳(Ernest Gellner)看来,这或许与现代化的时间差相关,即后起地区必须通过文化上宣扬民族主义、政治上建立民族国家来避免成为先进国家统治下的二等公民。③ 一个"民族"的建立既需要自愿的文化认同,也需要自上而下的强权和暴力。④ 民族认同所诉诸的神话因此常常与现实相反:它声称保卫了民间文化,但是事实却在形塑一种高等文化;它把自己打扮成传统熟人小区(Gemeinschaft),但事实却帮助形成了一个现代的匿名大众社会(Gesellschaft);⑤ 换言之,它是个"想象的共同体"(imagined

---

① Levenson, Joseph R. *Liang Ch'i-ch'ao and the Mind of Modern China* (Cambridge, Mass.: Harvard Univ. Press, 1959), p.110.
② Harrison, James. *Modern Chinese Nationalism* (New York: Hunter College, 1969), pp.4-5.
③ Gellner, Ernest. "Introduction," in *Notions of Nationalism*, Sukumar Periwal ed. (Budapest: Central European Univ. Press, 1995), pp.2-3.
④ Gellner. *Nations and Nationalism* (Ithaca, NY: Cornell Univ. Press, 1983), p.53.
⑤ Gellner. "Introduction," in *Notions of Nationalism*, 1-2; and *Nations and Nationalism*, p.124.

community)。⑥

无可否认的是,古老的中华文明提供了大量足以形成民族认同的"原始根蒂",但它复杂的历史与政治现实也使得它在面对强势西方文明挑战、被迫定义"中华民族"内涵与外延时困难重重,而这个定义也在不断根据政治需要而做出调整。君不见,在反帝阶段时的"驱除鞑虏"口号显然没有把满族视为"中华"的一部分,但在反满革命成功后,维系疆土完整的现实需要立刻使"五族共和"应运而生,也即意味着种族民族主义(ethnic nationalism)向国家民族主义(state nationalism)的过渡。中国共产党不论在夺权还是执政期间,更是每陷于共产主义(普遍主义)和民族主义(特殊主义)、民族认同和阶级斗争之间的两难。因此,在"中华民族"这一概念的不断创造、想象和再想象的过程中,对帮助形成民族认同基础的传统文化的态度也就经历了不断的变迁和调整。

"从文化主义到民族主义"这一主题虽然有提纲挈领的长处,也不乏过度简化的危险。事实上,已经有学者提出"文化主义"论调最重要有效的时期恰恰是异族入主中原的时期(元朝、清朝),所以这也可以看做中国文化精英面对异族政治强权时的一种防御策略。而且就是在民族主义成为主导叙事后,其内部面对传统文化也有不同的价值取向。也就是说,在现代中国,文化主义并没有完全让位于以国家为主导的民族主义。⑦我因此希望化用列文森的术语,权且佶屈聱牙地区分出"功利主义的民族主义"(utilitarian nationalism)和"文化主义的民族主义"(culturalist nationalism)。在功利主义者看来,价值是普世的,如果一种传统文化因素或机制不再适合当下的需求,就应当被抛弃。而在文化主义者看来,文化血脉承载了一个民族之所以是这个民族的精粹所在,不能为一时的需要而麻木不仁地切断。沿用了千年的文言乃是中华文明传统的载体,是仁

---

⑥ 借用安德森(Benedict Anderson)氏书名:*Imagined Communities: Reflections on the Origin and Spread of Nationalism* (London: Verso, 1983).

⑦ Townsend, James. "Chinese Nationalism," in *Chinese Nationalism*. Jonathan Unger ed. (Armonk, New York: M. E. Sharpe, 1996), p.27. See also Duara, Prasenjit. "De-Constructing the Chinese Nation," in *Chinese Nationalism*, pp.32 – 33.

人志士精神之所寄,自然也不应当在一夜之间被取代。⑧

后者在近代中国以国学、国粹思想为代表。由于"国粹派"一词常带有的保守主义贬义色彩,我于是代之以中性的"文化主义的民族主义"。如下文将要谈到的,这两种取向在文学领域的冲突,就最显著地表现在白话新诗(或称"语体诗")与旧体诗之间的理论斗争上。由于胡适以白话诗、白话文学实现"中国的文艺复兴"的主张已经成为五四新文化运动的指导思想,获得大量关注与认同,我这里主要讨论的是相对被漠视的以新型知识分子而写作旧体诗歌的南社诗人及其理论主张,并认为他们的旧体诗歌乃是建设文学现代性的努力的一部分,而其失败和被遗忘也具有相当的代表意义,象征了与传统精英文化接轨的"文化主义的民族主义"在现代中国的失败。

二、南社的旧体诗与文学民族主义

南社成立于 1909 年 11 月 13 日苏州虎丘张公祠,首倡者为陈去病(1874－1933)、高旭(1877－1925,字天梅)、柳亚子。聚会前夕,陈去病草拟的《南社雅集小启》以极精洁的笔法呼唤"登高能赋"的"南国名流"值此"南枝"生机来复之际共寻胜会。"南枝"、"南社"皆与"北廷"相对,其所谓"生机"自然也不言而喻是南方的汉族士大夫所见的复兴契机了。这份小启最先发表在 11 月 6 日的《民吁报》上。⑨ 由于《民吁报》是于右任所办的革命报纸,最初读到这则启事的读者也可想而知以革命党人为主。事实亦如此:第一次集会的十七名社员(来宾两人)中就有十四名是同盟会员。这也决定了南社与日后国民党的因缘,领袖阶层中譬如汪精卫、叶楚伧、宋教仁、陈布雷、于右任等都是南社成员,所谓"革命党人之好文字者,无不列籍其中"。⑩

---

⑧ Levenson. *Liang Ch'i-ch'ao and the Mind of Modern China*, p.144.
⑨ 别见《国粹学报》第六十期、《南社》第四集。
⑩ 曼昭《南社诗话》,载《南社诗话两种》,北京:人民大学出版社,1997年,《国际南学会南社丛书》第一编,第 3 页。根据文本内部的证据以及柳亚子、郑逸梅的判断,学界基本能够确定"曼昭"是汪精卫的笔名,尽管其中还有尚未能回答的疑点。参见:宋希于《"曼昭"是谁?》,载《东方早报》2012 年 9 月 2 日;陈晓平《"曼昭"就是汪精卫》,载《东方早报》2012 年 9 月 16 日。

南社的性质,迄今学界尚无定论。或以为是个先进革命分子结盟的革命团体,或以为只是旧式文人唱酬的文学俱乐部。问题在于南社的主要性质究竟是文学性还是革命性。这恐怕就要"以发展的眼光看问题"了。晚清反满革命期间,不少革命团体皆以文学相号召,譬如在武昌革命期间起到主要作用的就有辅仁文社及文学社,其性质是不能凭借名号望文生义的。⑪ 所以作为同盟会元老的陈去病在忙于革命之余,抽空组建南社,恐怕是有借此联合力量以为武装革命基础的意图。但武昌首义之后,革命形势发展如此迅速,满清统治如大厦之倾,所以南社为现实政治革命而组织的意义也就无果而终了(宁调元在 1911 年 1 月 10 日致信柳亚子,有组织政党参与国会之议,不知何故没有获得呼应⑫),但它麾下不乏东南秀楚,所做诗词蔚然可观、流行一时,加上其领导者始终以革命精神和气节相标榜,故吸引了大量热爱旧体诗词的现代知识分子。南社也就成为了(在我看来)凭借旧体诗词结缘的现代文人社交网络;它的组织是松散的,但在政治、文化、思想上有一定的共性,因此也具有与新文化运动相抗衡、试图以保存传统文化文学精粹来建设新民族文化文学的共同理论趋向。

需要说明的是,南社诸子与晚清国粹派颇有师友渊源,其中不少人早年都参加了章太炎、刘师培在 1905 年创办的"国学保存会"、《国粹学报》。⑬ 1912 年 6 月,姚光、高燮、高旭、叶楚伧、柳亚子、李叔同等十余名南社社员又创办了"国学商兑会"。⑭ 姚光(1891 – 1945)提出:"学术者,一国精神之所寄,故学术即一国之国魂也。"⑮高燮亦曰:"学者何? 一国之所赖以存也。"⑯保存国学、国粹、国魂,这些说法在后五四的时代每每被斥为保守主义,而事实上它们在当时代表着在面对现代性及各种激进

---

⑪ 唐德刚《晚清七十年》,台北:远流出版公司,1998 年,第五册,第 192 页。
⑫ 杨天石、王学庄编著《南社史长编》,北京:人民大学出版社,1995 年,第 181 页。
⑬ 如陈去病、高旭、柳亚子、胡朴安、黄节(晦闻)、诸宗元(贞壮)、刘三(季平)、黄宾虹、庞树柏等。参见《南社史长编》,第 38 – 39 页。
⑭ 同上,第 283 – 285 页。
⑮ 姚光《国学保存论》,载《国学丛选》1911 年 11 月第一集。
⑯ 高燮《国学商兑会成立宣言书》,载《太平洋报》1912 年 7 月 5 日,别见《国学丛选》第一集。

浪潮时,一种理性的、温和的、保持传统连续性的改良努力。

颇有意味的是,新文化运动之缘起亦与南社有一番渊源。根据胡适自述,他开始做白话诗还是因为在留学期间与好友梅光迪(1890－1945)、任鸿隽(1886－1961)等辩论;任、梅都已经在1913年和1914年先后加入南社,故他们赞成文学革命但反对白话文学,以为革命在于新思想、新精神而不在白话之形式。胡适乃反对之,认为活的文学必需活的工具,其试作白话诗,是为了证明"白话可以做中国文学的一切门类的唯一工具"⑰,是故有了1917年《新青年》元旦号上发动白话文运动的那篇名文。这也象征着白话文运动从一开始就是针对南社的主张发出,而其核心所在,也在于白话诗,而非白话文。何以这样说呢?由于南社成员以当时活跃的新式文人为主,在各种散文门类里占主导地位的都有南社健将,包括第一张白话报纸的创始人林獬(字白水),写小说的叶小凤(即叶楚伧)、苏曼殊、包天笑,倡导戏剧改良的陈去病、欧阳予倩等等。即便是毕生只写古典诗词的柳亚子,从1905年办《复报》开始,其诗歌以外的文字就是以白话文为主体了,因为白话文是革命宣传的利器,"欲凭文字播风潮"(柳亚子十六岁句)⑱,这一点是这批写旧诗的新文人间的共识。

然而,用白话文宣传革命和新思想只是以之为手段,而非以写作白话文本身为目的。胡适所倡导的白话文运动(在此语境下,或许应当理解为"白话诗运动")却要颠覆文言、白话根本的等级高低,把它们比拟为拉丁文与欧洲俗语,认为白话文学是代表了民族精神发展的活的文学,只有经历白话文运动才能在中国模仿欧洲历史实现文艺复兴和现代化。⑲那么,为了帮助完成这一历史使命而写作白话文学,自然也比写作古典文学更

---

⑰　胡适《逼上梁山:文学革命的开始》,载《胡适文集》,欧阳哲生编,北京:北京大学出版社,1998年,第一册,第155－156页。

⑱　柳亚子《岁暮述怀》(1902年),载《磨剑室诗词集》,中国革命博物馆编,上海:上海人民出版社,1985年,"补编",第1823页。

⑲　参见:胡适《逼上梁山:文学革命的开始》,载《胡适文集》,第一册,页141－142;《胡适口述自传》,同上,页330;以及他于1926年11月9日在伦敦皇家国际事务协会上面发表的讲话,"The Renaissance in China," in *Journal of Royal Institute of International Affairs* 5.6 (1926.11): pp.265－283.

占据了道德制高点。最初激起绝大多数南社成员反对的正在于此。他们之间的争论,并非新旧文人之间的争论,而恰是新式文人内部的争论。双方争取文学现代性和民族精神复兴的大动机是一致的,不同的是采取的手段。争论的焦点可以归纳成两个互相关联的问题:第一,白话诗是否有足够的文学价值? 第二,文言文是否还是活的文字而非死的文字、能否承担新思想、能否承担复兴民族精神这一重任?

白话诗的文学价值在最初是颇受非议的。胡适的白话新诗在《新青年》上发表后,柳亚子在1917年4月27号的《民国日报》文艺版上发表了一封题为《与杨杏佛论文学书》的公开信(杨杏佛1911年入南社),批评说胡适所做白话诗"直是笑话",因为哪怕是世界大同、中国语言被淘汰了,中国文学犹必占美术(也就是艺术)中一科,"与希腊、罗马古文颉颃。何必改头换面,为非驴非马之恶剧耶?"也就是说,柳亚子认为中国文言诗歌系中国民族精神的最高艺术表现形式,也是唯一能与古希腊、罗马文学比肩的艺术形式。然后他提出自己心目中的文学革命,"所革当在理想,不在形式。形式宜旧,理想宜新"。所以白话文便于说理,殆不可少,而白话诗则"断断不能通"。[20]

柳亚子的这封信发表在《民国日报》的"艺文部"版面,得到了吴虞、成舍我等人的纷纷赞同。所谓"形式宜旧,理想宜新",就南社成员的诗学主张而言具有相当的代表性。但理论上阐发最彻底、与《新青年》斗争最持久的还是由两位留美学生兼南社干将——梅光迪和胡先骕(1894 - 1968)——所参与创办的《学衡》(*The Critical Review*)杂志。[21] 如前所论,梅光迪与胡适本是留美期间的旧侣,但二人对中国文化之未来的观点却大相径庭。已有学者指出,这是二人所师法的白璧德(Irving Babbitt, 1865 - 1933)之"人文主义"(Humanism)与杜威(John Dewey, 1859 -

---

[20] 柳亚子《与杨杏佛论文学书》,载《磨剑室文录》,中国革命博物馆编,上海:上海人民出版社,1993年,第450 - 451页。

[21] 另两位创始人吴宓和柳诒徵并非南社成员,所以这里也没有就他们的观点展开讨论,但他们反对新体诗的理论主张是类似的。柳诒徵与南社成员、包括创始人的陈去病和柳亚子都交游密切,参见:李金坤《柳诒徵与南社诗人交谊述略》,载《镇江高专学报》2011年第1期,第5 - 11页。

1952)之"实用主义"(Pragmatism)之争在中国语境内的延续。㉒ 所以从《学衡》1922年初创刊号开始,几乎每期都会对新文化运动、胡适的白话文主张和白话诗创作抨击不遗余力。梅光迪在此创刊号上发表的《评提倡新文化者》一文,仿效胡适的"八事"体针锋相对地提出四条批评意见,最后总结:"夫建设新文化之必要,孰不知之。吾国数千年来,以地理关系,凡其邻近,皆文化程度远逊于我,故孤行创造,不求外助,以成此灿烂伟大之文化。先民之才智魄力,与其惨淡经营之功,盖有足使吾人自豪者。今则东西邮通,较量观摩,凡人之所长,皆足用以补我之短,乃吾文化史上千载一时之遭遇。国人所当欢舞庆幸者也。然吾之文化既如此,必有可发扬光大、久远不可磨灭者。"㉓梅氏是以提倡对中西文化皆加以彻底研究,取长补短,然后经过四五十年建设,必有成效。这种逐步改良论充分彰显了这批学贯中西的美国博士的理论自信。在他们看来,当下的文化危机实为"吾文化史上千载一时之遭遇",即赋予我们在固有传统内部开出一种现代性的机遇。而这种现代性,既是普遍的,建立在中西比较、取长补短的基础上,也是特殊的,继承了"吾之文化"有永恒之价值者。设能如此,那么就同时完成了现代性与民族主义这一对貌似悖论的任务。

比梅光迪更加年少气盛的胡先骕,则就句法、音韵、用典、俗字俗语、诗之功用、模仿与创造等逐条批驳了胡适的"八事"理论主张,且把矛头直接指向了胡适的白话诗创作本身,提出白话新诗貌似写实主义,实为浪漫主义之流亚,"主张绝对之自由,而反对任何之规律;尚情感而轻智慧;主偏激而背中庸,且富于妄自尊大之习气",㉔有违中国"中庸之道"与西方"人文主义"的共同原则。胡先骕因此主张遵循"中国诗进化之程序及其精神",在传统内部延续其沿革之轨迹,以现代思想学术充实其固有体

㉒ 张源《从"人文主义"到"保守主义":〈学衡〉中的白璧德》,北京:三联书店,2009年,对此论之甚详。根据她的考证,梅光迪早在回国之前就已经在联合同志,"拟回国对胡适作一全盘之大战"(吴宓回忆);见:上书,页129,脚注1。

㉓ 梅光迪《评提倡新文化者》,《学衡》第一期,1922年1月,"通论",第7页(每篇文章单独编页)。

㉔ 胡先骕《评〈尝试集〉》,《学衡》第一期,1922年1月,"书评",第7页。

裁,"为中国诗开一新纪元"。㉕ 在1923年6月第十八期上,胡先骕又再度批评胡适的《五十年来中国之文学》,提出中国文字是保存中华数千年之文化延续性的根本所在,而文言白话之别,"非古今之别,而雅俗之别也",不同于胡适所提出的拉丁文和意大利等国别俗语的区分。㉖——这一点很关键,因为现代民族主义的建立恰是以精英文化取代地方俗文化的过程。因此,倘若小胡之说可以成立,那么建设民族主义文学的方法非但不是以白话文学取代文言文学,而是反之,应当以文言文学取代一切方言区域内的俗文学(当然,后者在中国从来就不曾发达过)。同时,身为著名植物学家的胡先骕擅长旧诗,在他参与《学衡》的三年内发表了大量诗词作品,"用文学本身来证明'文言文学'并非'死文学',以对抗当时泛滥开来的胡适所提倡的'白话文学',攻守全能,无愧为'学衡派'的中坚人物之一"。㉗

这些论战文章,洋洋洒洒,旁征博引,对中西方传统都谙熟于心,字里行间流露出论者的精英主义文化立场和自诩为传薪续绝者的骄傲,和《新青年》所倡导的"平民的文学"构成了天平的两端,乃至于不免和南社的诗歌一样,在日益趋向激进的现代中国被人目为"保守的"甚至"反动的"了——虽然这些倡导人物本身都自命为革命者和最现代的智识阶级。㉘

由于白话诗歌的不断攻城略地,文言诗歌的阵脚日益缩小。以上海的《民国日报》为例,它本是南社的通讯处所在,社长叶楚伧、邵力子,编辑姚鹓雏、成舍我、胡朴安等人都是南社中坚,柳亚子也曾协助编辑,故其"文苑"版向来是南社诗词、诗论、文论的天下。但在1917年南社论诗分裂(下详)后,旧人出走,再加上主编之一邵力子的不断左倾,1919年8月22日第一次在《觉悟》副刊上刊登了白话诗,而在1920年以后白话诗歌

㉕ 胡先骕《评〈尝试集〉》,《学衡》第一期,1922年1月,"书评",第18页。
㉖ 胡先骕《评胡适〈五十年来中国之文学〉》,载《学衡》第十八期,1923年6月,"书评",第25页。
㉗ 张源《从"人文主义"到"保守主义"》,第149页。
㉘ 就现代中国的日益激进化,余英时先生有文论之甚笃。参看:Ying-shih Yü, "The Radicalization of China in the Twentieth Century," in China in Transformation, Wei-ming Tu ed. (Cambridge, Mass.: Harvard Univ. Press, 1993), pp.123–143(又载:Daedalus 122. 2 [1993]: 125–150)。

刊登逐渐增多,文言诗歌乃至悄然不见。可见早在 1923 年南社解体之前,在面向大众的新闻传媒上,文言诗歌就已经逐渐丧失了生存空间。(后来由于国民党文化路线的转变,某些国民党系的报纸文艺副刊上重新以旧体诗歌为主,与中共左派的报纸形成鲜明路线对比,这是后话。)

然而白话诗歌的凯歌高进并不代表以"保存国魂"自我期许者在创作实践或理论上的全盘让步。虽然由于意识形态的取舍,文言诗歌不曾进入现代文学史写作者们的视野。但纵观二十世纪,尤其是前五十年里,文言诗歌的创作依然蔚为大观,名家辈出。当然,面对与现代中国的激进化进程相表里、表现出理论强势的白话诗歌,他们无奈也只有提出两种体裁各行其是的理论,为自己争取生存空间。这后一种折中的立场,不妨以被柳亚子称赞为"南社代表人物"的汪精卫(1883－1944,1912 年 4 月 18 日入社)的话来代表。汪精卫向以南社文学为"革命文学",足以砥砺三百年来不振之士气,存乎逝者之精神。㉙ 也就是说,这非但不是死文学,而是最鲜活的文学,是作为承担了民族精神的中流砥柱的文学。直到三十年代初,在署名"曼昭"的《南社诗话》里,汪氏仍以革命元老的身份,痛指"盖适之乃民国以后之人物,并未参加民国以前之革命运动,对于民国以前之革命运动,其艰难险阻之经过,绝无所知,宜其漠然不关痛痒。须知中国自甲午败于日本,人心士气已日即于颓丧。庚子之后,益靡然不知所屆。若不发扬国光,以振起民族之自觉,恢复其自信力,则必日即于沉沦"。而国学保存会、《国粹学报》、神州国光社、南社等组织,"一扫从来屈于强暴之风气,而表现刚健独立之精神",对民族革命有不可磨灭之功。㉚ 所以时至今日,"新旧两体不妨并行。余此言非故为折衷,盖诗之历史观应如是也。与其息争,不如激之使争,争愈烈,则其进步亦愈速"。㉛ 也就是说,与其在意识形态上事先判定白话诗为进步、为不可避免的凯旋者,把旧体诗彻底排除出现代文学的领域,不如承认它们都有生

㉙ 汪精卫《南社丛选序》(1923 年),载《南社丛选》,胡朴安编录,北京:解放军文艺出版社,2000 年,第 1－2 页。
㉚ 曼昭《诗论及其他》,载《南社诗话》,第 73 页。
㉛ 同上,第 74 页。

存的合理性，允许它们在读者、作者间自由竞争，"物竞天择、适者生存"，或许能开出一种兼综新旧的诗体来。汪氏以民族革命先驱的身份说这番话，不可谓不沉重。

三、诗歌形式之"原罪"与南社的唐宋诗之争

文化主义进路的民族主义之所以失败，或许与他们自身的理论不彻底有关。如余英时先生敏锐注意到的，自晚清以来，新的思想发现便常常伪装成对传统的阐释，自严复、康、梁到国粹派无不如此。"毫无疑问，国粹运动的自觉目的是面对不断增强的西方影响、寻找文化身份。然而，倘若我们全面探讨一下某些国粹派领袖的著作，就会发现，不无矛盾的是，他们所界定出来的中国'国粹'都每每是西方文化的基本价值，譬如民主、平等、自由和人权。"也就是说，他们把西方价值视为普世的，却坚持认为这些思想同样独立起源于中国早期。[32] 这在《学衡》派诸君对留美旧侣的批评中便可见一斑：双方对西方经典的运用驾轻就熟，但争辩的焦点却好像不知不觉发生了转移，以旧诗代表人文主义哲学、新诗代表实用主义哲学，而新诗之取代旧诗是否合理也就变成了哪种诗体更符合西方思想发展逻辑的问题，其争论成为当世美国大儒杜威与白璧德之争在中国现代文学具体语境内的投影。无怪其不关旧诗命运之痛痒也！

相比之下，五四新文化运动更加具有理论彻底性，即思想上的新发现不再伪装成对传统的阐释；在文学上，是要用"活泼泼"的白话新诗彻底推翻旧体诗的堡垒（胡适之本人后来发生转变，第一是要整理国故，第二是要把整个中国文学传统都改写成白话文学史，从而塑造伪装的传统延续性，这又是后话）。南社诸子所谓其他文体不妨白话、唯留文言诗歌以为中国文字艺术的最高表现形式的提法，在他们看来显然是革命不彻底的象征。如余英时所论，五四激进分子、特别是马克思主义者要改变中国的方式，是要采取曼海姆所谓的"系统可能性"（systematic possibilities），

---

[32] Ying-shih Yü, "The Radicalization of China in the Twentieth Century," p.130.

亦即为了改变社会中任何的丑恶一点,整个社会就要做出系统性的改变。㉝ 可以说,这在急于获得"新生"、把一切"新"的等同于"好"的二十世纪中国,是极有诱惑力的。

但新的未必就是好的,彻底的也未必就是对的。质言之,南社主将与新文化布道者们主张的差别,主要在诗歌的形式而非内容上。柳亚子自诩龚自珍、黄遵宪一派晚清诗界革命的继承人,其诗歌大量运用现代甚至是西方的词汇,表达现代思想。其浅者譬如早年所作"为愿自由千万岁,神州开遍女儿花"㉞、"献身应作苏菲亚,夺取民权与自由"㉟、"理想飞腾新世界,年华辜负好头颅"㊱等,其深者有后期更多在形式和内容上的探索,恕不赘论。就连诗歌形式相对传统的胡先骕、汪精卫等人,也都承认旧诗可以容纳新名词、新思想。但胡适所要废除的乃是五七言、长短句的形式本身。㊲ 也就是说,在他看来,旧的诗歌形式本身就承担了旧道德的原罪。

事实上,这一观念并非仅为新诗的拥护者所独有;南社的分裂起源也恰源于形式具有道德意味的观念。南社内部素有宗唐(柳亚子、陈去病等)和宗宋(姚鹓雏、胡朴安、胡先骕等)之别。宗宋者远则祖述江西,近则承祧同光,以精深锻炼为工。宗唐者则强调以奔放健朴的诗风恢复民族活力,并因反对多为满清旧员的同光体诗人而反对宋诗诗风。两派矛盾的激化是在1917年6月间,闻宥(字野鹤,1901–1985)在《民国日报》上反复称赞同光体,甚至宣称反对同光的是"质美未学,目空一切"、"执

㉝ 同上,p.134;曼海姆论点见:*Conservatism*, *A Contribution to the Sociology of Knowledge*, David Kettler et al. eds. & trans. (London & NY: Routledge & Kegan Paul, 1986), p.88
㉞ 柳亚子《闻冯遂方女士演说赋赠》(1904年),载《磨剑室诗词集》,第21页。
㉟ 柳亚子《读山阴何孟长得韩平卿女士为义女诗和其原韵》(1904年),同上,第24页。
㊱ 柳亚子《元旦感怀》(1905年),同上,第26页。
㊲ 严格讲求起来,胡适的"八事"(《文学改良刍议》,载《新青年》1917年第1号)里,涉及内容的言之有物、不摹效古人、不无病呻吟、不用典(事实上是不滥用典故)、务去烂调套语等等,都是传统诗学内部可以消化的主张;与旧诗相抵触的主要是涉及形式的需讲求文法、不讲对仗、不避俗字俗语三条,但设若不把这三条综合理解成"务用符合现代口语文法的俗字俗语,不可改变文法词汇以追求对仗"的话,其实在传统诗歌内部都已经多少存在了符合其主张的现象。所以在我看来,胡适真正的主张还不在于消极意义上的"不",而是积极意义上的"要",即要写形式自由的白话新诗。

蝘蜓以嘲龟龙"（6月24日"谈薮"）。由于当时恰逢张勋策划复辟，满清遗老，包括同光体的代表诗人如陈宝琛、郑孝胥等，纷纷入京，重做冯妇，柳亚子自然极不痛快，在6月28、29日的同版面发表《质野鹤》，认为闻野鹤把同光尊为道统，有垄断诗坛的专制嫌疑，且声称"政治坏于北洋派，诗学坏于西江派"——倘若说北洋军阀篡夺的是辛亥革命的成果，那么祖述江西的同光诗人篡夺的就是晚清以来"诗界革命"的成果了。

由于政治舆论环境的不利，闻野鹤悄然噤声，但另一位少年新晋朱玺（字鸳雏，1894－1921）却出头应战，其过激言论使得柳亚子在盛怒之下驱逐朱鸳雏及声援他的成舍我出社。这样一来，唐宋诗之争逐渐演变成与诗风无关的党争，叶楚伧、陈去病、胡朴安等元老以及江浙一带会员支持柳亚子，认为要维护南社团结就必须维护社长的权威，而不少粤籍、湘籍社员则联合反对之，认为柳亚子的行为专制，僭越了社长的职权。由于社规对褫夺社籍的问题缺乏考虑，双方不免各执一词。结果是柳亚子依然在10月份的选举中胜出，连任社长，但他经此一役，不免灰心丧气，在次年10月的选举前主动卸任。没有他"精且勤"㊳的领导，社事渐渐陷于停顿，终于在1923年，一度盛极一时的南社也解散了。㊴

这一事件折射出南社自身理论主张的不统一和不彻底。设若以旧诗为承担中国文字之最高艺术成就的载体，那么，只要是"美"的，自然也是"好"的，如汪精卫所谓："故诗无所谓新旧，惟其善而已。"㊵新旧诗且如此，又遑论旧诗阵营之内，岂能因为同光诗人的政治主张而废其诗呢？柳亚子反对同光体的逻辑，事实上和胡适反对文言诗歌如出一辙。其不同之处，是胡适一概反对古典的文学形式，而柳亚子更注重文学风格取向，遵循的是传统的"诗言志"、"以人论诗"的批评观念，所以同光诗人在他

㊳ 汪精卫（曼昭）语；见：曼昭《南社诗话》，第33页。
㊴ 具体的论争，见1917年6－10月之间的《民国日报》和《中华新报》。亦见《南社史长编》，第449－520页。柳亚子对这一事件也颇有悔意，尤其是朱鸳雏身世孤寒，被逐后不能在南社半天下的上海报界立足，乃至于潦倒病死。亚子是以自责"伯仁因我而死"。见：柳亚子《我和朱鸳雏的公案》，载《越风》1936年第7期，第1－3页。
㊵ 汪精卫《浩歌堂诗钞叙》，载《陈去病全集》，张夷主编，上海：上海古籍出版社，2009年，第2页。

看来都是"失节"的,其诗歌的文学价值自然也不会高。㊶ 但正因为双方对待文学的态度有根本的共通性,即把文学价值等同于政治价值、意识形态立场,后来柳亚子对白话诗歌的态度才有了一百八十度的大转弯。

四、旧体诗与"鸦片烟"——柳亚子的流沙绮楼

柳亚子的态度转变,发生在 1923 年。是年某君来信询问"旧文艺与新文艺之判",而柳氏复书却出人意外地自称"仆为主张语体文之一人,良以文言文为数千年文妖乡愿所窟穴,纲常名教之邪说,深入于字里行间,不可救药,故必一举而摧其壁垒,庶免城狐社鼠之盘踞"。他且比胡适更进一步,提出连国故都不必整理、汉字也尽可废除。㊷ 这一番忽然激进得令人惊诧的话,在第二年的一封信里得到了更好的解释。其中,柳亚子引用汪精卫之说,对旧诗的内容多所鞭挞:"富贵功名之念,放僻邪侈之为,阿谀逢迎之习,士君子平日所不以存之于心,不屑宣之于口者,而于诗则言之无怍。"㊸但他不同意汪氏"诗无所谓新旧,惟其善而已"的说法,因为要做好旧诗,就不能不多读古人之作,因此(在他看来)也不能不受到其中渣滓的影响。所以他反对旧文学,"第一层嫌他内容太坏,而第二层是嫌他不容易做,不容易懂,就是不容易民众化"。㊹ 也就是说,旧诗之应当废除,倒不是因为旧诗的形式本身,而是因为写好它要经历的学习过程及其精英主义气味。但这两条显然都经不住推敲,因为倘若学做旧诗就必然沾染恶习气的话,那革命的南社诗人们又何以独出淤泥而不染?若说旧诗是精英的,那么精英文化是否就无存在价值、也不能和普罗文化并存呢?此外,白话文学是否就不能是糟粕的或者精英的呢?不过柳亚子

㊶ 这一点,柳氏也承认是自己的"偏见";见:《我对于创作旧诗和新诗的经验》(1933 年),载《磨剑室文集》,第 1145 页。

㊷ 柳亚子《答某君书》(1923 年;原载《南社丛刻》第 22 集),载《磨剑室文集》,第 759 – 760 页。

㊸ 汪精卫《浩歌堂诗钞叙》,第 1 页。

㊹ 柳亚子《致许豪士》(1924 年),载《书信辑录》,柳亚子文集编辑委员会主编,上海:上海人民出版社,1985 年,第 44 – 45 页。对于诗应当变成"劳苦群众"之所有的意见,又见《〈饥馑之年〉叙》,载《磨剑室文录》,第 1110 页。

的思想,本来就不以逻辑严谨见长。他有的只是对"进步"和"新文化"的一腔向往,却对西方理论只是一知半解,㊺言论冲动、爱走极端,有一定的随意性。这也就导致了他"主观上拥护新诗而客观上提倡旧诗"㊻的矛盾格局。

柳亚子自觉这样一种矛盾("我们这般人,本来是在矛盾中生活的,不矛盾又将怎样呢!?"㊼),所以为自己辩解道:"中国的旧文学,可以比它做鸦片烟,一上了瘾,便不易解脱。"㊽但他又以为,虽然旧诗将在"五十年内"消灭,但在当时的历史阶段依然具有地位和作用,因此他要继续"旧诗革命",在消极的意义上,就好比瘾君子有义务收拾、洗涤烟具;在积极的意义上,则是"凭仗着我这一套熟练的工具,来发表我的理想和情感"。㊾再直白地说,旧体诗"是我的政治宣传品,也是我的武器",虽不如新体诗之坦克、飞机来得爽利,但至少是得心应手的"大刀、标枪"。㊿

然而当柳亚子把旧诗视为在过渡时期内尚有作用的"工具"和"武器"的同时,旧诗便丧失了其作为传统文化精神之承载者、作为中国语言艺术之最高成就的本体论意义。它自身不再崇高,而是达成某个崇高目标的、不得已而求其次的落后工具。所以,尽管柳亚子还在坚持使用这一代表文化主义态度的文体,但他的使用方式早已变成功利主义的了。这也使得他所写作的旧体诗成为理论上缺乏根柢与自信的文学,如在流沙上建造的绮楼。

柳亚子的困境在相当意义上也是现代中国民族主义话语的困境。在大多数民族国家,尤其是二战后兴起的前殖民地、半殖民地国家,民族主义乃是与现代性并起的。而中国的左翼激进知识分子及其代表政党(包

㊺ 柳氏自认是三民主义信徒,又对社会主义抱有浪漫的向往,乃至于其诗作中每把华盛顿、林肯、列宁、斯大林、孙中山和毛泽东相提并论。参见《磨剑室词集》所载《敬题中山先生遗墨两绝》(第857页)、《陈孝威将军以赋赠美利坚大总统罗斯福氏诗索和》(第933页)、《美国空军联络官范查礼君索诗》(第1263页)、《短歌行》(第1399页)等诗,恕不一一列举。

㊻ 柳亚子《旧诗革命宣言书》(1944年5月3日),载《磨剑室文录》,第1422页。

㊼ 柳亚子《致姜长林》(1931年5月5日),载《书信辑录》,第125页。

㊽ 柳亚子《新诗和旧诗》(1942年8月25日),载《磨剑室文录》,第1346页;同样的譬喻也出现在《扶余诗社社启》(1948年10月8日),载《磨剑室文录》,第1553页。

㊾ 柳亚子《旧诗革命宣言书》,第1419、1423页。

㊿ 柳亚子《柳亚子的诗和字》(1945年10月16日),载《磨剑室文录》,第1471页。

括前期的国民党)则将真正现代化的通商口岸(尤其是作为"堕落都市"代称的上海)视为民族耻辱,因此他们拥抱想象中的乡土中国及农民阶级,却又攻击后者所代表的"愚昧落后"的传统价值;他们祈求现代性,却又排斥了最现代化的阶级(譬如西化文人、"买办"、资本家)。这样建立起来的民族主义话语是空洞的,缺乏传统精英文化及其价值的支撑,也不能彻底拥抱面向未来的现代化社会,只能以模糊的种族认同及对国家政权的效忠为核心。[51] 柳亚子后来因为与毛泽东的"诗友"关系而善终,但他参与新中国政权建设的梦想却始终没有得到实现的机会,因为他既然已经架空了自己的存在意义,也就逐步丧失了现实价值。其个案,恰是现代中国文化与政治上的民族主义与现代性之悖论的象征。

---

[51] Pye, Lucian W. "How China's nationalism was Shanghaied," in *Chinese Nationalism*, pp.86-112, esp.92-94, 109-110.

怀旧与抗争：独立、自由、性别书写与陈寅恪诗文

李惠仪

美国　哈佛大学　台湾中研院院士

一、前　　言

　　1927年6月2日（农历五月初三），学贯古今、沉潜诗词的国学大师王国维（1877－1927）投颐和园昆明湖自尽。王为何在五十盛年、学术巅峰之际自沉，一直众说纷纭。当时与后世都有"殉清"说。无疑地，王以遗老自命，辛亥革命前后，王避地日本京都，写下《颐和园词》、《隆裕皇太后挽歌词》、《蜀道难》等悲叹清室覆亡、颂扬并哀挽清帝后的篇章。1923年，王国维应诏出任逊帝溥仪的"南书房行走"，食五品俸禄。①按清代旧制，入直南斋者多为翰林甲科。王于前清仅为诸生，被破格起用，可能因此对溥仪别有知遇之感。② 1924年农历新年，王国维入宫向溥仪贺岁，归而赋诗："百年竟遇岁朝春，甲子仍兼日甲寅。③ 天地再清山岳秀，周邦虽旧命维新。"下题："宣统甲子元旦，乾清宫朝贺归试笔。"④用宣统纪年，表示依然奉清正朔，并寄予厚望，认为清社虽屋，仍是天命所归，犹如"周虽

---

① 同被命者尚有杨钟羲、景方昶、温肃。参王德毅，《王国维年谱》（增订版）（台北：兰台出版社，2013年），第290页。
② 陈寅恪著，蒋天枢注，《王观堂先生挽词》，收入陈寅恪著，胡文辉笺注，《陈寅恪诗笺释》，全二册（广州：广东人民出版社，2008年），上册，第80页。
③ 陈寅恪《王观堂先生挽词》蒋注述及1924年情事："是岁中元周甲子，神皋丧乱终无已。"蒋注："康有为诗有句云：'中元甲子天心复。'盖前一甲子在同治时，世称中兴也。"《陈寅恪诗笺释》，上册，第81页。王国维援用术数家说法，指称甲子年甲寅日或预示清室复兴。
④ 《王国维年谱》，第310页。

旧邦,其命维新"。⑤ 1924 年 11 月 5 日(十月初九),北京政变,冯玉祥派部队迫令溥仪出宫,移居溥仪父亲的醇王府,废除其帝号,并修改 1912 年原订对清室优待条款。后来王国维致信其友日本汉学家狩野直喜,追述"皇室奇变":"一月以来,日在惊涛骇浪间,十月九日之变,维等随车驾出宫,白刃炸弹,夹车而行。"⑥王国维对宣统的忠忱,情见乎辞。

然而"忠清"不必等同"殉清"。王国维自沉因由,数十年聚讼不休。罗振玉(1866-1940)等遗老多主"殉清"说。⑦ 这说法似乎可在王国维遗书中找到依据。王遗书开首即云:"五十之年,只欠一死。经此世变,义无再辱。"既谓"再辱","初辱"必有所指。若前耻指冯玉祥(1882-1948)逼宫一事,则"再辱"也许是忧惧当时革命北伐军进攻华北,移居天津的溥仪小朝廷难免再罹倾覆之祸。主忧臣辱,主辱臣死,清室残余既一再遭劫,孤臣孽子唯有一死明志。但是"再辱"也可指王国维对降志辱身的畏惧——先是宿学叶德辉(1864-1927)及王葆生被枪杀于湘鄂,王既自矢清遗民,或有鉴于彼,恐不能见容于党人。⑧ 王愤恨共产党,早在 1917 年俄国十月革命,已恐"祸将及我":"观中国近状,恐以共和始,而以共产终。"⑨另外有论者把王之死归咎王国维与罗振玉之间的恩怨和金钱纠纷,⑩又有谓王经历丧子之痛,受叔本华哲学影响,悲观厌世。其时与王在清华国学研究院共事的梁启超(1873-1929),则认为王死于"嫉俗":"充不屑不洁之量,不愿与虚伪恶浊之流同立于此世,一死焉而清刚之气,乃永在天壤。夫屈原纵不投汨罗,亦不过更郁邑侘傺十数年极矣,屈原自

---

⑤ 《诗经·大雅·文王》。
⑥ 引自《王国维年谱》,第 322 页。
⑦ 参看罗振玉,《海宁王忠悫公传》及杨钟羲、樊炳清、陈守谦等人之传略及祭文。溥仪在《我的前半生》中,谓罗振玉伪造王国维申明殉清忠节的"遗折"进呈溥仪,溥仪大受感动,予谥忠悫。吴宓在日记中,亦认为王殉清室。上述资料引自王风、陈平原编,《追忆王国维》增订本(北京:三联书店,2009 年),第 3-14、49-52、96 页。
⑧ 徐中舒,《王静安先生传》,原载《东方杂志》二十四卷十三号,1927 年 7 月。顾颉刚与卫聚贤亦有此说。《追忆王国维》,第 112-113、160、176 页。
⑨ 罗振玉,《〈王忠悫公遗书〉序》,《罗振玉自述》(合肥:安徽文艺出版社,2013 年),第 171 页。王国维与狩野直喜书,亦提及"赤化之祸,旦夕不测"。狩野直喜《回忆王静安君》,原载昭和二年(1927)八月《艺文》。《追忆王国维》,第 296 页。
⑩ 史达,《王静庵先生致死的真因》,原载《文学周报》第五卷一、二合期,1927 年 8 月 7 日。《追忆王国维》,第 56-58 页。

沉,我全民族意识上之屈原,曾沉乎哉?"⑪相对而言,周作人(1885-1967)的语气稍带批判:"以头脑清晰的学者而去做遗老弄经学,结果是思想的冲突与精神的苦闷。这或者是自杀——至少也是悲观的主因。"⑫叶嘉莹对王国维深具同情的理解,却与周说有暗合处。叶强调王有追求理想的执着,却困处乱世,既欲消极退避却又无法忘情世乱,其所代表的旧文化残存价值与新文化流弊对抗,造成时代与性格的矛盾悲剧。⑬

二、悼王立论三变:从殉清到独立与自由

之所以不厌其烦地综述有关王国维之死的论争,是希望重构这话题隐含的各种政治立场和文化观点。明乎此,方能体会陈寅恪(1890-1969)哀挽王国维诗文论调微妙三变的意义。王国维与陈寅恪同为清华国学研究院的栋梁,二人又是气类相投的忘年交(陈寅恪在《王观堂先生挽词》有"许我忘年为气类"之句),王遗嘱即把书籍交托陈寅恪与吴宓(1894-1978)处理。陈先撰《挽王静安先生》,发表于《学衡》第六十期:"敢将私谊哭斯人,文化神州丧一身。越甲未应公独耻,湘累宁与俗同尘。吾侪所学关天意,并世相知妒道真。赢得大清干净水,年年呜咽说灵均。"⑭总领全诗,可见两条线索。开头两句与颈联指涉王、陈交谊及其共同肩负的文化重任。颔联与尾联则通过屈原的比喻歌颂王之殉节。"自沉"在"经营死亡"的传统中,本来就联系屈原的想象,更何况王投湖时间是端午前两天,地点是颐和园排云殿鱼藻轩。⑮ 当时哀悼王国维的挽联

---

⑪ 梁启超,《〈王静安先生纪念号〉序》,原载《国学论丛》第一卷第三号,1928 年 4 月。引自《追忆王国维》,第 87 页。
⑫ 周作人,《偶感之二》,原载 1927 年 6 月 11 日《语丝》第 135 期。引自孙敦恒,《王国维年谱新编》(北京:中国文史出版社,1991 年),第 184 页。
⑬ 叶嘉莹,《王国维及其文学批评》(九龙:中华书局,1980 年)。转引自罗继祖主编,《王国维之死》(广州:广东教育出版社,1999 年),第 134-165 页。
⑭ 《陈寅恪诗笺释》,上册,第 37-46 页。《学衡》第 60 期封面所标出版时间为 1926 年 12 月,实际出版时间是 1927 年。二者差距是因为 1924 年后,《学衡》经常不能按期出版。
⑮ 颐和园是慈禧晚年游乐之地,排云殿是园内最富丽的建筑。王国维写《颐和园词》(1912)追怀慈禧,把颐和园描摹为盛世的象征("昆明万寿佳山水,中间宫殿排云起……是时朝野多丰豫,年年三月迎鸾驭")。"鱼藻"在《诗经》用作祭祀,代表礼乐文明。

挽诗,屈原的比拟极多。但屈原可以含混地代表愤世嫉俗(如前引梁启超语),亦可定义为忠君殉节的象征。陈寅恪选择的是后者。第三句有自注:"甲子岁(1924)冯兵逼宫,柯、罗、王约同死而不果。戊辰(按应作丁卯,1927)冯部将韩复榘兵至燕郊,故先生遗书谓'义无再辱',意即指此。遂践旧约自沉于昆明湖,而柯、罗则未死。余诗'越甲未应公独耻'者盖指此言。王维《老将行》'耻令越甲鸣吾君',此句所本。事见刘向《说苑》。"《说苑》记载齐国雍门子狄在越兵至齐时自刎,表示齐不可辱,越感其义勇而退兵。柯、罗指柯邵忞(1850-1933)与罗振玉。据此则1924年冯玉祥逼宫,遗老柯、罗、王曾相约赴难"同死",但没有实行。罗振玉亦说:"乃十月值宫门之变,公援主辱臣死之义,欲自沉神武门御河者再,皆不果……今年夏,南势北渐,危且益甚,乃卒以五月三日自沉颐和园之昆明湖以死。"⑯罗振玉汲汲坐实王国维殉清,不惜伪造"遗折",不免启人疑窦。但就王坚信主辱臣死的逻辑这一点而言,陈、罗看法是一致的。不过陈更进一步,竟似隐然责难柯、罗未能如王死节。另一可能是,陈惋惜王未能如其他遗老虚与委蛇,拒绝作无谓牺牲。"湘累"典出扬雄《反离骚》,据李奇注:"诸不以罪死曰累。"⑰《反离骚》通篇称屈原为"累"。陈寅恪援引《反离骚》,表示虽然理解王国维不愿"蒙世俗之尘埃"("湘累宁与俗同尘"),但正如扬雄所云:"夫圣哲之不遭兮,固时命之所有",王死无乃不达。相比之下,结尾两句摆脱颔联暗示的游移,从正面写殉节。"大清干净水"是王之视野,⑱此水有灵,以汩流泣诉死节的故事。即是,无论殉清的客观矛盾多大,就王主观而言,仍是完节,并似能从呜咽湖水得到认可和回报。至于首联和颈联,则是另一线索,旨在颂扬王国维的学

---

⑯ 罗振玉,《海宁王忠悫公传》,《追忆王国维》,第8页。
⑰ 扬雄著,张震泽校注,《扬雄集校注》(上海:上海古籍出版社,1993年),第161页。"累"原义为拘系或囚禁。陈寅恪挽联亦称王国维为"累臣":"十七年家国久魂销,犹余剩水残山,留与累臣供一死;五千卷牙签新手触,待检玄文奇字,谬承遗命倍伤神。"《陈寅恪诗笺释》下册,第1330-1331页。
⑱ 据金梁回忆,王国维曾称昆明湖为"干净土":"公殉节前三日,余访之校舍。是日忧愤异常时,既以世变日亟,事不可为,又念津园(按即溥仪所在)可虑,切陈左右,请迁移,竟不为代达,愤激几泣下。余转慰之,谈次忽及颐和园,谓今日干净土,唯此一湾水耳。"罗继祖主编,《王国维之死》,第29页。

术成就,足以代表"文化神州",并申明陈、王志同道合,其所追求的文化理想,不足为外人道("并世相知妒道真")。⑲ 综括而言,《挽王静安先生》肯定王殉清,但死节与文化使命并列,并未纠结在一起。

据陈寅恪夫人唐筼(1898 - 1969)记录,陈撰挽诗挽联后,"意有未尽,故复赋长篇也"。⑳《王观堂先生挽词》并序作于1927年10月。序言常被征引,《挽词》本身反而讨论较少。《挽词》主调仍是忠清殉节,是以开篇即云:"汉家之厄今十世,不见中兴伤老至。一死从容殉大伦,千秋怅望悲遗志。曾赋连昌旧苑诗,兴亡哀感动人思。岂知长庆才人语,竟作灵均息壤词。"结句则谓:"风义平生师友间,招魂哀愤满人寰。他年清史求忠迹,一吊前朝万寿山。"陈寅恪沿用屈原的比拟("灵均"、"招魂"),肯定王国维之"忠迹",所殉为君臣"大伦"。《挽词》亦述及1924年冯玉祥逼宫事:"忽闻擐甲请房陵,奔问皇舆泣未能……神武门前御河水,好报深恩酬国士。南斋侍从欲自沉,北门学士邀同死。"陈弟子蒋天枢(字秉南)(1903 - 1988)解释"南斋侍从"指罗振玉,"北门学士"指柯劭忞:"罗柯曾约王共投神武门外御河殉国,卒不果,后王先生之自沉昆明湖,实有由也。"㉑《挽词》与前引七律观点基本一致,但《挽词》利用长篇歌行的体式铺陈晚清历史,称颂张之洞(1837 - 1909)提倡"中学为体,西学为用",延揽缪荃孙(1844 - 1919)、严复(1854 - 1921)等才人,竟似中兴可望,复惊叹清室覆亡的迅速——清廷轻视革命军,以为是"潢池小盗",讵料顷刻烽火连天。清室最后代表被描绘为暴乱的牺牲品:"再起妖腰乱领臣,遂倾寡妇孤儿族。""妖腰乱领"典出杜甫《大食刀歌》,此处指袁世凯(1859 - 1916)逼迫隆裕太后(光绪皇后)代表年仅六岁的溥仪("寡妇孤

---

⑲ 刘歆移书太常博士,责让排斥古文的学者"党同门,妒道真",《汉书》(北京:中华书局,1962年),卷36,第1971页。胡文辉认为"似谓时人对王氏自沉的评论多不得其实"(《陈寅恪诗笺释》上册,第43页)。窃以为"妒道真"是指王学问境界外人无从领略。

⑳ 转引自《陈寅恪诗笺释》上册,第54页。

㉑ 蒋天枢说:"癸巳(1953)秋游粤,侍师燕谈,间涉及晚清掌故与此诗有关处,归后因记所闻,笺注于诗下。甲午(1954)元夕补记。"蒋注得自陈口述,故视为作者自注亦无不可。吴宓极为称赏这首诗,晚年作《王观堂先生挽词解》,可惜文革中多散佚,残存的几则,吴学昭收录于氏著《吴宓与陈寅恪》增补本(北京:三联书店,2014年),第100 - 102页。吴宓认为陈诗的中心思想"是尽量发挥数千年中国传统文化的纲纪仁道"。《吴宓与陈寅恪》,第100页。

儿")颁布《宣统退位诏》。由于主调是忠清,所以斥责黎元洪(1864－1928)倒戈("养兵成贼嗟翻覆"),甚至对曾受光绪帝隆遇但后来坚决反对复辟的梁启超也颇有微词:"旧是龙髯六品臣,后跻马厂元勋列。"㉒《挽词》写王、陈的情谊部分建基于悼清之共感同悲:"回思寒夜话明昌,相对南冠泣数行。犹有宣南温梦寐,不堪灞上共兴亡。"明昌(1190－1196)是金章宗(1189－1208 在位)第一个年号,此处是以金喻清。金章宗修正礼乐刑政,史称"明昌之治"。满清未入关时曾称"大金"、"后金",入主中原后汉化亦有似金朝。"南冠"用《左传》楚人钟仪"南冠而絷"于晋及《世说新语》晋丞相王导警戒渡江诸人不应"作楚囚相对"的典故,无非刻画陈、王二人共话清朝旧事时的感伤。

《挽王静安先生》七律未及者,是时代与个人命运的关系。《挽词》有意追步王国维《颐和园词》以诗为史,并更进一步,把王国维兴亡哀感的"诗史"声音转化为以个人抉择凝聚历史判断的"诗史"("岂知长庆才人语,竟作灵均息壤词")。如此穿插个人与历史的视野,是吴伟业(1609－1671)"梅村体"的传统。㉓ 三纲五常刻骨铭心的士人,在皇朝倾覆之际,若执着传统道德楷模,该作何种选择？是否如伯夷叔齐不食周粟("去作夷齐各自天")？抑是如明遗民避地日本("还如舜水依江户")㉔？楷模与现实不符又当如何？试看"君期云汉中兴主,臣本烟波一钓徒"——与王同籍海宁的诗人查慎行(1650－1727),经历宦途险恶后,诗风更趋沉潜平淡,曾对康熙表白"臣本烟波一钓徒"。以王比查,似乎暗示王对超然

㉒ 蒋注:"梁先生于戊戌以举人资格特赏六品顶戴,办理编译事宜。"1917 年 7 月张勋(1854－1923)复辟,段祺瑞(1865－1936)在马厂举兵驱逐张勋,梁启超参与其事,所以称作"马厂元勋"。梁在反对复辟的通电中,把张勋比作董卓、朱温,又斥其师康有为(1858－1927)为"大言不惭之书生"。蒋又引陈之言:"此诗成后呈梁先生,梁亦不以为忤也。"1953 年陈寅恪对科学院的答复,也提到这点。"我写王国维诗,中间骂了梁任公,梁任公只笑了笑,不以为芥蒂。"但陈寅恪在《读吴其昌撰梁启超传后》称颂梁"高文博学,近世所罕见",又谓梁"少为儒家之学",有心用世,"其不能与当世腐恶之政治绝缘,势不得不然……此则中国之不幸,非独先生之不幸也。"陈深知梁,也许梁因此不以为忤。陈寅恪,《寒柳堂集》(上海:上海古籍出版社,1980 年),第 148 页。

㉓ See Wai-yee Li, "Confronting History and Its Alternatives in Early Qing Poetry"; "History and Memory in Wu Weiye's Poetry," in *Trauma and Transcendence in Early Qing Literature*, eds. Wilt Idema, Wai-yee Li, Ellen Widmer (Cambridge: Harvard University Asia Center, 2006), pp.73－148.

㉔ 明遗民朱舜水(朱之瑜)(1600－1682)避地日本,得德川幕府支持,讲学授徒。

物外的追求尚夹杂中兴盛世的憧憬,无如宣统不是"云汉中兴主"。在众多人物范式中,陈寅恪选择了唐末诗人韩偓(842－923):"更期韩偓符天意"。韩偓是扶持唐昭宗(888－904在位)的功臣,朱全忠篡唐,韩并未依附,有"偷生亦似符天意"之句。陈意谓希望王国维能像韩偓乱世图全。㉕

正因历史包袱决定个人命运,只要把清朝灭亡联系更深重的文化危机,王国维之死便可以从殉清演绎为"殉文化"。《挽词》开端称清朝为"汉家"("汉家之厄今十世"),又标举王自沉为"殉大伦",似乎暗示清王朝已然代表汉文化。这潜在的论辩在《挽词》序特意展开。

凡一种文化值衰落之时,为此文化所化之人,必感苦痛,其表现此文化之程量愈宏,则其所受之苦痛亦愈甚,迨既达极深之度,殆非出于自杀无以求一己之心安而义尽也。吾中国文化之定义,具于白虎通三纲六纪之说,㉖其意义为抽象理想最高之境,犹希腊柏拉图所谓 Eîdos(Idea)者。若以君臣之纲言之,君为李煜亦期之以刘秀;以朋友之纪言之,友为郦寄亦待之以鲍叔。其所殉之道,与所成之仁,均为抽象理想之通性,而非具体之一人一事……近数十年来,自道光之季……纲纪之说,无所凭依……盖今日赤县神州值数千年未有之巨劫奇变;劫尽变穷,则此文化精神所凝聚之人,安得不与之共命而同尽,此观堂先生所以不得不死,遂为天下后世所极哀而深惜者也。至于流俗恩怨荣辱委琐龌龊之说,皆不足置辩,故亦不之及云。

依此逻辑,王国维之死是殉道成仁,表明与历劫遭变的中国文化共命同

㉕ 吴宓说:"王静安先生(国维)自沉前数日,为门人谢国桢(字刚主)书扇诗七律四首,一时竞相研诵。四首中,二首为唐韩偓(致尧)之诗。余二首则闽侯陈弢庵太傅宝琛之《前落花诗》也。兹以落花明示王先生殉身之志,为宓《落花诗》宓诗集卷九第十一至十二页之所托兴。"吴宓著,吴学昭整理,《吴宓诗话》(北京:商务印书馆,2005年),第196页。陈寅恪提起韩偓,也许与此有关。承蒙斯坦福大学周轶群教授为我提供这条材料,谨致谢忱。又吴宓未明言王国维书韩偓何诗,而韩偓《春尽》、《残花》等名篇中的落花意象也曾被解读为家国之感与政治寓意。
㉖ 《白虎通德论‧三纲六纪》:"三纲者何谓也? 谓君臣、父子、夫妇也。六纪者,谓诸父、兄弟、族人、诸舅、师长、朋友也……君为臣纲,父为子纲,夫为妻纲……敬诸父兄,六纪道行,诸舅有义,族人有序,昆弟有亲,师长有尊,朋友有旧。"《白虎通逐字索引》,何志华、陈方正编辑(香港:商务印书馆,1995年),第54页。

尽,其所殉者为三纲六纪之理想。两年后,陈寅恪撰《清华大学王观堂先生纪念碑铭》,赋予王之自沉更高超的意义:

> 士之读书治学,盖将以脱心志于俗谛之桎梏,真理因得以发扬。思想而不自由,毋宁死耳。斯古今仁圣所同殉之精义,夫岂庸鄙之敢望。先生以一死见其独立自由之意志,非所论于一人之恩怨,一姓之兴亡。呜呼!树兹石于讲舍,系哀思而不忘。表哲人之奇节,诉真宰之茫茫。来世不可知者也,先生之著述,或有时而不章。先生之学说,或有时而可商。惟此独立之精神,自由之思想,历千万祀,与天壤而同久,共三光而永光。㉗

从"殉清"到"殉中国文化",再进至"一死见其独立自由之意志",可见陈寅恪悼念王国维立论三变。如果说《挽词》及其序所代表的视野转移(即把清亡等同纲纪沦丧)尚属有迹可循,那《挽词》序到《碑铭》的变化更出人意表。陈寅恪肯定王所殉之道,乃是"独立之精神,自由之思想"。《挽词》序鄙弃流俗"委琐龌龊之说"(如谓王国维与罗振玉之间的恩怨逼使王自杀),《碑铭》更进一步否定"殉清"说,认为王死不能系于"一姓之兴亡"。《挽词》序仍把中国文化定义为三纲六纪,虽则陈再下转语,分清作为"抽象理想之通性"的纲纪与"具体之一人一事"。及至《碑铭》,中国文化之精义变成"独立之精神,自由之思想"。陈意似谓具"独立自由之意志"者亦可敬奉传统三纲五常的道德理念。循此思路,可察觉把现代中国知识分子简单划分为"传统守旧"与"先进改革",殊欠精确。回眸往昔的"文化乡愁"(cultural nostalgia)可以连接抗争意识、主权自觉、与社会疏离而衍生的批判精神。

陈寅恪生于1890年,书香门第。祖父陈宝箴(1831-1900)虽仕途不甚通显,但以力主维新知名。戊戌政变,陈宝箴与其子(即陈寅恪父)陈

㉗ 收入陈寅恪,《金明馆丛稿二编》(上海:上海古籍出版社,1980年),第218页。

三立(1853–1937)一并革职。㉘ 陈三立是著名诗人,以气节文章名重当代。陈寅恪早年游学日本、欧洲、美国。1925年回国,次年与王国维、梁启超一同应聘为清华国学研究院导师。其时陈已负盛名,研究范围包括佛教史、中印交流史、中国与中亚关系等,并兼及梵文、巴利文、突厥、西夏的材料。1930年国学院停办后,陈任教清华大学。三十、四十年代,他致力隋唐史研究。抗战期间,陈随西南联大迁至昆明,1939年应牛津大学之聘,因二战爆发而不果行,流滞香港后又辗转至桂林,先后任广西大学、中山大学教授。1945年,陈再次应聘至牛津大学任教,原因之一是试图在伦敦治疗眼疾。手术失败,双目失明,遂于1949年辞聘返国。当时傅斯年(1896–1950)力邀陈往台湾、香港,但陈决定留在大陆,任教岭南大学(1952年并入中山大学),在广州度过一生最后二十年。

斐然的学术成就不足以解释陈寅恪的文字何以能动人心弦。他成为"文化偶像",基于更根本的原因。陈寅恪以惊天地、泣鬼神的坚毅拒绝受制于政治教条,捍卫追求知识的纯粹关怀。他始终深信史家职分鉴古通今,其史才史识史德适足以建立不畏强御、无视众谤、睥睨野蛮暴力的文化精神。他代表的"文化乡愁",重新界定主观自觉,质疑政治势力,打开意识形态的抗争道路。如斯种种,在哀挽王国维的诗文中已见端倪,尤其是《碑铭》表彰的"独立之精神,自由之思想"。这两句话在陈最后二十年的文字中屡屡提出,政治抗争的意味愈为浓厚,最终成为其为人为学的宗旨与誓言。㉙

1953年,曾师从陈寅恪研习隋唐史、时任北大历史系副教授的汪籛(1916–1966)南下广州,劝说陈北返,出任新成立的历史研究所之中古研究所所长。陈寅恪对科学院的答复,㉚征引《碑铭》来总结其学问宗旨与生命精神:

㉘ 参看陈寅恪,《戊戌政变与先祖先君之关系》,收入《寒柳堂集》(上海:上海古籍出版社,1980年),第170–182页。
㉙ 参看李玉梅,《陈寅恪之史学》(香港:三联书店,1997年),页97–120;王永兴,《陈寅恪先生史学述略稿》(北京:北京大学出版社,1998年),第30–44页。
㉚ 陆键东在《陈寅恪的最后二十年》(北京:三联书店,1995年),第111–113页,引录此信全文。同书讨论汪、陈关系,第95–125页。

> 我的思想,我的主张完全见于我所写的王国维纪念碑中……我认为研究学术,最主要的是要具有自由的意志和独立的精神。所以我说"士之读书治学,盖将以脱心志于俗谛之桎梏"。"俗谛"在当时指三民主义而言……

不用说,1953 年的"俗谛"指马列主义。陈提出担任中古研究所所长的两个条件。其一,"允许中古史研究所不宗奉马列主义,并不学习政治"。其二,"请毛公(毛泽东)或刘公(刘少奇)给一允许证明书,以作挡箭牌"。这些条件自然不可能实行,陈不过藉此重申立场。这交付汪篯的信又说:

> 我认为王国维之死,不关与罗振玉的恩怨,不关满清之灭亡,其一死乃以见其独立自由之意志。独立精神和自由意志是必须争的,且须以生死力争……一切都是小事,惟此是大事。碑文中所持之宗旨,至今并未改易。我决不反对现在政权,在宣统三年时就在瑞士读过资本论原文。但我认为不能先存马列主义的见解,再研究学术。我要请的人,要带的徒弟都要有自由思想,独立精神。不是这样,即不是我的学生。你以前的看法是否和我相同我不知道,但现在不同了,你已不是我的学生了。㉛

1950 年,汪篯加入中国共产党。1951 年,他成为北京马克思列宁学院(即中央高级党校的前身)第二部的带职学员。陈寅恪说"你已不是我的学生",是因为汪篯信奉马列主义。1966 年,汪篯不堪凌逼批判,自杀身亡,成为文革首当其冲的牺牲品。

三、性别书写:从比兴寄托到独立与自由

五十、六十年代,陈寅恪致力研究两位女子的志业和著作——弹词作

㉛ 陈寅恪对科学院的答复,引自陆键东,《陈寅恪的最后二十年》,第 111-112 页。

家陈端生(1751-约1796)与明末清初名妓诗人、复明志士柳如是(1617-1664),并三复致意她们代表的"独立"与"自由"。本节希望探讨的问题,是这两位女子如何界定陈寅恪融合怀旧与抗争的想象世界与议论空间。于此"怀旧"并非指对逝水年华的追思,也不能概括为对"传统文化"的恋慕,与陈在《王观堂先生挽词》表达的"遗少情怀"亦相去千里(如前引的"回思寒夜话明昌,相对南冠泣数行")。这里怀旧的对象是挑战传统、质疑三纲五常,代表"独立"与"自由"的女子。她们的叛逆又是隐约的,从某层面看与传统的忠节或孝义并无脱节。传统与现代的关系,是持续还是断裂?她们的生命情调,似乎超越这个选择。可以说,她们因依违传统而别具现代性。陈寅恪的怀旧,肯定文化的薪火相传,同时又重新定义"文化";[32]既是以古讽今,亦是怀古悲今。怀旧的对象既是被传统压抑、误解的人物,表明所怀者是她们的抗争精神。正是基于这种怀旧,自主意识与权力架构的抗衡适得以展开。

通过性别视野与女子之生命与著作的研究,陈批判其所处时代的野蛮和暴力,抒发自己坚持的理想。更广义地说,陈在晚年诗文屡屡运用性别角色与性别界限描摹世变中人的道德与政治抉择,对比兴寄托的传统有继承也有创新。作于1952年的《男旦》,对1949年后知识分子媚俗求全有似隐而显的针砭:"改男造女态全新,鞠部精华旧绝伦。太息风流衰歇后,传薪翻是读书人。"[33]余英时与胡文辉先后指出,"改男造女"针对当时所谓"思想改造"。[34] 男旦在戏剧传统由来有自,虽然其中佼佼者如梅兰芳(1894-1961)、程砚秋(1904-1958)当时尚在,但这传统在戏曲改革的旗号下备受抨击。社会主义美学建基于革命斗争的血汗,不能欣赏"封建"戏剧中男旦的阴柔之美,于是传统戏剧与其他传统艺术一般"风流衰

---

[32] 陈寅恪将弹词与印度、希腊史诗并列(陈寅恪,《论再生缘》,收入《寒柳堂集》,第1页),认为柳如是诗词超越当时大家,均可看作对传统文学评论的颠覆。另外,有些学者讨论陈寅恪晚年诗文时高谈"传统文化",似乎藉此避开政治。但陈既然把中国文化精义定为"独立"与"自由",政治抗争的寓意实甚明显,当然也不应忽视"独立"与"自由"可以超越政治,体现于多方展现的生命精神。

[33] 陈寅恪,《陈寅恪先生诗存》,收入《寒柳堂集》,第34页。

[34] 余英时,《陈寅恪晚年诗文释证》(增订新版)(台北:东大图书公司,1998年),第53页;胡文辉,《陈寅恪诗文笺释》,下册,第662-665页。余著与胡著见解精辟,本文多有引用。

歌"。但陈讽刺地指称,男旦的真正继承者是学会"改造"、与时推移、曲学阿世的读书人。㉟

陈寅恪在文革"十年浩劫"中受迫害,是一致公认的事实,他死时正是文革如火如荼的时候。但一部分大陆学者对于 1950、60 年代初期陈寅恪对时局的嘲讽和嗟怨,仍然稍为讳言。通过详尽的考释,余英时与胡文辉刻画陈的愤慨与悲哀,还有他对时政的批判及其捕捉的时代伤痕。正如《男旦》显示,早在 1952 年,陈对知识分子的妥协,已深感痛心。1952 年陈另有《偶观十三妹新剧戏作》,亦是取譬剧场和性别角色:"涂脂抹粉厚几许,欲改衰翁成妓女。满堂观众笑且怜,黄花一枝秋带雨。"㊱十三妹是文康《儿女英雄传》的女主角,京剧大概根据小说改编。这里一位年老男演员扮演十三妹,陈比作"黄花一枝秋带雨"。"黄花"句典出白居易(772-846)《长恨歌》对杨贵妃魂魄哭泣的形容:"梨花一枝春带雨"。美人的眼泪于此变作秋雨,男旦犹如晚开的黄菊,在秋雨中憔悴零落。余英时认为"'衰翁'自是借剧中人物以自喻,可见他曾有被人'改成妓女'的危险。'黄花'句则明显地表示要保持晚节的芬芳。"㊲亦有论者持异议,认为"改衰翁成妓女"指其他知识分子(如陈垣等)。㊳我想"黄花一枝秋带雨"语气调侃,形象可笑可怜,似乎不是自诩晚节,而是慨叹当时政治氛围扭曲人性,人人掩埋真面目,"涂脂抹粉"以图全。无论如何,一般同意此诗有政治指涉。"思想改造"的荒唐和毒害借男旦描述,可能是传统文学对男扮女装经常作负面描写的回响。㊴

㉟　刘梦溪与黄裳均认为《男旦》是针对著名史学家陈垣(1880-1971)而发。1949 年后,陈垣积极支持马列主义和中国共产党,1951 年曾受毛泽东公开表扬。转引自《陈寅恪诗笺释》,下册,第 662-665 页。参看张杰、杨燕丽编,《追忆陈寅恪》(北京:社会科学文献出版社,1999 年),第 156-157 页。
㊱　陈寅恪,《陈寅恪先生诗存》,第 35 页。
㊲　余英时,《陈寅恪晚年诗文释证》,第 56 页。
㊳　参看胡文辉,《陈寅恪诗笺释》,下册,第 666 页。
㊴　这类例子甚多。如《聊斋》故事《人妖》,收入蒲松龄著,张友鹤编,《聊斋志异会校会注会评本》全二册(上海:上海古籍出版社,1978 年),下册,第 1171-1174 页。参看 Judith Zeitlin, *Historian of the Strange* (Stanford: Stanford University press, 1993)。《三国演义》第 103 回,孔明取女服遣送司马懿,嘲讽他不肯出战,无异妇人。又如弹词《天雨花》的主角左维明羞辱奸佞小人,即命他们改换女装,以妾妇之礼辱罪。题陶贞怀著,赵景深、李平编,《天雨花》,全三册(郑州:中州古籍出版社,1984 年),第二册,第 424 页。可资对比的是女扮男装的英雄故事。又诗词中男子作闺音,是比兴寄托传统的支柱。Cf. Wai-yee Li, *Women and National Trauma in Late Imperial Chinese Literature* (Cambridge, MA: Harvard University Asia Center, 2014)。

《男旦》中明确的议论在《戏作》相对侧写,也许因此衍生不同解释。还有更隐晦的作品,引发余英时探索"暗码系统"的解读方式,⑩如作于1957年的《丁酉七夕》。诗中离弃、失落、无可奈何的意蕴,借化用白居易与李商隐(813-858)歌咏杨贵妃与唐明皇的诗句表达:"万里重关莫问程,今生无分待他生。低垂粉颈言难尽,右袒香肩梦未成。原与汉皇聊戏约,那堪唐殿便要盟。天长地久绵绵恨,赢得临邛说玉京。"⑪牛郎织女七夕金风玉露一相逢,是历代情诗屡屡咏叹的主题。其中白居易《长恨歌》最后一段写杨玉环的魂魄回忆与唐明皇的七夕盟誓是广为传颂的例子:"临别殷勤重寄词,词中有誓两心知。七月七日长生殿,夜半无人私语时。在天愿作比翼鸟,在地愿为连理枝。天长地久有时尽,此恨绵绵无绝期。"陈诗尾联即隐括此数句。虽然《长恨歌》开端隐约对好色致乱稍加惩劝,但杨玉环自缢而死后,重点放在明皇的追思和忆念,末后的盟誓,证成全诗的重情视野。相对之下,李商隐的《马嵬》以冷峻的语气质疑唐皇的重情形象。首联"海外徒闻更九州,他生未卜此生休"针对《长恨歌》写杨玉环死后,明皇遣临邛道士上天下地寻觅她的魂魄,终于在"海上仙山"找到玉环仙身"太真仙子"。李诗断言海外九州是徒然的传闻,他生未卜而此生已矣。《马嵬》颈联"此日六军同驻马,当时七夕笑牵牛"的今昔之比,正是以"六军""七夕"的巧对,比照当下面临死亡的迫切与昔日盟誓的徒然。陈诗"今生无分待他生"即是呼应"他生未卜此生休"。《长恨歌》的绵绵长恨,反衬生死不渝的爱情,而陈诗"天长地久绵绵恨,赢得临邛说玉京"则继承颔联颈联申诉的背信负盟,暗示"愿生生世世为夫妇"不过是临邛道士谈说仙境的空话。除了引用有关杨妃、唐皇七夕盟誓的唐诗名句,陈寅恪还采用了另外一个七夕典故:《汉武故事》述西王母如约于七夕访汉武帝,武帝请不死之药,遭西王母拒绝,理由是"帝滞情不遣,欲心尚多"。⑫"原与汉皇聊戏约"即指此。

---

⑩ 参看余英时,《陈寅恪晚年诗文释证》,第177-194页。
⑪ 陈寅恪,《陈寅恪先生诗存》,第44页。参看胡文辉,《陈寅恪诗笺释》,下册,第1005-1012页。
⑫ 《汉武故事》,收入王根林标点,《汉魏六朝笔记小说大观》(上海:上海古籍出版社,1999年),第173-174页。

余英时认为《丁酉七夕》是为"反右"而作:

> 阴历七夕前,毛泽东的"阳谋"早已公开化了。诗中"言难尽"即指毛泽东所宣布的"知无不言,言无不尽;言者无罪,闻者足戒"的约定。"右袒"句则指"右派"知识分子的好梦破灭。毛泽东的十六字保证原是"戏约",而知识分子竟然认真了起来,终于用他们的血泪谱出了一曲新的《长恨歌》。陈先生平时绝口不言时事,然而他的诗篇却深刻而细致地反映了中国近几十年所经历的世变。这些诗不仅是他所说的"所南心史",并且客观上具有少陵"诗史"的意味。㊸

无论接受这解读的细节与否,《丁酉七夕》的女性幽怨传达无可奈何的哀音怨愤,而激起这怨愤的是一个"背盟"的故事,应无异议。胡文辉引慧远(344–416)《沙门袒服论》解释第四句"右袒香肩梦未成":"'佛出于世,因而为教。明所行不左,故应右袒。'借指僧人弃世出家,暗喻官方放弃对知识分子的思想控制。"㊹我想领联运用掩埋与披露的意象,表明其隐显之间的张力与互为因果。"低垂粉颈言难尽"基于屈辱与沉默,可能也暗示陈寅恪本人"言不尽意"的寄兴。"言难尽"的不得已反衬"右袒香肩"、"言无不尽"的美梦。《史记·吕后本纪》:吕后死后,汉功臣周勃谋灭吕氏党羽,要分清敌我,行令军中曰:"为吕氏右襢,为刘氏左襢。"㊺胡文辉认为陈诗"右袒"与《史记》典故无涉,因为吕氏是篡位乱臣,"右袒"是贬语。但如陈诗以"右袒"比喻直抒己见,则以吕氏党羽代表不合时宜、支持反抗正统权位者亦无不可。若"右袒香肩"同时隐括《沙门袒服论》与《史记》,便涵盖了宣言抱负与反抗"真命天子"两重意义。唐皇背盟、杨妃惨死的比拟,把知识分子刻划为百年苦乐由他人的女子,他们被"二三其德"的君王愚弄,误信盟誓,结局是屈服、沉默、徒劳。"低垂粉颈言难尽"的意象,捕捉了他们"媚主"无由的悲哀,言论自由梦想的破灭。

㊸ 余英时,《陈寅恪晚年诗文释证》,第50–51页。
㊹ 胡文辉,《陈寅恪诗笺释》,下册,第1006–1007页。
㊺ 司马迁,《史记》(北京:中华书局,1964年),卷8,第409页。

性别角色在第五句("原与汉皇聊戏约")转换。知识分子比作满怀奢望的汉武帝,而毛泽东则是"聊戏约"的西王母。下句恢复全诗一贯的性别比拟:知识分子就像依恋唐皇、要求他立誓的杨妃,犹如洪昇(1645-1704)《长生殿》第二十二出的场景。但君王觉得这不是出于他本人的意愿,只能算是可以背负的"要盟"。㊻ 悲剧序幕于焉展开。1689年,时为太学生的洪昇与一群官员因为在佟皇后丧未满百日时观演《长生殿》被弹劾获罪,洪被革去国子监监生籍,发回乡里。"最是文人不自由"(陈寅恪作于1930年的《阅报戏作二绝》其中一句)㊼:文人与杨玉环的命运因"《长生殿》案"添了一层关系。1954年陈寅恪为答朱师辙观新排《长生殿》诗,作绝句五首。第一首即着眼此一联系:"洪死杨生共一辰,美人才士各伤神。白头听曲东华史(叟自号"东华旧史"),唱到兴亡便掩巾。"㊽ 洪昇酒后失足堕水死,时为康熙四十三年六月一日,刚好是杨玉环的生日。宠辱得失由人,是美人文士共感同悲处。

陈赋答朱绝句五首,其他四首诗语牵连他当时撰写的《论再生缘》及刚开始研究的柳如是事迹。1961年,《光明日报》登录郭沫若(1892-1978)数篇评论《再生缘》的文章,此报记者向中山大学提出与陈寅恪访谈的请求,陈婉拒,但抄录七年前旧作答朱绝句,表示"如果认为需要,可在报上刊登"。《光明日报》结果没有刊登。这五首绝句后来收入《柳如是别传》。㊾ 前引第一首客观咏叹美人文士共同担负的悲剧命运,以下四首则认同陈端生,进入柳如是、钱谦益的世界,主观投射作者的悲愤与无奈。如第二首:"文章声价关天意,搔首呼天欲问天";第三首:"玉环已远端生近,瞑写南词破寂寥";第四首:"我今负得盲翁鼓,说尽人间未了情";第五首:"丰干饶舌笑从君,不似遵朱颂圣文。愿比麻姑长指爪,傥能搔着杜司勋。"其中转折适足以涵盖陈诗"性别书写"的转变。如果说

㊻ 《左传》襄公九年:"且要盟无质,神弗临也。所临唯信,信者言之瑞也,善之主也,是故临之。明神不蠲要盟,背之可也。"
㊼ 陈寅恪,《陈寅恪诗存》,第11页。
㊽ 《甲午春朱叟自杭州寄示观新排长生殿传奇诗,因亦赋答绝句五首》,胡文辉,《陈寅恪诗笺释》下册,第797-807页。按朱师辙自号"东华旧史"。
㊾ 陆键东,《陈寅恪的最后二十年》,第320-321页;《柳如是别传》,全三册(上海:上海古籍出版社,1980),第三册,第859-860页。

《丁酉七夕》与答朱绝句第一首的知人论世用女性角色论断文人的屈辱与无奈,那么牵涉陈端生、柳如是的诗文呈现的同情共感则界定了独特的抒情史观,这其中包含陈的自我剖释及认清世变的洞见。余英时论陈寅恪"史学三变",指出陈五十、六十年代撰写的《论再生缘》与《柳如是别传》是"变体",有心追步宋遗民郑思肖(字所南)(1241－1318)《心史》。⑩是以缕述史事,感慨系之,夹杂深具自传色彩的诗作。

　　1638 年,苏州承天寺眢井中发现封于铁函、沉埋三百五十余年、题为"大宋孤臣郑思肖"所作的《心史》。《心史》体现遗民百折不挠、超越时代困厄的气节,成为明遗民与清末反清志士念兹在兹的文化符号。陈寅恪晚年诗文屡屡提到《心史》,如作于 1953 年的《广州赠别蒋秉南》(其二):"孙盛阳秋海外传,所南心史井中全。文章存佚关兴废,怀古伤今涕泗涟。"㊶孙盛(四世纪)所撰《晋阳秋》触怒桓温(312－373),险些获罪,孙盛遂写两定本,其一后来晋孝武帝(372－396 在位)得自辽东。"孙盛阳秋"与"所南心史"以史识批评当世,不能即时流传,陈寅恪基于同样顾虑,把著作托付门人蒋天枢。再如作于 1957 年自述笺释钱、柳诗未竟而恐刊布无日的诗:"生辰病里转悠悠,证史笺诗又四秋。老牧渊通难作匹,阿云格调更无俦。渡江好影花争艳,填海雄心酒祓愁。珍重承天井中水,人间唯此是安流。"㊷"老牧"指钱谦益(牧斋),"阿云"即柳如是(据陈寅恪考证,柳如是曾名"云娟"、"朝云")。"渡江好影"用《世说新语·纰漏》任瞻典。任瞻年少时神明可爱,人谓其"影亦好",但晋室渡江后,"便失志"。这里是指钱、柳明亡后,虽如精卫填海般有复明雄心("填海雄心"),仍是抑郁神伤。陈作必如《心史》藏于承天井中,索解人于后世。"心史"指作者与其政治社会环境断裂,既不能见容当世,精义唯待后人发掘。"心史"原典是指宋遗民慨叹神州陆沉后文化沦亡,而陈关注的,

---

　　⑩　余英时,《陈寅恪晚年诗文释证》,第 331－377 页。参看李玉梅,《陈寅恪之史学》,第 162－223 页;C. H. Wang, "Ch'en Yin-k'o's Approaches to Poetry: A Historian's Progress," *Chinese Literature: Essays, Articles, Reviews* 3.1(1981): pp.3－30。

　　㊶　胡文辉,《陈寅恪诗笺释》,下册,第 718－721 页。

　　㊷　原题《丁酉阳历七月三日六十八初度,适在病中,时撰钱柳因缘诗释证尚未成书,更不知何日可以刊布也,感赋一律》,收入《柳如是别传》,第 6 页。参胡文辉《陈寅恪诗笺释》,下册,第 992－995 页。

正是明遗民的世界，还有被误解、被遗忘的女子，所以"心史"的历史关怀是感性的，通过共感同悲为古人"发皇心曲"，达成一种抒情的历史解悟。

1961年，吴宓到广州探访陈寅恪，陈赋诗道出近况："五羊重见九回肠，虽住罗浮别有乡。留命任教加白眼，著书唯剩颂红妆。（陈自注：近八年来草《论再生缘》及《钱柳因缘释证》[按即后来之《柳如是别传》]等文凡数十万言。）钟君点鬼行将及，汤子抛人转更忙。为口东坡还自笑，老来事业未荒唐。"㊴陈寅恪最后二十年住在广州，但1949年后，陈诗每以"流人"、"流民"自况，又隐然自比先后迁谪广东的韩愈（768－825）和苏轼（1037－1101）。陈拒绝到北京出任中国科学院中古史研究所所长，特意避开权力轴心，这是一种"内在流放"，所以"虽住罗浮（广东名山）别有乡"并非指别处家乡，也可能不光是高远的遗世独立，而是指与当世政治文化氛围悖离的落寞及对避地的徒然渴求。陈诗常写"无家"、"无地"、"避地"、"浮海"、不可企及的桃花源：如"求医未获三年艾，避地难希五月花"（1949），"桃源今已隔秦人"（1950），"岭表流民头满雪，可怜无地送残春"（1950），"彭泽桃源早绝缘"（1951），"买山巢许宁能隐，浮海宣尼未易师"（1951），"回首燕都掌故花，花开花落隔天涯。天涯不是无归意，争奈归期抵死赊"（1954），"炎方七见梅花笑，惆怅仙源最后身"（1955）等句，㊵均使我们联想到贯穿明遗民诗的类似意象。㊶"虽住罗浮别有乡"捕捉的正是这无地容身的悲情。1958年，陈在"厚今薄古"运动中受到公开批评，郭沫若在报章抨击陈为"资产阶级的史学家"，中山大学学者（包括陈寅恪的弟子）群起而攻之。㊷为了对抗外界的肃杀（"白眼"），陈著书"颂红妆"，针砭当世，并开拓避世逃时的息肩之所。吴宓在日记（1961年9月1日）说："总之，寅恪之研究'红妆'之身世与著作，盖藉此以察出当时政治（夷夏）、道德（气节）之真实情况，盖有深意存焉，绝

㊴ 原题《辛丑七月雨僧老友自重庆来广州承询近况赋此答之》。《陈寅恪诗笺释》，下册，第1084－1088页。
㊵ 胡文辉，《陈寅恪诗笺释》，上册，第475、548、559、635、641页，下册，第778、857页。
㊶ See Wai-yee Li, "Introduction," in Wilt Idema, Wai-yee Li, Ellen Widmer eds., *Trauma and Transcendence in Early Qing Literature*, especially pp.44－49.
㊷ 陆键东，《陈寅恪的最后二十年》，第233－260页。

非清闲、风流之行事。"⑤⑦余英时认为陈"颂红妆"的宗旨有"正反两个方面。就正面说,他发愤要表彰历史上有才能、有志节的'奇女子'……但就反面说,他则刻意以女子的奇才异节反衬出他对男性读书人而以'妾妇之道'自处者的极端鄙视……是为了表达清初人所说的'今日衣冠愧女儿'的一番意思"。⑤⑧ 余又认为陈"颂红妆"是"借柳如是来赞礼陈夫人",因为1949年陈不肯离开大陆而陈夫人唐筼坚持欲去台湾。⑤⑨ 胡文辉指出陈不仅"颂红妆",更为钱谦益"洗烦冤"⑥⑩,而学术趣味亦不失为"清闲、风流的行事"⑥①。我觉得陈寅恪之所以从"颂红妆"获得精神资源,横眉冷对世人"加白眼",不仅因为这些女子的奇才异节,更重要的机缘是她们既代表传统却又反抗传统,她们的边缘性,适足以挽救中国文化的危机,而陈寅恪对她们的同情、理解、体认,是要在历史中追寻被压制的个人声音,即上文提出的抒情"心史"。这其中可能交织陈对"夷夏"、"气节"的感悟、关乎时局的论断、对士人降节的愤激、对妻子卓识的敬佩,并亦不排除"清闲、风流"。不过更基本的动力,是陈通过"颂红妆"剖释中国文化精义,界定之为"独立、自由"。对"颂红妆"的志业,陈于诗下半作了亦庄亦谐的断语。"钟君点鬼"句指元代钟嗣成《录鬼簿》,即谓自己来日无多,将登鬼录。钟用"鬼"指人生短暂,录"已死未死之鬼"(元代曲家),是为了不让他们湮没无闻,所以"点鬼"亦有记录幸存的意思。"汤子抛人转更忙"用《牡丹亭》第一出《标目》:"忙处抛人闲处住"。陈自比汤显祖,不免引发原词续句的联想:"百计思量,没个为欢处。白日消磨肠断句,世间只有情难诉。"陈用戏曲典故自比,除了暗示"情难诉",亦有打破雅俗文类分界的意思。尾联脱胎自苏轼《初到黄州》首联:"自笑平生为口忙,老来事业转荒唐。"苏诗"为口"有直言遭忌和糊口四方两重意思,

---

⑤⑦ 吴宓著,吴学昭整理注释,《吴宓日记续编》(北京:三联书店,2006年),第五册,第163页。

⑤⑧ 余英时,《陈寅恪晚年诗文释证》,第353页。

⑤⑨ 同前注,第64–68页。

⑥⑩ 钱谦益因降清备受指摘,陈阐明钱有志复明,故谓"著书今与洗烦冤",《陈寅恪诗笺释》,下册,第1149页。上文引的"愿比麻姑长指爪,傥能搔着杜司勋"亦同此意。杜牧(杜司勋)借指钱牧斋,陈自谓文如麻姑长爪,搔着痒处(即道出隐衷)。

⑥① 胡文辉,《陈寅恪诗笺释》,下册,第1088页。

陈用意亦同，不过他认为无庸逊让，自谓"老来事业未荒唐"。

陈寅恪的《论再生缘》作于1953－54年。㉒ 1956年《论再生缘》油印本被带到香港。1958年余英时在哈佛大学读到此文，基于个人经历的"一种深刻的文化危机感……引起精神上极大的震荡"，写下《陈寅恪论再生缘书后》，在香港刊登。㉓ 从此这篇文章"传播海外，议论纷纭"，虽于1959年在香港以单行本出版，但迟至1980年才收入《寒柳堂集》在大陆发表。《再生缘》的主角是才貌双全的云南孟丽君，龙图阁大学士孟士元之女，原与皇甫少华订下婚约。争婚不遂的刘奎壁谋害少华，少华得刘妹燕玉相救，遂与刘燕玉私订终身。皇甫一家被刘奎壁及其父国丈刘捷诬陷，皇甫家查抄，少华逃亡。元成宗听信皇后刘燕珠（即刘奎壁姊）之言，下旨将丽君配刘为妻。孟丽君逃走，女扮男装，改名郦君玉（明堂）。孟乳母女儿苏映雪暗恋少华，却代丽君嫁刘奎壁，成婚之夜刺杀刘不遂，投湖自尽。映雪被大学士梁鉴的夫人救起，认为义女，改名梁素华。与此同时，孟丽君应科举，高中状元，被梁鉴招为女婿。郦君玉与梁素华假凤虚凰，没有被揭破。郦又精通医道，因治疗皇太后及其他德政，官至兵部尚书、保和殿大学士。为了帮助皇甫家昭雪，郦悬榜招贤，皇甫少华应募得中，主考就是郦君玉。（丽君既为主考，少华便是其门生。丽君不肯相认，借口之一即是"老师怎样嫁门生"。）少华屡立战功，终于平反诬枉，与其父一并封王。当时刘皇后已死，少华姊皇甫长华做了皇后。刘家因私通外国获罪，本应全家抄斩，少华念燕玉相救之恩，奏请赦免刘家，只让刘奎壁一人自杀。少华奉旨与刘燕玉成婚，其时孟丽君下落不明，但少华立誓守义三年，与燕玉成亲却不同房。

孟丽君当初出走的理由——即全节与雪冤——已得到解决，故事发展到这里，正已胜邪，大可团圆收场，安排孟丽君、刘燕玉、苏映雪同嫁皇甫少华，三美共事一夫。但丽君虽与父、兄、翁、婿同朝为大臣，却不愿意

㉒ 转引自余英时，《陈寅恪晚年诗文释证》，第62页。
㉓ 同上，第1－3页。此后四十余年，余英时陆续撰写有关陈寅恪的文章，是不无自传性的史学历程。

相认,隐然回应出走的潜在动机:"愿教螺髻换乌纱。"⑭全书写得最眉飞色舞的段落,描绘丽君足智多谋,出奇制胜,屡屡逃出父母亲、兄长、乳母、未婚夫、乃至皇帝为了逼她招认真正身分而设立的圈套。她不是贪恋荣华富贵,而是自尊自重,因对自我价值的期许,不愿回到闺房。《再生缘》卷一到卷十六,是陈端生十八九岁的"髫年戏笔",语调活泼风趣而昂扬。卷十六告终时,皇后皇甫长华设计灌醉孟丽君,留她宫中安歇。宫女待她熟睡后脱去乌靴,发现男袜包裹层层白绫:"只见那,裹脚重重扯不完,白绫盈丈散床前。六七转,已现嫩玉初生笋;去一层,渐看娇红带露莲。"⑮宫女赞叹她小脚天下无双,红绣鞋只二寸六分。换句话说,丽君虽被识破,但作者只是流连"两只金莲妙绝人",并未追究后果。隔了十二年,陈端生才接续写第十七卷。其间端生经历母病、母丧、出嫁生儿后丈夫获罪谪戍伊犁(今属新疆)的沧桑,所以第十七卷的调子变得悲凉怨愤。开篇自述的哀音萦绕全卷:"搔首呼天欲问天,问天天道可能还?尝尽世上酸辛味,追忆闺中幼稚年……由来早觉禅机悟,可奈于归俗累牵……自坐愁城凝血泪,神飞万里阻风烟……岂是早为今日谶,因而题作再生缘。"⑯没有几个读者会忘记孟丽君自知被识破吐血于缠足白绫的触目惊心:"恨一声,无言无语情逾急;叹口气,含怒含愁意转哀……只见那,白绫脚带散床前,上沾着,滴滴鲜红一口血。"白绫脚带的血迹,正是愤恨"雌伏"的象征。一直怀疑"郦相国"是女子并觊觎其美色的元成宗,易内侍服冒雨往访孟丽君(案皇帝假装太监,即是丽君气概足以压倒君权的象征),表示愿赦其欺君之罪并纳之为妃。皇帝命丽君为他脱去湿袍,丽君傲然拒绝,宁死不辱:"陛下圣躬尊万岁,不应当,冲风冒雨降臣门。銮仪仙仗来犹屈,何说(况?)是,内侍衣冠更亵尊。天子圣人宜自重,微臣已,魂飞汤火敢求生?至于血溅袍襟湿,念臣非,奉侍衣裳茵席人。"⑰元成宗

---

⑭ 陈端生,《再生缘》,郭沫若校订,附陈寅恪评语(北京:北京古籍出版社,2002年),第3卷,第10回,第153页。

⑮ 《再生缘》第16卷,第64回,第1000页。

⑯ 关于《再生缘》的自述声音,参看胡晓真,《才女彻夜未眠:近代中国女性叙事文学的兴起》(台北:麦田出版,2003年),第87-129页。

⑰ 《再生缘》第17卷,第67回,第1048页。

命丽君三日后回奏,丽君认罪不从:"几载君臣从此已,三日后,不能重面衮龙袍",吐血溅湿帝袍。⑱ 陈端生的《再生缘》,便是这样在悲剧气氛中戛然而止。

据陈文述《西泠闺咏》,陈端生因为丈夫谪戍不归,不愿完成《再生缘》:"堉不归,此书无完全之日也。堉遇赦归,未至家,而端生死。"⑲陈寅恪说:"其(即第17卷首节)结语云:'造物不须相忌我,我正是,断肠人恨不团圆。'则其悲恨之情可以想见,殆有堉不归,不忍续,亦不能强续之势也。若不然者,此书不续成之故,在端生之早死,或未死前久已病困,遂不能写成,抑或第十七卷后,虽有续写之稿,但已散佚不全,今日皆不能考知。"⑳陈端生不能完成此书,除了遭际不幸,可能还由于《再生缘》的潜在矛盾。诚如陈寅恪所云,陈端生"反三纲",而《再生缘》风趣跌宕、引人入胜的篇章,正是孟丽君漠视或玩弄父权、夫权、君权的部分。作者既然寄情于此,喜剧性的团圆与矛盾化解(如皇帝赦免孟丽君、丽君与少华终谐连理等情节)必然注入悲剧性的失败感(如前引丽君吐血等片段),二者无法(或是不忍、不愿)调融,便亦不能终篇。传世《再生缘》最后三卷(18-20,即第69-80回)由梁德绳(1771-1847)续成,精彩远逊前十七卷。㉑ 孟丽君回归"本位",成为皇甫少华的正室,周旋于一夫多妻制的大家族。梁恪守传统,故能安于孟丽君被"驯服"。不仅如此,梁对孟丽君颇有微词,藉其家翁皇甫敬道出:"习成骄傲凌夫子,目无姑舅乱胡行。媳妇吓,你是个,博古通今敦大体,宽宏度量有才情。我所慊者心太硬,处事毫无闺阁形。"㉒梁最欣赏的,是温柔婉顺的苏映雪。

---

⑱ 《再生缘》第17卷,第68回,第1059页。
⑲ 转引自陈寅恪,《论再生缘》,第55页。"端生"二字原缺。
⑳ 陈寅恪,《论再生缘》,第55-56页。
㉑ 胡晓真认为"团圆戏本来就难写,所以梁德绳的失败也算是非战之罪"。胡又指出梁续书暗藏着含蓄的批判性,通过描摹刘燕玉不平之气间接表达。《才女彻夜未眠》,第45-48页。
㉒ 《再生缘》第20卷,第80回,第1248页。女性作家批判《再生缘》,除了梁德绳,尚有邱心如(道光年间在世)在《笔生花》的微词及侯芝(1764-1829)的严峻评价。侯改写《再生缘》为《金闺杰》,删改侯认为有违妇道的字句,她又创作弹词《再造天》,阐明"有才无德"的危险,弹词写孟丽君的女儿皇甫飞龙位居皇后,慕武则天功业,飞扬跋扈,篡位乱政,终于被处死。See Ellen Widmer, *The Beauty and the Book: Women and Fiction in Nineteenth Century China* (Cambridge, MA: Harvard University Asia Center, 2006), pp. 70-101; 胡晓真,《才女彻夜未眠》,第48-58、131-177页。

陈寅恪推崇陈端生思想超越，娓娓叙述孟丽君违抗御旨，不肯为皇帝脱袍，让翁、塈向自己跪拜，在皇帝面前面斥父母，致使他们受责辱等等。"则知端生心中于吾国当日奉为金科玉律之君父夫三纲，皆欲藉此等描写以摧破之也。端生此等自由及自尊即独立之思想，在当日及其后百余年间，俱足惊世骇俗，自为一般人所非议……抱如是之理想，生若彼之时代，其遭逢困厄，声名湮没，又何足异哉！又何足异哉！"[73]陈寅恪暗示当权者压制思想自由，与昔年三纲压制个人（尤其是女子）意志，可谓异曲同工，他对陈端生的认同和理解即本于此。读书人的屈服与媚俗，古今同慨。试看陈作于1951年的《文章》："八股文章试帖诗，宗朱颂圣有成规。白头宫女哈哈笑，眉样如今又入时。"[74]马列陈言与党八股，陈比作颂圣试帖。眼看政权与"党风"兴替的知识分子，低眉顺眼，趋时媚俗，以昔日卫道与痛诋异端的权威标举赶上潮流的新主义，犹如阅尽兴亡的白头宫女不必新妆却也"眉样入时"。

陈寅恪自谓"欲使《再生缘》再生"。余英时解释这句话："夫《再生缘》为吾国旧文化之产物，其中所表达之思想，如女扮男装、中状元之类，即在昔日士大夫观之，已不免于陈腐庸俗之讥，更何论乎今日耶？其所先决之条件厥为产生此种作品之文化环境不变，或即有改易亦未至根本动摇此文化基础之境……颇疑陈先生欲使之再生者不徒为《再生缘》之本身，其意得毋尤在于使《再生缘》得以产生及保存之中国文化耶？否则皮之不存，毛将焉附，而陈先生又何独厚于一《再生缘》哉！"[75]此番议论低估了《再生缘》。我认为《再生缘》不是笼统地代表中国文化，而是体现"入室操戈"的潜在抗争精神。不然，使陈端生湮没无闻的势力，或蔑视弹词

---

[73] 《论再生缘》，第59-60页。可资对比的是郭沫若的评语："其实作者的反封建是有条件的。她是挟封建道德以反封建秩序，挟爵禄名位以反男尊女卑，挟君威而不认父母，挟师道而不认丈夫，挟贞操节烈而违抗朝廷，挟孝悌力行而犯上作乱。"《再生缘》，第819页。郭说甚为精确。陈寅恪略过孟丽君虚与委蛇的"投机"与周旋，旨在刻画陈端生悲壮的反抗精神。

[74] 《陈寅恪诗笺释》，上册，第597-602页。上引答朱师辙绝句第五首，陈形容自己文章"不似尊朱颂圣文"。

[75] 《论再生缘》，第62页。余英时，《陈寅恪晚年诗文释证》，第239页。

为小道如端生祖父陈兆仑等,何尝不是"中国文化"?⑯ 这抗争精神又必须根源独立与自由,否则"反三纲"、"反封建"何尝不是口头熟套? 如"抗争"变成口号与人云亦云的丧失自我,又何异昔日宗朱颂圣的八股文章?

在《论再生缘》一文中,陈寅恪不厌其烦地考证陈端生被遗忘的身世、著作及其时代。陈又有意摆脱先前简练的史笔,加入个人诗篇与感叹,表明《再生缘》研究糅合他对世变沧桑的感喟。《再生缘》第17卷首节的自传性文字,在陈寅恪的诗文屡屡征引,并亦带有夫子自道的意味。如前引答朱师辙绝句(1954)第二首:"文章声价关天意,搔首呼天欲问天。"他如慨叹自己著述如《再生缘》被中断:"至若'禅机蚤悟',俗累终牵,以致暮齿无成,如寅恪之今日者,更何足道哉! 更何足道哉!"《再生缘》是陈失明后听读的,他自比盲女弹词、瞽叟说书,如前引答朱绝句第三首:"瞑写南词破寂寥";第四首:"我今负得盲翁鼓,说尽人间未了情。"陈寅恪为撰写《论再生缘》赋诗二首言志,其一云:"地变天荒总未知,独听凤纸写相思。高楼秋夜灯前泪,异代春闺梦里词。绝世才华偏命薄,戍边离恨更归迟。文章我自甘沦落,不觅封侯但觅诗。"研究《再生缘》是陈于"地变天荒"之际另寻干净土。尾联自述兼论陈端生。"沦落文章不值钱",端生语也,陈谓"自甘沦落",表示不愿以文章换取当世声价。正因违世悖俗,史必须以诗的抒情姿态表述,正如黄宗羲所谓"史亡而后诗作"。⑰ "觅诗"不仅指诗作,更指史作镕铸主观情志。如陈寅恪引庾信(513-581)《哀江南赋》及汪藻(1079-1154)《代皇太后告天下手书》衬托《再生缘》如何融合排偶与思想自由,即是自觉地以己身兴亡之感解读陈端生身世之悲。⑱ 诗其二云:"一卷悲吟墨尚新,当时恩怨久成尘。上清自昔伤沦谪,下里何人喻苦辛。彤管声名终寂寂,青丘金鼓又振振。

---

⑯ 接着"欲使《再生缘》再生",陈寅恪说:"句山老人(端生祖父陈兆仑)泉底有知,以为然耶? 抑不以为然耶?"陈兆仑的《紫竹山房诗文集》若存若亡,而《再生缘》流传不衰,可见时人对文体高下的论断不足为据。

⑰ 黄宗羲,《万履安先生诗序》,《黄宗羲全集》,全十二册(杭州:浙江古籍出版社,2005年),第十册,第50页。

⑱ 说详张思静,《方法、视野、文化脉络:中国文学批评史上的〈论再生缘〉》,《中国文化研究所学报》第55期,2012年7月,第231-248页。

(原注:《再生缘》间叙争战事。)⑲论诗我亦弹词体,(原注:寅恪昔年撰《王观堂先生挽词》,述清代光宣以来事,论者比之于七字唱也。)怅望千秋泪湿巾。"《王观堂先生挽词》前已论述,那是有意的以诗为史,遣词用典,高文雅丽,殊不称所谓"弹词体"或"七字唱"。陈这样说,是故意要打破雅俗文类的分界。一方面致意陈端生的成就——她是以谪仙之才作下里巴人的俗唱,另一方面,雅俗的判断由于时势及在上位者的规划,俗文学代表被压制被遗忘的声音,那是陈寅恪由于自己的处境而更汲汲发掘的"心史"。

从1953年到1964年,陈寅恪撰写《柳如是别传》。正如《论再生缘》一样,此"颂红妆"的巨著深具抒情精神、史家的自我省察、怀古悲今的洞识,钟情被误解、被遗忘的奇女子,注意个人思想感情与时代的脱节。稍异于《论再生缘》者,是兴亡之感更浓。对于明清之际经历丧乱及亡国之痛的人的选择与困境,陈有深切同情与体会。明亡清兴是天崩地坼的时代,陈深感当年的灭裂创伤在他所处的时代重演,所以才说"明清痛史新兼旧"。⑳经历明清鼎革的一代人物对陈有特殊吸引,而在《论再生缘》,除了陈端生,陈对乾隆盛世别无共鸣。《柳如是别传》展现陈寅恪对晚明风流的追慕,但陈更深切关怀的,是亡国而不亡天下的持续抗争,是丧乱激发的创造与斗志。对他来说,明遗民代表对政治权力架构以外之文化空间的追求,不为世用不合时宜的独立精神与自由思想。诚如余英时所论述,因为己身所处的时代,陈对明清之际士大夫生死进退出处的抉择有特殊的感悟。五十、六十年代的政治运动造成的文化危机感,酿成陈认同遗民气节,视之为精神资源。

陈寅恪宣称柳如是代表"我民族独立之精神,自由之思想"。这便使我们联想到他颂赞王国维与陈端生的评语。然则这三人的共同点为何?坚持三纲的王国维与"反三纲"的陈端生何以相提并论?就陈端生与柳

---

⑲ 《再生缘》写"征东"。阻挠《再生缘》出版的康生认为此诗影射刚结束不久的朝鲜战役,有反共意味。陆键东,《陈寅恪的最后二十年》,第368—373页。
⑳ 胡文辉,《陈寅恪诗笺释》,下册,第1149页。诗句来自1963年陈为完成《柳如是别传》所赋诗,收入《柳如是别传》,第一册,第7页。关于新旧时代伤痕的交会,说详余英时,《陈寅恪晚年诗文释证》,第1—71页。

如是而言，虽则出身有别（一为闺秀，一为名妓），但都具有女性身分界定特殊的限制与可能性。至于柳如是与王国维，同为遗民（明朝遗民与清朝遗民），对失落国度的执着与依恋彰显与当世政权的疏离。三位又都对传统文化价值深有体悟而具反抗精神，是以超越新旧对立、文化传承与激变的矛盾。也许比起王国维与陈端生，柳如是更深切地象征传统中央与边缘之间的张力。博学多才、志节凛然的柳如是不过是"放诞风流"的名妓，她要赢得有权位者的认可，同时高自标置，睥睨世俗。她隐约指向中国文化通过跨越界限、包涵矛盾而自新的潜力。

如同《论再生缘》，《柳如是别传》的自传回响与抒情精神毋庸置疑。完稿后陈寅恪有偈道其究竟："刺刺不休，沾沾自喜。忽庄忽谐，亦文亦史。述事言情，悯生悲死。繁琐冗长，见笑君子。失明膑足，尚未聋哑。得成此书，乃天所假。卧榻沉思，然脂暝写。痛哭古人，留赠来者。"[81]足见是书融合主观情志与客观考据。"然脂暝写"典出徐陵《玉台新咏》序，"暝"原作"冥"，指夜晚（"燃脂冥写，弄笔晨书"）。《玉台新咏》歌颂女性的柔美与情思，收录女诗人的作品，并营构女性文艺创作的形象。陈书既阐发柳如是"潜德幽光"，表扬其著作与生命精神，用《玉台新咏》典恰当不过。至于改"冥"为"暝"，则是借指"闭目深视"，[82]艺术观照的内化过程，当然也兼指陈失明著述，秉承"瞽史"失明而别具洞见的传统。这联系又见"失明膑足"句。司马迁（约前145－约前86）在《史记》卷130《太史公自序》与《报任安书》中缕述因遭逢不幸、不得通其道而发愤"述往事、思来者"的前贤，包括失明的左丘明与膑足的孙子："及如左丘明无目，孙子断足，终不可用，退论书策以舒其愤，思垂空文以自见。"陈偈最后两句，回应司马迁所谓"述往思来"，同时又映带金圣叹（1608－1661）序《西厢记》："一曰恸哭古人"、"一曰留赠后人"。[83] 这些典故如何交织？

---

[81] 《柳如是别传》，第三册，第1224页。1962年，陈寅恪因滑倒跌断右腿骨。"膑足"指此。参蒋天枢，《陈寅恪先生编年事辑》（增订本）（上海：上海古籍出版社，1997年），第172页。

[82] 张怀瑾，《文字论》，收入曹利华、乔何编，《书法美学资料选注》，（西安：陕西人民出版社，2009年），第639－643页；参看高友工有关书法美学的讨论，说详高著《中国美典与文学研究论集》（台北：台湾大学出版社，2004年），第148－152页。

[83] 收入蔡毅，《中国古典戏曲序跋汇编》，全四册（济南：齐鲁书社，1989年），第二册，第708－713页。

诗评传统每有诟病《玉台新咏》的绮罗香泽,过分纤佻,陈把徐陵序纳入司马迁的述作论说,暗喻《柳如是别传》虽主题似涉风流韵事,实则总结历史关键时刻,说尽一代兴衰感慨。又是书虽出版无期,但陈仍寄望"后世相知或有缘",犹如太史公书藏之名山,传之其人,又或如所南心史,终能脱离瞽井得见天日。左丘明、孙子的比拟,借用司马迁的成说,即谓劳苦倦极,疾痛惨怛,适足以赋予作者史识洞见及道德权威。犹如太史公,历史书写的求真及道德包袱与根源苦难的商略古今、针砭当世、同情想象已然不可分割。陈寅恪也许不至于取法"创意述古"、夺古人酒杯、浇自己块垒的金圣叹,⑧但他大概认许诠释不得不注入个人的思想感情,因为必如此古与今才有深切的联系。通过这种抒情精神与严谨历史研究的合流,陈创造了新的历史书写境界。⑧

陈寅恪用"金明馆"与"寒柳堂"命名其集,源于柳如是词《金明池·咏寒柳》,⑧可见他对柳的仰慕。陈追叙《柳如是别传》的缘起时,笔调深具自传性。陈自述幼年读钱诗多有不能确解处。其时钱诗尚为"禁锢篇"(钱诗遭乾隆禁毁,晚清仍未解禁),至此"白头重读倍怆然"。抗战时期(1939年),他从昆明一书商重价买到一颗据云来自钱、柳常熟庄园的红豆。"自得此豆后,至今岁忽忽二十年,虽藏置箧笥,亦若存若亡,不复省视。然自此遂重读钱集,不仅藉以温旧梦,寄遐思,亦欲自验所学之深浅也。"⑧如何验证红豆来自钱、柳庄园?这颗红豆与一般红豆有何差异?陈寅恪相信红豆来源并赋予深情厚意,表明"自我"是意义的源头。他认

---

⑧ 金圣叹在《水浒》评点中发挥己见时,往往托言得自"古本"。陈寅恪在《刘叔雅庄子补正序》里称许刘不会妄用古人:"夫彼之所谓古本者,非神州历世所传之古本,而苏州金人瑞胸中独具之古本也。由是言之,今日治先秦子史之学,而与先生所为大异者,乃以明清放浪之才人,而谈商周邃古之朴学。其所著书,几何不为金圣叹胸中独具之古本,转欲以之留赠后人,焉得不为古人痛哭耶?"《金明馆丛稿二编》,第229页。余英时认为陈偶最后两句暗指刘序,即谓自己借笺释柳如是、钱谦益铸造"心史",《陈寅恪晚年诗文释证》,第376–377页。但刘序原意是嘲讽以己见加诸古人的学者,陈似乎不应引以自比。

⑧ 陈寅恪对于自创新史体有痛切的解说,参看《稿竟说偈》的另一版本:"奇女气销,三百载下。孰发幽光,陈最良也。嗟陈教授,越教越哑。丽香群闹,皋比决含。无事转忙,然脂瞑写。成册万言,如瓶水泻。怒骂嬉笑,亦俚亦雅。非旧非新,童牛角马。刻意伤春,贮泪盈把。痛哭古人,留赠来者。"胡文辉,《陈寅恪诗笺释》,下册,第1202–1203页。

⑧ 陈寅恪,《柳如是别传》,第二册,第336–347页。
⑧ 陈寅恪,《柳如是别传》,第一册,第3页。

定红豆有价值，是一厢情愿地坚信这微物与历史有可以触摸的关系。如此执着（甚至可说是武断）地比附"物"与"意义"的关系，源于古与今、历史记忆与当下经验的断裂。

柳如是诗文"艳过六朝，情深班蔡"（名妓诗人林天素序《柳如是尺牍》语），幽微处不易阐发。钱谦益是博学才人，沉潜典籍，兼及佛经、道藏。解人不易得，更因为明清之际种种禁忌，往往有"忌讳而不敢言，语焉而不敢详"的情况。陈寅恪因精研六朝隋唐史，对佛、道典籍亦广泛涉猎。至于古典从出处到历代运用的变化，乃至古典与今典之间的互动，陈更是特为拈出，自觉地演绎成一种诠释学。陈虽自谦学养不足确解钱、柳及其同时代人的诗文，但他也一定明白自己是能胜其任的极少数学者之一。详解故实后，陈会慨叹："然数百年之后，大九州之间，真能通解其旨意者，更复有几人哉？更复有几人哉？"[88]陈大概深明自己对国士名姝的理解及同情，实基于本身即是中国"文化精神所凝聚之人"（《王观堂先生挽词》序论王国维语）。明乎此，或可说陈对自己的"怀旧"亦视之为可怀之"旧"。

因为王维的名诗，红豆又名相思子。这意象的政治层面在晚唐流传的唐诗故事已经展开。如范摅（九世纪末）的《云溪友议》载安禄山之乱后，"李龟年奔迫江潭……龟年曾于湘中采访使筵上唱：'红豆生南国，秋来发几枝。赠君多采撷，此物最相思。'"[89]红豆成为过去与现在之间依稀的延续，包涵了丧乱的悲情、繁华的记忆与恢复的盼望。1955年，陈寅恪开始笺释钱、柳因缘，因作《咏红豆》（并序）。诗云："东山葱岭意悠悠，谁访甘陵第一流。送客筵前花中酒，迎春湖上柳同舟。纵回杨爱千金笑，终剩归庄万古愁。灰劫昆明红豆在，相思甘载待今酬。"[90]诗的上半重述柳

---

[88] 同上，第二册，第563-564页。
[89] 范摅，《云溪友议》卷中，《云中命》，收入《唐五代笔记小说大观》，丁如明等点校，全二册（上海：上海古籍出版社，2000年），下册，第1290-1291页。参看计有功著，王仲镛编校，《唐诗纪事校笺》，全二册（成都：巴蜀书社，1989年），卷16，上册，第423页。洪迈编《万首唐人绝句》，"豆"作"杏"、"几"作"故"、"多"作"休"。《全唐诗》卷128，"几"作"故"、"赠"作"愿"。《唐诗三百首》，"秋"作"春"，"赠"作"愿"。此诗最初载于《云溪友议》，今存王维集的宋、元、明初、明中叶刊本，均未收录这首诗。1555年顾起经（奇字斋）刊《类笺王右丞诗集》，首次把此诗收于集中。
[90] 《柳如是别传》，第一册，第1页。

男装巾服往访钱,而钱终得有美同舟的韵事,字句多有1640年冬钱、柳唱和诗的回响。下半则牵连明亡及己身乱余劫后的感慨。"杨爱"是柳如是早年名字之一。"回"字逗出"三年一笑"的典故,典出《左传》昭公二十八年:"昔贾大夫恶,娶妻而美。三年不言不笑。御以如皋,射雉,获之。其妻始笑而言。"1640年钱结识柳不久后,便用此典显示其欣幸之情:"争得三年才一笑,可怜今日与同舟。"[91]但陈诗既用"回"字,则表示不光是"争取",而更有"挽回"的意思。颇疑所指是钱于1647年因牵连黄毓祺案入狱所作《和东坡西台诗韵六首》并序,序中"如皋一笑"这句话。钱谦益是否真的参与或赞助黄毓祺反清,颇难断定。但钱对黄知其不可而为之的反清深具同情,似无疑问。虽然钱《秋槐集》(其中收录钱1645年至1648年的诗作)删除指涉黄毓祺的文字,但在1657年他终于肯定黄的"殉义"。[92] 钱在序中描述被逮捕时,柳如是病中"蹶然而起。冒死从行,誓上书代死,否则从死。慷慨首涂,无刺刺可怜之语。余亦赖以自壮焉"。狱中钱和苏轼西台诗,以当诀别。"生还之后,寻绎遗忘,尚存六章。值君三十设帨之辰,长筵初启,引满放歌,以博如皋之一笑。"[93]钱谦益缕述柳如是的慷慨激昂,不仅是印证二人相濡以沫的情怀,也暗示钱、柳互相推重为英雄。1645年钱降清的耻辱似乎终于得以洗脱。从1644年明亡,钱不能依柳愿殉国,至1647年因涉嫌反清被捕刚好是三年,"三年不笑"的柳如是,是否因这番磨难终于展颜? 回顾颈联,陈寅恪似谓,纵然钱谦益通过因复明活动受累博得柳如是"如皋一笑",但大势已去,只剩下钱谦益好友归庄(1613-1673)以嬉笑怒骂哀叹历代兴衰与明亡之痛的《万古愁》鼓词。陈意谓是书不仅追溯历史事件,更着意历史人物的动机与情志。也许钱谦益的"补过"在"归庄《万古愁》"的阴影下显得无足轻重,但毕竟他曾得到柳如是的谅解。尾联重申红豆意象的历史与政治意义。陈

---

[91] 钱谦益、钱曾笺注,钱仲联校,《次日叠前韵再赠》,《钱牧斋全集》,全八册(上海:上海古籍出版社,2003年),第一册,第617页。

[92] 黄曾请钱为密云禅师作塔铭,钱终于1657年完成宿诺,撰写《天童密云禅师悟公塔铭》,《钱牧斋全集》,第六册,第256-261页。又集名"秋槐",也许是自比王维身辱心贞,言有隐衷。王维留滞被安禄山攻陷的长安,据云曾作《凝碧池诗》隐曲道出悲恨,其中即有秋槐意象:"秋槐叶落深宫里,凝碧池头奏管弦。"

[93] 《钱牧斋全集》,第四册,第9-13页。

寅恪在昆明购得红豆,恰好映照汉武帝在长安凿昆明池以备操演水战的故事。古典诗词里的昆明池,往往代表繁华过眼、盛衰祸福的无常。[94]《搜神记》记载,汉武帝凿昆明池时,全是黑灰,没有尘土,举朝不解。到了后汉明帝,有西域道人来洛阳,解释说:"经云:'天地大劫将尽,则劫烧。'此劫灰之余也。"[95]昆明劫灰代表沧桑巨变,然而似乎超越丧乱与毁灭的是小小的红豆。红豆让陈追踪个人的回忆与历史的记忆,并融通了陈当世的历史经历与他对明清之际苦难的体会。如果说红豆代表钱、柳历劫不衰的深情,[96]那对陈寅恪而言,红豆象征他从中国现代史的劫灰中寻获的深情启示——即是通过与柳如是的共感同悲而体现的对中国文化理想的追求。

红豆在钱谦益诗屡屡出现。1658、1659、1660‑61年,钱有《红豆诗》初集、二集、三集。[97] 正是在这段时间(1659‑1663),钱为反清复明的最后挣扎与希望写下十三叠次杜甫韵的《后秋兴》(后来收入《投笔集》)。1660年,钱氏常熟庄园中二十年未曾开花结果的红豆树,结了一颗红豆,柳如是送给钱谦益贺寿。钱认为这是明室死灰复燃的佳兆,写了十首咏红豆的绝句。[98]《后秋兴》第三叠为柳如是而作,第八首(即最后一首)亦牵连红豆形象:"一别正思红豆子,双栖终向碧梧枝。"[99]这八首歌颂柳如是的诗又收入《有学集》中《红豆二集》的结尾。《后秋兴》第三叠作于1659年,其时钱与柳道别,准备参与郑成功在崇明兴兵北上的水师(后因

---

[94] 最著者为杜甫《秋兴八首》第五首。
[95] 干宝著,胡怀琛标点,《新校搜神记》(上海:商务印书馆,1957年),卷13,第98页。1939年,陈写下《昆明翠湖书所见》,有"昆明残劫灰飞尽,聊与胡僧话落花"之句。是诗在《论再生缘》一文有引录(第76页)。参胡文辉,《陈寅恪诗笺释》,上册,第191‑192页。
[96] 参看陈寅恪:"红豆有情春欲晚,黄扉无命陆终沉。""黄扉"指相门,指钱对复明后参与国事的指望。"红豆""黄扉"之对,表示儿女情与政治怀抱的互为因果。《柳如是别传》第一册,第5页引录此诗。参看胡文辉,《陈寅恪诗笺释》下册,第1019页。
[97] 钱谦益,《钱牧斋全集》,第四册,第225页—第五册,第563页。
[98] 钱谦益,《钱牧斋全集》,第五册,第549‑552页。
[99] 钱谦益,《钱牧斋全集》,第七册,第14页。此联本杜甫《秋兴八首》第八首颔联:"香稻啄残鹦鹉粒,碧梧栖老凤凰枝。"钱注此诗,征引几种版本,认为"香稻"应作"红豆"。钱谦益,《钱牧斋笺注杜诗》(台北:中华书局,1967年),卷15,第5页上。关于杜联解说,可参叶嘉莹,《杜甫秋兴八首集说》(上海:上海古籍出版社,1988年),第564‑580页。

郑师败退而终不果行）。⑩ 是以红豆不仅代表钱、柳深情，亦凝聚二人为复明运动同寄的奢望，休戚相关，荣辱与共。与红豆成对的是碧梧，陈寅恪认为特指在广西梧州的永历帝，亦即明遗民对复明幻想的最后寄托。⑩

1957 年，陈有诗自述"颂红妆"的机缘，红豆亦象征文明破碎的困境中不屈不挠的意志与希望。《前题余秋室绘河东君访半野堂小影，诗意有未尽，更赋二律，丁酉》其二："佛土文殊亦化尘，如何犹写散花身。白杨几换坟前树，红豆长留世上春。天壤茫茫原负汝，海桑渺渺更愁人。衰残敢议千秋事，剩咏崔徽画里真。"⑩清统治者信奉佛教后，为了高自标置，声称"文殊"（或"曼殊"）菩萨是"满洲"一词来源，所以"佛土文殊"借指清朝。⑩ 不仅复明希望始终虚妄，清朝及继其后的军阀、民国治权亦已"化尘"。面对此等沧桑巨变，书写柳如是的意义究竟为何？她能启发何种领悟？《维摩诘经》写天女散花于菩萨、弟子身上，"结习未尽，固花着身。结习尽者，花不着身"。明末与柳如是周旋的文人往往把天女散花的典故用在柳身上，而钱谦益与柳结缡后仍常引此为譬。⑩ 如此纠结艳情与宗教超越，传统诗词屡见不鲜。柳中年下发入道，可能有政治原因，但钱诗及此者则有点"自色悟空"的味道。

领联的"白杨"隐指柳如是。（"杨""柳"相连，柳又曾名杨爱。）柳属于远逝的时空，但代表儿女之情与政治激情的红豆仍长留世上，竟似召唤后人的追思与期待。颈联排比柳承受的失落与创伤和陈寅恪经历沧桑世变的悲恸。尾联表面意思是不敢月旦古今，议论"千秋事"，只好歌颂柳如是。崔徽是为情而死的唐代歌妓，她把自己的画像交托情郎友人，并致

---

⑩ See Chi-hung Yim, *The Poet-Historian Qian Qianyi* (London, New York: Routledge Academia Sinica on East Asia, 2009), 122 - 147; Wai-yee Li, *Women and National Trauma in Late Imperial Chinese Literature*, 356 - 390.

⑩ 《柳如是别传》，第三册，第 1176 - 1177 页。黄宗羲《八哀诗》第五首悼念钱谦益，亦用红豆意象追叙钱柳因缘："红豆俄飘迷月路，美人欲绝指筝弦。"《黄宗羲全集》，第十一册，第 256 页。

⑩ 胡文辉，《陈寅恪诗笺释》，下册，第 968 - 969 页。《陈寅恪诗存》，第 55 页，"亦"作"欲"。

⑩ 陈寅恪诗屡次用"文殊"、"文殊佛土"或"曼殊佛土"指清朝。同前注，上册，第 133、364 页，下册，第 702 页。

⑩ 《柳如是别传》，第一册，第 174 页，第二册，第 549 - 550 页。

言曰:"崔徽一旦不及画中人,徽且为郎死矣。"终于狂病"不复旧时形容而卒"。⑩⑤ 画里之"真"是艺术再造与生命的代替,是已然泯灭的真实之不得已的补偿。但陈诗的"画里真"不仅是艺术创造,要追寻此"真",必赖对"千秋事"的沉思、判断和议论。换句话说,咏叹"崔徽画里真",正是上下古今历史议论的契机。

传统中国文化曾经扭曲或压抑柳如是的"真"与"实"。为了重新勾勒她的生平与著作,陈必须对抗三百多年的忽略、误解与泯灭。很多柳如是的作品已经佚失,其中若存若亡的内容与意义,只能间接地从她的友人、情人、丈夫和其他同时代的人留下的文字中搜寻。⑩⑥ 陈寅恪暗示他对中国文学与文化传统抱同样的救亡心态,他"发掘"所得的碎片,只能苦心孤诣地拼凑重整。这是克服空白与断裂的重任,他的时代所否定的文化使命,正是借其著作延续。

在《论再生缘》与《柳如是别传》里,陈寅恪均引了清代词人项鸿祚(1798 – 1835)《忆云词丙稿》序:"不为无益之事,何以遣有涯之生。"⑩⑦ "无益"的形容深具反讽性。只有被目为"无益之事"者,方足以让个人在不倖于世时界定私密意义,而这种内在价值的肯定,演成面对死亡("有涯之生")的勇气。陈寅恪"颂红妆"之作是否能见天日,当时是未知之数。(1969 年陈寅恪死,除了毁于文革的诗文稿外,尚存著作在 1980 年出版。)"无益"亦是自占地步的姿态,陈似乎在预为反驳那些质疑他治学取向的同侪及读者——也许他们会认为钻研制度史与思想史的大师不应"小题大做"地考究这些女子。⑩⑧ 通过表扬陈端生与柳如是如何以其"独立之精神"、"自由之思想"体现让人振奋的文化理想,陈寅恪重新界定历

---

⑩⑤ 元稹,《元稹集》,全二册(北京:中华书局,1982 年),下册,第 696 页。据陈寅恪推测,白行简(约 776 – 826)作《崔徽传》、元稹(779 – 831)作《崔徽诗》。但白传已佚,而元诗亦非全豹。崔徽故事在宋元诗中屡被征引,陈寅恪在《论再生缘》第 93 – 95 页引了数例。

⑩⑥ 《柳如是别传》,第一册,第 299 – 302、331 – 333 页。

⑩⑦ 项鸿祚之句转引自唐末张彦远,《历代名画记》,秦仲文、黄苗子点校:"若复不为无益之事,则安能悦有涯之生。"(北京:人民美术出版社,1963 年初版,1983 年再版)卷 2,第 35 页。

⑩⑧ 如俞平伯(1900 – 1990)对《柳如是别传》"不大赞同,且以过长为病",钱仲联(1908 – 2003)谓《柳如是别传》"没有搞清重点",钱钟书(1910 – 1998)认为不必为柳写此巨著,"适足令通人齿冷矣",严耕望(1916 – 1996)慨叹《柳如是别传》"除了发泄一己激愤之外,实无多大意义"等等。引自胡文辉,《现代学林点将录》(广州:广东人民出版社,2010 年),第 28 – 29 页。

史书写的价值判断。

《柳如是别传》让我们了解明亡清兴这大题目包涵的个人抉择与深悲隐痛,陈寅恪指向明亡与遗民志节对处于当代文化沦亡之人的启示(即所谓"明清痛史新兼旧")。1952年,陈有诗句云:"何地能招自古魂?"[109]女子与性别书写界定的空间,似乎正是"招魂"处所。1969年10月7日,陈寅恪在文革猖獗的时刻逝世。当时物质的匮乏、精神的折磨、红卫兵在隔壁的喧闹,无疑催逼他的死亡。余英时称陈为"文化遗民"、蒋天枢说陈是"传统历史文化所托命",[110]恰好回应当年陈哀挽王国维的用语。至于这"文化"的意义如何凝聚为"独立"与"自由",陈寅恪已通过他对王国维、陈端生、柳如是——三位看似道不同不相为谋的人——的礼赞为我们展开思辨方向。

---

[109] 陈寅恪,《壬辰春日作》,《陈寅恪诗笺释》,下册,第658-660页。陈句脱胎韩偓"地迥难招自古魂"(《春尽》)。(有些版本"迥"又作"胜"。)

[110] 蒋天枢,《陈寅恪先生传》(北京:书目文献出版社,1990年),第92页。吴宓屡次化用陈寅恪挽王国维"文化神州丧一身"之句借指陈寅恪(如"文化神州系一身"、"文化神州何所系,观堂而后信公贤"等等)。参胡文辉,《陈寅恪诗笺释》,上册,第38页。

骸骨迷恋者的现代性：
郁达夫的遗民情结和旧体诗

杨昊昇

美国　迈阿密大学

1928年,郁达夫(1896-1945)在《骸骨迷恋者的独语》一文中吐露了自己生不逢时的悲哀：

> 文明大约是好事情,进化大约是好现象,不过时代错误者的我,老想回到古时候还没有皇帝政府的时代——结绳代字的时代——去做人。生在乱世,本来是不大快乐的,但是我每自伤悼,恨我自家即使要生在乱世,何以不生在晋的时候……即使不要讲得那么远,我想我若能生于明朝末年,就是被李自成来砍几刀,也比现在所受的军阀官僚的毒害,还有价值。因为那时候还有几个东林复社的少年公子和秦淮水榭的侠妓名娼,听听他们中间的奇行异迹,已尽够使我们现实的悲苦忘掉,何况更有柳敬亭的如神的说书呢？①

与此同时,郁达夫自称为旧时代旧文化的"骸骨迷恋者",并坦承旧体诗是最适宜表达"时代错误者"思想情感的文学体裁：

> 目下在流行着的新诗,果然很好,但是象我这样懒惰无聊,又常想发牢骚的无能力者,性情最适宜的,还是旧诗,你弄到了五个字,或

---

① 《郁达夫文集》第三卷,广州：花城出版社,香港：三联书店,1982年,第122页。

者七个字,就可以把牢骚发尽,多么简便啊。②

作为著名的五四新文学作家,郁达夫终生都保持着对旧体诗的"骸骨迷恋"。他现存的 600 余首诗歌风格清丽哀婉,为他赢得了 20 世纪旧诗创作名家的美誉。对自己不幸而生为一名"时代错误者"的认知贯穿了郁达夫的创作生涯和现实生活。他在诗歌中每每以"遗民"自况:孤独的个体郁结着难以名状的精神乡愁,在现代社会的荒原上彷徨无依——这便是作家对其抒情自我的诗性表达。此种遗民情结绵延至郁达夫的人生历程,对他的恋爱、婚姻、乃至生命后期的流亡与客死异乡都产生了深远影响。本文重点关注郁达夫旧诗中的现代性。通过考察他诗歌中的"遗民"自我形象及其悲剧人生中的"遗民"体验,笔者将郁达夫的"遗民"诗学视为现代中国审美主体之建构的隐喻和表征,并进一步揭示他所代表的五四作家在 20 世纪殖民、战乱、新旧文化冲突的语境下对现代性的感知与反响,对国族危机的焦虑与思考,以及对个体文化身份的迷惘与探寻。

一、作为现代审美策略的遗民想象

遗民情怀作为郁达夫旧诗的中心题旨,产生于郁早年留学日本时期(1913 - 1922)。他在诗中自比为"遗民",最早见于以下三首作于 1918 年的绝句:③

> 文章如此难医国,呕尽丹心又若何?
> 我意已随韩岳冷,渡江不咏六哀歌。
>
> 乱世何人识典谟,遗民终作老奚奴。

---

② 《郁达夫文集》第三卷,广州:花城出版社,香港:三联书店,1982 年,第 123 页。
③ 《题写真答荃君三首》,詹亚园《郁达夫诗词笺注》(后文统称《笺注》),上海:上海古籍出版社,2006 年,第 197 - 199 页。

荒坟不用冬青志,此是红羊劫岁图。④

儒生无分上凌烟,出水清姿颇自怜。
他日倘求遗逸像,江南莫忘李龟年。

这些诗句集中描述了作者怀才不遇的愤懑心情。他自比抗金壮志受挫的韩世忠和岳飞(诗一),心灰意冷,无力进取,并哀叹自己生逢乱世,不被赏识,只能作为奴隶终老异邦的命运(诗二)。表面看来,郁达夫的满腹牢骚颇有"为赋新词强说愁"的意味:他时年22岁,作为中国政府的官费留学生在名古屋第八高等学校修习政治,预科结业后即可进入东京帝国大学学习,并已在当地小有诗名,前途颇为光明远大。他的"遗民"自况更加耐人思忖:人们通常理解的遗民为改朝换代后的余留之民。他们或忠于故国抗争到底,或不仕新朝归隐山林,其称谓中所含的黍离之悲不言而喻。郁达夫虽然也经历了从清朝到民国的易代,但是他对腐败的满清专制绝无眷恋,反之却是推翻帝制的辛亥民主革命的热切拥护者。余英时在论述陈寅恪晚年心境时所提出的"文化遗民"概念也不甚适用于郁达夫的个案。余英时将广义的"文化遗民"跟狭义的"政治遗民"相区分,前者虽涉及政治但并不限于政治,而是在文化巨变之际作为民族的"文化精神所凝聚之人"恪守"中国传统中的文化理想与道德价值",王国维和陈寅恪都是中国现代史上"文化遗民"的突出代表。⑤郁达夫虽对古典文化一往情深,却并非传统理想与价值观的遵循和守护者。作为五四一代浪漫作家的激进代表,他在文化观念与社会行为上都有颇多离经叛道之举。简要论之,他的"遗民"感受并非基于对旧时代的眷恋,而源自于难以融入新世界的痛楚。在日本的十年求学经历是造成他自怨自艾的主要原因。他回忆道:

---

④ 据元代陶宗仪笔记载,元灭宋后挖掘宋帝后陵寝,宋遗民暗中收葬诸帝骸骨,在新坟上植冬青树作为标志。陶宗仪《南村辍耕录》,沈阳:辽宁教育出版社,1998年,第42-47页。

⑤ 余英时《陈寅恪的学术精神和晚年心境》,《陈寅恪晚年诗文释证》,台北:东大图书公司,1998年,第11-12页。

> 我的这抒情时代,是在那荒淫惨酷,军阀专权的岛国里过的。眼看到的故国的陆沉,身受到的异乡的屈辱,与夫所感所思,所经所历的一切,剔括起来没有一点不是失望,没有一处不是忧伤,同初丧了夫主的少妇一般,毫无气力。⑥

> 弱国民族所受的侮辱与欺凌,感觉得最深切而亦最难忍受的地方,是在男女两性,正中了爱神毒箭的一刹那。……支那或支那人的这一个名词,在东邻的日本民族,尤其是妙年少女的口里被说出的时候,听取者的脑里心里,会起怎么样的一种被侮辱,绝望,悲愤,隐痛的混合作用,是没有到过日本的中国同胞,绝对地想象不出来的。⑦

诚如李欧梵等论者所述,郁达夫青春期个体与性的觉醒发生在异域的日本,为此他付出了惨重代价。来自弱势国族的尴尬处境和性、灵的苦闷盘根错节,作用于他敏感而又自尊、优柔而又脆弱的个性,使得他终生都处于政治的、身体的、情感的压抑之中。⑧ 由种族歧视所激发的忧郁症候在上述三首绝句中可见一斑:他所提到的所有遗民都是异族入侵与统治的受害者。从安史之乱后流落江南的李龟年(诗三),到南宋抗金将领韩世忠、岳飞(诗一);从蒙古暴政下宋遗民的惨境(诗二),到明末抗清英雄夏完淳的牺牲(诗一),这些历史上的遗民典故都暗自影射着作者在日本的屈辱处境。因此,尽管留日学生郁达夫并非普遍意义上的政治遗民或文化遗民,却因其日本经验饱尝"被殖民者"遭遇被主流社会摒弃的精神苦痛,从而与遗民传统发生情感共鸣,在诗歌中以"遗民"自居,强调自身与新时代的格格不入。

郁达夫的日本感受奠定了他文学创作的独特基调。与其同时代浪漫主义作家如郭沫若、徐志摩等人的激情礼赞浪漫主体的英雄气质不同,他

---

⑥ 《忏余独白》,《郁达夫文集》第七卷,第250页。
⑦ 《雪夜》,《郁达夫文集》第四卷,第93、95页。
⑧ Leo Ou-fan Lee, *The May Fourth Generation of Romantic Writers*, (Cambridge: Harvard University Press, 1973), pp.89-91.

的作品始终流露着悲观消极、萎靡感伤的颓思。如在三首诗中所见,抒情主人公对遗民传统的继承自有其选择性:他无意效仿奋勇抗争的遗民英雄,如韩世忠、岳飞、夏完淳一般浴血沙场(诗一),而甘愿隐逸避乱,如李龟年般浅吟低唱(诗三)。这种作为"零余者"的主体意识在郁达夫的诸多自传体小说中表现得最为突出。小说主人公们常常以被时代侮辱和损害的病态受难者面貌出现,自卑自恋又自伤自怜,愤世嫉俗又无力反抗。他们拒绝与时俱进,却转而在醇酒妇人中找寻安慰。为此郁达夫的小说在诞生伊始曾被攻击为是"不道德的文学",然而此类"自甘堕落"的主人公正体现了作者对建立中国现代文学主体性的开创性贡献。⑨ 用钱杏邨的话说,郁达夫笔下的人物所承载的性的压抑,故国的哀愁,社会经济的苦闷正是现代人的通病,他是一个真诚且健全的"时代病的表现者"。⑩史书美则具体论述了郁达夫的"颓废"美学与19世纪末英法颓废主义思潮的关联,并重点指出他笔下的主人公们纵欲消沉的姿态下隐含着作者反传统礼教道德的激进姿态以及对现代中国所面临的殖民危机的恐慌。⑪ 郁达夫自觉地坚持唯美、颓废、感伤的艺术风格,并深为自己开风气之先的创作而自豪,他甚至大胆地预言其小说集《沉沦》的出版"会引起'沉沦主义——沉沦以斯姆[sinking-ism]'"的时代风潮。⑫

由此可见,郁达夫诗歌中的"遗民"自我形象是其"沉沦主义"美学观的一种诗性表达。他将现实中的压抑转化为怀古之幽思,其抒情主体时向历史回眸,但关注的却是现代自我在社会转折期的边缘化地位。基于作者个人阴柔多情的性格志趣,他对晚明的浪漫遗民们尤为钟情。如他在《骸骨迷恋者的独语》中所述,"东林复社的少年公子"和"秦淮水榭间的侠妓名娼"的"奇行异迹"最使他神往。历史、文学记述中的才子佳人

---

⑨ 周作人在评论郁达夫的小说时提及有人称《沉沦》为不道德的小说,并为郁达夫辩护,认为《沉沦》是艺术的作品。周作人,《〈沉沦〉》,李杭春等编《中外郁达夫研究文选》,杭州:浙江大学出版社,2006年,第1-4页。

⑩ 钱杏邨《〈达夫代表作〉后序》,《中外郁达夫研究文选》,第5-7页。

⑪ Shih shu-mei, *The Lure of the Modern* (Berkeley: University of California Press, 2001), pp.110-127.

⑫ 郑伯奇《怀念郁达夫》,陈子善编《逃避沉沦:名人笔下的郁达夫、郁达夫笔下的名人》,上海:东方出版中心,1998年,第15页。

们曾在明末繁华之时因缘际会,又经明清易代而风流云散,个体的爱恋悲欢在家国沦丧的动荡背景之下更加引人唏嘘。郁达夫最为推崇的诗人吴伟业(1609-1671)便是明末清初江南一带著名的浪漫文人和诗坛领袖。吴伟业以极富艺术感染力的抒情、叙事吟咏情深易感的遗民人物在朝代更替时的流离辗转,从而为历史兴亡存照。郁达夫被吴伟业笔下"红粉青衫总断魂"的艺术境界深深打动,早期诗歌多效仿吴作,以下所引《将之日本别海棠(其一)》即为一例:⑬

> 绿章夜奏通明殿,欲向东皇硬乞情。
> 海国秋寒卿忆我,棠阴春浅我怜卿。
> 最难客座吴伟业,重遇南朝卞玉京。
> 后会茫茫何日再?中原扰乱未休兵。⑭

海棠是郁达夫1921年底至1922年初在安庆法政学校短暂执教时期交往过的当地妓女。郁达夫在数篇诗文中都纪录过两人间的露水情缘。在与海棠离别之际,他仿效吴伟业的名篇《琴河感旧》为海棠赋诗三首,兹录吴伟业《感旧》之三:

> 休将消息恨层城,犹有罗敷未嫁情。
> 车过卷帘劳怅望,梦来携袖费逢迎。
> 青山憔悴卿怜我,红粉飘零我忆卿。
> 记得横塘秋夜好,玉钗恩重是前生。⑮

吴伟业的《感旧》共四首,作于明亡之后,其所感之"旧"为诗人与晚明秦淮名妓卞赛(道号玉京)之间的情感纠葛。将上引二诗相对照,郁达夫受吴伟业影响之处清晰可见:赠海棠诗不仅应用了《感旧》的韵部,沿袭了

---

⑬ "红粉青衫总断魂"引自郁达夫评论吴伟业的诗歌《吴梅村》,《笺注》,第195页。
⑭ 《笺注》,第310页。
⑮ 叶君远选注《吴梅村诗选》,北京:人民文学出版社,2000年,第111页。

部分吴梅村《感旧》的句式——颔联仿《感旧》之颈联，并且在颈联中直接嵌入了吴伟业和卞玉京的姓名，由此郁达夫将自己和海棠的交往跟晚明的才子佳人轶事并置，形成对前辈遗民一场跨越时空的回应。吴伟业和卞玉京的经历浪漫伤感，是明末令人黯然断魂的一段"红粉青衫"的故事。他们在盛年相遇，互生好感。卞玉京仰慕吴伟业的才学风流，主动求嫁未果。明亡之后两人各自避祸，数年未曾相遇，直至1650年吴伟业拜访老友钱谦益之时，卞玉京亦被邀至钱府。然而尽管诗人殷切请求，卞玉京却称病辞见。事后吴伟业情怀怏怏，写作了《感旧》组诗，在诗中怅然回顾了自己和卞玉京的旧情旧事，并半懊悔半自得地解释了二人未能再见的原因：一方面因为他拒婚辜负了卞玉京在先，另一方面女方虽对他情深如故，但当时将嫁他人，因此"憔悴自伤"，羞于相见——"缘知薄幸逢应恨，恰便多情唤却羞"（《感旧》之一）。⑯ 此作数月之后，卞玉京抱琴拜访吴伟业，为之弹奏并陈述乱离中见闻，二人从此诀别。卞玉京婚后生活不如人意，持道修行以终。吴伟业则被迫仕清，并为之抱憾自苦终生。1667年，年近花甲的吴伟业拜谒了卞玉京墓，写下了著名的《过锦树林玉京道人墓并序》，成为追忆两人关系的绝唱。

郁达夫深为吴、卞的情长缘浅惋惜，更为两人在朝代兴衰之际颠沛流离的境遇慨叹。联想到自己与海棠生逢军阀统治的乱世，恰如明季遗民一般身不由己，当下的告辞或许便是永别，他在诗歌的自序中郑重宣称："爰赋短章，用言永别。万一藕丝未断，黄泉相见有期；如其鹣鲽能逢，白璧还君作嫁。"此番表白心迹与吴伟业在《感旧》自序中自称"恨人"回首"伤心往事"互相对应。郁达夫并未如吴伟业一般绝望，而是在誓言中期待日后或可和海棠重逢并结缡，以弥补前人之遗憾。

尽管郁达夫的诗作情辞哀婉，意境动人，作者却仍需接受读者们关于"诗"与"真"的拷问。郁达夫结识海棠时已经婚配，他于1922年初告别海棠回日本参加毕业考试，同年夏天即结业归国，可是与海棠之间再无瓜葛，这些都让人怀疑其诗并序中对海棠的告白仅为诗人的作态，难以和吴

---

⑯ 《吴梅村诗选》，第107、110页。

伟业、卞玉京之间纠结近半生的情愁等量齐观。事实上,研究者如李惠仪等早已指出,即便是吴、卞之间的浪漫传奇也是吴伟业本人艺术加工的产物。吴伟业深受前明皇恩却未能尽忠守节,个人内心极度矛盾,因此他常借由歌咏一系列"红粉"遗民来寄托故国之思并委婉自辩。《感旧》中的卞玉京形象便是一例。卞玉京在钱府拒见吴伟业的原因其实未明,但诗人颇为一厢情愿地将她塑造成历经磨难,虽然未从心上人处得到回应,却对爱情始终如一的坚贞女子,其忠烈性情正折射着诗人心中理想的遗民人格。⑰ 由此生发开去,吴伟业对卞玉京欲说还休,剪不断理还乱的情愫亦未尝不可被解读成是他对旧朝既有情且牵挂,又背弃而懊悔的复杂心理。

如上所述,郁达夫对自己与海棠恋情的描述同样服务于作者自身的抒情需要,而不必被理解成是现实的忠实写照。事实上,他在不同作品之中对海棠其人其情的表述大相径庭。他另有两部小说《茫茫夜》(1922)和《秋柳》(1924)分别记叙与海棠情事,表达手法却与惜别海棠的三首情诗迥异。小说中的海棠身份与人物原型一致,为保守闭塞的安庆小城中一个低等妓女。她面貌丑陋,性格"鲁钝",难以跟留洋归来的男主人公于质夫(郁自传体的小说主人公)平等沟通。《秋柳》中的于质夫同情海棠卑微的命运,将海棠视为世界上的另一个"自己"而怜惜:

> 我要救世人,必须先从救个人入手。海棠既是短翼差池的赶人不上,我就替她尽些力罢……可怜那鲁钝的海棠,也是同我一样,貌又不美,又不能媚人,所以落得清苦得很。唉,侬未成名君未嫁,可怜俱是不如人……海棠海棳,我以后就替你出力罢,我觉得非常爱你了。⑱

---

⑰ Wai-yee Li, "Heroic Transformations: Women and National Trauma in Early Qing Literature," *Harvard Journal of Asiatic Studies*, Vol. 59, No. 2 (Dec., 1999), pp.363–443.
⑱ 郁达夫《秋柳》,《郁达夫全集》卷二,长春:时代文艺出版社,2000年,第866、867页。或见于吴秀明主编《郁达夫全集》第一卷,杭州:浙江大学出版社,2007年,第345–346页。

安庆时期的郁达夫心情抑郁。创造社的事业尚在初始阶段举步维艰,当地的教育界在军阀管制之下风潮不断,法政学校"人疏地僻",他称自己犹如从"二十世纪的文明世界被放逐到了罗马的黑暗时代"[19],因此其小说中的于质夫视海棠同为"天涯沦落人",并共伤身世。然而《秋柳》的故事不止于此:随着于质夫与海棠关系的发展,海棠邀他留宿。于质夫踌躇不决,原因有二:"第一就是怕病,第二就是怕以后的纠葛。"当他决定留下以后,起初打算"绝对不去蹂躏她的肉体",不久之后却转变了心意:"我这样的高尚,有谁晓得?这事讲出去,外边的人谁能相信?海棠那蠢物,你在怜惜她,她哪里能够了解你的心。还是做俗人罢",遂与海棠发生了关系。[20] 与吴伟业和卞玉京之间的惺惺相惜背道而驰,这里的于质夫对海棠丝毫不见柔情蜜意。于质夫正是郁小说中"沉沦者"的典型写照。作者深为自己在现代生存环境中欲望对象的匮乏以及灵肉的冲突所困惑,从而通过大胆袒露内心的阴暗病态来渲染现代人独有的"忧郁症"。

  本文主论郁达夫的旧诗,通过上述对比郁达夫在新旧体裁中两种截然不同的自我形象——古典诗歌中温柔儒雅的情人与新小说中堕落放纵的寻欢者,笔者提请读者格外关注郁达夫笔下现代审美主体的复杂多面性,尤其是中国遗民传统和诗意抒情对他想象自我及世界方式的重要影响。Kirk Denton 曾用东西方文化的差异来解释郁达夫笔下文学"自我"的分裂现象。他指出郁达夫等新文学先锋虽以激进的反传统姿态鼓吹西化,却因为自身知识结构、文化背景等原因对西方语境下产生的现代"自我"模式难以彻底认同,欧美作品中极致的自我本位者对资本主义工业文明的自觉疏离更让积极向往西式社会变革的中国作家心生困惑。因此,郁达夫时时需要向古典回眸,在自己熟习的情感与表达方式中获得慰藉。[21] Denton 的观点对本篇探讨郁达夫的遗民自我与现代主体性之关联

---

  [19] 郁达夫《芜城日记》,《郁达夫全集》第十二卷,第 4354 页。或见于吴秀明主编《郁达夫全集》第五卷,第 29 页。
  [20] 《郁达夫全集》第二卷,第 881 页。或见于吴秀明主编《郁达夫全集》第一卷,第 359、361 页。
  [21] Kirk Denton, "The Distant Shore: The Nationalist Theme in Yu Dafu's 'Sinking,'" *Chinese Literature: Essays, Articles, and Reviews* Vol.14 (Dec. 1992), pp.107–23.

颇具启发,然而笔者更强调这一个案中中国旧传统与西方新文明间互相竞争又互相依存的动态关系。对于"骸骨迷恋者"郁达夫而言,古典式抒情不仅仅是缓解其"时代病"的安慰剂,更体现了他反观历史,在以欧美文明为主导的现代思潮中探求"后进"的中国作家文化身份与地位的不懈努力。从郁达夫的创作生涯伊始,他便反对全盘西化的现代转型模式,并直言批评呼吁以现代白话文彻底取替旧语言、体裁的改革者们过于喜新厌旧。㉒ 如果说他的自叙传式的新小说中"沉沦者"的形象偏重于对压抑的现实环境下个人的苦闷心态做写实性描述,那么他的旧体诗中浪漫悲情的遗民形象则是他借助于传统资源梳理自己尴尬的生存情境,重构丰富感性的现代主体心理结构,并通过经典的抒情方式诗意地连结历史、表达自我的产物。在这一点上,郁达夫的遗民诗学正验证了王德威所言:现代中国写作成其大者,倚靠抒情主体"赋予历史混沌一个(想象的)形式",并从现实经验中"勘出审美和伦理的秩序"。㉓

二、遗民家变与"生活模仿艺术"

作为英国作家王尔德唯美主义艺术观的膜拜者,郁达夫积极倡导生活即艺术,他说:"艺术不外乎表现,而我们的生活,就是表现的过程,所以就是艺术。"㉔他的现实生活恰为此论的写照。30年代后期郁达夫在抗战背景下遭遇的婚姻危机加深了他国难家乱的遗民体验,同时他也从遗民心态出发解读婚变缘由,作诗抒发哀怨,并试图挽救夫妻关系。不幸的是如他诗中所写,"佯狂难免假成真"——其艺术性的想象、渲染和暴露家庭生活非但无助于解决问题,反而导致了其婚姻的破裂以及生命后期的系列磨难。㉕

在郁达夫的悲剧性浪漫人生中占据中心地位的事件是他与第二任妻

㉒ 郁达夫《骸骨迷恋者的独语》。
㉓ 王德威《抒情传统与中国现代性:在北大的八堂课》,北京:三联书店,2010年,第65页。
㉔ 郁达夫《文学概说》,《郁达夫全集》卷五,第1940页。
㉕ 该诗句见郁达夫《钓台题壁》,《笺注》,第326页。

子王映霞(1908–2000)的婚恋。1927年,已婚的郁达夫对人称"杭州第一美女"的王映霞一见钟情并展开热烈追求,同年二人结为连理。才子佳人的组合轰动一时,赢得了"富春江上神仙侣"的美誉。㉖ 然而夫妻婚后生活时有罅隙,1936年春至1938年冬,郁达夫先后在福建、武汉政府任职,留守杭州的王映霞与时任浙江省教育厅长的许绍棣(1900–1980)传有私情。㉗ 郁达夫伤心愤怒之下,将近三年间所作的20首旧体诗词加以详注,细数情变历程,结集为《毁家诗纪》(下简称《诗纪》)。效仿他尊崇的晚明遗民诗人钱谦益和吴伟业,郁达夫将对个人生活的书写放置于民族战争的大背景之下,以诗为史,并纪家事国难。下引《诗纪》第十首:㉘

犹记当年礼聘勤,十千沽酒圣湖滨。
频烧绛蜡迟宵析,细煮龙涎浣宿熏。
佳话颇传王逸少,豪情不减李香君。
而今劳燕临歧路,肠断江东日暮云。

该诗为《诗纪》中典型的伤情之作。作者在前三联中追忆其曾经美满的新婚生活,如郁达夫在自注中所述:"与映霞结合事,曾记在日记中,前尘如梦,回想起来,还同昨天的事情一样。"㉙ 怎奈美梦已醒,今日夫妻"劳燕临歧路",更加令人唏嘘。相较于郁达夫的日本时期和青年时代,作者的遗民感受在写作《诗纪》时更为惨痛深刻。1937年日军攻陷北京后迅速南下,郁达夫留守家乡的老母亲因为避祸而饿死,他和妻儿也在战火中辗转逃难,因此他以结合了国仇家恨的遗民情怀来看待王映霞的情变。从引诗的第三联中可见,郁曾将王比作勇于追求爱情并忠贞不渝的晚明传奇女子李香君,并期盼二人追随前人遗志,在国家剧变之际展现不屈的遗民气节。

㉖ "富春江上神仙侣"句源自郁达夫之友人易君左所赠之诗,《笺注》,第459页。
㉗ 郁达夫、王映霞的友人汪静之(1902–1996)在晚年披露王映霞与国民党军统局长戴笠(1897–1946)有染。汪静之《王映霞的一个秘密》,泰国《亚洲日报》,1998年8月15、18、22日。
㉘ 《笺注》,第460页。
㉙ 《笺注》,第460页。

李香君和卞玉京以及钱谦益的妻子柳如是一样,都是明清易代前的秦淮名妓。李曾嫁给吴伟业的好友,复社公子侯方域。历史名剧《桃花扇》中所塑造的李香君的忠烈遗民形象早已脍炙人口:她坚持气节,虽在战乱中与侯方域离别,但忠于夫君,不惧权势,不惜以死抗争拒绝再嫁,明亡后李香君忠于故国,最终弃情入道。郁达夫深为历史、文学叙事中浪漫且英勇的晚明女性们心折,尽管李香君、柳如是等出身卑微,然而她们具柔情侠骨于一身,在民族存亡之际深明大义,不仅力劝各自丈夫守节,而且勇于舍生取义。在郁达夫和王映霞发生龃龉之时,他曾长叹自己不能娶妻如柳如是:"钱牧斋受人之劝,应死而不死;我受人之害,不应死而死,使我得逢杨爱,则忠节两全矣!"㉚

对"红粉"遗民们忠贞爱国精神的礼赞成为郁达夫审视自己情感变故的重要视角。在《诗纪》里,他一方面强调自己共赴国难的壮举,诸如随军至前线考察——"戎马间关为国谋,南登太姥北徐州",并宣称决心"为国家牺牲一切了";㉛另一方面则责备妻子对自己缺乏理解和支持,他在自注中记:

> 映霞平日不关心时事,此次日寇来侵,犹以为系一时内乱,行则须汽车,住则非洋楼不适意。伊言对我变心,实在为了我太不事生产之故。㉜

> 映霞最佩服居官的人,她的倾倒于许君,也因为他是现任浙江最高教育行政长官之故。㉝

在这些文字的对照之下,郁达夫的爱国情操跟王映霞的虚荣肤浅高下立见。尽管现实中郁达夫在闽、汉等地仅任闲职,并非真如《诗纪》中所述

㉚ 柳如是原名杨爱。韦凌《郁达夫的女性情感世界》,北京:中国致公出版社,2001年,第197页。
㉛ 《笺注》,第462–464页。
㉜ 《笺注》,第462页。
㉝ 《笺注》,第469页。

一般投身战场彻底为国奉献,他却通过塑造自己与王映霞在战时对国、民的不同态度来评判妻子的道德缺失,以此凸显自己在家变之中的无辜立场。宏大的国族叙事遮蔽了导致夫妻矛盾的种种日常生活要素。在此意义上,抗战之乱成为了诗人宽慰自己,疗治情伤的有效助力。《诗纪》中的最后一阕《贺新郎》词是他欲借助民族大义化解个体痛楚的典型例证:

忧患余生矣!纵齐倾钱塘潮水,奇羞难洗。欲返江东无面目,曳尾涂中当死。
耻说与衡门墙茨。亲见桑中遗芍药,学青盲假作痴聋耳。姑忍辱,毋多事。

匈奴未灭家何恃?且由他莺莺燕燕,私欢弥子。留取吴钩拼大敌,宝剑岂能轻试?歼小丑自然容易。别有戴天仇恨在,国倘亡妻妾宁非妓?先逐寇,再驱雉。㉞

郁达夫引经据典,在上、下两阕分述个人与国家忧患。上阕中"羞"、"耻"、"辱"并用,主写情伤之痛,然而视妻子的外遇为平生奇耻大辱的抒情主体却在结尾处笔锋一转,决定隐忍不发:"姑忍辱,毋多事。"其原因正是下阕所描述的中心内容:当国家面临危机时,作者决定暂且搁置个人恩怨,先为国尽忠,再解决家事。他在注中宣称:

许君究竟是我的朋友,他奸淫了我的妻子,自然比敌寇来奸淫要强得多。并且大难当前,这些个人小事,亦只能暂时搁起,要紧的,还是在为我们的民族复仇。㉟

无论郁达夫词及自注中的表述是他忠实的内心独白,或因无力复仇而做的自欺性掩饰,或以退为进的对王映霞与许绍棣的攻击,抑或兼而有之,

---

㉞ 《笺注》,第 471–472 页。
㉟ 《笺注》,第 472 页。

读者可见他早期作品中常见的性与国族的双重焦虑在《诗纪》中仍然紧密纠缠。对郁达夫而言，爱欲的政治性早已深入骨髓。日本时期的郁达夫即将其在异国备受挫折的个体欲望与情感归结为是由于近现代中国国力孱弱而造成的苦果。《沉沦》中 21 岁的留日学生敏感孤寂，饱受欲念折磨，百般纠结后前往酒家娼馆寻欢，酒醒后自惭形秽，意欲蹈海自尽，并喃喃自语："祖国呀祖国！我的死是你害我的！你快富起来！强起来罢！你还有许多儿女在那里受苦呢！"㊱郁达夫在早期散文中也坦承：

> 我是两性问题上的一个国粹保存主义者，最不忍见我国的娇美的女同胞，被那些外国流氓去足践。我的在外国留学时代的游荡，也是本于这主义的一种复仇的心思。我现在若有黄金千万，还想去买些白奴来，供我们中国的黄包车夫苦力小工享乐啦！㊲

如此狂想固然道出了一个男性沙文主义者的狭隘乖张，然而其背后却正隐含着郁达夫在现实生活中处于种族、社会、性、情等多重压抑下所产生的扭曲心理。在传统遗民叙事中，将两性关系视为强、弱国族间政治压迫与对抗的隐喻并不鲜见。例如明清之际王秀楚在《扬州十日记》中对扬州城破后委身满族士官的汉族妇女义愤填膺，并慨然长叹："呜呼，此中国之所以乱也！"㊳郁达夫的五四同辈们如鲁迅、周作人等都对以国家、民族主义为名强加于个人，尤其是妇女的传统礼教之节烈观进行过鞭辟入里的批判。鲁迅即认为遗民强调守节，尤其看重烈女，因其将妇女看作男子的私有财产，"自己死了，不该嫁人，自己活着，自然更不许被夺"，然而因自己已被征服，"没有力量保护，没有勇气反抗了，只好别出心裁，鼓吹女人自杀"。㊴ 郁达夫虽然是新文化的倡导者，在此问题上思想情感却没有

㊱　《郁达夫全集》第一卷，第 36 页。或见于吴秀明主编《郁达夫全集》第一卷，第 75 页。
㊲　郁达夫《苏州烟雨记》，《郁达夫全集》卷三，第 944 页。或见于吴秀明主编《郁达夫全集》第三卷，第 51 页。
㊳　留云居士编《明季稗史初编》，上海：上海书店，1988 年，第 470 页。
㊴　鲁迅《我之节烈观》，《鲁迅选集》第二卷，北京：人民文学出版社，1983 年，第 1-13 页。周作人也在《自己的园地》中表达了类似观点。《周作人全集》，卷二，台北：蓝灯文化，1992 年，第 5 页。

完全脱离王秀楚的窠臼,并因婚姻变故而陷于偏激,在《诗纪》中表露得最为明显。

《诗纪》用典精深,用情深切,言辞动人,被郭沫若评为"有好些可以称为绝唱"。⑩ 抛开其传统意义上的巧思妙句不论,笔者认为这 20 首诗词的独到之处在于郁达夫大胆暴露私人生活,甚至自揭家丑的抒情手法。跟郁达夫早期诗作中主要模仿吴伟业哀婉感伤的浪漫风格不同,《诗纪》秉承了作者坚信"文学作品都是作家的自叙传"的一贯理念,淋漓尽致地展现了他婚姻危机的过程及诗人的心理状态,其中他对家庭隐私描写的详尽程度远超旧诗读者的普遍预期。《诗纪》风格也和崇尚"乐而不淫,哀而不伤"的传统诗学相悖离。尽管郁达夫的意象、典故、词句都遵循古格,写情笔触精美缠绵,但效果却在展现婚姻实况的不堪。为了突出理想恋情与现实境遇的强烈对比,他在诗及注中的修辞颇为夸张,以致于王映霞奋力自辩,并在近半个世纪后写作的自传中仍对《诗纪》中的不实之处耿耿于怀。⑪ 就此而言,郭沫若的评论颇中要害:

> 自我暴露,在达夫仿佛是成为一种病态了。别人是"家丑不可外扬",而他偏偏要外扬,说不定还要发挥他的文学的想象力,构造出一些莫须有的"家丑"。公平地说,他实在是超越了限度。暴露自己是可以的,为什么要暴露自己的爱人?⑫

如郭沫若所述,《诗纪》并非对生活的忠实纪录,而是郁达夫试图通过艺术世界处理现实危机的结果。他原本便以被社会欺凌损害的遗民自居,抗战时又经爱妻背弃,因此自叹"大难来时倍可怜"(《诗纪》之九)。⑬ 怨忿之下,他只有倚借诗情,试图通过在想象中重构战时"遗民"的道德伦

---

⑩ 郭沫若《论郁达夫》,陈子善、王自力编《回忆郁达夫》,长沙:湖南文艺出版社,1986年,第 8 页。
⑪ 王映霞在自传中追忆了与郁达夫的婚姻矛盾,并指出郁达夫诗文中颇具不实之处。王映霞《王映霞自传》,合肥:黄山书社,2008 年,第 157–195 页。
⑫ 郭沫若《论郁达夫》,《回忆郁达夫》,第 8 页。
⑬ 《笺注》,第 459 页。

理来纾缓伤痛。个人生活越不完满,他自曝其短的冲动越强,诗作中宣泄的积郁越深。可惜现实并非郁所能操控的艺术世界。1938年12月,郁达夫携王映霞及二人长子郁飞远赴新加坡任《星洲日报》文学副刊主编一职,意欲在异地修复夫妻关系,重新开始。次年3月《诗纪》发表于香港《大风旬刊》,就此引发轩然大波。王映霞读诗后深受伤害,随之在同一刊物上发表数篇反驳文章,其中写道:"文人笔端刻薄,自古皆然,他(郁达夫)竟能以理想加事实,来写成求人怜恤、博人同情的诗词来。"在王映霞看来,郁达夫将其描述成"世界上所有的每一篇小说中的坏女人",而把自己当成了所有"值得同情,值得怜恤的男人"的代表。㊹ 至此两人婚姻再无挽回可能,他们在1940年3月离婚,王映霞只身返国,郁达夫和儿子羁留星洲。《毁家诗纪》的发表摧毁了夫妻间残留的温情,以现实中的毁家而收场。

三、流亡南洋中的遗民长恨

抗战中初经婚姻危机的郁达夫曾寄友人诗云:"国破家亡此一时,侧身天地我何之",却不料一语成谶:自1938年离开大陆,他再没能返回祖国,而是在南洋度过了自己生命的最后7年。㊺ 与王映霞离婚之后,郁达夫忙于星洲报业及抗日宣传活动。1941年12月,太平洋战争爆发,日军迅速占领东南亚。他加入了陈嘉庚组织的"新加坡华侨抗敌动员委员会"任执行委员。在新城于1942年2月15日沦陷之前,他随同数名知识界人士离城逃亡,此后数月辗转于印尼诸岛之间,备尝艰辛,同年5月起隐姓埋名藏身荷属苏门答腊的小镇巴爷公务。因为郁达夫暴露了自己精通日语,他曾被当地日军宪兵部征为翻译,虽然他不久即假病辞职,并常借职务之便暗中帮助附近华侨及抗日组织,当地居民仍对他心怀芥蒂。1945年8月日本宣布战败投降后不久,郁达夫神秘失踪。诸多考据证明日本宪兵为消除在南洋的侵略证据而暗杀了他。1951年,郁达夫被中华

㊹ 《王映霞自传》,第178、181页。
㊺ 郁达夫《自汉皋至辰阳流亡途中口占》,《笺注》,第442页。

人民共和国政府追认为革命烈士。

在南洋逃亡期间的郁达夫仍坚持写作旧诗。据跟他共同逃难的友人胡愈之回忆,郁达夫在1942年春避难苏门答腊保东村时,"日成一诗以自遣",后来避居巴爷公务时也间有所作。㊻ 这些诗作大部分已散佚,但有12首被保存并结集,称《乱离杂诗》(下简称《杂诗》)。与郁达夫"骸骨迷恋者"的自我称谓相呼应,尽管他的埋骨之所无处寻觅,他最后的诗作却可被视作一代传奇作家的残留"骸骨"。如高嘉谦所论,《杂诗》组成了别具深意的符码,再现了郁达夫作为流亡者的肉身与乱离体验。㊼ 诗人纠缠交错的家国之思与个人浪漫情怀在《杂诗》中历历可见。如题所示,"乱"寓意二战中东南亚的动乱,"离"则指代郁达夫与情人李筱瑛在战火中被迫分离。李筱瑛是郁达夫在离婚后交往的新女友,㊽时为英国驻新加坡消息处的播音员,在星洲沦陷前随盟军撤退。郁达夫虽然也为英消息处办报,却因为不是正式雇员不能随行,只有孤身漂流南洋,处处遇阻无法归国,成为了真正意义上的无根遗民。他生命后期所作的《杂诗》与此前诗歌风格不同,"似意气较豪放"。㊾ 尽管他在逃亡期间屡陷困境,其诗歌中却少见以往的自伤自怜,自怨自艾,相反呈现出勇毅明朗的气派,下引《杂诗》最后一首为证:

> 草木风声势未安,孤舟惶恐再经滩。
> 地名末旦埋踪易,楫指中流转道难。
> 天意似将颁大任,微躯何厌忍饥寒。
> 长歌正气重来读,我比前贤路已宽。㊿

该诗作于郁达夫前往其最后的藏匿之所——巴爷公务的途中。随着日军

㊻ 《笺注》,第563页。
㊼ 高嘉谦《骸骨与铭刻——论黄锦树、郁达夫与流亡诗学》,《台大文史哲学报》七十四期,2011年5月,第103–125页。
㊽ 《笺注》:"'达夫女友'系指李筱瑛。郁飞《杂忆父亲郁达夫在星洲的三年》文中称李小瑛。"
㊾ 胡愈之语,《笺注》,第563页。
㊿ 《笺注》,第577页。

节节深入,郁达夫此前暂居的港口城市巴东不再安全,他又作为新加坡抗日组织领导者正被通缉,因此他仓促向苏门答腊内陆逃亡。诗人在情势危急下茫然四顾,自己如淝水之战中的苻坚一般草木皆兵(第一行),又如文天祥战败后途径惶恐滩一样心情忐忑(第二行)。撤离新城已两月有余,他几乎走投无路,不知去向何处,如此危局使得他追思前贤。该诗首末两联均呼应了南宋遗民烈士文天祥的英雄事迹。文天祥在宋亡后坚持抗元,被俘亦英勇不屈,坚持抗争三年多,最终慷慨就义。文天祥被俘后所作《过零丁洋》中的名句"人生自古谁无死,留取丹心照汗青"鼓舞了历代文人志士,其狱中遗作《正气歌》同样表达了作者的爱国激情和视死如归的高洁品质。郁达夫亲历战火,深为文天祥的高风亮节所激励,日军兵临新加坡之际,他对好友刘海粟表明:"万一敌军侵入新加坡,我们要宁死不屈,不能丧失炎黄子孙的气节,做不成文天祥、陆秀夫,也要做伯夷叔齐。"[51]在逃难中面对困苦、被俘等威胁时,他更从坚忍爱国、舍生取义的民族传统中得到了精神支撑。引诗的颈联以个人忍耐饥寒对照天意赋予的大任,直接响应了《孟子》中的著名论断:"故天将降大任于斯人也,必先苦其心志,劳其筋骨,饿其体肤,空乏其身,行拂乱其所为,所以动心忍性,增益其所不能。"郁达夫不再为个人的悲苦、婚姻的不幸、家庭的变故而踯躅不前,相反效法历史上的遗民志士,以昂扬乐观的精神面对苦难。如此诗最后一联所描述,诗人甚至自我宽慰:相对于陷于污秽幽暗的囚房中写作《正气歌》的文天祥,自己尚未处于绝境,更应振作向上——"我比前贤路已宽"!

从早期的刻意营造唯美颓废的"沉沦者"形象以示对现实的不满与反抗,到中期婚变中的大胆暴露家丑以艺术表现缓解个人伤痛,再到南洋漂泊时期历经城破、逃难后的豁达开阔,流亡中的郁达夫完成了其遗民情怀及诗风的最后转变。《杂诗》不再沉溺于自伤身世或怨忿不满,而现出明显的"回归传统"之倾向。对正统道德伦理价值观的推崇正体现了流亡者深切的故国之思和文化上的寻根渴望。沦落天涯的遗民无所依靠,

---

[51] 刘海粟《我的父亲郁达夫序》,郁云《我的父亲郁达夫》,台北:兰亭书店,1986年,第4—5页。

于困厄之中何以安身立命？其思其情更趋向历史经典抒发，在文化传统中找到自己的乡关所在。如文天祥的遗言中所述："唯其义尽，所以仁至。读圣贤书，所学何事？而今而后，庶几无愧。"㊾在此意义上，遗民忠烈精神的"骸骨"照亮了现实，使作家在流离失所中得以保有坚定信念并自强不息。

郁达夫在生命后期对待个人情感的态度也发生了显著变化。从《杂诗》中可见，尽管其中大量诗作描述作者对离别中的爱人李筱瑛的思恋之情，他的视野与心绪却并不为眼前的人事景象所限，而是抚今追昔，对自己一生的浪漫追求作出了"忏情"式的总结。下引《杂诗》第一首为例：

> 又见名城作战场，势危累卵溃南疆。
> 空梁王谢迷飞燕，海市蜃楼咒夕阳。
> 纵欲穷荒求玉杵，可能苦渴得琼浆？
> 石壕村与长生殿，一例钗分惹恨长。㊿

该诗前半段描写战争局势之危急，后半段抒发对恋人之怀念，贯穿全篇的仍是郁达夫由社会政治和个体情感所引发的双重焦虑。自日本侵华以来，数年间郁达夫已多次目睹"名城作战场"。新加坡有"远东直布罗陀"的美誉，被英国统治者称为"坚不可摧的堡垒"，然而日军势如破竹，驻守新城的英指挥官在太平洋战争爆发仅两月后即率众投降。㊾ 郁达夫诗前两联即对此有感而发。诗人将新城往日的繁华与濒临沦陷时的愁云惨雾对照，顿生沧海桑田之感。正如王孙贵族曾经云集的乌衣巷改朝换代后终于沦为寻常百姓家，昔日安居的和平生活犹如海市蜃楼般转瞬将逝，历史盛衰的变换让人无比惆怅。

诗歌接下来的后半部分由纵观大局转为关注自身。郁达夫一向擅写

㊾ 万绳楠《文天祥》，台北：知书房出版社，1996 年，第 284 页。
㊿ 《笺注》，第 563 页。
54 Lawrence James, *The Rise and Fall of the British Empire* (New York: St. Martin's Griffin, 1997), p.478.

情丝纠缠下的离愁别绪,此刻对李筱瑛的思念更是荡气回肠,然而他审视情感的视角与以往有所不同。此前他诗歌中无论抒情主人公如何伤情,仍坚持对爱情的炽烈追求。例如赠别海棠诗中"白璧还君作嫁"的誓言,又如《毁家诗纪》中与王映霞白头偕老的期许——"谁知元鸟分飞日,犹剩冤禽未死心"。㊻此刻郁达夫饱经忧患,妻离子散,孤身逃亡,终于放弃了追求长相厮守的爱情的愿望。战争之中个人性命尚且朝不保夕,与恋人朝朝暮暮实属奢望。他的颈联化用了唐传奇中书生裴航娶妻云英的典故。裴航求饮于蓝桥,绝色女子云英赠以水浆,甘美"如玉液",日后裴航历尽艰苦寻得玉杵臼求娶云英,最终夫妻双双成仙。㊼郁达夫反传奇故事本意而行,该联上句表明自己如裴航一般向往爱情且不畏艰辛,然而下句则暗示战乱导致与爱人离别,流落炎荒,诗人对爱情的追求无从满足。末联接着援引典故点明题旨:战火无情,无论是杜甫笔下石壕村的平民百姓夫妻,还是洪昇《长生殿》里的皇家贵胄唐玄宗与杨玉环,都难逃生离死别的劫难,最终钗分缘散,遗恨绵绵。

　　从更深层次判断,郁达夫的绵绵长恨不止于眼下跟李筱瑛的离别,也针对其平生恋爱经历有感而发。他多情易感,曾笃信浪漫情爱,眷恋过数人,却均以遗憾分离告终。在孤身一人处于险境之时,诗人蓦然回首自己平生为情所困的经历,自伤自痛有之,自思自省亦有之。在此意义上,他对《长生殿》的引用格外意味深长。唐玄宗与杨玉环的浪漫爱情故事虽流传千载,对二人沉迷私情罔顾社会责任的批判也同样绵延不绝。作为对此类批评的回应,洪昇在《长生殿》中刻意设置了《情悔》一出,描写杨玉环的鬼魂重返马嵬坡,痛悔前生:"只想我在生所为,那一桩不是罪案。况且弟兄姊妹,挟势弄权,罪恶滔天……今夜呵,忏愆尤,陈罪眚。"㊽值得关注的是,尽管杨玉环为自己耽情痴恋造成社会动荡而忏悔,却并未否定对爱之信仰——"只有一点那痴情,爱河沉未醒",并因其爱至真至纯而

㊻ 《笺注》,第 470 页。

㊼ 裴铏《裴航》,人民文学出版社编辑部编《唐传奇鉴赏集》,北京:人民文学出版社,1983年,第 184 – 186 页。

㊽ 洪昇《长生殿》,北京:人民文学出版社,1983 年,第 137 页。

得到了救赎,得以重返仙班。㊽　土地神判道:杨玉环的痴情"一悔能教万孽清",因此个人情感之价值在戏剧中得到了充分肯定。㊾

和《长生殿》里的杨玉环相似,郁达夫也被称为情种,在爱欲迷恋中浮沉并深受折磨。就个人跟政治动乱的关系而言,郁达夫甚至比"红颜祸水"的杨贵妃更为无辜,他一生与权势无缘,只在社会边缘处"沉沦"。然而跟剧作中杨玉环之魂魄因"真情"而感动天地,终被救赎相对比,他在数次痛彻心脾的离别后终于痛苦而又清醒地认识到,无论儿女之情如何真纯殷切,战乱危机中个人之力微不足道,无能保全恋人,所有绮梦遐思终将成空。恰如吴伟业在明亡之后回首与卞玉京情缘时难以自抑的绵绵悔意,郁达夫回顾自己平生恋情,也发出了独特的"情悔"之音。《杂诗》一方面思念爱人,另一方面却更强调了遗民逃难者情已成空后的茫茫孤寂。至此,诗人不再在两性关系上苦苦纠缠,既然痴心爱欲不堪回忆,不可追寻,善感多愁的抒情者该如何自处? 其浪漫情怀到底归向何处? 恐怕只有付诸文字想象。"茫茫大难愁来日,剩把微情付苦吟"(《杂诗》之七)——诗歌成为了郁达夫最后的情感寄托之所。㊿

四、结　　论

现代作家郁达夫的遗民情结是其应对20世纪上半叶中国社会、政治及文化遽变的审美性选择。成长于新、旧传统激烈碰撞的清末民初转型时期,并在日本接受了十年西式教育,郁达夫既承受了与本民族过往经验骤然分离的痛楚焦虑,又难以调和追求现代个体自主性与现实中边缘化地位的深刻矛盾,因此深有"时代错误"之感,从而借传统遗民文化之酒杯,浇心中抑郁不平之块垒。

自称"骸骨迷恋者"的郁达夫也可被看作是旧体诗的遗民。他身为白话新文学的先锋,却坚持继承和发扬旧诗传统,并创造出了以旧形式摹

㊽ 《长生殿》,第137页。
㊾ 《长生殿》,第138页。
㊿ 《笺注》,第571页。

写新情怀的独特个人风格。强烈的自我中心意识主宰着郁达夫的诗歌，他博通典故，精于韵律，却并不局限于温柔敦厚与雅正的传统诗风，而是以展现自我为主旨，强调现代审美主体的生命体验，为此不惮于暴露个人以及家庭生活的隐私，甚至于夸大其词。在生命后期成为难民流亡南洋时，难归故土的诗人重新审视历史经典，视遗民传统中的忠烈气节与道德正义为精神家园，并深切体悟了追求浪漫情感的个人主义者在战乱年代的无能为力。

综上，郁达夫的遗民诗学是其在现代社会身份危机的乡愁式表征。个体与社会，爱欲与理性，想象与现实，抒情与政治交错缠绕，影响作者所感，引发作者所思，转化成诗意抒情。郁达夫在现实生活中也以遗民自居，并最终以其婚变、流亡、遇害等系列生命悲剧验证了作家所处时代的经济困境、政治压迫、殖民战争等危机比艺术所能表现得更为残酷。

施蛰存的诗体回忆：
《浮生杂咏》八十首

孙康宜*

美国　耶鲁大学　台湾中研院院士

　　1974年，施蛰存先生70岁。那年他"偶然发兴"，想动笔写回忆录《浮生百咏》，"以志生平琐屑"。① 那年正是他自1957年（因写了一篇杂文《才与德》、以"极恶毒的诬蔑歪曲国家干部"的罪名）被打成右派、又在文革期间被打成牛鬼蛇神以来的第一次"解放"。我在此之所以美其名曰"解放"，是因为70岁的施先生被迫从华东师大的中文系资料室退休了。那时他身体还很好，精力也十分充沛。但他们硬把他送回家，还祝颂他"晚年愉快"。当时他曾写诗一首，以记其事："谋身未办千头橘，历劫犹存一簏书。废退政需遮眼具，何妨干死老蟫鱼。"②（后来1978年7月他又复职了，此为后话。）

　　必须说明，在这之前那段漫长的二十年间，施先生先后被迫到嘉定、大丰劳动改造，文革时又被撤去原来的教授职务、学衔和工资，最后才被

---

* 我要感谢沈建中先生供给有关施蛰存先生的宝贵资料。同时，在撰写文章的过程中，我曾得到陈文华教授的大力协助。我的博士生凌超在查考资料方面也帮了大忙。此外，我要感谢林宗正教授、范铭如教授、黄进兴博士等人的鼓励和启发。又，本文初稿发表于《温故》杂志，2013年9月号。

① 《浮生杂咏》最初在《光明日报》连载发表，但最初刊印书籍是1995年3月施先生的散文集《沙上的脚迹》。见施蛰存：《沙上的脚迹》，沈阳：辽宁教育出版社，1995年，第190－219页。参见施蛰存：《北山楼诗》，上海：华东师范大学出版社，2000年，第125－183页。并见《浮生杂咏八十首》，《北山楼诗文丛编》，刘凌、刘效礼编：《施蛰存全集》，上海：华东师范大学出版社，2012年，第10卷，第133－155页。

② 《北山楼诗》，见《北山楼诗文丛编》，《施蛰存全集》，第10卷，第119页；并见林祥主编、沈建中采访：《世纪老人的话：施蛰存卷》，沈阳：辽宁教育出版社，2001年，第117页。

贬到中文系资料室去搬运图书、打扫卫生的。在那段期间,红卫兵不仅查抄了他的家产和藏书,还屡次把他推上批斗台。挨批斗时,他的帽子被打落在地上,他就从容地捡起来再戴上;被人推倒在地上,就"站起来拍拍衣服上的尘土,泰然自若地挺直站好并据理力争"。被剃了阴阳头,却连帽子也不带,照样勇敢地由家里步行到华师大。有一次,红卫兵突然冲进他家,他挨了当头一棒,顿时血流满面,晚间疼痛得无法入睡,于是他"想了很多",又"咬咬牙,就熬过来了"。③

这样一个百般受辱、一路走过"反右"及"文革"风潮的幸存者,会写出怎样的回忆录呢?当然,上个世纪的七十年代,施先生还没有恢复发表文章和任何著作的权利。但如果我们联想到八十年代初中国大陆那种伤痕文学的狂潮,我们一定会猜想:那个一向以文学创作著称的施蛰存至少会写一本"伤痕文学"式的回忆录——或者题材类似的自传小说吧!但与多数读者的想象不同,施蛰存并没有那样做。他不想把精力放在叙说和回忆那种琐碎的迫害细节。一直到96岁高龄,在一次采访中,他还说道:

> 我却想穿了,运动中随便人家怎么斗我,怎么批我,我只把自己当做一根木棍子,任你去贴大字报,右派也好,牛鬼蛇神也好,靠边站也好,这二十年[指1957－1977],中国知识分子的坎坷命运,原也不须多说,我照样做自己的学问。……"文革"前期,在"牛棚"度春秋的日子里,我不甘寂寞,用七绝作了许多诗,评述我所收集碑拓的由来、典故、价值及赏析,后来我把这些"牛棚战果"编成约二万字的《金石百咏》。(沈建中采访)④

与撰写《金石百咏》相同,当初1974年施老开始想写《浮生杂咏》时,也是因"不甘寂寞"而引起的。本来他也计划写一百首(原来的题目是"浮生百咏"),但那年却只作得二十馀首,因为"忽为家事败兴,搁笔后未及续

---

③ 《世纪老人的话:施蛰存卷》,第103－104页。
④ 《世纪老人的话:施蛰存卷》,第104－105页。

成"。一直到十五年后、八十五岁时,施老才终于有机会续成该诗体回忆录,并将"百咏"改成"杂咏"。他曾在"引言"中解释道:

> 荏苒之间,便十五年,日月不居,良可惊慨。今年欲竟其事,适《东风》编者来约稿,我请以此诗随时发表,可以互为约束,不便中止。但恐不及百首,遽作古人。又或兴致蓬勃,厄言日出,效龚定庵之《己亥杂诗》,皆未可知。故题以《杂咏》,不以百首自限。作辍之间,留有余地也。一九九〇年一月三十日,北山施蛰存记。⑤

后来《浮生杂咏》写毕,却只有八十首。这是因为他写到八十首的时候,才发现只写完1930年代在上海之文学生活(即中日抗战前夕),而往后的数十年大半生却无法在二十首诗中写尽,所以他只得搁笔:

> 以后又五十余年老而不死,历抗战八年、内战五年、右派兼牛鬼蛇神二十年。可喜、可哀、可惊、可笑之事,非二十诗所能尽。故暂且辍笔,告一段落。一九九〇年除夕记。⑥

诚然,对施蛰存来说,把一个人的生命过程分成不同的"段落"来处理,是完全可以的。他曾说过:"因为我的生活'段落'性很强,都是一段一个时期,'角色'随之变换,这样就形成我有好几个'自己'。"⑦但据笔者猜测,施蛰存的《浮生杂咏》之所以在1937年抗战前夕打住,还有一个重要的原因。那是因为在往后的八年抗战期间——即施先生先后逃难至云南和福建的期间——他连续写了大量的诗篇,那些诗歌完全可视为自传性的见证文学,无需在《浮生杂咏》中重复。至于在那以后,内战相继而来,接着又有"反右"和"文革"的恐怖风潮,那也正是施老最不愿意回忆的一段生活内容。但讽刺的是,那段饱受折辱的后半生却成为他一生中学问成就

---

⑤ 《浮生杂咏八十首》引言,《北山楼诗文丛编》,《施蛰存全集》,第10卷,第133页。
⑥ 《浮生杂咏八十首》附记,《北山楼诗文丛编》,《施蛰存全集》,第10卷,第155页。
⑦ 《世纪老人的话:施蛰存卷》,第9页。

最高、作品最多产的一段。他的女弟子陈文华曾感慨地说道：

> 被称为"百科全书式专家"的施蛰存先生，学识之渊博，涉猎之广泛，用学贯中西、融汇古今来形容毫不过分。他晚年曾说：自己一生开了四个窗口：东窗是文学创作，南窗为古典文学研究，西窗是外国文学翻译和研究，北窗为金石碑版之学。施氏"四窗"在学术界名闻遐迩，因为，推开每一扇窗户，我们都能看到他留下的辛勤足迹，品尝到让我们享用不尽的累累硕果。⑧

不用说，施先生那动人的诗体回忆录《浮生杂咏八十首》也正在他炉火纯青的晚年完成的。虽然那段"回忆录"主要关于他幼年和青年时代的经验，但老人将近一世纪的"阅历"所凝聚的诗心却涉及所有"四窗"的内容，其才情之感人，趣味之广泛，实在令人佩服。

同时，我们应当注意施蛰存为《浮生杂咏八十首》这组诗所选择的特殊诗体和形式，尤其因为他是一位对艺术形式体裁特别敏感的作家。在"引言"中他已经提到自己可能在仿效"龚定庵之《己亥杂诗》，皆未可知"。我想这是作者给我们的暗示。在很大程度上，《浮生杂咏》确实深受龚自珍诗歌的影响，但重要的是，施蛰存最终还是写出了自己的独特风格。

首先，施先生的《浮生杂咏》与龚自珍的《己亥杂诗》都采取七言绝句的体裁，同时诗中加注。对龚自珍而言，诗歌的意义乃在于其承担的双重功能：一方面是私人情感表达的媒介，另一方面又将这种情感体验公之于众。《己亥杂诗》最令人注目的特征之一就是诗人本身的注释散见于行与行之间、诗与诗之间。在阅读龚诗时，读者的注意力经常被导向韵文

---

⑧ 陈文华：《百科全书式的文坛巨擘——追忆施蛰存先生》，见吴铎主编：《师魂：华东师范大学老一辈名师》，上海：华东师范大学出版社，2011年，第410页。有关"四窗"的定义，这儿可能有些出入。根据1988年7月16日香港《大公报》，施先生曾对来访者说道："我的文学生活共有四个方面，特用四面窗来比喻：东窗指的是东方文化和中国古典文学的研究，西窗指的是西洋文学的翻译工作，南窗是指文艺创作，我是南方人，创作中有楚文化的传统，故称南窗。"见言昭：《北山楼头"四面窗"——访施蛰存》，香港《大公报》，1988年7月16日。

与散文、内在情感与外在事件之间的交互作用。如果说诗歌本身以情感的耽溺取胜,诗人的自注则将读者的注意力引向创作这些诗歌的本事。因此两者合璧,所致意的对象不仅仅是诗人本身,也包括广大的读者公众。龚自珍的诗歌之所以能深深打动现代读者,其奥妙也就在于诗人刻意将私人(private)的情感体验与表白于公众(public)的行为融为一体。在古典文学中很少会见到这样的作品,因为中国的古典诗歌有着悠久的托喻象征传统,而这种特定文化文本的"编码"与"译码"有赖于一种模糊的美感,任何指向具体个人或是具体时空的信息都被刻意避免。但我以为,恰恰是龚自珍这种具有现代性的"自注"的形式强烈吸引了施蛰存。郁达夫也曾指出,中国近代作家作品中的"近代性"在很大程度上得益于龚自珍诗歌的启发。⑨

　　施蛰存在"引言"中已经说明,他在写《浮生杂咏》诗歌时,"兴致蓬勃,厄言日出",因而使他联想到龚定庵的《己亥杂诗》。⑩ 这点非常重要。原来1838年龚自珍突然遇到一场飞来横祸,据说是某满洲权贵将对他进行政治迫害。为了保身,龚必须立刻离开北京。他当时仓皇出京,连家小都没带上。在浪迹江南的漫漫长途中,龚写下了总共315首七言绝句。出于某种奇妙的灵感,自从龚离开京城以后,他产生了难以遏止的创作冲动,写诗的灵感如流水般奔涌不息,正如《己亥杂诗》第一首所言:"著书何似观心贤,不奈厄言夜涌泉。"现在施蛰存的《浮生杂咏》也是在"兴致蓬勃,厄言日出"那种欲罢不能的情况中写就,足见施老也具有同样的浪漫诗人情怀。唯一不同的是,龚自珍写《己亥杂诗》那年,他才四十七岁;但施老写完《浮生杂咏》那年,他已是八十五岁的老人。施蛰存这种在文坛上"永葆青春"的创作力,大陆学者刘绪源把它称为一种奥秘的文学"后劲"——那是一些极少数的文坛老将,由于自幼具备特殊的才情和文章素养,早已掌握了自己的"创作个性和审美个性",因而展现出来的"强

---

⑨　郁达夫:《郁达夫全集》,香港:三联书店,1982年,第5册。亦见孙文光、王世芸编:《龚自珍研究资料集》,合肥:黄山书社,1984年,第248-249页。

⑩　《浮生杂咏八十首》引言,《北山楼诗文丛编》,《施蛰存全集》,第10卷,第133页。

韧而绵长的后劲"。⑪ 我想施蛰存的"后劲"还得力于刘绪源先生所谓的"趣味"：刘以为施老的"独特处和可贵处,就在于一切都不脱离一个'趣'字"。⑫

我想就是这个"趣"的特质使得施先生的《浮生杂咏》从当初模仿龚自珍走到超越前人典范的"自我"文学风格。最明显的一点就是,施的诗歌"自注"已大大不同于龚那种"散见"于行与行之间、诗与诗之间的注释。施老的"自注",与其说是注释,还不如说是一种充满情趣的随笔,而且八十首诗每首都有"自注",与诗歌并排;不像龚诗中那种"偶尔"才出现的本事注解。值得注意的是,施先生的"自注"经常带给读者一种惊奇感。有时诗中所给的意象会让读者先联想到某些"古典"的本事,但"自注"却将读者引向一个特殊的"现代"情境。例如,我最欣赏的其中一个例子就是第24首：

> 鹅笼蚁穴事荒唐,红线黄衫各擅场。
> 堪笑冬烘子不语,传奇志怪亦文章。

第一次读到这首诗,我以为这只是关于作者阅读"鹅笼书生"(载于《续齐谐记》)的故事、《南柯太守传》、《红线》、《霍小玉传》、《子不语》等传奇志怪的读书报告。但施先生的"自注"却令我大开眼界：

> 中学二年级国文教师徐信字允夫,其所发国文教材多唐人传奇文。我家有《龙威秘书》,亦常阅之,然不以为文章也。同学中亦有家长对徐师有微词,以为不当用小说作教材。我尝问之徐师,师云此亦古文也,如曰叙事不经,则何以不废《庄子》。

才是一个十二三岁的中学生,已从他的老师那儿学到"传奇志怪亦文章"

---

⑪ 刘绪源：《儒墨何妨共一堂》,收入《世纪老人的话：施蛰存卷》,第175-193页。
⑫ 刘绪源：《儒墨何妨共一堂》,《世纪老人的话：施蛰存卷》,第191页。

的观点,而且还懂得《庄子》乃是"叙事"文学中的经典作品,也难怪多年之后施先生要把《庄子》介绍给当时的青年人,作为"文学修养之助"。⑬

这个有关《庄子》的自注,很自然地促使我进一步在《浮生杂咏》中找寻有关《文选》的任何资料。这是因为,众所周知,施蛰存于 1933 年因推荐《庄子》与《文选》为青年人的阅读书目,而不幸招致了鲁迅先生的批评和指责;后来报纸上的攻击愈演愈烈,以至于施先生感到自己已成了"被打入文字狱的囚徒"。⑭ 那次的争端使得施蛰存的内心深受创伤,而且默默地背上了多年的"恶名"。我想,在施老这部诗体回忆录《浮生杂咏》中大概可以找到有关《文选》的蛛丝马迹吧? 于是我找到了第 41 首。诗曰:

> 残花啼露不留春,文选楼中少一人。
> 海上成连来慰问,瑶琴一曲乐嘉宾。

在看"自注"以前,我把该诗的解读集中在"文选"一词(第二行:"文选楼中少一人")。我猜想,这个"文选"会不会和施先生后来与鲁迅的"论战"有关? 至少这首诗应当牵涉到有关《昭明文选》的某个典故吧? 还有,萧统的《文选》里头会有什么类似"残花啼露不留春"的诗句吗? 然而,读了施老的"自注"之后,我却惊奇地发现,原来作者在这首诗中别有所指:

> 创造社同人居民厚南里,与我所居仅隔三四小巷。其门上有一信箱,望舒尝以诗投之,不得反应。我作一小说,题名《残花》,亦投入信箱。越二周,《创造周报》刊出郭沫若一小札,称《残花》已阅,嘱我去面谈。我逡巡数日,始去叩门请谒,应门者为一少年,言郭先生已去日本。我废然而返。次日晚,忽有客来访,自通姓名,成仿吾也。大惊喜,遂共座谈。仿吾言,沫若以为《残花》有未贯通处,须改润,

---

⑬ 施蛰存:《〈庄子〉与〈文选〉》,1933 年 10 月 8 日。见陈子善编:《施蛰存卷》,收入徐俊西主编:《海上文学百家文库》第 79 卷,上海:上海文艺出版社,2010 年,第 366 - 367 页。
⑭ 施蛰存:《突围》,《申报·自由谈》,1933 年 10 月 29 日。

> 可在《创造周报》发表。且俟其日本归来,再邀商榷。时我与望舒、秋原同住,壁上有古琴一张,秋原物也。仿吾见之,问谁能弹古琴。秋原应之,即下琴为奏一操。仿吾颔首而去。我见成仿吾,生平惟此一次。《创造周报》旋即停刊,《残花》亦终未发表。

没想到,原来"文选楼"是指《创造周报》的编辑室,与昭明《文选》毫无关联。由于主编郭沫若等人乃是"选文"刊登的负责人,所以施老就发明了这样一个称呼:"文选楼"。当年施蛰存只是一个二十一二岁的大学生,就得到主编郭沫若和成仿吾等人如此的推重,所以施老要特别写此诗以为纪念。至于他是否有意用"文选"一词来影射他后来与鲁迅之间的矛盾,那就不得而知了。诗歌的意义是多层次的,读者那种"仿佛得之"的解读正反映出诗歌的复杂性。施蛰存自己也曾说过:"我们对于任何一首诗的了解,可以说皆尽于此'仿佛得之'的境地。"⑮尽管如此,作者的"自注"还是重要的,因为它加添了一层作者本人的见证意味。

作为一个喜爱阐释文本的读者,我认为我对施老以上两首诗有关《庄子》和《文选》的解读也不一定是捕风捉影。至少我的"过度阐释"突出了施先生的幽默,那就是"趣",是一种"点到为止"的趣味。他利用诗歌语境的含蓄特质,再加上充满本事的"自注",就在两者之间创造了一种张力,让读者去尽情发挥其想象空间。其实,诗歌一旦写就,便仿佛具有了独立的生命,对其涵义的阐发也不是作者的原意所能左右或限制的。所以,尽管我对以上两首诗的揣测之词或许出于我对施蛰存和鲁迅从前那场论战的过度敏感,但一个读者本来就有考释发掘文本的权利。何况我以为诗有别"趣",有时"假作真时真亦假,无为有处有还无"。诗歌自有其美学的层面,不必拘泥于本事的局限。我相信,施老也会同意我的看法——在他一篇回答陈西滢的文章里(即回答陈君对他那篇解读鲁迅的《明天》的文章之批评),他曾写道:"也许我是在作盲人之摸象,但陈先生也未始不在作另一盲人……而我所要声明的是:我并不坚持自己的看法

---

⑮ 这句话来自施先生一篇有关他的新诗《银鱼》的文章。见《海水立波》,《北山楼诗文丛编》,《施蛰存全集》,第10卷,第48页。

是对的,也并不说别人的是错的……我还将进一步说:这不是一个对不对的问题,而是一个可能不可能的问题。"⑯

施先生提出的这个"可能不可能的问题"正是我们解读他的诗歌之最佳策略。而他的诗中"趣味"也会因这样的解读方法进一步启发读者更多的联想。我以为,真正能表达施蛰存的"诗趣"的莫过于《浮生杂咏》第 68 首:

粉腻脂残饱世情,况兼疲病损心兵。
十年一觉文坛梦,赢得洋场恶少名。

"自注"中说明,此诗的"第三、四句乃当年与鲁迅交谇时改杜牧感赋"。据沈建中考证,那两句诗原来发表于 1933 年 11 月 11 日的《申报·自由谈》。在那篇《申报》的文章里,年轻的施先生曾写道:"我以前对于丰先生[指鲁迅],虽然文字上有点太闹意气,但的确还是表示尊敬的,但看到《扑空》这一篇,他竟骂我为'洋场恶少'了,切齿之声俨若可闻。我虽'恶',却也不敢再恶到以相当的恶声相报了。"⑰令人感到惊奇的是,当年在那种天天被文坛左翼包围批判、被迫独自"受难"的艰苦情况中,一个 29 岁的青年居然还有闲情去模仿杜牧的《遣怀》诗,而写出那样充满自嘲的诗句。我以为,年轻的施先生能把杜牧的"十年一觉扬州梦,赢得青楼薄幸名"改写成自己的"十年一觉文坛梦,赢得洋场恶少名"乃为古今最富"情趣"的改写之一。

更有趣的是,半个世纪之后,85 岁的施老在写他的《浮生杂咏》第 68 首时,为了补足一首完整的七言绝句(第 68 首),他不但采用了从前年轻时代所写的那两句诗,而且很巧妙地加了上头两句:"粉腻脂残饱世情,况兼疲病损心兵。"这样一来,施老就很幽默地把读者引到了另一个层

---

⑯ 施蛰存:《关于〈明天〉》,原载《国文月刊》第 11 期,1941 年 12 月。见《北山楼诗文丛编》,《施蛰存全集》第 10 卷,第 526 页。
⑰ 施蛰存:《突围(续)》,《申报·自由谈》,1933 年 11 月 1 日。有关"洋场恶少",以及近人为施蛰存的正名论,请见王福湘:《"洋场恶少"与文化传人之辨——施蛰存与鲁迅之争正名论》,《鲁迅研究月刊》2013 年第 2 期,第 4-11 页(该杂志是北京鲁迅博物馆主办出版的)。

面——那就是性别的越界。他用"粉腻脂残"一词把自己比成被社会遗弃的女人,就如"自注"的开头所述:"拂袖归来,如老妓脱籍,粉腻脂残。"在这里,他借着一个老妓的声音,表达了一种在现实生活中难以弥补的缺憾,以及一种无可奈何的心态。"自注"中又说:"自一九二八年至一九三七年,混迹文场,无所进益。所得者惟鲁迅所赐'洋场恶少'一名,足以遗臭万年。"

其实"性别越界"(我在从前一篇文章里称为"gender crossing")乃是中国传统文人常用的"政治托喻"手法。[18] 传统男人经常喜欢用女人的声音来抒情,因为现实的压抑感使他们和被边缘化的女性认同。但我以为,施蛰存的诗法之所以难得,乃在于他能在传统和现代的情境中进出自如,他幼年熟读古代诗书,及长又受"五四"新文学影响,并精通西洋文学。他不但写旧诗,也写新诗。凡此种种,都使得他的诗体亦新亦旧、既古又今。或从内容、或从语言、或从性别的意识,他的诗歌都能提供深入的解读和欣赏的新视点。可以说,他的诗歌一直是多层次的。

我们也可以用同样的"多层次"之角度来解读《浮生杂咏》第 67 首。该诗描写有关当年施先生在被文坛左翼围攻得无处可逃的时候,所遇到的尴尬情境:

心史遗民画建兰,植根无地与人看。
风景不多文饭少,独行孤掌意阑珊。

本来施蛰存自从 1932 年 3 月被现代书局张静庐聘请来当《现代》杂志的主编之后,他已经走上文学生涯最辉煌的道路。在那之前,他早已出版了他的代表作《将军的头》《鸠摩罗什》《石秀》等,接着他最得意的心理小说《梅雨之夕》以及《善女人行品》也在 1933 年先后问世。同时,作为主编,他在上海文坛所产生的影响是空前的。就如学者李欧梵所说:"《现

---

[18] 见拙作《传统读者阅读情诗的偏见》,《文学经典的挑战》,南昌:百花洲文艺出版社,2001 年,第 292–303 页。参见康正果:《风骚与艳情》,上海:上海文艺出版社,修订版,2001 年,第 48–57 页。

代》杂志被认为标志着中国文学现代主义的开始","在很多方面,施蛰存似乎都在领导着典型的上海作家的生活方式;而且他因编辑《现代》杂志获得了更多的'文化资本',从而迅速地在上海文坛成了名。"[19]此时,《现代》的声誉也随着提高,而杂志的销数"竟达一万四千份",令那个现代书局的老板张静庐好不开心,[20]一直庆幸他聘对了人——从一开始他就想办一个采取中间路线的纯文艺杂志,而那政治上"不左不右"的施蛰存正好合乎他心目中的理想。

但没想到这个"不左不右"的中间路线也正是施蛰存被文坛左翼强烈打击的主要原因。到了1934年4月,《现代》已经快撑不下去了。其实这也是鲁迅早已预料到的:"想来不到半年,《现代》之类也就要无人过问了。"[21]据施蛰存后来自述:"我和鲁迅的冲突,以及北京、上海许多新的文艺刊物的创刊,都是影响到《现代》的因素。从第四卷起,《现代》的销路逐渐下降,每期只能印二三千册了。"[22]最后现代书局只好关门,各位同人也纷纷散伙,所谓"风景不多文饭少,独行孤掌意阑珊"。所以施先生在第67首的自注中写道:

> 一九三四年,现代书局资方分裂。改组后,张静庐拆股,自办上海杂志公司……我与杜衡、叶灵凤同时辞职。其时水沫社同人亦已散伙,刘呐鸥热衷于电影事业,杜衡……另办刊物。穆时英行止不检,就任图书什志审查委员。戴望舒自办新诗月刊。我先后编《文艺风景》及《文饭小品》,皆不能久。独行无侣,孤掌难鸣,文艺生活从此消沉……。

应当说明的是,当时除了《文艺风景》及《文饭小品》以外,还有1935年施

---

[19] Leo Ou-fan Lee, *Shanghai Modern: The Flowering of A New Urban Culture in China, 1930–1945* (Cambridge, MA: Harvard University Press, 1999), 130–132. 参见李欧梵著,毛尖译:《上海摩登:一种新都市文化在中国1930–1945》,北京:北京大学出版社,2001年,第145、147页。

[20] 刘绪源:《儒墨何妨共一堂》,《世纪老人的话:施蛰存卷》,第187页。

[21] 鲁迅致姚克函,1934年2月11日,鲁迅:《鲁迅全集》,北京:人民文学出版社,2005年,第13卷,第24页。

[22] 施蛰存:《我和现代书局》,见《沙上的脚迹》,第64页。

先生与戴望舒合办的《现代诗风》,由脉望出版社出版。施蛰存并出任《现代诗风》的发行人,该杂志创刊号的扉页刊有他的撰文《〈文饭小品〉废刊及其他》,还刊有他的新诗《小艳诗三首》以及他的译作美国罗蕙儿《我们为什么要读诗》(署名"李万鹤"),此外还刊登了"本社拟刊诗书预告",可惜《现代诗风》仅出一期就夭折了。

这就难怪《浮生杂咏》第 67 首把作者当时那种无可奈何的"消沉"心境比喻成一个传统"遗民"的心态——那是一种类似兰花"有根无地"的心态:"心史遗民画建兰,植根无地与人看。"施老在自注中进一步解释道:"南宋遗民郑所南画兰,有根无地。人问之,答曰:'地为人夺去。'"

所以,真正的关键乃在于:"地为人夺去。"所谓"地"就是一个人的生存空间。讽刺的是,施蛰存和他的现代派友人原来是拥有极大的"生存空间"的。就如李欧梵所说:"这个刊物(指《现代》杂志)带异域风的法文标题 Les Contemporains 显然是相当精英化的,同时也带着点先锋派意味:它是施蛰存这个团体的集体自我意象,这些人自觉很'现代'。"㉓在现代文学的领域里,他们无疑曾经占据了一个最新、最先锋的领导地位。然而,当残酷的现实使他们终于失去"生存空间"时,那对他们心中的打击也就特别严重。1934 年 7 月 2 日,施蛰存给好友戴望舒的信中说到:"这半年来风波太大,我有点维持不下去了,这个文坛上,我们不知还有多少年可以立得住也。"㉔

这是施先生有生以来体验到的最大一次"空间"失落。为了生存下去,他必须另找生路(此为后话)。然而,必须一提的是,施家几代以来,早已有那种从一处漂泊到另一处的"萍浮"感,而那也正是《浮生杂咏》最重要的主题之一。第 16 首写道,"百年家世惯萍浮,乞食吹箫我不羞",其实已经概括了他们家的奋斗史。自注中也说:"寒家自曾祖以来,旅食异乡,至我父已三世矣。"这就是施蛰存童年时代经常随家人从一个城市迁居到另一个城市的原因。施家世代儒生,家道清贫。《浮生杂咏》第 1

㉓ 李欧梵:《上海摩登:一种新都市文化在中国 1930 - 1945》,第 152 页。
㉔ 孔另境编:《现代作家书简》,上海:生活书店,1936 年,第 124 页。并见孔另境编:《现代作家书简》,广州:花城出版社,1982 年,第 84 页。

首告诉我们,施先生的出生地在杭州水亭址学宫旁的古屋。但四岁时他便随父母从杭州迁居苏州乌鹊桥,因为当时刚罢科举不久,其父施亦政顿失"进身之阶",故只得搬到苏州以谋得一职。(见第 2 首:"侍亲旅食到吴门,乌鹊桥西暂托根。")在苏州时,他的父亲曾带他到寒山寺,指着刻有张继《枫桥夜泊》诗的碑,教他背诵唐诗,乃为读古典诗歌之始。(见第 6 首:"归来却入寒山寺,诵得枫桥夜泊诗。")后来,施蛰存 8 岁那年,辛亥革命发生,其父因而"失职闲居",也只得"别求栖止",最后终于搬到松江。(见第 11 首:"革命军兴世局移,家君失职赋流离。")

施先生后来在松江长大,居住了近二十余年之后,才迁居上海。对于松江,他始终怀有一种深厚的乡愁情感。《浮生杂咏》第 14 首描写在他幼时,母亲每晚"以缝纫机织作窗下",他在旁"读书侍焉"的动人情景。("慈亲织作鸣机急,孺子书声亦朗然。")在《云间语小录》的"序引"中,㉕ 施先生一开头就强调:"我是松江人,在松江成长。"虽然他的出生地是杭州。有趣的是,在《浮生杂咏》中,他经常喜欢与那些原本为外来者、最终定居在松江的古代前贤认同。例如,第 17 首诗曰:"山居新语曲江篇,挹秀华亭旧有缘。他日幸同侨寓传,附骥瀵落愧前贤。"自注:"元杨瑀著《山居新语》,钱惟善以赋曲江得名,皆杭州人侨寓华亭者,《松江府志》列入《寓贤传》。"同时,他也喜欢与古代诗人陆机、陆云二兄弟认同,因为他们是松江人:"俯颜来就机云里,便与商人日往还。"(第 12 首)自注:"松江古名华亭,陆机、陆云故里也。"此外,晚年的施先生特别怀念松江的山水胜地——尤其是带有历史渊源的景点。例如城西的白龙潭是他一直喜欢提起的。《浮生杂咏》第 19 首主要在咏叹钱谦益和柳如是定情于白龙潭的故事:

桦烛金炉一水香,龙潭胜事入高唐。
我来已落沧桑后,裙屐风流付夕阳。

㉕ 施蛰存著、沈建中编:《云间语小录》,上海:文汇出版社,2000 年,第 1 页。

自注:"白龙潭在松江城西,明清以来,为邑中胜地。红蕖十亩,碧水一潭,画舫笙歌,出没其间。钱谦益与柳如是定情即在龙潭舟中。牧斋定情诗十首,有'桦烛金炉一水香'之句,为松人所乐道。入民国后,潭已污潴芜秽,无复游赏之盛。余尝经行潭上,念昔时云间人物风流,辄为怃然。"㉖

但令施蛰存最念念不忘的乃是,他自幼在松江所受的古典文学教育。据《浮生杂咏》第 23 首,他才上小学三四年级时,就能从课文中体会到"清词丽句"的美妙:"暮春三月江南意,草长花繁莺乱飞。解得杜陵诗境界,要将丽句发清词。"所以当他才十来岁时,他早已熟读古书,也学会作诗。《浮生杂咏》第 25 首,"自君之出妾如何,随意诗人为琢磨",主要记载当年初拟汉魏乐府"自君之出矣"的诗句之情况。他曾说:"我的最初期所致力的是诗……那时的国文教师是一位词章家,我受了他很多的影响。我从《散原精舍诗》、《海藏楼诗》一直追上去读《豫章集》、《东坡集》和《剑南集》,这是我的宋诗时期。那时我原做过许多大胆的七律,有一首云:'挥泪来凭曲曲栏,夕阳无语寺钟残。一江烟水茫茫去,两岸芦花瑟瑟寒。浩荡秋情几洄澓,苍皇人事有波澜。迩来无奈尘劳感,九月衣裳欲办难。'一位比我年长十岁的研究旧诗的朋友看了,批了一句'神似江西',于是我欢喜得了不得,做诗人的野心,实萌于此。"㉗又,周瘦鹃主编的《半月》杂志曾于 1921 年出版施蛰存为该刊封面《仕女图》所作的题词 15 阕,一时颇为轰动;那年施先生才 17 岁。㉘

我想,促使施蛰存文学早熟的另一个原因,可能是他从小就喜欢与人订"文字交"的缘故。他自己说,在松江念中学时"与浦江清过从最密"。两人经常在一起读诗写诗。有一次两人"共读江淹《恨》、《别》二赋",并"相约拟作"。于是浦江清作《笑赋》,年轻的施蛰存作《哭赋》。《浮生杂咏》第 26 首曾记载该事:"丽淫丽则赋才难,饮恨销魂入肺肝。欲与江郎

㉖ 并参见《云间语小录》,第 43–47 页。
㉗ 施蛰存:《我的创作生活之历程》,见应国靖编:《施蛰存散文选集》,天津:百花文艺出版社,1986 年,第 96 页。
㉘ 必须一提,周瘦鹃当时也请杭州才女陈小翠(即天虚我生之女公子)续作 9 阕,以补足"全年封面画 24 帧之数";"瘦鹃以二家词合刊之,题云《〈半月〉儿女词》。"见施蛰存:《翠楼诗梦录》,写于 1985 年 7 月 1 日。参见沈建中编:《施蛰存先生编年事录》,上海:上海古籍出版社,2013 年,其中的 1921 年 9 月 21 日条。

争壁垒,笑啼不得付长叹。"虽然那次两人的拟赋并不成功,但施老一直难忘那次的经验。同时,他也难忘当年与浦江清和雷震同一起游景点醉白池,三人互相"论文言志,臧否古今","日斜始归"的情景。第21首诗描写其中的闲情逸致:

> 水榭荷香醉白池,纳凉逃暑最相宜。
> 葛衣纨扇三年少,抵掌论文得几时。

可以说,早在青年时代,施蛰存已经掌握了传统的古典教育,也学会与人和诗、论诗,这与松江的文化背景不无关系。同时,由于松江的特殊教育制度,他上中学三年级时就已勤读英文,并大量阅读外国文学,从此水到渠成,也就打开了从事翻译西洋文学的那扇窗。

然而他也同时受"五四"新文化的熏陶,所以经常利用课馀时间大量阅读各种报章杂志。据《浮生杂咏》第30首诗的自注,当时他渐渐感到"刻画人情、编造故事,较吟诗作赋为容易"。尽管还是个中学生,所创作的小说早已陆续刊于《礼拜六》、《星期》等杂志。(当时他经常署名为"施青萍"或"青萍"。)对他来说,这是他人生"一大关键",也是"一生文学事业之始"。不久,他也开始思考如何写一种"脱离旧诗而自拓疆界"的新诗,以为郭沫若的《女神》颇可作为一种过渡时期的典范新诗,所以他在《浮生杂咏》第29首写道:"春水繁星蕙的风,凌波女神来自东。凤凰涅盘诗道变,四声平仄莫为功。"

总之,施蛰存的文学早熟促成了他走向上海文坛的一大关键。但人生的际遇也有难以预料的巧合因素。1922年,施蛰存上杭州之江大学一年级,有一回他与同学泛舟西湖,正好遇到几位杭州文学社团"兰社"的主要成员——即戴望舒、戴杜衡、张天翼、叶秋原等。当时这几位兰社成员才只是中学四年级生,但已经以文字投寄上海报刊,故与施蛰存一拍即合,遂有"同声之契"。《浮生杂咏》第32首写道:

> 湖上忽逢大小戴,襟怀磊落笔纵横。

> 叶张墨阵鹅堪换，同缔芝兰文字盟。

那次的结盟无疑给了施先生许多新的启发和动力。不久他们在杭州戴望舒家中连手筹办刊物《兰友》，望舒出任主编，施先生为助编，于1923年1月1日出版创刊号。同时施蛰存也写《西湖忆语》，在《最小》杂志连载。同年八月，他自费出版了平生第一部小说集《江干集》（收有《冷淡的心》、《羊油》、《上海来的客人》等多篇介于"鸳鸯蝴蝶派和新文学之间"文体的小说）。㉙ 该集署名施青萍，所收的小说都是他在之江大学肄业那年写的，因为"之江大学在钱塘江边，故题作《江干集》"。《江干集》的《卷首语》以十分典雅的古典诗歌形式写成，同时以"江上浪"做为人生譬喻，独具魅力：

> 踪迹天涯我无定，偶然来主此江干。
> 秋心寥廓知何极，独向秋波镇日看。
> 世事正如江上浪，傀奇浩汗亦千般。
> 每因触处生新感，愿掬微心托稗官。

晚年的施先生不愿把这本集子视为他的第一部小说集，以为尚不成熟，只称它为一部"习作"。㉚ 但我始终以为施先生这一部处女作在中国文学史上颇有重要性，尤其他代表一个早期从传统过渡到现代的文人所经历的复杂心思。《江干集》有一篇附录，题为"创作馀墨"，是作者专门写给读者看的。它很生动地捕捉了一个青年作家所要寻找的"自我"之声音：

㉙ 见沈建中：《遗留韵事：施蛰存游踪》，上海：文汇出版社，2007年，第16-19页，有关《江干集》的介绍和讨论。

㉚ 施先生把小说集《上元灯》（1929年8月由上海水沫书店初版印行；1932年2月由上海新中国书局出版改编本）以前的《江干集》和《娟子姑娘》——包括由水沫书店出版的《追》——都一并视为"文艺学徒的习作"。所以他认为《上元灯》才是他的"第一个短篇小说集"。见施蛰存：《〈中国现代作家选集·施蛰存〉序》，以及《十年创作集·引言》。参见沈建中编：《施蛰存先生编年事录》，1929年8月、1928年1月条。又，有关《上元灯》的讨论，请见陈国球：《从惘然到惆怅：试论〈上元灯〉中的感旧篇章》，《中国现代文学研究丛刊》，1993年第4期(11月)，第83-95页；《文本言说与生活：〈上元灯〉再探》，《中国现代文学研究丛刊》，1995年第3期(8月)，第180-190页。

> 我并不希望我成为一小说家而做这一集,我也不敢担负着移风整俗的大职务而做这些小说。我只是冷静了我的头脑,一字一字地发表我一时期的思想。或者读者不以我的思想为然,也请千万不要不满意,请恕我这些思想都是我一己的思想,而我也并不希望读者的思想都和我相同。
>
> 我小心翼翼地请求读者,在看这一集时,请用一些精明的眼光,有许多地方千万不要说我有守旧的气味,我希望读者更深地考察一下。
>
> 我也不愿立在旧派作家中,我更不希望立在新作家中,我也不愿做一个调和新旧者。我只是立在我自己的地位,操着合我自己意志的笔,做我自己的小说。㉛

这是时代的影响,同时也是施蛰存本人的文学天分之具体表现。他不久和他的兰社友人一起到上海去,他们合力奋斗了几年(包括建立文学社团"璎珞社"和创办《璎珞》、《新文艺》等杂志),最后由于《现代》的空前成就,一跃而成为三十年代初上海文坛现代派的先锋主力。在他的《浮生杂咏》中,施老花了很大的篇幅回忆这一段难以忘怀的心路历程。从第33首到66首,我们读到有关他那不寻常的大学生涯("计四年之间,就读大学四所"),还有他与戴望舒、杜衡如何"在白色恐怖中仓皇离校,匿居亲友家"的情景,以及他和刘呐鸥刊编《无轨列车》、《新文艺》月刊、后又开水沫书店的甘苦谈,最后他终于得到上海现代书局经理张静庐的赏识,成为"现代"杂志的主编,真可谓"天时地利人和"。(见第61首:"一纸书垂青眼来,因缘遇合协三才。")

可以想见,1934年当现代书局瓦解、《现代》杂志同人解散之时,施蛰存和他的青年朋友们(他们都还不到三十岁)有多么颓丧。难怪施蛰存要说:"独行孤掌意阑珊。"据他后来自述:1935年,春节以后,他"无固定职业,在上海卖文为生活"。他曾说:"度过三十岁生辰,我打算总结过去

㉛ 施蛰存:《江干集》附录《创作馀墨》(代跋),见沈建中编:《施蛰存序跋》,南京:东南大学出版社,2003年,第32页。

十年的写作经验,进一步发展创造道路……以标志我的'三十而立'。"㉜那时出版界突然流行晚明小品热,所以施蛰存就为光明书店编了一本《晚明二十家小品》。但主要还是因为周作人在北京大学作"中国新文学的源流"之演讲,以为新文学"起源于晚明之公安竟陵文派",因而提高了晚明小品的身价。当时上海书商个个"以为有利可图",就纷纷"争印明人小品"(参见《浮生杂咏》第 69、70、71、72 首)。重要的是,周作人当年还为施先生题签《晚明二十家小品》的封面,也难怪晚年的施蛰存念念不忘此事:"知堂老人发潜德,论文忽许钟谭袁"(见第 69 首)。但那次编《晚明二十家小品》曾再次得到鲁迅的攻击:"如果能用死轿夫,如袁中郎或'晚明二十家'之流来抬,再请一位活名人喝道,自然较为轻而易举,但看过去的成绩和效验,可也并不佳……五四时代的所谓'桐城谬种'和'选学妖孽',是指做'载飞载鸣'的文章和抱住《文选》寻字汇的人们的……到现在,和这八个字可以匹敌的,或者只好推'洋场恶少'和'革命小贩'了罢。"㉝就在那以后不久,施蛰存开始为上海杂志公司主编《中国文学珍本丛书》,其中包括《金瓶梅词话》的标点工作(见《浮生杂咏》第 73、74、75、76 首)。

但 1936 年 6 月施蛰存黄疸病复发,故只得离开上海,转到杭州养病。但这一"养病"却改变了施先生的人生方向,使他培养了一种宁静恬适的生活方式。他先在西湖畔的玛瑙寺(即他所谓的"释氏宫")居住月馀。在那儿他整天过着安静清淡的书斋生活,佛教尤其对他影响深厚。《黄心大师》那篇充满佛教背景的小说也就在杭州休养的期间写成。(请注意:小说中的主角黄心大师,闺名原叫"瑙儿",而她的父母也把她当作"玛

㉜ 施蛰存:《十年创作集·引言》。参见沈建中编:《施蛰存先生编年事录》,1935 年 1 月条。

㉝ 鲁迅(署名"隼")《五论"文人相轻"——明术》,见《文学》月刊,第 5 卷第 3 号,1935 年 9 月 1 日。必须一提,尽管鲁迅一再抨击他,施先生多年后(即 1956 年)曾写《吊鲁迅先生诗》,表达了自己"感旧不胜情,触物有馀悼"的心情。其序曰:"余早岁与鲁迅先生偶有龃龉,竟成胡越。盖乐山乐水,识见偶殊;宏道宏文,志趣各别。忽忽二十馀年,时移世换,日倒天涯。昔之殊途者同归,百虑者一致。独恨前修既往,远迹空存,乔木云颓,神听莫及。"在这首诗中,施蛰存那种坦白、诚恳的一贯风度被淋漓尽致地表达了出来。(施蛰存:《吊鲁迅先生诗》,见《北山楼诗》,《北山楼诗文丛编》,《施蛰存全集》,第 10 卷,第 111 页。)

瑙"看待。)㉞不久施蛰存从玛瑙寺转到附近的行素女子中学执教。从此更是利用课馀的闲暇时光沉浸在欣赏自然风光的乐趣中。正巧行素女中的校园就是清初文人龚翔麟(1658–1733)的宅院故址,其"宅旁小园即所谓蘅圃,有湖石名玉玲珑,宣和花石纲也"。石旁又有著名的玉玲珑阁,乃为龚氏藏书之所,而施先生"授课之教室即在阁下"。每回他下了课没事,就在玉玲珑旁边一边品茶一半欣赏周遭的美景。《浮生杂咏》第78首正在描写那种闲适的心境:

> 横河桥畔女黉宫,蘅园风流指顾中。
> 罢讲闲居无个事,茗边坐赏玉玲珑。

这首诗韵味十足,颇有言外之意。从诗中的优美意境,读者可以感受到一种大自然的"疗伤"功能——可以想见,当年施蛰存虽然怀着"海溟尘嚣吾已厌"的心情离开上海,他终于在他的出生地杭州找到了新的生存空间。那是一个富有自然趣味的艺术空间,也是一种心灵的感悟。(同年他也写出《玉玲珑阁丛谈》一组随笔,"聊以存一时鸿爪"。)㉟

值得注意的是,就在杭州养病那年,他开始了"玩古之癖"——也就是说,他多年后之所以埋首"北窗"(指金石碑版之学),其最初灵感实来自那次的杭州经验。《浮生杂咏》第79首歌咏这段难得的因缘:

> 湖上茶寮喜雨台,每逢休务必先来。
> 平生佞古初开眼,抱得宋元窑器回。

自注:"湖滨喜雨台茶楼,为古董商茶会之处,我每星期日上午必先去饮茶。得见各地所出文物小品,可即时议价购取。其时,宋修内司官窑遗址方发现,我亦得青瓷碗碟二十馀件,玩古之癖,实始于此。"

㉞ 施蛰存:《黄心大师》,见陈子善编:《施蛰存卷》,收入徐俊西主编:《海上文学百家文库》第79卷,第217页。

㉟ 沈建中:《遗留韵事:施蛰存游踪》,第29页。

从今日的眼光看来,这样突然的兴趣转移——从现代派小说转到"玩古之癖"——令人感到不可思议。但其实这正反映了施蛰存自幼以来新旧兼有的教育背景以及他那进退自如的人生取向。尤其在遭遇人生的磨难时,"进退自如"乃是一种智慧的表现——而且,能自由地退出已进入的地方,需要很大的勇气,这不是人人都能做到的。我想,年轻的施蛰存之所以把《庄子》推荐给当时的青年人,恐怕与他特别欣赏庄子的人生哲学有关。晚年的施先生曾经说过:"我是以老庄思想为养生主的。如古人所说:'荣辱不惊,看庭前花开花落;去留无意,望天上云卷云舒'。"㊱

这样的人生哲学使得施蛰存在1937年夏天做出了一个重要的决定:当他看见时局已变,整个文学创作的气氛已非往昔,他就毅然决定受聘于昆明大学,从此讲授古典文学。所以《浮生杂咏》最后以"一肩行李赋西征"为结,从此"漂泊西南矣"(第80首)。

这就证实了施老所说有关他生命中的"段落"性。诚然,他的生命过程"都是一段一个时期",而且"角色随之转换"。我想这就是《浮生杂咏》的主题之一;当85岁的施老回忆他那漫长坎坷的人生旅途时,他尤其念念不忘年轻时那段充满趣味和冒险的文坛生活。那段时光何其短暂,但那却是他生命中(也是二十世纪中国文学史)很重要的一段。

㊱ 陈文华:《百科全书式的文坛巨擘——追忆施蛰存先生》,见《师魂》,第406页。

Discerning the Soil: Translation, Form, & Content in the World Poetics of Bian Zhilin

柯夏智(Lucas Klein)*

香港大学

In 1943 Wen Yiduo 闻一多 (1899 – 1946), one of the figures at the forefront of the Crescent School 新月社, published "The Historical Momentum of Literature" 文学的历史动向, presenting his vision of a Chinese clearly inferior to the West in his outline of the literary histories of what he saw as the four great global civilizations, Chinese, Indian, Hebrew, and Greek:

> The four cultures emerged at the same time, and as three have made trades, with some trading towards their relatives, and some trading towards outsiders, the proprietors themselves have always receded, which mayhap be because they have only been so brave to "give" and been too timid to "receive." China has been bold enough to "give" but too timid to "receive," so while it is still the proprietor of its own culture, it has only barely avoided the fate of deterioration. For the sake of cultural proprietors themselves, is "taking" not more important than "giving"? Therefore to be merely too timid to "receive" is insufficient, we must

---

* Lucas Klein(柯夏智)为耶鲁大学东亚语言及文学系博士,现为香港大学中文学院助理教授。

truly be so bold as to "receive."

四个文化同时出发,三个文化都转了手,有的转给近亲,有的转给外人,主人自己却都没落了,那许是因为他们都只勇于"予"而怯于"受"。中国是勇于"予"而不太怯于"受"的,所以还是自己的文化的主人,然而也只仅仅免于没落的劫运而已。为文化的主人自己打算,"取"不比"予"还重要吗? 所以仅仅不怯于"受"是不够的,要真正勇于"受"。①

Wen is "convinced," in the words of his biographer Kai-yu Hsu 许芥昱, not only "that all existing cultures would eventually merge into one world culture, and that all national literatures would similarly fuse into one," but also that "Chinese literature should follow the main trend of world literature, lest China be left behind."②

But how could China be left behind? Is world literature a race? While we may argue that it is not, Wen's vision of world literature is more accurately understood as an economy, related to the global financial economy, with concomitant winners and losers, dominant powers and submissive entities, and its own prescriptions of ethics, aesthetics, and poetics. But if China may be left *behind* by not internationalizing apace with the rest of the world, what is particular to Chinese literature — its Chineseness, say — may also be left *out* amidst the world literary economy's integration and internationalization.

Wen's view of world literature is not, of course, the only one, and a look at how world literature gets enacted within the poetry and poetics of one of

---

① Wen Yiduo 闻一多, "Wenxue de Lishi Dongxiang 文学的历史动向 (The Historical Momentum of Literature)," in *Wen Yiduo Quanji* 闻一多全集 (*The Collected Writings of Wen Yiduo*), ed. Sun Dangbo 孙党伯 and Yuan Jianzheng 袁謇正, vol. 10 (Wuhan: Hubei renmin chubanshe, 1993), p.21.

② Hsu Kai-yu 许芥昱, *Wen I-to*, Twayne's World Authors Series TWAS 580: China (Boston: Twayne Publishers, 1980), p.161.

Wen's younger colleagues and contemporaries, from the entryway of translation towards a discussion of metrics, will reveal some of the alternative potentials and possibilities for world literature's configuration within poetry and the prospects for notions such as "Chineseness."

Appearing in the Paper

"Chinese poetry for our time"③ was invented for English readers by Ezra Pound in 1915. English readers saw the invention of Chinese poetry *of our time* in 1936, in *Modern Chinese Poetry* as edited and translated by Harold Acton and Ch'en Shih-hsiang 陈世骧, and again in Robert Payne's 1947 *Contemporary Chinese Poetry*. In the figures of Acton and Payne modern Chinese poetry would find its frames: Acton the classicist aesthete, Payne the politically engaged avant-gardist.④ Not that anything is ever so simple, of course: which anthology contains the following poem?

---

③ T. S. Eliot, "Introduction," in *Selected Poems*, by Ezra Pound, ed. T. S. Eliot (London: Faber & Gwyer, 1928), xvi; reprinted in T. S. Eliot, "Introduction: 1928," in *New Selected Poems and Translations*, by Ezra Pound, ed. Richard Sieburth, Second Edition (New York: New Directions, 2010), pp.361 – 372.

④ "Politicians everywhere, booming and thumping!" Acton writes in his *Memoirs of an Aesthete*, "All the more reason for me to raise my gentle voice … For me beauty is the vital principle pervading the universe—glistening in stars, glowing in flowers, moving with clouds, flowing with water, permeating nature and mankind" (Harold Acton, *Memoirs of an Aesthete* (London: Methuen, 1948), p. 2); Payne, meanwhile, published Charles Olson's "The Kingfishers" ("Yesterday I put it together," Olson wrote to Payne, "and looked it over, compared it to THE WASTELAND, and decided, as a practice of the gentle craft, I better do more work at the last" [Charles Olson, *Selected Letters*, ed. Ralph Maud (Berkeley: University of California Press, 2000), p.93]), and wrote, the year *Contemporary Chinese Poetry* came out, in *China Awake*, "I twice went into the Communist areas, and learnt only what I knew before—that among the young in China there is a vast hope, and among the old there is no hope at all" (Robert Payne, *China Awake* (London: W. Heinemann, 1947), vii). Ch'en would go on to play a role in the developing invention of pre-modern Chinese poetry in English as Gary Snyder's teacher (he suggested Snyder translate the *Cold Mountain* poems and makes a cameo in "Axe Handles" [Gary Snyder, "Axe Handles," in *The Gary Snyder Reader: Prose, Poetry, and Translations*, First Edition (Washington, DC: Counterpoint, 2000), pp.489 – 490]).

The Composition of Distances⑤

When I dream of reading alone on the highest terrace
"The Decline and Fall of the Roman Empire"
there appeared in the newspaper the star that marks the Fall.
The newspaper drops on the floor. The atlas opens
to a thought traveling to a far-off name.
The landscape received here is now clouded with twilight.
("Waking from a wandering dream to find it dusk,
listless, shall I go calling on my friend?")
Gray sky. Gray sea. Gray road.
Where have I been? Alas, I can never know
how to examine a handful of soil beneath a lantern.
From outside a thousand doors suddenly comes my name!
How tired! No one really stirred the boat in my basin,
no one caused a storm in the sea?
O my friend has brought me five o'clock
and the sign of impending snow.

The poem is by Bian Zhilin 卞之琳 (1910 – 2000) (in the anthology romanized as Pien Chih-lin); born in Jiangsu 江苏 province in 1910, he studied English and began publishing poetry while enrolled in Beijing University 北京大学, initially under the direction and support of prominent poets Wen Yiduo and Xu Zhimo 徐志摩 (1897 – 1931). This version is his own translation. With its allusions to classics of western literature, as well as its poetical lilt ("alone on the highest terrace"; "clouded with twilight"), the poem certainly looks like it belongs in Acton and Ch'en's *Modern*. It also

---

⑤ Bian Zhilin 卞之琳, "The Composition of Distances," *Contemporary Chinese poetry*, trans. Bian Zhilin, ed. Robert Payne (London: Routledge, 1947), p.85.

contains hidden references to Chinese classics, which fits Acton's introduction ("for all their anxiety to emancipate themselves from tradition," Acton condescends, "most writers in the vernacular forgot that it was still in their bones"⑥), rather than seeming to engage with the political realities of the day, as Payne's *Contemporary* prefers (the italicized preface states Payne's values in poetry and how he contextualizes it: "*I had thought at one time of making an anthology of poems produced since the Lukouchiao* [卢沟桥] *incident and the beginning of the war against Japan ... with many of the later poets included in this book, Chinese poetry enters at last into an entirely new world, where all, or nearly all, of the ancient poetic traditions are cast aside: and those who still think of Chinese poetry as the graceful accomplishment of retired sages may do well to ponder the brutality, power and honesty of the new poetry which is being produced to-day*"⑦). And yet the poem is from Payne's anthology. This article, examining Bian's vision of world literature and what I call his poetics of "dual translation," will look at how the concepts already touched-upon—translation, tradition, politics, aesthetics, one's relationship to one's mentors—play out in his poetry to explain why this is not as surprising as it may first appear. In the work of Bian Zhilin, as elsewhere, aesthetics and politics, via translation and tradition, implicate each other in intricate ways.

An example of this intricacy is available in Bian's poem above. As a poem in English, it presents a vision, and an enactment, of world literature to its English readership. Essential to that vision is that the poem was not originally written in English, but rather is a translation of a poem Bian wrote in Chinese. Like all translations, the poem navigates between the two concepts of foreignization and nativization, in this case employing both, alternately and simultaneously, to accentuate the simultaneous closeness and distance of the

---

⑥ Harold Acton and Shih-hsiang Ch'en, eds., *Modern Chinese poetry* (London: Duckworth, 1936), p.16.
⑦ Robert Payne, "Preface," *Contemporary Chinese poetry* (London: Routledge, 1947), ix.

poem to the reader's poetic traditions, such as referring both to Edward Gibbon's *History of the Decline and Fall of the Roman Empire* and the mysterious "boat in my basin." As readers attuned to looking at Chinese poetry as world literature in English translation we may be accustomed to this; we should not overlook, however, that the same issues are at play in the original. Against a notion of modern poetry as "horizontal transplantation, not vertical inheritance" 横的移植,而非纵的继承,⑧ Bian's poem in Chinese employs both horizontal and vertical features:

距离的组织

想独上高楼读一遍《罗马衰亡史》,
忽有罗马灭亡星出现在报上。
报纸落。地图开,因想起远人的嘱咐。
寄来的风景也暮色苍茫了。
(醒来天欲暮,无聊,一访友人吧。)
灰色的天。灰色的海。灰色的路。
哪儿了?我又不会向灯下验一把土。
忽听得一千重门外有自己的名字。
好累呵!我的盆舟没有人戏弄吗?
友人带来了雪意和五点钟。

The Organization of Distance⑨

About to ascend a tower alone to read *The Decline and Fall of the*

---

⑧ Ji Xian 纪弦, "Xiandaipai de xintiao" 现代派的信条 (The Doctrines of Modernism), *The Modern Poetry Quarterly* 现代诗季刊 13 (February 1953): 92-93.

⑨ Bian Zhilin 卞之琳, "Juli de Zuzhi 距离的组织 (The Organization of Distance)," in *Bian Zhilin Wenji* 卞之琳文集 (*The Collected Writings of Bian Zhilin*), vol. 1, 3 vols. (Hefei: Anhui jiaoyu chubanshe, 2002), pp.56-57. For English translations of Bian's collected poems, see *The Carving of Insects*, trans. Mary M. Y. Fung and David Lunde, Renditions Paperbacks (Hong Kong: Reserach Centre for Translation, The Chinese University of Hong Kong, 2006); for several translations that extend Bian's relationship with the Pound-Rexroth lineage (in a volume dedicated *in memoriam Kenneth Rexroth 1905 - 1982*), see "Nine Poems," in *New Directions in Prose and Poetry 45*, ed. James Laughlin, Peter Glassgold, and Frederick R Martin, trans. Eugene Eoyang (New York: New Directions, 1982), pp.30-36.

Roman Empire,

 Suddenly the star portending Rome's fall appears in the paper.

 The newspaper drops. The atlas opens, reminiscent of a far off friend's exhortations.

 In that sent-in scenery the dusk was growing vaster, too.

 ("Waking as the sky doth darken — bored — going to visit a friend.")

 Grey skies. Grey seas. Grey roads.

 But where? I can't discern the soil in the lamplight.

 Suddenly I hear my own name from outside a thousand double doors.

 So tired! Did nobody play with my skiff in the basin?

 A friend brings over five o'clock and a sense of snow.

 Putting Bian's English translation next to his poem in Chinese (and my translation, written for contemporary tastes and a readership that can see the source text) reveals areas where Bian as translator nativizes or to foreignizes his writing for a non-Chinese audience. By turning "寄来的风景也暮色苍茫了" [In that sent-in scenery the dusk was growing vaster, too] to "The landscape received here is now clouded with twilight," and "醒来天欲暮,无聊,一访友人吧" ["Waking as the sky doth darken—bored—going to visit a friend"] to "Waking from a wandering dream to find it dusk,/listless, shall I go calling on my friend?" Bian nativizes for the English readership gestures in his poem that, in their original formation, reflect Chinese expressions that defy translation in their idiomatic specificity. In the second instance, Bian's English nativizes a five-character phrase of classical Chinese that, while not seeming to allude to any particular poem, stands out as an expression of classical Chinese *poïesis*. Conversely, by making "我的盆舟没有人戏弄吗?" [Did nobody play with my skiff in the basin?] "No one really stirred the boat in my basin,/no one caused a storm in the sea?" Bian's translation foreignizes, extending a Chinese reference in his English poem, giving it a greater physical space in the English to match its allusive weight in Chinese.

These questions of foreignization and nativization—which I cast as the horizontal and vertical elements, respectively—are equally present in the poem in Chinese. Moreover, they are the kinds of questions that readers of the poem in its original 1935 publication in the journal *Mercury* 水星,⑩ of which Bian was co-editor, could have asked: to what extent is this poem Chinese, and to what extent foreign, and what does all that mean, anyway? Bian Zhilin's preface to his collected poems shows how these questions were central to his own conceptualization, as well:

> In the vernacular new-style poems I write, for all that they may be called "Europeanized" … they are also "antiquitized." The one is mainly in exterior form, where effects are easy to spot, while the other is entirely in content, where effects do not leave much of a trace.
>
> 我写白话新体诗,要说是"欧化"……那么也未尝不"古化"。一则主要在外形上,影响容易看得出,一则完全在内涵上,影响不易着痕迹。⑪

"Europeanization" and "antiquitization," fundamental to Bian and his readers, quiver against each other in the poem in the shape of space and time. In other words, "The Organization of Distance" (as opposed to Bian's English title, "The Composition of Distances") does not need my graphic representation of horizontal and vertical print layouts: the poem foresees its

---

⑩ Bian Zhilin 卞之琳, "Juli de zuzhi" 距离的组织 (The Organization of Distance), *Shuixing* 水星 (*Mercury*) 1, no. 5 (February 1935): 558–559.

⑪ Bian Zhilin 卞之琳, "'Diaochong Jili' Zixu《雕虫纪历》自序 (Preface to *Historical Chronicle of Carved Critters*)," in *Bian Zhilin Wenji* 卞之琳文集 (*The Collected Writings of Bian Zhilin*), vol. 2 (Hefei: Anhui jiaoyu chubanshe, 2002), p.459. For an abridged version of this essay in English, see Bian Zhilin 卞之琳, "Excerpts from 'Preface to *A Historical Record of Carved Critters*'," in *Chinese Writers on Writing*, ed. Arthur Sze, trans. Lucas Klein, The Writer's World (San Antonio: Trinity University Press, 2010), pp.74–82.

readers' questions by exploring two distances, those between past and present, and those between China and the West, and organizing them through dual translation. As a modern translation of classical poetics, the poem highlights its Chineseness; as a Chinese translation of Western poetics, it likewise foreignizes itself through its use of Westernized tropes and form.

Looked at vertically, with only the Chineseness of the poem visible, the shadows of ancient tropes darken the background. Like many poems from antiquity, the poem begins with an ascent up a tower, atop which high visibility yields to higher visionary capabilities for the poet. Astronomy portends dynastic change. As with classical poetry, a friend — referred to with the elegant *you ren* 友人 — is invoked in the form of a letter, his absence a presence the poem struggles to overcome (we assume it is a he, as women's appearances are rare in pre-modern poetry, and would not go unmarked). In closing that distance, the poet's own geography untethers, and the poem searches for the certainty of place most classical poems could have taken for granted. The poem seems to attempt recovery beyond its ten lines: an option available to the translator of poetry is paratextual annotation, and through its explanatory footnotes "The Organization of Distance" foregrounds its allusions to the Chinese literary past. These notes pinpoint the references that place the poem within the tradition of Chinese literature and explain its allusions to that tradition: the bored decision to visit a friend enacts an internal monologue in approximation of pre-modern Chinese drama,⑫ for instance, and the toyed-with skiff comes out of Pu Songling's 蒲松龄 (1640 – 1715) *Strange Tales of*

---

⑫ Note 3 to "Juli de zuzhi 距离的组织 (The Organization of Distance)," p.57, reads:"This touches on the relationship between existence and consciousness. But the entire poem is not philosophical, nor does it express any kind of mysticism; rather, it proceeds in line with the tradition of Chinese poetry, expressing a mood or scene, employing something like the structural methods found in our old dramas" 这里涉及存在与觉识的关系。但整诗并非讲哲理,也不是表达什么玄秘思想,而是沿袭我国诗词的传统,表现一种心情或意境,采取近似我国一折旧戏的结构方式。

Liao Studio 聊斋志异.⑬ But for all that the fact of these allusions place Bian's poem, the nature of its allusions displace it: as with Pu's story, where a tiny boat overturned in a basin capsizes a magician's junk on the sea, Bian's poem complicates signification: what are the links between the language of literature and the reality of the outside world? In asking such a question, the poem draws attention to the tenuousness of those connections, and if the poem exhibits a loss of geographical certainty, that certainty is lost amidst these loosened binds.

The same displacement occurs when we read the poem only horizontally, looking at the lateral movements that indicate Western literary gestures or elements rather than vertical history. First of all, the poem expresses itself in the foreignizing rhythms of vernacular free verse, an example of the Chinese poetry's "Europeanization," organizing the poem's distance in its foreignness. Likewise, to the extent that the poem attempts to localize its geography, positioning a postcard of a faraway (foreign?) land against the contextualization of an atlas, and looking to history, newspapers, and astronomy for triangulation, the poem already comes from far away — for many readers, these elements would already constitute "western learning." And yet, even the certainty of that distance is unreliable. For instance, the speaker of the poem reads Edward Gibbon on Rome, while a newspaper

---

⑬ Bian's notes provide a version of a quotation from the "White Lotus Sect" 白莲教 episode of the *Strange Tales*:

A certain follower of the White Lotus Sect from Shanxi, whose name I do not care to recall, went out one day, placing in his foyer a basin, covered by another basin atop it, which he commanded his servant to guard — but not to peek in. After his departure, the servant peeked in, finding the basin to contain plain water, and on the water a reed braided into a boat, fitted with a sail. Bewildered he touched it with his finger, which tipped the boat over, so he turned it back upright as it had been and replaced the cover. When the Master returned, he was livid: "You nearly killed me!" The servant went pale. The Master said: "My boat capsized in the sea, why did you do that to me?"

白莲教某者山西人也,忘其姓名,某一日,将他往,堂上置一盆,又一盆覆之,嘱门人坐守,戒勿启视。去后,门人启之,视盆贮清水,水上编草为舟,帆樯具焉。异而拨以指,随手倾侧,急扶如故,仍覆之。俄而师来,怒责:'何违吾命!'门人力白其无。师曰:'适海中舟覆,何得欺我!'
(Note 2 to Ibid., p.57)

reports of an astronomer in London who has located a star. Bian's first note quotes the newspaper article in question, reporting that the supernova occurred 1,500 light-years away, which would have placed its explosion at the same time as the fall of the Roman Empire.⑭ But this placement, too, is displaced: while Bian refers to the star as Rome's *miewang xing* 灭亡星, or "the star portending Rome's fall," its omen arrives long after the deposition of Romulus Augustulus in 476. The distance, this far into the poem's dual translations, comes across as disorganized.

This reading coheres with the rest of Bian's poetic presence. In part, he is remembered for his erudition in Chinese: titled his collected poems *A Historical Chronicle of Carved Critters* 雕虫纪历, alluding to diminutive views of poetic craft that extend through Pei Ziye's 裴子野 (469 - 530) "Treatise on Insect Carving" 雕虫论 back to the "Model Sayings" 法言 of Yang Xiong 扬雄 (53 BCE - 18). And he is remembered for his familiarity with Western literatures, particularly English and French, from which he translated and whose echoes show up in his poetry. But while Bian Zhilin's method is one of dual translations, to see them as separate strands within the poem belies their integration, in which integration the poem's distances find their organization. If the native and foreign intermingle in the poem, this poem's imagery represents that intermingling: for all that Bian's poetics come, for many, from far away, to call the newspaper and astronomy elements of "western learning" and imply that they are not Chinese is to overstate the case. The newspaper, for instance, acts in the poem as a central image of the unification of foreign and native. When the newspaper drops, with it falls not only the report of "the star portending Rome's fall," but also the story, as indicated in another

---

⑭ Note 1, ibid., p.56, quotes the article *Da Gong Bao* from December 26, 1934, announcing the discovery of the supernova. See below.

footnote, of the examination of the soil.⑮ Two days after the report of the star over London, the same newspaper, the *Da Gong Bao* 大公报 (also known by its French name, *L'Impartial*), printed a story of a geologist on the Loess Plateau 黄土高原 who could determine his location by examining the quality of the soil beneath him. Whereas the first story presents a geography occurring elsewhere — spotted in London, located in history with the fall of Rome — the geography of the second story is specifically Chinese. While the poem upsets this geographical certainty by announcing the speaker's inability to examine soil, nevertheless that a newspaper can signify such certainty defines the medium's identity as a site where the native and foreign intersect.

The poetic employment of newspaper as imagistic intersection between native and foreign fits the newspaper's particular history in China. While gazetteers (*difang zhi* 地方志) and earlier iterations of circulated information have existed in China for centuries, the modern newspaper emerged through contact with the West, where, following colonialist models, newspapers were funded by Western interests.⑯ But if the newspaper in the nineteenth century moved from a specifically Chinese format in the gazetteer to a Western-owned medium tracking Western mercantile interests, by the twentieth century the newspaper had become both nativized and internationalized, and readers would turn to Chinese-run newspapers to learn of happenings both in China and abroad. In the two citations from the newspaper in "The Organization of Distance," Bian exploits and highlights two layers of its political ideology.

Here, we run against the vein of Bian Zhilin's reputation. While in the forties he made a pilgrimage to the Communist revolutionary stronghold of

---

⑮ Note 1, ibid., p.57, quotes the *Da Gong Bao* article from December 28, 1934, about Wang Tongchun discerning the soil of China in his hands. See below.

⑯ See Roswell S. Britton, *The Chinese Periodical Press, 1800 – 1912* (Shanghai: Kelly & Walsh, Ltd., 1933); and, with an ideological bent and academic rigor to fit a later era, Joan Judge, *Print and Politics: "Shibao" and the Culture of Reform in Late Qing China*, Studies of the East Asian Institute (Stanford: Stanford University Press, 1996).

Yan'an 延安, in the thirties he has been read as apolitical, perhaps because of a quick association between him and the poetics of Wen's Crescent School. Acton describes his sentiments as "pure and personal, little affected by those of others,"⑰ and according to Lloyd Haft, in the foremost monograph in English on Bian's life and works, his "literary allegiances, anno 1936, were overwhelmingly on the side of aesthetic sensibility as opposed to social relevance."⑱ And yet bringing the native and foreign together, even in poetry, is always implicitly political, in that it always implies a politics. Take the assessment of Bian by his former student Henry Zhao 赵毅衡: noting that he combined "his inheritance of the Chinese tradition" 中国传统的继承 with "his absorption of modern Western poetics" 西方现代诗学之吸收, Zhao calls Bian's writing "modern poetry with Chinese characteristics" 中国特色的现代诗.⑲ The reference to Deng Xiaoping's 邓小平 (1904 – 1997) proclamation of "Socialism with Chinese Characteristics" 具有中国特色的社会主义 also implies a politics (even if that implication is not straightforward), and since other states in recent history have defined themselves through an equal emphasis on the *National* and the *Sozialismus*, if we ask how the Chinese characteristics — the Chineseness — or internationalism will get defined, we are asking a question with high stakes indeed. My aim here, as I look for and define Bian Zhilin's world poetics, is to interrogate the relationship between China and the world at the level of literature, and to find a synthesis, or integration, between the categories of aesthetics and politics in poetry.

---

⑰　Acton and Ch'en, *Modern Chinese Poetry*, p.170.
⑱　Lloyd Haft, *Pien Chih-Lin: a Study in Modern Chinese Poetry*, Publications in Modern Chinese Language and Literature v.3 (Dordrecht: Foris, 1983), p.25.
⑲　Henry Y. H. Zhao 赵毅衡, "Zuzhicheng de juli: Bian Zhilin yu Ouzhou wenxuejia de jiaowang"组织成的距离——卞之琳与欧洲文学家的交往 (Organized Distances — Relations Between Bian Zhilin and European Writers), *Shuangdan xingdao: Zhongxi wenhua jiaoliu renwu* 双单行道: 中西文化交流人物 (*Two-way and One-way Roads*), Jiuge wenku 703 (Taibei: Jiuge chubanshe, 2004).

That integration appears in "The Organization of Distance." The image of examining soil comes from an article about Wang Tongchun 王同春, a late Qing geologist described in the article as a credit to his race and nation:

> Wang Tongchun was a great man of his race, exhibiting genius and virility, who opened up vast expanses of fertile land with his own hands, and due to whom the nation established several county districts; but he was physically frail, and could only read a few words.
> 王同春真是个民族的伟人,他有天才,有魄力,凭他的手腕开了沃地万顷,国家因了他设得几个县治;但他出身微贱,识不得几个字。[20]

When the article continues to describe the action from which Bian drew his image —

> In the middle of the night rushing through the prairies, happening not to know his whereabouts, he only need grab a handful of soil and look at it under a lamp to know where he had arrived.
> 夜中驰驱旷野,偶然不辨在什么地方,只消抓一把土向灯一瞧就知道到了那里了。[21]

— the language has deposited enough nationalist sediment that the politics are barely just implicit.

If "discerning the soil" refers to an inherently nationalistic politics, the political implications of "the star portending Rome's fall," both in the paper and in Bian's poem, are a more open question. The article that points to

---

[20] Gu Jiegang 顾颉刚, "Wang Tongchun kaifa Hetao ji" 王同春开发河套记 (The Story of Wang Tongchun Opening up Hetao), *Da Gong Bao* 大公报 (*L'Impartial*) (Tianjin, December 28, 1934), sec. Shidi zhou kan 史地周刊 (History and Geography Weekly), p.3.

[21] Ibid.

"Rome's falling star" reads, in its entirety:

> Two weeks ago in Suffolk an amateur astronomer discovered a new star in the northern constellation Hercules, according to the Howard Observatory, which has become especially bright in the last two days, estimated at a distance of one thousand five hundred light years from Earth, thus the brilliance of its explosion, which would have been at the time of the fall of the Roman Empire, has only now become visible on Earth.
>
> 两星期前索佛克业余天文学者发见北方大力星座中,出现一新星,兹据哈华德观象台纪称,近两日内该星异常光明,估计约距地球一千五百光年,故其爆炸而致突然灿烂,当远在罗马帝国倾覆之时,直至今日,其光始传至地球云。㉒

Bian altered little in adapting this news item into his poem. Juxtaposing the article against the poetic coincidence of the speaker's desire to read Gibbon's *Decline and Fall*, however, invests the discovery with a political utility.

At first glance this political utility seems part of the poem's organized distances, but looking at the page on which that article is printed yields a question of that conclusion. The news report of the discovered star does not contain the day's only mention of Rome; in fact, the leading article on the same page reports the French Foreign Minister's impending visit to Rome to have audience with Mussolini, and the following headline describes the Pope in Rome praying for peace on Christmas (see Figure 1). All roads lead to Rome, as they say in Chinese (条条大路通罗马), but which Rome? For Bian to focus on the smallest—both in terms of type and political

---

㉒ Unsigned, "Tianwen xin faxian: Dali xingzuo chuxian xinxing" 天文新发见:大力星座出现新星 (An Astronomical Discovery: A New Star Appears in the Hercules Constellation)," *Da Gong Bao* 大公报 (*L'Impartial*) (Tianjin, December 26, 1934), p.2.

implication—mention of Rome on the newspaper page that day presents a politically ambiguous poetic: does he dismiss the other mentions for their contemporary, political definition of Rome, in favor of a poetic, abstract, and distant Rome that is the province of history books and star-gazing? Or, conversely, does his reference point to Rome's identity as imperial power, witnessed in the newspaper and current to his readers, and thereby suggest — nay, portend — the fall of the Catholic Church, or of Mussolini's *Novum Imperium Romanum*?

Figure 1. *The newspaper page from which Bian learned of the Roman supernova.*

The poem does not have to choose; as readers, we might, though that choice may change over time. When the newspaper drops in Bian's poem, questions likewise unfold about the definition of world literature, with a specific view of how it can be that, as Ezra Pound put it, "Literature is news that STAYS news."㉓ In Bian's poetry, part of that currency is that it

---

㉓ Ezra Pound, *ABC of Reading*, Reprint (New Directions, 2010), p.29.

continues to be relevant, that it has the potential to affect. But Bian's conclusion to his definition of his poetics as both "Europeanized" and "antiquitized" reads:

> On the one hand, only when literature has a national style can it have global significance. On the other hand, as of the Middle Ages European literature has been world literature, a "world," of course, of which China has also long been a part. As for myself, the question is to see whether my poetry can "*ize* antiquity," or can "*ize* Europe."
> 一方面,文学具有民族风格才有世界意义。另一方面,欧洲中世纪以后的文学,已成世界的文学,现在这个"世界"当然也早已包括了中国。就我自己论,问题是看写诗能否"化古"、"化欧"。㉔

To *ize* (*hua* 化) is at once "to change" and "to melt"; I like to understand it as to "dissolve." That Bian's poetry could not only be "Europeanized" and "antiquitized," but also dissolve and transform antiquity and Europe in its constitution of world literature mints poetry with a different kind of currency, which is the currency of exchange. Translation, the literary practice of that exchange, marks not only poetic transfer but a participation in poetic change as well. As a method of Bian's poetics, dual translation enacts a vision for Chineseness to be included in, without being essentialized by, world literature.

The History of Communications: Translation & the Individual Talent

Chineseness is a worn topic for many who study Chinese literature: it has

---

㉔ Bian Zhilin 卞之琳, "'Diaochong jili' zixu"《雕虫纪历》自序 (Preface to *Historical Chronicle of Carved Critters*), p.459.

been deconstructed, destabilized, and dismantled, from approaches either Theoretical or new-historical; for readers of *boundary 2*, for example, Chineseness has been described as a theoretical problem, said no to, and fucked.㉕ Still, deconstruction or destabilization does not equal disposal or dismissal. Furthermore, some discussion of Chineseness seems unavoidable in consideration of world literature: when Karl Marx explains, in *The Communist Manifesto*, how bourgeois cosmopolitanism gives rise to world literature, he does so in terms of China: "The cheap prices of its commodities are the heavy artillery with which it batters down all Chinese walls, with which it forces the barbarians' intensely obstinate hatred of foreigners to capitulate."㉖ To me, the discussion of Chineseness is at its best when it complicates, rather than blockades, our understanding of world literature and its functions, and how world literature and Chineseness end up creating and relying on each other as they stand in opposition. The same process is at work in translation, with foreignization and nativization working against but also constituting each other. "Foreignization" and "nativization" are terms that relate to a longstanding debate within translation studies, defined by Friedrich Schleiermacher in 1813 as (in Susan Bernofsky's translation), "Either the translator leaves the writer in peace as much as possible and moves the reader toward him; or he leaves

---

㉕ See Rey Chow, "Introduction: On Chineseness as a Theoretical Problem," *Boundary 2* 25, no. 3 (October 1, 1998): 1 – 24; Ien Ang, "Can One Say No to Chineseness? Pushing the Limits of the Diasporic Paradigm," ed. Rey Chow, *Boundary 2* 25, no. 3 (October 1, 1998): 223 – 242; and Allen Chun, "Fuck Chineseness: On the Ambiguities of Ethnicity as Culture as Identity," *Boundary 2* 23, no. 2 (July 1, 1996): 111 – 138. For a more recent dismissal of "Chineseness" as relevant to the study of contemporary Chinese poetry, not published in *boundary 2*, see Michelle Yeh 奚密, "'There Are No Camels in the Koran': What Is Modern About Modern Chinese Poetry?," in *New Perspectives on Contemporary Chinese Poetry*, ed. Christopher Lupke (New York, NY: Palgrave Macmillan, 2008), pp.9 – 26.

㉖ Karl Marx and Friedrich Engels, "*The Manifesto of the Communist Party*," in *The Marx-Engels Reader*, ed. Robert C. Tucker, trans. Samuel Moore, 2nd ed (New York: Norton, 1978), p.477. See also, David Damrosch, *What Is World Literature?*, Translation/transnation (Princeton, N.J: Princeton University Press, 2003), pp. 3 – 4; and for an in-depth discussion of Marx and world literature, Siegbert Salomon Prawer, *Karl Marx and World Literature* (London: Verso Books, 2011).

the reader in peace as much as possible and moves the writer toward him."㉗ My contention here is that in form and content, Bian Zhilin's poetry embodies both moves, which is to say that it relies on a dual translation, or that as much as Bian's poetry involves confronting his readers with another, or an other, culture, his poetry also asks Chinese readers to confront the legacy of their own literary history. My goal is to read the tension between foreignization and nativization through form and content in Bian's poetry as a means to understand world literature in general and Bian's poetry in particular as processes of translation.

Bian's intricacies of form and content define what I call his poetics of dual translation, simultaneously foreiginizing in his use of Western tropes and forms as well as nativizing through his translation of the Chinese literary past into the present. My elaboration on this dual translation should, in turn, help resolve some of the tension between the presentations of post-May Fourth Chinese writing's confrontation of its readers with imported foreign modes and forms, a confrontation that has been portrayed positively, as when Andrew Jones calls modern Chinese literature, "by definition and historical fiat, a hybridized product of transnational cultural contacts,"㉘ but also negatively, as when Stephen Owen asks, "is this Chinese literature, or literature that began in the Chinese language?"㉙ Both presentations, at any rate, only

---

㉗ Friedrich Schleiermacher, "On the Different Methods of Translating," in *The Translation Studies Reader*, ed. Lawrence Venuti, trans. Susan Bernofsky, 3rd ed. (New York: Routledge, 2012), p.49; for the German original, see "Ueber Die Verschiedenen Methoden Des Uebersetzens," in *Schriften Und Entwürfe*, ed. M. Rössler and L. Emersleben (Berlin: Walter de Gruyter, 2002), pp.67 – 93. For more, see Lawrence Venuti, *The Translator's Invisibility: a History of Translation*, 2nd ed (New York: Routledge, 2008) and *The Scandals of Translation: Towards an Ethics of Difference* (New York: Routledge, 1998). Venuti's corollary to foreignization is "domestication," but since *domestic* also refers to the home, I prefer "nativization."

㉘ Andrew F. Jones, "Chinese Literature in the 'World' Literary Economy," *Modern Chinese Literature* 8, no. 1 & 2 (Spring/Fall 1994): p.171.

㉙ Stephen Owen, "What Is World Poetry? The Anxiety of Global Influence," *New Republic* 203, no. 21 (November 19, 1990): 31.

accentuate the ways in which modern Chinese literature foreignizes, or takes readers to a foreign culture, without also noting how some writers after May Fourth also dug into the Chinese literary heritage, and it will take close reading to re-balance the scales.

Working our way back, however, we can see how some of the same techniques of translation Bian employs are also at work in his poetry. In his "Untitled" series, Bian Zhilin provides a window onto his combination of Western tropes and Chinese historiography. The fourth poem of the series is particularly rewarding:

无题四
Untitled 4 ㉚

Clay flown past the river to your rafters,
隔江泥衔到你梁上,
Springs yoked past the courtyard into your cup,
隔院泉挑到你杯里,
Overseas luxuries shipped into your breast:
海外的奢侈品舶来你胸前:
I'd like to study the history of communications.
我想研究交通史。

Last night a light sigh was paid,
昨夜付一片轻喟,
This morning two smiles have been received,
今朝收两朵微笑,

㉚ Bian Zhilin 卞之琳, "Wuti Si 无题四 (Untitled 4)," in *Bian Zhilin Wenji* 卞之琳文集 (*The Collected Writings of Bian Zhilin*), vol. 1, 3 vols. (Hefei: Anhui jiaoyu chubanshe, 2002), p.73; see also his translation, Bian Zhilin 卞之琳, "The History of Communications and a Running Account," in *Bian Zhilin Wenji*, p.136.

Paid: flowers in the mirror, received: the moon in the water ...
付一枝镜花,收一轮水月……
For you I keep a running tab.
我为你记下流水账。

Like "The Organization of Distance," this poem weaves horizontal and vertical translations, inseparable the way the horizontal and vertical movements of clay mortared onto rafters from the river are one motion, the way spring water pours into a cup both vertically and horizontally at once. In English the horizontal element is more pronounced, and within that the economic give-and-take that gives and takes on sexual connotations, as rafters and springs and luxuriance participate not only in emotional value as much as in exchange value. When smiles and sighs are the currency of exchange, Bian presents us with a vision of romance as economic, and a vision of economy that is ephemeral. For all the purported equality of two parties entering into a deal (just as in commerce, romantic relations do not necessarily occur between equals; the investment of economic discourse in this depiction of romance invokes the demimonde of courtesans and prostitutes, suggesting that no romantic exchange may ever be free from questions of purchase, self-interest, and exploitation), the currency is fleeting: a sigh and two smiles are locked in the times of their occurrence (last night, this morning), and retrieval within memory witnesses their depreciation. The ephemera of such economy proves itself in the following line, where flowers in the mirror and the moon in the water 镜花水月 — a Chinese allusion (*chengyu* 成语) taken from Buddhism and its focus on the illusoriness of beauty — find their constituent parts being paid for each other. In this stanza's running account (which, to mirror the Chinese wordplay of liquid fluidity, I have translated with an echo of "running tap") of purchases and dividends, as it is in world literature, the exchange of goods is as symbolic as ephemeral.

But to focus on the Chinese illusion allusion reveals that such tropes were not only possible but prevalent in pre-modern Chinese poetry, as well. That "Flowers in the mirror and the moon in the water" originated as a Buddhist proverb means that in the Chinese context it once would have contained its own exotic tint. Likewise, in its title, its form, and its imagistic density and thematic hermeticism, "Untitled 4" draws heavily on the memory of the poetry of Li Shangyin 李商隐 (813 – 858), the poet of the Late Tang famous for the romance and obscurantism of his poetry, particularly his "Untitled" 无题 poems. Like Li Shangyin's untitled works, Bian fills his "Untitled" poems with hermetic imagery centering on themes of love; they formally recall Bian's medieval predecessor, too, as Li Shangyin's are also eight lines long. Invoking Li Shangyin, Bian Zhilin presents an image of poetry that is as rooted in the past as it is dependent on imported material. The makeup of Li Shangyin's poetry was equal parts exotic and historical, and its revival in Bian's poem suggests not only that the Chinese poetic past can be a source text for translations into modern poetry, but also that the economic and imported foreign has always been present in the Chinese literary past. This is, I think, the implication of the speaker's desire to "study the history of communications," which I take as an inverted "eye of the poem" 诗眼 (a term from pre-modern Chinese poetics), or central image. That Bian can point to a *history* of *communications* means that he is pointing to a field that is always diachronic and synchronic, always vertical and horizontal, at once.

If "Untitled 4" presents a vision for poetry in a global economy and an economy where the past can, through translation into modernity, retain its value, it also presents a new stage of the incorporation of translation norms into poetic practice. Whereas Guo Moruo 郭沫若 (1892 – 1978) wrote that "translated poetry must be like poetry" 译诗得像诗,[31] Bian writes poetry

---

[31] Guo Moruo 郭沫若, "Tan Wenxue Fanyi Gongzuo 谈文学翻译工作 (On the Work of Literary Translation)," in *Fanyi Lun Ji* 翻译论集 (*A Collection of Translation Theories*),（转下页）

that *is like translated poetry*. Bian critiqued Guo's statement as an ideology that would turn translation "into Chinese traditional poetry" 中国传统诗化 (for Bian, once the ethic of "like poetry" 像诗 "becomes the most disseminated model, it also becomes the tool most conducive to generalization and vulgarization" 一朝成为流行模式,就最便于作一般化、庸俗化的传导工具㉜). In his poetry, however, he incorporates the contrasting norms of translation through which Chinese letters had just passed, both that of the "analogical" late Qing Tongcheng 桐城 school of Lin Shu 林纾 (1852 – 1924) and Yan Fu 严复 (1854 – 1921), as well as that of "mimetic" Lu Xun 鲁迅 (1881 – 1936) in the heyday of the May Fourth movement.㉝ "Analogical" and "mimetic" are terms from James Holmes, who explains that "the analogical form" is "to be expected in a period that is inturned and exclusive, believing that its own norms provide a valid touchstone by which to test the literature of other places and times," whereas the mimetic "tends to

---

(接上页)ed. Luo Xinzhang 罗新璋 (Beijing: Shangwu yinshuguan, 1984), p.499. The original Chinese quotation from Guo's article is 外国诗译成中文,也得象诗才行. The quotation "译诗得像诗" can also be found in *Bian Zhilin Wenji* 卞之琳文集, vol 2. p.537.

㉜ Bian Zhilin 卞之琳, "Fanyi Duiyu Zhongguo Xiandaishi de Gongguo 翻译对于中国现代诗的功过 (An Assessment of the Effects of Translation on Modern Chinese Poetry)," in *Bian Zhilin Wenji* 卞之琳文集 (*The Collected Writings of Bian Zhilin*), vol. 2 (Hefei: Anhui jiaoyu chubanshe, 2002), p.537.

㉝ The Tongcheng school and Lu Xun were mostly concerned with prose, but for the translation of poetic form into Chinese prior to Tongcheng, consider Thomas Francis Wade's 威妥玛 (1818 – 1895) translation with Dong Xun 董恂 (1807 – 1892) on Henry Wadsworth Longfellow's "A Psalm of Life," and a purportedly earlier translation of John Milton's "On his Blindness"; both translated the English poems into received—analogical—Chinese forms, Milton into a four-character line reminiscent of the *Book of Songs* 诗经, and Longfellow into a seven-character regulated *pailü* 排律. See Qian Zhongshu 钱钟书, "An Early Version of Longfellow's 'Psalm of Life'," in *A Collection of Qian Zhongshu's English Essays* (Beijing: Foreign Language Teaching and Research Press, 2005), pp.374 – 387, and "Hanyi Di Yi Shou Yingyu Shi 'Rensheng Song' Ji Youguan Ersan Shi 汉译第一首英语诗《人生颂》及有关二三事 (Some Matters Concerning the Earliest Chinese Translation of an English Poem, A Psalm of Life)," in *Qi Zhui Ji* 七缀集 (*Seven Essays*), Qian Zhongshu Ji 10 (Beijing: Sanlian shudian, 2001), pp.133 – 163; as well as Zhou Zhenhe 周振鹤, "Bi Qian Shuo Diyishou Hai Zao de Hanyi Yingshi 比钱说第一首还早的汉译英诗 (A Chinese Translation of an English Poem Even Earlier Than What Qian Had Found)," *Wenhui Bao* 文汇报 (*Wen Wei Po*), April 25, 2005, with the English version, "Longfellow or Milton?: An Early Chinese Translation of a Poem in English," trans. Robert Neather, *Ex/Change* (October 2005): p.3.

have the effect of re-emphasizing, by its strangeness, the strangeness which for the target-language reader is inherent in the semantic message of the original poem."㉞ The late Qing was indeed largely "inturned and exclusive," and translation ethics could be summed up in Yan Fu's tripartite of "faithfulness, expression, and elegance" (*xin, da, ya* 信达雅)㉟; the next generation's shift from classical (*wenyan* 文言) to modern vernacular Chinese (*baihua* 白话) also saw what Holmes calls "a permanent enrichment of the target literary tradition with new formal resources,"㊱ pushed in part by notions such as Lu Xun's "hard translation" (*ying yi* 硬译), aiming to "offer discomfort, even making people exasperated, resentful, bitter" 给以不舒服, 甚而至于使人气闷,憎恶,愤恨,㊲ via "'syntax you might have to trace your way through' at first … but which would be assimilated once we get used to it" 开初自然是须"找寻句法的线索位置"…… 但经找寻和习惯, 现在已经同化, 成为已有了.㊳ In that exasperation, a new vernacular could be born out of the deficiency that is pre-modern Chinese, and in that enrichment Bian emerged as a poet, in an era in which, for perhaps the first time, Chinese

---

㉞ James S. Holmes, *Translated! Papers on Literary Translation and Translation Studies* (Amsterdam: Editions Rodopi, 1988), pp.27 - 28.

㉟ See Theodore Huters, *Bringing the World Home: Appropriating the West in Late Qing and Early Republican China* (Honolulu: University of Hawai'i Press, 2005); and Michael Gibbs Hill, *Lin Shu, Inc.: Translation and the Making of Modern Chinese Culture*, Global Asias (New York: Oxford University Press, 2012).

㊱ Holmes, *Translated!*, p.28.

㊲ Lu Xun 鲁迅, "'Yingyi' Yu 'Wenxue de Jiejixing' "硬译"与"文学的阶级性"('Hard Translation' and the 'Class Character of Literature')," in *Lu Xun Quan Ji* 鲁迅全集 (*The Collected Works of Lu Xun*), vol. 4 (Beijing: Renmin wenxue chubanshe, 1981), p.197. For English, see Lu Xun 鲁迅, "'Hard Translation' and 'The Class Character of Literature'," in *Lu Xun: Selected Works*, trans. Xianyi Yang and Gladys Yang, vol. 3, 3rd ed. (Beijing: Foreign Languages Press, 1980), pp.75 - 96; and "'Stiff Translation' and the Class Nature of Literature," in *Twentieth-century Chinese Translation Theory: Modes, Issues and Debates*, trans. and ed. Tak-hung Leo Chan, Benjamins Translation Library v. 51 (Amsterdam: J. Benjamins Pub, 2004), pp.184 - 187. For a fuller analysis, see Daniel M. Dooghan, "Literary Cartographies: Lu Xun and the Production of World Literature" (Ph. D., University of Minnesota, 2011), pp.72 - 88. I choose "hard" as the translation—over other options such as "firm" or "stiff translation"—because of the association in English between "hard" and "difficult"; in addition to being stiff, Lu Xun's translations are also not easy.

㊳ Lu Xun 鲁迅, "'Yingyi' Yu 'Wenxue de Jiejixing'," p.199.

poetry could be broadly understood as a component of world literature.㊴

Measured Translation of the Past: The Politics of Pastness

Given these norms, we can look again at Wen Yiduo's vision of a world literature in which Chinese literature could fall behind simply by being stuck, from a normative point of view, in its past, mired in its own traditions. To break free of these traditions, Wen proposed a Westernization of Chinese poetic form, hastening the fusing of all linguistic cultures into one, based on his translation of the English "foot" into Chinese: in his seminal essay "The Form of Poetry" 诗的格律 (1926), he exclaims:

> The reason poetry can inspire emotional reaction is completely in its rhythms; rhythm is form. When in Shakespeare's poetry and drama we encounter moods tense to an exponential degree, it is in the use of rhyme. Goethe's *Faust* uses the same technique ... When Han Yu [韩愈, 768 - 824] "attained a slant rhyme he did not sidestep, as deftness appears through difficulty, and the more perilous the more marvelous ..."㊵ Looked at this way, it seems that the more captivating the author, the more his joyous, skillful dancing is a dance in fetters. Only those who cannot dance blame fetters for their obstruction, only those who cannot compose poetry feel form is a bind. For those who

---

㊴ Jing Tsu 石静远 has placed the first mention of World Literature in Chinese at the pen of Chen Jitong 陈季同 (1851 - 1907), the first Francophone Chinese writer, in the late nineteenth century. See Jing Tsu, "Chen Jitong's 'World Literature'," in *Sound and Script in Chinese Diaspora* (Cambridge, Mass: Harvard University Press, 2010), pp.112 - 143.

㊵ This description of Han Yu comes from Ouyang Xiu 欧阳修, "Shihua 诗话 (Talks on Poetry)," in *Ouyang Wenzhong Gongji* 欧阳文忠公文集 (*The Collected Writings of Mister Ouyang Wenzhong*), 153 vols. (Beijing: Beijing Airusheng shuzihua jishu yanjiu zhongxin, 2009)(电子版,北京爱如生数字化技术研究中心).

cannot compose poetry, form is an obstacle to expression; for an author, form instead becomes a tool to be wielded for expression.

诗的所以能激发情感,完全在它的节奏;节奏便是格律。莎士比亚的诗剧里往往遇见情绪紧张到万分的时候,便用韵语来描写。葛德作《浮士德》也曾采用同类的手段……韩昌黎"得窄韵则不复傍出,而因难见巧,愈险愈奇……"这样看来,恐怕越有魄力的作家,越是要带着脚镣跳舞才跳得痛快,跳得好。只有不会跳舞的才怪脚镣碍事。只有不会做诗的才感觉得格律的缚束。对于不会作诗的,格律是表现的障碍物;对于一个作家,格律便成了表现的利器。㊶

Invoking Goethe and Shakespeare contributes to the cosmopolitan flavor of Wen's treatise, contributing to the modernizing project of Chinese thought and letters: like the advanced West and their advanced history of expression, Chinese writers likewise need to learn the advantages of formal regulations in vernacular poetry. Wen's thoughts on form and modern Chinese poetry also stands as a corrective to contemporary Chinese views on Romanticism and expressivity in poetry, who would be susceptible without Wen's tutelage to seeing the Romantic ethic of expression better served by so-called free-verse than by formal poetic measures.

Wen's citation of Han Yu immediately following Shakespeare and Goethe is an indefinite, and interesting, move: he sees his Occident-oriented cosmopolitanism and raises an appeal to the Chinese past, but only as he brings forth a writer known for his Ancient Style Verse (*gushi* 古诗) above and beyond his Regulated Verse (*lüshi* 律诗). Wen may also rely on Han Yu to forestall against claims such as those made by T. M. McClellan, that in

---

㊶ Wen Yiduo 闻一多, "Shi de Gelü 诗的格律 (The Form of Poetry)," in *Wen Yiduo Quanji* 闻一多全集 (*The Collected Writings of Wen Yiduo*), ed. Sun Dangbo 孙党伯 and Yuan Jianzheng 袁謇正, vol. 2 (Wuhan: Hubei renmin chubanshe, 1993), pp.138 – 139. For a translation, see "Form in Poetry," in *Modern Chinese Literary Thought: Writings on Literature, 1893 – 1945*, ed. Kirk Denton, trans. Randy Trumbull (Stanford: Stanford University Press, 1996), pp.318 – 327.

"form and content, it [Wen's prosody] may be thought of as an updating of classical Chinese *shi* poetry"㊷ (McClellan also notes that "critics of Wen Yiduo's new 'formalism' often accused him of producing 'new regulated verse'"㊸). In fact, later in the essay, Wen disparages Regulated Verse and distinguishes vernacular form poetry from pre-modern prosodic requirements, based on a three-point differentiation between vernacular form poetry and antiquated formalism: "Regulated Verse always has one format, but the formats of New Poetry are inexhaustible" 律诗永远只有一个格式,但是新诗的格式是层出不穷的; "In Regulated Verse the form and content are unrelated, while in New Poetry the format is crafted based upon the spirit of the content" 律诗的格律与内容不发生关系,新诗的格式是根据内容的精神制造成的; and "The form of Regulated Verse is imposed on us by others, while the format of New Poetry is created by our own occurrence of imagination" 律诗的格式是别人替我们定的,新诗的格式可以由我们自己的意匠来随时构造. "With these three differences," Wen concludes, "we should know whether this kind of format of New Poetry is antiquarian or innovative, whether it is progressive or retrogressive" 有了这三个不同之点,我们应该知道新诗的这种格式是复古还是创新,是进化还是退化.㊹ Wen's disparagement of Regulated Verse conditions his assertion that form in vernacular poetry is progressive and innovative, and re-introduces the chronological distinction between classical Chinese and the vernacular (notice as well that Wen Yiduo refers to "New Poetry" as opposed to "vernacular" or "colloquial," as Bian does). The historiographical emphasis on the pastness of classical Chinese likewise emphasizes its Chineseness, with the caveat that Wen thereby distinguishes New Poetry not only from that pastness, but from

---

㊷ T. M. McClellan, "Wen Yiduo's *Sishui* Metre: Themes, Variations and a Classic Variation," *Chinese Literature: Essays, Articles, Reviews (CLEAR)* 21 (December 1, 1999): 154.
㊸ Ibid.
㊹ Wen Yiduo 闻一多, "The Form of Poetry," pp.141 - 142.

that Chineseness as well.

But the distinction between New Poetry and its pastness and Chineseness ups the stakes of its interrogation of progressive versus retrogressive, of antiquarian versus innovative. Bian, too, has been associated with a rhythmic Westernization, his prosodic developments viewed as a translation of metric techniques from the West. Linguist polymath Wang Li 王力 (1900 – 1986), in his encyclopedic study of Chinese poetry, *Chinese Prosody* 汉语诗律学,㊺ devotes its final section (Section Five) to "Vernacular and Europeanized Poetry" 白话诗和欧化诗.㊻ Wang Li gestures at distinguishing between the two, "for the sake of narrative convenience, considering approaches towards Western free verse as vernacular poetry, while those that mimic Western poetic forms will be called Europeanized poetry" 为叙述的便利起见,姑且把近似西洋的自由诗的叫做白话诗,模仿西洋诗的格律的叫做欧化诗, but he nevertheless puts both strands under the rubric of Westernization, as "the delineation between vernacular poetry and Europeanized poetry is hard to distinguish" 白话诗和欧化诗的界限是很难分的.㊼ Perhaps in honor of Bian Zhilin's support and assistance to Wang's compilation of *Chinese Prosody*, Bian's poems are cited and re-cited throughout Section Five's consideration of Westernized forms in Chinese vernacular poetry. Peppered with European-language poetry, Wang's study makes a case that, from free verse to rhyme, from alexandrines to the sonnet (which Wang calls *shanglai* 商籁), Chinese prosody in the twentieth century is impossible without the Western example. For instance, discussing the "foot," or *yinbu* 音步,㊽ Wang analyzes and scans several of Bian's poems in juxtaposition against lines

---

㊺ Wang Li 王力, *Hanyu Shilüxue* 汉语诗律学 (*Chinese Prosody*) (Shanghai: Xin zhishi chubanshe, 1958).
㊻ Ibid., pp.822 – 950. Notably, in the 1962 republication, Wang Li excised all of Section Five on Vernacular and Europeanized Poetry.
㊼ Ibid., p.822.
㊽ See ibid., pp.852 – 869.

of Byron, Longfellow, Johnson, Swinburne, and Browning. According to Wang Li, Bian represents the continuation of a primarily English tradition in vernacular Chinese.

As times change, however, such an assertion may move Bian Zhilin from progressive and innovative to retrogressive and antiquarian, and an advocate like Bian of poetic projects such as formalism might want to clarify on which side of history, and on which side of the international economy of literary capital, he takes his stand. This would require that Bian Zhilin distinguish himself from Wen Yiduo, and indeed, at a historical moment of particularly high tension in Chinese decision-making concerning its stance in history and in the international economy, Bian Zhilin clarified his association with, interpretation of, and distinction from, Wen's formalism, paying especial attention to its Chineseness versus Westernness. From the summer of 1958, when the Chinese cultural industry was propagating the New Folk Song (*xinminge* 新民歌) and other National Forms (*minzu xingshi* 民族形式) at the outset of the Great Leap Forward (*dayuejin* 大跃进), Bian's poetry and poetics received a number of criticisms in the national press. In particular, in January of 1959, Zhang Guangnian 张光年 (1913 – 2002) published an article raising issue with Bian's treatment of New Poetry and New Folk Songs, disparaging such performance of form poetry.[49] As Lloyd Haft explains, Zhang "attacked the notion of an artistically refined, but relatively unattested, 'Modern Regulated Verse'. What was so 'Modern' about a type of poetry that did not answer to the present-day needs of the masses?"[50]

---

[49] Zhang Guangnian 张光年, "Zai Xin Shiwu Mianqian: Jiu Xinminge He Xinshi Wenti He He Qifang Tongzhi, Bian Zhilin Tongzhi Shangque 在新事物面前: 就新民歌和新诗问题和何其芳同志、卞之琳同志商榷 (In the Face of New Things: Discussing the Problems of New Folk Songs and New Poetry with Comrade He Qifang and Comrade Bian Zhilin)," *Renmin Ribao* 人民日报 (*People's Daily*), January 29, 1959.

[50] Lloyd Haft, *Pien Chih-Lin: a Study in Modern Chinese Poetry*, Publications in Modern Chinese Language and Literature v.3 (Dordrecht: Foris, 1983), p.107; for further discussion of Bian's treatment in the press between 1958 and '59, see chapter 5, "The Fifties," pp.79 – 114.

The question hits at the heart of a poetic expression of nation-building and the role of poetry as an Ideological State Apparatus. In the first decade of a newly formed state in the process of developing its ideological as well as political and economic infrastructure, the role of the poet and the place of poetry are in question. And in an atmosphere in which nationalism, internationalism, and imperialism are as charged as the relationship of "New China" to its elite literary heritage, the question of form and modernity in poetry cannot be answered casually. To suggest that one's modern poetry is written in continuation of the tradition of pre-modern literati poetry is to admit to a maintenance of class-based privilege; to acknowledge that one's poetry, meanwhile, imports bourgeois formalism from retrograde capitalist nations mired in colonialism is likewise to be vulnerable not only to charges of counter-revolution, but also to exoticism at the expense of local heritage, as well. In his response to these attacks, Bian Zhilin — as of June, 1956, a new member of the Chinese Communist Party[51]—needed to position himself and his poetics with delicacy and nuance.

He chose to emphasize a tack of "tradition and the individual talent": my poems extend from the Chinese past, but in their innovation alter that past. Defending his use of formalism in poetry, he says:

> These standards or foundations of form are longstanding elements of old poetry which our nation has had from its origins; therefore, to bring up these standards or foundations is to continue from the old, in accordance with tradition; and to advocate the differences of methods of beats and rhyme, based on modern colloquial specifics, well, this is creating new from the old.

---

[51] See Zhang Manyi 张曼仪, "Bian Zhilin Nianbiao Jianbian 卞之琳年表简编 (A Concise Chronology of Bian Zhilin)," in *Bian Zhilin* 卞之琳 (Beijing: Renmin wenxue chubanshe, 1995), p.318.

> 这种格律标准或者格律基础是由来已久的我国旧诗歌里本来就有的;因此提出这种标准或者基础来,就是承继了旧的,合乎传统的;而根据现代口语的特点,主张顿法、押韵办法上有所不同,那就是推陈出新。㊽

In describing his adherence to Chinese poetic tradition, Bian defines his rhythmic methodology as based on *dun* 顿, which I have translated as "beats." These are beats not so much in the sense required by Anglo-Saxon accentual meter, but rather a beat as in a pause between clauses, and on these beats Bian counts his measure. Distinguishing this Chinese-specific metric methodology from other rhythmic or metronomic traditions of versification, Bian likewise asserted that his homegrown metrics could contribute to the overall project of the Great Leap Forward:

> The more important beat, although it shares something in common with Western poetic concepts such as the "foot" (on points of rhythmic foundation or measure), does not make any requirement concerning stressed and unstressed syllables or long and short vowels within each beat ... therefore to give the beat a deterministic position in form or to make it a formal foundation likewise remains in accordance with the needs of nationalization. The formal standards of both old and new folk songs are the beat and rhyme, so in terms of form, it is not to deny the needs of collectivization to stress the consideration of beats or of rhyme.

> 更重要的顿呢,虽然和西方诗歌的"音步"这一类概念有共同的地方(那是在普遍的节奏基础或者节拍这一点上),可是不作每顿轻重音相间或者长短音相间这一类要求……因此把顿法放在格律上的

㊽ Bian Zhilin 卞之琳, "Tan Shige de Gelü Wenti" 谈诗歌的格律问题 (On the Problem of Form in Poetry), in *Bian Zhilin Wenji* 卞之琳文集 (*The Collected Writings of Bian Zhilin*), vol. 2 (Hefei: Anhui jiaoyu chubanshe, 2002), p.437.

决定性地位或者作为格律基础,也就合乎民族化要求。新旧民歌的格律标准也是顿和押韵,因此讲格律,强调顿和押韵的考虑,也并不违反群众化要求。㊺

But by claiming his loyalty to the cultural and political principles of the Chinese state, Bian must also, in political terms, break his horizontal allegiance to other prominent (if safely dead) poets and theorists. Specifically, Bian notes the distinction between his poetics and those of Wen Yiduo, basing this act of distancing on his slow maturation process:

> The fact is: other than an erstwhile uncertainty in my early writings about form, and aside from my writing of free verse, most of my poems have been written according to standards of form in accentual metrics and beats intrinsic to our nation, unlike the periodic demands from Mister Wen Yiduo and others that poems be written according to English formal standards of stressed and unstressed "feet," and therefore, as I said above, the standards of form in my poetry are not foreign. Form does not equal format or formula, and Comrade Zhang Guangnian has gotten them muddled.
>
> 事实是:我在初期写作还没有比较明确格律要怎样以外,还有在写自由诗以外,一般写诗以我国固有的顿数和顿法为格律基础,不像闻一多先生等人有时还要求照英国诗作为格律基础的以轻重音相间的"音步"来写诗那样,因此,像前面所说的,我写诗的格律基础就不是外国的。格律不等于格式或者体式,张光年同志把它们混淆了。㊻

Bian's writing here deploys political tactics: throwing Wen under the politically proverbial bus and claiming that his attacker Zhang Guangnian is

---

㊺ Ibid., pp.437-438.
㊻ Ibid., p.441.

muddled, Bian's diction mimics those of a politician seeking public approval. His diction is also repetitive and formulaic, repeating phrases of "adherence" 合乎 and "need" 要求, fitting in -ization 化 nouns (i.e. "national" 民族 and "collective" 群众) where required. Does this represent the formal demands of early Communist Chinese prose, or does Bian portray defensiveness in overzealous repetition (e.g., "the lady doth protest too much, methinks," or 此地无银三百两)?

A glance at the poems that Bian was writing at the time, and which Zhang criticized, propose one answer to this question. Amidst the fervor of the Great Leap Forward, Bian broke ground on a poetic project portraying the industrial magnitude of the Ming Tombs Reservoir Project 十三陵水库工程, with verses such as:

向水库工程献礼

A Gift Dedicated to the Reservoir Project ⑤

This reservoir shall plunge into the people's ocean——

奔水库先投人海——

A torrent of a wave through the mountain's bare blue mouth!

荒山口蓝涛汹涌!

The hundred rivers flow to the sea in such a motion

千家万户人都来

Of the masses coming forth from each homestead and each house.

是百川归海的行动。

Cast off your winter coat and pick up your shoulder rod,

摔脱了大衣抓扁担,

---

⑤ Bian Zhilin 卞之琳, "Xiang Shuiku Gongcheng Xianli" 向水库工程献礼 (A Gift Dedicated to the Reservoir Project), in *Bian Zhilin Wenji* 卞之琳文集 (*The Collected Writings of Bian Zhilin*), vol. 1, 3 vols. (Hefei: Anhui jiaoyu chubanshe, 2002), p.157.

Wash off in the sandstorm of the ocean of the masses.
人海里洗一个风沙澡。
Pay your dues to the reservoir with drops of sweat and blood,
给水库献上一滴汗,
The delight of your heartbeat just like the flying fishes.
喜悦的心跳像鱼跳。

The project is an industrial development from his work of a few years earlier, in which peasant folk-songs mix with the agricultural classicism of the *Canon of Verse* (*Shijing* 诗经):

采菱

Plucking Caltrops ㊻

Lotus Pond's a circle, Caltrop Pond is round,
莲塘团团菱塘圆,
After plucking caltrops, more caltrops to be found,
采菱过后采菱天,
Red baskets floating off to the clouds of green,
红盆朝着绿云飘,
Green leaves open up, red caltrops to be seen.
绿叶翻开红菱跳。

"After Double Nine then caltrop plucking's banned,"
"采菱勿过九月九,"
Ten wicker baskets and ten pairs of hands,
十只木盆廿只手,

㊻ Bian Zhilin 卞之琳, "Cailing 采菱 (Plucking Caltrops)," in *Bian Zhilin Wenji* 卞之琳文集 (*The Collected Writings of Bian Zhilin*), vol. 1, 3 vols. (Hefei: Anhui jiaoyu chubanshe, 2002), p.148.

See who leaves the most caltrops to be grabbed,

看谁采菱先采齐,

Green Willow Village will earn the Red Flag.

绿杨村里夺红旗。

While perhaps these poems represent attempts at post-revolutionary world literature as imagined by orthodox Communists such as Karl Radek, [57] insofar as they draw on China's national literary tradition at the expense of international (let alone International) elements, perhaps my greatest infelicity in translating them is translating them at all.[58] But then, the cultural ethos of China amidst an American-led embargo would tend toward nativist prosody: during this time, China's production of world literature as we recognize it today would come with as many pains as its production of steel. The formal demands of the early Communist period would include the defensiveness of overzealous repetition.

At the beginning of Deng's economic Reform and Opening Up (*gaige kaifang* 改革开放), however, Bian was able to revisit his earlier poetics of world literature. By 1983, Bian could take stock of his earlier poetic practice, recalling, in the essay "Literary Translation and the Feeling for Language" 文学翻译与语言感觉, a review of his collected poems to acknowledge the foreignness of his poetic technique:

---

[57] See Karl Radek, "Contemporary World Literature and the Tasks of Proletarian Art," in *Soviet Writers' Congress 1934: The Debate on Socialist Realism and Modernism in the Soviet Union* (London: Lawrence and Wishart, 1977), pp.73 – 182.

[58] Then again, these poems do incorporate the vision of world literature based on Socialist Realism, as it intersects with the nativizing elements of *Shijing* allusions. For further consideration of Socialist World Literature, see Rossen Djagalov, "The People's Republic of Letters: Towards a Media History of Twentieth-Century Socialist Internationalism" (unpublished Ph. D. dissertation, Yale University, 2011). Even this assertion of Bian's vision of World Literature in the '50s, though, is complicated by the publication of his *Hamlet* in 1956, between "Plucking Caltrops" in 1953 and "A Gift in Dedication to the Reservoir Project" in 1958.

A Hong Kong critic reviewed my collection *A Historical Chronicle of Carved Critters 1930 – 1958*, saying my language was often perilously close to being disgustingly Europeanized, though he affirmed the "*condensare*" of my poetry, as in the first stanza of one of the collected poems, "Dream of an Ancient Town,"

> In the small town are twin sounds
>
> equally desolate:
>
> at day it's the fortune-teller's gong,
>
> at night it's the clapper.

In the '30s (the peak of Europeanization), someone would have written, "In the small town are twin equally desolate sounds," or even, "In the small town are the equally desolate twin sounds of the fortune-teller's gong at day and the clapper at night." "Directly translating" Western poetry often ends up neither nativized nor yet Europeanized (because in Western languages the effect would not be like this).

香港一位诗评家评我的诗汇编《雕虫纪历 1930 – 1958》，说我为文有时也濒临欧化到恶性的程度，却肯定我诗中语言"简练有致"，据例说集中《古镇的梦》一诗第一节"小镇上有两种声音／一样的寂寥：／白天是算命锣，／夜里是梆子"。㉟ 换了 30 年代(欧化盛行时期)别人可能会写成"小镇上有一样的寂寥的两种声音"，甚至"小镇上有一样的寂寥的白天的算命锣和夜里的梆子的两种声音"。"直译"西方诗文也可能像这样既非民族化，也谈不上欧化(因为在西方语言里效果也不会这样)。㊱

㉟ From Bian Zhilin 卞之琳, "Guzhen de Meng 古镇的梦 (Dream of an Ancient Town)," in *Bian Zhilin Wenji* 卞之琳文集 (*The Collected Writings of Bian Zhilin*), vol. 1, 3 vols. (Hefei: Anhui jiaoyu chubanshe, 2002), p.20.

㊱ Bian Zhilin 卞之琳, "Wenxue Fanyi Yu Yuyan Ganjue 文学翻译与语言感觉 (Literary Translation and the Feeling for Language)," in *Bian Zhilin Wenji* 卞之琳文集 (*The Collected Writings of Bian Zhilin*), vol. 2 (Hefei: Anhui jiaoyu chubanshe, 2002), p.529. For a partial English version, see "Literary Translation and Sensitivity to Language," in *Twentieth-century Chinese Translation Theory: Modes, Issues and Debates*, ed. Tak-hung Leo Chan, Benjamins Translation Library v. 51 (Amsterdam: J. Benjamins Pub, 2004), pp.74 – 76.

Yet while Bian acknowledges the performance of foreignness in his writing, he nevertheless asserts that it is not the same as simple Westernization: there are more things between *ad verbum* (*zhiyi* 直译) and *ad sensum* (*yiyi* 意译) than are dreamt of in their philosophy. In the poem Bian excerpts, "Dream of an Ancient Town," for instance, while the syntax is foreignizing, at the level of content the poem once again presents a nativizing scene from Chinese history, a pre-modern village of two desolate sounds. As nativization, the native is defined in its move towards historiography, in which the cultural memory of a pre-modern scene is written: rather than representing, or re-presenting, the foreign, it represents the native, the Chinese, seemingly without the complications of translation and linguistic cultural exchange involved in Europeanization. And in these nativizing aspects, Bian's poetry suggests something about Chinese writing, too: only Chinese writing can represent Chinese tradition this way. In nativization, Bian's poetry seems both to assert and define its Chineseness.

But if only Chinese writing can represent Chinese tradition as Bian sees it, this does not mean that the tradition of Chineseness does not involve changes equivalent to those of horizontal translation. In an open letter to Chow Tsê-tsung 周策纵 (1916 - 2007) in 1979, Bian describes the mutual foreignness of classical Chinese and the modern vernacular, and how this necessitates prosodic differences. Speaking of prosody based on level (*ping* 平) and oblique tones (*ze* 仄), he writes:

> In vernacular new poetry, the level-oblique problem is, I think, no longer a question of the fundamental element of form. We are more or less accustomed to the techniques of parallel couplets and classical Chinese "Recent Style [Regulated] Verse," and are rather sensitive to hearing and writing classical language poetry, especially in ... the sequencing of level and oblique tones. In the translation by the author [Lin Yutang 林

语堂, 1895 – 1976], for example, the four-character classical title of *Shunxi jinghua* [*Moment in Peking*], is smooth to hear and smooth to say, yet not in the four-character title *Jinghua yanyun* of the translation: this is because the former is *oblique-oblique/level-level*, whereas the latter is *level-level/level-level*. But in the vernacular, in our modern colloquial style, both "Jinghua de shunxi" and "Jinghua de yanyun" are smooth to hear and say.

平仄问题,在白话新诗里,我认为不再是格律的基本因素问题。我们对于文言"近体诗"和对联之类的章法多少是习惯了的,在听、写文言诗体或类似章句,特别在……平仄安排,比较敏感。例如《瞬息京华》这个著者自译的四字文言书名,是顺口、顺耳的,而改成《京华烟云》这个四字文言译书名就不然:这是因为前者是仄仄︱平平,而后者是平平︱平平。但是倘改成我们的白话,现代口语式,则不仅"京华的瞬息",而且"京华的烟云"也就顺口、顺耳。㉑

Bian concludes that "in vernacular or colloquial phrases the level-oblique function doesn't matter much" 在我们的白话或口语句式里平仄作用,关系不大了.㉒

While the specific matter of Bian's assertion is obscure and perhaps contentious, his judgment relies on an understanding that classical Chinese and the modern vernacular are two separate languages. This separation brings forth the question of translation between the two languages in a way that is not only time-based: picking up references to classical Chinese phrases in current coinage and emphasizing their current aesthetic norms, Bian writes of the presentness of the past's language. If two systems of aesthetics are at play in

---

㉑ Bian Zhilin 卞之琳, "Yu Zhou Cezong Tan Xinshi Gelü Xin 与周策纵谈新诗格律信 (A Letter to Chow Tsê-tsung on the Prosody of New Poetry)," in *Bian Zhilin Wenji* 卞之琳文集 (*The Collected Writings of Bian Zhilin*), vol. 2 (Hefei: Anhui jiaoyu chubanshe, 2002), pp.480 – 481.

㉒ Ibid., p.481.

two languages at the same time, how can a poem in one language represent the aesthetics of the other? This question about classical and vernacular Chinese differs from a question about other languages (English and Chinese, say) because of the effective bilingualism amongst the readers of these two languages. If, as Bian suggests, the level-oblique prosody of classical Chinese does not apply to modern vernacular writing, then to represent classical Chinese metrics in the vernacular would consist of an act of translation.

With this conclusion, we can circle back to Bian's distinction of his "beat" from the "foot" of Wen Yiduo. While Bian dissociated his metrics from Wen's at a moment when world literature seemed impossible, at another moment Bian's "beat" reveals itself to be the node both of Wen's Anglophone poetics translated into Chinese and of the metrics of premodern Chinese translated into the modern vernacular. Bian's metrics can be both progressive and retrogressive at the same time, at which moment form can both nativize and foreignize as it melds with content.

"A Vigor Not Quite Dead"

When, in 1938, in an earlier iteration of his engagement with Chinese Communism, Bian went to Yan'an, mecca of the movement and endpoint of the Long March 长征, he wrote a collection of poems in support of workers and fighters for the revolution titled *Letters of Succor* 慰劳信集. Ping-kwan Leung 梁秉钧 (the Hong Kong poet also known as Ye Si/Yah Si 也斯, 1949–2013) has linked this publication to "In Time of War," W. H. Auden's "Sonnet Sequence with a verse commentary" in *Journey to a War*, Auden's travel diary through 1938 China with Christopher Isherwood (Bian's translations of four of Auden's "In Time of War" entries were later published in his *Selected English Poems* 英国诗选).⑥³ Such a link would seem to contradict Bian's dissociation from Western poetics, even if Auden's leftist pedigree might meanwhile propose a source for rehabilitation (on their tour through China, Auden and Isherwood spent two hours with Zhou Enlai 周恩来⑥⁴). Indeed, in Bian's sonnets, the rhythmic element suggests an approximation of the English sonnet's accentual-syllabic pentameter. And while the aesthetics have changed, it is again an example of world poetics through dual translation. This one, about Chiang Kai-shek (Jiang Jieshi 蒋介石, 1887 – 1975):

给委员长

To the Generalissimo ⑥⁵

My, you're old! How'd some pictorial grasp

你老了! 朝生暮死的画刊

And cough up your frosty, wrinkled face?

如何拱出了你一副霜容!

Pity them who see it, with a gasp,

忧患者看了不禁要感叹,

As at a maple reddening in its year-end pace.

像顿惊岁晚于一树丹枫。

---

⑥³ See Leung Ping-kwan 梁秉钧, "Aesthetics of Opposition: A Study of the Modernist Generation of Chinese Poets, 1936 – 1949" (University of California, San Diego, 1984), pp.86 – 96. For "In Time of War," see *Journey to a War*, The Armchair Traveller Series (New York: Random House, 1939), pp.258 – 301. For Bian's Auden translations, see W. H. Auden, "Weisitan Xiu Aodun 维斯坦·休·奥顿 (Wystan Hugh Auden)," in *Bian Zhilin Yiwenji* 卞之琳译文集 (*The Collected Translations of Bian Zhilin*), trans. Bian Zhilin 卞之琳, vol. 2, 3 vols. (Hefei: Anhui jiaoyu chubanshe, 2000), pp.167 – 174.

⑥⁴ Han Suyin 韩素音, *Eldest Son: Zhou Enlai and the Making of Modern China, 1898 – 1976* (New York: Hill and Wang, 1994), p.163.

⑥⁵ Bian Zhilin 卞之琳, "Gei Weiyuanzhang 给委员长 (To the Generalissimo)," in *Bian Zhilin Wenji* 卞之琳文集 (*The Collected Writings of Bian Zhilin*), vol. 1, 3 vols. (Hefei: Anhui jiaoyu chubanshe, 2002), p.100.

No wonder, you're weariness's apogee,
难怪呵，你是辛苦的顶点，
Five thousand years' tradition, four hundred million swoon
五千载传统，四万万意向
For you to be their fountain. One year for thee
找了你当喷泉。你活了一年
Is beyond the waxing and the waning of twelve moons.
就不止圆缺了十二个月亮。

So go raise hell, pretend you're young in vain;
兴妖作怪的，白装年轻；
Your eyes still show a vigor not quite dead,
你一对眼睛却照旧奕奕，
At night the North Star's dim beyond the pane.
夜半开窗无愧于北极星。

Again, "Remain unswerving against change" is read,
"以不变驭万变"又上了报页，
How it fits you! Keep fighting until victory
你用得好啊！你坚持到底
And find yourself inlaid in history.
也就在历史上嵌稳了自己。

Like Auden's sonnets, Bian's poem follows a modified Petrarchan,⁶⁶ rather than Shakespearean, sonnet rhyme scheme. Separating themselves from the rhyme sequences of pre-modern Chinese poetry (and Bian's post-revolutionary odes), his rhymes emphasize their foreignness as they adhere to a European

---

⑥⑥ In a strict Petrarchan sonnet, the first two couplets would rhyme A-B-B-A, A-B-B-A.

form. In other words, because pre-modern poetry tended to rhyme in alternating couplets in an x-A-x-A (or, in quatrains and in first stanzas, A-A-x-A) sequence, the cross-stitch of Bian's A-B-A-B, C-D-C-D first two stanzas represents an audible difference from traditional rhymes in pre-modern Chinese poetry. Nor do Bian's beat metrics apply to this poem: while the pauses of each line may correspond, more apparent is that each line contains ten syllables, which is to say, ten characters except in occasions where an extra, unstressed -*le* 了 particle does not upset the syllable-count.

And yet, the irony of the poem demands re-reading. Bian mocks the idea that anyone looking at the wizened face of Generalissimo Chiang would be struck by the sublimity as of a late-autumn maple tree, or that the Nationalist Party 国民党 leader's eyes could compete with the brilliance of the stars; Chiang's age represents fossilization, and an inadaptability that might actually produce victory in military struggles and lead to an association with the future, rather than with the historical past. Bian's use of "five thousand years' tradition" 五千载传统, then, is an irony that points back to an ironic relationship between the poem's form and content. Certainly Chiang is not the fountain of a five-thousand year tradition, nor does he enjoy the support of four hundred million minds; drawing attention to Chiang's ineptitude as a leader and his inapplicability to Chinese tradition, Bian suggests rather that the poetic context of his *Letters of Succor*, namely Yan'an and the Communist encampment, are in fact not only more popular, but moreover a superior product of the conditions of Chinese history. Under these circumstances, not only was Bian's poem written for a movement attempting, circa 1938, to push Chinese tradition into the future, through its formal qualities Bian's poem itself moves Chinese tradition forward.

Contrary to Wen Yiduo's conception of world literature as a normative system that could leave China behind, Bian's poetry configures world literature along with — through form and content, through rhythm and referent —

demanding and creating a space for China's pre-modern literary heritage within that configuration. Particularly, Bian achieves this through translation, and through linking translation of the foreign with translation of the native past. By considering his poetry and translations together, and seeing not only the interplay between foreignization and nativization within translation and poetry, but how foreignization and nativization in poetry both constitute methods and styles of translatedness as well, Bian's poetic vision of world literature becomes evident. With all the political stakes of a cultural campaign concomitant to the Great Leap Forward, Bian's poetry is able to mediate, to translate, between the demands of the international and the demands of the locally historiographical. In this light, Bian's poetry, and his world literature, is able to discern its soil.